Carsten Fischer

Die Endzeit Chroniken

NEMESIS

Carsten Fischer
Die Endzeit Chroniken
NEMESIS

ISBN-13: 978-1494376611
ISBN-10: 149437661X

Covergestaltung:
Stefanie Fischer - www.sfischer.at
Foto #1: ID 55325272 - © York - Fotolia.com
Foto #2: ID 38368708 - © KoMa - Fotolia.com

Bereits erschienen:
2046 – Die Stunde Null

Teil 1 – Exodus
Teil 2 – Revelations
Teil 3 – Nemesis
Teil 4 – Daemon
Teil 5 – Ascension

Die Endzeit Chroniken im Internet:
http://endzeit-chroniken.de

Die Endzeit Chroniken auf Facebook:
https://www.facebook.com/endzeit.chroniken

Das Wiki für Hintergrundinformationen:
http://endzeit-chroniken.de/wiki/

Folgt mir auf Twitter:
https://twitter.com/Carsten_Fi

Überzeugungen sind gefährlichere Feinde der Wahrheit als Lügen.
FRIEDRICH NIETZSCHE

Prolog

Wir schreiben das Jahr 2071. Oder wie manche es nennen, das Jahr dreiundzwanzig nach dem Untergang. Die menschliche Zivilisation existiert nicht mehr. Kriege und Volksaufstände haben die Regierungen gestürzt, Hungersnöte und Wassermangel das System kollabieren lassen. Blutige Gewalt und das Recht des Stärkeren beherrschen nun die Welt.

Mein Name ist Cassidy. Ich bin siebzehn und nach dem Zusammenbruch aufgewachsen. Mein Heimatdorf wurde vor drei Monaten von den Vultures überfallen. Das ist eine der vielen Gangs, die sich nach dem Untergang gebildet haben und das vertrocknete Land mit Chaos und Leid heimsuchen. Meine Eltern wurden von ihnen ermordet und mein acht Jahre älterer Bruder Caiden entführt. Ich konnte in die Steppe fliehen und wäre fast gestorben, hätte Angel mir nicht im letzten Augenblick das Leben gerettet.

Seit dem ist sie meine Beschützerin und Mentorin zugleich. Sie gehört zu einer Gruppe, die sich Ranger nennen, und für Recht und Gesetz in den Wastelands kämpften, bis das Sicariianische Imperium seine Invasion gegen sie gestartet hat. Wir dachten, die Sicarii wären nur eine Gang wie jede andere, doch ein Besuch in ihrem riesigen Land lehrte uns das Gegenteil.

Zu ihren Anführern zählt die Kriegerin Jade, die gleichsam erfahren wie unberechenbar zu sein scheint. Sie bezeichnet sich selbst als Bacchae. Das ist ein mächtiger Kult des sicariianischen Reiches, der außerhalb der eigenen Gesellschaft existiert.

Sie wies uns den Weg zu einem Ort voller Wunder, den seine Bewohner Ian-Hawk-Biosphäre nennen. Ein hermetisch abgeriegelter Hightech-Komplex, der einst zur Besiedlung des Weltraums errichtet worden war. Dort fand ich neue Freunde, allen voran die Pilotin Zhang Jiao, die ein furchtbar lautes Himmelsschiff namens Hubschrauber fliegt und die künstliche Intelligenz Amy, die gefangen in den Schaltkreisen eines Computers lebt.

Bei einer Aufklärungsmission mit Jiao in der sicariianischen Stadt Arnac wurde ich von Angel getrennt, als eine Explosion einen Volksaufstand auslöste. Ausgerechnet Jade kam zu unserer Rettung und führte uns in Sicherheit.

Während unserer Abwesenheit hat sich Jiaos Vater entschieden, mich an die Sicarii auszuliefern, um einem drohenden Konflikt mit dem Imperium aus dem Weg zu gehen. Daraufhin schmuggelte Jiao mich mit ihrem Hubschrauber aus der Biosphäre, doch die Flucht ging schief. Wir wurden von der sicariianischen Armee beschossen und zur Notlandung gezwungen. Zu Fuß haben wir uns bis zu Jade durchgekämpft, die mich von Jiao getrennt und zurück nach Arnac geführt hat.

Nun bin ich mit ihr allein in einer fremden Stadt, umgeben von Feinden und auf der Suche nach Angel, die vom Erdboden verschluckt worden zu sein scheint. Jade zeigt sich hilfsbereit, doch Angel hat ihr nie vertraut – und ich werde es ebenso wenig tun.

1. Konsequenzen

»Ein einziger Stich, angesetzt unter dem Brustbein, bis hinauf ins Herz. Sie weiß genau, wo sie treffen muss.«

Jade zog angewidert ihre Finger aus Nadims Leiche und streifte sich den hauchdünnen Latexhandschuh von der Hand, den ihr die Ärzte in Arnac geliehen hatten.

»Wer? Wer war das?«, fragte Cassidy.

Seit ihrer Ankunft im provisorisch eingerichteten Hospital kämpfte sie mit ihrem Würgereiz. Der Wartesaal war voll von hustenden und schniefenden Menschen. Einige klagten über gebrochene Gliedmaßen bis hin zu erbärmlich stinkenden Wunden. Die Ärzte ließen sich nur alle drei Monate blicken, begleitet von einem Großaufgebot sicariianischer Soldaten. Die Provinz Cor Decat, wie das Gebiet um Arnac getauft worden war, galt seit dem Zwischenfall vor zwei Tagen mehr denn je als Brutstätte für Gangs und Rebellen zugleich.

»Scarlet«, raunte Jade. »Ihr seid direkt an ihr vorbeigelaufen.«

Sie schleuderte den Handschuh in einen Eimer für zu säuberndes medizinisches Material und rief den Ärzten zu, dass sie Nadim nun einäschern dürften. Anschließend verließ sie das alte Schulgebäude, dessen Tische als Krankenliegen dienten. Selbst vor der Tür wartete noch eine Handvoll Menschen auf die primitive, aber dafür kostenlose Behandlung.

Jade schloss die Augen, atmete tief ein und genoss die heiße Mittagssonne auf ihrer braungebrannten Haut. Nach über einer Stunde in dem stinkenden Loch duftete die saubere Luft vor der Tür förmlich nach Frühlingsblüten.

»Und wohin nun?«, fragte Cassidy unruhig.

Jade hatte ihr noch immer keine Antwort darauf gegeben, was mit Angel geschehen war und allmählich wurde sie ungeduldig. Seit drei Stunden schleifte die Bacchae sie quer durch Arnac. Zunächst hatte Jade sich die Stelle angesehen, an der Nadim ermordet worden war. Anschließend sondierte sie in aller Ruhe die Überreste seines eingestürzten Hauses, wo sie zwar die Rückstände einer primitiven Sprengladung aber nirgends eine Spur der versprochenen Informationen gefunden hatten. Was der nervöse Turbanträger Jiao auch immer zeigen wollte, war entweder bei der Explosion zerstört oder zuvor von Scarlet mitgenommen worden.

»Ich werde ein wenig herumfragen«, sagte Jade nachdenklich. Sie schaute sich kurz um und kramte ein paar Münzen aus ihrem Hirschledertrenchcoat. »Gib nicht alles auf einmal aus.«

Mit diesen Worten reichte sie Cassidy die Handvoll Kupfersicar und deutete auf den Marktplatz, der zur Mittagszeit als das brummende Stadtzentrum bezeichnet werden konnte. Nomaden aus der Umgebung und reisende Händler boten alles von Heilsalben über Trockenfleisch und Wasser bis hin zu lebenden Hühnern und Ziegen an. Kaum hatte Cassidy sich von Jade abgewendet, war die enigmatische Schwertkämpferin bereits in der Menge verschwunden. Nun war sie zum ersten Mal seit Wochen allein, mitten in feindlichem Territorium.

Feindliches Territorium, dachte sie und ließ stumm ihren Blick über die aufgeregt feilschenden Händler mit ihren gackernden und meckernden Tieren schweifen. Die mit sich selbst beschäftigten Menschen sahen alles andere als feindlich aus. Die meisten von ihnen unterhielten sich verärgert über das Gefecht vor zwei Tagen und schoben die Ausschreitungen auf Johnnys rebellierendes Gefangenenlager südlich von Arnac. Abgesehen von ein paar aufgetürmten Barrikaden und einer erhöhten Milizpräsenz hatte sich im Vergleich zu Cassidys ersten Eintreffens in der Provinzhauptstadt kaum etwas verändert.

Nachdenklich blickte sie auf die rotbraunen Münzen in ihrer Hand. Sie erinnerte sich an Angels unfreiwillig spendable Bezahlung in der Taverne und zählte die Kupferstücke vorsichtshalber nach. Genau zwanzig Sicar.

Damit sollte man doch zumindest etwas zu essen bekommen, dachte sich Cassidy und mischte sich unter das Volk.

Fast jeder zweite Stand bot Fleisch an, meist gegrillt und von zweifelhafter Herkunft. *Fleisch könnt ihr in Arnac kaufen, wenn ihr risikofreudig seid*, hatte Jiao gesagt. Nun verstand Cassidy die Warnung und fühlte sich auf einmal genau wie die junge Asiatin dem Vegetarismus zugetan. Sie machte einen großen Bogen um die lauwarmen Pfannen, auf denen sich munter Fliegen den Bauch vollschlugen, und trat näher an einen der Obststände heran. Neben einer Vielzahl von getrockneten Früchten bot der Händler auch ein paar frische Orangen an, von denen er gerade selbst eine verschlang. Der Anblick des an seinem Kinn heruntertropfenden Fruchtsaftes ließ Cassidy das Wasser im Mund zusammenlaufen. Seit ihrem Aufbruch von Jades Treffpunkt hatte sie nichts mehr gegessen oder getrunken. Zögerlich näherte sie sich dem Verkaufsstand und zeigte auf die Orangen.

»Eine kostet zehn Sicar!«, warnte der grauhaarige Händler und zog misstrauisch seine zotteligen Augenbrauen hoch.

Cassidy erinnerte sich daran, dass ein komplettes Essen in der Taverne fünf Sicar kostete und sie wirkte in ihren tausendmal gewaschenen Blue Jeans aus der Biosphäre nicht gerade wohlhabend. Nur das moderne Sturmgewehr auf ihrem Rücken verfälschte das Bild des heruntergekommenen Mädchens aus der Wüste. Die einfachen Bewohner von Arnac durften derartige Langwaffen weder kaufen noch mit sich führen, weswegen Jade wohl darauf bestanden hatte, dass sie es die ganze Zeit bei sich trug.

Auch die um sie herumstehenden Menschen schienen sie nun erstaunt zu mustern, so wie es die Gäste im *Schweinespieß* mit Angel getan hatten, als sie der fetten Bedienung mehr als das doppelte für ihre Bestellung bezahlte. Hastig überreichte Cassidy dem Händler die geforderte Summe und machte sich schnellstmöglich aus dem Staub.

Sie setzte sich in eine schattige Ecke am Rande des Marktplatzes, lehnte ihr Gewehr an die Wand und begann vorsichtig die Schale von der Frucht zu lösen, wie sie es bei dem Händler beobachtet hatte. Trotz ihres brennenden Durstes im Hals ließ sie sich Zeit und genoss jedes einzelne Stück der süßen Orange. Dabei schloss sie die Augen und vergaß beinahe die laute Menschenmenge, bis sie plötzlich eine grunzende Männerstimme ansprach.

»Kann ich die mal sehen?«

Cassidy öffnete die Augen und fand sich umstellt von vier wohlgenährten Männern. Sie alle trugen mausgraue, schulterfreie Umhänge, die ihnen bis zu den Knien reichten und von einem schwarzen Kreuz auf der Brust verziert wurden. Ihre Köpfe bedeckten schiefsitzende Baretts, wie Cassidy sie von den Soldaten kannte; mit dem Unterschied, dass sie grau und nicht rot waren. Einer der Männer stand bereits vor ihrem an die Hauswand gelehnten Gewehr. Ein anderer hatte ihr den Rücken zugekehrt und betrachtete die raunend vorbeiziehenden Menschen, die der kleinen Gruppe eingeschüchterte Blicke zuwarfen. Es waren keine sicariianischen Legionäre, soviel konnte Cassidy inzwischen erkennen. Anstelle von automatischen Waffen schienen sie lediglich über Pistolen und Revolver zu verfügen und trugen keine schusssicheren Westen unter ihren Umhängen.

Cassidy stand auf und reichte dem Anführer ihre halb aufgegessene Orange, woraufhin er zusammen mit seinen Leuten zu lachen begann.

»Die kannst du behalten«, sagte er und tippte auf seinen vollbärtigen Hals. »Deine Kette. Gib sie her!«

Obwohl er freundlicher wirkte als die Wachen an den Stadttoren von Arnac, ließen seine Stimme – und seine rechte Hand an der Pistole – keinen Zweifel daran, dass er es ernst meinte. Cassidy schluckte ihr halbaufgegessenes Stück herunter, legte die Orange beiseite und zog die filigrane Goldkette über den Kopf, die sie vor sechs Wochen in der Kirche von Temple Town gefunden hatte.

»Wo hast du die her?«, fragte der Anführer misstrauisch und ließ seinen Blick nicht von dem glänzenden Kruzifix-Anhänger.

»Gefunden«, stammelte Cassidy wahrheitsgemäß. »Die hab ich gefunden.«

Nun fühlte sie sich tatsächlich ganz allein unter Feinden. Weder Angel noch Dog wussten von ihrer erneuten Ankunft in Arnac und waren mit Sicherheit schon längst auf dem Weg zu Johnnys Lager. Die Bewohner von Arnac machten unterdessen einen großen Bogen um sie. Fast schien es, als sei sie mit einer ansteckenden Krankheit infiziert worden und sollte um jeden Preis gemieden werden.

»Gefunden hat sie die Kette«, wiederholte der Anführer in Richtung seiner Leute. »Wie oft haben wir das schon gehört!«

Bis auf den einen, mit dem Rücken zu Cassidy gekehrten Mann, lachten sie nun alle aus.

»Gibt es hier ein Problem?«, schallte eine Frauenstimme aus der Menge.

Der wachsame vierte Mann tippte gleichzeitig seinem Anführer auf die Schulter. Dem verging schlagartig das Lachen, was Cassidy etwas aufatmen ließ. Sie kannte inzwischen Jades furchteinflößende Aura und hatte oft genug von ihrer schier unendlichen Allmacht innerhalb des Imperiums gehört.

Die vier grau gekleideten Männer nahmen Haltung an, zeigten aber keinerlei Schüchternheit. Der Anführer trat souverän auf Jade zu und reichte ihr die Halskette.

»Die haben wir bei ihr gefunden, Herrin«, berichtete er selbstbewusst. »Wir tun nur unsere Pflicht. Kein Grund für die Bacchae sich einzumischen.«

Er wahrte einen gewissen Sicherheitsabstand, als wüsste er von Jades rasiermesserscharfem Katana und blieb respektvoll, ohne seine eigene Position zu schwächen. Jade hingegen verhielt sich so, wie Cassidy es inzwischen von ihr gewohnt war. Sie nahm die Kette an sich und schlich mit abschätzenden Blicken an den vier Männern vorbei, bis sie direkt vor der verunsicherten Teenagerin stand.

»Gehört dieser Anhänger dir?«

Ihre Augen verkleinerten sich zu zwei schmalen Schlitzen, so als suchte sie nach der Wahrheit, ohne wirklich Wert auf Cassidys Antwort zu legen. Sie nickte und verzichtete darauf, die Herkunft des Schmuckstücks erneut zu wiederholen. Cassidy konnte spüren, dass jeder Erklärungsversuch ohnehin aussichtslos sei.

Jade ließ ihren Kopf enttäuscht in den Nacken fallen und drehte sich wieder zu dem bärtigen Anführer um.

Ohne ihm die Kette zurückzugeben, sprach sie mit fester Stimme: »Ich werde mich darum kümmern.«

»Die Bacchae haben keine Autorität über uns«, entgegnete der Anführer nach einem kurzen Blick zu seinen Männern, die gleichzeitig den Kreis um Cassidy und Jade verkleinerten.

»Ich sagte, ich werde mich darum kümmern«, säuselte Jade nachdrücklich. Für Unbeteiligte wirkte sie wahrscheinlich freundlich, gar friedlich, so als versuchte sie es mit Diplomatie. Doch Cassidy verstand, dass es sich um ihre letzte Warnung handelte.

Ohne auf eine Antwort zu warten, spreizte sie leicht ihre Beine, um einen festeren Stand auf dem Boden zu erlangen. Einen Augenblick lang lieferte sie sich ein Duell im Anstarren mit dem unschlüssigen Anführer. Die grau gekleideten Männer waren zu viert und schienen in der Tat nicht unter Jades sogenannter Allmacht zu stehen. Auf der anderen Seite war ihr Ruf als legendäre Schwertkämpferin bis in die Biosphäre vorgedrungen. Außerdem würde ihr vermutlich jeder Soldat von Arnac aufs Wort gehorchen; und deren Anzahl war mit Ankunft der Ärzte beträchtlich gestiegen.

Schließlich entschied sich der Anführer für einen Kompromiss und bestand lediglich auf die Herausgabe der goldenen Kette. Jade hatte sie ganz bewusst behalten, um ihm einen Ausweg zu ermöglichen, mit dem er vor seinen Männern das Gesicht wahren konnte. Gönnerhaft übergab sie ihm das Schmuckstück und wartete, bis die vier in der Menge verschwunden waren, ehe sie sich zu Cassidy umdrehte.

»Dich kann man auch keine fünf Minuten allein lassen!«, erklang ihre tadelnde Stimme.

»Wer waren die?«, fragte Cassidy und griff sicherheitshalber nach ihrem Gewehr.

»Sie nennen sich die Sacerdos«, antwortete Jade und blickte auf den Marktplatz, als wolle sie sichergehen, dass sich die Männer an die Vereinbarung hielten. »Ihre einzige Aufgabe ist es, Aberglauben, Religionen und übersinnliche Zauberei aus der Öffentlichkeit zu verbannen.«

An Cassidys neugierigem Gesicht erkannte sie, dass sie mit dem Prinzip des Glaubens durchaus vertraut war. Angel hatte es ihr in Temple Town erklärt und gleichzeitig behauptet, dass sie für den goldenen Kruzifix-Anhänger nicht einmal einen Becher Wasser bekommen würde.

»Vor dem Weltuntergang haben Aberglauben und übersinnliche Religionen mehr Tod und Unheil gebracht, als jede Naturkatastrophe oder Seuche. Viele Menschen richteten ihr ganzes Leben nach Horoskopen oder irgendwelchen imaginären Energien aus und vernachlässigten dabei ihre eigenen Ambitionen«, fuhr Jade fort. »Darum haben sich die Sicarii schon lange vor der Gründung des Imperiums davon abgewandt. Es ist die Aufgabe der Sacerdos, auch noch die letzten Reste aus dem Reich zu werfen. Astrologie, Tarot, Voodoo, Wahrsagerei. Dieser ganze Unsinn hat bei uns nichts verloren. Scarlet ist zum Beispiel mal zu einer Familie gerufen worden, die ihrem Sohn keine Medikamente geben wollte, obwohl er sterbenskrank war.«

»Wieso haben die eure Hilfe abgelehnt?«, fragte Cassidy.

»Weil es nicht in ihr Weltbild gepasst hat, dem großen Plan ihres Gottes zu widersprechen«, erklärte Jade herablassend.

»Und was hat sie mit denen gemacht?«

»Ich glaube, der Junge ist mittlerweile acht und lebt als Vollwaise in Alexandria. Er war damals gerade ein Jahr alt und kann sich an nichts erinnern. Die Eltern wurden aus dem Reich verbannt.«

»Aber wie wollt ihr feststellen, woran jemand glaubt?«

»Gar nicht«, erwiderte Jade schulterzuckend. »Woran du glaubst, ist dem Imperium egal. Es gab in der Geschichte unzählige Versuche, Menschen mit Gewalt zu konvertieren. Sie alle sind fehlgeschlagen. Was in deinem Kopf vorgeht, ist dir allein überlassen«, erklärte sie und tippte sich dabei zur Erklärung auf die Stirn. »Aber es ist untersagt, dieses ganze übersinnliche Zeug zu verbreiten oder zur Schau zustellen.«

Nun verstand Cassidy, warum die Kette solche Aufmerksamkeit erregt hatte. Das in der Sonne funkelnde Schmuckstück musste dem Obsthändler sofort aufgefallen sein, der anschließend wohl die Sacerdos informiert hatte.

»Eigentlich sollte ich ihnen das Fell über die Ohren ziehen«, knurrte Jade. »Keine Autorität über die Sacerdos. Der spinnt wohl!«

»Hätten die auf dich hören müssen?«

»Jeder muss auf die Bacchae hören«, entgegnete ihr Jade ernst. »Es gibt gewisse Regeln. Zum Beispiel dürfen wir Regierungsgewalt in einer Stadt oder Provinz nur für zwei Wochen ausüben; als Übergangslösung in Notfällen. Für längere Zeiträume muss der Imperator seine Zustimmung erteilen.«

»Und was wäre passiert, wenn die nicht ...?«

»Lass uns lieber das Thema wechseln, bevor du heute Nacht

nicht schlafen kannst«, sagte Jade. »Angel hat meine Anweisungen im Übrigen ignoriert. Stattdessen hat sie die Bewohner von Arnac nach den Bacchae ausgefragt und wurde nach Alexandria geschickt.«

»Alexandria«, wiederholte Cassidy nachdenklich. Der Stadtschreier hatte vor zwei Tagen verkündet, dass die Ärzte aus Alexandria mit dem Zug nach Arnac kommen würden. Betty, die Kellnerin im *Schweinespieß* hatte sich kurz darauf darüber beschwert, dass ihr Sohn dorthin gebracht worden war. »Was ist das eigentlich für ein Ort?«

»Die Schulstadt der Sicarii«, antwortete Jade. »Das Imperium kann es sich nicht leisten, in jeder Provinz eine effiziente Schule zu unterhalten, also haben wir das Schulsystem zentralisiert. Alle Kinder im entsprechenden Alter verbringen jedes Jahr zehn Monate dort.« Nach einer kurzen Pause fügte sie hinzu: »Außerdem haben wir Bacchae dort unser Hauptquartier. Der Themis-Tempel dürfte Angels Ziel sein.« Seufzend rieb sie sich über die Schläfen. »Sie hat ja keine Ahnung, worauf sie sich da einlässt. Die werden sie in der Luft zerreißen.«

Cassidy blickte sie schockiert an.

»Bildlich gesprochen«, beruhigte Jade sie mit einem zynischen Blinzeln. Kurz darauf wurde sie wieder ernst und runzelte die Stirn. »Habt ihr hier sonst noch mit jemandem Kontakt gehabt?«

Cassidy erinnerte sich sofort an Betty, die sie als Erste auf Nadim aufmerksam gemacht hatte. Sie hielt Angel offenbar für eine Bacchae und hatte dementsprechend konspirativ geredet, woraufhin Jade entschied, der Schwätzerin die Daumenschrauben anzulegen. Mit Hilfe ihrer Ellenbogen bahnte sie sich einen Weg durch die Menge auf dem lauten Marktplatz, auf dem ihr furchteinflößender Status den beiden keinen Vorteil einräumte.

Ganz im Gegenteil. Die Menschen schienen auf einmal von allen Seiten auf den Basar zu strömen und sich gegenseitig auf die Füße zu treten. Als Jade schließlich kaum noch vorankam, ging ein Raunen durch die Menge und viele zeigten auf den alten Wasserturm.

Am Rande des vier Stockwerke hohen Turms, dessen Größe aufgrund der ansonsten höchstens zweistöckigen Gebäude schwer

14

einzuschätzen war, klammerte sich ein Mann von außen an das eiserne Geländer, dessen grüne Farbe fast vollständig abgeblättert war.

»Hat der denn keine Angst, dass er da runterfällt?«, fragte Cassidy und verdeutlichte damit einmal mehr ihre Naivität, die ihr auch wochenlange Überlebenskämpfe in der Endzeitsteppe nicht genommen hatten.

»Das ist doch genau seine Absicht«, murmelte Jade in einer Mischung aus Frust und Teilnahmslosigkeit.

»Aber warum?«

»Sowas kommt nach unseren Eroberungen schon mal vor«, erklärte sie beiläufig. »Wenigstens versucht er, nur sich selbst zu schaden. Aber nach diesem Drama wird Arnac erst recht wochenlang in aller Munde sein.«

»Willst du nicht was dagegen unternehmen?«, forderte Cassidy sie auf.

»Cor Decat steht unter Kriegsrecht. Das ist Sache der Legion«, erwiderte Jade. »Außerdem hab ich schon genug Aufsehen erregt.«

Kaum hatte sie den Satz beendet, ging ein weiteres Raunen durch die Menge. Neben dem Springer war eine von Kopf bis Fuß in schwarze Kleider gehüllte Gestalt aufgetaucht, die große Ähnlichkeiten mit Mönchen aus dem Mittelalter besaß.

»Wer ist das?«, fragte Cassidy.

Jade verschränkte die Arme vor ihrer Brust und blinzelte überrascht den Turm hinauf. Die verhüllte Figur stellte sich an das Geländer, hielt ein paar Meter Abstand zu dem eingeschüchterten Mann und warf ihre Kapuze auf den Rücken. Zum Vorschein kam die helle Stirn einer Frau Anfang dreißig mit rabenschwarzem Haar, das ihr bis zu den Schultern reichte und eine Weile brauchte, um sich von dem engen Gefängnis der Kapuze zu erholen und vollends zu entfalten. Nase, Mund und Kinn waren von einem schwarzen Tuch bedeckt, dass sie um den Hals gebunden hatte.

Die Menge begann zu erzählen und zu tuscheln. Um sich herum hörte Cassidy die unterschiedlichsten Mutmaßungen über die Identität der vermummten Gestalt.

»Das ist Felicia«, hauchte Jade. »Eine von uns.«

Anschließend zeigte sie auf den Turm als wollte sie, dass sich das Mädchen auf den Auftritt konzentrierte. Gebannt beobachteten sie zusammen mit der versammelten Bevölkerung, wie sich Felicia scheinbar unbeteiligt am Geländer festhielt und auf die Menge hinabblickte. Cassidy hatte das Gefühl, sie könne unter dem schwarzen Mundtuch sehen, wie sich ihre Lippen bewegten, doch das war auf die Distanz von knapp dreißig Metern Luftlinie pure Illusion. Immerhin schien der Springer auf sie zu reagieren. Zunächst schüttelte er mit dem Kopf und löste einen Fuß vom Boden, als wolle er damit drohen zu springen, sollte sie sich nicht zurückziehen. Als Felicia jedoch nicht locker ließ, willigte er offenbar in ein Gespräch ein und erlaubte ihr, einen Schritt näherzukommen.

»Sie ist anders als Faith oder ich«, flüsterte Jade. Die Menge war auf dem Höhepunkt des Dramas verstummt, so dass Cassidy sie ohne Probleme verstand. »Felicia bevorzugt Konversation und List gegenüber roher Gewalt. Sie wurde rekrutiert, als sie geheime Dokumente aus dem Tempel stehlen wollte.«

»Aber Faith hat uns erzählt, dass ihr alle zum Kämpfen gedrillt werdet?«

Jade zog die Mundwinkel nach oben und musste offenbar über die Aussagen der Amazone lachen.

»Es gibt viele Arten, einen Kampf zu gewinnen. Felicia beendet ein Gefecht am liebsten, bevor du es überhaupt beginnen kannst. Wenn du ihr gegenüber stehst, achte auf ihre Ringe. Sie trägt drei. Zwei davon sind mit Giftnadeln bestückt.«

In diesem Augenblick schnellte Felicias Hand unter ihrer schwarzen Kutte hervor und griff nach dem rechten Unterarm des Springers. Cassidy konnte zwei silbern glänzende Ringe erkennen. Wenigstens einer davon musste laut Jade vergiftet sein.

»Jetzt hat sie ihn«, hauchte Jade.

Nur einen Wimpernschlag später lösten sich die Muskeln des Mannes, sein Kopf fiel in seinen Nacken und seine Füße drohten, von der Brüstung zu rutschen. Die Menge raunte erneut, einige schrien gar panisch auf, als Felicia um ein Haar über die rostige Absperrung gerissen worden wäre. Sie drehte den Kopf in Richtung des Treppenhauses und rief etwas in die Tür hinein. Im nächsten Moment kamen ihr Männer mit schusssicheren Westen

16

und schwarzen Baretts auf den Köpfen zu Hilfe, die sie und den Springer hinaufzogen. Er fiel vor Felicia auf die Knie, wirkte aber nicht, als wolle er um Vergebung bitten. Sie half ihm auf die Beine und ließ ihn mit einer Hand auf der Schulter von ihren Soldaten den Turm hinabführen. Ehe sie selbst in dem dunklen Durchgang verschwand, blickte sie in die klatschende Menge unter ihr und setzte ihre schwarze Kapuze wieder auf.

»Sie weiß, dass ich hier bin«, sagte Jade. »Na los. Hören wir uns mal an, was sein Problem ist.«

Die Menschentraube löste sich allmählich auf, und als sie an dem Wasserturm eintrafen, waren sie fast allein. Ein Mann und eine Frau in Kampfmonturen, die denen von Jades Elitekommando aus Brackwood glichen, bewachten mit verschränkten Armen die hölzerne Doppeltür und hielten Schaulustige fern. Sie nickten Jade respektvoll zu und ignorierten Cassidy dabei vollkommen. Bevor sie eintreten konnten, kam ihnen der Springer entgegen, der von seinen beiden Rettern hinauseskortiert wurde. Cassidy vermochte sein verzweifeltes Schniefen deutlich zu hören. Er war Mitte vierzig und wirkte weder abgemagert noch krank. Darum wunderte es sie umso mehr, was so jemanden dazu brachte, sich selbst von einem so hohen Turm stürzen zu wollen.

Im schattigen Inneren war Felicia in ihrem schwarzen Umhang kaum zu erkennen. Sie stand mit dem Rücken zum Eingang und wartete, bis ihre Männer mit dem Springer außer Hörweite waren, ehe sie sich umdrehte und erneut ihre Kapuze zurückwarf und sich ihres hauchdünnen Seidenmantels entledigte. Darunter trug sie ein enges Lederkorsett, das sehr dem von Faith ähnelte, jedoch mit kleinen Ampullen und Fläschchen anstelle von Wurfmessern bestückt war.

»Die Neces haben seine Kinder geraubt. Dennis, neun Jahre alt, und Nina, elf Jahre«, hauchte sie ihnen entgegen.

Ihre Stimme klang melancholisch, als fühlte sie sich machtlos, und dennoch mit einer säuselnden Melodie, die Cassidy schon bei Faith und Jade aufgefallen war. Sie zog ihr Mundtuch herunter und gab den Blick auf ihr weißes Gesicht frei. Ihr rabenschwarzes Haar schimmerte im hereinfallenden Sonnenlicht wie Ozeanwellen bei Nacht.

»So ein Unsinn«, wetterte Jade taktlos zurück. »Die Neces sind Killer und viel zu dämlich für Entführungen.«

»Wann ist dir das letzte Mal einer von ihnen begegnet?« Felicia schüttelte mit dem Kopf. »So manches hat sich geändert, seit du zu diesen Rangern aufgebrochen bist.«

»Von wo sind die Kinder verschwunden? Aus Alexandria?«

»Von einem der Höfe. Bei einem Schulausflug.«

Jade biss sich zerknirscht auf die Unterlippe.

»Hattet ihr nicht einen Plan, um das Problem ein für alle Mal aus der Welt zu schaffen?«, setzte Felicia nach.

»Ich arbeite daran!«, fauchte Jade zurück.

»Spar dir deinen Zorn für Torus, wenn du ihm wieder gegenüber stehst«, entgegnete ihr Felicia grimmig. Mit einem andächtigen Nicken fügte sie etwas gemäßigter hinzu: »Du weißt, dass ich auf deiner Seite bin.«

Cassidy hatte bisher still im Schatten gestanden und wirkte irritiert, als sich Jade kopfschüttelnd die Stirn rieb und dabei mit einer Geste ihrer Hände um Verzeihung bat.

»Und wer ist das?«, fragte Felicia und zeigte auf Cassidy. »Dir ist noch nicht gestattet ...«

»Ist sie nicht«, unterbrach Jade sie abrupt. Sie wollte ganz offenbar keine weiteren Fragen zulassen und kam ihr stattdessen mit einer eigenen zuvor. »Wieso bist du hier?«

»Um zu sehen, ob ihr euch vor zwei Tagen gegenseitig umgebracht habt.«

»Ist Scarlet denn entkommen?«

»In Arnac ist sie jedenfalls nicht mehr.«

»Mich hast du gefunden. Was jetzt?«

»Ob du es glaubst oder nicht, es gibt auch noch Aufträge, die weder dich noch Scarlet betreffen«, hauchte Felicia spöttisch durch den schattigen Raum. Mit diesen Worten zog sie ihr Halstuch wieder über den Mund, legte ihren Seidenumhang an und ließ ihre Haare unter der schwarzen Kapuze verschwinden. »Warte nicht zu lange. Scarlet ist sicher schon auf dem Weg zum Tempel und Sydney wird sie nicht ewig mit leeren Händen aufhalten können.«

Sie versammelte ihre Männer und die einzelne Frau um sich und verschwand in östlicher Richtung über den Marktplatz. Jade lehnte sich in den Türrahmen und sah ihr nachdenklich hinterher.

»Warum trägt sie bei der Hitze einen schwarzen Umhang?«, fragte Cassidy.

Jade verzog ihr Gesicht zu einem spöttischen Lächeln.

»Weil unsere Felicia gerne auffällt, ohne aufzufallen«, antwortete sie. »Wir sollten uns beeilen. Wenn sie Recht hat, ist Scarlet uns bereits einen Schritt voraus.«

Sie stieß sich mit dem Fuß vom Türrahmen ab und führte Cassidy zielstrebig durch die Straßen und Gassen von Arnac, als wüsste sie genau, wo die Taverne *Zum Schweinespieß* zu finden war. Die Schänke hatte bei ihrem Eintreffen schon geöffnet und bot das Mittagessen an, was in Wirklichkeit völlig identisch mit dem Abendmahl war: Fleisch vom Spieß und dazu trockene Brotscheiben mit einem Krug Bier. Das Lokal erfreute sich wie am Abend zuvor großer Beliebtheit, so dass Jade niemandem auffiel, als sie zusammen mit Cassidy die Bedienungen musterte. Cassidy blieb dabei nicht verborgen, dass nahezu alle Angestellten der Taverne Johnny in Sachen Körperumfang Konkurrenz bieten konnten. Direkt an der Quelle zu arbeiten, hatte offenbar gewisse Vorteile. Als sie die Suche schon beinahe aufgeben wollte, sprach sie die verschwitzte Kellnerin ganz von selbst an. Sie hatte gerade ihre Pause auf dem Hinterhof verbracht und das Mädchen bei ihrer Rückkehr wiedererkannt.

»Na? Wie ich höre, habt ihr Nadim gefunden?«, rief sie Cassidy zu und winkte sie zum Tresen heran. Einen Augenblick später erkannte sie Jade und verschluckte sich fast an den Resten ihres Mittagsessens. »Herrin! Willkommen in unserem bescheidenen Haus!«, würgte sie entsetzt hervor und verbeugte sich dabei sogar.

Jade war derartige Zusammentreffen gewohnt und wiegelte dezent ab. Sie hatte ihre Kommandoeinheit aus gutem Grund zurückgelassen und wiederholt betont, nicht auffallen zu wollen.

»Ich hab's doch gewusst, dass ihr zu denen gehört«, tuschelte die Bedienung Cassidy zu, nachdem sie die beiden in die Vorratskammer geführt hatte.

»Wie hast du von Nadim erfahren?«, fragte Jade, ohne der fetten Frau überhaupt die Chance auf weiteres Geschwätz zu lassen. Ihre Direktheit schien Betty einen riesigen Stein auf den

Weg ihrer Gedanken gelegt zu haben, über den sie nun stolperte; denn zum ersten Mal brachte die Kellnerin kein Wort hervor.

»Das ... haben doch schon die Spatzen von den Dächern gepfiffen!«, versuchte sie sich kurz darauf zu rechtfertigen.

Jade blickte Cassidy an und nickte auffordernd in Richtung Tür. Die überlegte einen Augenblick, bis sie verstand, dass sie die schwere Holztür schließen sollte, die immerhin seit einigen Jahren ausgehungerte Diebe fernhielt. Die Bedienung sah sich den beiden nun vollkommen ausgeliefert. Nicht, dass sie irgendjemand vor einem Verhör der Bacchae hätte retten können, aber das beklemmende Gefühl der absoluten Hilflosigkeit ließ ihr dicke Schweißperlen von der Stirn rinnen.

»Ich bin ihm gefolgt«, brach es aus ihr heraus. »Er hat immer so viel Geld gehabt und mir schöne Augen gemacht! Ein paar Mal hat er mich mit zu sich nach Hause genommen.«

»Weiter ...«, sagte Jade und nickte andächtig mit dem Kopf.

Betty wischte sich den Schweiß von der glänzenden Stirn und erzählte, wie Nadim sich nächtelang mit ihr vergnügt und ihr exotische Dinge, wie seltene Gewürze oder Schmuckstücke ge-schenkt hatte. Vor zwei Wochen erwischte sie ihn mit einer viel jüngeren und hübscheren Frau vom Markt. Aus Zorn hatte sie sich vorgenommen, sein Essen zu vergiften, doch er aß seit dem nicht mehr im *Schweinespieß*, sondern traf sich mit seiner neuen Freun-din bei sich zu Haus. Als Angel sie dann nach Verrätern fragte, hatte die betrogene Geliebte ihre Chance auf Rache gewittert und sich erhofft, dass die vermeintliche Gesandte der Bacchae Nadim für sie bestrafen würde.

Jade rieb sich stöhnend mit Daumen und Zeigefinger in ihren Augenhöhlen, während Cassidy sich ein verschmitztes Lachen gönnte.

»Es tut mir ja so leid, Herrin!«, entschuldigte sich Betty mit gesenktem Haupt. »Ich weiß nicht, was in mich gefahren ist!«

Jade wägte gedanklich ab, ob sie der fetten Frau eine Stand-pauke halten, sie aufgrund ihrer absichtlichen Fehlinformationen hinrichten oder sie einfach laufen lassen sollte, da ohnehin keine *echte* Bacchae auf ihre Worte hören würde. Am Ende entschied sie sich für eine gesunde Mischung, riss ihr blitzendes Katana hervor und hielt es der Kellnerin an den Hals.

»Für deine vorsätzliche Irreführung der Bacchae verdienst du den Tod«, säuselte sie mit ihrer manisch klingenden Stimme, die Cassidy prompt das Lachen vergehen ließ.

Betty lief kreidebleich an und erstarrte mit geschlossenen Augen zur Salzsäule. Sie wusste, dass Jade jedes Recht auf Selbstjustiz hatte und ihr Leben allein in ihrer Hand lag. Dann spürte sie, wie die Klinge von ihrer Kehle Abstand nahm und hörte, wie sie in der Saya-Scheide verschwand.

»Andererseits hast du richtig gelegen und dafür werden *wir* dich verschonen.«

Die verschwitzte Kellnerin japste verstört nach Luft und öffnete ihre grenzenlos dankbaren Augen. Hätte Jade sie nicht davon abgehalten, wäre sie in diesem Augenblick wohl vor ihr auf die Knie gefallen und hätte ihr die Schuhe geküsst. Cassidy kam indes nicht umhin zu bemerken, dass Jade in der Mehrzahl sprach.

»Und jetzt verschwinde, bevor wir es uns anders überlegen!«, raunte Jade.

»Warte«, rief Cassidy. »Was ist mit Dog ... dem großen Kerl, der bei uns gewesen ist? Hast du ihn gesehen?«

»Gesehen?«, wiederholte Betty. Sie zog die Mundwinkel schüchtern nach oben und klimperte mit einem Geldbeutel in der Tasche ihrer Servierschürze. »Ich hab dank ihm fünfzig Sicar in der Arena gewonnen.«

»Und wo ist er jetzt?«

Bei ihrer Antwort kam die Kellnerin etwas ins Grübeln.

»Immer noch in der Arena«, erwiderte sie mit gerunzelter Stirn. »Wenn ich's mir recht überlege, hat er sie seit gestern nicht mehr verlassen.«

Jade nickte bestätigend und wies Cassidy an, die Tür freizugeben.

»Lang lebe das Imperium!«, sprach die Bedienung und hätte am liebsten salutiert, wenn Jade sie nicht mit einer deutlichen Handbewegung zum schnellen Abgang aufgefordert hätte.

Anschließend verlor sie keine Zeit und lief über den Durchgang in der zweiten Etage zur Arena. Zu dieser Tageszeit war die Eingangstür unbewacht, obwohl Jade wohl ohnehin kein Eintrittsgeld abgenommen worden wäre.

Von der Tribüne aus konnte man die Schäden des hölzernen Arenarings deutlich erkennen. Mehrere Bretter lagen zerbrochen am Boden und wurden zusammen mit blutverkrusteten Sägespänen von einem Arbeiter zusammengefegt. Als die beiden Dog nirgendwo entdeckten, sprang Jade kurzerhand in den Ring und fragte den verschwitzten Sklaven nach dem Hünen, der angeblich unzählige Kämpfe gewonnen hatte. Ohne sie sich genauer anzusehen, zeigte er müde auf den Weg zu den Gladiatorenquartieren, wie die dunklen Kellerverliese unterhalb der Arena genannt wurden, in denen sich die Männer zwischen ihren Duellen erholen konnten. Normalerweise waren sie bis zum Abend leer, da selbst die halbwegs professionellen Kämpfer das Tageslicht den eintönigen Schatten vorzogen. Dementsprechend schnell entdeckten sie Dog, der trotz der Nachmittagszeit bewusstlos auf einer Holzpritsche herumlag. Ein benebelnder Alkoholgestank aus einer Mischung aus Bier und billigem Getreideschnaps strömte aus seinem Quartier. Cassidy stellte sich angewidert neben die schmale Tür, um Jade den Vortritt zu lassen.

»Du kennst ihn länger als ich«, protestierte Jade und zeigte in die dunkle Zelle hinein.

»Ich bin doch nicht lebensmüde«, erwiderte Cassidy und tippte dabei mit ihrem Zeigefinger auf die Stirn. »Caiden hat mir erzählt, wie gefährlich es ist, ihn aus seinem Suff zu reißen. Er hat meinem Bruder fast mal den Arm abgerissen, bevor er zu sich gekommen ist.«

Mürrisch holte Jade ihr funkelndes Katana hervor und flüsterte Cassidy ein »Feigling« zu. Anschließend streckte sie ihren Arm so weit in das Quartier, dass das blitzende Ende ihres Schwertes Dog an seinen Fußspitzen anstupste. Bis auf ein empörtes Grunzen zeigte er jedoch keine Reaktion, weshalb sie sich zwei Schritte in die Zelle hineinwagte und ein paar Mal auf seine Gürtelschnalle drückte. Wieder grunzte Dog lediglich im Halbschlaf und rieb sich wohlig den Bauch.

Nun reichte es Jade. Sie lehnte sich soweit sie konnte in das Zimmer hinein, bis sie sich nur noch mit einer Hand an der Tür festhielt, und klopfte mit der kalten Stahlklinge auf Dogs Wange, so als würde sie ihn mit einer Ohrfeige aus seinen Träumen reißen wollen.

Der Sicherheitsabstand erwies sich im nächsten Moment als überlebenswichtig, denn Dog öffnete die Augen und erblickte Jades funkelndes Schwert an seinem Hals. Reflexartig griff er nach seiner Pistole und feuerte schlaftrunken auf die Tür, hinter der sie sich im letzten Augenblick in Sicherheit bringen konnte.

»Nicht schießen! Hör auf zu schießen!«, kreischte Cassidy entsetzt. »Ich bin's! Cassidy!«

Mehr als ein ungläubiges Schmatzen bekam sie nicht als Antwort, vermochte aber deutlich zu hören, wie Dog sein Pistolenmagazin wechselte. Jade nickte ihr zu, dass sie als Erste hineingehen sollte.

»Ich komme jetzt rein, okay?«, rief Cassidy ängstlich. Mit den Händen über dem Kopf drehte sie sich in die Tür hinein und entdeckte Dog mit angelegter Pistole in der dunkelsten Ecke des Raums. »Ich bin es nur, okay? Nimm die Waffe runter!«

»Entschuldige ...«, grummelte er hervor und senkte seine Pistole. »Ich muss wohl geträumt haben. Ich dachte, diese verdammte Schlampe wollte mich abstechen.«

»Nach all unserer schönen Zeit traust du mir sowas zu?«, säuselte Jade von draußen und lugte vorsichtig mit dem Kopf um die Ecke. »Ich bin enttäuscht von dir, mein Großer.«

Dog grollte erzürnt und wägte gedanklich ab, ob es das Aufsehen wert wäre, seine arrogante Widersacherin mitten in Arnac zu erschießen. Ein paar neugierige Arenaangestellte kamen bei all dem Lärm bereits herbeigelaufen und wurden von Jade ohne Umschweife davongejagt.

»Wo ist Angel?«, raunte Dog und ließ seine gesicherte Pistole zurück in den Gürtelholster gleiten.

»In Alexandria«, erwiderte Jade, nachdem sie wieder allein waren. Sie hielt es für das Beste, sich vorerst mit den Späßen zurückzuhalten und dem immer noch betrunkenen Muskelprotz ein paar sachliche Antworten zu gönnen.

»Ohne mich?«

Enttäuscht holte Dog sein MG und Angels geliebtes Scharfschützengewehr unter der Holzpritsche hervor, das er keinen

Moment aus den Augen gelassen hatte. Er zwängte sich an den beiden Frauen vorbei in Richtung Waschraum, wo er eine Dusche in Form einer Schüssel Wasser nahm, die er sich kurzerhand über den Kopf schüttete.

»Warum bist du ihr nicht gefolgt?«, fragte Cassidy und ließ es wie eine Schuldzuweisung klingen.

»Hast du schon mal versucht, Angel zu finden, wenn sie nicht gefunden werden will?«, knurrte Dog zurück. »Ich wollte mich von ihr aufspüren lassen und in diesem Saustall hätte sie mich wohl am ehesten vermutet. Bei euch hat's doch auch geklappt.« Bei seinen letzten Worten funkelte er Jade grimmig an und verschränkte die Arme. »Also, was ist dieses Alexandria und wie sieht euer Plan aus?«

Jade wiederholte die Beschreibung der Schulstadt, in der alle Kinder des Imperiums für zehn Monate im Jahr ausgebildet wurden. Der Nachwuchs war für die Welteroberungspläne der Sicarii ungeheuer wichtig und nur so konnte man die Schüler effektiv schützen und gleichzeitig mit einem Gedankengut ausstatten, das den Vorstellungen des Imperiums entsprach. Rassismus, Religionen oder Familienfehden hatten kaum eine Chance, an die Folgegeneration überliefert zu werden. In den zwei Monaten, in denen die Kinder im Jahr nach Hause durften, belehrten sie eher ihre Eltern anstatt umgekehrt. Da das Imperium für sämtliche Kosten von Schulmaterial, Transport und Verpflegung aufkam, gab es für die Eltern im Gegenzug nur wenige Argumente, sich gegen die imperiumsweit geltende Schulpflicht zur Wehr zu setzen. Bei den laut Jade selten auftretenden Schulverweigerern griff das Imperium allerdings entschieden durch und entzog den in Frage kommenden Eltern rasch das Sorgerecht.

»Genug!«, grollte Dog, dem nach Jades Monolog der Schädel brummte. »Was hat das alles mit Angel zu tun? Was will sie in eurer verdammten Schule?«

»Herausfinden, warum sie für mich einen Krieg führen soll«, antwortete Jade. Anschließend machte sie eine kurze Pause, damit Dog ihre Worte in aller Ruhe verarbeiten konnte. Amüsiert verfolgte sie, wie seine Gesichtszüge bedingt durch den Restalkohol wie in Zeitlupe entgleisten.

»Sie ... soll ... was!?«

»Die Sicarii sind kein homogenes Imperium«, fuhr Jade fort und sprach dabei absichtlich langsamer als sonst. »Es gibt verschiedene Ströme innerhalb des Reiches, die alle unterschiedliche Ziele verfolgen. Die Bacchae und Sacerdos sind nur zwei davon. Die Armee ist seit dem Krieg gegen die Ranger verärgert über unsere mangelhafte Aufklärung und die Generäle schieben den Bacchae die Schuld für den Verlust von vier Legionen in Silver Valley zu. Die Bacchae selbst sind spätestens seit Scarlets wundersamer Wiederauferstehung gespalten, denn bis vor ein paar Wochen galt sie noch als mausetot. Nun versucht sie die anderen davon zu überzeugen, dass wir eine aktive Rolle innerhalb des Imperiums übernehmen sollten. Beim Angriff auf Silver Valley haben die Legionskommandeure auf die Vultures gehört, die einen schnellen Sieg über die angeblich schwachen Ranger versprochen haben. Wären sie stattdessen den Anweisungen der Bacchae gefolgt, hätten sie den maßlos übertriebenen Ausführungen von Eric niemals Glauben geschenkt. Die Neces haben sich ebenfalls zu einer unkontrollierbaren Plage entwickelt, gegen die wir etwas unternehmen müssen. Außerdem wird das Imperium seit Jahren durch eine Allianz von Stämmen im Norden bedroht, die sich die Söhne des Ragnarök nennen. Der Blitzkrieg gegen die Ranger sollte uns genug Material für einen Präventivschlag verschaffen, doch nun sind unsere Legionen stark geschwächt worden und die Söhne des Ragnarök werden nicht mehr lange auf sich warten lassen.« Jade legte eine kurze Denkerpause ein und ließ ihre Worte wirken. »Und ihr dachtet, ihr habt Probleme ...«

Dog blinzelte sie finster aus den Augenhöhlen heraus an. Ihm brummte der Schädel wie nach einer Sauftour und das lag nicht nur am Restalkohol. Aber genau wie viele seiner inzwischen toten Feinde unterschätzte Jade sein strategisches Denkvermögen, das Angel zudem über Jahre geschult hatte.

»Wieso schiebt die Legion die Schuld für das Debakel in Silver Valley auf euch?«, grunzte er andächtig hervor.

Jade zog erstaunt die Augenbrauen hoch, witterte jedoch sofort die Chance zum Gegenangriff.

»Ach ja, das kannst du ja noch nicht wissen«, begann sie mit einem bissigen Unterton. »Faith ist eine von uns. Sie ist eine Bacchae.«

»WAS!?«, fuhr Dog sie zornig an. Jade ging vorsichtshalber einen Schritt zurück und versteckte sich hinter Cassidy, hörte aber nicht auf, schadenfroh zu grinsen.

»Oh ja, und Eric wusste es die ganze Zeit!«

Dog brüllte aus vollem Hals und hätte am liebsten auf sie eingeschlagen, begnügte sich dann jedoch mit den Holzschränken, auf denen die Schüsseln zum Waschen standen. Erst nachdem er zwei davon zu Kleinholz verarbeitet hatte, gewann er seine Fassung zurück.

»Es stimmt«, bestätigte Cassidy kleinlaut. »Sie hat es mir im Kloster selbst erzählt. Wer sie ist und dass sie Victor umgebracht hat.«

»Im Kloster ...?«, fragte Dog mehr verwundert als verärgert. »Du weißt seit zwei Wochen davon und hast nichts gesagt? Nicht mal zu Angel!?«

Cassidy schüttelte beschämt den Kopf.

»Oh man«, stöhnte Dog und setzte sich auf einen der umgestürzten Schränke. Aus irgendeinem Grund linderte es jedoch seinen Schmerz zu wissen, dass selbst Angel keinen blassen Schimmer hatte. »Sie wird dir den Hals umdrehen, wenn sie davon erfährt. Das ist dir klar, oder?«

Cassidy nickte unsicher. Sie hoffte noch immer, Angel überzeugen zu können, dass ihr Schweigen der richtige Weg gewesen war.

»Gibt es sonst noch etwas, das ich erfahren sollte?«

»Für den Moment nicht«, antwortete Jade selbstgefällig, aber Dog ignorierte ihre Anspielung, mit der sie ihn seiner Meinung nach ohnehin nur aufziehen wollte.

»Also dann fahren wir in dieses Alexandria und suchen Angel«, versuchte er zusammenzufassen. »Wie kommen wir da hin?«

Jade verschränkte die Arme und lief nachdenklich auf und ab.

»Der Zug ist gestern abgefahren und kommt erst in zwei Wochen wieder«, überlegte sie. »Und wir werden hier kaum einen Wagen für eine derart lange Reise finden, ohne großes Aufsehen zu erregen.«

»Was ist mit Felicia? Kann die dir nicht helfen?«, fragte Cassidy.

»Du hast sie doch gehört«, antwortete Jade. »Sie hat Wichtigeres zu tun, als mir unter die Arme zu greifen.« Sie runzelte die Stirn und fügte mit einem Gesichtsausdruck hinzu, der nur als Geistesblitz beschrieben werden konnte: »Hast du nicht gesagt, Jiao hätte ihren Wasserstoffwagen bei Charles stehen gelassen? Sie lagert bei ihm immer mehr als genug Reserveflaschen ein.«

Cassidy nickte zaghaft und fragte sich dabei, wie weit Jades und Jiaos Bekanntschaft in Wirklichkeit ging.

»Aber die Armee wird den doch bestimmt beschlagnahmt haben, oder nicht?«

»Im Leben nicht«, erwiderte Jade kopfschüttelnd. »Die sind seit dem Krieg gegen Jiaos Leute sehr vorsichtig, was deren Technik angeht. Außerdem haben sie nur die Hälfte von Angels Team ausgeliefert bekommen. Viel wahrscheinlicher ist es, dass sie den Geländewagen als Köder für Angel benutzen.«

»Na toll. Der fällt also flach«, kombinierte Dog entmutigt.

»Ganz im Gegenteil«, entgegnete Jade. »Bestimmt haben die nicht mehr als eine Handvoll Legionäre auf der Farm zurückgelassen und wissen noch gar nichts von Jiaos Luftangriff auf den Konvoi. Außerdem können sie einer direkten Anweisung von mir nicht einfach widersprechen.« Mit diesen Worten drehte sie sich zur Tür um und rief über ihre Schulter: »Pack deine Sachen. Wir holen uns das Prachtstück!«

2. Respekt

»Für eine Bande von angeblich allmächtigen Agentinnen fahrt ihr verdammt erbärmliche Schüsseln«, beschwerte sich Dog von der ausgeleierten Rückbank.

Jade fuhr seit ihrem Aufbruch von der verwitterten Farm, auf der sie Cassidy von Jiao getrennt hatte, einen uralten Kombi, der wirklich nur noch den Begriff *Rostlaube* verdiente. Das erklärte auch, warum sie auf einen neuen fahrbaren Untersatz für die Reise nach Alexandria bestanden hatte.

»Anders als die Legionäre oder die Sacerdos werden die Bacchae von niemandem bezahlt«, erwiderte sie mit einem defensiven Unterton, der ihren Unmut darüber zum Ausdruck brachte. »Wir müssen selbst für unsere Ausrüstung Sorge tragen, was uns eben manchmal zur Improvisation zwingt.«

Cassidy hatte die Beine angezogen und blickte verängstigt aus der fehlenden Beifahrertür. Sie musste sich bei scharfen Rechtskurven gut festhalten, um nicht aus dem scheppernden Schrotthaufen geschleudert zu werden. Einen Sicherheitsgurt suchte sie vergeblich. Die ganze Fahrt über flog ihr zudem der feine Steppensand ins Gesicht, so dass ihre Haut jeder Scharfschützentarnprüfung standgehalten hätte, als sie nach gut drei Stunden endlich auf den Feldweg zu Charles' Farm abbogen.

Mit krächzendem Husten und Würgen reinigte sie ihre Atemwege und nahm an, dass Jade den Wagen in sicherem Abstand parken und zu Fuß die Lage sondieren würde. Doch stattdessen trat die ebenfalls völlig versandete Fahrerin jetzt erst recht auf das Gaspedal. Sie jagte die Nuckelpinne mit einem derart lauten Geklapper auf das Herrenhaus zu, das den ans Auto gehängten Dosen einer Hochzeitsgesellschaft ähnelte. Nicht einmal der schwerhörige Victor hätte sie bei diesem Lärm überhören können.

Erst als Jade direkt vor Charles' Wohnsitz den Motor abstellte, kehrte wieder Ruhe ein. Bis auf ein paar Sklaven, die in der Abenddämmerung von den Feldern zurückkehrten und sie neugierig beäugten, konnten sie niemanden sehen. Jade stieg aus und wies Dog an, ihr mit dem Maschinengewehr im Arm nicht von der Seite zu weichen. Cassidy sollte in der Nähe des Wagens bleiben. Widerwillig folgte der Hüne ihrem Befehl, während sich Cassidy den Staub aus den Klamotten klopfte und sich anschließend hinter den Vorderreifen der Beifahrerseite hockte.

Dog zeigte auf die Scheune, in der Jiao den Geländewagen abgestellt hatte. Sie gingen ein paar Schritte darauf zu, doch bevor sie hineinsehen konnten, öffneten sich die Doppeltüren des Herrenhauses. Charles wurde von einer glatzköpfigen Frau in sandfarbener Legionärskleidung und rotem Barett bis zur Rampe gefahren. Anschließend winkte sie Jade herbei. Nun stand fest, dass die Armee längst nicht abgezogen war. Ehe der alte Rollstuhlfahrer etwas zu sagen vermochte, ergriff die Soldatin das Wort.

»Was führt euch in diese Gegend, Herrin?«, rief sie Jade angespannt entgegen.

Sie hatte ihren Respekt vor den Bacchae nicht vergessen, doch ihr selbstsicheres Auftreten und ihre vorwurfsvolle Stimmlage machten deutlich, wie wenig sie sich über den unerwarteten Besuch freute. An ihrem Kragen erkannte Jade die Rangabzeichen eines sicariianischen Sergeants. Sie kommandierte demnach einen Trupp aus zwölf Soldaten, der sich vermutlich im Umkreis des Herrenhauses verschanzt hatte. Kahlrasierte Köpfe waren bei weiblichen Legionärinnen nicht unüblich, besonders bei Unteroffizierinnen, die von ihren Männern zunächst als Soldatin und erst danach als Frau gesehen werden wollten.

»Der Plan deines Colonels ist fehlgeschlagen«, antwortete ihr Jade und stolzierte dabei unaufhaltsam auf sie zu.

Dog kannte zwar weder die Ränge noch die Taktiken der sicariianischen Armee, aber auch er konnte spüren, wie ihn unzählige Augen in den Getreidefeldern beobachteten.

»Euer Konvoi wurde bei einem Luftangriff zerstört. Dein Colonel ist tot, die Gefangenen sind entkommen«, fuhr Jade fort, bis sie unmittelbar vor Charles und der Soldatin stand. »Du bist allein!«, hauchte sie ihr zu.

»Allein?«, echote sie zurück. Diesmal mit einem deutlich spöttisch klingenden Unterton. Anschließend nahm sie Daumen und Zeigefinger in den Mund und pfiff einmal laut in die untergehende

Abendsonne, woraufhin die versteckten Legionäre aus ihren Löchern kamen. Einen Moment lang blickten sie sich fragend an, richteten dann aber alle ihre Gewehre auf Jade und Dog.

»Ihr verdammten Bacchae!«, giftete die Soldatin und streckte dabei ihren Kopf in Jades Richtung, so als wollte sie ihr am liebsten das Ohr abbeißen. »Ständig meint ihr, euch in alles einzumischen und uns Befehle erteilen zu dürfen. Doch damit ist jetzt Schluss. Verschwinde und nimm diesen Verräter mit, bevor ich euch beide erschießen lasse!«

Jade trat einen Schritt zurück und ließ es dabei aussehen, als würde sie tatsächlich die Flucht antreten wollen. Die Soldatin zog verächtlich die Mundwinkel hoch und entspannte sich, da riss Jade innerhalb eines Sekundenbruchteils ihr Schwert vom Rücken und schlug ihr mit einem Hieb den Kopf ab. Dog verschanzte sich sofort hinter einer Holzsäule auf der Terrasse des Herrenhauses. Charles hätte sich in Erwartung des nun folgenden Feuergefechts beinahe aus seinem Rollstuhl fallen lassen.

Jade hingegen schien für ein paar Augenblicke wie zur Salzsäule erstarrt. Das Blut ihres ahnungslosen Opfers tropfte von der Klinge auf den aufgeplatzten Holzboden und versickerte zwischen den knochentrockenen Brettern. Die Sklaven warfen sich auf die Erde oder versteckten sich in den Schuppen. Cassidy entsicherte ihr Gewehr und spähte unter dem klapprigen Kombi hindurch.

Doch nichts geschah. Keiner der Legionäre wagte es, einen Schuss abzugeben. Jade stach ihre Schwertspitze in den Hals des Kopfes und stolzierte die drei Stufen der Veranda hinab auf die Straße.

»Gibt es hier sonst noch jemanden, der ein Problem mit uns hat?«, schmetterte sie den Soldaten entgegen. Bis auf ihr Schwert in der rechten Hand schien sie völlig unbewaffnet und trug nicht mal eine schusssichere Weste unter dem leichten Trenchcoat. Die lag zusammen mit ihrer Schrotflinte im Kofferraum der Rostlaube.

Ein einzelner Schuss würde genügen, um ihr das Maul zu stopfen, dachte sich Dog im Stillen. Jade hatte ihm den Rücken zugekehrt und war umgeben von Legionären, die sicher nicht unglücklich darüber wären, wenn er sie aus dem Weg räumen würde. In diesem Moment bemerkte er, wie er sein Gewehr stattdessen instinktiv auf die imperialen Soldaten ausgerichtet hatte.

»Euer Colonel ist tot! Euer Sergeant ist tot! Ihr habt hier nichts mehr verloren!«, rief Jade ihnen zu. Sie schleuderte den leblosen Schädel in Richtung der Legionäre und zeigte mit ihrem ausgestreckten Schwert auf die Hauptstraße. »Verschwindet, bevor euch das gleiche Schicksal ereilt.«

Dann geschah etwas, womit Cassidy und Dog nie im Leben gerechnet hätten. Zwölf sicariianische Soldaten, alle bis an die Zähne bewaffnet und gut verschanzt, verließen ihre Stellungen und traten den Fußmarsch nach Arnac an, für den sie die halbe Nacht brauchen würden.

Jade wartete geduldig, bis die Legionäre außer Reichweite waren und kehrte anschließend zur Veranda zurück. Charles ließ ein paar Sklaven die Leiche wegschaffen, während er sich den Angstschweiß von der Stirn wischte.

»Was zum Henker war denn das?«, fauchte Dog Jade an.

»Sie ist eine verdammte Bacchae«, erklärte Charles mürrisch. Er wirkte dabei trotzdem, als wäre ihm eine schwere Last von der Brust genommen worden. »Die haben viel zu viel Angst vor deren Vergeltungsmaßnahmen, um sich öffentlich mit ihr anzulegen.«

Jade sah die beiden mit starrem Blick an und reinigte ihr schartiges Katana mit einem Tuch, dass ihr ein schüchternes Hausmädchen gebracht hatte.

»Trotzdem muss die Legion wirklich sauer auf uns sein, wenn mir bereits kleine Sergeants derart aggressiv gegenübertreten«, philosophierte sie und ließ es wie eine Frage klingen.

»Das kannst du laut sagen. Zwei Tage lang durfte ich mir die Hasstiraden von Fräulein *Ich-hab-die-Nase-voll* anhören.« Charles setzte sich in seinem Rollstuhl gerade hin und nahm Abstand von der Blutlache, als seine Arbeiter mit Lappen und einem Eimer Wasser kamen, um die Terrasse zu reinigen. »Ich hab gewusst, dass sowas passieren würde, verdammt«, fluchte er.

»Womit hat sie dich diesmal bestochen?«, fragte Jade.

»Brandy«, brummte Charles zurück wie ein schlechter Verlierer.

»Ist ihr Wagen noch da?«

Der alte Rollstuhlfahrer nickte und ließ sich von Jade zu der größten Scheune seines Hofes schieben, indem Jiao ihren Luxusgeländewagen versteckt hatte.

»Die haben die ganze Zeit versucht, das Ding zum Laufen zu bringen«, rief Charles mit einem spöttischen Lachen, als Cassidy und Dog einsteigen wollten, die Türen jedoch verriegelt vorfanden.

»Und nun?«, fragte Cassidy.

Jiao hatte ihr die spezielle Panzerausführung des Wagens erklärt, der vor dem weltweiten Zusammenbruch von Politikern genutzt worden war. Die Außenhülle konnte angeblich Panzerabwehrraketen standhalten, weswegen sich Cassidy beim besten Willen nicht vorzustellen vermochte, wie Jade den schwarzen Straßenkreuzer starten wollte.

Ohne auf die Frage zu reagieren, stellte sich die Schwertkämpferin vor den verchromten Kühler und blickte in den tiefroten Himmel über der Scheune.

»Wenn du deine Tochter jemals lebend wiedersehen willst, dann lässt du jetzt den Wagen an!«, brüllte sie in die Abendsonne.

Cassidy und Dog teilten verdutzte Blicke miteinander. Auch Charles kratzte sich am Kopf und fragte sich, was Jade zu tun versuchte. Es wirkte wie ein öffentliches Stoßgebet, was bei den Sicarii immerhin juristisch grenzwertig war. Dann blitzten plötzlich die Blinker auf, die Türen entriegelten sich und einen Augenblick später sprang der kräftige Motor wie von Zauberhand an. Die schaulustigen Feldarbeiter wichen eingeschüchtert zurück. Nur Charles verstand, dass Jiaos Vater den Wagen mit seinen Aufklärungsdrohnen keinen Moment aus den Augen gelassen hatte. Eine davon kreiste vermutlich seit Tagen über seinem Hof.

»Bin ich euch nun endlich los? Oder kommt morgen die nächste Legion auf meinen Hof gestürmt?«

»Die Armee wird bald ganz andere Sorgen haben«, antwortete Jade knapp. Sie wies Cassidy an, den Motor abzuschalten und schob den alten Mann zurück zu seinem Herrenhaus.

»Wir bleiben über Nacht hier«, sagte sie auf dem Weg. Es war keine höfliche Frage, ob er für sie ein Nachtquartier hätte, sondern eine simple Feststellung, die er nur mit einem unterwürfigen Nicken beantworten durfte.

Nachdem die Sonne untergegangen war, öffnete Charles vor dem Kamin die fünfzig Jahre alte Flasche Brandy, die Jiao ihm als Gegenleistung für seinen geliehenen Pick-up geschenkt hatte. Als Ausgleich für den ungerechtfertigten Angriff, bei dem er sein Auto verloren hatte, überließ ihm Jade die klapprige Rostlaube, deren Zustand ihrem Vorgänger in nichts nachstand.

Cassidy beobachtete neugierig, wie der Rollstuhlfahrer die bernsteinfarbene Flüssigkeit minutenlang in seinem dickbäuchigen Glas herumschwenkte und immer wieder daran schnupperte, bis er sich die äußerst selten gewordene Kostbarkeit schmecken ließ. Sie versuchte seine Bewegungen nachzuahmen, brach aber aufgrund des brennenden Alkohols schon beim ersten Kontakt in lautes Husten aus. Dog zeigte dagegen keinen großen Genießergeist und kippte das edle Getränk wie den billigen Fusel aus der Taverne runter. Dabei flegelte er sich in seinen ausgeleierten Ledersessel hinein, als gehörte ihm das rustikale Herrenhaus.

Jade stand unterdessen gedankenversunken vor dem angenehm warmen Kaminfeuer. Sie hielt ihr Glas mit verschränkten Armen vor der Nase und schwenkte es mit Abstand am längsten im Kreis, ohne auch nur ansatzweise davon zu trinken. Sie hatte ihren Trenchcoat abgelegt und rieb sich hin und wieder mit der linken Hand den verspannten Nacken, wobei sie die Augen schloss und leise seufzte.

So hatte Cassidy sie noch nie erlebt. In Eagle Village war sie ganz Herr der Lage gewesen, als sie Cassidy wie ein Stück Vieh auf dem Marktplatz begutachtet hatte. In Brackwood tänzelte sie um Angel herum wie eine Wildkatze, die mit ihrer Beute spielte, und in Arnac war sie die unbeugsame Befehlshaberin gewesen, die sich gegen vier bewaffnete Männer stellte, um ihrer Position Ausdruck zu verleihen. Zum ersten Mal wirkte sie nachdenklich und unentschlossen.

Als Cassidy kurz davor war, sie nach ihren Sorgen zu fragen, trank Jade ihr Glas mit einem Mal aus.

»Aufbruch morgen sechs Uhr«, sagte sie mit fester Stimme, stellte das leere Glas auf den Kamintisch und stampfte die Treppe zum zweiten Stock hoch, wo ihr die Hausdamen das Gästezimmer vorbereitet hatten. Cassidy blickte Jade verwundert hinterher, bis Dog mit den Schultern zuckte und sich gleichgültig nachschenkte.

»Nehmt es ihr nicht übel«, brummte Charles. »Nur Jade weiß, was in Jade vorgeht.«

***

Als die Sklaven im Morgengrauen auf die Felder geschickt wurden, war Jade bereits mit der Überprüfung des Geländewagens beschäftigt. Sie wirkte abgekämpft und mit den Gedanken woanders, so als hätte sie die Nacht kaum geschlafen.

Cassidy hingegen fühlte sich wie neu geboren. Nach dem Hubschrauberabsturz, den heißen Stunden in Arnac und dem klapprigen Auto hatte ihr das kuschlige Bett in dem Herrenhaus so richtig gutgetan. Die Belegschaft war schon den ganzen Morgen mit dem Schmieren von Broten und dem Kochen von Fleisch beschäftigt. Bei den Sicarii durften Sklaven nämlich keinen Hunger leiden, wie Charles ihr beim Frühstück erklärte.

Nach jedem Eroberungsfeldzug des Imperiums fiel allen Besiegten der Status von Sklaven zu, in dem sie sich fünf Jahre bewähren mussten, sofern sie sich nicht friedlich unterworfen hatten. Wer den Gesetzen folgte und seiner zugewiesenen Arbeit nachging, erhielt im Laufe dieses Zeitraums den Status eines freien Menschen und hatte außerdem die Chance, die Staatsbürgerschaft des Sicariianischen Imperiums zu erlangen. Dabei legten die Sicarii für gewöhnlich großen Wert darauf, Familien zusammenzuhalten, damit die eroberten Völker ein Ziel vor Augen hatten, für das es sich zu leben lohnte. Die einzige Ausnahme bildeten Kinder unter zwölf Jahren, die sofort den Status als Freie erhielten und nach Alexandria kamen. Ältere Kinder und Jugendliche wurden zunächst genauer untersucht, um festzustellen, ob sie noch formbar genug waren, oder stattdessen die Prozedur der Erwachsenen durchlaufen mussten.

Wer sich nach dem Ende eines Krieges nicht unterwarf, wurde entweder ins Gefängnis gesteckt oder hingerichtet; je nach Gefährlichkeit. Unterschiede gab es lediglich bei Vernichtungskriegen, bei denen der Feind völlig ausgelöscht werden sollte, um beispielsweise einem neuen Verbündeten unter die Arme zu greifen, wie es mit den Rangern geschehen war.

Charles vertrat die Einstellung, dass es beileibe kein perfektes System war, aber er beharrte auf dem Standpunkt, dass nach den Chaosjahren der Endzeit ein Schlussstrich gezogen werden musste. Bis auf seltene Zwischenfälle seien die Sicarii für ihn ein Segen gewesen. Er stimmte Jade zu, dass die Legion seit ihrer Niederlage in Silver Valley an Kontrollverlust litt, hielt sich jedoch mit Schuldzuweisungen zurück.

Bei Strafgefangenen verfuhr das Imperium ähnlich. Es gab keine Haftstrafen von über fünf Jahren. Jeder längere Aufenthalt im Tartarus, dem sicariianischen Gefängnis, würde mit Sicherheit schwere psychische Folgen nach sich ziehen, die eine Resozialisierung in den meisten Fällen ausschlossen.

Straftaten wie Kindesmisshandlungen, Mord aus niederen Motiven oder sexueller Missbrauch, die mit einer solch vergleichsweise kurzen Haftdauer nicht abgegolten werden konnten, führten häufig zu einer sofortigen Hinrichtung oder zum sogenannten *Entzug der Menschlichkeit*. Was das genau bedeutete, wusste Charles nicht. Allerdings wurden die Täter anschließend nie wieder gesehen.

Alle anderen Verbrechen ließen sich alternativ mit einem verkürzten Dasein als Sklave abgelten. Der Großteil der sicariianischen Bürger begrüßte und respektierte diese Form der Strafe, weil ein Gesetzesbrecher damit zeigte, dass er seine Tat aufrichtig bereute und bereit war, dafür zu büßen. Man wurde auf den Sklavenmärkten wie im Altertum verkauft und das Geld kam den Geschädigten zugute.

Cassidy hörte Charles' Ausführungen interessiert zu und verglich sie mit den Erzählungen ihres Bruders Caidens über seine Zeit als Sklave der Vultures. Zwangsarbeit blieb natürlich Zwangsarbeit, aber allmählich war sie froh darüber, dass die Sicarii die Oberhand über die brutale Gang gewonnen hatten.

Nachdem sich ihre Bauchdecke von der köstlichen Völlerei spannte, wankte sie aufstoßend aus der Tür, um Jade bei der Vorbereitung des Wagens zu helfen.

Dog brauchte sich dieses Mal keine Sorge um seine Grundversorgung mit Fleisch zu machen. Während Cassidy Jade zur Hand ging, hockte er in der Küche und verschlang ein Rippchen nach dem anderen. Als die Bacchae lautstark auf die Hupe hämmerte, ließ er sich sogar noch ein halbes Schwein einpacken. Nach der bitteren Enttäuschung von Jiaos vegetarischem Verpflegungspaket wollte er auf der anstehenden Reise kein Risiko eingehen.

»Was soll ich sagen, wenn die Legion nun doch zurückkehrt?«, fragte Charles vor dem Abschied auf seiner Veranda.

»Erzähl ihnen die Wahrheit«, antwortete Jade gleichgültig. »Und schieb die Schuld auf mich. So wie die Armee sich zurzeit aufführt, werden sie dir ohnehin nichts anderes glauben.«

Der alte Rollstuhlfahrer wischte sich den Schweiß der Vormittagssonne von seiner spiegelnden Glatze und seufzte resigniert. Er war nur ein kleines, ohnmächtiges Rädchen in einem viel größeren Spiel. Jade behandelte ihn mit Respekt, aber er wusste, dass sie ihn ohne mit der Wimper zu zucken opfern würde, wenn es ihre Pläne erforderten. Ihr Exempel an der Soldatin hätte genauso gut in einem erbitterten Gefecht enden können, was Jade bewusst in Kauf genommen hatte. Es war ein gefährliches Spiel, das sie auf seinem Rücken austrug. Und auf dem Rücken des gesamten Imperiums, für Ziele, die nur die Bacchae verstanden.

Doch Charles wusste auch, dass die Bacchae auf lange Sicht die sichere Seite waren. Legionäre wurden versetzt, fielen im Kampf oder gingen in den Ruhestand, woraufhin andere ihren Platz übernahmen. Ihre Ziele blieben kurzfristig und leicht überschaubar. Aber Bacchae war man ein Leben lang. Außerdem achtete jede Bacchae die Versprechen ihrer Ordensschwestern. Deswegen war es gut, dass Jade ihn mit Respekt behandelte, denn Respekt war gleichbedeutend mit Unterstützung. Und darum winkte er Jade mit einem ernstgemeinten Lächeln hinterher, als der Luxusgeländewagen von einer Staubwolke auf dem knochentrockenen Feldweg verschluckt wurde.

3. Feuertaufe

Den ganzen Tag lang flog die Landschaft an dem schwarzen Straßenkreuzer vorbei. Sofern es die Straßenverhältnisse zuließen, fand Jade offensichtlich Gefallen an geradezu waghalsigen Geschwindigkeiten, aufgrund derer sie im Stundentakt die Gasflaschen wechseln musste. Die Metallzylinder lagen bis unters Dach gestapelt und fest verzurrt im Heck des Wagens und sahen aus wie silberne Torpedos.

»Wie weit ist es noch bis Alexandria?«, wollte Cassidy neugierig wissen.

Dank des hochmodernen Fahrwerks und der guten Pflege verlief die Reise sogar auf den aufgeplatzten Straßen des Imperiums angenehm ruhig. Die Klimaanlage blies ununterbrochen erfrischend kalte Luft ins Wageninnere und Cassidy hatte sich gemerkt, wie Jiaos Radio funktionierte.

»Zweihundertfünfzig Kilometer«, antwortete Jade knapp. Sie hatte seit dem Aufbruch kaum ein Wort gesagt und die permanent spielende Musik ließ die Passagiere ohnehin in ihre eigenen Gedankenwelten abgleiten. Nun wunderte sich Cassidy aber doch, ob sie es noch vor Einbruch der Dunkelheit schaffen würden.

»Heute kommen wir da nicht mehr an. Wir übernachten bei meiner Familie«, kam Jade ihr zuvor.

Jades Familie, dachte Cassidy erstaunt. *Wie sieht wohl die Familie einer nahezu allmächtigen Agentin des Imperiums aus?*

Vor ihren Augen erschien das Bild eines luxuriösen Hauses mit unzähligen Bediensteten, das sie unweigerlich an Charles' Anwesen erinnerte. Vermutlich waren Jades Eltern unglaublich stolz auf ihre Tochter und würden sich über den seltenen Besuch freuen.

Während Cassidy sich ihren Gedanken hingab, steuerte Jade den mächtigen Geländewagen von der asphaltierten Straße runter und pflügte quer durch die niedrigen Steppengräser, bis sie an den Rand eines Tals kamen. Cassidy streckte den Kopf nach vorn und suchte nach dem vermeintlichen Landhaus, doch stattdessen erblickte sie eine gemischte Viehherde aus Rindern, Schafen und

Ziegen, die von zwei Männern auf Pferden bewacht wurde. Als sie das schwarze Ungetüm auf sich zukommen sahen, stellten sie sich schützend vor die Tiere und warteten, bis Jade neben ihnen stoppte.

Sie ließ ihr abgedunkeltes Seitenfenster herunter und winkte den beiden zurückhaltend zu. Die Hirten starrten sie an, als wollte Jade ihnen die Herde stehlen. Sie zeigten mürrisch in Richtung Südosten, ohne ein Wort zu sagen. Jade verriegelte das schwere Panzerglasfenster und folgte dem Kurs.

Einer der Männer kehrte zur Viehherde zurück, der andere jagte dem Geländewagen nach und lieferte sich ein Wettrennen zwischen einer und fünfhundert Pferdestärken. Sie hielten auf eine weitere Hügelkette zu, bei dessen Anstieg alle vier Räder bis aufs Äußerste gefordert wurden und der Reiter auf seinem Roß deutliche Vorteile genoss. Als sie endlich oben angekommen waren, suchte Cassidy erneut nach dem Landsitz von Jades Eltern, erblickte aber stattdessen nur zwei kreisrunde Jurten inmitten eines kahlgefressenen Tals. Dazwischen stand ein feuerroter Jeep, der hundert Jahre alt sein musste und schon aus der Ferne so aussah, als stünde er kurz vorm Auseinanderfallen.

Jade verlangsamte die Fahrt, als sie sich den beiden Hütten näherten und stellte den völlig deplaziert wirkenden Luxuswagen neben die halbvolle Pferdetränke, so als hätte sich die Maschine ebenfalls eine Erfrischung verdient.

Der Reiter war noch nicht abgestiegen, da öffnete sich die Holztür der kleineren Jurte. Ein Mann von Victors drahtiger Statur und Monroes gereiftem Alter trat gefolgt von einer in pastellfarbige Tücher gehüllten Frau heraus. Tiefe Furchen in ihren Gesichtern ließen auf ein hartes, entbehrungsreiches Leben schließen, das von ihrem mürrischen Auftreten zusätzlich unterstützt wurde.

»Was willst du hier?«, fuhr der Alte Jade an und spuckte ihr vor die Füße.

Cassidy zuckte schon fast aus Gewohnheit zurück und vermutete, dass jeden Moment Köpfe rollen würden. Auch Dog griff geistesgegenwärtig nach dem Türöffner der Heckklappe, hinter der sein Maschinengewehr lag.

»Wir brauchen ein Lager für die Nacht, Vater«, antwortete Jade stattdessen beinahe demütig.

»Natürlich«, erwiderte der Mann. »Die große Jade besucht uns unwürdige Kreaturen nur, wenn es in ihre verdammten Pläne passt.«

Er spuckte erneut auf den Boden und zeigte anschließend auf die größere Hütte.

»Morgen früh bist du wieder verschwunden, damit das klar ist.«

Mit diesen Worten drehte er ihr den Rücken zu und verschwand hinter seiner Holztür. Seine Frau schwieg, aber ihre düster funkelnden Augen und die Selbstverständlichkeit, mit der sie ihrem Mann folgte, machten deutlich, dass sie ganz seiner Meinung war.

Jade wartete, bis die beiden die Tür hinter sich geschlossen hatten, bevor sie sich entspannte und dem einsamen Reiter zuwendete.

»Wie geht es ihnen?«, fragte sie leise, so als fürchtete sie, durch die Jurtenwände gehört werden zu können.

»Wie soll es Eltern gehen, die auf einen Schlag alle acht Kinder verloren haben?«

Er war Mitte vierzig, hatte zerzaustes, dunkelbraunes Haar, das ihm bis zum Halskragen reichte, trug ein hellblaues Hemd und eine ausgewaschene, hellbraune Jeanshose. Er sah Jade ähnlich und wirkte wie ein Cowboy aus dem Wilden Westen.

»Wir sind nicht alle tot, Jacob«, zischte Jade in Richtung der Hütte, so als hoffte sie, diesmal Gehör zu finden.

»Von ihrem Standpunkt aus hast du ihnen keins ihrer Kinder gelassen«, sprach der Reiter.

Bevor sie antworten konnte, führte er die drei zu der größeren Jurte, als wolle er einer Diskussion aus dem Weg gehen. Im Inneren wartete bereits eine Frau in Jades Alter mit frisch aufgebrühtem Kräutertee. Auch Dog schien sich auf ein komfortables Nachtquartier im Stil des feudalen Herrenhauses gefreut zu haben, denn er brummte missmutig, als es stattdessen nur eine Schale bitteren Tees auf dem Boden einer primitiven Hütte gab.

»Also? Was führt dich hierher?«, fragte Jacob und klang dabei genauso anklagend wie der alte Mann, der sich als Jades Vater entpuppt hatte.

»Wir sind auf der Durchreise. Weiter nichts«, antwortete sie ausweichend.

»Immer noch die Geheimniskrämerin«, erwiderte der Hirte mit unterschwelligem Galgenhumor. Dann nickte er in Cassidys Richtung. »Ist sie deine Neue?«

Cassidy verschluckte sich beinahe an dem heißen Tee und starrte Jade fragend an.

»Nein.«

Jade rieb sich gereizt die Stirn, so als hätte sie gar kein Interesse an einer längeren Konversation. Mit knappen Worten stellte sie Jacob und seine schwangere Frau Tijana vor, die sich dabei schüchtern ihren schwarzen Pony aus dem Gesicht wischte.

Jacob war der jüngere Bruder von Jades Vaters und demnach ihr Onkel. Gemeinsam zogen sie mit ihrem Sohn Kenan als Nomaden durch die Endzeitsteppe, immer begleitet von ihren Viehherden. Es war eine vergessene Lebensart, die mit dem Ende der zivilisierten Welt einen zweiten Frühling erfuhr; ähnlich den Brieftauben von Silver Valley. Lange an einem Ort zu bleiben konnte für einzelne Familien schnell zur Todesfalle werden. Außerdem bot das karge Land nur für kurze Zeit genug Futter für das Vieh. Die unterirdischen Schmelzwasserreservoirs, die sie über viele Jahre ausgekundschaftet hatten, brauchten Monate, um sich wieder aufzufüllen.

Jade hatte den Wandel ihrer Familie von Großstadtbürgern, die ohne Computer und Handys nicht mehr leben konnten, zu Nomaden auf dem Rücken von Pferden, die Vieh züchteten und in manchen Jahren von der Hand in den Mund zehrten, im Laufe ihrer Kindheit miterlebt. Ihre ersten Behausungen bestanden aus fahr-untüchtigen Wohnwagen, in denen es in der Nacht aus allen Ecken zog und überall reinregnete, bis sie eines Tages auf Einwanderer aus fernen Ländern trafen, die noch etwas vom Jurtenbau ver-standen und ihnen ein paar Grundlagen lehrten.

Während ihr Onkel Jacob von der entbehrungsreichen Lebensart berichtete, erinnerte sich Cassidy an Angels Geschichten. Sie er-zählte, wie Angels Familie ebenfalls viele Jahre rastlos durch die Steppe gezogen war, bis die Red Dragons sie überfallen und versklavt hatten. Jade hörte sich ihre Ausführungen in Ruhe an und

Jacob gab zu, dass ihnen mehr als einmal ein ähnliches Schicksal bevorstand und sie sich oft nach der Rückkehr zur Zivilisation gesehnt hatten. Als die dann aber eines Tages vor der Tür stand, waren sie plötzlich nicht mehr so überzeugt davon.

Die sicariianischen Legionen vertrieben die Gangs im Handumdrehen, ebenso wie sie die Ranger und Vultures besiegt hatten. Anschließend mussten sich die Nomaden jedoch dem Imperium anschließen, ob sie wollten oder nicht. Da gingen Jades und Jacobs Ansichten auseinander. Zwar durften sie ihren Lebensstil fortführen, waren aber fortan gezwungen, sich an vorbestimmte Marschrouten und strenge Obergrenzen für die Viehzucht zu halten.

Jade argumentierte, dass ihnen das Imperium Sicherheit und einen gewissen Wohlstand bot. Sie lebten nicht länger nur für sich selbst, sondern trieben Handel mit den umliegenden Provinzen und standen unter dem Schutz der Legion. Jacob hingegen vermisste die Freiheit, an die sie sich gewöhnt hatten, und beschwerte sich über die restriktiven Auflagen. War ihr Nomadendasein zu Beginn eine mühselige Notwendigkeit gewesen, hatte sie sich inzwischen in ihren Lebensstil verwandelt, den sie ungern aufgeben wollten.

Das alles änderte sich jedoch schlagartig, als sie vor vielen Jahren eine Bacchae besuchte. Ihr Name war Sydney und sie gehörte genau wie Scarlet zu den ersten des damals noch wenig bekannten Kults. Viehdiebe hatten wiederholt Schafe und Ziegen von den umliegenden Bauernhöfen gestohlen und ihr erster Verdacht fiel auf die Nomaden, die unter den Landwirten als unnütze Parasiten galten. Jade war zu dieser Zeit eine aufsässige Vierzehnjährige, die alles besser wusste als ihre Eltern. Es war die Zeit ihrer Schulferien, nachdem sie ihr zweites Schuljahr in Alexandria verbracht hatte.

Jade kannte die sympathische Frau bereits aus dem Themis-Tempel der Bacchae und ihren gelegentlichen Vorlesungen, die meist spannende Erzählungen aus den entlegenen Winkeln des Imperiums waren. Als sie die Agentin wiedererkannte, wich sie nicht mehr von ihrer Seite. Zunächst schien Sydney das Mädchen zu ignorieren, doch als sie nicht locker ließ, nahm sie Jade mit auf ihre Missionen. Jades Eltern waren alles andere als erfreut, als ihre

Tochter den vergleichsweise kurzen Ferienaufenthalt mit der Fremden verbringen wollte, anstatt ihnen bei der täglichen Arbeit zu helfen.

Gemeinsam befragten sie die Landwirte, untersuchten die Viehherden der Nomaden und verhörten die mutmaßlichen Viehdiebe. Dabei fiel Sydney die außergewöhnliche Beobachtungsgabe und der Sachverstand über die Steppe in der kleinen Nomadin auf. Jade lernte schnell und war überaus interessiert an allem, was Sydney tat, egal ob sie sich die strohblonden Haare zu einem langen Zopf zusammenflocht oder ihrem persönlichen Kampftraining nachging. Sie bevorzugte dabei ein gebogenes Katanaschwert, das Jade inzwischen stolz auf ihrem Rücken trug.

Die Untersuchung dauerte fast einen Monat, da Sydney immer wieder zwischen den Nomadenfamilien und den Großgrundbesitzern hin und her reiten musste. Am Ende entdeckte sie, dass die Farmer sich absichtlich untereinander bestohlen, die Brandzeichen gefälscht und die Tiere in die Herden der Nomaden geschmuggelt hatten, um die landstehlenden Parasiten loszuwerden. Daraufhin verfügte die Bacchae, dass sich die Landwirte nicht nur öffentlich entschuldigen, sondern den fälschlich beschuldigten Nomaden zusätzlich einmal im Jahr einen Großteil ihrer Ländereien zur Verfügung stellen mussten. Außerdem durften die Steppenfamilien das eingeschleuste Vieh behalten.

Die unerwartete Gerechtigkeit, mit der weder die Nomaden noch die Farmer gerechnet hatten, imponierte Jade so sehr, dass sie unbedingt weiter für die Bacchae arbeiten wollte und sich nach ihrer Rückkehr nach Alexandria bei der Prätorianischen Garde bewarb. Die elitäre Sondereinheit stellte das militärische Rückgrat des Kults dar, die nicht jeden Auftrag allein ausführen konnten. Wann immer sie loyale Truppen benötigten, durften sie laut Gesetz bis zu sechs Prätorianer befehligen. Gleichzeitig war es die Aufgabe der Prätorianer, über die Handlungen der Bacchae Buch zu führen. Sie waren bis an die Zähne bewaffnete Chronisten, die ihre Berichte an den Tempel in Alexandria sandten, so dass eine einzelne Bacchae nie unbemerkt eigenen Zielen nachzugehen vermochte.

Jade erinnerte Cassidy an die Soldaten mit den schwarzen

Baretts, die im Zuge ihres Aufeinandertreffens in Brackwood die Ruhe bewahrt und erst auf Jades Befehl hin zu den Waffen gegriffen hatten, während die Legionäre direkt nach der Explosion bei den Gefängniszellen der Panik verfallen waren. In Arnac schützten sie Cassidy, Jiao und Dog ohne Widerrede gegenüber den Stadtunruhen, obwohl sie offiziell als Feinde des Imperiums galten. Einer von ihnen hatte Dog sogar einen polizeilichen Kampfstab zugeworfen, damit er sich mit Jade duellieren konnte.

Jade war mit ihren vierzehn Jahren natürlich noch zu jung für den militärischen Drill der Spezialeinheit und stand kurz davor, ihr Schicksal enttäuscht zu akzeptieren, als sie ein Brief von Sydney erreichte. Ihre gesunde Aggressivität und ihr verbissener Kampf um Gerechtigkeit hatten Sydney dermaßen beeindruckt, dass sie ihre Schülerin werden sollte.

Jede Bacchae durfte nur eine Schülerin haben, die zuvor von den Ältesten im Themis-Tempel akzeptiert werden musste. Dabei war es die Aufgabe der Mentorin in spe, als eine Art Anwältin die Talente und Tugenden ihrer Auserwählten vor den anderen Bacchae zu verteidigen. Jade erinnerte sich daran, wie Sydney immer wieder betont hatte, dass sie niemals lockerlassen würde, wenn sie einmal ein Ziel ins Auge gefasst hatte. Sie wusste, dass ihre Familie genau wie die anderen Nomaden unschuldig gewesen war, und behauptete sich gegen all die vergleichsweise reichen Grundbesitzer, die sie als niedere Lebensform betrachteten. Ein solch gesundes Gerechtigkeitsempfinden war in der post-apokalyptischen Endzeitsteppe selten, in der sich meist jeder selbst der Nächste war und möglichst keinen Ärger provozieren wollte, und wurde entsprechend gewürdigt.

Anschließend musste sich Jade im Kampf beweisen. Keine Bacchae durfte sich von einem dahergelaufenen Straßenräuber be-siegen lassen, und obwohl ihr im Falle der Aufnahme jahrelanges Training zuteilwerden sollte, musste sie schon vorher ihr Talent dafür zeigen. Dabei kamen ihr die Raufereien mit ihren fünf Brüdern und Sydneys Lehrstunden zugute. Zudem hatte sie das entbehrungsreiche Leben in der Steppe abgehärtet und sie un-empfindlich gegenüber oberflächlichen Schmerz werden lassen.

Die intellektuellen Prüfungen fielen ihr nach gerade mal zwei

Jahren in der Schule am schwersten, doch Sonderbehandlungen gab es bei den Bacchae für niemanden. Am Ende war sich der Rat einig, dass sie zwar nie Brücken konstruieren oder Chroniken verfassen würde, aber die Lücken in ihrer Bildung durch Disziplin schnell aufholen konnte.

Jade erinnerte sich noch genau daran, wie sie auf den staubigen Stufen des Tempels auf und ablief, während sich Sydney im Inneren mit ihren Schwestern um ihre Aufnahme stritt. Eine der erfahrensten Agentinnen – Scarlet – hatte wiederholt gegen sie argumentiert. Die Bacchae sollten ein Symbol für die Größe und die Zivilisation des Imperiums darstellen und das könne ein schmuddeliges Zigeunermädchen mit ewig zerzausten Haaren und aufbrausenden Manieren einfach nicht.

Ihre Haare hatte Jade inzwischen gebändigt, ihren Adelsgang jahrelang mit einem Stapel Büchern auf dem Kopf geübt, aber ihre tiefe Abneigung gegenüber Scarlet nie verloren. Ihre smaragdgrünen Augen funkelten boshaft im Licht der Feuerstelle, als sie nach Einbruch der Dunkelheit davon erzählte.

Spät in der Nacht, als der Vollmond bereits die Straßen von Alexandria erleuchtete, weckte Sydney sie auf den Stufen und führte Jade in ihre neue Unterkunft. Den Bacchae standen abgeschiedene Apartmenthäuser hinter dem Tempel zur Verfügung, die für sie ein Leben lang als Refugium dienten.

In den nächsten Jahren wich sie Sydney kaum von der Seite. Gemeinsam bekämpften sie aufkommende Gangs, untersuchten Diebstähle oder Morde, bei denen die örtlichen Milizen zu keinem Ergebnis kamen, und unterstützten die Legionen bei ihren Feldzügen. Dabei spürte Jade, wie sie am liebsten mitten im Geschehen war, sei es an vorderster Front mit den Prätorianern oder bei der einsamen Suche nach Anhaltspunkten eines Verbrechens. Darum folgte sie dem Beispiel ihrer Mentorin, lernte den Schwertkampf und wählte zusätzlich eine halbautomatische Schrotflinte als Schusswaffe. Sie hatte Talent zum Kommandieren, doch sie liebte den Adrenalinkick, wenn sie dem Feind Auge in Auge gegenüberstand.

Ihr Führungsstil war nicht unumstritten, da sie das Wohl des Imperiums immer über das Schicksal des Einzelnen stellte. Das endete gelegentlich mit Todesfällen in den eigenen Reihen. Wie in Eagle Village, als sie einen Legionär erstach, um sich mit Angel duellieren zu können. Es war diese Eigenschaft, die ihr vor sechs Jahren zum Verhängnis geworden war.

***

Das Holz knisterte gemütlich im Lagerfeuer, als Jade gedankenversunken ein Stück Ziegenfleisch an einem Spieß über den Flammen drehte. Bis zu diesem Zeitpunkt war es ihr nicht schwergefallen, von der Vergangenheit zu erzählen; wenn man von gelegentlichen Zwischenrufen ihres Onkels absah. Jacob machte keinen Hehl aus seiner Abneigung gegen die Sicarii mit ihrem unbändigen Expansionsdrang, ihrem Sklavenhandel und ihren strengen Gesetzen. Er wusste, dass Jades Status als Bacchae ihre gesamte Familie vor etwaiger Verfolgung schützte. Tijana fügte jedoch hinzu, dass er sich in der Öffentlichkeit zurückhielt, um seiner Nichte nicht in den Rücken zu fallen.

Kenan war inzwischen zurückgekehrt und hatte sich an das Lagerfeuer gesetzt. Der Sechzehnjährige hatte die Schule von Alexandria vor sechs Monaten verlassen, um seinen Eltern bei der schweren Arbeit zu helfen. Stumm ließ er sich von Jade den fertig gerösteten Ziegenspieß reichen und setzte sich in den Schatten am Rande der Jurte.

»Was ist denn nun mit deinen Geschwistern passiert?«, murrte Dog ungeduldig, nachdem sie eine Viertelstunde geschwiegen hatte. Cassidy brannte ebenfalls darauf, die Geheimnisse von Angels heimlicher Erzfeindin zu erfahren, auch wenn sie die Frage niemals so direkt und taktlos hinausposaunt hätte.

Jade warf dem Hünen einen giftigen Blick zu. Ihm wollte sie die Geschichte überhaupt nicht erzählen. Er war nur Mittel zum Zweck. Genau wie Johnny brauchte sie ihn lediglich, um an Angel heranzukommen. In Cassidy hingegen sah sie Potential und verstand, dass sie der naiven Teenagerin ein paar ihrer Vorurteile und Illusionen nehmen musste, um es nutzen zu können.

»Sie wurden umgebracht, während ich meinen ersten eigenen Auftrag durchgeführt habe«, presste sie zwischen ihren Lippen hervor.

Zum ersten Mal schien es Cassidy, als musste Jade nach den richtigen Worten suchen. Sie erzählte von einer Provinz namens Nerun, einem verhältnismäßig kleinen Fleckchen Erde, dessen fruchtbares Land von lebensfeindlichen Wüsten umgeben war. In ihrer Abgeschiedenheit hatte sich unbemerkt vom Rest der Welt eine größere Gesellschaft entwickeln können. Die meisten Gangs wagten die riskante Reise durch den Todesstreifen nicht und die wenigen, die es doch versuchten, scheiterten häufig an stümperhafter Logistik und dem daraus resultierenden Tod aus Wassermangel.

Während die Legion bereits Planungen für eine großangelegte Invasion erstellte, unterbreiteten die Gesandten des Imperiums Nerun ein Angebot, sich freiwillig dem Reich anzuschließen. Jade gab zu, dass derartige Botschaften selten ohne Vorbehalt angenommen wurden. Zur Überraschung des Senats akzeptierten die Bewohner unter der Führung ihres charismatischen Anführers Felipe de Souza die Vereinbarung nahezu ohne Widerspruch. Zu diesem Zeitpunkt rechnete noch niemand damit, dass die Sicarii gerade eine Büchse der Pandora geöffnet hatten.

In Nerun herrschte schon lange vor dem globalen Untergang das Sacura-Drogenkartell. Bereits im Jahr 2040 hatte es die Regierung aufgegeben, ihnen die Stirn zu bieten und sie inoffiziell ihr eigenes Land regieren lassen. Dadurch ergaben sich optimale Voraussetzungen, um den Zusammenbruch der Systeme unbeschadet zu überstehen.

Nachdem sie Teil der Sicarii geworden waren, begannen sie ihr altes Spiel von neuem. Binnen kurzer Zeit stellten sie ihre florierende Landwirtschaft auf den Opiumanbau um und überschwemmten damit das Imperium. Anfangs begrüßte man die Entwicklung sogar, denn seltene Schmerzmittel wie Codein und Morphin fanden reißenden Absatz. Es dauerte jedoch nicht lange, bis erste Suchterscheinungen auftraten und die Armee zur Intervention geschickt wurde; doch der militärische Erfolg blieb aus.

Als Nachkomme erfolgreicher Drogenbarone wusste de Souza, wie er unter den Augen einer Staatsmacht sein eigenes Herr´schaftsgebiet beanspruchen konnte. Er kannte alle Tricks von Bestechung über Einschüchterungen bis hin zu gezielten Attentaten, um sich größtmögliche Autonomie zu sichern. Als seine Bauern im dritten Jahr auch noch Heroin herstellten und auf dem Schwarzmarkt verkauften, reichte es dem Imperator. Er bat die Bacchae, das Problem aus der Welt zu schaffen.

Es schien wie eine Mission aus dem Lehrbuch, die Jade als eine Art Feuertaufe anführen sollte. Mit Scarlet und Sydney wurden ihr zudem zwei der erfahrensten Bacchae zugeteilt. Die eine, um über jeden ihrer Fehler Buch zu führen und die andere, um ihre Schülerin zu unterstützen.

Anstatt die erfolglose Jagd nach den Drahtziehern auszuweiten, änderte Jade die imperiale Strategie grundlegend. Die Provinz wurde in die sogenannte Stasis versetzt und damit vollständig vom Imperium abgetrennt. Die Prätorianer schlossen sämtliche Handelsrouten und vergifteten oder versiegelten alle vorhandenen Wasserquellen. Niemand kam mehr herein oder heraus. Alle Dörfer wurden niedergebrannt, Vieh und Wertgegenstände enteignet, geraubt oder zerstört. Die Menschen standen über Nacht vor dem Nichts. Die Botschaft war so simpel wie endgültig: Das Krebsgeschwür von Nerun sollte rücksichtslos entfernt werden, um das Reich zu schützen.

Felipe de Souza waren die Hände gebunden. Die Prätorianische Garde zu bestechen war vollkommen aussichtslos und die Bacchae lehnten jede Art von Verhandlung ab. Unter ihrer Führung fegte die Legion wie ein Feuersturm über das Land hinweg. Niemand wurde verschont oder konnte als Geisel genommen werden. Kein gekaufter Senator hatte die Macht, den Bacchae Einhalt zu gebieten. Kein bestochener Offizier wagte es, sich ihnen in den Weg zu stellen. Der einzige Ausweg war die bedingungslose Kapitulation und der Gang in die Sklaverei.

Nach vier Wochen hatte Jade Felipe de Souza mit etwa fünfzig bewaffneten Kämpfern in einer alten Museumsfestung in die Ecke getrieben. In einem scheinbar letzten Bestreben nach friedlicher Einigung sandte er einen Unterhändler. Der Mann wollte gerade beginnen seine Botschaft aus einem zusammengefalteten Stück Papier vorzulesen, da ließ Jade ihn in Ketten legen und abführen. Es würde keine Verhandlungen geben. Als sie den vergilbten ıs Neugier aufhob und hineinsah, wäre ihr die Nachricht aus den Händen gefallen. Es war keine Botschaft, die nach einer Antwort verlangte. Auf dem Schreiben standen die Namen ihrer sieben Geschwister:

Akai
Beryl
Celine
Evelin
Inara
Joshua
Noah

Sie verbrachten zu jener Zeit die Schulferien bei ihren Eltern in der Provinz Alexandria. Scarlet hielt die Drohung für einen Bluff. Ihrer Meinung nach war Felipe de Souza von Jade dermaßen gedemütigt worden, dass er nach dem letzten Strohhalm griff, um sein Gesicht zu wahren. Sydney wollte diese Möglichkeit nicht ausschließen, befahl aber sofort einer Lanze aus sechs Prätorianern aufzubrechen und Jades Familie auf unbegrenzte Zeit zu schützen.

Jade lief in ihrem Kommandeurszelt stundenlang auf und ab. Fieberhaft suchte sie nach einer schnellen Lösung für ihren Auftrag, damit sie nach Hause eilen konnte. Die Nachricht hatte die Marschrouten ihrer Familie enthalten, die ein Jahr im Voraus vom Imperium festgelegt wurden. Felipe de Souza wusste also genau, wo ihre Geschwister zu finden waren. Eine Zeitlang grübelte sie über das Informationsleck, doch die vorbestimmten Pfade der Nomaden unterlagen nicht der Geheimhaltung und standen nahezu jedem Bürger zur Verfügung.

Als die Abenddämmerung hereinbrach, bot Scarlet ihr an, das Kommando der Operation zu übernehmen. Jade sollte ihre Prioritäten richtig setzen und den Prätorianern folgen. Sie erinnerte sich, wie ihr die Worte des Dankes und der Zustimmung bereits auf den Lippen lagen, als sie auf einmal Sydney in der untergehenden Abendsonne hinter dem Vorhang ihres Zelts entdeckte.

Warum kam das Angebot nicht von ihrer Mentorin, die sie ein

halbes Jahrzehnt lang gefördert und trainiert hatte, sondern ausgerechnet von Scarlet, die sie von Anfang an nicht in die Reihen der Bacchae aufnehmen wollte?

Da begriff Jade, dass sie sich gerade mitten in ihrer letzten Prüfung befand. Sie sollte ihre Prioritäten *richtig* setzen, hatte Scarlet gesagt. Eine Bacchae dient zuallererst dem Gemeinwohl des Imperiums. Sie ergreift keine Partei außer ihrer eigenen. Sie ist die oberste moralische Instanz des Reiches. Zu der schier unbegrenzten Allmacht gehört, dass sie niemanden – auch nicht ihre eigene Familie – bevorzugen darf. Hätte sie in diesem Moment das Schlachtfeld verlassen, wäre sie als Ausgestoßene nach Hause zurückgekehrt. Mit geballten Fäusten dankte sie Scarlet für das großzügige Angebot und lehnte es entschieden ab.

In den folgenden Tagen der ereignislosen Belagerung ging ihr die eindeutige Drohung nicht aus dem Kopf. Gern hätte sie die Festung an der Spitze der Legionäre gestürmt, doch übereilte Handlungen gehörten nicht zu den Taktiken der Bacchae. Sie sollten grenzenlose Überlegenheit ausstrahlen. Geduld war eine der Tugenden, die Sydney ihr jahrelang gepredigt hatte.

Dennoch saß sie nicht tatenlos herum, sondern ließ ihre Truppen pausenlos das Umland auf Motocross-Bikes patrouillieren, damit niemand unbemerkt flüchten konnte. Am dritten Tag entdeckten ihre Späher den Eingang zu einem Tunnelsystem, das bis unter die Festung führte. Nun war klar, warum de Souza keinen Ausbruchsversuch unternommen hatte. Er war längst mit dem Großteil seiner Kämpfer getürmt. Der Bote war eine reine Ablenkungsmaßnahme gewesen und de Souza hatte inzwischen mehrere Tage Vorsprung.

Sydney erklärte die Mission dennoch zum Erfolg. Die Schlafmohnfelder waren abgebrannt, die Großgrundbesitzer vertrieben und ihre Anwesen zerstört worden. Außerdem hatte Jade dem gesamten Imperium eine Lektion erteilt. Siedler aus anderen Provinzen begannen bereits, das frisch verteilte Land mit Hilfe der neuen Sklaven zu bearbeiten. Eine Legion aus fünfhundert Soldaten wurde mit dem Auftrag in Nerun stationiert, die eingewanderte Zivilbevölkerung vor etwaigen Vergeltungsaktionen zu schützen. Noch viel wichtiger war, dass Scarlet zähneknirschend zustimmte.

Gegen einen übereilten Sturm auf die Festungsanlage, bei dem vermutlich hunderte Legionäre gestorben wären, hätte sie ihr Veto eingelegt.

Jade blieb für die Abrechnung keine Zeit mehr. Kaum stimmten die beiden mit dem Endergebnis überein, schwang sie sich hinter das Steuer ihres Wagens und jagte davon in Richtung Alexandria.

Kurz nach Mitternacht erreichte sie das Tal, in dem ihre Familie für den Sommer das Zelt aufgeschlagen hatte, doch sie kam zu spät. Die Leichen der von Sydney entsandten Prätorianer lagen vor der niedergebrannten Jurte. Sie hatten sich eine improvisierte Defensivstellung aus Pferdekadavern und durchsiebten Fahrzeugen errichtet. Die Waffen waren ihnen genommen worden, aber aufgrund ihrer Körperhaltung konnte Jade erkennen, dass sie bis zum letzten Mann gekämpft hatten. Nach einer groben Schätzung hatte jeder von ihnen mindestens zwei von de Souzas Kämpfern mit in den Tod gerissen. Ihre bedingungslose Opferbereitschaft würde Jade nie vergessen können. Seit dem zierte eine Ehrenplakette mit ihren Namen die Wand des Themis-Tempels von Alexandria.

Im Inneren der verbrannten Jurte entdeckte sie die verkohlten Überreste ihrer Schwester Evelin, der jüngsten, die eine Nachahmung von Jades Bacchaeamulett mit der Gravur einer Eule in den Händen hielt. Kleiner als das Original und auf der Rückseite mit einer Markierung versehen, die es als Imitat auswies. Es war ein beliebtes Souvenir aus Alexandria, das Jade ihr zum Schulbeginn vor einem Jahr geschenkt hatte. Noah, Jades ältester Bruder, der als Einziger aus ihrer Familie nicht mehr in die Schule gegangen war, hatte sich über sie gebeugt und vor dem Feuer zu schützen versucht. Wahrscheinlich hatten sie die Flammen eingeschlossen, während draußen das Gefecht tobte.

Jade verließ die Jurte und rief nach ihren Eltern, doch niemand antwortete. Fußspuren führten den Hang hinauf in Richtung Süden. Auf dem Weg fand sie ihren Bruder Akai. Er war fünfzehn und mit einem alten Revolver in der Hand erschossen worden. Ein paar Meter hinter ihm hatten die Angreifer seine Zwillingsschwester Beryl verbluten lassen, der Akai nicht mehr zur Flucht verhelfen konnte.

Ein Geruch von verkohltem Fleisch lag in der Luft, der viel zu stark war, um von Evelin und Noah aus dem abgebrannten Zelt zu stammen. Jade kletterte auf allen Vieren den Hügelkamm hinauf und erwartete, ihre gesamte Familie auf einem großen Scheiterhaufen zu finden. Stattdessen war das benachbarte Tal mit einer Herde verbrannter Schafe und Ziegen übersät. Am Rande hockten Jades Eltern eng zusammengekauert. Sie hielten sich die Hände und blickten stoisch auf ihr zerstörtes Lebenswerk. Es dauerte ein paar Minuten, bis sie die Rufe hörten und Jade in der Ferne erkannten.

Felipe de Souza hatte ihre Eltern absichtlich am Leben gelassen, um den Schmerz noch zu vergrößern. Beide machten ihre Tochter für das Massaker verantwortlich, die lieber ein Märchenschloss am anderen Ende der Welt belagert hatte, anstatt die eigene Familie zu schützen.

Jade versuchte gar nicht erst, gegen ihre Eltern zu protestieren. Ihre Sorge galt den verbliebenen drei Geschwistern Celine, Inara und Joshua, die von de Souzas Männern verschleppt worden waren.

Ihr Weg führte sie nach Arnac, die schon damals die größte Stadt in Cor Decat gewesen war und an der Grenze von Alexandria lag. Irgendjemand dort musste etwas über die vielen Kämpfer wissen. Jade befahl, dass der Zug zwei Tage früher als geplant nach Alexandria aufbrach, um eine Botschaft an die Bacchae zu überbringen.

Als die Nachricht vom Schicksal ihrer Familie eintraf, machten sich sofort fünf Schwestern auf den Weg, um ihr zu helfen. Darunter Felicia, Scarlet und Sydney sowie Nadra, eine mächtige Kriegerin aus Ragnarök, die vermutlich die größten Probleme aller Bacchae mit der geforderten Geduld hatte, und Yolanda, eine talentierte Bogenschützin mit spanischen Wurzeln und Augen so scharf wie die eines Adlers. Jede von ihnen führte zudem eine Lanze von sechs Prätorianern an.

Fast im Gleichschritt verließen sie den ausgeblichenen Trieb-wagen und stampften auf Jade zu, bis sie direkt vor ihr stehen-blieben und ihr das Kommando übergaben. Damit stellten sie klar, dass die Nebenwirkungen bei der Zerschlagung des Sacura-Kar-tells nicht überbewertet worden waren. Nun traten die imperialen

Interessen in den Hintergrund. Die Rettung von Jades Geschwistern und die Jagd auf Felipe de Souza wurde zur Priorität erklärt.

Gemeinsam stellten die sechs Agentinnen Arnac auf den Kopf, in dem bis zu diesem Tag nie mehr als eine Bacchae gleichzeitig unterwegs gewesen war. Sie boten weder Belohnungen noch Kopfgelder an, um eine Hexenjagd zu vermeiden. Jeder Spur wurde persönlich nachgegangen.

Felicia hielt sich bevorzugt in der Taverne und der angrenzenden Arena auf. Trotz ihres offensichtlichen Status verfielen zahlreiche Männer und einige Frauen ihrem unwiderstehlichen Charme, ihren klimpernden Augenwimpern und ihrem rabenschwarzen Haar. Fast im Minutentakt erhielt sie neue Hinweise, die sie an die Prätorianer weiterleitete. Unter den wachsamen Augen von Scarlet und Nadra durchsuchten die Elitesoldaten daraufhin verdächtige Keller, Pferdekarren und Wohnhäuser.

Yolanda war an dem alten Wasserturm hinaufgeklettert und hockte neben einem Adlerhorst, von dem aus sie die gesamte Stadt überblicken konnte. Mit ihrem scharfen Blick suchte sie nach auffällig wirkenden Bürgern oder Menschenansammlungen.

Sydney unterstützte Jade beim Zusammensetzen des Puzzles, wie sie es in Nerun getan hatte. Sie ließ nicht ein einziges Wort des Mitgefühls verlauten. Für Trauer blieb Zeit, nachdem der Auftrag beendet worden war. Das hatte sie ihre Schülerin schon am Anfang ihrer Ausbildung gelehrt.

Es dauerte nicht einmal zwölf Stunden, bis der vereinte Druck der Bacchae eine Spur zum Vorschein brachte, die auf einen Bauernhof nordwestlich von Arnac führte. Nun mussten sie schnell handeln, damit die Todgeweihten nicht ein zweites Mal entkommen konnten.

Noch in der Nacht ließ Jade die Prätorianer einen Ring um das Anwesen bilden und so jeden Fluchtweg abschneiden. Den eigentlichen Angriff führten die Bacchae selbst aus, die ihrem mythischen Namen dabei alle Ehre machten. Wie im Blutrausch stürzten sie sich durch Fenster, Türen und Strohdächer, schlugen mit Schwertern, Messern und bloßen Händen um sich, ritzten ihnen vergiftete Nadeln ins Fleisch, kratzten den völlig überrumpelten Entführern die Augen aus und bissen sogar zu, wenn sie einen Arm oder ein Bein zu fassen bekamen. Nur selten drang der Schuss einer Pistole oder Schrotflinte nach draußen. Das Ritual der Blutrache galt als besondere Zeremonie des Bacchaekults und wurde bevorzugt im Nahkampf ausgetragen.

Erst als im Morgengrauen die Sonne über den Löchern im Dach und den eingeschlagenen Fensterläden erschien, war das Schlachtfest beendet. Während der Nacht hatte Jade ihren Bruder Joshua entdeckt, der am Tag zuvor bei einem Fluchtversuch erschossen worden war. Von ihren beiden Schwestern fehlte zunächst jede Spur, bis Felicia leise Kratzgeräusche an den Holzdielen vernahm. Unter einer Falltür im Boden stießen sie auf einen Vorratskeller, in dem Celine kreidebleich nach Luft rang, als Nadra mit ihren blutverschmierten Lippen die Holztür öffnete.

Erst als Jade die Hand in das Loch streckte, beruhigte sich ihr Atem. Die Frauen versammelten sich um das unheimliche Verlies und fragten Celine immer wieder nach dem Verbleib ihrer Schwester Inara, aber das neunjährige Mädchen brachte keinen Ton hervor. Jade kletterte in das Loch hinab und suchte nach falschen Wänden oder ähnlichen Verstecken, doch Inara war nirgends zu finden.

»Seit diesem Tag hat Celine kein Wort mehr gesprochen«, sagte Jade ernst.

»Habt ihr Inara gefunden?«, fragte Cassidy vorsichtig.

Jade schüttelte den Kopf. »Celine und ich sind auf der Suche nach ihr ein halbes Jahr lang kreuz und quer durch das Imperium gereist.« Sie rieb sich die brennenden Augen. Die Müdigkeit setzte mittlerweile allen zu. »Es ist, als wäre sie vom Erdboden verschluckt worden.«

»Du hast die Kleine mit neun Jahren einfach mitgenommen?«, wunderte sich Dog. »Wo die nicht mal reden kann?«

»Das brauchte sie nicht«, erwiderte Jade. »Celine hat eine besondere Gabe. Sie merkt sich alles, was sie sieht. Die Farbe eurer Kleidung, jede Narbe, jedes Gesicht.«

»Ein fotografisches Gedächtnis«, fügte Jacob hinzu.

»Wir haben auf dem Bauernhof nicht alle erwischt. Sieben von denen sind schon vor unserem Eintreffen mit Inara verschwunden«, fuhr Jade fort. »Drei konnten wir finden. Celine hat sie genau erkannt; mit dem Finger auf sie gezeigt. Felipe de Souza war nicht dabei. Die Bacchae suchen seitdem nach Hinweisen, aber inzwischen ist so viel Zeit vergangen, ...«

Tijana fiel seit einer halben Stunde immer wieder der Kopf in die Brust und Jacob gähnte ebenfalls hinter vorgehaltener Hand. Es war längst nach Mitternacht und Jade wollte bereits im Morgengrauen aufbrechen.

Kenan holte auf Zehenspitzen einen Ballen Lammfelle aus der Nachbarjurte und teilte sie mit den drei Gästen. Sie waren fachmännisch gegerbt worden und dementsprechend kuschelig weich.

Während das Feuer leise vor sich hin knisterte und das Licht in warmen Tönen an den Jurtenwänden flackerte, schlief Dog sofort mit wohligem Schnarchen ein. Cassidy war ebenfalls müde, doch Jades Geschichte hielt sie bei Bewusstsein. Es erschien ihr so naiv, dass die Ranger die Sicarii vor ein paar Wochen noch für wilde Barbaren gehalten hatten. Für Jade konnten die Ranger nicht viel zivilisierter als die Vultures gewirkt haben.

Am Klang ihrer Stimme hatte Cassidy erkannt, dass sie ihre Leidensgeschichte nicht zum ersten Mal erzählte. Dennoch wurde sie das Gefühl nicht los, dass Jade gewisse Details für sich behielt. Angel hatte ihr ein paar Grundlagen der Verhörtechnik erklärt. Cassidy fragte sich, ob Jade aufgefallen war, wenn sie hin und wieder zu stark genickt oder zu erschrocken durch die Zähne gezischt hatte. Auf jeden Fall ließ sie sich nichts anmerken, sondern starrte regungslos in das Lagerfeuer, bis es vollständig erloschen war und die Schwärze der Nacht sie verhüllte.

4. Alexandria

Jade machte ihre Drohung wahr und brach im Morgengrauen auf. Nur Tijana verabschiedete sie mit einem mehr erzwungen als freundlich wirkenden Lächeln auf ihren spröden Lippen. Jacob und Kenan waren längst wieder bei ihren Tieren und Jades Eltern tauchten erst auf, als ihre Jurten schon fast im Rückspiegel verblassten. Jade zeigte keine Gefühlsregung. Ihr Gesicht blieb erstarrt wie in Marmor geschlagen, bis die Hütten hinter dem Horizont verschwunden waren.

Dog beanspruchte während der ereignislosen Fahrt die Rückbank, auf der er bis zum späten Vormittag döste und Jade gelegentlich misstrauische Blicke zuwarf, als sie weiter in sicariianisches Territorium vordrangen. Sie befanden sich bereits in der Provinz Alexandria mit der gleichnamigen Schulstadt, als die Landschaft zur Mittagszeit zunehmend grüner wurde. Anstelle der braunen Steppengräser tauchten immer häufiger saftige Büsche am Straßenrand auf. Hier musste es Wasser geben. Vielleicht sogar Regen, der mehr als ein Mal alle paar Jahre vom Himmel fiel. Das würde auch die hochgewachsenen Getreidefelder erklären, auf denen sich Farmer mit ihren Ochsenkarren abquälten. Dazwischen standen künstlich angelegte Bienenstöcke auf Pferdewagen im Schatten von abgestorbenen Laubbäumen, die einen natürlichen Schutz vor Erosionen darstellten.

»Ganz schön grün hier«, brummte Dog bei einem Blick aus dem Fenster. »Regnet wohl noch öfter bei euch, oder?«

Jade senkte den Kopf auf die rechte Schulter, so als wollte sie sich nicht festlegen.

»Oft ist übertrieben«, antwortete sie. »Vor ein paar Jahren haben unsere Studenten die Formel für irgendein spezielles Wunderzeug wiederentdeckt, mit dem sich die Ernte vervielfachen lässt. Fragt mich nicht nach dem Namen, aber es wirkt wie ein Schwamm und hält das Wasser an der Oberfläche. Es kann weder im Erdboden versickern noch verdunsten.«

»Hm«, sagte Dog. »Wie bei Charles.«

»Genau«, bestätigte Jade. »Aber nicht nur das. Als sich der globale Untergang abgezeichnet hat, haben die Sicarii überall auf der Welt Wissenschaftler rekrutiert, um sich für die kommende Finsternis zu wappnen. Seit dem forschen sie mit unseren Studenten an besseren Anbaumethoden, hitzebeständigem Getreide mit veränderten Genen und optimalen Bewässerungsanlagen.«

Sie zeigte auf die vielen kleinen Weizenparzellen, die wie auf einem Zeltplatz voneinander abgetrennt worden waren.

»Im Boden darunter befindet sich ein Geflecht aus hauchdünnen Kunststofffadern, die das Feld wie Wurzeln von Pilzen durchziehen und gleichmäßig bewässern. Im Gegensatz zur gewöhnlichen Sprengung auf der Erdoberfläche kann dabei nichts verdunsten. Es dauert allerdings Wochen, um das System in der Größe eines Fußballfeldes bis in den letzten Winkel zu versorgen. Daher sind die Anbauflächen noch sehr klein.«

»Zieht das nicht das Interesse von Jiaos Vater auf euch?«, wunderte sich Cassidy.

»Es ist ein kalkuliertes Risiko«, gab Jade nickend zu. »Aber Yuen würde sich schwer damit tun, einen Krieg aufgrund von Bewässerungsmethoden anzuzetteln, während wir doch nur versuchen, unsere armen Kinder zu ernähren.«

»Warum liegt Alexandria eigentlich so nah an eurer Grenze?«, fragte Cassidy. Sie war die weiten Entfernungen der südlichen Wastelands gewohnt, durch die sie mitunter tagelang unterwegs gewesen war.

»Wie meinst du das?«, fragte Jade.

»Jiao hat uns erzählt, dass Arnac erst seit ein paar Jahren zu euch gehört, und das ist doch gerade mal eine Tagesreise entfernt?«

Jade nickte bestätigend mit dem Kopf. »Alexandria ist erst seit einem Jahrzehnt das Zentrum unserer Schulen. Ursprünglich wurden alle sicariianischen Kinder in ihren Heimatprovinzen ausgebildet. Unsere Truppen sind nicht unbegrenzt und aufwändige Versorgungslinien teuer, aber dann entdeckten wir das ...«

Bei diesen Worten überquerten sie die letzte Anhöhe vor einer weitläufigen Insel, die von einem ausgetrockneten See umgeben war. Eine vierspurige, strahlend weiße Hängebrücke verband sie mit dem Festland. Unter den Fahrstreifen verliefen außerdem zwei Eisenbahngleise, die in den Tiefen der Stadt verschwanden und zum unterirdischen Bahnhof führten. Auf der Insel standen ebenso weiße, hochmodern anmutende, fünfeckige Apartmentblöcke und ein pantheonähnlicher Tempelbau mit massiver Glaskuppel und hellgrauen Marmorsäulen. Der Tempel thronte einsam auf dem südlichen Hügel der Stadt, während sich die Wohnblöcke zwischen kleineren Gebäuden verteilten. Grellweiße Steinstufen verbanden den Tempel mit einem runden, grasgrünen Park zu seinen Füßen. Dort gab es Sitzbänke aus hellem Stein, schattige Pavillons und aufwändige Marmorstatuen, unter denen schon von weitem unzählige Menschen zu erkennen waren, die in der Mittagshitze den Schatten der raschelnden Laubbäume genossen.

Cassidy stockte der Atem. Mehr instinktiv als bewusst justierte sie ihre Sonnenbrille auf der Nase, um dem grellen Licht trotzen zu können, das von den Fassaden in der Nachmittagssonne reflektiert wurde. Dog beugte sich zwischen Fahrer- und Beifahrersitz nach vorn. In Erwartung der nächsten angeblichen imperialen Errungenschaft, die sich dann als ein dreckiges Kaff wie Arnac entpuppen würde, blinzelte er auf die funkelnden Palastbauten, bis sie weit genug in das Tal hinabgefahren waren und er eine ungestörte Sicht auf die Stadt hatte.

»Wo habt ihr *die* denn gefunden?«, fragte er in einem Moment unerwarteter Schwäche.

»Als die Regierungen zu Beginn des einundzwanzigsten Jahrhunderts mit ihren Versuchen des Umweltschutzes versagten, übernahmen ein paar Unternehmen die Initiative. Alexandria war früher das Zentrum von irgendeinem Technologiekonzern. Ganz der Zukunft verpflichtet, bauten sie eine Stadt, die sich über Geothermie und Solarzellen selbst mit Energie und Wasser versorgen konnte«, erklärte Jade so trocken, als spulte sie ein altes Tonband ab. Als sie die verdutzten Blicke ihrer beiden Passagiere bemerkte, fügte sie schulterzuckend hinzu: »Was denn? Ich hab doch gesagt, ich bin hier mal zur Schule gegangen. Die Geschichte von Alexandria lernt man schon am ersten Tag.«

Unterbewusst stellte sich Cassidy die kleine Jade im Unterricht vor.

»Du warst aber nicht die beste Schülerin, wenn du dir nicht mal die Namen von den Erbauern gemerkt hast, oder?«, stichelte sie. In ihrem Dorf waren die Kinder regelmäßig gemeinsam unterrichtet worden und spätestens seit ihren Schulbesuchen in Silver Valley wusste sie, wie das System in der Theorie funktionierte.

Jade verzog grimmig das Gesicht.

»Das Imperium löscht die vorzeitlichen Namen mit Absicht aus, um die Assimilation in das Reich zu beschleunigen. Nichts soll die Menschen an verlorene Zeiten erinnern«, erklärte sie ernst, ehe sie mit ihren Ausführungen fortfuhr. »Die Einheimischen hatten hier alles, was man zum Leben braucht. Wasser aus achttausend Metern tiefen Bohrungen, selbst nachdem der künstliche See schon lange ausgetrocknet war, und Strom von den Geothermalgeneratoren und Solarzellen. Das brachliegende Seebett nutzten sie zum Ackerbau. Nur mit der aufkommenden Gewalt waren sie völlig überfordert. Ihr Sicherheitsdienst sollte Industriespionage verhindern und Ladendiebstähle ahnden. Als sie von den ersten Gangs entdeckt wurden, begann ein blutiger Wettlauf gegen die Zeit.«

»Wieso gegen die Zeit?«, fragte Dog verwundert. Er hatte den Kopf aus dem Fenster gesteckt und mit seinem typischen Gangblick die Befestigungsanlagen aus Stacheldrähten und regelmäßigen Patrouillen gemustert. »Mit der einen Zufahrt sollte sich die Stadt doch wie eine Festung verteidigen lassen.«

Jade schüttelte resigniert den Kopf.

»Vultures«, brummte sie abfällig, so dass nur Cassidy sie hören konnte. »Festungen sind reine Todesfallen, wenn man vor ihren Toren keine Armee hat, um den Angreifer davonzujagen. Ohne Kontrolle über das Seebett drohten sie binnen weniger Wochen zu verhungern.«

»Na schön«, gab Dog zu und setzte sich wieder auf die Rückbank. »Also warum ein Wettlauf gegen die Zeit?«

»Die Bewohner erkannten schnell, dass sie ohne Hilfe von außen über kurz oder lang verloren waren und entsandten Boten in alle Himmelsrichtungen. Einer davon erreichte die damaligen Grenzen des Imperiums. Als der Imperator von Alexandria hörte, hat er sofort mehrere Legionen geschickt, um die Gangs zurückzuschlagen.«

»Ihr habt denen einfach so geholfen?«, fragte Cassidy zweifelnd.

»Haha – nein«, erwiderte Jade. Dabei kniff sie die Augen zusammen, als die Wachsoldaten an der Zufahrt zur Brücke sich zwar bereit zur Kontrolle machten, aber die Schranke geöffnet und ihre Waffen auf dem Rücken behielten. »Schnallt euch an.«

»Warum?«, wunderte sich Cassidy beunruhigt, leistete dem Befehl aber umgehend Folge. »Stimmt was nicht?«

Jade verweigerte die Antwort und trat stattdessen das Gaspedal bis zum Bodenblech durch. Der schwer gepanzerte Geländewagen heulte auf und preschte ungehindert am ersten Checkpoint vorbei. Die Wachen brüllten einander unverständliche Wortfetzen zu und aus Richtung der Stadt ertönte sofort eine schrille Warnsirene.

»Fenster zumachen!«, rief Jade.

Dog hielt sich mit beiden Händen an den Vordersitzen fest, um nicht von seinem Logenplatz gerissen zu werden. Cassidy krallte sich an den Notgriff über ihrer Tür und starrte Jade entsetzt an, die mit einem zornigen Gesichtsausdruck durch die stümperhaft verteilten Panzersperren manövrierte.

Vor den Toren der Stadt standen zwei Pferdegespanne und ein Eskortenfahrzeug. Auf den zusammengewürfelt aussehenden Kutschen mit LKW-Reifen saßen fast ausschließlich Kinder und Jugendliche. Für den langen Konvoi hatte man die Straße geräumt, was Jade nun schamlos ausnutzte. Die Wachen am ersten Checkpoint brüllten ihnen wirkungslose Stopp-Befehle zu und rannten dem Geländewagen nach. Erst als sie schon über die Hälfte der Brücke hinter sich gelassen hatten, begannen die Legionäre zu feuern. Die professionelle Panzerung des Wagens machte ihrem Namen dabei alle Ehre. Normale Gewehrprojektile prallten ab und hinterließen höchstens einen Kratzer auf dem abgeschmirgelten Lack. Selbst die Panzerglasscheiben zeigten sich bis auf die ohnehin zahlreichen Haarrisse unbeeindruckt.

Unaufhaltsam stürmte das drei Tonnen schwere Geschoss auf die Pferdekarren zu, bis plötzlich eine Reihe von scharfen Krallen aus dem Boden schoss, die sogar die Reifen eines Schwertransporters aufgeschlitzt hätte. Im letzten Moment hämmerte Jade auf das Bremspedal, woraufhin der Geländewagen mit dem

Stottern des völlig überforderten Antiblockiersystems kurz vor dem Konvoi zum Stehen kam. Die Zugpferde wieherten panisch auf und wurden nur von den Bremsen der Anhänger an der Flucht gehindert.

Die Wachsoldaten hatten den offensichtlich ineffektiven Beschuss eingestellt und sich stattdessen einen Raketenwerfer gegriffen. Mit der schweren Waffe im Anschlag näherte sich ein Dutzend Legionäre von beiden Seiten der Brücke. Zwei Wachen versuchten, die Kinder von den Kutschen hinter die schützende Stadtmauer zu treiben, aber die waren von dem Auftritt des schwarzen Straßenkreuzers dermaßen begeistert, dass sie sich förmlich übereinander auftürmten, um eine bessere Sicht zu erlangen, ohne auch nur einen Gedanken an ihre eigene Sicherheit zu verschwenden. Nur eine Wagenlänge trennte sie von Jade und ihren verunsicherten Passagieren.

»Unglaublich«, hauchte die Bacchae und krallte sich dabei frustriert ans Lenkrad. »Diese Idioten!«

Ohne weitere Erklärungen ließ sie das Seitenfenster herunter und zeigte den überrumpelten Wachen ihr Gesicht. Der Kommandeur gab sofort Entwarnung und senkte sein Gewehr.

»Was zum Teufel habt ihr euch dabei gedacht, uns einfach so durch die Schleuse zu lassen?«, fuhr Jade ihn beim Aussteigen an und deutete anschließend auf die Pferdekarren. »Noch fünf Meter und ein Sprengwagen hätte sie alle in die Luft jagen können!«

Cassidy konnte den Wachsoldaten nicht verstehen, aber es wurde deutlich, dass er sich im Angesicht einer Bacchae und unter den Augen der Kinder zu entschuldigen versuchte.

»Das wird noch ein Nachspiel haben, Sergeant«, machte Jade klar. Sie hatte sich bereits etwas abgeregt und verstand zudem, dass sie die Soldaten vor aller Augen nicht zu sehr herunterputzen durfte. Wortlos fuhren die Wachen die Straßenstacheln ein und öffneten dem Geländewagen das Stadttor.

»Was sollte das?«, fragte Cassidy, nachdem sich ihr Atem beruhigt hatte und sie den zweiten Checkpoint hinter sich ließen.

»Die Brücke dient als Schleuse für alle ankommenden Fahrzeuge«, erklärte Jade und klang dabei noch immer erzürnt. »Mit den Kindern darauf hätten sie absolut *niemanden* hinauflassen dürfen. Diese verdammten Legionäre sind zu *nichts* zu gebrauchen!«

Sie steuerte den schweren Geländewagen durch die sauber gefegten Straßen von Alexandria, umringt von Schaulustigen, die vom Alarm herbeigelockt worden waren. Anders als in Arnac hielten sich die Bewohner jedoch bemerkenswert zurück und versuchten den Neuankömmlingen weder etwas zu verkaufen, noch sie um Nahrung oder Wasser anzubetteln. Der Großteil der neugierigen Menge bestand zudem aus Kindern, was angesichts von Jades Berichten über das zentralisierte Schulsystem nicht weiter verwunderlich war.

Jade fuhr langsam und vorsichtig auf den breiten Straßen in Richtung Süden, bis sie ein Parkhaus erreichten, in dem sie den auffälligen Wagen im Erdgeschoss abstellten.

»Sollen wir etwa den ganzen Weg laufen?«, beschwerte sich Dog. Der Pantheon war noch einen halben Kilometer Luftlinie von ihnen entfernt.

»Ich dachte, ich zeige euch erst mal die Stadt, bevor ich euch den Wölfen zum Fraß vorwerfe«, schlug Jade mit einem leichten Räuspern vor. »Wenn du unbedingt willst, lasse ich dich natürlich gern von ein paar Prätorianern eskortieren.«

Dog brummte etwas Unverständliches, gab aber seinen Protest auf und drehte sich zum Ausgang um.

»Ich muss dich trotzdem um deine Waffe bitten«, fügte Jade streng hinzu.

Das Maschinengewehr lag neben den Gasflaschen im Kofferraum, doch die Pistole trug Dog die ganze Zeit bei sich. Etwas widerwillig holte er sie hervor, entlud das Magazin und die Patrone im Lauf und reichte sie ihr.

»Zufrieden?«

Auch Cassidy zögerte einen Moment. Seit ihrer Entführung durch die Legion hatte sie ihre Pistole nicht mal mehr zum Schlafen abgelegt, mit Ausnahme der erzwungenen Entwaffnung vor der Biosphäre. Inzwischen war ihre Furcht vor einer neuen Gefangennahme aber ihrer jugendlichen Neugierde gewichen. Vor den Toren des Parkhauses hatte sich bereits eine kleine Traube an Kindern und ein paar Erwachsenen versammelt, die gespannt auf ihre

Rückkehr warteten. Cassidy wollte Alexandria kennenlernen und dabei möglichst keinen Ärger bekommen. Dog hingegen verstand, dass ihm seine Pistole inmitten einer feindlichen Stadt auch nicht viel weiterhelfen würde.

Jade verdrehte leicht die Augen, als sie die Schaulustigen vor dem Ausgang bemerkte, und bereute dabei fast ihren waghalsigen Auftritt auf der Brücke. Kaum hatte sie ein freundliches Lächeln aufgesetzt und den kühlen Schatten des Parkhauses verlassen, riefen ihr die Kinder erste Fragen zu.

Die Älteren interessierten sich vornehmlich für die Geschehnisse von Arnac und erhofften sich Details über den angeblichen Rebellenaufstand. Die Jüngeren baten um baldige Diskussionsrunden, bei denen Jade offenbar aufgrund ihrer Schlagfertigkeit äußerst beliebt war. Die Erwachsenen versuchten, Ordnung in die Rasselbande zu bekommen und wiesen die Schüler an, *Herrin Jade* nicht weiter zu belästigen. Sie sähen doch, dass sie von einem Feldeinsatz erschöpft sei und dazu noch Gäste aus fernen Ländern dabei hätte, die sie im Auge behalten müsse. Enttäuscht aber auch verständnisvoll verteilten sich die Kinder und ließen die Bacchae ihrer Wege gehen.

»Was genau macht ihr hier eigentlich?«, wunderte sich Cassidy. Sie war es gewohnt, dass die Bürger des Imperiums den Kopf in Jades Anwesenheit senkten und schnellstmöglich das Weite suchten. Das geradezu aufdringliche Verhalten schien verglichen dazu völlig unpassend.

»Ihr habt bisher nur die Menschen von Cor Decat erlebt, die erst seit kurzem Teil des Reiches sind«, erklärte sie. »Die meisten von ihnen haben gegen uns gekämpft und kennen uns nur in der Rolle von Scharfrichtern. Aber das ist nur ein Element unserer Berufung. Hier in Alexandria fördern wir das Lernen durch den Austausch von Erfahrung und Wissen; durch Diskussionen. Als Bacchae reisen wir über die imperialen Grenzen hinaus und das ist gerade für die Kinder interessant.«

Während der ganzen Zeit auf dem Territorium der Sicarii hatte Cassidy sich gefragt, warum es im Imperium so gut wie keine Kinder gab. Nun stand sie inmitten von hunderten Schülern, die sich mit Lehrbüchern in der Hand unterhielten, mit Fahrrädern um die

Wette fuhren oder sich über irgendetwas stritten und dabei halbe Straßenzüge zusammenkreischten. Eine Gruppe tanzte zu Musik, die aus einem Radio kam. Die Klänge erinnerten keineswegs an Jiaos epische Flugshow, sondern bestanden vornehmlich aus Gesängen, bis die Musik plötzlich stoppte und ein Ansager die Zuhörer daran erinnerte, dass der Zug Alexandria in einer Stunde verlassen würde.

»Woher kommt das?«, fragte Cassidy.

»Das ist Radio Alexandria, der einzige Radiosender des Imperiums«, erklärte Jade. Sowohl Cassidy als auch Dog starrten sie verständnislos an. »Stellt es euch vor wie ein Funkgerät mit enormer Reichweite, das nur in eine Richtung funktioniert. Er wird von unseren Studenten betrieben und von dem Funkturm da oben ins halbe Reich übertragen«, fuhr sie fort und zeigte auf den großen Antennenmast, der westlich der Stadt auf dem Bergrücken thronte.

»Und das kann man überall empfangen?«

Jade nickte zuversichtlich. »An guten Tagen reicht das Signal bis in die Biosphäre. Seit die Studenten den Sender repariert haben, können wir fast unser ganzes Volk binnen weniger Stunden in Alarmbereitschaft versetzen.«

»Hört sich an wie eine lautere Form eures Schreihalses aus Arnac«, grunzte Dog. »Erzählen die auch was davon? Würde gern mal erfahren, wie ihr den Aufstand da erklärt.«

»Mit der Wahrheit«, antwortete ihm Jade mit einem beleidigten Unterton. »Wenn du lesen kannst, überzeug dich selbst.« Sie zeigte auf einen Schaukasten, indem eine ausgebreitete Zeitung hing.

Dog war des Lesens durchaus mächtig und studierte dementsprechend naserümpfend die kleingedruckte Schrift.

»Ragnars, hä? Das ist wohl eure Erklärung für alles.«

Auf Jades Stirn formierten sich zornige Stirnfalten. »Wir schreiben die News nicht.«

»Wer dann?«, fragte Cassidy.

»Freie Journalisten«, erklärte Jade. »Es ist fast wie vor dem Kollaps. Reporter reisen durchs Land und sammeln Nachrichten, die sie anschließend wöchentlich in einer Zeitung veröffentlichen. Die hängen in jeder größeren Stadt aus, aber wer will, kann sich auch ein Exemplar kaufen.«

Cassidy studierte zusammen mit Dog den Aushang, während Jade ungeduldig von einem Fuß auf den anderen schwankte.

Invasion von Cor Syrte abgeschlossen. Verlust von vier Legionen bei der Schlacht um Silver Valley, Rebellion in Arnac vereitelt. Söhne des Ragnarök als Drahtzieher bestätigt, Hubschrauberabsturz in Cor Decat. Grund unklar, lauteten einige der Überschriften.

»Was ist Cor Syrte?«, wunderte sich Cassidy.

»So nennen wir euer Gebiet südlich des Hadesgebirges«, erklärte Jade. »Alle Provinzen, die sich nicht freiwillig annektieren lassen, erhalten den Zusatz *Cor*, bis sie vollständig und dauerhaft befriedet wurden. Syrte ist irgendeine Abwandlung von Sandbank und passte den Strategen der Legion wohl gut zu eurer staubigen Wüste.«

»Und warum steht hier nichts von Angel oder Faith?«

»Oder dem Kloster?«, ergänzte Dog.

Jade trat etwas näher heran, um nicht so laut reden zu müssen.

»Die sicariianische Presse steht unter dem Schutz der Bacchae, was ihre Neutralität gegenüber allen Provinzen, der Legion und dem Senat gewährleistet. Es bedeutet aber auch, dass wir – und nur wir – Informationen zurückhalten können, wenn es zu gefährlich ist, sie zu veröffentlichen.«

»Mit anderen Worten, ihr habt ihnen einen Maulkorb verpasst«, fasste Dog mürrisch zusammen.

»Willst du mir etwa eine Lektion in Sachen Pressefreiheit erteilen, nachdem dein Leben bisher daraus bestand, hilflose Siedlungen abzuschlachten, Frauen zu vergewaltigen und Sklaven zu Tode schuften zu lassen?«, konterte Jade. »Dazu fehlt dir jegliche moralische Legitimation.«

»Ich habe nie Frauen vergewaltigt«, brummte Dog miesepetrig und wandte sich ab.

»Wenn unsere Reporter Grund hätten, die Bacchae in Frage zu stellen, würden sie ihre Argumente abdrucken. Wir können ja schlecht die Schaukästen abreißen und so tun, als sei alles in Ordnung«, fuhr Jade unbeirrt fort. »Es ist kein Gesetz. Es ist der Respekt uns gegenüber, der die Journalisten mit uns zusammenarbeiten lässt. Im Gegenzug sind sie für das Imperium unantastbar.«

»Was verdammt nochmal ...«, schnaufte Dog plötzlich beim Studieren der Artikel. »Eric hat euch verraten!?«

»Oha«, säuselte Jade und überflog amüsiert die entsprechende Textstelle mit der Überschrift *Allianz mit Vultures gescheitert. Legion von Stammesführer Eric verraten!* »Haben sie das doch schon abgedruckt.«

»Was ist mit Eric!?«, wiederholte Dog unbeeindruckt seine Frage. »Was hat er gemacht, dass er nach gerade mal zwei Wochen als Verräter gilt?«

»Überrascht dich das etwa?«, erwiderte Jade mit einem hochnäsigen Unterton.

»Ach was. Das hätte ich dir schon in Brackwood sagen können, wenn du mich nicht ...«

»Ja ja, komm drüber hinweg«, raunte sie ihm zu. »Ich hab das mit der Allianz auch erst erfahren, als es bereits zu spät war. Glaubst du vielleicht, ich hätte dem Ganzen sonst zugestimmt? Einen Tag vor Angels Ankunft hat Eric uns über die Fluchtrouten der Ranger informiert und die Legionskommandeure waren vollkommen von ihm überzeugt. Ich dagegen stand allein, da Faith zu euch übergelaufen war.«

Sie stieß einen unterdrückten Seufzer aus und führte die beiden die Hauptstraße entlang, auf der eine große Verkehrsinsel als Marktplatz diente. Während des Spaziergangs durch die aufgereihten Verkaufsstände fuhr sie mit ihren Erklärungen fort.

»Das Einzige, was ich damals tun konnte, war euch die Freiheit zu schenken und den Weg zu Jiao zu weisen. Alles andere hätte die Legion gegen mich aufgebracht. Ihr habt auf der Farm von Charles gesehen, wie stark die Spannungen zwischen der Armee und uns sind.«

»Aber warum? Warum hast du gerade uns laufenlassen?«, fragte Cassidy. Seit sie von Faith über die Bacchae und ihre Vorgehensweise gehört hatte, ließ sie die Frage nach dem Grund von Jades Handeln nicht mehr los.

»Genau«, bekräftigte Dog ihre Skepsis. »Angel hat jede freie Minute damit verbracht, einen Vergeltungsschlag gegen euch zu planen.«

Jade schlenderte unbeschwert auf einen Obststand zu, schnappte sich einen Apfel und biss wohlig schnurrend hinein. Sie und der Verkäufer nickten einander grüßend zu und er ließ sie gewähren.

»Und tut sie das immer noch?«, nuschelte sie kauend hervor.

»Nein«, antwortete Dog enttäuscht.

»Jiao«, murmelte Cassidy.

»Genau«, bestätigte Jade. »Jiao hat ihr die *andere Seite* von uns mordlüsternen Unmenschen gezeigt, nicht wahr?«

»Deswegen hast du uns zu ihr geschickt?«, kombinierte Cassidy. »Aber warum der Angriff an der Schlucht? Wir waren doch fast da!«

»Der alte Yuen hätte euch vielleicht nicht gleich erschossen, aber mit Sicherheit niemals willkommen geheißen, wie Jiao es stattdessen getan hat«, sagte Jade. »Ich musste also einen Weg finden, der sie gegen ihre Befehle verstoßen lässt.«

»Und dafür hast du um ein Haar Sharon umbringen lassen?«, rief Cassidy wütend.

»Das ... war anders geplant«, gab Jade etwas verlegen zu, biss dabei aber gleichzeitig ohne Reue in den saftigen Apfel. »Normalerweise trägt doch jeder von euch eine schusssichere Weste. Ihr beide habt sie nie abgelegt, seit ich euch aufgegabelt habe. Woher sollte ich wissen, dass gerade Sharon in genau diesem Moment keine tragen würde?«

»Wegen der Strahlenkrankheit, die wir alle für eine Schwangerschaft gehalten haben«, erinnerte sich Cassidy.

»Shawn hat ausschließlich Hohlspitzmunition von mir bekommen. Damit hätte er nicht mal die dünnsten Kevlarschichten durchschlagen. Und er durfte nur auf den Torso schießen, nirgendwo anders hin. Ein kalkuliertes Risiko sozusagen. Der Rest der Söldner hat mit ungefährlicher Munition gefeuert, die nach hundert Metern vom Himmel gefallen ist. Deren Ziel war nur, Jiao mit ihrem Hubschrauber anzulocken. Sie sollte Sharon sehen und sie mitsamt ihren notleidenden Freunden in Sicherheit bringen, was ja auch hervorragend funktioniert hat.«

»Wie, ungefährliche Munition?«, fragte Dog ungläubig. »Die hörte sich verdammt echt an!«

Jade biss ihr letztes Stück vom Apfel ab und warf den Rest in Richtung eines Mülleimers, verfehlte ihn aber knapp. Bevor sie ihren Abfall aufheben konnte, stürzten sich zwei Tauben von den Dächern und stritten sich gurrend um den Griebs. Jade zuckte zurück und wollte gerade zu einer weiteren Erklärung ansetzen, da musste sie Cassidy und Dog von der Straße scheuchen, um das Pferdegespann mit den Schulkindern vorbeizulassen.

»Teil der Bezahlung der Söldner waren beträchtliche Munitionsvorräte«, begann sie erneut, als das Pferdegetrappel nachließ. »Bei denen fehlte allerdings ein Großteil der Treibladung. Nach spätestens einhundert Metern sind die Projektile vom Himmel gefallen, wenn sie nicht sofort Ladehemmung hatten. Der Ranger Shawn Summers war der Einzige mit der notwendigen Reichweite, um euch gefährlich zu werden.«

»Deswegen sind die also immer weiter vorgerückt.« Cassidy raufte sich die Haare, während sich das Bild der Geschehnisse in ihrem Kopf wie ein Puzzle zusammensetzte.

»Mh-hm«, bestätigte Jade nickend. »Die müssen recht schnell darauf gekommen sein, denn in Arnac wollten sie Angel am liebsten an die Wand stellen, als sie ihnen stolz mein Amulett präsentiert hat.«

»Was sollte das überhaupt mit dem Anhänger? Jiao meinte, Angel hätte damit die ganze Stadt übernehmen können.«

»Naja, früher einmal vielleicht«, antwortete Jade schulterzuckend. »Heutzutage reicht es höchstens, um durch Straßensperren von Cor Decat zu kommen. Und natürlich, um mich zu informieren, wenn das Amulett irgendwo eingesetzt wird.«

»Was hab ich dir gesagt? Sie spielt nur ein verdammtes Spiel mit uns«, grollte Dog zu Cassidy. »Erst nimmt sie uns gefangen, dann lässt sie uns wieder frei, schickt uns ins Ungewisse und legt im nächsten Moment einen Hinterhalt aus!«

»Ich hab nie behauptet, dass ich euch helfen würde«, fauchte Jade plötzlich und drückte die beiden in einen dunklen Hauseingang hinein. »Meine einzige Aufgabe ist es, das Imperium zu schützen!«

Dabei zeigte sie äußerst wirkungsvoll auf die Kinder und Jugendlichen, die in den Hinterhöfen Fußball spielten, sich beim Verstecken suchten oder auf den grünen Wiesen Bücher lasen. Anschließend straffte sie ihren Ledertrenchcoat, um gemäßigter fortzufahren.

»Ihr wollt überleben, oder etwa nicht? Die Ranger in eurem Kloster, einsam und versteckt zwischen den Bergen. Wenn *wir* nicht dafür gesorgt hätten, dass es auch versteckt bleibt, wären Eric oder die Reste der Legion über euch hergefallen, bevor Angel überhaupt hätte aufbrechen können.« Nach einer kurzen Unterbrechung fügte sie hinzu: »Ihr werdet tun, was *wir* von euch verlangen, um *eure* Leben zu retten.«

»Und was verlangt *ihr* dafür?«, fragte Cassidy, als würde sie mit dem Teufel aus ihren Märchenbüchern einen Vertrag aushandeln. Zu ihrer eigenen Überraschung schwang nicht der geringste Hauch von Verwunderung in ihrer Stimme mit. Angel hatte sie schon in den Bergen darauf vorbereitet, dass sie sich auf extrem dünnem Eis befanden und nur solange sicher waren, wie sie Jades Fußstapfen folgten.

»Ganz einfach. Ihr sollt das Imperium vor dem Zerfall bewahren.«

Cassidy klappte nach dieser Antwort die Kinnlade auf den Boden, während Dog schallend zu lachen begann.

»Und ich hab bereits befürchtet, dir würden irgendwann die verrückten Ideen ausgehen.«

»Ihr werdet schon sehen«, knurrte Jade. »Aber das müssen *wir* wirklich gemeinsam beschließen. Bisher wissen die anderen nämlich noch nichts von Sydneys Plan. Also kommt ... der Tempel wartet.«

***

Der straffe Fußweg durch Alexandria dauerte weitere zwanzig Minuten. Jade schien sich nicht mehr viel Zeit lassen zu wollen. Aufgrund ihres Auftritts vor der Stadt waren die anderen Bacchae längst von ihrer Ankunft informiert worden.

Die Hauptstraße verzweigte sich um den Marktplatz herum in den Dreiviertelkreis, der das Stadtbild prägte. Links und rechts davon verbanden Nebenstraßen die pentagonförmigen Wohnblöcke. Die fünf Stockwerke verkleinerten sich mit ansteigender Höhe wie Treppenstufen, so dass alle Bewohner auf ihren breiten

Balkons freie Sicht auf den Himmel genießen konnten.

»Was ist das?«, fragte Dog und zeigte nach oben. »Auf den Dächern.«

»Prätorianische Scharfschützen«, erklärte Jade beiläufig. Sie war viel zu beschäftigt damit, schnell zum Tempel zu gelangen.

»Scharf– ... was?«

»Mitten in der Schule?«, stimmte Cassidy verwundert zu.

Jade blieb stehen und rieb sich resigniert den Nasenrücken.

»Eine unbequeme Notwendigkeit«, gab sie zu.

»Das wär was für Angel«, sagte Dog belustigt. »Den ganzen Tag andere Leute durch ihr Zielvisier auszuspionieren.«

»Wohl eher den ganzen Tag in der knallenden Sonne zu hocken«, korrigierte Jade. »Da kann ich mir was Besseres vorstellen.«

»Wozu dann der Aufriss?«

»Ihre vorrangige Aufgabe ist die Beobachtung der Stadt, um Störfaktoren rasch zu entdecken. Die gesamte imperiale Zukunft an einem Ort zu zentralisieren birgt nun mal ein gewisses Risiko. Amokläufe, Entführungen oder Terroranschläge waren anfangs keine Seltenheit, bis die Bacchae und Prätorianer selbst für Sicherheit gesorgt haben.«

»Entführungen?«, wiederholte Cassidy besorgt. Damit hatte sie schließlich ihre ganz eigenen Erfahrungen gesammelt.

»Es existieren Länder außerhalb des Reiches, in denen Kinder nach wie vor gern als Sklaven gehandelt werden«, bestätigte Jade. »Da es mit Ausnahme von Babys und Kleinkindern auf den Rücken ihrer Mütter nirgendwo sonst welche gibt, mussten sie es hier versuchen.«

»Und ... kommen die immer noch her?«

»Kaum. Die Zeiten der Menschenjäger sind glücklicherweise vorbei, seit Imperator Avianos das Sklavensystem reformiert hat. Die Scharfschützen haben sich in der Zwischenzeit aber als hervorragendes Überwachungselement herausgestellt. Zumal ihr ja selbst erleben durftet, wie erstklassig Alexandria von der Legion geschützt wird.«

»Überwachung, hä?«, meinte Dog. »Das passt schon eher.«

»Die ständige Präsenz der Prätorianer hat durchaus Vorteile, was unseren Einfluss angeht«, gestand Jade. Länger wollte sie sich jedoch nicht mit dem Thema aufhalten und drängte zur Eile.

In der ganzen Stadt begegnete ihnen kein einziges fahrendes Auto, dafür Unmengen an Fahrrädern und einige Ochsen- und Pferdekarren. Jade erklärte, dass jedes Kind bei seiner Ankunft ein passendes Fahrrad gestellt bekäme, für das es selbst Sorge tragen müsse. Kleinere Reparaturen kosteten vergleichsweise wenige Sicar, summierten sich aber bei unsachgemäßer Behandlung schnell. So lernten die Schüler schon mit jungen Jahren, Verantwortung für ihr Eigentum zu übernehmen. Wer es aus Eigenverschulden verlor, musste sich ein neues Fahrrad durch Arbeit verdienen. Dasselbe galt für größere Versionen, sofern man als Jugendlicher nicht mehr mit einem Kinderrad unterwegs sein wollte.

Die motorisierte Fortbewegung war mit dem Ende der Zivilisation zum Luxus avanciert. Zwar betrieb das Imperium noch einige Ölfelder mit ausreichendem Ertrag, hielt aber gleichzeitig die Preise für Benzin und Diesel künstlich hoch und reservierte die Hälfte zur militärischen Nutzung. Zum Ausgleich subventionierte das Reich den Schienenverkehr.

Cassidy bekam von Jades Ausführungen kaum etwas mit. Ihre Konzentration wurde von einer Gruppe Ponys abgelenkt, auf deren Rücken ein paar überglücklich anmutende Kinder durch die Straßen trabten. Bis auf einen Jungen waren es ausschließlich Mädchen, der sich dafür aber der Aufmerksamkeit aller Damen gewiss sein durfte.

In den Erdgeschossen der Wohnblöcke hatten sich gemütliche Cafés und Restaurants eingerichtet. Eine bunte Mischung unterschiedlichster Stühle und Sitzbänke auf den Gehwegen luden unter geflickten Markisen und Sonnenschirmen zu einem erfrischenden Getränk oder einer stärkenden Mahlzeit ein, während im Hintergrund Musik aus dem Radio lief. Kein Vergleich mit der muffigen Atmosphäre der heruntergekommenen Straßen von Arnac.

Alexandrias belebte Promenade mündete in den grünen Park, den man bereits von den Hügeln außerhalb der Stadt sah. Sophiaplatz nannte Jade die gepflegte Idylle. Die Grasflächen im Zentrum erschufen eine paradiesische Oasenatmosphäre inmitten der heißen Steppe. Majestätische Laubbäume mit raschelnden Blätterkronen spendeten angenehmen Schatten. Ganze Schulklassen schienen geschützt von schneeweißen Pavillons in hitzige Diskussionen verstrickt zu sein. An anderen Stellen spielten Kinder auf hölzernen Klettergerüsten oder schwangen sich in Schaukeln vor und zurück.

»Wo kriegt ihr das Wasser für so viel Gras her?«, fragte Cassidy.

»Fass es doch mal an«, erwiderte Jade.

Cassidy kniete sich auf den Boden und ließ ihre Hände durch die grünen Halme streifen, die alle eine nahezu exakt identische Länge besaßen.

»Fühlt sich komisch an. Was ist das für Gras?«

Jade hockte sich zu ihr herunter und faltete ein Büschel auseinander. Zum Vorschein kam ein feinporiges Geflecht aus Kunststoff anstelle der zu erwartenden Erde.

»Das ist synthetischer Rasen«, erklärte sie. »Der ist nicht lebendiger als deine Schuhe und benötigt kein Wasser.«

»Und trotzdem sieht der so echt aus?«

»Wir haben ihn gut gepflegt«, nickte Jade stolz. »Aber wenn du genau hinsiehst, entdeckst du die Flickenschusterei. Der Belag war für zwanzig Jahre ausgelegt. Das ist vierzig Jahre her.«

»Was ist mit den Bäumen?«, wollte Dog wissen. »Bestehen die auch nur aus Plastik?«

»Nein«, antwortete Jade und setzte ihren Weg fort. »Die sind echt. Den kleinen Luxus gönnen wir uns.«

Cassidy hätte sich am liebsten sofort zu den Schülern gesetzt und den Lehrern gelauscht, während Dogs Fluchtinstinkt im Angesicht des ungezügelten Geschwafels Alarm schlug.

In einem seltenen Moment der Einigkeit folgte er Jade, als die sie zur Eile antrieb. Sie hatte Sydney bereits entdeckt, die auf den Stufen des Tempels ungeduldig auf sie wartete.

5. Macht

Kaum hatten sie den Sophiaplatz verlassen, kam ihnen Sydney die Treppen vom Tempel hinab entgegengelaufen. Sie war von Jade in ihrer Lebensgeschichte derart bildlich beschrieben worden, dass selbst Dog sie erkannte.

»Da bist du ja endlich. Scarlet ist schon vor zwei Tagen eingetroffen!«, rief sie Jade aufgeregt entgegen.

Ihre Mentorin war inzwischen Anfang vierzig und die Gesichtsfalten nach vielen Jahren unter der erbarmungslosen Endzeitsonne unübersehbar. Trotzdem wirkte sie adelsgleich wie ihre Schülerin, wodurch sie eine ganz eigene Aura der unantastbaren Schönheit umgab. Sie war unbewaffnet und trug ein schneeweißes Kleid, das im schwachen Wind wehte. Damit unterschied sie sich vollkommen von den anderen Bewohnern, die praktischere Kleidungsstücke benutzten. Der dünne Stoff glich feinster Seide und verlieh ihr einen engelsgleichen Anschein, der aber aufgrund ihrer Anspannung bei jedem Beobachter sofort in tausend Scherben zersprang.

»Und wo ist deine große Überraschung?«, fragte sie mit einem enttäuschten Schmollen auf den gepflegten Lippen. »Wolltest du hier nicht im Flug ankommen?«

Jade verzog verlegen das Gesicht und schüttelte den Kopf.

»Nein. Es gab ein paar ... Schwierigkeiten«, antwortete sie ausweichend. »Wo ist Scarlet?«

»Im Tempel mit den anderen. General Torus beschwert sich seit Stunden über den Verlust seiner Legionen in der Schlacht um Silver Valley«, berichtete Sydney mit verdrehten Augen.

»Das kann er sich schön selbst zuschreiben«, erwiderte Jade erzürnt. »Wenn er auf uns gewartet hätte ...«

Weiter kam sie nicht. Sydney brachte sie mit einem Fingerzeig zum Schweigen.

»Erzähl das nicht mir, sondern ihm.«

Dann fiel ihr Blick zum ersten Mal auf Cassidy und Dog, die sich bisher aus taktischen Gründen zurückgehalten hatten. Zumindest redete Dog sich ein, dass er in der Höhle des Löwen möglichst wenig auffallen sollte, bis der richtige Zeitpunkt gekommen war.

»Wer sind die beiden?«, fragte Sydney skeptisch.

Bei der Frage musste Jade einen Augenblick lang nachdenken. Es sah nicht so aus, als wüsste sie keine Antwort, sondern als würde sie abwägen, ob es weise sei, ihre Meisterin vor Cassidys und Dogs Augen darüber zu unterrichten.

»Teil unseres Plans«, erwiderte sie schließlich und wirkte dabei sehr zufrieden mit ihrer Wortwahl.

Sydney akzeptierte die Erklärung mit einem kurzen Nicken, zog ihr Kleid an den Knien hoch und stolzierte die Treppe hinauf.

Jade verharrte auf halbem Weg einen Moment auf den sandigen Stufen, ging in die Hocke und ließ ihre rechte Handfläche durch den Staub gleiten. Es waren dieselben Stufen, auf denen man sie stundenlang hatte warten lassen.

»Ich werde nicht jünger«, flötete Sydney ihr zu, die bereits am oberen Ende der Treppe die große Glastür aufhielt.

Dahinter standen zwei Prätorianer mit ihren schwarzen Barettmützen, die jeden Besucher argwöhnisch beobachteten und im Verdachtsfall durchsuchten. Unbewaffnet ließen sie Cassidy und Dog kommentarlos passieren. Die Luft im Inneren war angenehm frisch, als stünde man im Schatten eines Baumes. Das erklärte auch, warum die Wachen hinter und nicht vor den Türen für Ordnung sorgten.

Der Eingangsbereich bestand aus einer etwa fünfzehn Meter langen Halle. Seitenwände aus massivem Stein trugen ein gewölbtes Glasdach, das den Bau viel größer und offener erschienen ließ, als er in Wirklichkeit war. An beiden Seiten des Gangs, in dem problemlos sechs Männer nebeneinander Platz fanden, reihten sich insgesamt vierundzwanzig Sockel aneinander. Auf neunzehn davon standen Büsten mit den Abbildern von Frauen, die anderen fünf waren leer.

Im Vorbeigehen konnte Cassidy einige der eingemeißelten Letter erkennen. Felicia, Jade, Nadra und Yolanda kannte sie bereits. Felicias und Jades Statuen hatten sogar große Ähnlichkeit mit den realen Personen. Sie alle gehörten offenbar zu den Bacchae. Andere Namen wie Elizabeth oder Siren waren ihr völlig unbekannt.

Auf einmal blieb Cassidy wie angewurzelt stehen. Für eine der Büsten brauchte sie kein in Stein gehauenes Schild. Der gestählte Blick, die Haare auf die linke Seite gekämmt und den Kopf hoch erhoben.

»Scarlet ...«, fauchte Jade leise.

Sie verharrte einen Augenblick vor dem Abbild ihrer Feindin, ehe sie grimmig den Weg fortsetzte. Als Cassidy ihr stumm folgte, fiel ihr der Name *Faith* unter einem der leeren Sockel auf. Ehe sie Jade jedoch fragen konnte, ob ihre Büste bereits aufgrund des Verrats entfernt worden war, oder sie ganz einfach noch keine bekommen hatte, gingen die beiden Doppeltüren am Ende der Halle auf.

Dahinter erwartete sie ein runder Raum, dessen gläserne Kuppel sie bereits außerhalb der Stadt hatten sehen können. Sechs Marmorsäulen trugen das Dach zusätzlich zu den Außenmauern; jede einen halben Meter dick. Genau wie in der Eingangshalle wirkte der Raum durch den großzügigen Sonnenlichteinfall offen und einladend, wenn auch aufgrund seiner Ausmaße etwas einschüchternd. Ein intelligentes System der Selbsttönung sorgte zu jeder Tageszeit für die richtige Lichtstärke.

Zwölf massive Tische aus geschwärztem Holz mit je zwei Sitzgelegenheiten bildeten einen Kreis inmitten des Raumes. Sie standen so weit voneinander entfernt, dass man bequem zwischen ihnen hindurchgehen konnte. Nur direkt hinter der Doppeltür gab es eine größere Lücke von drei Tischlängen. Zwei, nur mit Pistolen bewaffnete Prätorianer, bewachten den Eingang und ganz offenbar auch einen Legionär mit rotem Barett auf dem Kopf, der an einer der Säulen nahe der Tür lehnte.

Wie Sydney angekündigt hatte, stand General Torus in der Mitte des Raumes und berichtete über den Krieg im Süden. An seinem rechten Oberarm trug er eine Armbinde mit unzähligen glänzenden Abzeichen und Plaketten, die Auszeichnungen und Medaillen des Imperiums repräsentierten und zur Ausgehuniform gehörten. Sein Kamerad stellte ebenfalls eine Armbinde zur Schau, allerdings mit weitaus zurückhaltenderer Dekorierung.

Unter den Anwesenden stach besonders eine Frau mit

schneeweißem Haar und rosafarbener Haut hervor. Sie trug ein hellblaues, schulterfreies Seidenkleid und Cassidy erinnerte sich an ihre Büste in der Vorhalle und den Namen Azure. Sie saß verkehrt herum auf ihrem Stuhl aus reinem Aluminium und sah aus, als stünde sie kurz davor, dem Legionskommandeur an den Hals zu springen.

Neben ihr flegelte sich Nadra mit verschränkten Armen und hochgelegten Beinen in einen Ledersessel. Für sie waren die Ausführungen des Generals offenbar kein Grund, sich künstlich aufzuregen. Den beiden gegenüber saß Yolanda mit einer modern anmutenden, rechteckigen Sonnenbrille auf der Nase im Schneidersitz auf ihrem Tisch. Hinter ihr gab es überhaupt keinen Stuhl. Scheinbar sorgte jede Bacchae selbst für ihre eigene Bequemlichkeit. Ihr war die Freude über Sydneys Rückkehr deutlich anzusehen, denn nun musste Torus seine Anklagen unterbrechen, bis die Meisterin wieder Platz genommen hatte.

Rechts neben dem Eingang lehnte Scarlet an der Wand. Faiths Beschreibung ließ daran keinen Zweifel. Ihr glattes, schwarzes Haar hing an der linken Seite ihres Kopfes herunter. Das Tattoo eines Spinnennetzes, das ihr abgetrenntes Ohr versteckte, war deutlich zu erkennen. Ihre angriffslustig funkelnden Augen verfolgten Jade seit sie den Raum betreten hatte. Gleichzeitig strahlte ihre Körperhaltung mit dem angewinkelten rechten Bein, dessen Fuß sich an einer Säule abstützte, eine Überlegenheit aus, die den Bacchae angeboren zu sein schien.

Jade wies Cassidy und Dog an, neben einem gewissen Colonel Grant zu warten und zeigte dazu auf den stummen Legionär mit der zurückhaltenden Dekorierung. Anschließend ahmte sie Scarlets Position an der Säule auf der gegenüberliegenden Seite der Tür nach, während Sydney dem General zuwinkte, so dass er seinen Bericht fortsetzte.

Gerade ging es darum, dass die Vultures dem Imperium wohl doch nicht so treu ergeben waren, wie es sich die Legion bei der Gründung ihrer Zweckallianz vorgestellt hatte. Eric weigerte sich seit dem fehlgeschlagenen Angriff auf Kims Flüchtlingskonvoi, Befehle der Sicarii auszuführen und drohte damit, sich gänzlich von ihnen loszusagen. Der General beschuldigte Faith, bei ihrer

Mission versagt zu haben, wodurch in Silver Valley fast vier Legionen den Tod fanden, was die imperiale Position in Cor Syrte ungemein schwächte.

»Wenn ihr auf uns gewartet hättet, wären die Vultures nie zu einem Problem geworden!«, spie ihm Azure entgegen.

»Wir haben einen ganzen Monat auf Faith gewartet«, entgegnete Torus. »Wir mussten den Krieg selbst in die Hand nehmen. Die Legionen wurden an der nördlichen Reichsgrenze gebraucht!«

»Und wo sind eure wertvollen Legionen jetzt?«, fauchte Azure zurück. Sie schien den Schlagabtausch mit dem prunkvoll gekleideten Offizier mit jeder Faser zu genießen und ließ den anderen Bacchae keine Chance zu Wort zu kommen.

Insbesondere Scarlet schien mehrfach die Initiative ergreifen zu wollen, wahrscheinlich um ihre Schülerin Faith zu verteidigen, überließ dann aber der Jugend den Vortritt.

»Ihr habt diesem Abschaum Eric einfach geglaubt und unsere Truppen auf seinen Befehl hin in den Tod geschickt!«

»Eric gibt uns keine Befehle«, protestierte Torus.

»Oh! Ich bitte um Verzeihung. Ich meinte natürlich aufgrund seiner *verlässlichen Informationen!* Und nun nimmt er weder von der Legion noch von uns Anweisungen entgegen. Stattdessen heißt es, dass die verdammten Ragnars mit ihm einen Aufstand planen!«

»Er hält euch für schwach«, raunte Nadra mit tiefer Stimme. »Mit all euren Saboteuren und Spionen haben euch die Ranger doch im Handumdrehen vier Armeen gekostet. Die Söhne des Ragnarök verlassen sich nicht auf solch feige Methoden. Sie sprechen Erics Sprache.«

»Wann wirst du endlich aufhören, dich als eine der ihren zu sehen?«, fragte Yolanda mit gespitzten Lippen. Unter ihrer Sonnenbrille war nicht zu erkennen, ob sie Nadra dabei ansah. Ihr Kopf war starr auf den Boden der Halle gerichtet.

»Wenn sie dem Imperium angehören oder es in Schutt und Asche gelegt haben«, erwiderte Nadra und verschränkte hochmütig die Arme noch etwas enger.

»Schwestern, bitte!«, rief Sydney dazwischen. Sie erhob sich und stolzierte mit zusammengefalteten Händen ins Innere des Kreises, bis sie dem General direkt in die Augen blicken konnte. »General Torus, ihr habt euren Standpunkt zum Ausdruck gebracht, doch die Vorgehensweise der Bacchae liegt nicht in eurem Ermessen. Es ist tragisch, dass eure Männer diese Lektion mit ihrem Blut bezahlen mussten.« Torus straffte seine Uniform und stand kurz davor, energisch zu protestieren. »Aber weder seid ihr allein schuld am Verlust so vieler Leben, noch seid ihr allein für Streit und Uneinigkeit anfällig.« Bei diesen Worten schwenkten Sydneys Augen in Scarlets Richtung. »*Wir* werden uns den Problemen von Cor Syrte annehmen und die Vultures von ihrem unvorteilhaften Weg abbringen.«

Nun blinzelte sie zu Jade, die noch immer an der Wand neben dem Eingang lehnte. Dem General war schon die ganze Zeit sichtlich unwohl gewesen, von so vielen Frauen umstellt zu sein, die ihn auf die kreativsten Arten umbringen konnten – und vermutlich auch durften. Genau wie Scarlet sehnte er ein Ende der Anhörung herbei und nickte bestätigend.

»Eure Probleme, eure Verantwortung.«

Sydney neigte den Kopf zustimmend nach vorn und blinzelte anschließend den Prätorianerwachen zu, die Torus und seinem Begleiter den Weg nach draußen wiesen.

Kaum fielen die edlen Holztüren wieder ins Schloss, hallte Scarlets zynisches Klatschen durch den Versammlungsraum.

»Du hast etwas hinzuzufügen, Schwester?«, fragte Sydney, ohne sich zu ihr umzudrehen. Stattdessen behielt sie Jade im Auge, so als könnte sie Scarlets Reaktion an der Miene ihrer Schülerin ablesen.

»Es ist interessant zu hören, wie du vom *wir* sprichst, wo du doch *mich* meinst«, rief Scarlet in die Halle.

Jade runzelte die Stirn, bis sie eine von Kopf bis Fuß verhüllte Gestalt hinter Scarlet bemerkte, die auf einen Fingerzeig hervortrat.

»Ich weiß nicht, was Faith dazu getrieben hat, ihre Pflichten zu vernachlässigen, aber ich weiß, wann die Zeit gekommen ist, sich neuen Möglichkeiten zu öffnen.«

Bei diesen Worten schlug die Gestalt ihre Kapuze zurück.

»Angel!«, hauchte Cassidy heiser durch den Raum, als sie ihre wohlbehaltene Mentorin an der Seite von Scarlet erkannte.

Dog wollte auf sie zu stampfen, doch die Prätorianerwachen hielten ihn schon beim ersten Schritt zurück. Es verstieß bereits gegen alle Regeln, dass er der Versammlung beiwohnen durfte. Scarlet verfolgte indes belustigt die Reaktionen der beiden. Auch Jade konnte man die Überraschung für einen Sekundenbruchteil im Gesicht ablesen, ehe sie ihre Selbstkontrolle zurückerlangte.

»Du wolltest ihr den Kopf verdrehen, sie dir gefügig machen – sie benutzen!«, schmetterte Scarlet scharf in ihre Richtung. Sie stieß sich von der Säule ab und stolzierte unter den verdutzten Augen der anderen Bacchae in den Raum hinein. »Oh ja, ich hatte zwei Tage Zeit, sie ins rechte Bild zu setzen. Ihr zu erklären, wie Jade arbeitet und sie über die wahren Gründe für die Vernichtung ihres Stammes zu unterrichten.«

»Wen hast du hierher gebracht?«, fragte Azure gereizt, als ihr Scarlets theatralisches Gerede zuviel wurde.

»Das ist Angel«, erwiderte Scarlet mit ausgestreckten Hand-flächen, als sollte die legendäre Scharfschützin auch in der Welt der Sicarii überall bekannt sein. »Anführerin der Ranger, die unse-re Legionen zerstört und General Torus vorgeführt haben.« Dann zeigte sie blitzschnell mit dem Finger auf Jade. »Und das neueste Opfer von Jades schizophrenen Spielchen!«

»Genug!«, rief Sydney mit geballten Fäusten. Erst jetzt drehte sie sich herum und starrte an Scarlet vorbei auf den unan-gemeldeten Besuch. »Jade hat mit meinem Einverständnis gehandelt.«

»Aber ... ihr Auftrag war es, mit den Rangern Kontakt aufzu-nehmen. Zu erfahren, ob sie sich für eine Annexion in das Reich eignen«, sagte Yolanda und wandte sich anschließend direkt an Jade, ohne ihren Schneidersitz auf dem Tisch zu lösen. »Du hast die Angriffsbefehle auf Sienna und Eagle Village gegeben.«

»Was sagt dir der Name Jonathan?«, erwiderte Jade stur in Angels Richtung. Es lag nicht der geringste Hauch von Schuld-bewusstsein in ihrer Stimme. Scarlets plötzliche Offenbarung hatte sie einen Augenblick lang verwirrt, aber nicht in die Defensive drängen können. Sie verstand, dass diese Runde beendet war und eine neue begann. »Du kennst ihn, nicht wahr?«

»Jonathan«, murmelte Angel widerwillig nickend. Es war ganz offensichtlich, dass sie Jade nicht mehr über den Weg traute, aber zu lügen wäre in der Gesellschaft Allwissender zwecklos. »Anführer von Ranger-Team Vier. Er gilt seit dem Untergang von Sienna als verschollen.«

»Oh, er ist nicht verschollen«, zischte Jade, so als bereitete sie sich darauf vor, ihren letzten Trumpf auszuspielen. Auch sie stieß sich von der Wand ab, um sich direkter an sie zu wenden. »Er hat euch verraten! Es dauerte keine zwei Tage, bis ich alle eure Anführer, Siedlungen und Verteidigungsstellungen kannte. Ich musste ihn weder foltern noch bestechen. Am dritten Tag führte er mich selbst nach Sienna, an euren Minengürteln und Stacheldrahtzäunen vorbei!«

Nun starrten alle Augen auf Angel. Niemand von den Bacchae wusste, wie sie auf Verrat in den eigenen Reihen reagieren würde. Sie waren längst über die Geschehnisse südlich des Hadesgebirges unterrichtet worden, doch Angel war die erste Angehörige der Ranger, die sie leibhaftig zu Gesicht bekamen. Nur Scarlet rechnete damit, dass sie jeden Moment dagegen protestieren würde.

»Jonathan«, brummte Angel ein zweites Mal. Nachdenklich legte sie die schwere Kutte ab, unter der sie trotz der getönten Scheiben und des angenehmen Luftzugs schwitzte. Anschließend sah sie nach oben, so als würde sie in ihrer Vergangenheit graben. »Jonathan war nie glücklich mit Monroes – mit unserer defensiven Haltung. Er vertrat die Einstellung, dass alle, die nicht auf unserer Seite kämpfen, zum Feind gehören und ausgeschaltet werden müssten.« Sie hob den Kopf und blickte auf der Suche nach einem Anzeichen für Genugtuung zu Jade, doch sie fand keines. »Was ist mit ihm geschehen?«

»Er hing an einem der Galgen in Sienna. Nach ein paar Wochen Sonnenbad hast du ihn vermutlich nicht wiedererkannt«, antwortete Jade ohne die geringste emotionale Regung. »An solchen Verbündeten hat das sicariianische Volk kein Interesse!« Ihr Blick wanderte zu Yolanda. »Deswegen habe ich den Angriff auf Eagle Village befohlen«, sprach sie mit fester Stimme. »Wie hättest du gehandelt? Wie hätte irgendjemand von euch gehandelt? Wärt ihr mit solchen Leuten ein Bündnis eingegangen?«

»Dann gibst du also zu, dass du für das Desaster von Cor Syrte verantwortlich bist?«, forderte Scarlet sie heraus.

Jades Augen zuckten in ihren Höhlen auf der Suche nach einer Antwort hin und her. Sie blickte zu ihrer Meisterin, doch Sydney schwieg mit zusammengefalteten Händen und starrte sie mindestens ebenso verbissen an wie Scarlet. Entweder konnte sie ihr nicht helfen, oder sie wollte es nicht.

»Ja«, brachte Jade schließlich hervor. »Ja, es war meine Fehleinschätzung, die diesen Krieg begonnen hat.«

Ein leises Raunen echote durch den gläsernen Versammlungssaal. Nadra lehnte sich in Erwartung der Reaktion zurück wie bei einer Kinovorstellung. Sydney blinzelte erleichtert und nickte ihrer einstigen Schülerin zu, als hätte sie gerade ein Staatsexamen bestanden. Azure und Yolanda drehten ihre Köpfe zu Scarlet um, doch die hochmütige Bacchae schwieg. Fast schien es, als könne man ihre Zähne knirschen hören. Jade hatte ihr mit einem Satz den Wind aus den Segeln genommen und Scarlet ihrer öffentlichen Anklage beraubt.

»Und woher dein plötzlicher Sinneswandel?«, grollte Dog auf einmal mit donnerndem Echo durch die Kuppel. Er wollte nicht länger an der Seitenlinie warten, bis die Verrückte erneut über sein Schicksal entschied. Mit Ausnahme der Prätorianer war er der einzige Mann im Raum, weshalb seine tiefe Bassstimme gleich doppelt Wirkung zeigte. »Warum hast du uns in Brackwood gehen lassen?«

»Angel«, sagte Jade. »Stolz und unbeugsam. Das Ideal des Imperiums, das Spiegelbild einer Bacchae. Selbst Scarlet stimmt mit meiner Einschätzung überein, oder hättest du sie sonst in unseren Tempel geführt?« Sie blickte ihre Konkurrentin einen Atemzug lang provozierend an – zu kurz, um ihr einen Widerspruch zu ermöglichen – ehe sie sich wieder Angel zuwandte. »Nach unserem Duell in Eagle Village bin ich nicht geflohen, um den Krieg gegen euch fortzusetzen, sondern um ihn zu beenden. Aber ich kam zu spät. Eric hatte Torus bereits von seinem unausweichlichen Sieg überzeugt und die Legionen standen vor den Toren von Silver Valley.« An dieser Stelle unterbrach Jade ihre Erklärung für einen

Moment und blickte noch einmal zu Scarlet. »Faith hatte das Imperium schon Wochen zuvor verraten«, fuhr sie fort. »Aber sie hat gespürt, dass die Vultures nicht die sind, für die sie sich halten und, dass wir uns niemals auf sie verlassen könnten. Doch in ihrer Unerfahrenheit hat sie sich von ihren Gefühlen und nicht von ihrem Verstand leiten lassen. Als sie sich von unseren Legionen in die Ecke gedrängt sah, handelte sie loyal und sicherte Torus den Sieg. Sie konnte ja nicht ahnen, dass die Ranger gleich das ganze Tanklager sprengen würden. Gleichzeitig wusste sie, dass sie Angel zur Flucht verhelfen musste, um den Status quo zu wahren. Ohne Faith wäre niemand entkommen. Ohne Faith würden wir jetzt einem Zwei-Fronten-Krieg ohne Truppen ins Auge sehen.«

»Eric ...«, stöhnte Dog. Prätorianer hin oder her, er stampfte gereizt durch den Raum und flegelte sich in einen leeren Sessel, als sei er in diesem Gemäuer zu Hause. Die Wachen versuchten ihn aufzuhalten, doch gleich mehrere der Bacchae winkten sie zurück.

»Torus mag ein machthungriger Tyrann sein, aber selbst er hat inzwischen begriffen, dass es nur noch eine Frage der Zeit ist, bis die Vultures aus unserer Schwäche einen Nutzen ziehen werden«, stimmte Jade nickend zu. »Wir können uns nicht länger auf seine Truppen verlassen.«

»Und wie willst du das Problem stattdessen lösen? Die Prätorianer sind keine Armee und das Gesetz verbietet es uns, eigene Legionen aufzustellen«, konterte Azure. »Wie soll Faith uns dabei helfen? Sie ist doch nicht mal hier!«

»Faith war nur der Schlüssel«, beschwichtigte Jade. »Sie hat dafür gesorgt, dass uns Angel und ein großer Teil ihrer Ranger erhalten bleiben.« Sie trat auf die Lateinamerikanerin zu und begann gönnerhaft zu lächeln. »Du erinnerst dich sicher an Johnny. Deinen rollstuhlfahrenden Freund mit der leichten Abhängigkeit von fettigem Fleisch, den ich dir nicht zurückgeben wollte?« Jade drehte Angel den Rücken zu und blickte dabei die anderen Bacchae an. »Vor drei Wochen habe ich einem ihrer engsten Verbündeten das Kommando über das Kriegsgefangenenlager der Ranger übergeben. Seitdem stellt er eine Armee für uns auf, die genau weiß, wie man gegen die Vultures kämpft.«

»Du hast WAS getan?«, platzte es aus Azure heraus.

»Sie hat mit meinem Segen gehandelt«, wiederholte Sydney rasch, woraufhin Azure sämtliche Gesichtszüge entgleisten. Auch die beiden Prätorianer blickten einander fragend an.

»Das Gesetz verbietet uns eindeutig, eigene Armeen zu unterhalten!«, rief die weißhaarige Bacchae mit einem Anflug von Unbehagen, den Unwissende sogar als Furcht hätten auslegen können. »Wenn Torus davon erfährt ...«

»Torus wird gar nichts tun, denn nicht wir befehligen diese Armee«, sagte Jade selbstbewusst und zeigte auf Angel. »Sondern *sie!* Angel wird ihre eigenen Truppen in die Schlacht führen.« Ein Anflug von Amüsement erschien auf ihrem sonnengebräunten Gesicht. »Sie hat es mir bereits geschworen.«

»Ihr seid doch vollkommen verrückt«, fluchte Azure.

»Wie viele von diesen Rangern sind überhaupt noch am Leben?«, grunzte Nadra pragmatischer und ohne jegliches Unbehagen. »Wir können uns wohl kaum auf die Zahlen der Legion verlassen.«

Jade trat ein paar Schritte zurück und setzte sich auf einen der leeren Tische.

»Johnny hat momentan die Kontrolle über zweihundert Gefangene. Etwas weniger als die Hälfte davon sind Ranger aus Sienna, Jaguar Bay und Silver Valley. Ich habe dafür gesorgt, dass auch ein paar Vultures darunter sind.«

»Was?«, raunte Dog ihr zu. »Da sind welche von uns? Ich dachte, die sind erst alle mit Eric übergelaufen und haben euch nun plötzlich verraten?«

»Nicht alle waren mit Erics Arrangement einverstanden. Dein Auftritt in Brackwood hat schnell die Runde gemacht«, erklärte sie. »Die Legion war so freundlich, all jene festzunehmen, die gegen die Allianz gewettert haben. Ich musste lediglich dafür sorgen, dass sie in Johnnys Lager umgeleitet werden. Ich weiß nicht, ob er sie für sich gewinnen kann, aber ...« Sie machte eine kurze Pause und setzte ein unschuldiges Lächeln auf. »Was glaubst du denn, warum ich mich seit zwei Tagen mit dir abgebe?«

Die anderen Bacchae lachten diskret über Jades Offenbarung. Sogar Angel schien der Stichelei etwas abgewinnen zu können, auch wenn ihr Dog allmählich leidtat. In einem Raum voll mächtiger Frauen blieb dem Muskelpaket nichts anderes übrig, als seine Rache ein weiteres Mal zu verschieben. Grimmig drehte er sich von Jade weg und schwieg.

»Also gut, um die hundert Kämpfer«, sagte Nadra. »Aber das ist noch nicht mal eine halbe Legion.«

»Wir brauchen keine Legionen«, erwiderte Jade und setzte dabei das Wort *Legionen* in Gänsefüßchen. »Angel kennt ihren Feind und dank Mister Universum hier haben wir Informationen aus erster Hand. Die Prätorianer können den Flankenschutz übernehmen, den Nachschub sichern und Kommandooperationen durchführen. Dafür reicht unser Mandat aus. Was wir jetzt benötigen, ist Ausrüstung und Zeit.«

»Waffen und Munition für so wenige Kämpfer sollte kein Problem sein, aber Zeit ...«, meinte Yolanda.

»Torus muss den Pass halten und jegliche Verbindung zwischen Ragnars und Vultures unterbinden«, stimmte Nadra zu.

»Das wird ihm nicht gefallen«, raunte Azure durch die Kuppel.

»Solange er noch Oberbefehlshaber ist, hat er keine andere Wahl, als die Straße über die Berge zu sichern«, stellte Sydney klar. »Wenn der Pass fällt, entsteht eine Allianz zwischen den Söhnen des Ragnarök und den Vultures. Dadurch würden wir Arnac, den Pass und vermutlich sogar Persephone verlieren. Ein halbes Jahr später würden beide Armeen vor den Toren von Alexandria stehen.«

»Ich sage trotzdem, dass ihr verrückt seid«, seufzte Azure. »Wenn Torus herausbekommt, dass ihr ihn derart benutzt ...«

»Dann wird er zum Imperator gehen und wohlmöglich die Entmachtung der Bacchae verlangen«, vollendete Sydney ihren Satz. »Anschließend würde die Legion wieder für Recht und Ordnung sorgen. Das können wir nicht zulassen. Sophia selbst hat eine Militärdiktatur immer abgelehnt. Und das aus gutem Grund.«

»Auch wenn die Vultures geschlagen sind, wie willst du ihm die Herkunft der neuen Truppen erklären? Eine Armee, die seinen Legionen ein paar Wochen zuvor einen derart schweren Schlag zugefügt hat?«

»Das bringt uns zum zweiten Akt unseres Plans«, antwortete ihr Sydney. Sie stolzierte zurück zu ihrem Stuhl und nickte Jade zu, die daraufhin einen Schritt auf Angel zutrat.

»Was müsste geschehen«, begann diese sachlich wie eine Anwältin. »Was müsstest du deinen Rangern, deinen Männern, Frauen und Kindern bei deiner Rückkehr sagen können, um das zu tun, was du mir bereits geschworen hast?« Sie machte eine kurze Pause, bis sie direkt vor Angel stand. »Was müsste geschehen, um den Krieg zwischen uns aus der Welt zu schaffen?«

»Den Krieg zu beenden, den *du* zu verantworten hast, ist eine Sache«, unterbrach sie Azure. »Aber ein derart komplexes Bündnis ohne die Zustimmung des Imperators zu schmieden ...«

»Marcus Avianos wird unsere Vorgehensweise begrüßen, wenn wir das Krebsgeschwür innerhalb der Legion offengelegt und den Verlust mehrerer Provinzen verhindert haben«, versicherte ihr Sydney.

»Der Imperator ist nicht das Problem«, stimmte Jade ihr zu, ohne dabei die Augen von Angel zu lassen. »Doch, was ist, wenn der Hass auf alles mit dem Namen Sicarii *ihre* Leute davon abhält, das Imperium zu retten? Was, wenn Torus schon gewonnen hat, ohne es überhaupt zu wissen?«

Cassidy stockte der Atem. Jade hatte sie ja bereits darüber in Kenntnis gesetzt, dass sie nichts geringeres von Angel verlangte, als das Sicariianische Imperium vor dem Untergang zu bewahren. Aber es lag ein gewaltiger Unterschied zwischen einer beiläufigen Bemerkung und der direkten Ansage in Angels Richtung.

Ohne Jade einer Antwort zu würdigen, schritt Angel quer durch den Raum auf Cassidy und Dog zu. Sie schien dabei Jades Adelsgang förmlich nachzuahmen. Unter den Augen der versammelten Bacchae erweckte sie nicht einmal den Anschein von Anspannung. Ihr starres, unerschütterliches Gesicht verdeutlichte, dass sie verstand, an welch langem Hebel sie sich befand.

Ja, sie hatte Jade ihre Hilfe versprochen. Und obwohl es unter Druck inmitten eines Volksaufstands geschehen war, würde sie ihr Versprechen nicht leugnen. Aber sie wusste auch, dass sie nie einen Schwur für ihre Kameraden abgelegt hatte. Kim und Johnny mussten erst überzeugt werden; von Paul im Kloster ganz zu schweigen. Dafür brauchte Jade sie. Denn ohne Angels Zuspruch würde ihr ganzer Plan wie ein Kartenhaus zusammenstürzen.

Entsprechend beflügelt von ihrer unerwarteten Machtposition nahm sie zunächst Cassidy in die Arme und klatschte anschließend Dog zur Begrüßung mit der Hand auf die Wange. Einmal mehr musste die Welt auf sie warten, ob sie es nun wollte oder nicht.

6. Angst und Schrecken

Sydney hatte Angel aus der Versammlung der Bacchae entlassen und ihren Freunden ein Gästequartier in einem der fünfeckigen Gebäude von Alexandria zugewiesen, das sie als Botschaft bezeichnete. Vor dem Zusammenbruch hatte es als Hotel unter dem Namen *Sagittarius A** Geschäftsleute und gut betuchte Touristen in der Hightech-Metropole empfangen. Seit das Imperium die Stadt annektiert hatte, wurden Delegationen fremder Stämme in dem schneeweißen Betonmonster untergebracht. Der Name entstammte dem gleichnamigen, supermassereichen schwarzen Loch im Zentrum der Milchstraße. Eine Anspielung darauf, dass niemand mehr den Luxus und Komfort verlassen wollte, nachdem man einmal darin gefangen war.

Cassidy stand seit einer Stunde auf der Terrasse, die sich über dem großen Park erstreckte. Sie entdeckte fast im Sekundentakt neue Details, die sie Angel am liebsten sofort gezeigt hätte. Da gab es ein Haus, in das die Leute trocken hineingingen und es mit nassen Haaren verließen. Auf einem betonierten Platz trainierte eine Kampfsportgruppe auf hellgrauen Gummimatten im Freien. Eine Schulklasse probte ein Theaterstück auf einer Freilichtbühne. Sie mussten noch ziemlich am Anfang stehen, denn es verging kaum eine Minute, in der sie nicht wegen einer schiefgelaufenen Bewegung oder eines Versprechers lachten.

Angel lag währenddessen auf dem bequemen Doppelbett im großzügigen Schlafzimmer und spielte mit Jades Amulett. Sie verstand, warum Sydney ihnen gerade dieses Quartier zugeteilt hatte. Von hier aus konnte man die Errungenschaften des Imperiums in Ruhe betrachten und sollte wahrscheinlich beeindruckt und eingeschüchtert werden, doch daran hatte sie momentan kein Interesse und überließ stattdessen Cassidy das Sightseeing. Sie würde ihr später ohnehin ungefragt eine Zusammenfassung geben.

»Willst du mir nicht langsam mal erzählen, was da in Arnac los war und wie du hierher gekommen bist?«, brummte Dog. Er stand mit zwei Gläsern kristallklaren Wassers in der Tür und wartete darauf, dass sie ihn hereinbat. Erst als Angel ihm zuwinkte, setzte er sich auf das Bett und reichte ihr das zweite Glas.

In knappen Sätzen umschrieb sie, wie sie in Arnac mehr durch Zufall als Geschick auf Jade stieß und sie ihr den Hals gerettet hatte, nachdem das Amulett plötzlich wirkungslos geworden war. Angel traute ihr dennoch nicht eine Sekunde lang über den Weg. Die Kälte, mit der sie Cassidys Leben als unwichtig bezeichnet hatte, bestätigte ihre Vermutung, nur ein Spielstein für die Bacchae zu sein. Und solange sie das Spiel nicht kannte, wollte sie sich nicht weiter herumstoßen lassen.

»Also hab ich ihre Anweisungen ignoriert und stattdessen in der Stadt nach Informationen über sie gesucht«, erklärte Angel. Sie nahm einen Schluck aus ihrem Glas und fügte mit nachhaltiger Verwunderung hinzu: »Das war viel einfacher als gedacht. Die wollen überhaupt nicht verborgen bleiben. Egal, wen ich gefragt habe, alle nannten sie mir zwei Orte: Alexandria und Themis-Tempel. Ich erhielt sogar eine detaillierte Wegbeschreibung, die für einen Blinden gereicht hätte.«

»Und du hattest nichts Besseres zu tun, als direkt in die Höhle des Löwen zu fahren?«

»Was hätte ich deiner Meinung nach tun sollen? Zu Johnnys Lager eilen und darauf hoffen, dass Jade uns alle rettet? Oder mich stattdessen alleine hunderte Kilometer zur Biosphäre durch-schlagen?« Sie schüttelte den Kopf. »Mir blieb doch gar keine andere Wahl. Außerdem ...«

Angel leerte ihr Glas mit einem Zug und stellte es auf den Nachttisch aus weißem Holz im Klavierglanzlook.

»Bei unserem ersten Aufeinandertreffen in Eagle Village hat Jade mir zugeflüstert, dass *sie*, also vermutlich die Bacchae, immer auf der Suche nach Potential sind. Und nach all der Mühe, die sie sich gegeben hat, meine Aufmerksamkeit zu erregen, hielt ich es an der Zeit, sie mit einer Antwort zu würdigen.«

»Warum hast du mir nie etwas davon erzählt?«, fragte Dog mürrisch.

»Hättest du sie in meiner Position etwa ernstgenommen?«, er-widerte Angel mit hochgezogenen Schultern. »Ich hab mich an diesen Stadtschreier mit seinem Zug erinnert und mich zum

Bahnhof durchgefragt. Die benutzen einen komplett erhaltenen Triebwagen, der Arnac einmal alle zwei Wochen anfährt. Allerdings hat mein Geld nicht mehr gereicht, also habe ich Jades Amulett gezückt.«

»Oh man«, stöhnte Dog. »Du hättest doch wissen müssen ...«

»Natürlich wusste ich, welche Aufmerksamkeit das nach sich ziehen würde. Das war schließlich meine Absicht«, konterte Angel prompt. Sie hielt ihm ihre aufrechten Handflächen entgegen und signalisierte, dass er sich zunächst den Rest der Geschichte anhören solle. »Ich hab damit gerechnet, in Alexandria direkt nach dem Aussteigen in Empfang genommen zu werden. Aber wieder ging alles viel leichter, als ich es mir vorgestellt hatte.«

Sie schnappte sich ihr Glas und schlurfte zur Küche, um es mit klarem, kalten Wasser aus der Wand zu füllen. Zumindest die Diplomatenunterkunft hatte in Sachen Luxus einiges mit der Biosphäre gemein. Flüsterleise Lüfter, elektrische Jalousien an den Panoramafenstern, funktionierende Fahrstühle. Es würde definitiv einschüchternd auf Fremde wirken, die seit zwei Jahrzehnten nur den barbarischen Lebensstil der Endzeitsteppe gewohnt waren. Angel ließ das Überangebot nach ihrer kurzen Zeit als Jiaos Gäste dagegen beinahe kalt. Sie war jedoch froh, dass Amy ihr nicht mehr permanent über die Schulter sah. Nur die Klimaanlage wünschte sie sich zurück.

»Der Zug war komplett überfüllt, aber das schien niemanden zu stören. Ein paar Leute saßen sogar auf dem Dach, was bei der Hitze in den Abteilen sicher keine schlechte Idee war. Ich konnte einen Sitzplatz im hinteren Teil des Triebwagens ergattern und wartete darauf, dass es losgehen würde, während sich die Menschen um mich herum wie Sardinen in eine Büchse quetschten. Neben mir saß eine Frau von Bettys Ausmaßen mit einem Käfig voller Hühner, die pausenlos gackerten. Ich war schon kurz davor, selbst auf das Dach zu klettern, als sie ein paar Minuten nach der Abfahrt einfach aufstand und einer anderen Frau Platz machte, die sich ohne zu fragen neben mich setzte. Sie begrüßte mich mit meinem Namen und stellte sich selbst als Scarlet vor.«

»Von der haben wir gehört«, murmelte Dog. Aufgrund des Monologes hatte er Hunger bekommen und durchwühlte die Schränke nach Essbarem. Dann fiel ihm die Dienerin ein, die Sydney ihnen zugeteilt hatte und die vor der Wohnungstür auf sie wartete. Arbiter wurden sie genannt. Vermutlich postiert um Wache zu halten, aber das interessierte seinen knurrenden Magen momentan nicht. Bevor Angel ihren Bericht fortsetzen konnte, stampfte er zur Tür und spähte hinaus.

»Hey! Du da! Gibt's hier drin auch was zu essen?«

»Das Angebot von Alexandria steht euch offen«, antwortete die junge Frau. Sie war Anfang zwanzig und hatte einen schwarzen Pferdeschwanz mit kurzem Pony. »Das Abendessen wird erst in zwei Stunden serviert, aber ich kann euch etwas vom Marktplatz bringen lassen. Habt ihr einen speziellen Wunsch?«

»F...«

Weiter kam Dog nicht. Angel wollte nicht schon wieder das Risiko eingehen, dass er über ihren Kopf hinweg bestellte. Sie war zur Tür geeilt, um selbst das Wort zu ergreifen.

»Ein paar Früchte wären nett und ...« Dann sah sie Dogs gestraften Hundeblick. »Und für ihn irgendwas mit Fleisch.«

»Bier! Habt ihr kein Bier hier?«, platzte es aus ihm heraus.

»Ich bitte um Verzeihung Herr, aber Alkoholgenuss ist in Alexandria nur in Ausnahmefällen gestattet«, erwiderte die Dienerin mit gesenktem Haupt, ohne jemals Augenkontakt mit ihren Gästen herzustellen. »Ich kann euch stattdessen eine Auswahl an Fruchtsäften anbieten.«

Dog verzog enttäuscht das Gesicht. Obst und Fruchtsäfte. Zumindest konnte er auf etwas Fleisch hoffen.

»Dafür wären wir dir sehr dankbar«, sagte Angel gönnerhaft und schloss hinter sich die Tür.

Während sie auf ihre Bestellung warteten, kehrten sie ins Wohnzimmer zurück, wo Dog sich auf das luxuriöse Ledersofa flegelte und ihr von Jiaos Erzählungen über Scarlet berichtete.

»Sie hat mir nicht alles erzählt«, antwortete Angel ihm dabei nickend. »Yuen hat Scarlet wohl tatsächlich zwei Jahre lang gefangen gehalten und gefoltert, ohne dass seine eigene Tochter etwas davon wusste. Nur eine Handvoll Eingeweihter hatten Zugang zu ihr. Sie wurde immer wieder verhört und angeblich haben die erfolglos versucht, sie umzudrehen und gegen die Sicarii arbeiten zu lassen. Vor zwei Monaten hat Doktor Webb die Nase voll gehabt und sie zusammen mit ihrem Krankenpfleger Jurij ohne Erlaubnis von Yuen auf freien Fuß gesetzt.« Angel rappelte sich in ihrem Sessel auf und blickte Dog stirnrunzelnd an. »Hat dir eigentlich schon jemand gesagt, dass Faith eine von denen ist?«

Der Hüne rieb sich die geschlossenen Augenhöhlen mit Daumen und Zeigefinger. Er wollte am liebsten gar nicht mehr daran erinnert werden.

»Faith ist Scarlets Schülerin. Aber sie hatte ihre Ausbildung noch nicht beendet, als Scarlet plötzlich als verschollen galt«, fuhr Angel fort. »Sie glaubt, dass Faith deswegen erst zu uns übergelaufen ist, uns dann verraten und anschließend wieder geholfen hat. Sie würde es nie zugeben, aber sie ist mit Jade einer Meinung, dass bei Faith eine Schraube locker ist.«

»Ich werd sie trotzdem umbringen«, brummte Dog. Er hielt die Augen nach wie vor geschlossen und kreuzte die Arme, als bereitete er sich auf ein Mittagsschläfchen vor. »Und du auch. Schließlich hat sie deinen Kumpel auf dem Gewissen.«

Angel lehnte sich in ihrem Sessel zurück und starrte durch die Panoramafenster auf den Nachmittagshimmel. Es stimmte. Faith hatte Victor hinterrücks abgestochen und damit vielen Rangern das Leben gekostet. Aber gleichzeitig erinnerte sie sich an ihre Starre auf der Flachstelle im Gebirge, als die Amazone ihr als Einzige bedingungslos zu Hilfe gekommen war.

»Nein«, entschied sie für sich selbst. »Butch hätte ihr vermutlich mit bloßen Händen das Genick gebrochen und ich hätte ihn nicht aufgehalten, aber ...« Sie drehte ihren Kopf in Richtung Couch. »Butch ist tot. Sein Racheanspruch ist mit ihm gestorben. Wir müssen jetzt nach vorne schauen, wenn wir heil aus dieser Sache rauskommen wollen.«

»Pfft«, erwiderte Dog abweisend. »Ich übernehm keine Garantie für ...« Er unterbrach sein gekränktes Theaterstück, als er sah, wie Angel bei der Erinnerung an ihren Freund verstummt war. »Hey«, brachte er bemerkenswert einfühlsam hervor. »Wie hast du eigentlich davon erfahren?«

»Jiaos Luftangriff stand am nächsten Tag in der Zeitung. Scarlet hat mir den Rest erzählt.«

»War sie dabei?«

»Nein«, antwortete Angel und schüttelte die Trauer von sich. »Sie hätte den Offizier selbst erschossen, der mit Zhang Yuen zusammengearbeitet hat. Auch so ein Grund, warum sie nicht gut auf General Torus zu sprechen ist.«

»Sie wollte also dasselbe wie Jade von dir?«

»In etwa, ja. Aber irgendwie alles eine Nummer kleiner«, bestätigte Angel. »Ihr Ziel ist es, die Militärherrschaft von Torus zu beenden, ehe er sie überhaupt antreten kann, um sich anschließend in aller Ruhe an Zhang Yuen zu rächen. Im Gegensatz zu Jade, die unsere Ranger, die Ragnars, die Vultures und das ganze Imperium da mit reinzuziehen gedenkt, schwebt ihr eher eine Kugel in den Kopf von Torus vor.«

»Deine Kugel«, brummte Dog.

»Ich hätte doch ein gutes Motiv. Anschließend wäre für die Bacchae der Weg frei, Frieden mit uns zu schließen.«

»Das löst aber nicht deren andere Probleme.«

Angel hob ihre rechte Hand wie einen Fächer und wehte seine Worte davon. »Zwei Jahre von der Bildfläche zu verschwinden, hinterlässt eben Spuren.«

In diesem Moment klopfte es an der Tür.

»Na endlich«, rief Dog und sprang auf wie ein achtzehnjähriger Leistungssportler. »Ich bin am Verhungern!«

Angel konnte ihn erst kurz vor der Tür einholen, wo die Enttäuschung in seinem Gesicht bilderbuchreif wirkte. Die Mundwinkel vor Traurigkeit nach unten gezogen, die Augenbrauen in Unglauben hochgeklappt und die Schultern schlapp in den Achselhöhlen hängend.

»Dein Obst ist da«, grunzte er in den Flur.

Beim Anblick der gefüllten Kristallschale klappte Angel zum ersten Mal seit Monaten vor Erstaunen die Kinnlade zu Boden. Bananen, Datteln, Mangos, Pflaumen und Weintrauben rankten sich um bereits in Scheiben geschnittene Ananasringe in der Mitte. Insgesamt waren es genug Früchte, um sie alle drei satt zu bekommen.

»Ahem ... danke«, sagte Angel und versuchte ihre Überwältigung hinter ihrem Pokerface zu verstecken. »Cassidy!«, rief sie durch die Wohnung. »Das Essen ist da.«

»Und ... wie ist es mit meinem ...«, fragte Dog kleinlaut, als Angel schon weg war.

»Sofort, Herr«, antwortete ihm die junge Arbiterin.

Er steckte abermals den Kopf in den Flur und sah, dass sie mit einem Dienstmädchenwagen gekommen war. Sie holte eine silberne Platte mit blitzblank poliertem Deckel hervor, den sie vor seinen Augen anhob. Nun erging es Dog wie Angel. Leckere Fleischbällchen aus der Pfanne, Würstchen und Schaschlik vom Grill, komplettiert mit drei verschiedenen Soßen und einem halben Laib Brot.

»Ich hoffe, ich habe eure Wünsche erfüllen können.« Die Dienerin machte einen Knicks und lächelte mit ihrem unverändert unterwürfigen Blick, als sie den Hünen sprachlos erlebte.

»Das ... ja ... also ...«, stammelte er, bis Angel ihn lautstark zu sich rief. »Wie ist dein Name?«

»Clarissa-Tamara, aber jeder nennt mich C.T., Herr.«

»Also dann ... vielen Dank C.T.«, sagte Dog, nachdem er seine Fassung zurückgewonnen hatte. Er verbeugte sich sogar, woraufhin die Arbiterin beschämt knickste, ehe er die Tür mit seiner Fleischplatte in der Hand hinter sich schloss und ins Wohnzimmer zurückkehrte.

»Das werdet ihr nicht glauben«, rief er den beiden entgegen und stellte das Essen auf den Couchtisch aus Glas.

Cassidy war schon von der Obstschale überwältigt gewesen, doch nun liefen ihr erst recht die Augen über. Angel hingegen zeigte keine Hemmungen und griff umgehend nach einem gegrillten Würstchen. Natürlich mit einer Gabel, die sie im Besteckkorb der Küche gefunden hatte.

»Finger weg«, knurrte Dog und schlug andeutungsweise nach ihrer Hand.

»Das schaffst du doch nie allein!«

»Wart‘s ab. In letzter Zeit gab‘s viel zu oft nur Hundefutter«, erwiderte er fleißig mampfend. »Können wir uns hier nicht endlich zur Ruhe setzen?«

»Und was wird aus deinen Racheplänen?«, nuschelte sie zurück.

»Die hast du doch eh schon begraben.«

Angel kaute eine Weile auf ihrem Essen herum, bevor sie in Gedanken eine Antwort formulierte. Dog hatte nicht ganz unrecht. Ihr Verlangen nach Rache beim Exodus aus Silver Valley war längst der strategischen Langzeitplanung zum Schutz ihrer Leute gewichen. Als sie von Monroe das Schachspiel überreicht bekommen hatte und anschließend mit ansehen musste, wie sich der General selbst opferte, hielt sie die Sicarii noch für eine Gang wie jede andere. Besser organisiert, aber immer noch eine Gang, die sie mit ihrer Erfahrung bekämpfen konnte – und wollte. Sie hatte sich auf einen Krieg ohne unnütze Regeln gefreut, in dem sie nach Belieben Jagd auf einen verachtungswürdigen Gegner machen durfte.

Während sie sich den Bauch vollschlugen, betrachtete Angel das luxuriöse Quartier aus den Augenwinkeln und dachte lange über ihre Lage nach. Als sie Jade zum ersten Mal vom Sicarii-anischen Imperium reden hörte, musste sie sich zusammenreißen, um nicht spöttisch loszulachen. Doch Jade hatte nicht übertrieben. Tausende gut versorgter Kinder in Alexandria waren der Beweis für das enorme Potential und Durchsetzungsvermögen der Sicarii. In ein paar Jahren würden viele davon gut ausgebildet, motiviert und indoktriniert ihr Werk fortsetzen. Die zahlenmäßig weit überlegene Legion hatte sie bereits selbst in Aktion erlebt. Auch wenn dort die derzeit größte Schwäche des Imperiums lag, würde es nicht genügen, um Angel mit ihren wenigen Rangern einen Sieg zu ermöglichen. Außerdem hatte ihr Zusammentreffen mit Scarlet gezeigt, wie fragil ihre momentane Sicherheit in Wirklichkeit war.

Angel hing genau wie ihre Kameraden in Johnnys Gefangenenlager und in den Bergen vom Wohlwollen der Bacchae ab. Sie zweifelte nicht einen Moment lang daran, dass sowohl Jade als auch Scarlet trotz ihrer augenblicklichen Probleme dafür sorgen könnten, dass die Legion ihr Werk vollendete. Oder schlimmer, dass die Vultures von ihrem Zufluchtsort Wind bekämen. Und sie zweifelte noch viel weniger daran, dass beide es tun würden, sobald die Ranger ihren Wert für die Bacchae verloren.

»Wir werden ihnen helfen«, entschied sie kurz und knapp, ohne von ihrem Teller aufzusehen.

»Das hat ja nicht lange gedauert«, murrte Dog.

»Aber wir werden sie teuer dafür bezahlen lassen«, fügte Angel entschlossen hinzu.

Erst jetzt blickte sie hoch und starrte aus gutem Grund ausschließlich Cassidy an. Dog waren die Verluste der Ranger und Vultures völlig egal. Sein Blutrausch nach Rache war inzwischen der Erkenntnis gewichen, dass sein halbes Team aus nicht-Vultures bestanden hatte. Caiden als Cassidys Bruder, Faith als Bacchae, Mitch, der ohnehin nie zu den brutalen Schlägern seiner Gang gehören wollte. Ihm blieben nur noch Angel und die Hoffnung, an ihrer Seite am Ende irgendwie als Sieger hervorzugehen.

Cassidy hingegen wirkte unschlüssig. Ihr waren die blutigen Verluste sehr nahe gegangen. Seit sie Faiths verräterisches Tattoo entdeckt und sich entschieden hatte, darüber Stillschweigen zu bewahren, führte sie ein inneres Duell gegen sich selbst. Auf der einen Seite wollte sie, dass der Krieg endete und sie wieder mit ihrem Bruder zusammen sein konnte, ohne permanent beschossen zu werden. Insgeheim hoffte sie sogar, hier in Alexandria mit Jesse zur Schule gehen zu dürfen. Außerdem sehnte sie sich nach ihrem Schäferhund Scott, den sie im Kloster zurücklassen musste. Auf der anderen Seite ging ihr das menschenverachtende Morden von Sienna nicht aus dem Kopf. Noch immer wachte sie nachts mit dem Bild von Jasmins eingeschlagenem Schädel vor Augen auf. Jade konnte ihr hundertmal erzählen, dass die Legion daran schuld war. *Sie* hatte den Befehl dazu erteilt und versuchte nicht mal zu leugnen, dass sie jederzeit wieder mit ähnlich drakonischen Maßnahmen vorgehen würde, sollte es die Situation erfordern. Die Bacchae kannten sogar einen zynisch klingenden Namen dafür: die Stasis.

»Was erwartest du im Gegenzug von Jade?«, fragte sie vorsichtig.

»Cor Syrte. Die südlichen Wastelands. Alles davon.«

»Oh-ho-ho!«, frohlockte Dog. »Eric ist ja sowas von im Arsch.«

»Und du glaubst, dass die da zustimmen?«, wunderte sich Cassidy.

»Warum nicht?«, erwiderte Angel. Sie zuckte mit den Schultern und stahl ein Fleischbällchen von Dogs Silberplatte. Mampfend fuhr sie fort: »So wie es zurzeit aussieht interessiert sich niemand im Imperium für unsere Heimat. Torus wünscht sich wahrscheinlich, dass er nie bei uns eingefallen wäre. Wenn wir die Vultures für sie aus dem Weg räumen, steht uns danach gefälligst deren Territorium zu.«

»Aber hat General Monroe das nicht jahrelang versucht?«, konterte Cassidy kleinlaut.

»Die Kleine hat nicht unrecht«, stimmte ihr Dog zu. »Wenn das so leicht gehen würde, hättet ihr nicht erst auf Jade und ihre Kampflesben warten müssen.«

Angel verschluckte sich bei der sexuellen Anspielung und brauchte einen Moment, ehe sie eine Antwort hervorbrachte.

»Ihr ... habt sie doch gehört«, keuchte sie hervor. »Munition- und Waffenlieferungen der Bacchae, Flankenschutz von den Prätorianern. Die werden uns mit Sicherheit nicht als Schocktruppen einsetzen wollen. Zum Verheizen sind wir zu wertvoll.«

»Glaubst du, die wissen von der Ölquelle?«, flüsterte Dog, als hätte er Angst, abgehört zu werden. Nach den Erfahrungen mit Amy in der Biosphäre konnte ihm das niemand verdenken.

»Nach einer zweiwöchigen Allianz? So dämlich ist Eric auch wieder nicht.«

»Verstehe«, antwortete Dog mit einem Kopfnicken. Er blickte zu Cassidy herüber und fügte knurrend hinzu: »Sie hat einen Plan.«

»Du willst die Sicarii doch nicht immer noch angreifen, oder?«

Angel seufzte einmal kräftig, wischte sich den Mund am Tischtuch ab und ging zu den großen Panoramafenstern, von wo aus man halb Alexandria in der untergehenden Abendsonne betrachten konnte.

»Ich greife keine Stadt voller Kinder an, Cassidy.« Sie klang etwas enttäuscht, dass ihre Schülerin ihr eine solche Tat zu unterstellen wagte. »Und selbst wenn ... wer würde mir dabei helfen?« Sie drehte sich zum Tisch um und zeigte auf Dog. »Nicht mal er würde sowas fertigbringen.«

Der Hüne hatte inzwischen mehr als die Hälfte seiner Fleischplatte geschafft und grinste Cassidy schadenfroh an. Die unzähligen Nahrungsreste zwischen seinen Zähnen ließen sie dabei angewidert das Gesicht verzogen. Sie flüchtete vom Tisch und gesellte sich zu Angel.

»Ich frage mich, was die Eltern zu der Zwangsverschleppung ihrer Kinder gesagt haben«, überlegte Dog. »Bei uns war das Gezeter immer groß.«

»Wir wollten sie auch nicht ins Internat stecken, sondern zu Tode schuften lassen«, frischte Angel seine Erinnerungen auf.

»Na schön«, murrte Dog. »Was hast du mit meiner Ölquelle vor?«

»Deiner Quelle?«

»Mag ja sein, dass ich bisher mit dir auf einer Linie lag, aber wenn es um das Vultureterritorium geht, hab ich ein Wörtchen mitzureden!«

Auf Angels Gesicht erschien bei seinen Worten ein Sonnenschein. Sie hatte bereits befürchtet, dass Dog nach all den Demütigungen der Geduldsfaden reißen könnte. Stattdessen schien er jedoch langsam zu verstehen, wie er seine Karten am besten ausspielen musste, um am Ende als triumphierender Sieger dazustehen.

»Nachdem was Scarlet mir erzählt hat, ist das Imperium in Stadtstaaten aufgeteilt. Jede größere Stadt kontrolliert eine Provinz wie Arnac, Persephone oder Alexandria. Das System ähnelt den Freien Enklaven. Das Gewicht einer Provinz im Senat bestimmt sich daraus, wie sehr sie das Imperium unterstützt. Rohstoffe spielen dabei eine wichtige Rolle und Erics Ölquelle könnte uns einigen Einfluss verschaffen. Aber ...« Angel hob den Zeigefinger und sah sowohl Cassidy als auch Dog ernst an. »Wenn die Sicarii davon Wind bekommen, bevor die südlichen Wastelands uns gehören, werden sie meine Forderung mit Sicherheit ablehnen. Momentan gilt das Land als wertlos. Lasst sie in dem Glauben, dass wir es nur aus sentimentalen Gründen zurückhaben wollen.«

»Du traust ihr wirklich nicht über den Weg, oder?«, fragte Cassidy.

»Jade?«, antwortete Angel und lachte abwertend. »Kein bisschen. Weder ihr noch Scarlet noch irgendwem von denen. Aber ich vertraue darauf, dass sie ihre eigenen Interessen schützen werden.«

»Und die sind?«

»Überleben? Ihren Status bewahren?«, mutmaßte Angel schulterzuckend. »Nachdem was ihr mir von Charles' Farm erzählt habt und dem Auftritt von Torus ist es nur noch eine Frage der Zeit, bis die Legion den Aufstand probt.«

»Das heißt also, wir sollen dieser Schlampe den Arsch retten?«, grunzte Dog, gefolgt von einem lauten Rülpsen. Als der widerliche Ton vorbei war, nickte Angel ihm mit gerümpfter Nase zu.

»Ihre eigenen Interessen hin oder her. Sie hat uns mehr als einmal das Leben gerettet. Wie weit wären wir denn allein gekommen?«, fragte sie die beiden mit erhobenen Händen. »Ich zweifle keineswegs daran, dass wir im Kloster nur dank den Bacchae unentdeckt geblieben sind.« Dann zeigte sie an die Decke. »Denkt mal an die glitzernde Drohne, die uns am dritten Tag in den Bergen überflogen hat. Wohin wird die wohl unterwegs gewesen sein?

»Du glaubst, die gehört zu Jade?«, wunderte sich Dog.

»Das war keine von den militärischen Dingern, die ich über Silver Valley gesehen habe. Die war technisch viel simpler und auffälliger. Hat geglitzert wie das gläserne Tempeldach.«

»Aber würde das nicht heißen, dass sie uns eine ganze Menge verschweigt?«, fragte Cassidy.

»Natürlich«, antwortete Angel. »Genauso wie wir ihr nicht alles aufs Brot schmieren.«

Ihr Protegé nickte und drehte sich zum Fenster um. Sehnsüchtig blickte sie auf den östlichen Horizont, der sich allmählich rot färbte.

»Stimmt etwas nicht?«, fragte Angel.

»Als du mit Scarlet im Zug gesessen hast«, begann Cassidy zögernd. »Hat sie da Caiden erwähnt?«

»Nein«, antwortete ihre Mentorin verständnisvoll. »Scarlet hatte seit ihrer Gefangennahme keinen Kontakt mehr zu Faith. Sie kennt deinen Bruder nicht mal und kann sich nicht vorstellen, wohin sie mit ihm flüchten könnte.«

»Und glaubst du ihr das?«

»Ich glaube ihr, dass sie Faith für verrückt hält«, erwiderte Angel. »Aber sie hat mir auch erzählt, dass Faith ein unglaubliches Talent zum Überleben hat. Sie wird einen Weg finden, sich selbst und Caiden heil aus der Sache herauszubringen. Für diese Fähigkeit hat Scarlet sie auserwählt.«

In diesem Moment klopfte es erneut an der Tür. Diesmal deutlich lauter und genau zwei Mal. Es konnte sich nicht um die schüchterne Dienerin handeln. Stattdessen drehte sich umgehend ein Schlüssel im Schloss.

»Chop-chop!«, rief Jade händeklatschend in die Wohnung hinein und kam direkt ins Wohnzimmer gestürmt. »Ich hoffe, ihr seid satt geworden. Wir müssen los.«

»Wieso? Was soll ...?«, versuchte Angel zu fragen.

»Ihr zwei erinnert euch an die Pferdekarren vor der Stadt?«, fragte Jade und blickte dabei Cassidy und Dog an. »Eben kam ein Notruf rein, dass ein paar Schüler auf der McCallum Farm vierzig Kilometer vor Alexandria von Neces angegriffen werden.« Sie hielt ihre Hände an den Hüften und sah Angel herausfordernd an. »Ihr wollt sehen, wie wir arbeiten? Ihr wollt denen da unten zeigen, was ihr drauf habt? Dann kommt. Das ist eure Chance.«

Cassidy ließ sofort alles stehen und liegen, als sie von dem Überfall auf Schulkinder hörte. Dog hingegen kaute genüsslich an einem Schaschlikspieß und machte keine Anstalten, sein Mahl zu unterbrechen, bis Angel ihn am Kragen packte und hinter sich herzog.

»Scarlet und Yolanda werden uns begleiten«, erklärte Jade auf dem Weg zum Fahrstuhl. »Ihr könnt euch eure Positionen selbst aussuchen, aber ihr steht unter meinem Befehl, klar?«

»Krieg ich mein Gewehr zurück?«, wollte Angel prioritätsbewusst wissen.

»Das liegt im Wagen«, brummte Dog. »Sicher verstaut und ...«

»Hervorragend«, fiel Jade ihm ins Wort, als sich die Fahrstuhltüren hinter ihnen schlossen. »Aber zunächst ...«

Sie holte drei kleine Kunststoffspritzen hervor, zog die Schutzkappe der ersten mit den Zähnen ab und machte sich bereit zur Injektion.

»Die Neces leben in den alten Großstadtruinen. Wie eure Scavenger. Da wimmelt es nur so von ansteckenden Krankheiten. Ich kann euch nur mitnehmen, wenn ihr dagegen geschützt seid, sonst bringt ihr die ganze Stadt in Gefahr.«

Cassidy versteckte sich instinktiv hinter Angel. Sie hatte keine Angst vor Medizin oder Spritzen, aber die traumatischen Erlebnisse der McKnight Air Force Base und Sharons Anblick auf der Krankenstation der Biosphäre ließen sie affektartig das Weite suchen. Und das lag nun mal mitten in einem engen Fahrstuhl direkt hinter ihrem Schutzengel.

Dog verschränkte die Arme in Angels Richtung und legte dabei den Kopf auf die rechte Schulter. Er wollte ihr ganz klar den Vortritt lassen.

»Wenn diese Türen aufgehen und ihr noch nicht geimpft seid, fahrt ihr gleich wieder nach oben«, drohte Jade.

Angel brummte etwas Unverständliches, wahrscheinlich einen Fluch über Dogs Feigheit, und streifte ihren Ärmel hoch. Die Nadel war so dünn, dass sie den Einstich kaum spürte. Anschließend musste sich Dog gezwungenermaßen fügen. Nachdem sich beide dazu bereiterklärt hatten, verlor auch Cassidy ihre Furcht und ließ es über sich ergehen.

Im nächsten Moment gingen die Fahrstuhltüren auf. Scarlet und Yolanda warteten bereits im Foyer des ehemaligen Hotels und schienen sich mit Colonel Grant zu streiten, der Torus bei der Versammlung begleitet hatte.

»Ihr habt schon genug angerichtet!«, giftete Scarlet ihn an. »Wenn ihr euren Job gemacht hättet, wären die Kinder längst zu Hause.«

Sie gab ihm keine Chance zu antworten und stürmte mit hochgerissenen Armen aus der Haustür heraus, die sie mit solcher Wucht aufstieß, dass sie fast aus den Angeln geflogen wäre. David Grant blickte ihr mit geballten Fäusten nach. Man konnte ihm deutlich ansehen, wie sehr er die Vormachtstellung der Bacchae hasste, gegen die er nichts auszurichten vermochte.

»Hey«, rief Jade ihm entgegen und kam besorgt herbeigelaufen. »Was war das?«

»Ich hab ihr lediglich angeboten, euch Verstärkung mitzugeben.«

»Von allen Bacchae musstest du dir ausgerechnet sie dafür aussuchen«, säuselte Yolanda und winkte Jade zu, um ihr das Reden zu überlassen, ehe sie Scarlet folgte.

»Hör zu ... ignorier sie einfach, okay?«, riet ihm Jade. Sie wirkte selbst etwas irritiert davon, wie schnell sich die Ereignisse plötzlich überschlugen. »Nimm dir zwei Kohorten und folg uns. Aber sorg dafür, dass die Männer dir aufs Wort gehorchen.«

Anschließend eilte sie mit Angel und ihren Kameraden den anderen nach. Die Sonne stand kurz davor, hinter dem Horizont zu verschwinden und der Lärm auf dem Sophiaplatz hatte nachgelassen.

»Was nun? Sollen wir etwa durch die halbe Stadt zum Wagen rennen?«, wollte Dog wissen, als sie die Treppe zur Straße hinunterstiegen.

»Nein«, erwiderte Jade. »Sie müssten jeden Moment ... da sind sie.«

Aus dem Schatten des Themis-Tempels kam eine Kolonne von zwei Kleintransportern und einem schweren Geländewagen angerauscht, der Jiaos Straßenkreuzer in seinen Ausmaßen Konkurrenz bot und lediglich etwas heruntergekommener wirkte. Aufgeschweißte Stahlplatten und fehlende oder mit Klebestreifen reparierte Fensterscheiben, die zusätzlich von Stacheldrahtgittern geschützt wurden, ließen aber darauf schließen, dass die sicariianischen Fahrzeuge über keine serienmäßige Panzerung verfügten. Scarlet und Yolanda übernahmen die beiden Vordersitze des Führungsfahrzeugs. Alle anderen Plätze waren von Prätorianern belegt, woraufhin Dog Jade gegenüber die Schultern hochzog.

»Festhalten!«, rief sie Angels Team zu, stellte sich auf die Seitenstufe neben den Türen des Jeeps und klammerte sich an den Dachgepäckträger. Sie beugte sich zum Beifahrerfenster hinunter und wies Scarlet an, sie beim Parkhaus abzusetzen.

Auf der Fahrt dorthin warteten die Wagen mit einer kleinen Überraschung auf. Sirenen und nachträglich installierte Blitzlichter von Polizeifahrzeugen sorgten dafür, dass die Bewohner von Alexandria im Eiltempo die Straßen räumten und sie nur drei Minuten bis zum Ziel benötigten. Cassidy erinnerte die luftige Reiseart sehr an ihre erste Ankunft in Silver Valley. Entsprechend stark hielt sie sich an den Dachbügeln fest, da sie schon einmal fast vom Wagen geschleudert worden war.

Im Parkhaus hetzten Angel, Cassidy und Dog kurz darauf Jade

hinterher, bis sie ihren schwarzen Panzerwagen erreicht und die Heckklappe mittels Fernbedienung geöffnet hatten. Einer nach dem anderen bekam seine angestammte Waffe zurück. Dog sein leichtes MG, Cassidy ihr Sturmgewehr mit Reflexvisier und Angel ihr geliebtes Scharfschützengewehr vom Kaliber .50 BMG. Beim anschließenden Einsteigen hätte Angel fast Cassidy umgerannt, die es mittlerweile gewohnt war, auf dem Beifahrersitz Platz zu nehmen. Mit einem nörgeligen Brummen überließ sie ihrer Schülerin den Vortritt und setzte sich stattdessen zu Dog auf die Rückbank.

Dreißig Sekunden später sprang der Geländewagen förmlich aus der Auffahrt und jagte Scarlet hinterher, die bereits die Brücke hatte freiräumen lassen. Zwei militärische Truppentransporter folgten den Fahrzeugen der Prätorianer, in denen die Legionäre von Colonel Grant auf ihren Einsatz warteten. Jade drückte kräftig aufs Gas und setzte sich an die Spitze der Kolonne.

»Was zum Teufel soll das?«, ertönte Scarlets Fauchen aus den Lautsprechern. »Ich hab das Kommando über diese Operation!«

»Der Wagen hier stammt von den Hawkern«, antwortete ihr Jade. »Wenn das Gefecht noch läuft, wirst du dir wünschen, dass wir vor dir fahren.«

Damit war die Diskussion für sie beendet. Scarlet konnte sie aufgrund des starken Motors ohnehin nicht einholen, also konzentrierte sich Jade lieber darauf, die anderen auf den bevorstehenden Einsatz vorzubereiten.

»Die Neces sind Verrückte. Ich hab bei euch Vergleiche mit den Scavengern gehört, aber das trifft es nur ansatzweise«, begann sie zu erklären. »Normale Wilde haben einen Selbsterhaltungstrieb und laufen nicht direkt auf einen Gewehrlauf zu. Die Neces tun das. Und zwar in Massen. Wenn ihr einen seht, geht davon aus, dass es ein Dutzend ist. Seht ihr eine Handvoll, verstecken sich vermutlich fünfzig in der Nähe, die nur darauf warten, dass einer von euch zurückfällt, um sich die Schuhe zuzubinden, stürzt oder sich verletzt.«

»Jiao hat uns von denen erzählt«, murmelte Cassidy. »Sie sagte, die wären unglaublich aggressiv und würden sich wie im Blutrausch auf jeden in der Nähe stürzen.«

»Wenn ihr sie in die Enge treibt, stimmt das«, bestätigte Jade mit einem Kopfnicken. »Die Hawker haben auch schon ein paar Mal mit den Neces Kontakt gehabt. Nicht mal ihre Superwaffen haben die abgeschreckt.«

»Wo kommen die überhaupt her?«, fragte Angel von hinten.

Jade machte eine Gedankenpause und schien den Abstand zu Scarlet im Rückspiegel zu überprüfen. »Das weiß niemand so genau. Die Legion hat versucht, ganze Städte von ihnen auszuräuchern, aber immer konnten welche entkommen. Die leben in alten Kanalisationen und Kellern. Manchmal graben sie sich selber Höhlen. Wer da einmal hineingerät, kommt nie wieder lebend heraus.«

Cassidy klammerte sich nervös an ihr Gewehr und überprüfte ihren Munitionsvorrat. Immerhin drei Ersatzmagazine. Jiao hatte sie vor ihrem Abflug neu versorgt.

Die Sonne war inzwischen untergegangen und sie wusste aus eigener Erfahrung, wie sehr die Nacht ihre Sinne vernebelte. Schon jetzt sah sie unheimliche Gebilde am Horizont, die sie an die Kakteenköpfe nördlich von Sienna erinnerten, die plötzlich die Position gewechselt hatten. Da half es auch nichts, dass eine dieser Gestalten neben ihr am Steuer saß.

»Mach dir mal keine Sorgen«, versuchte Jade sie zu beruhigen. »Die sind auf einer unserer Farmen. Da gibt es keine Kanalisationen oder Keller, in denen sie uns auflauern könnten. Das ist unser Territorium.«

»Warum dann dieser riesige Aufriss mit sechs Fahrzeugen, wenn das so ein leichter Job ist?«, raunte Dog ungläubig von der Rückbank.

Jade schwieg einen Augenblick und rieb sich nachdenklich an der Nase.

»Es gab in letzter Zeit einfach zu viele Überfälle«, sagte sie und wandte sich an Cassidy. »Du hast in Arnac miterlebt, wie sehr die unseren Leuten zu schaffen machen. Es gibt bereits Pläne, dem ganzen Einhalt zu bieten, aber bis es so weit ist, müssen wir ein Zeichen setzen, dass wir auf unsere Kinder aufpassen.«

Während Jade sprach, entdeckte sie schwarzen Rauch am Horizont. Je näher sie kamen, desto mehr verdunkelte sich der Himmel, bis sie die Flammen selbst erkennen konnten, die aus zwei Viehställen loderten. Hunderte aufgeschreckte Hühner, Kühe, Schweine und Ziegen rannten in Panik kreuz und quer über das Farmgelände. Direkt dazwischen stand das Pferdegespann, eskortiert von einem sandfarbenen Jeep der Legion. Die Zugpferde waren nirgends zu sehen.

»Delta, Zeta, Umgebung sichern. Sigma bleibt bei mir«, knarzte Scarlets Stimme aus den Funkgeräten.

Jade fuhr eine kleine Kurve um die Kutsche und stellte sich zwischen sie und die Richtung der vermutlichen Angreifer, um den Kindern notfalls mit ihrer Panzerung Deckung geben zu können.

»Los raus!«, rief sie. »Beifahrerseite, los los.«

Scarlet war bereits mit Yolanda und sechs Prätorianern der Sigma-Lanze auf der anderen Seite ausgestiegen. Sie kniete sich zu einer Gruppe von Studenten. Keiner davon war mehr im Kindesalter und die meisten trugen zumindest eine Pistole.

»Na endlich«, rief ihr der Älteste entgegen. »Damon Dekker, Herrin. Rekrut der Prätorianischen Garde. Ich hab hier das Kommando.«

»Wo sind die Legionäre? Wo ist euer Sergeant?«

»Tot ... Herrin ...«, stöhnte ein zweiter Rekrut neben Dekker. Eine Studentin zurrte gerade einen notdürftigen Verband an seinem linken Oberarm fest.

»Nur einer der Legionäre hat den ersten Angriff überlebt. Die Kinder haben sich mit ihm in der Kornkammer verschanzt«, fügte Dekker für seinen verletzten Kameraden hinzu. Er zeigte auf das einzige vollständig aus Stein errichtete Gebäude hinter ihm.

»Wo sind eure Pferde?«

»Abgehauen, Herrin«, erwiderte die Sanitäterin. »Wir hatten sie zur Tränke geführt, als die Neces kamen.«

»Sind noch welche von denen in der Gegend?«

»Ich glaube nicht«, mutmaßte Dekker. »Seit zehn Minuten ist alles ruhig. Aber ...«

»Okay Damon, das war gute Arbeit. Wir übernehmen jetzt«, fiel Scarlet ihm ins Wort und klopfte dabei anerkennend auf seine Schulter. Anschließend griff sie nach ihrem Funkgerät. »Delta, sichert die Kornkammer, bringt die Kinder hier raus. Zeta, ihr kümmert euch um die Rekruten. Die Kutsche ist no-go, also beschlagnahmt einen der Trucks.«

»Verstanden, Herrin«, knisterte die Antwort.

»Wartet ...!«, rief Dekker ihr zu, als das Kommandoteam bereits herbeigelaufen kam und ihm unter die Arme griff. »Die haben zwei ... Miss Connely und Martin Rich. Jenny hat gesehen, wie Martin davongeschleift wurde. Heather Connely wollte ihm helfen. Wir konnten sie nirgendwo finden ...«

Scarlet rieb sich die Kopfhaut unter ihrem glatten, nach links gekämmten Haar und blickte Jade und Yolanda vorwurfsvoll an.

»Wie lange ist das her?«

»Etwa dreißig Minuten, Herrin«, antwortete die Sanitäterin Jenny, die den zweiten Rekruten zuvor mit einem Verband versorgt hatte.

»In Ordnung. Wir kümmern uns um sie«, versuchte Yolanda die beiden zu beruhigen. »Schafft sie weg. Bringt sie nach Hause!«

»Wo braucht ihr uns?«, fragte Grant, dessen Truppen bislang ziemlich nutzlos in der Gegend herumstanden. »Sind noch welche hier?«

Scarlet wirkte absichtlich abwesend, daher übernahm Jade kurzerhand das Wort.

»Die Pferde sind abgehauen. Einer eurer Trucks wird die Kinder nach Alexandria bringen müssen.«

»Verstanden. Kein Problem.«

Der Colonel winkte einem seiner Männer zu, der daraufhin den Truppentransporter anließ und zur Kornkammer fuhr.

»Nimm den Rest deiner Leute und durchsucht die Gegend. Wir haben zwei Vermisste. Einen Schüler namens Martin Rich und seine Lehrerin, Heather Connely«, fuhr Jade fort. »Wenn ihr die Lage gesichert habt, fangt an die Flammen zu löschen.«

Grant nickte ihr zu und gab die Befehle an seine Truppen weiter. Jade hatte ihn vor den Legionären mit Respekt behandelt und das wusste er mit hohem Einsatzeifer zu würdigen. Erst, als nur noch Yolanda und Angels Team bei ihnen waren, erwachte Scarlet aus ihrer selbstverfügten Starre und blickte zornig in die Runde.

»Drei Soldaten«, sagte sie verachtungsvoll und hielt dabei drei Finger hoch. »Drei verdammte Soldaten für ein ganzes Haus.« Dann sah sie Angel an. »Das ist es, was euer General Monroe angerichtet hat.« Ehe sie antworten konnte, schritt Scarlet an ihr vorbei um das pferdelose Gespann herum. »Die nächste Stadt ist D-Sechs-alpha, richtig?«, fragte sie rhetorisch. »Wie weit ist das weg?«

»Zu Fuß? Eine knappe Stunde schätze ich«, antwortete ihr Yolanda.

»Und die werden rennen, als würden wir ihnen schon im Nacken sitzen. Uns bleibt nicht viel Zeit.« Scarlet drehte sich zum Anführer der Prätorianer um, die bei ihr geblieben waren. »Aufsitzen!«

Während die sechs zu ihrem Wagen liefen, eilte ihnen Grant entgegen.

»Wo? Wo sind die hin?«

»Das geht dich nichts an«, giftete Scarlet zurück. »Macht einfach nur euren verdammten Job!«

Sie schlug die Wagentür von ihrem Jeep zu und ließ den Colonel in einer Staubwolke stehen.

»D-Sechs-alpha. Das ist die nächste Stadt«, erklärte Jade ihm.

»Ihr wollt da rein?« Er war bereits im Begriff, seine Männer zu sich zu winken, als Jade ihm die Arme festhielt und mit dem Kopf schüttelte.

»Keine Legionäre in den Städten. Selbst wenn wir die beiden finden, würden wir die Hälfte von euch verlieren.«

»Dann lass wenigstens mich mitkommen.«

Jade schüttelte abermals mit dem Kopf.

»Ich kann dich nicht mitnehmen«, antwortete sie und klang dabei sogar aufrichtig dankbar für sein Angebot. »Sorg dafür, dass uns niemand folgt. Wir sehen uns in Alexandria, wenn alles vorbei ist.«

Ohne ihm die Möglichkeit zum Widerspruch zu geben, ließ sie ihn neben der Kutsche stehen und hetzte Scarlet mit dem schwarzen Straßenkreuzer nach.

***

»D-Sechs-alpha. Was ist das?«, fragte Angel.

Inzwischen hatten sie Scarlet eingeholt und waren seit einer halben Stunde in der dunklen Steppe unterwegs. Die schwache Mondsichel am Himmel spendete kaum Licht, so dass sie sich auf ihre Scheinwerfer verlassen mussten. Cassidy hatte Jade angeboten, mit ihrer Nachtsichtbrille aus der Biosphäre das Steuer zu übernehmen, um die Neces nicht vorzuwarnen, doch sie hatte abgelehnt und stattdessen Scarlet die Führung des Konvois überlassen.

»Wir nehmen allen Denkmälern, Großstädten, Monumenten und so weiter ihre Namen, sofern wir sie nicht zerstören können, wenn wir ein Gebiet erobern«, erklärte Jade sachlich. »Dadurch lassen sich die Menschen schneller assimilieren. D-Sechs-alpha war früher eine Stadt mit zehn Millionen Einwohnern. Sie liegt relativ nahe an mehreren Farmen, einem Ölfeld und Alexandria. Die Neces vermehren sich da wie Kakerlaken.«

»Warum wurde die Kutsche dann nur von drei Soldaten geschützt?«, fragte Dog in einem abwertenden Tonfall von hinten. »Und was ist mit der Farm selbst? Haben die keine Verteidigungstruppen?«

»Doch. Hatten sie«, antwortete Jade. »Seit dem Verlust von vier Legionen gegen euch musste die Armee ihre Kapazitäten gewaltig strecken, um alle Aufgaben bewältigen zu können. Dank Erics Aufstand sind immer noch große Truppenteile im Süden gebunden. Da bleiben eben manchmal Lücken übrig.« Sie drehte den Kopf herum, um Angel in die Augen zu sehen. »Das hat Scarlet gemeint.«

»Und trotzdem hat sie die Hilfe von zwei ... wie nennt ihr das? Kohorten ... abgelehnt?«

Jade blickte wieder nach vorn und schwieg.

»Also? Wo liegt der Haken?«, bohrte Angel nach.

»Ihr habt mich doch gehört. David würde die Hälfte seiner Leute auf der Suche nach zwei Vermissten verlieren. Die beiden sind sowieso schon tot.«

»Er ist also ebenso unfähig wie der Rest von dem Haufen, ja?«, fuhr Angel unvermindert fort. »Wieso gibst du dich dann mit dem Trottel ab? Warum hast du ihn mitgenommen und nicht wie Scarlet wie Dreck behandelt, wenn er doch ...«

»GENUG!«, schmetterte Jade durch das Wageninnere.

Angel lehnte sich wieder an. Ein kleiner Sieg genügte ihr vorerst. Obwohl Jade es zu verstecken versucht hatte, war ihr die Vorzugsbehandlung für Colonel Grant nicht entgangen. Cassidy hatte sich während der heftigen Auseinandersetzung gegen die Beifahrertür gepresst und traute sich nur widerwillig auf ihren Platz zurück. Sie konnte deutlich hören, wie Jade das Leder des Lenkrads knirschend eindrückte.

»Scarlet an alle: Wir stoppen direkt vor der Klippe«, hallte es aus den Lautsprechern. Jade verlangsamte das Tempo und verließ die Spur, um den Blick nach vorn freizugeben.

Im schwachen Mondlicht erhob sich die gespenstische Skyline der Großstadt, dessen Name aus den Köpfen der Menschen ausradiert worden war. Eingestürzte Wolkenkratzer lieferten sich einen erstarrten Wettkampf mit abbruchreifen Kirchtürmen, Kuppelgebäuden und einer antiken Hängebrücke, die über einen friedlichen Fluss führte.

»Ist das ... Wasser?«, platzte es aus Cassidy heraus.

»Bei euch im Süden gibt es wohl keine Flüsse mehr?«, antwortete Jade. Cassidy schüttelte mit dem Kopf, ohne ihre Augen von dem sanft dahinplätschernden Nass zu nehmen. »Trink nur nicht draus, sonst überlebst du die Nacht nicht.«

»Warum? Haben die Neces das Wasser verseucht?«, fragte Angel.

»Nein«, sagte Jade. »Aber es ist Salzwasser, das seit dem Anstieg der Ozeane in die Flüsse eingedrungen ist.« Mit einem Rucken hielt sie neben den Prätorianern. »Allerdings gibt es darin eine Menge Fische, die Alexandria in das halbe Reich exportiert.«

»Wir sind zu spät«, fluchte Scarlet beim Aussteigen.

Die Prätorianer suchten pflichtbewusst die Brücke mit ihren Ferngläsern ab, doch sie schien sich schon auf die Konsequenz vorzubereiten.

»Gehen wir rein?«, fragte Yolanda zurückhaltend. »Wir haben eine Karte von D-Sechs-alpha im Wagen.«

»Für zwei Vermisste?«, entgegnete ihr Jade reflexartig und schlug ungläubig ihre Wagentür zu.

»Für zwei ...?«, wiederholte Scarlet. »Was verdammt nochmal ist aus euch geworden, als ich weg war? Natürlich holen wir unsere

Leute da raus!«

Jade verschränkte resigniert die Hände vor dem Gesicht, so als würde sie mit einer Rentnerin eine Diskussion über Benimmregeln führen und wüsste, dass jegliche Argumentation auf Granit stieß.

»Die Neces sind nicht mehr so harmlos, wie du sie in Erinnerung hast«, warnte sie ernst. Die Prätorianer hatten sich von ihnen abgesetzt und waren mit der Suche nach Martin Rich und Miss Connely beschäftigt. Offenbar wollte Jade nicht, dass sie das Gespräch mit anhörten.

»Ich weiß«, fauchte Scarlet zurück. »Ich weiß verdammt gut, was deine große Meisterin angerichtet hat.«

»Dann solltest du auch das Risiko kennen, wenn wir zu lange ...«

»Ruhe!«, giftete Scarlet sie an. »Ich habe hier das Kommando, nicht du. Und ich sage, wir lassen die beiden nicht aufgrund eurer Unfähigkeit bei diesen Bastarden verrecken. War das deutlich genug?«

Jade blickte hilfesuchend an ihr vorbei zu Yolanda.

»Zwei Stunden. Nicht länger«, warf die Bogenschützin auf der Suche nach einem Kompromiss ein. »Okay?«

»Einverstanden«, bestätigte Scarlet. Anschließend wandte sie sich den Prätorianern zu. »Irgendwas entdeckt?«

»Drei Feuerstellen auf der anderen Seite der Brücke, Herrin«, berichtete der Anführer und zeigte mit ausgestreckten Armen in die etwaigen Richtungen.

»Zwei sind an der Oberfläche, eins scheint in einem Keller zu brennen. Die Peilsender arbeiten ebenfalls. Wir bekommen ein schwaches Signal aus der Stadt.«

»Peilsender?«, flüsterte Angel Jade zu.

»Alle Kinder und ihre Lehrer erhalten Armbänder mit kleinen Sendern, wenn sie Alexandria verlassen. Damit können wir sie leichter wiederfinden, sollten sie entführt werden oder verloren gehen.«

Angel nickte anerkennend. Ihrer Ansicht nach eine hervorragende Idee, gerade in der gefährlichen Endzeitwelt.

»Wie groß ist die Reichweite?«

»Zwei, drei Kilometer auf freiem Feld«, schätzte Jade. Dann

blickte sie missmutig auf die Stadt. »Da drin, vielleicht dreihundert Meter.«

Cassidy kniete sich unterdessen an das Ende der Schlucht und justierte ihre Hightech-Brille. Jiao hatte ihr erklärt, wie sie von Nachtsicht auf Thermalsicht wechseln konnte, wodurch die Lagerfeuer sofort als leuchtende Punkte in ihrem Sichtfeld auftauchten.

»Bewegung. Da unten«, flüsterte sie Scarlet zu und zeigte auf das Ende der Brücke.

»Die können dich von hier nicht hören«, erwiderte die Meisterin gereizt. »Was siehst du denn?«

»Ich glaub ... das sind sie«, antwortete Cassidy nervös. Sie hatte große Angst etwas Falsches zu sagen und beschränkte sich daher auf die Fakten. »Ein Kind und eine Frau, die sich zur Wehr setzt.«

»Sie hat recht«, bestätigte Yolanda ruhig und gelassen. Sie kniete neben Cassidy und starrte auf das Ende der Brücke, jedoch ohne Fernglas oder sonstige Hilfsmittel. Sie hatte sogar noch ihre Sonnenbrille auf, obwohl es mittlerweile Nacht geworden war. »Zehn ... vielleicht zwanzig Menschen an der Oberfläche.«

»Dann sind mindestens zweihundert in der Nähe«, warnte Jade erneut.

»Langsam hab ich genug von dir«, erzürnte sich Scarlet. »Natürlich ist die ganze Stadt voll von denen, aber wir sind BACCHAE!« Ohne ihr eine Antwort zu gestatten, wandte sie sich an die Prätorianer. »Ihr kommt mit mir. Nehmt so viel Munition mit, wie ihr tragen könnt. Wir erteilen den Neces eine Lektion, die sie nicht mal mit ihren aufgeweichten Gehirnen vergessen werden!«

»Wenn wir das schon machen, dann richtig«, hielt Yolanda sie zurück und breitete ihre Karte aus. »Ich positioniere mich auf einem der Brückenpylonen. Von da aus kann ich dich zu allen drei Feuerstellen lotsen.« Sie tippte auf eine leere Fläche zwischen den Häusern. »Da ist die erste, Position eins. Das andere Feuer an der Oberfläche nennen wir Position zwei und das im Keller Nummer drei, klar?«

»Einverstanden«, sagte Scarlet zufrieden, als ihr wenigstens eine ihrer Schwestern zur Seite zu stehen schien. »Wir können wohl damit rechnen, dass die uns den Rückweg abschneiden. Siehst du irgendwo eine Alternative?«

Yolanda ließ von der Karte ab und studierte die Skyline.

»Da ist noch eine zweite Brücke von der alten Monorail, die mal bis nach Alexandria geführt hat. Aber die ist zur Hälfte eingestürzt.«

»Perfekt«, freute sich Scarlet. »Die nehmen wir.«

»Okay, trotzdem solltest du dich nach hinten absichern«, sagte Yolanda und kehrte zur Karte zurück. »Wir haben ein paar Sprengladungen dabei. Die kannst du hier, hier und hier anbringen. Wenn ihr das hinbekommt, werden alle Zugangswege zum Ausgang eingeschränkt oder sogar blockiert sein. Sobald ihr draußen seid, können euch die Neces nicht mehr folgen.«

Während Scarlet und Yolanda den Einsatz besprachen, wandte sich Jade an Angel.

»Ich weiß, ich hab gesagt, dass ihr euch eure Positionen selbst aussuchen könnt, aber ich brauche den Großen bei mir«, raunte sie und zog dabei ihren Trenchcoat aus, der bei dem vielen Müll in der Stadt überall hängenbleiben würde. »Das wird ein Massaker. Er muss mir den Rücken freihalten, sonst gehen wir alle drauf. Wenn die Neces euch hier oben bemerken, seid ihr genauso dran.«

Dog rümpfte die Nase und wartete einen Augenblick, ob Angel Einspruch erhob. Als das nicht geschah, schulterte er sein Maschinengewehr und hängte sich einen Ersatzpatronengurt um den Hals.

»Soll ich nicht auch mitkommen?«, bot Cassidy an und tippte an ihre Brille. »Ich kann mit dem Ding verdammt viel sehen.«

»Auf keinen Fall«, fiel Angel ihr ins Wort.

Damit hatte ihre Schülerin natürlich gerechnet. Trotzdem verzog sie enttäuscht das Gesicht. Seit ihrer Gefangennahme in Eagle Village übertrieb es Angel ihrer Meinung nach mit der Fürsorge; doch dagegen zu wettern war hoffnungslos.

»Sie kann mir helfen«, bot Yolanda an und zeigte auf die Türme der Hängebrücke, an denen die Stahlkabel befestigt waren. »Dort oben sollten wir sicher sein und ich könnte ihre Augen gut gebrauchen, während ich Scarlet dirigiere.«

Das gefiel Angel schon besser. Sie nickte zuversichtlich.

»Wir können dich hier draußen aber nicht allein lassen«, wandte Jade ein. Daraufhin holte Angel ihr schweres Scharfschützengewehr aus dem Wagen und hielt es demonstrativ mit einem Arm fest, so dass der Lauf einen halben Meter über ihren Kopf hinausragte.

»Eintausendfünfhundert Meter effektive Reichweite«, sagte sie mit trotzigem Stolz. »Ich bin immer allein.«

»Scharfschützen arbeiten in Zweierteams«, entgegnete ihr der Anführer der Prätorianer.

»Nicht diese Scharfschützin«, hielt Dog dagegen und zog den Mann kopfschüttelnd beiseite.

»Seid ihr endlich so weit?«, rief Scarlet ihnen zu.

»Ich brauch Licht, wenn ich irgendwas treffen soll«, sagte Angel. »Leuchtfackeln oder Knicklichter. Ein paar Explosionen tun's auch.«

»Verstanden.«

»Nach dir, Herrin«, säuselte Jade.

Mürrisch übernahm Scarlet die Führung und lief auf dem Abhang entlang in Richtung Brücke. Sie achtete genau darauf, dass sie tief genug blieben, um nicht als wandelnde Silhouette auf der Steilküste aufzufallen.

Angel hielt sie über Funk auf dem Laufenden, doch bisher konnte sie keine Bewegung ausmachen. Miss Connely war verschwunden und um die Lagerfeuer regte sich nichts mehr. Es schien beinahe, als wussten die Neces von der bevorstehenden Rettungsoperation und bereiteten sich entsprechend vor, auch wenn Scarlet diese These umgehend verwarf.

Die vier Fahrstreifen der Flussüberführung wären mit den Fahrzeugen kaum passierbar gewesen. Unzählige Autowracks von missglückten Zivilisationsfluchten versperrten ihnen den Weg. Sie sorgten für Deckung bei der Annäherung, boten den Neces aber gleichzeitig eine schier unendliche Anzahl an möglichen Hinterhalten. Dennoch trieb Scarlet ihre Leute zur Eile an.

Cassidy vermutete, dass die scavengerhaften Wilden zu einem derart koordinierten Vorgehen nicht mehr fähig waren, und fühlte sich etwas beruhigt. Als sie jedoch auf halber Strecke bemerkte, wie Jade und Yolanda beinahe jedes Wrack in Augenschein nahmen, bereute sie ihr unüberlegtes Vorpreschen bei der Einsatzbesprechung.

Sie konnte Angels ungefähre Position sehen, wenn sie über ihre linke Schulter blickte. Die routinierte Scharfschützin hatte sich inzwischen hundert Meter von den Fahrzeugen abgesetzt und gut versteckt zwischen Geröll und unter einer grauen Decke Stellung bezogen. Sie war nicht mal zu erkennen, wenn man genau wusste, wo sie lag. Nur in der Thermalsicht leuchtete ein deutlicher Punkt auf.

»Okay. Hier gehen wir hoch«, flüsterte Yolanda und zog Cassidy am Ärmel in die Richtung eines der Brückentürme.

»Hol mich hier wieder ab, ja?«, hauchte das Mädchen Dog zu, der skeptisch nach oben starrte. Der Pylon ragte gut vierzig Meter in die Höhe und bestand hauptsächlich aus Stahlbeton, dessen Putz fast vollständig von Sandstürmen abgeschliffen worden war. Über die Spitze liefen zwei parallel liegende Stahlkabel, die das Gewicht der Brücke trugen.

»Verdammt«, fluchte Yolanda leise, als die Tür auch nach mehreren Versuchen nicht aufging. »Da liegt ... irgendwas ... dahinter! Mist!«

»Andere Straßenseite?«, schlug Cassidy vor und zeigte auf den Zwillingsturm gegenüber.

»Nein ... der ist schon fast am Zusammenbrechen«, erwiderte Yolanda. »Sieh dir nur mal den Sockel an. Da ist ein Sattelschlepper gegen gerauscht und die Kabel sehen auch nicht besonders stabil aus.«

Cassidy folgte ihren Blicken, entdeckte jedoch erst jetzt den verunfallten LKW und die teilweise abgerissenen Stahlseile; trotz ihrer ständigen Nachtsichtfähigkeit.

»Ich hoffe, du bist schwindelfrei«, sagte Yolanda auf einmal.

Ehe Cassidy ihr etwas entgegnen konnte, joggte sie ein Stück zurück, kletterte an ihrem niedrigsten Punkt auf eines der beiden faustdicken Kabel und balancierte im Laufschritt nach oben. Etwa einen Meter darüber liefen zwei zusätzliche Seile entlang, die offenbar Wartungsarbeiten erleichtern sollten. Dennoch wurde Cassidy schon nach ein paar Schritten mulmig im Magen.

Yolanda hingegen schien das notdürftige Geländer überhaupt nicht zu benötigen. Wie auf Katzenpfoten huschte sie das Stahlkabel empor und erreichte die Spitze, nachdem Cassidy gerade die Hälfte des Weges hinter sich gebracht hatte.

Als sie endlich angekommen war, erwartete Yolanda sie bereits an der geöffneten Wartungsluke. Von der anderen Seite aus bot der Pylon einen hervorragenden Ausblick auf die Stadt und war gleichzeitig völlig unauffällig. Wie der Hochstand eines Jägers, an den sich das Wild über Monate gewöhnen konnte, ehe das erste Mal Jagd von ihm aus gemacht wurde. Vorausgesetzt natürlich, dass die Neces ihren unkonventionellen Aufstieg nicht bemerkt hatten, aber Yolanda versicherte Cassidy beim Ausbreiten der Karte, dass längst alle Augen auf Scarlet gerichtet seien.

***

»Schlechte Idee ... schlechte Idee ... ganz schlechte Idee ...«

Jade wiederholte ihr Mantra im Flüsterton seit sie die Brücke überquert hatten. Nach wie vor überließ sie Scarlet die Vorhut, während sie Dog die Rückendeckung zuwies. Der stampfende Hüne war in der lautlosen Nacht hundert Meter weit zu hören, weshalb sie die Formation entsprechend ausgedehnt hatten. Sechs Prätorianer, allesamt Männer, sicherten die Flanken. Seit Betreten der Stadt sprachen sie nicht mehr miteinander. Nicht mal über Funk. Nur gelegentlich wurde die Stille von Angels oder Yolandas Stimme aus den Ohrstöpseln unterbrochen, bis sie das erste Lagerfeuer auf einem verwahrlosten Spielplatz erreichten.

Dog kletterte eine alte Feuerleiter hoch und verschanzte sich auf der Flachstelle darüber, von wo aus er den gesamten Spielplatz überblicken konnte. Jade verschmolz mit einem dunklen Hauseingang, wo sie auch den Aufstieg im Blick behielt, denn Dogs Position lag keineswegs versteckt. Sie verließ sich darauf, dass die Neces die Leiter hinaufstürmen würden, sobald er das Feuer eröffnete. Zwei der Prätorianer folgten ihrem Beispiel und suchten sich ähnliche Stellungen. Die anderen beiden blieben bei Scarlet.

»Fast runtergebrannt«, stellte sie bei einer Untersuchung des Lagerfeuers fest, über dem ein Topf Suppe brodelte. »Ich bekomm auch kein Signal mehr. Die sind schon eine Weile weg.«

»Was gibt's zu essen?«, fragte Yolanda über Funk.

»Gekochte Kakerlaken«, entgegnete Scarlet angewidert. »Soll ich dir was einpacken?«

»Mmmh nein. Da bleib ich lieber bei unserem Müsli.«

Jade konnte Dogs aufgeregtes Schnaufen über sich gut hören. Ihr eigener Atem beruhigte sich dagegen etwas.

»Ich brauch die Richtung zur zweiten Feuerstelle.«

»Zwei-eins-null Südwest«, antwortete Yolandas knisternde Stimme. »Zwei Blocks geradeaus, dann nach Westen.«

»Verstanden. Haben wir irgendwas aufgescheucht?«, fragte Scarlet, während sie ihre Truppen zu sich winkte und den Weg fortsetzte.

***

»Negativ, aber ich sehe eine Menge Bewegung auf den Dächern an Position zwei«, sagte Yolanda laut und deutlich. So hoch über dem Boden musste sie nicht flüstern.

Cassidy begriff immer noch nicht, wie sie mit bloßem Auge in fünfhundert Metern Entfernung Menschen erkennen konnte. Von ihrer stark getönten Sonnenbrille ganz zu schweigen.

Während sie den Weg der anderen durch ihr Hightech-Sichtgerät überwachte, fiel ihr ein kleiner Punkt auf dem Umgebungsraster auf, der sich zunehmend von ihr wegbewegte. Zunächst hatte sie es für einen Defekt der alten Technik oder eine fehlerhafte Einstellung gehalten, doch es schien, als verfolgte die Brille Scarlet von ganz allein.

»Bestätige«, kratzte Angels Stimme dazwischen. »Vier oder mehr Ziele. Ich kann momentan nur einen sehen, der stillsteht und auf die Straße herunterblickt. Sieht aus wie eine Falle.«

Cassidy schluckte schwer und vergaß dabei den beweglichen Punkt. Von wegen zu dumm für Hinterhalte.

»Verstanden«, brummte Scarlet zurück.

»... Idee ... schlechte Idee ... schlechte ...«

»Jade!«, hörten sie Scarlet fluchen. »Finger vom Knopf!«

Dann kehrte wieder Ruhe ein.

***

Angel hatte es sich unterdessen den Umständen entsprechend ge-

114

mütlich gemacht. Die graue Decke aus einem der Prätorianer-fahrzeuge ließ die anbrechende Kälte der Nacht erträglicher werden. Außerdem war in Jiaos Kühlschrank eine versiegelte Getränkeflasche übriggeblieben, die sie nun mit einem Strohhalm vor sich hingestellt hatte. Sie fühlte sich etwas müde, wusste aber aus Erfahrung, dass sie in der Lage war, bis zum Morgengrauen regungslos hinter ihrem Gewehr zu verharren und bei Sonnenaufgang immer noch ein Ziel in achthundert Metern Entfernung mit dem ersten Schuss zu treffen.

Eigentlich wollte sie auf Dog achtgeben. Da ihre Sicht aber ständig von Gebäuden blockiert wurde, hatte sie stattdessen Cassidys waghalsigen Aufstieg mitverfolgt. Angel war bereits beim Anblick schlecht geworden. Vierzig Meter über dem Boden und dazu nochmal zehn über der Wasseroberfläche. In solchen Momenten beneidete sie ihre Schülerin ungemein.

»Bewegung bei Position eins«, warnte Yolandas Stimme plötzlich.

Sofort schwenkte Angel ihr Zielvisier zum ersten Lagerfeuer und konnte gerade noch eine Gruppe von Schatten entdecken, die sich davon entfernte.

***

»Zehn bis zwanzig Neces auf Verfolgungskurs aus Nordost«, fuhr Yolanda fort. »Die sind euch definitiv auf der Spur.«

»Und jetzt sitzen wir mittendrin fest«, hörte sie Jade aus dem Funkgerät fluchen.

»Ruhe verdammt!«, befahl Scarlet. »Sigma, auf die Dächer! Jade, ihr beide bleibt bei mir! Ich leg die erste Sprengladung.«

»Wie kannst du die überhaupt noch sehen?«, fragte Cassidy, als sie das Team selbst kaum noch erkennen konnte.

Yolanda zog die Mundwinkel hoch und schob ihre Sonnenbrille auf die Nasenspitze. Beim Anblick ihrer Augen erschrak Cassidy wie in der Biosphäre, als sie Doktor Webb zum ersten Mal auf ihrer Krankenliege erblickt hatte. In Yolandas Augenhöhlen saßen zwei kybernetische Implantate, in denen sich türkis schimmernde Linsen drehten, die wie auf Kommando sogar kurz aufblitzten.

Ohne ein Wort zu sagen, hielt sie den rechten Zeigefinger vor den Mund.

»Ssshhhh!«

***

»Sprengladung A platziert. Sigma, Status!«, befahl Scarlet. Sie wirkte sichtlich nervös. Ein Außenstehender hätte mit Sicherheit behauptet, dass sie sich ihren Fehler inzwischen eingestand.

»Sigma-eins, nichts zu sehen«, folgte die Antwort aus den Funkgeräten.

»Sig-vier, die Tür zum Dach ist versperrt. Keine Chance.«

»Okay – Drei bis Sechs, kommt wieder runter. Eins und Zwei, haltet die Augen offen. Die müssen uns bald eingeholt haben.«

Anschließend wandte sich Scarlet an Jade.

»Haben die sonst noch was dazugelernt, von dem ich wissen sollte? Setzen die inzwischen vielleicht schon Waffen ein?«

»Höchstens Schlagwerkzeuge. Die meisten beißen einfach zu.«

»Die beißen?«, frage Dog ungläubig.

»Was glaubst du, wofür die Schutzimpfung da war«, entgegnete Jade, ehe sie Scarlet am Arm packte. »Hör zu, wir sind denen mindestens zehn zu eins unterlegen. Ich weiß, was du versuchst, aber wenn wir noch weiter reingehen, kommen wir hier nicht mehr raus.«

Sigma-drei, Vier, Fünf und Sechs kamen gebückt aus ihrem Hauseingang gelaufen und Scarlet riss sich mürrisch los, um mit ihrer Rettungsmission fortzufahren.

»Du bringst uns alle um, verdammt! Das ist nicht unser Weg!«

Scarlet wirbelte herum und schmetterte Jade am Hals gegen die Hauswand. Sie wollte der vorlauten Zigeunerin die Meinung sagen, doch als sie gerade den Mund aufmachte, durchbrach ein markerschütternder Schrei die stille Nacht. Kurz darauf folgte weiteres Gebrüll. Es war die Stimme einer Frau, die entweder aus großen Schmerzen oder Wut aufheulte.

»Sigma-eins, wo kommt das her?«

»Drei-eins-null, Nordwest.«

»Da liegt das Feuer im Keller«, informierte sie Yolanda über

Funk.

»Ich bekomm ein schwaches Signal aus der Richtung. Das muss es sein. Drei und Vier, ihr geht voraus. Fünf und Sechs, Nachhut. Eins und Zwei, versucht uns auf den Dächern zu folgen«, befahl Scarlet und ließ von Jade ab. »Keine Widerrede!«

Mit einem klaren Ziel vor Augen stürmten die Prätorianer voran. Das gesamte Team schaltete die Taschenlampen und Positionsleuchten ein, so dass Angel, Cassidy und Yolanda sie mit Leichtigkeit aus über fünfhundert Metern Entfernung verfolgen konnten. Das bedeutete natürlich auch, dass ihnen nun jeder Neces in D-Sechs-alpha auf der Spur blieb. Eile war geboten.

»Sigma-eins, Yolanda«, kratzte die Stimme der Bogenschützin aus den Ohrstöpseln. »Ihr habt zwei Schatten auf dem Dach hinter euch. Korrektur: Es sind drei. Verschanzt euch bei dem Wasserturm etwa zwanzig Meter voraus und schaltet sie aus.«

»Verstanden«, hörte Dog eine Männerstimme über ihm rufen. Ein paar Sekunden später donnerten die ersten Schüsse durch die Skyline der Stadt. Er selbst bekam zunehmend das Gefühl, die Verfolger bereits aus den Augenwinkeln sehen zu können.

»Licht«, kratzte Angels Stimme aus den Ohrstöpseln. »Ich brauch Licht und eine freie Fläche.«

»Scarlet, Yolanda. Einen Block weiter und dann nach Osten. Sperrfeuer auf dem Park errichten und Leuchtfackel werfen«, befahl Yolanda. »Angel, die Neces werden aus Richtung Norden kommen. Entfernung siebenhundert. Unsere Leute liegen genau in deiner Schusslinie, also check deine Ziele, bevor du feuerst.«

»Verstanden. Bereit.«

Noch ehe sie um die Ecke bogen entzündete Scarlet ihre erste Leuchtfackel. Dutzende Schatten an den Wänden machten deutlich, wie viele Neces ihnen in Wirklichkeit folgten.

»DECKUNG!«, brüllte sie durch die Straßen und schleuderte die Fackel in die Mitte des Parks. »FEUER! FEUER FREI!«

Das ließ sich Dog nicht zweimal sagen. Er war mit Jade in ein Holzhaus für Kinder gehechtet. Aufgrund der hervorragenden Sichtverhältnisse mähte er die Neces mit seinem Maschinengewehr förmlich nieder.

So etwas hatte er selbst in seinen Jahren bei den Vultures nicht erlebt. Sie kamen einfach auf ihn zugestürmt. Manche hielten Äxte, Brecheisen, Schraubenschlüssel oder Stahlstangen in der Hand, aber die meisten waren völlig unbewaffnet. Nur ihre zahlenmäßige Überlegenheit machte sie gefährlich. Im Übrigen würde jeder Nachladevorgang zu einer kniffligen Angelegenheit werden, weshalb Jade ihm zurief, dass sie ihm lediglich den Rücken freihielt und ihre Munition genau dafür aufsparte.

Außerdem war da noch Angel. Wann immer ihnen ein Neces zu nahe kam, wurde er kurz vor seinem Ziel zu Boden geschmettert. Sie liefen von ihrer Position aus in einer geraden Linie, Yolanda hatte ihr die genaue Entfernung genannt und es war windstill. Perfekte Bedingungen für die routinierte Scharfschützin. Nur die Masse an Gegnern reduzierte ihre Effizienz, denn eines ihrer Magazine fasste gerade mal fünf Schuss. Alle .50er Munition von Silver Valley hätte nicht ausgereicht, um diese Schlacht im Alleingang zu gewinnen.

»Sigma-eins, wir werden überrannt!«

»Verdammt, kommt da runter!«, brüllte Scarlet. Als hätten ihre Männer sie erhört, stürzte im selben Moment einer der beiden Prätorianer kreischend vom Dach, gefolgt von zwei Neces, die noch im Flug auf ihn einschlugen.

Der andere wehrte sich, aber die Neces hatten ihn bereits eingeschlossen.

»Sigma-eins, Angel. Fünf Meter hinter dir ist eine Feuerleiter. Sie reicht aber nicht mehr bis zum Dach. Du kannst sie nicht sehen. Hangel dich an der Kante entlang, dann wirst du sie finden«, befahl Angel plötzlich per Funk. Der Soldat wusste, dass seine Situation hoffnungslos war, und legte sein Leben vollkommen in ihre Hände. »Dog, er wird es nicht ohne Hilfe schaffen. Ich halt ihm den Rücken frei und du nimmst den Druck vom Dach.«

»Verstanden!«

Der Hüne klopfte Jade auf die Schulter, die von nun an die Neces am Boden bekämpfen sollte. Währenddessen klemmte er sich in ein Kinderfenster hinein und zielte nach oben.

»Ich brauch da eine Fackel!«, brüllte er.

»Fackel kommt!«, erwiderte Sigma-vier am Boden und schleuderte sie direkt vor das Haus, an dem sich der Soldat zur Leiter hangelte.

Nun konnte Dog hervorragend sehen, wie sich die Neces auf seine Hände zu stürzen versuchten, doch jeder, der den Prätorianer berührte, wurde im selben Moment von Angel getroffen. Sie vermochte jedoch nur die Nahbereichssicherung zu übernehmen und verließ sich auf Dog, der kurz darauf das Dach wie eine Bowlingbahn abräumte.

»Hab sie ... ich hab sie!«, meldete Sigma-eins erleichtert. Er ließ sich an der Leiter hinabgleiten und schloss sich dem Rest seines Teams an.

»Können wir jetzt endlich hier raus?«, brüllte Dog.

Jade starrte zu Scarlet herüber, die sich nach Osten gedreht hatte, anstatt bei der Verteidigung zu helfen.

»Das Signal ... da ist es wieder. Und es wird stärker!«, rief sie. »Wir müssen fast da sein!«

»Argh ... ich bring sie um, wenn wir das hier überleben«, fauchte Jade. »Sigma-drei, Fackel in Richtung Osten! Ich seh mir das mit Dog an, aber dann verschwinden wir, ob sie will oder nicht!«

»Wir tun was!?«

»Los, beweg dich!«, grollte Jade und zerrte Dog hinter sich her, wie sie es sich bei Angel abgeschaut hatte. Dabei riss sie den Empfänger von Scarlet an sich, um den Weg zu finden.

Kaum war der Weg erleuchtet, lief sie mit ihrer Schrotflinte voraus. Dog lud seinen Ersatzgurt in das MG und folgte ihr ohne weitere Widerrede.

»Yolanda, Jade. Wie weit ist es noch?«

»Von dem Spielplatz einhundert Meter Richtung zwei-neun-null«, rauschte die Antwort in ihren Ohren.

»Ist da noch was los?«

»Kann ich nicht sehen. Die Dächer rund um das Gefecht sind aber zum Bersten voll.«

»Verstanden«, flüsterte Jade und deutete Dog, ebenfalls still zu sein. Sie verstaute ihre Schrotflinte auf dem Rücken und holte stattdessen ihr Katanaschwert hervor. Je weiter sie sich von der Gruppe entfernten, desto lauter hörten sie das Gekreische, das immer mehr nach Wut und Zorn anstelle von Schmerz klang.

»Und das soll eine Lehrerin sein?«, hauchte Dog Jade über die Schulter.

Sie antwortete ihm nicht, aber es schien nicht so, als würde sie ihn ignorieren. Sie wirkte eher besorgt um das, was sie erwartete. Als sie die Feuerstelle in einem Kellerfenster entdeckten, hielt sie Dog mit erhobener Handfläche zurück und spähte vorsichtig hinein. Ihre Finger zeigten die Zahl vier und wiesen Dog an, vor dem Eingang zu warten.

Anschließend sprang sie kurzerhand selbst durch das Fenster, gefolgt von den bekannten Geräuschen ihres Schwertes, das Fleisch zerhackte und Knochen spaltete, gepaart mit dem dumpfen Stöhnen von sterbenden Menschen.

»Scarlet, Jade. Paket lokalisiert«, meldete sie und winkte Dog herein. »Alles wird gut. Wir holen euch hier raus.«

In der Ecke des Raums hockte Martin Rich mit angezogenen Beinen. Er versteckte seine Kopf zwischen den Knien und zitterte am ganzen Leib. Vor ihm stand Miss Connely, die Jade so manisch anfauchte, wie es die Schwertkämpferin normalerweise selbst in ihren Duellen tat. Blut trat aus mehreren kleinen Wunden an Kopf und Armen aus; nicht alles davon gehörte zu ihr. Zu ihren Füßen lagen drei tote Neces mit eingedrückten Augen, eingeschlagenen Nasen und Bisswunden an Hals und Ohren.

»Haben alle eure Lehrer so einen Beschützerinstinkt?«, fragte Dog.

»Da stimmt was nicht«, antwortete Jade misstrauisch. Sie steckte ihr Katana weg und hielt die Hände vor die Brust, um Miss Connely zu beruhigen. »Wir sind hier, um zu helfen. Ich bin Jade, das ist Dog. Wir kommen aus Alexandria. Wir bringen euch nach Hause!«

»Meinst du nicht, dass die weiß, wo sie wohnt?«

»Scarlet an alle: Wir geben die Stellung auf! Rückzug zu Position drei!«, rauschte es aus den Funkgeräten.

»Ganz ruhig«, flüsterte Jade und ging einen Schritt auf die verletzte Lehrerin zu. »Wir sind hier, um zu helfen. Wir bringen euch nach Hause ...«

Ohne Vorwarnung schrie Miss Connely plötzlich auf und

sprang auf Jade zu, als diese nach ihrer Hand greifen wollte. Dog riss instinktiv sein Gewehr herum, doch er konnte die durchgedrehte Frau nicht treffen, ohne Jade dabei zu verletzen. Dann wurde ihm auf einmal bewusst, dass er sich gerade um das Wohlergehen derjenigen sorgte, die ihn als Köder für Angel benutzt hatte!

»Nicht schießen!«, keuchte Jade bereits hervor. Dank ihrer jahrelangen Ausbildung war es für sie ein Leichtes gewesen, die Lehrerin in ihrer Fliegengewichtsklasse im Schwitzkasten unter Kontrolle zu bringen.

»Tut ihr nicht weh!«, rief Martin und kam aus seiner Ecke gelaufen. »Sie will mich doch nur beschützen!«

»Ich ...«, ächzte Jade, die immer darum bemüht war, die wildgewordene Raubkatze zu bändigen. »Ich tu ihr nichts! Sie muss nur ... stillhalten!« Dann blickte sie Dog verständnislos aus den Augenwinkeln an. »Etwas Hilfe hier ... bitte!?«

Der Hüne glaube nicht, was sich da vor seinen Augen abspielte. Die Lehrerin war vollkommen durchgedreht und gab nicht mal auf, als Jade ihr die Luft abdrückte. Um der Sache Einhalt zu gebieten, schritt er schließlich auf die beiden zu, riss Miss Connely von ihr runter und hielt ihre Arme über Kreuz hinter ihrem Rücken fest, so dass sie für niemanden mehr eine Gefahr darstellte. Das schien die verschleppte Frau jedoch ganz anders zu sehen. Dog konnte hören, wie ihr Gebiss nur ein paar Millimeter vor seinem Hals zuschnappte.

Als er gerade eine Erklärung von Jade forderte, stürmten die fünf übrig gebliebenen Prätorianer gefolgt von Scarlet den Keller.

»Verdammt!«, fluchte sie und hielt ihre beiden Pistolen auf die Kellerfenster gerichtet. »Sichert die Fenster! Nagelt sie zu! Irgendwas!« Anschließend drehte sie sich zu Jade um. »Was zum Henker habt ihr nur angerichtet?!«

»Ich hab dich gewarnt, aber du wolltest ja nicht hören!«, giftete sie zurück.

Scarlet ließ es nicht auf einen erneuten Zweikampf ankommen. Sie wandte sich stattdessen Miss Connely zu, die nach wie vor wie am Spieß in Dogs kräftigen Armen herumzappelte und dabei wie eine tollwütige Raubkatze fauchte.

»Sind das Bissspuren?«, fragte sie und blickte den Jungen an. »Wurde sie gebissen?«

Martin nickte verängstigt.

»Wann hattet ihr eure letzte Schutzimpfung?«, wollte Jade wissen.

»Vor vier Wochen, Herrin«, antwortete Martin. »Aber Miss Connely war an dem Tag krank. Sie sollte sie nachholen, wenn es ihr besser ginge, haben die Ärzte gesagt.«

»So ein Mist ...«, sagte Jade.

»Was ist mit ihr, Herrin? Sie hat mich vor den Neces verteidigt, aber warum hat sie euch angegriffen?«

»Martin ...«, begann Scarlet und zwang sich dabei, ruhig zu sprechen, um das Kind nicht noch mehr zu ängstigen. »Miss Connely hat sich bei diesen Monstern angesteckt. Ich weiß nicht, ob wir ihr in unserem Hospital helfen können, aber wir werden es versuchen ...«

»Was?«, fiel Jade ihr ins Wort und trat einen Schritt näher an sie heran. »Wir dürfen sie nicht mitnehmen. Schon gar nicht nach Alexandria!«

Scarlet schnappte sich ihre jüngere Ordensschwester und drückte sie an die Kellerwand, als wolle sie da weitermachen, wo sie vor einer Viertelstunde aufgehört hatte.

»Halt dich da raus! Ihr habt das schließlich verbockt!«

»Nimm gefälligst deine Klauen von mir!«, brüllte Jade sie an, so dass selbst die Prätorianer unruhig die Köpfe drehten. »Sie nach Alexandria zu schaffen, bringt uns alle in Gefahr!«

»Wir nehmen sie in Quarantäne, aber wir lassen sie hier nicht zurück!«

Daraufhin ließ Scarlet sie los und holte einen Kabelbinder hervor, mit dem sie Miss Connelys Hände fesselte. Ihr Halstuch diente zusätzlich als Knebel, damit Dog sich nicht länger um ihre Zähne sorgen musste.

»Sie ist noch nicht komplett durchgedreht, sondern hat den Jungen verteidigt«, schmetterte Scarlet durch den Raum. »Sieh dich doch nur mal um. Wir brauchen sie, um herauszufinden, was Sydney angerichtet hat.« Dann wandte sie sich an die Sigma-Lanze. »Was ist mit den Bastarden da draußen?«, rief sie den Prätorianern zu. »Kommen wir da irgendwie durch?«

»Keine Chance, Herrin«, erwiderte Sigma-eins. »Die Barrikaden stehen, aber wir brauchen einen anderen Ausweg. Die Munition wird knapp und die paar Bretter werden sie nicht lange aufhalten.«

»Yolanda, Scarlet. Antworte mir!«, sprach sie in ihr Funkgerät. »Yolanda, wo zum Henker steckst du!? Yolanda!«

***

»Scarlet an alle: Wir geben die Stellung auf! Rückzug zu Position drei!«, rauschte es aus Cassidys Funkgerät.

»Verdammt«, raunte Yolanda. Sie betrachtete die Karte mit einem vernichtenden Gesichtsausdruck. »Von da kommen die nie alleine raus.«

»Und ... und was jetzt?«, stammelte Cassidy in Sorge, ob sie nun vielleicht doch in die unheimliche Stadt hinein müsste.

»Wenn ich den Plan ändere, gehen wir alle drauf«, erwiderte Yolanda, als hätte sie ihre Gedanken gelesen. »Wir bleiben dabei, sie über die eingestürzte Brücke zu holen, aber ich brauche deine Hilfe. Geh zu Angel zurück, wartet auf mein Signal und kommt dann mit den Wagen runter an das Flussufer. Anschließend bezieht ihr oberhalb der Brücke Stellung und gebt uns Deckung. Wir werden wie der Teufel angerannt kommen, also lasst die Motoren laufen.«

»Und was wirst du tun?«

»Ich geh auf die Jagd«, antwortete sie grinsend und legte zum ersten Mal ihre Sonnenbrille ab. Yolanda ließ ihre türkisfarbenen Augen im dunklen Schatten des Aussichtspostens aufblitzen, während sie ihren modernen Kampfbogen hervorholte und die Wartungsluke in Richtung Stadt öffnete.

»Warte!«, hielt Cassidy sie am Arm zurück. »Hiermit kannst du sie besser finden.«

Sie setzte ihre Brille ab und reichte sie Yolanda. Auf deren Gesicht spiegelten sich gleichsam Überraschung und Zorn.

»Diese verdammten Hawker«, fluchte sie. »Die haben Scarlet getagged!«

»Was heißt das?«

»Habt ihr die Geschichte gehört, dass eine Ärztin sie angeblich freigelassen hat, weil sie die Folter nicht mehr mit ansehen konnte?«

»Ja«, bestätigte Cassidy. »Doktor Webb. Sie hat auch so ein Auge wie ...«

»Die haben Scarlet nicht freigelassen, sondern ihr einen Sender implantiert und missbrauchen sie nun als Maulwurf!«, erklärte Yolanda. »Danke Kleines. Ich werd dafür sorgen, dass wir das Ding aus ihr herausbekommen.« Mit einem Satz hüpfte sie aus der Luke. »Ich kann ihren Spuren folgen. Benutz du die Brille, um ihnen auf der Flucht Feuerschutz zu geben.«

Ohne sich um die Geländer zu kümmern, rannte sie die Stahlkabel bergab und verschwand kurz darauf zwischen den Autowracks.

Yolanda blieb nicht viel Zeit. Zum Glück waren alle Neces der Stadt mit der Belagerung des Kellerverlieses beschäftigt, so dass sie nahezu ungehindert vorankam. Sie folgte der Route von Jade, hetzte über den Spielplatz und die anschließenden engen Gassen, bis sie die Sprengladung entdeckte, die Scarlet an eine Wand geklebt aber nie ausgelöst hatte.

Sie riss das Päckchen an sich und kletterte den Wohnblock empor, der Sigma-eins und Zwei bis zum Park geführt hatte. Umgestürzte Antennenmasten, herausragende Stahlträger oder halbwegs stabile Feuertreppen dienten ihr zwischen den Gebäuden als Abkürzungen, über die sie mit zirkusreifer Leichtigkeit balancierte. Je näher sie kam, desto leichter fiel ihr das Spurenlesen der immer noch warmen Körper der toten Neces, die in ihrem synthetischen Sichtfeld leuchteten.

Schon lange vor ihrem Ziel vernahm sie das Gekreische aus Richtung des Kellers, und als sie kurz darauf die Dachkante erreichte, von der Sigma-zwei gestürzt war, konnte sie die Meute deutlich mit ihren Augenimplantaten sehen.

»Angel, Yolanda«, flüsterte sie in ihr Mikrofon, so dass nur die Scharfschützin sie hörte.

»Was geht da vor verdammt!?«

»Halt den Mund und hör mir zu«, unterbrach Yolanda sie ruhig aber bestimmt. »Ich bin zwischen Position zwei und drei, wo du Sigma-eins beim Abstieg gesichert hast. Ich werde mitten im Park neben dem Holzhaus eine Sprengladung platzieren, anschließend die Neces anlocken und dann direkt auf dich zu laufen. Du musst mir sagen, wenn genügend von denen in der Nähe sind, damit ich sie zünden kann. Anschließend gibst du mir Deckung. Verstanden?«

Einen Augenblick lang herrschte totale Funkstille. Angel wusste offenbar nicht, was sie von dem improvisierten Plan halten sollte, allein eine Horde von über hundert Verrückten anzulocken, die Yolanda ihrer Vorstellung nach bei lebendigem Leibe fressen würden.

»Verstanden.«

***

»Da bist du ja wieder«, murmelte Angel unter ihrer Tarnung hervor. Cassidy hätte sich beinahe vor Schreck auf den Boden fallen lassen. Sie war nur ein paar Meter von ihrer Mentorin entfernt, konnte sie aber trotzdem erst sehen, als sie die Decke zurückwarf und sie in ihre Stellung winkte. Zur leichteren Navigation hatte sie die Nachtsicht dem Thermalblick vorgezogen.

»Wir sollen die Wagen zum Flussufer bringen, wenn uns Yolanda das Signal gibt«, berichtete sie japsend. Sie war wie der Blitz die Anhöhe hinaufgesprintet.

»Und was ist das Signal?«, fragte Angel.

Cassidy blickte sie verdutzt an. Yolanda hatte glatt vergessen, sie darüber in Kenntnis zu setzen.

»Die Sprengladungen sind platziert. Fertig?«, rauschte es aus dem Funkgerät.

Angel klemmte sich wieder hinter ihre Zieloptik.

»Bereit.«

***

»HEY! HIERHER!«, schmetterte Yolanda durch den Park. »HIER BIN ICH IHR MISTKERLE!«

Gleichzeitig spannte sie ihren Bogen und feuerte ein paar vereinzelte Pfeile in die Masse der Neces, die nach wie vor das Kellerverlies belagerten, in dem Scarlets Team festsaß.

»Das gibt's doch nicht«, grollte sie frustriert.

»Da bewegt sich nichts«, bestätigte Angel ihre Einschätzung über Funk. Keiner der Neces schien Notiz von ihr zu nehmen. »Und was jetzt?«

Yolanda kniete sich auf den Boden und zog drei Pfeile aus ihrem Köcher. Sie schraubte die Metallspitzen ab und verstaute sie in ihrer Hüfttasche. Anschließend holte sie drei größere, kegelförmige Spitzen hervor und befestigte sie an ihren Pfeilen.

»Ich muss näher ran, also halt mir den Rücken frei«, sprach sie in ihr Mikrofon. Sie hielt einen Pfeil abschussbereit am Bogen und die anderen beiden in der linken Hand am Schaft, während sie mit schnellen Schritten in Richtung Westen lief. Als sie nur noch gut fünfzig Meter von der lärmenden Meute entfernt war, spannte sie den Bogen und griff ein letztes Mal nach ihrem Funkgerät.

»Scarlet, Yolanda. Verzieht euch von den Fenstern und Türen!«

Kurz darauf ließ sie den ersten Pfeil in hohem Bogen auf die Neces niederregnen und feuerte die anderen beiden ab, noch ehe der erste im Ziel einschlug.

Kaum hatte sie sich umgedreht, um auf Angel zuzurennen, erschütterten plötzlich drei Explosionen die Hauswände, ließen die Putzreste abbrechen und Dachziegel herabstürzen.

Nun war ihr die volle Aufmerksamkeit der Neces sicher. Etwa fünfzig hatten den mittelalterlichen Artillerieschlag unbeschadet überlebt und hetzten ihr kreischend hinterher. Yolanda erreichte gerade das Holzhaus, in dem die Sprengladung lag, und schwang sich mit zwei schnellen Schritten auf das Dach, um einen Blick nach hinten zu riskieren.

»Mmmh ... ich bin ja sowas von geliefert«, summte sie vor sich hin, drehte sich wieder zu Angel um und tippte auf die Bretter unter ihren Füßen. »Hier müssen sie her. Hier her!« Zur Verdeutlichung ließ sie ihre Augen wie eine Warnblinkanlage kurz aufblitzen, was für Angel aus der Entfernung vermutlich wie ein Taschenlampensignal aussah.

Ohne auf eine Antwort zu warten, sprang sie mit einem Salto

vom Dach herunter und hetzte durch den Park. Dabei schien sie aus purer Lust nahezu jedes Hindernis mitzunehmen, das ihr im Weg lag. Sie schwang sich über Parkbänke, Tischtennisplatten aus Stein, Klettergerüste für Kinder und zum Schluss gar einen alten Hotdogwagen. Die ganze Zeit leuchteten ihre Augen grell wie Laserpointer, so dass Angel sie problemlos von der Horde unterscheiden konnte.

»Ist es bald so weit?«, brüllte sie mit der Hand am Mikrofon.

»Warte ... warte!«, erwiderte Angel. »Jetzt! Zündung ... JETZT!«

Einen Sekundenbruchteil später erhob sich ein donnernder Feuerball zwischen den vorzeitlichen Gemäuern. Die heiße Druckwelle zersplitterte das Holzhaus, verwandelte es in tödliche Schrapnellladungen und schmetterte den Großteil der Neces schon im ersten Moment zu Boden. Die anderen sahen sich noch um, ehe sie die Feuersbrunst verschlang. Die wenigen, die dem flammenden Inferno entkamen, wurden in alle Richtungen davongeschleudert.

Auch Yolanda konnte der Detonation nicht davonlaufen. Mit einem letzten Aufschrei hob sie vom Boden ab und wurde über die Kaimauer hinweg in den Fluss katapultiert.

***

»Scarlet, Yolanda. Verzieht euch von den Fenstern und Türen!«, hallte es aus den Funkgeräten durch das Kellerverlies.

»Weg da! Los zurück, ZURÜCK!«, brüllte Jade die Prätorianer an.

Im letzten Moment konnten sich die Männer zu Boden werfen, bevor Yolandas Explosivpfeile die notdürftigen Barrikaden zerstörten und die Neces ihr wütend nachliefen. Zum ersten Mal seit ihrer Ankunft hörte Miss Connely mit ihrem Grollen und Kreischen auf, als sie wie alle anderen hustend nach Luft schnappte. Um ein Haar hätte Dog sie im Qualm aus den Augen verloren.

»Verdammt nochmal!«, echote sein Fluchen durch den Raum. »Ihr seid doch nicht mehr ganz dicht!«

»Jetzt oder nie«, rief Scarlet. »Der Weg ist frei. Los, zur

Brücke!«

»Wir haben kaum noch Munition, Herrin«, keuchte Sigma-eins.

Jade sprang bereits als Erste aus den Kellerfenstern. Kaum war sie draußen, riss sie ihr Katana vom Rücken und blickte Scarlet herausfordernd an.

»Ich hoffe wirklich, dass du nicht alles verlernt hast.«

»Ihr übernehmt die Rückendeckung und schützt den Jungen«, fuhr Scarlet die Prätorianer an. »Dog, du trägst Heather.« Anschließend kletterte sie Jade nach und zückte zwei lange Kampfdolche. »Und wir zwei werden den Weg freimachen.«

Mit manischem Geschrei wie aus dem Blutritual der Bacchae übernahmen sie die Vorhut. Dabei lieferten sie sich ganz offensichtlich einen Wettkampf um die meisten erstochenen Gegner.

Jade wirbelte mit ihrem Katana herum, wie sie es in ihren Duellen mit Angel versucht hatte. Die Neces besaßen keinen Kampfstab, um ihre rasiermesserscharfe Klinge abzublocken. Viele waren außerdem bereits durch die Explosionen von Yolandas Pfeilen verletzt worden.

Scarlet hingegen musste sich mit ihren Dolchen näher an ihre Gegner heranwagen, konnte dafür aber gleich zwei auf einmal bekämpfen. Häufig nutzte sie dabei ein sterbendes Opfer als Springbock, um von oben auf den nächsten herabzustürzen.

Dog vermochte dem blutigen Schauspiel nur tatenlos zuzusehen, während er ihnen hinterherrannte. Mit seinem leichten MG um den Hals und der herumzappelnden Miss Connely über der Schulter musste er sich ganz auf die Prätorianer verlassen, um heil aus der Stadt herauszukommen. Die wiederum bewiesen ihre Schlagkraft selbst in andauernden Extremsituationen. Sigma-eins hielt den Jungen an der linken Hand und nutzte mit der rechten seine Pistole, während sich Sigma-drei, Vier, Fünf und Sechs munitionssparend auf den Flankenschutz beschränkten.

***

»Okay, folg mir, aber rutsch nicht ins Wasser«, rief Angel ihrer Schülerin über Funk zu.

Cassidy saß am Steuer des Prätorianerjeeps, Angel fuhr den Straßenkreuzer aus der Biosphäre. Im schwachen Mondlicht mussten sie die Scheinwerfer benutzten, um sicher durch die unwegsame Steppe manövrieren zu können.

»Und sie hat wirklich Flussufer gesagt?«

»Ja!«, erwiderte Cassidys Stimme. »Wir sollen da runter, aber dann oben warten.«

»Na gut ...«, brummte Angel und steuerte widerwillig den Abhang hinunter. Neben der Einschienenbahn gab es keine Straße, so dass sie sich durch den Staub kämpfen mussten. Das Gefälle aus Geröll und feinem Sand stellte selbst für das Fahrwerk der Geländewagen eine Herausforderung dar, die aufgrund ihres Gewichts immer tiefer einsanken. Der benötigte Bremsweg ließ sich kaum einschätzen, weshalb sie ein paar Meter parallel zum Fluss fuhr, um nicht versehentlich ins Wasser zu rutschen.

»Was ist mit deinem Gewehr?«, rief Cassidy, als sie sah, wie Angel sich eine Maschinenpistole der Prätorianer griff.

»Nur noch drei Schuss drin. Los komm!«

Gemeinsam kletterten sie mehr oder weniger auf allen Vieren die Böschung hinauf, bis sie die Brückenzufahrt erreichten und sich zwischen den Autowracks entlangschlängelten.

»Kannst du sie sehen?«, fragte Angel.

Cassidy versuchte ihre Thermalsicht, aber aufgrund der Explosionen und der daraus resultierenden Brände glühte die halbe Stadt auf. Dafür konnte sie den Kurs des wandernden Punktes umso deutlicher verfolgen.

»Ich glaube ja ... ja!«, rief sie euphorisch, als sie kurz darauf Jade erblickte, die mit ihrem Schwert über ein paar Autowracks sprang und es dabei jedem Neces in die Brust rammte, der ihr im Weg stand.

»Uhhh ... Cassidy ...«, raunte Angel auf einmal.

»Ja sie kommen. Sie kommen! Ich kann Scarlet durch die ganze Stadt verfolgen.«

»Dreh dich um ... dreh dich um ...! Wir haben Gesellschaft!«

Eine Gruppe von Neces war von den Geländewagen angelockt worden und ist ihnen das Flussufer hinauf gefolgt. Angel schaltete bereits die ersten mit ihrer Maschinenpistole aus, ehe Cassidy sie mit ihrem Gewehr unterstützte.

»Jade!«, brüllte sie in ihr Funkgerät. »Die Brücke ist heiß!«

Sie verschanzten sich in einem entgleisten Waggon der alten Einschienenbahn und schossen durch die zerstörten Fenster. Ihre leeren Magazine sammelten sich zusehends auf dem Boden und die Munitionsgürtel wurden immer leichter.

»Das sind zu viele!«, rief Cassidy.

»Hier. Nimm die und gib mir Deckung«, befahl Angel plötzlich und drückte ihr die Maschinenpistole in die Hand.

Bevor Cassidy reagierte, hechtete sie durch ihr Fenster und fuhr ihren silbergrauen Kampfstab auf seine volle Länge aus. Anschließend sprang sie auf das Dach eines halb im Graben versunkenen Triebwagens, damit Cassidy sie schützen konnte. Gleichzeitig schleuderte sie ihren Stab auf die Schädel der Neces, die ihr am nächsten kamen, ließ die Enden vor und zurück-schnellen und schlug so stark es ihre Arme zuließen auf die Horde ein.

»Angel, Jade. Wir brauchen Feuerschutz! JETZT!«, hallte es aus ihren Funkgeräten.

Cassidy drehte sich für einen Augenblick zur Stadt um. Jade und Scarlet hatten die Brücke erreicht, aber die Neces waren ihnen dicht auf den Fersen. Sie drückte einmal ... zweimal ... dreimal ab, dann musste sie sich wieder Angel zuwenden, die im Begriff war, überrannt zu werden.

»Cassidy! Zum Wagen! Da kommen die Bastarde nicht rein!«, befahl sie zornig.

»Ich lass dich hier nicht zurück!«, erwiderte die Teenagerin und kletterte trotzig aus dem Waggon, um ein besseres Schussfeld zu haben. Sie konnte nicht glauben, dass Angel sie immer noch wie ein kleines Kind behandelte.

»Verdammt nochmal!«, brüllte Angel. »Ich bring Jade um!« Sie fuhr das Messer an der Spitze ihres Stabes aus und stach damit auf die Neces ein.

Cassidy verschoss ihre letzten Patronen und zückte ihre Pistole. Beide hörten Jades und Scarlets Geschrei auf dem gegenüberlie-genden Ende der Brücke.

Plötzlich ratterten unzählige Gewehre um sie herum los. Die

Neces an Angels Triebwagenwrack fielen dem Beschuss binnen Sekunden zum Opfer, so dass Cassidy einen verwirrten Blick auf ihre Pistole warf.

»TEAM ROT, SPERRFEUER AUFBAUEN!«, donnerte David Grants verzerrte Stimme durch die Nacht.

Angel traute ihren Augen nicht, als eine Gruppe von Legionären die letzten Neces zu ihren Füßen erschoss und anschließend hinter Cassidy in Stellung ging, um Jades und Scarlets Flucht zu decken.

»BLAU, RUNTER ZUM FLUSSUFER. ZIEHT SIE DA RAUS!«

Die Soldaten trugen keine Funkgeräte, weshalb der Colonel seine Befehle über ein Megaphon vom Truppentransporter aus gab.

»Feuer! Feuer frei! Macht sie kalt!«, kreischte Scarlet vom anderen Ende der Brücke. Fast gleichzeitig stürzte ihre Gruppe vom abgerissenen Schienenende hinunter ins Wasser, woraufhin die Legionäre ein Sperrfeuer errichteten, so dass nur eine Handvoll Neces lebend über die Brüstung fielen.

»Oh verdammt«, schluckte Angel. »Dog kann nicht schwimmen.«

Sie nahm Cassidy an die Hand und hetzte die Böschung hinab, wo Team Blau bereits Miss Connely zu bändigen versuchte. Martin Rich zog sich gerade selbst an Land, während die Prätorianer vorerst im Wasser blieben, um überlebende Neces mit ihren Kampfdolchen auszuschalten, bis die Lage unter Kontrolle war.

Angel rieb sich die Augen, als sie Dog dabei erblickte, wie er auf dem Rücken liegend und hilflos planschend von Jade und Scarlet aus dem Fluss gezogen wurde.

»Krieg dich wieder ein«, raunten sie ihn erschöpft an. »Hier kannst du doch schon lange stehen.«

Kaum spürte er festen Boden unter den Füßen, riss er sich von Jade und Scarlet los und stampfte wie Poseidon höchstpersönlich aus den Fluten. Mit erstarrter Mimik kämpfte er sich bis zu den Wagen durch den feinen Sand, ohne Angel dabei eines Blickes zu würdigen.

Jade und Scarlet hielten sich währenddessen geradeso gegenseitig auf den Beinen. Die finale Rettungsaktion des Schwergewichts hatte ihnen buchstäblich die letzten Kräfte geraubt.

»Das hättest ...«, beschwerte sich Jade in Angels Richtung. »... auch vorher sagen können, dass er nicht ...«

»Ihr habt die Vultures wochenlang unterwandert und da ist euch nicht aufgefallen, dass die über kein Badehaus verfügen?«, erwiderte sie und blickte zu Dog, der sich in ihre Decke eingemummelt hatte und auf der Rückbank schmollte.

Miss Connely war unterdessen verstummt. Die Prätorianer vom Team Sigma hatten sie mit Hilfe eines in Chloroform getränkten Tuches ins Land der Träume geschickt. Irgendwie wunderte es Angel nicht, dass die Elitetruppen der Bacchae derartige Chemikalien sofort in ihrem Wagen hatten, die immerhin auch zu unauffälligen Entführungen genutzt werden konnten.

»Yolanda ...«, keuchte Scarlet auf allen Vieren. »Wo ist sie? Wo ist Yolanda!?«

Angel half ihr auf die Beine und suchte den Strand ab. Sie tippte Cassidy auf die Schulter, damit sie die Wasseroberfläche mit ihrer Thermalsicht untersuchte.

»Sie sollte schon längst hier sein. Kannst du sie erkennen?«

Cassidy aktivierte ihre Einsatzbrille und lief ein paar Schritte am Fluss entlang. Inzwischen war Colonel Grant zu ihnen gestoßen.

»Die Neces haben sich fürs Erste zurückgezogen ...«

»Was verdammt nochmal macht ihr hier?«, fuhr Scarlet ihn an. Verglichen mit früheren Auseinandersetzungen klang ihre Stimme jedoch ausgesprochen mild.

»Befehle verweigern, Herrin«, erwiderte er stur. Ohne ihr weitere Aufmerksamkeit zu widmen, griff er nach Jades Schultern und untersuchte sie auf Verletzungen.

»Alles ... alles in Ordnung«, hauchte sie ihm zu und befreite sich mit letzter Kraft aus seiner Umklammerung, obwohl sie in der Eiseskälte zu zittern begonnen hatte. »Du kannst nicht einfach ... Ich hab dir ausdrücklich ...!«

»Hey, wenn ihr ein Problem mit meinem Vorgehen habt, wendet euch an meinen Vorgesetzten«, schnitt ihr Grant das Wort ab. »Ich bin mir sicher, dass Torus großen Wert auf eure Meinung legen wird.«

»Ich hab sie!«, rief Cassidy auf einmal. »Da draußen. Sieben--

undzwanzig Meter. Sie ... sie bewegt sich nicht.«

Ohne einen Moment zu zögern, drückte Grant einem Legionär sein rotes Barett in die Hand. Noch auf dem Weg zum Wasser entledigte er sich seiner schusssicheren Weste und stürzte sich mit einem Hechtsprung in den Fluss.

»Lass mich mal sehen«, bat Scarlet.

Cassidy zögerte einen Augenblick. Die Thermalsicht funktionierte bei jedem Benutzer, aber sie fürchtete, dass Scarlet den Punkt entdecken würde, über den sie sie durch die ganze Stadt verfolgt hatte. Auf der anderen Seite konnte sie ihr die Verwendung vor versammelter Mannschaft nicht verbieten, ohne großes Aufsehen zu erregen und willigte notgedrungen ein.

»Yolanda ist kaum noch zu erkennen«, sagte Scarlet unruhig. Zu Cassidys Überraschung justierte sie die Brillenknöpfe so präzise, als hätte sie Erfahrung damit. »Sie muss fast so kalt wie das Wasser sein.«

»Okay Leute, wir brauchen Holz für ein Lagerfeuer.«, rief Sigma-eins den Legionären zu.

»Nein. Stopp!«, hielt Jade sie zurück. »Die Neces werden bald wiederkommen. Wir haben eine funktionierende Heizung im Wagen. Holt alle Decken her, die ihr finden könnt. Anschließend bereitet ihr euch aufs Abrücken vor.«

»Jawohl, Herrin.«

»Komm schon«, murmelte Scarlet ungeduldig. »Hol sie da raus.«

Dabei schien sie keine Notiz von dem Peilsender zu nehmen und Cassidy erinnerte sich daran, dass sie den verräterischen Punkt auch erst bemerkt hatte, nachdem Scarlet etwas weiter von ihr entfernt gewesen war. Kaum erhielt sie die Brille zurück, überprüfte sie ihre Theorie und tatsächlich; der Punkt erschien in der exakten Mitte des Rasters und überschnitt sich mit Cassidys eigener Positionsangabe.

Colonel Grant erwies sich unterdessen als erfahrener Schwimmer. Er hatte Yolanda erreicht, die mit dem Gesicht nach oben auf der Wasseroberfläche trieb, und zog sie hinter sich her. Als er sich dem Ufer näherte, kam ihm Scarlet sofort zu Hilfe und zog Yolanda eigenhändig an Land. Sie war ohnmächtig und fühlte sich eiskalt an. Scarlet öffnete ihren Mund, horchte nach Atemgeräuschen und suchte am Hals nach ihrem Herzschlag.

»Sie atmet noch«, rief sie erleichtert. »Puls schwach aber vorhanden. Yolanda? Yolanda! Wach auf!«

»Wir müssen sie aufwärmen«, unterbrach Jade sie und blickte zu Grant. »Bring sie ins Auto. Na los!«

Obwohl Dog sich eigentlich bis zur Heimkehr nicht mehr aus dem Wagen bewegen wollte, waren ihm die Ereignisse nicht verborgen geblieben. Als er den Colonel mit der bewusstlosen Bacchae in den Armen kommen sah, stieg er aus und breitete sogar die Decke auf die Rückbank aus. Anschließend half er Grant, Yolanda schonend auf die Sitze zu legen. Kaum zogen sie jedoch die Arme unter ihrem Rücken vor, fielen beiden ihre blutigen Finger im Licht der Innenraumbeleuchtung auf.

»Verdammt«, stöhnte Grant. »Dreh sie um. Dreh sie auf den Bauch!«

Yolandas Rücken erwies sich als blutüberströmt und ihr Hemd zerrissen.

»Irgendwas muss sie getroffen haben.«

»Lass mich ... lass mich durch!«, befahl Scarlet. »Verbandszeug! Schnell! Ich brauch Kompressen.«

Zum Glück verfügte der Straßenkreuzer neben seiner Klimaanlage und dem Kühlschrank auch über einen gefüllten Verbandskasten. Zwar hatten die Prätorianer eigenes Verbandsmaterial dabei, aber Yolandas Wunden waren viel zu großflächig, um sie mit ein paar Mullbinden versorgen zu können. Ihr Rücken sah aus, als wäre er von unterschiedlich großen Schrotladungen durchsiebt worden. Holzsplitter, kleine Kieselsteine und Ziegelreste hatten sich bei der Explosion in Geschosse verwandelt, denen sie nicht mehr entkommen konnte. Erst jetzt wurde das ganze Ausmaß der Verletzungen sichtbar. Nicht nur ihr Rücken, sondern auch ihr Hintern und die Rückseiten ihrer Beine waren davon betroffen. Nur Yolandas Kopf schien unbeschädigt zu sein. Wahrscheinlich hatte sie ihn während ihres waghalsigen Sprungs eingezogen.

»Sir, Rot meldet Bewegung auf der östlichen Brücke«, warnte ein Legionär aus dem Hintergrund. Mit Ausnahme von Scarlet blickte die Gruppe auf und entdeckte die Schatten in einem guten

Kilometer Entfernung, die zwischen den Autowracks entlang-
rannten.

»Ist sie transportfähig?«, fragte Grant in den Wagen hinein.

»Ja. Ja!«, erwiderte Scarlet, ohne von ihrer Arbeit aufzusehen.
»Yolanda hat viel Blut verloren. Wir müssen sie ins Hospital
bringen.«

»Herrin, das Sauerstoffgerät und die Infusionen«, rief Sigma-
eins und reichte ihr eine kleine Gasflasche und zwei Beutel mit
klarer Flüssigkeit.

»Okay wir können ... wir müssen ...«, wiederholte sich Scarlet.

»David, du übernimmst die Nachhut und deckst uns, falls wir
gezwungen sind anzuhalten«, befahl Jade dem Colonel. »Kannst
du die Sigma-Lanze mitnehmen?«

Er nickte und versammelte seine Leute zum Abrücken. Die
Prätorianer folgten ihm ohne Widerrede und quetschten sich zwischen die Soldaten auf der Ladefläche des Truppentransporters.

Als sie weg waren, wandte Jade sich an Cassidy und Dog.

»Ihr beide müsst euch um Martin und Heather kümmern«, sagte
sie.

Dog wollte bereits Einspruch einlegen, um nicht noch mehr Zeit
mit der durchgedrehten Lehrerin zuzubringen, doch Jade winkte
sofort ab und ließ sich von einem Prätorianer das Fläschchen mit
Chloroform reichen.

»Sie wird bis Alexandria schlafen. Sollte sie aus irgendeinem
Grund vorher aufwachen, tränk das Tuch mit ein paar Tropfen halt
es vor Mund und Nase.« Während des Einsteigens rief sie ihm
sicherheitshalber nach: »Dauert eine Weile, bis es wirkt, aber riech
auf keinen Fall selbst dran!«

7. Grenzen der Allmacht

»**A**lexandria, kommen!«, rauschte es aus den Funkgeräten.

Zwei Stunden waren sie bereits auf Straßen durch die dunkle Nacht gehetzt, die den Namen kaum noch verdienten. Dog hatte Miss Connely mit dem Gesicht nach unten auf die Rückbank gelegt. Er hielt ihre gefesselten Arme mit der einen Hand und ihre Beine mit der anderen fest. Keinesfalls wollte er riskieren, dass sie nach dem Erwachen möglicherweise Cassidy anfiel, die ohnehin schon genug Probleme hatte, die Spur zu halten.

Martin Rich saß auf dem Beifahrersitz und starrte auf seine bewusstlose Lehrerin, die ihn wie eine wildgewordene Bestie verteidigt hatte.

»Wird sie wieder gesund?«, fragte er zaghaft

Cassidy warf einen Blick in den Rückspiegel, in dem Dog mit den Augen rollte.

»Weißt du, was mit ihr geschehen ist?«, fragte sie.

Martin setzte sich gerade hin und schüttelte mit dem Kopf. »Als mich die Neces davongeschleift haben, ist sie mir zu Hilfe gekommen. Doch es waren zu viele.«

»Warum hat Jade dich gefragt, ob sie gebissen wurde?«

»Die Neces sind sehr krank und jeder Kontakt mit ihnen birgt die Gefahr, ebenfalls krank zu werden«, antwortete der Junge so monoton, als würde er aus einem Lehrbuch vorlesen. »Blut und Speichel sind die häufigsten Gründe. Deswegen sollen wir uns vor ihren Bissen hüten.«

Dog drehte den Kopf von Miss Connely zur Seite. Die Bissspuren an ihrem Hals waren bereits geronnen und unübersehbar.

»Scarlet, Sydney. Status!«, knarzte es plötzlich aus den Lautsprechern.

»Alexandria, Scarlet. Code Blau. Yolanda ist schwer verletzt. Bereitet die Notaufnahme vor.«

»Sydney«, funkte Jades Stimme auf einmal dazwischen. »Verhäng sofort eine Ausgangssperre. Code Schwarz. Ich wiederhole, Code Schwarz! Fegt die Straßen leer!«

»Was bedeuten die Codes?«, wollte Cassidy von Martin wissen.

»Rot bedeutet einen bevorstehenden Angriff, blau eine verletzte Bacchae.«

»Und schwarz?«

Der Junge zuckte unruhig mit den Schultern. »Das hab ich erst einmal erlebt. Wir mussten alles liegen lassen und uns in dem Raum einschließen, in dem wir gerade waren. Wie ein Angriff. Nur ohne Gegner. Ein paar Stunden später durften wir wieder raus, so als wäre nichts geschehen.«

Endlich kam die Skyline von Alexandria in Sicht. Große Scheinwerfer auf den Dächern der Stadt strahlten hinunter auf die am Nachmittag noch so lebendige Fußgängerzone. Stattdessen fuhren nun einsame Militärjeeps hektisch auf und ab. Lautsprecherdurchsagen befahlen den Einwohnern, sich umgehend in ihren Häusern zu verbarrikadieren. Legionäre mit Hunden patrouillierten an der Einzäunung rund um den ausgetrockneten See.

»Cassidy, Jade«, hallte es aus dem Funkgerät. »Du hältst nicht an, bis ich es dir sage. Schließt eure Fenster, fahrt vor bis zum Tempel und dreht dort Kreise, bis euer Tank leer ist! Verstanden?«

»Verstanden.«

Die beiden Checkpoints auf der Brücke wirkten völlig verlassen. Nicht ein Legionär versperrte ihnen den Weg, die Schranken waren oben, die Spikes im Boden versunken. Sogar das große Tor stand speerangelweit offen. Stattdessen wurden sie von sechs Prätorianern in voller Kampfmontur erwartet, die Cassidy noch zusätzlich den Weg wiesen.

»Was soll der ganze Aufstand?«, brummte Dog angespannt von der Rückbank. Kaum hatte er den Satz beendet, spürte er, wie sich die Beine von Miss Connely zu bewegen begannen. Eilig kramte er das Chloroform aus dem Kofferraum hervor, das er bewusst weit weggelegt hatte.

»Na, na! Schön weiterschlafen.«

Als er Miss Connely wieder zurück ins Land der Träume schicken wollte, schnappte sie auf einmal nach seiner Hand.

»Verdammt!«, fluchte er. »Die hätte mir glatt die Finger abgebissen!«

»Schläft sie denn wieder?«, fragte Cassidy besorgt.

»Die hat sich selbst einen Knebel verpasst«, höhnte Dog. »Das verdammte Tuch hängt zwischen ihren Zähnen.«

»Nimm es lieber da weg«, riet ihm Martin. »Zuviel davon ist sicher nicht gut.«

»Vergiss es. Ich fass da doch nicht freiwillig hin.«

Ein paar Minuten lang drehte Cassidy einen Kreis nach dem anderen um den grünen Park. Dabei konnten sie durch die Wagenfenster beobachten, wie Yolanda von Colonel Grant auf eine Krankentrage gelegt und anschließend ins Hospital gebracht wurde. Scarlet blieb bei ihr, während Angel und Jade mit dem Luxusgeländewagen auf sie zu kamen.

Die Fußwege und Straßen wirkten wie ausgestorben. Bis auf eine Handvoll Prätorianer war kein Mensch zu sehen. Dafür brannten fast in allen Fenstern rund um den Sophiaplatz Kerzen oder Taschenlampen. Hunderte von Augenpaaren beobachteten das nächtliche Spektakel.

»Okay Cassidy, jetzt folg uns einfach«, befahl Jade über Funk.

Sie fuhren am Themis-Tempel vorbei, hinein in einen Tunnel, aus dem zuvor die Prätorianer gekommen waren. Die Katakomben erinnerten sehr an die unterirdische Straße zum Forschungskomplex der McKnight Air Force Base. Grelle Lampen an der Decke wiesen ihnen den Weg zu einem weiteren Parkhaus, an dessen Ende sie von vier Männern in blauen OP-Scrubs samt Mundschutz und Schutzbrille gegen Blutspritzer erwartet wurden.

Cassidy hatte den Wagen noch nicht mal ganz gestoppt, da rissen sie bereits die Hintertüren auf und entledigten Dog seiner bewusstlosen Passagierin.

»Geht mit ihnen und tut, was sie euch sagen«, rief Jade.

»Wer sind die? Was soll der blöde Aufstand? Die Verrückte hat die ganze Zeit geschlafen!«, protestierte Dog.

»Ihr müsst sofort mitkommen«, mahnte einer der Männer dumpf durch seinen Mundschutz. »Jede Minute hier draußen vergrößert das Risiko einer Freisetzung.«

»Verdammt nochmal, ich will wissen, was hier los ist!«, brüllte Dog. Keine der verhüllten Gestalten traute sich, ihn anzufassen.

»Angel ...?«, säuselte Jade selbiger zu.

Angel war vermutlich die Einzige, die den Hünen zur Mitarbeit überreden konnte, doch sie kannte seinen Sturkopf. Plötzlich zeigte sie mit großen Augen in die Richtung der Zufahrtsstraße.

»Sieh mal da! Das ist Eric!«

»Was!? Wo!?«, rief Dog und wirbelte herum, die Hand griffbereit an seiner Pistole. Eric war natürlich nirgendwo zu sehen.

Angel nutzte stattdessen den kurzen Augenblick, hob das Tuch vom Boden auf, das Heather aus dem Mund gefallen war, und drückte es Dog von hinten ins Gesicht. Einen Moment lang musste sie sich mit aller Macht gegen ihn zur Wehr setzen, doch dann verließen ihn seine Bärenkräfte und er sackte bewusstlos zusammen.

»Na los, kommt her!«, rief sie etwas hilflos. Nicht mal Angel war in der Lage, ihn allein zu tragen.

Die verhüllten Gestalten brachten zum Glück sofort eine Bare herbei. Er wurde durch einen Kunststoffvorhang gerollt und verschwand in einem hell erleuchteten Raum. Cassidy und Martin folgten ihm, während Angel und Jade draußen bleiben mussten.

***

Zwei Stunden später wurde Dog durch das Klopfen an einer fernen Tür aus seinem unruhigen Schlaf gerissen. Als er die Augen öffnete, umgab ihn nichts als undurchsichtige Dunkelheit. Benommen tastete er seine Umgebung ab. Er lag auf einer weichen Federkernmatratze, bedeckt von einer kuschelig-warmen Bettdecke, die er sofort mürrisch von sich schleuderte.

»Hey!«, rief er zornig. »Was soll der Quatsch? Wo bin ich?« Er versuchte aufzustehen, aber ein starkes Schwindelgefühl ließ ihn dabei fast von der Bettkante rutschen. »Was zum Henker habt ihr mit mir gemacht!«, donnerte er durch den Raum.

»Beruhig dich«, befahl Angels Stimme. »Die anderen schlafen schon.«

Als sie das grelle Deckenlicht einschaltete, erkannte Dog die Umrisse des luxuriösen Schlafzimmers, in das Jade sie einquartiert hatte.

»Hier, trink das«, sagte Angel und reichte ihm ein Glas Wasser. »Was ist das Letzte, an das du dich erinnern kannst?«

Dog runzelte die Stirn und griff dabei so unbeholfen nach dem Glas, dass ihm die Hälfte des Wassers auf die Brust spritzte. Erst jetzt merkte er, dass er völlig nackt war.

»Was habt ihr mit mir ...?« Er starrte Angel grimmig an, während die Ereignisse der Nacht wie in einem zusammengeschnittenen Kinofilm vor seinen Augen abliefen. Die Schlacht mit den Verrückten, der Sprung ins kalte Wasser. Er erinnerte sich an das Gefühl zu ertrinken, die Heimfahrt, Miss Connely, die ihm beinahe die Finger abgebissen hätte, die verhüllten Gestalten in ihren Raumanzügen und dann ...

»Du!«, raunte er zornig hervor. »Du hast mich denen ausgeliefert!«

Er sprang vom Bett auf und machte den Eindruck, als würde er Angel am liebsten erwürgen.

»Wir hatten keine andere Wahl«, versuchte sie ihn zu beschwichtigen. »Wir mussten sichergehen, dass Heather euch nicht während der Fahrt verletzt hat.«

»*Wir?*«, knurrte Dog. »Bist du jetzt etwa schon eine von denen?«

In diesem Moment räusperte sich Cassidy im Türrahmen.

»Hier ... ähm ... sind ein paar trockene Sachen«, stammelte sie verlegen und legte den Kleiderstapel auf das Bett.

»Das Bad ist zwei Türen weiter links«, fügte Angel ernst hinzu. Sie stand auf und schob Cassidy zur Tür hinaus, die sich vor Schock kaum von Dogs splitternacktem Anblick lösen konnte. »Ab mit dir. Der gehört mir.«

Während der Hüne ins Bad wankte, öffnete Angel die Wohnungstür.

»Herrin Jade lässt fragen, ob ihr noch etwas für die Nacht benötigt«, berichtete die Arbiterin Clarissa-Tamara mit respektvoll gesenktem Haupt. »Etwas zu essen oder alkoholische Getränke, wenn ihr es wünscht.«

Angel drehte sich zur rauschenden Dusche um und überlegte, ob sie Dog mit einem Bier besänftigen sollte.

»Nein, ich denke, wir werden uns erst einmal ausschlafen«, antwortete sie.

»Ich verstehe«, sagte C.T. »In diesem Fall hat mir Herrin Jade aufgetragen, euch morgen früh um zehn Uhr zur öffentlichen Ansprache zu führen, auf der Herrin Sydney die Ereignisse der McCallum Farm kundtun wird.«

»Nur von der Farm, hm?«, bemerkte Angel scharfzüngig. »Scarlets kleinen Aufstand wird sie also verschweigen?«

»Herrin Sydney belügt das Volk nicht«, entgegnete C.T. in einem leichten Anflug von Trotz.

»Na dann wird das sicher eine interessante Vorstellung.«

C.T. nickte untertänig, ohne sich zu weiteren Ausschweifungen hinreißen zu lassen und stellte sich mit dem Rücken zur Wand neben die Tür.

Angel fragte sich, ob sie vielleicht mehr als nur eine Dienerin wäre. Die attraktive, junge Frau trug keine sichtbaren Waffen wie Messer oder Pistolen, aber sie wusste, dass das nichts zu bedeuten hatte. Angel schloss die Tür und ging ins Badezimmer, wo seit einiger Zeit das Wasser unter der Dusche prasselte.

»Bist du bald mal fertig?«, rief sie und riss dabei die Tür auf. Zu ihrem Erstaunen stand Dog halbnackt und knochentrocken vor dem Spiegel und untersuchte seine neuerworbenen Schürf- und Splitterwunden. »Sag mal, geht's noch?«, fauchte sie ihn an und drehte den Hahn zu.

»Was denn? Irgendwie muss ich mich doch für die Behandlung revanchieren!«, brummte er hervor.

»Hast du dich überhaupt gewaschen?«, fragte sie naserümpfend.

»Ich hab heute schon gebadet!«

»C.T. hat gefragt, ob du noch ein Bier willst«, konterte Angel und wartete geduldig, bis Dogs Mundwinkel in freudiger Erwartung nach oben rutschten. »Ich hab das Angebot abgelehnt.«

»Du hast ... was!?«, erwiderte er mit entgleisten Gesichtszügen.

»Ich wollte ihr keinen Grund geben, uns noch mal zu kontrollieren.« Ehe sie fortfuhr, blinzelte sie in Richtung Duschkopf und stellte das Wasser wieder an. »Ihr beide werdet euch jetzt schlafen legen«, flüsterte sie ihm zu. »Wenn C.T. oder sonst wer nach mir fragt, sag ihr, ich wäre unglaublich verärgert wegen heute Nacht und sollte besser nicht gestört werden.«

Dog konnte sie kaum verstehen und drehte den Wasserhahn wieder zu. »Und wozu das Ganze?«, rief er ihr vergleichsweise laut zu.

Angel schlug ihm auf die Handfläche und drehte den Hahn wieder auf. »Damit die uns nicht hören können!«, fauchte sie ihn an und fuhr mit etwas deutlicherer Stimme fort. »Ich werde versuchen, in den Tempel zurückzukehren. Scarlet hat mich gestern durch einen Geheimgang an den Prätorianern vorbeigeschmuggelt.«

»Du glaubst, dass die um die Uhrzeit noch da sind?«

»Würdest du nach der Aktion von heute Nacht vielleicht einfach schlafen gehen und die Abrechnung auf Morgen verschieben?«

Das leuchtete Dog ein.

»So, genug geduscht«, entschied Angel und stellte das Wasser ab. »Pass auf Cassidy auf, während ich weg bin.«

Auf dem Weg zum Balkon klopfte sie ihrer Schülerin auf die Schulter und wies sie mit einem Blick an, ebenso auf Dog zu achten.

»Warte«, stoppte Cassidy sie an der Terrassentür. »Wegen Yolanda ... sie hat ...«

»Sie wird schon wieder. So schlimm sah das gar nicht aus«, versuchte Angel sie zu beruhigen und fixierte dabei den Scharfschützen auf dem gegenüberliegenden Dach.

»Das ist es nicht. Ihre Augen ...«

»Erzähl mir morgen davon«, unterbrach Angel sie, als der Wachposten den Blick vom Hotel nahm und sie sich unbemerkt nach draußen schleichen konnte.

Zunächst hatte sie die Idee des Abstiegs an der Hauswand für völlig inakzeptabel gehalten, aber die Treppchenbauweise war auch bei dem Hotel verwendet worden; wahrscheinlich um der Stadt ein homogenes Gesamtbild zu verschaffen. Dadurch erwies sich die größte Distanz zwischen zwei Stockwerken als genau drei Meter. Außerdem erhellten die Flutlichter nicht länger die Straßen, so dass die Dunkelheit ihr ebenfalls ein Stück weit half, um ihre Höhenangst unter Kontrolle zu halten. Die Klettertour durch das Hadesgebirge hatte mit Sicherheit auch einen Teil dazu beigetragen, etwas mehr Herr über ihre Phobie zu werden.

Ein wenig überrascht stellte sie fest, dass nur eins der Apartments bewohnt war. Hinter einem milchigen Vorhang erkannte sie zwei Männer schlafend in ihren Sesseln. Auf dem gläsernen Couchtisch zu ihren Füßen standen eine Menge Bierkrüge und eine Schale abgenagter Knochen. C.T. hatte also nicht gelogen, was den Alkohol zu so später Stunde anging.

Die Ausgangssperre wurde noch immer aufrechterhalten. Auf den leergefegten Straßen fiel es Angel nicht schwer, sich im Schatten der Wohnblöcke zum Themis-Tempel zu schleichen. Anscheinend galt das Ausgangsverbot auch für die Wachsoldaten. Nur die Scharfschützen auf den Dächern gingen ihrer Pflicht nach. Da Angel aber genau wusste, was sie aus so großer Entfernung sehen konnten und nach ein paar Minuten erkannt hatte, mit welcher Methode sie ihre Observation durchführten, vermochte sie sich ihren Blicken zu entziehen.

Die Prätorianer folgten ganz klar dem Lehrbuch für Scharfschützen. Sie hatten ihr Sichtfeld in mehrere Sektoren unterteilt und untersuchten jeden einzelnen in regelmäßigem Abstand nach Veränderungen, wie Türen oder Fenster, die plötzlich offen standen. Eine gute Taktik, um Ziele in feindlichem Territorium zu finden, aber eher unpraktisch für die Bewachung der eigenen Stadt. Wahrscheinlich verließen sie sich für gewöhnlich auf Funkmeldungen ihrer Kameraden am Boden.

Nach fünfzehn Minuten sah Angel den Themis-Tempel der Bacchae direkt vor sich. Die Prätorianer standen wie am Tage hinter den dicken Glastüren. Der Haupteingang fiel somit flach, aber damit hatte Angel gerechnet. Sie zog sich in ihre vom Schatten verhüllte Hausecke zurück und schloss die Augen.

Scarlet hatte sie am Vortag unbemerkt in den Tempel schleusen wollen und dafür einen Seiteneingang genutzt, der Angel verborgen bleiben sollte. Am Bahnhof waren sie von einem Geländewagen abgeholt und in eine Seitenstraße gebracht worden. Dort hatte Scarlet ihr die Augen verbunden und sie anschließend blind an der Hand geführt.

Angel rief sich die Geräusche bellender Hunde, spielender Kinder und eines anderen Fahrzeugs ins Gedächtnis, das an ihnen vorbeigefahren war. Ein ziemlich lautes Fahrzeug; wie ein schwer beladener LKW. Die Sonne ließ sie nach dem Aussteigen unter der dicken Kutte schwitzen, die Scarlet als Verkleidung für sie gewählt hatte. Der Boden war eben gewesen, aber übersät von kleinen Steinen, die sie an das Schotterbett von Bahngleisen erinnerten.

Sie öffnete die Augen und sah sich um. Die Straßen von Alexandria waren allesamt sauber gefegt und von vereinzelten Rissen abgesehen in einem hervorragenden Zustand. Scarlet konnte sie nicht neben dem Tempel abgesetzt haben.

Mit einem wachsamen Blick auf den Schützen über sich schlich Angel die Straße entlang, Hauseingang für Hauseingang. Sie vermutete, dass die Sauberkeit mit der Entfernung zum belebten Stadtzentrum abnehmen würde. Nach zwei Blöcken vernahm sie tatsächlich das Krachen kleiner Betonsplitter unter ihren Militärstiefeln. Auf der anderen Straßenseite warnten gelbe Schilder vor einer Baustelle. Die Abbrucharbeiten an einem Fast-Food-Lokal hatten den Dreck bis auf die Fahrbahn geschleudert.

Angel drehte sich einmal um hundertachtzig Grad, um sicherzugehen, dass ihr niemand gefolgt war, sprintete auf die gegenüberliegende Seite und versteckte sich zwischen den Arbeitsgeräten und Schuttbergen. Als nächstes erinnerte sie sich daran, wie Scarlet sie mehrfach warnte und ihr wiederholt befahl, den Kopf einzuziehen, während sie auf dem Schotter unterwegs waren. Angel hatte sich die Schritte von einem Hindernis zum anderen genau gemerkt. Erst vier, dann sechs und dann noch einmal dreizehn. Nach ein paar Minuten war sie auf der richtigen Spur. Durch ein Loch in der Wand, anschließend unter einem herausstehenden Stahlträger entlang und zum Schluss an einem abgestellten Bagger vorbei, dessen Schaufel etwas zu weit herunterhing. Dadurch erhielt sie auch eine Richtung, die ihr nur logisch erschien: Direkt auf den Tempel zu.

Angel konnte inzwischen nur hoffen, dass sie der Scharfschütze nicht bemerkte. Sie selbst hatte ihn längst aus den Augen verloren und vertraute sich blind den Schatten an.

Ihr nächstes Ziel stellte für sie eine Überraschung dar. Nach dem Schotter erwartete sie weicher Boden, wie eine Wiese aus den Tälern, in denen das Flüchtlingskloster lag. Jetzt, wo Angel die große Grasfläche im Zentrum von Alexandria gesehen und den Trick mit dem Kunstrasen verstanden hatte, wusste sie, wonach sie suchen musste.

Ihr Weg führte sie an drei einzelnen Gebäuden vorbei. Das letzte erinnerte sie stark an die Bibliothek von Brackwood, in der die Sicarii einst Cassidy gefangen gehalten hatten. Inzwischen war die Glasfassade des Tempels zum Greifen nahe. Nur noch eine Straße und zwei kleine Häuser trennten sie davon, durch die Scheiben einen Blick ins Innere zu erhaschen. Beunruhigt spähte sie um die Säulen des museumsähnlichen Baus und fragte sich, wo sie vom Weg abgekommen war. Dabei fielen ihre Augen auf eine Ansammlung von flachen Steinen, die im Mondlicht grell leuchteten. Bei genauerem Hinsehen entdeckte Angel die gleichmäßigen Grabplatten auf dem Boden. Scarlet hatte sie über einen Friedhof geführt, der im Schatten des Tempels lag.

Das ergab Sinn, dachte sie sich. Die meisten Menschen hielten Abstand zu den Toten und selbst Kinder verstanden, dass man zwischen Gräbern nicht spielen sollte. Wenn die Bacchae irgendwo einen unbemerkten Zugang anlegen würden, dann hier.

Gebückt lief Angel einen großen Bogen am Rand der Grasfläche, um nicht als wandelnder Busch aufzufallen, und suchte dabei nach Auffälligkeiten. Sie vermutete ein Loch in der Tempelwand oder eine Falltür. Sie entsann sich, wie sie eine Treppe hinabgeführt wurde, doch da war noch etwas anderes. Kalte Luft, die ihr ins Gesicht blies und die sie unter ihrer schweißtreibenden Kutte hatte aufatmen lassen. Im Tempel war es frisch gewesen, doch dessen Luft fühlte sich anders an. Sauberer und trockener. Der erste kalte Schauer erinnerte sie an die Wasserquelle unterhalb des Klosters. Feucht und moderig.

Angels Blick fiel auf die Gruft am Ende des Friedhofs, die weit entfernt vom prächtigen Glasbau lag. Grabeskälte. Das erschien ihr die richtige Umschreibung. Auf dem Dachgiebel über zwei weißen Steinsäulen prangte das Zeichen der Bacchae, die Frau mit den verbundenen Augen. Cassidy hatte ihr erzählt, wie Arthur und Michelle am liebsten umgekehrt wären, als sie dasselbe Symbol bei Jades Treffpunkt zwischen den Sträuchern entdeckten. Hier würden sich ganz sicher keine einfachen Bürger hineinwagen.

Sechs Stufen führten in die Tiefe, exakt dieselbe Anzahl die Angel gezählt hatte. Kaum öffnete sie die schwere Holztür, schlug ihr der erwartete Windzug entgegen. Die Tür war unverschlossen,

145

so als wäre es ein unerhörtes Sakrileg, die heiligen Hallen zu betreten – oder so, als gäbe es hier nichts zu stehlen.

Von diesem Punkt an war Scarlet ebenso blind gewesen wie Angel. Offenbar wollte sie in der Nähe der Tür kein Licht riskieren und streifte stattdessen mit der rechten Hand an der Wand entlang. Die Gruft war bei Dunkelheit nicht ungefährlich. Herausstehende Steinplatten ließen Scarlet darüber fluchen, wie sehr ihre Schwestern die Grabpflege vernachlässigt hatten. Ohne ihren Kontrollblick konnte Angel die ganze Zeit einen Fuß direkt vor den anderen setzen und sich so die exakte Schrittfolge einprägen. Damit war es nun für sie ein Leichtes, die richtige Stelle wiederzufinden.

Sie ließ ihre Hände an der Wand entlang gleiten und suchte nach einem Öffnungsmechanismus; einer Türklinke oder einem elektrischen Schalter. In der Dunkelheit hatte sie das Geräusch von aufeinandermalmenden Steinen durch die Gruft schallen gehört. Als sie nach zehn Minuten nicht fündig geworden war und allmählich die Orientierung verlor, holte sie ihre kleine Stabtaschenlampe hervor und riskierte einen Blick damit. Scarlet war es an dieser Stelle ebenfalls leid gewesen, durch die Dunkelheit zu stolpern.

Das Licht erreichte kaum die Wand der anderen Seite, so groß war die unterirdische Grabstätte; und dazu noch vollkommen leer, bis auf einen einzelnen Sarkophag in der Mitte. Angel suchte nach Fenstern, die sie verraten könnten, doch die massive Holztür schien die einzig sichtbare Öffnung zu sein. Fackelhalter ragten aus den Wänden, was auf eine Nutzung für Rituale hinwies.

Nun packte sie die Neugier und sie umrundete den steinernen Sarg. Er bestand aus reinem Granit und war vermutlich mehrere Tonnen schwer. Dank einem Sockel reichte er Angel bis zur Brust und war von einer dicken Staubschicht bedeckt. An seinem Fuß stand eine Gedenktafel mit der Aufschrift:

SOPHIA
CONCORDIA – CONVOCATIO – DICIO

Jiao hatte ihr die Doktrin der Bacchae übersetzt. Es war Latein für Einigkeit, Berufung, Macht. Angel leuchtete noch einmal durch die ansonsten völlig leere Gruft und überlegte, wie weit Helden-verehrung und Personenkult bei den Sicarii gehen würden.

Trotz der interessanten Entdeckung brachte sie Sophias Grab ihrem Ziel keinen Schritt näher und sie wendete sich bereits ab, als ihr Blick auf die dicke Staubschicht der Deckelplatte fiel. Sie wischte mit ihrem Zeigefinger darüber und hinterließ eine deut-liche Spur. Sofort lief Angel zurück zu der Stelle, die den gehei-men Eingang verstecken musste, und suchte nach Unregelmäßig-keiten im Staubteppich. Scarlet hatte wie sie die Wand als Orien-tierungshilfe benutzt und ihre Fußabdrücke endeten genau da, wo Angel zuvor mit ihrer Suche gescheitert war. Nun konzentrierte sie sich auf ihre Handabdrücke, die sie zu zwei kleinen, runden Stei-nen führten, die blitzblank geputzt aussah. Leichter Druck erzeugte keine Reaktion, aber als sie sich dagegenstemmte, ließ sich ein Mauerstück aufschieben und gab den Weg zu einem engen Tunnel frei, in den nicht mal Angel und Cassidy nebeneinandergepasst hätten.

Es gab weder eine Beleuchtung noch irgendwelche Schilder, die ihr den Weg hätten weisen können. Dafür hingen abgestorbene Wurzeln aus der Wand. Angel erinnerte sich an ihr Schaudern, als sie sich blind daran entlangtasten musste. In ihrer Vorstellung waren es ekelerregende Würmer gewesen, zumal der Tunnel nicht mal ansatzweise verkleidet worden war. Er wirkte wie eilig mit Ei-mern und Schaufeln gegraben; so als wollte man ihn unbedingt geheim halten. Nur die Decke hatten die Erbauer mit Holzbalken stabilisiert.

Nach gefühlten einhundert Metern und zwei Kurven stieß Angel auf das Ende des Gangs. Nichts deutete auf einen versteckten Mechanismus zum Öffnen oder eine Tür hin. Aber Scarlet hatte sie auch nicht durch eine Tür geführt, sondern ihr befohlen, die Arme auszustrecken und sie anschließend hochgezogen. Entsprechend sorgfältig leuchtete Angel die Decke ab und ging ein paar Schritte rückwärts, bis sie eine hölzerne Falltür entdeckte, die sich in den Boden schieben ließ. Bevor sie sich jedoch daran erinnerte, dass Scarlet im Moment des Öffnens schwer zu keuchen und stöhnen begonnen hatte, kam ihr ein flauschiger Teppich zusammen mit einer Keramikvase entgegen, die auf dem Tunnelboden zerschellte.

Wahrscheinlich war der Tunnel zur Flucht aus dem Tempel und nicht zum unbemerkten Eindringen konzipiert worden.

Angel betrachtete die weißen Scherben einen Augenblick lang mit gespitzten Ohren und hoffte, dass ihr kleiner Kollateralschaden sie nicht verraten hatte. Als sie keinerlei Anzeichen für einen Eindringlingsalarm vernahm, kletterte sie durch das Loch und fand sich in der Bibliothek wieder, in der ihr von Scarlet die Augenbinde abgenommen worden war. Angel verschloss die Falltür sorgfältig und legte den Teppich darüber.

Hätte sie nicht gewusst, wo sich der Geheimgang befand, hätte sie ihn vermutlich nie gefunden. Daneben stand ein blitzblank poliertes Klavier, zwei bequeme Lesesessel mit einem kleinen Tisch für die Zuhörer, dahinter ein großes Bücherregal und an den Wänden hing allerlei nutzloser Tand. In einem weiteren Regal aus hochwertigem Teakholz staubten sechs handbemalte Porzellantassen samt passenden Etageren ein. Im Gegensatz zu der futuristisch und steril anmutenden Versammlungshalle war dieser Raum eine einzige Reizüberflutung und lenkte die Augen des Betrachters überall hin, nur nicht auf die dunkle Ecke, in der bis eben noch die kitschige Vase gestanden hatte.

Gern wäre Angel der Versuchung erlegen, die Buchtitel genauer zu untersuchen, um etwas über die Vorlieben der Bacchae in Erfahrung zu bringen, doch die Zeit drängte.

Die Korridore erwiesen sich als menschenleer, was angesichts der nächtlichen Stunde nicht verwunderte. Verlaufen konnte man sich im Inneren des Tempels auch nicht. Es gab nur zwei Ringe um die große Versammlungshalle, an denen die ursprünglichen Büros der Stadtverwaltung lagen. An einem Ende trafen sie sich beim Ausgang, an dessen Türen die Prätorianer standen und am anderen führten sie auf den Hinterhof, wo sich laut Scarlet die Wohnquartiere der Bacchae befanden. Auf beiden Seiten gab es einen Eingang zur Halle, doch Angel wollte keinesfalls entdeckt werden und schon gar nicht mitten in die Besprechung platzen. Sie konnte bereits dumpfe Gesprächsfetzen hören, aber kein Wort verstehen. Da fielen ihr zwei Wendeltreppen zum Obergeschoss des Pantheons auf. Nur das einfallende Mondlicht aus den spärlichen Fenstern wies ihr den Weg. Die Taschenlampe hatte sie längst abgeschaltet, um keine Wachen anzulocken.

Zu ihrer Überraschung mündeten die Stufen aus blankem Marmor in einer weiteren Doppeltür zum Versammlungssaal. Angel spähte durch das Schlüsselloch und sah eine Art Theaterloge. Die Sitze waren mit weißen Bettlaken bedeckt worden, so als würde der Raum einer Renovierung unterzogen werden. Nach einem letzten Kontrollblick über ihre Schultern zog sie die Türen auf und erwartete insgeheim, sich mit einem lauten Knarzen der Scharniere zu verraten; doch die erwiesen sich als gut geölt und beinahe lautlos.

Zweiunddreißig bequeme Kinosessel boten eine hervorragende Aussicht auf das Geschehen unter sich, sofern man sich gerade hinsetzte. Transparenz war in vielen Demokratien vor dem Zusammenbruch großgeschrieben worden. Häufig hatten sie die Politiker nur geheuchelt und missbrauchten das Publikum lediglich zur Beruhigung der Bevölkerung, aber es gab auch einige aufrichtige Ausnahmen.

Angel durfte sich natürlich nicht wie ein geladener Gast an der Veranstaltung laben, sondern robbte stattdessen zwischen den Sitzen entlang bis vor zur gläsernen Brüstung, von wo aus sie die Versammlung verfolgen konnte, ohne entdeckt zu werden.

Im Inneren des Marmorsaals saß Jade auf einem Ledersessel neben Yolandas leerem Platz. Azure und Nadra hatten die gleichen Positionen wie am Nachmittag eingenommen, wirkten aber beide aufmerksamer und flegelten sich nicht in ihre Stühle. Sydney lehnte mit verschränkten Armen an ihrem Tisch, wie eine Lehrerin, die darauf achtete, dass ihre Schüler nicht voneinander abschrieben.

Alle fünf Prätorianer, die an der Rettungsmission teilgenommen hatten, befanden sich ebenfalls in der Anhörung; mit Ausnahme von Sigma-zwei, der vom Dach in D-Sechs-alpha gestürzt war. Sigma-eins stand in der Mitte des Kuppelbaus und vollendete gerade seinen Bericht. Direkt an seiner Seite lauschte Scarlet stumm seinem Urteil. Sie hatte sich gewaschen, doch Yolandas Blut klebte noch immer an ihrer Kleidung. Zwei zusätzliche Prätorianer bewachten die massive Doppeltür zur Eingangshalle mit den Büsten der Bacchae.

149

»Herrin Scarlet musste eine Entscheidung treffen: Heather Connely und Martin Rich ihrem Schicksal überlassen und sie als Kriegsverluste hinnehmen oder unsere Ressourcen bei dem Versuch riskieren, dem Volk wieder Hoffnung zu geben«, sprach der Anführer der Sigma-Lanze mit kräftiger Stimme. Er zeigte keinerlei Schüchternheit, wie Angel sie zuvor von den Sicarii im Angesicht einer Bacchae erlebt hatte. »Wir zweifeln nicht an ihren Absichten, kritisieren jedoch ihre Taktik. Jeder Prätorianer würde sein Leben für das eines Bürgers, besonders das eines Kindes, aufs Spiel setzen, aber die Entscheidung, eine von Neces überrannte Stadt zu stürmen, darf nicht aus dem Bauch gefällt werden.« Sigma-eins drehte sich zu Yolandas Tisch um. »Herrin Jade hat erfolglos versucht, Herrin Scarlet zu warnen, ihre Befehle jedoch nicht widerrufen. Sie ist ihr gefolgt, genau wie wir.«

Jade hörte sich seine Ausführungen still an. Sie saß zurückgelehnt in dem bequemen Sessel und stützte ihren Kopf mit der rechten Hand, ohne den Soldaten aus den Augen zu lassen, der sich inzwischen wieder an Sydney wandte.

»Wir beurteilen die Geschehnisse als Tragödie, jedoch nicht als Fehlentscheidung von Herrin Scarlet«, sagte Sigma-eins. »Ihre Motive waren ehrenhaft, wenn auch von unvorteilhafter Herkunft. Unsere Vermutung ist, dass ihre lange Gefangenschaft ihre Urteilskraft beeinflusst hat.« Er machte eine kurze Pause, so als suchte er nach den richtigen Worten für etwas, das nicht alltäglich war. »Ich möchte die Gelegenheit nutzen, dem Rat gegenüber die Hilfe der Fremden zu erwähnen. Es mag offensichtlich gewesen sein, dass wir ihnen zu Beginn sehr skeptisch gegenüberstanden. Im Laufe des Gefechts hat sich jedoch der, den sie Dog nennen, als würdiger Krieger hervorgetan. Furchtlos und kompetent, wenn auch etwas übermütig. Ganz anders die Scharfschützin Angel, die ihrem Namen in D-Sechs-alpha alle Ehre gemacht hat, als sie für kurze Zeit das Kommando an sich riss und mir damit mein Leben gerettet hat. Ihre Befehle waren eindeutig, ihre Art gelassen und beruhigend.« Er machte eine Pause und winkte seine Männer heran, die sich im Halbkreis um ihn aufstellten. »Wir geben hiermit dem Rat die Empfehlung, Herrin Scarlet mehr Zeit für ihre Genesung zu gewähren, bevor sie wieder ein Kommando erhält.«

Gemeinsam nahmen die Prätorianer Form an und erwarteten, von Sydney entlassen zu werden. Ihre Augen starrten an den Bacchae vorbei, so als wäre ihre Arbeit getan.

»Wir danken euch, Lance Commander Anderson«, sagte Sydney. Sie stand mit zusammengefalteten Händen auf und trat drei Schritte auf ihn zu. »Ihr und eure Männer sind hiermit von ihrem Dienst entbunden. Geht nun und trauert um euren gefallenen Kameraden.«

Gleichzeitig salutierten alle fünf Prätorianer mit der rechten Faust auf der Brust und drehten sich um die eigene Achse in Richtung Tür. Erst danach rührten sie sich und verließen die große Halle.

»Anderson!«, rief Scarlet dem Anführer hinterher, als dieser gerade als Letzter über die Türschwelle trat. »Wie war sein Name?«

»Lance Sergeant Ray O'Brien«, antwortete Anderson laut und deutlich. »Zweiundzwanzig Jahre alt. Prätorianer seit drei Jahren und sieben Monaten. Siebzehn Kampfeinsätze. Mehrfach ausgezeichnet für besondere Tapferkeit. Seine Mutter lebt in Persephone, sein Vater ist als Captain der Legion im zweiten Ragnarkrieg gefallen.«

Scarlet behielt den starren Augenkontakt mit ihm einen schweren Atemzug lang aufrecht, bis sie ihm respektvoll zunickte. Daraufhin verschloss Anderson die Türen hinter sich. Der Mann hatte die Frage mit außergewöhnlichem Detailreichtum beantwortet, doch genau das schienen Scarlet und ihre Schwestern erwartet zu haben. Wie auf Kommando schlossen sie für einen Augenblick die Augen, um den gefallenen Soldaten zu ehren.

Ein tiefes Schweigen legte sich durch den nächtlichen Raum, der nur von vier gedimmten Lampen an den Wänden erleuchtet wurde. Azure kippelte in ihrem Aluminiumstuhl und betrachtete den Sternenhimmel durch die Glaskuppel. Nadra leerte ihren Krug und winkte einen Arbiter aus den Schatten hinter den Marmorsäulen herbei, der ihr nachschenkte. Es war eine gelbe Flüssigkeit, die jedoch nicht schäumte und demnach kein Bier sein konnte.

Jade und Sydney verharrten die ganze Zeit unbeweglich. Jade in ihrem Sessel mit starrem, ausdruckslosen Blick auf die Tür, hinter der die Prätorianer verschwunden waren und Sydney auf ihrer Tischkante sitzend, den Kopf gedankenverloren auf die Brust gesenkt. Nur ein Arbiter bewegte sich durch den Raum und flüsterte ihr etwas ins Ohr. Sydney nickte ihm zu und schickte ihn wieder fort. Es schien, als würden sie ein Ereignis erwarten.

Erst als es an der großen Flügeltür klopfte, erwachten sie aus ihrem tranceähnlichen Zustand und riefen im Chor: »Eintreten!«

Die Türen öffneten sich mit einem melancholischen Knarzen und herein kam ein hellhäutiger Mann mit grauen Haaren. Er war um die fünfzig, trug einen weißen Arztkittel und eine dunkelbraune Brille.

»Yolanda lebt«, berichtete er mit einem Unterton, der förmlich nach einem *aber* verlangte. »Aber sie hat das Bewusstsein noch nicht wieder zurückerlangt.«

»Aber das ist nur eine Frage der Zeit?«, fragte Jade hoffnungsvoll. »Sie hat es überstanden, oder etwa nicht?«

Der Mann rieb sich fröstelnd die Hände. Ihm war sichtlich unwohl dabei, den Bacchae zu so später Stunde schlechte Nachrichten zu überbringen.

»Sprecht, Doktor Garrett«, versuchte Sydney ihn mit sanfter Stimme zu beruhigen. »Was ist mit unserer Schwester geschehen?«

»Einige der Explosionssplitter haben sich in ihre Wirbelsäule gebohrt«, erklärte er zögernd. »Es ist möglich, dass Herrin Yolanda nie wieder laufen kann. Genau wissen wir es erst, wenn sie aus ihrem Koma erwacht.«

»Und wann wird das sein?«, fragte Jade.

»In ein paar Minuten, morgen früh. Vielleicht erst in einer Woche«, antwortete Doktor Garrett. Ein wehmütiges Raunen ging durch die Kuppel, vorrangig ausgelöst von den Arbitern, die sich im Schatten der Säulen versteckten. »Wir werden Herrin Yolanda keinen Moment aus den Augen lassen. Es wird ihr an nichts fehlen«, beeilte er sich hinzuzufügen.

Sydney senkte dankbar ihr Haupt und entließ ihn damit gleichzeitig, während die anderen Bacchae ihre Blicke auf Scarlet richteten, die ihre Stirn mit den Fingerspitzen stützte.

Doktor Garrett stand schon mit einem Bein auf der Türschwelle, als er sich nochmals umdrehte.

»Wenn ich fragen darf, wie steht es um den Jungen Martin Rich und seine Lehrerin?«

Sydney stieß sich von ihrem Tisch ab und stolzierte in die Mitte der großen Kuppel.

»Der Junge ist gesund und offenbar unbeschadet davongekommen. Er wird zur Sicherheit für zweiundsiebzig Stunden in Quarantäne bleiben«, antwortete sie sachlich. »Heather Connely ... hat es nicht geschafft.«

»Ich verstehe«, sagte Dr. Garrett mit aufrichtiger Anteilnahme. Ohne sein Glück weiter herauszufordern, schloss der Arzt die schweren Flügeltüren hinter sich.

Kaum waren sie wieder allein, fuhr Sydney zu Scarlet herum und fauchte: »Was zum Teufel hast du dir dabei gedacht!?«

Azure wippte aufgrund der plötzlichen Stimmungsänderung zurück in die Ausgangsposition ihres kalten Aluminiumstuhls.

»Mit gerade mal sechs Prätorianern eine Stadt wie D-Sechsalpha zu stürmen! Und dazu noch bei Nacht!«, setzte Sydney nach.

So ließ Scarlet nicht mit sich reden. Sie schoss aus ihrem Sessel heraus, der daraufhin drei Meter nach hinten über den Marmorfußboden kratzte. Sie wäre Sydney am liebsten an den Hals gesprungen.

»Was bildest du dir eigentlich ein, mir Vorschriften machen zu können? Du und deine verdammte Zigeunerin sind für diese Katastrophe verantwortlich!«, schmetterte sie zurück.

»Raus! Raus mit euch!«, befahl Sydney den Prätorianerwachen und Dienern. Angel spürte ein unangenehmes Brennen in der Magengegend; so als wäre sie ebenfalls angesprochen worden.

Die Soldaten warfen Sydney unschlüssige Blicke zu, widersprachen jedoch nicht. Auch die Arbiter gehorchten aufs Wort. Nach einer Minute des angespannten Schweigens war Angel allein mit den Bacchae. Sydney wandte sich wieder Scarlet zu, die nach wie vor schäumend hinter ihrem Tisch stand.

»Zwei Jahre warst du spurlos verschwunden. Zwei Jahre, in denen dich viele von uns für tot hielten! Nach zwei Jahren tauchst du wie aus dem Nichts auf und das Erste, was du tust, ist, unsere eigenen Schwestern entgegen allen Warnungen fahrlässig den

Neces auszusetzen! Und wofür das Ganze? Für ein einziges Kind und seine Lehrerin haben wir womöglich Yolanda verloren!«

»Für ein ...« Scarlet stockte der Atem. »Was verdammt noch mal ist aus euch geworden?«, brüllte sie die anderen an. »Wir sind für diese Menschen verantwortlich! Für jeden Einzelnen von ihnen!«

»Das ist nicht unser Weg«, entgegnete ihr Azure ernst. Sie stand auf und stellte sich zwischen Scarlet und Sydney, so als wolle sie die beiden davon abhalten, sich gegenseitig die Augen auszukratzen. In ihrem himmelblauen Kleid wirkte sie dabei so zerbrechlich, dass man sie schon fast aus Mitleid verschonen würde. »Mit Hilfe der Sender hätten die Nocturnals in Erfahrung bringen können, wie und warum sich die Neces in den vergangenen zwei Jahren dermaßen ausbreiten konnten. Wir hätten Martin Rich und Heather Connely verloren, aber hunderte oder gar tausende anderer vor ihrem Schicksal bewahrt. Nun haben wir stattdessen einen verstörten Jungen, der unzählige Gerüchte in die Welt setzen wird und unsere Schwester, die vielleicht die besten Jahre ihres Lebens in einem Rollstuhl zubringen muss.«

»Das darf sich nicht wiederholen«, bekräftigte Sydney ihre Worte. »Du bist noch nicht wieder bereit dazu, unsere Interessen zu vertreten.«

»Unsere ...?«, fauchte Scarlet zurück. »Du meinst deine! Ich habe nur ...«

»Du bist deinem Herzen gefolgt«, fiel ihr Sydney ins Wort. »Aber das ist nicht unser Weg.« Sie stellte sich in die exakte Mitte des runden Kuppelbaus und breitete ihre Arme aus. »Fünf Bacchae sind nötig, um das Ritual durchzuführen. Eine, die es ausspricht und vier, die ihr zustimmen«, begann sie so monoton, als würde sie einen uralten Gesetzestext zitieren. »Ich, Sydney von Sicariia, sage, dass unsere Schwester Scarlet aufgrund ihrer Kriegsgefangenschaft nicht länger fähig ist, rationale Entscheidungen im Sinne unseres Ordens zu fällen und verlange hiermit, dass ihr sämtliche operativen Rechte entzogen werden, bis der Rat von ihrer Heilung überzeugt ist. Sie soll Zeit für sich selbst und ihre Genesung bekommen, frei von der Last unserer Berufung. Es soll ihr nicht länger gestattet sein, Prätorianer zu befehligen oder Macht außerhalb des Themis-Tempels auszuüben.«

»Das kannst du nicht ernst meinen!«, protestierte Nadra. Kaum hatte sie den Satz beendet, erhob sich Jade aus ihrem Sessel und stellte sich zu Sydney.

»Ich, Jade von Alexandria, unterstütze den Antrag von Sydney, Scarlet ihre Rechte zu entziehen, bis sie in den Augen des Rates als geheilt betrachtet wird«, sprach sie ernst und ohne den geringsten Anflug von Schadenfreude, was die Tragweite des Rituals noch unterstrich. Ihre sofortige Bereitschaft ließ sich jedoch nur damit erklären, dass Sydney ihren Plan vorher mit Jade abgesprochen hatte.

Beider Blicke fielen nun auf Azure, die nervös mit ihrem Silberamulett um den Hals spielte und sich zögernd zu Scarlet umdrehte.

»Ich, Azure von Isis,«, begann sie mit knochentrockener Kehle, »unterstütze den Antrag von Sydney, Scarlet ihre Rechte zu entziehen, auf dass sich unsere Schwester von ihrem Leid erholen möge.«

Sie trat näher an Jade und Sydney heran, um ihre Zugehörigkeit zu demonstrieren, auch wenn Azure wie jemand aussah, der gerade seinem besten Freund ein Messer in den Rücken gerammt hatte. Nun warteten sie auf Nadra, die sich inzwischen wie am Nachmittag in ihren Sessel flegelte und bereits den vierten Krug leerte.

»Da mache ich nicht mit!«, rief sie auf einmal und knallte das Silbergefäß auf den Marmortisch. »Sie mag vielleicht eure großen Pläne durchkreuzt haben, aber ihre Absichten waren edel und ehrenhaft.«

»Niemand stellt ihre Absichten in Frage«, versuchte Sydney sie zu beruhigen. »Aber ...«

Ehe sie fortfahren konnte, legte Scarlet plötzlich ihre Hand auf Nadras Schulter und schloss nickend die Augen. Die Kriegerin aus dem Norden mit ihrer aufwändig geflochtenen, roten Mähne schnaufte tief und erhob sich schweren Herzens.

»Ich, Nadra von Ragnarök, unterstütze den verdammten Antrag von Sydney, Scarlet ihrer Macht zu berauben, damit unsere Schwester ihren Kopf freibekommt!« Mürrisch hob sie ihren Silberkrug zum Mund und drehte sich zu Sydney um. »Aber das nutzt euch gar nichts«, gurgelte sie beim Trinken hervor. »Es braucht

155

fünf Bacchae, um das Ritual zu vollenden.«

»Yolanda würde ...«, rief Jade.

»Was Yolanda würde, weiß nur Yolanda!«, entgegnete Nadra ihr schroff. »Keine von uns darf für eine andere Schwester sprechen. Ihr werdet wohl oder übel warten müssen, wenn ihr Scarlet aus dem Weg ...«

»Ich, Scarlet von Sicariia«, donnerten die Worte der Angeklagten durch den Kuppelbau, »unterstütze den Antrag von Sydney, mir meine Rechte zu entziehen.«

Augenblicklich kehrte völlige Stille ein. Damit hatten weder Azure noch Nadra gerechnet. Beide blickten zunächst erschrocken zu Scarlet und anschließend wieder zu Sydney, die respektvoll den Kopf vor ihrer Widersacherin senkte.

»Als ich die Schüler auf der McCallum Farm sah, blutig und verwundet, die Opfer unter den Farmern, die zerstückelten Körper unserer Leute. Da wollte ich nur eines: Die Neces für ihre Taten bezahlen lassen! Martin Rich und Heather Connely lieferten mir einen Vorwand, aber sie waren nicht der Grund für mein Handeln. Ich wollte diese Bastarde zur Strecke bringen, einen nach dem anderen. Ich wollte Rache. Ich wollte meine eigene Überlegenheit unter Beweis stellen, nachdem mich jeder Prätorianer, jeder Nocturnal und nahezu alle meine Schwestern seit meiner Flucht aus der Ian-Hawk-Biosphäre wie eine Aussätzige behandelt haben.« Dabei drehte sie sich zu Nadra, die Scarlet um einen Kopf überragte, und legte ihr die Hände auf die muskelbepackten Schultern. »Doch ihr hattet Recht. Was auch immer Zhang Yuen mir angetan hat, hat tiefere Wunden gerissen, als ich zuzugeben bereit war.« Sie senkte für einen Moment des Dankes für ihre Loyalität die Stirn auf Nadras Brust und wandte sich anschließend wieder an Sydney. »Ich, Scarlet von Sicariia, füge mich der Entscheidung des Rates.«

Im selben Augenblick riss sie sich ihr silbernes Amulett vom Hals und ließ es klimpernd auf den Marmortisch fallen.

Stumm ging sie an Azure, Jade und Sydney vorbei. Scarlet hielt den Kopf aufrecht, die Augen geradeaus; ohne ein Zeichen von Demut. Nadra folgte ihr wie eine mächtige Beschützerin zur großen Flügeltür hinaus.

Als die Türen zurück ins Schloss fielen, zuckte Azure betroffen zusammen. Sie hatte von allen Anwesenden das offenbar dünnste Nervenkostüm und sah aus, als wäre sie gerade von einem Truck überrollt worden. Stumm schlurfte sie zu ihrem Aluminiumstuhl und ließ sich kraftlos hineinsinken. Ihre Augen fixierten Scarlets silbernes Amulett, das einsam und verlassen auf ihrem Platz lag.

»Scarlet wird uns weder vergeben noch euren Verrat vergessen«, sprach sie verbittert. »Heute mag sie eurem Ruf gefolgt sein, doch schon bald wird sie auf Rache sinnen.«

»Scarlet hat sich selbst ...«, versuchte Jade zu kontern.

»Nein«, unterbrach Sydney sie mit streng erhobener Hand und blickte zu Azure. »Unser Albino hat Recht. Scarlet hat sich weder unterworfen noch konnten wir sie läutern. Was sie gerade getan hat, war nichts anderes als ein taktischer Rückzug. Ihre demütigen Worte galten lediglich der Zerstreuung unserer Aufmerksamkeit. Sie wird ihre Kräfte sammeln und zurückschlagen.« Ihre Augen nahmen herausfordernde Züge an und wanderten zu ihrer einstigen Schülerin. »Würdest du eine Erniedrigung dieses Ausmaßes etwa auf dir sitzen lassen?«

Jade schüttelte den Kopf und setzte sich auf ihren kalten Marmortisch.

»Wie lange wird sie brauchen?«

»Fünf Bacchae sind nötig, um ihren Status zu reaktivieren; und sie selbst darf keine davon sein«, überlegte Sydney. »Amber ist in Persephone auf der Suche nach Material für unsere Armee, aber ob sie auf meiner Seite steht, ist ungewiss. Siren spioniert für Nadra bei den Ragnars. Selbst wenn sie schon morgen Boten gen Norden schickt, dürfte es Wochen dauern, sie ausfindig zu machen.«

»Was ist mit Felicia?«, fragte Jade. »Wir haben sie in Arnac getroffen. Sie hat sich geweigert mir zu sagen, wie ihr Auftrag lautet.«

»Felicia folgt meiner Bitte. Um sie brauchen wir uns nicht zu sorgen.«

Jade nickte ihr zu, als solle sie fortfahren, doch die Meisterin ignorierte ihre Aufforderung. Sie würde keine weiteren Informationen preisgeben.

»Und Elizabeth?«, fragte Azure. »Was, wenn Scarlet selbst zu ihr nach Sicariia reist? Was, wenn sie den Imperator gegen uns aufbringt?«

»Marcus Avianos ist kein Mann, der sich von Gerüchten leiten lässt und Elizabeth wird das Ritual achten«, murmelte Sydney. »Nein.« Sie hob den Kopf und sah nacheinander Azure und Jade an. »Die Schlüsselfigur wird Yolanda sein, sobald sie erwacht. Sie steht weder auf meiner noch auf Scarlets Seite. Wenn wir bis dahin keine Ergebnisse vorzuweisen haben, wird sie ihr helfen, um ein Auseinanderbrechen des Ordens zu verhindern.«

»Dann müssen wir schnell handeln, ehe Scarlet Gelegenheit dazu bekommt«, sagte Jade.

»Richtig«, bestätigte Sydney. »Wir müssen eine Armee aufbauen, einen Krieg führen und die Legion in ihre Schranken weisen, bevor Scarlet mit ihrem Rachedurst das Imperium zerstört.« Sie wirkte müde, als sie auf die Westtür zuging, hinter der die Wohnquartiere und die Wendeltreppen zur Loge lagen. »Führt Angel herein!«, befahl sie plötzlich.

Angels Magen hatte sich also doch nicht geirrt. Das Brennen verwandelte sich sprunghaft in ein Stechen in ihrem Herzen. Sie spürte, wie sich ihre Nackenhaare einem Stachelschwein gleich aufrichteten. Als sie sich auf dem Boden liegend umdrehte, sah sie einen Schatten, der direkt hinter ihr stand. Das Licht wurde eingeschaltet und Angel konnte das grimmige Gesicht von C.T. erkennen, die offenbar gar nicht glücklich mit ihrem unerlaubten Ausbruch war.

»Was zum Henker macht sie hier?«, fauchte Azure, als Angel kurz darauf in die Halle eskortiert wurde. »Wie ist sie überhaupt ...«

»Scarlet hat sie durch unseren Tunnel geführt und vermutlich nicht damit gerechnet, dass Angel ihn trotz ihrer Augenbinde wiederfinden könnte«, kombinierte Sydney.

Jade hielt sich zurück und überließ ihrer Meisterin die Erklärungen. Im gedimmten Licht fiel es schwer, ihre Mimik zu deuten, doch sie wirkte aufrichtig überrascht; wenn auch etwas weniger als Azure.

»Und du hast sie einfach da oben rumlungern lassen?«, giftete diese weiter. Nach der Vorstellung mit Scarlet gab es keinen Grund mehr, eine Maske aufzusetzen und Angel etwas vorzuspielen. »Wie lange hat sie uns schon belauscht?«

»Lange genug«, konterte Sydney mit erhobener Hand, um Azure zum Schweigen zu bringen. »Sie ist in Scarlets Begleitung nach Alexandria gereist und sollte ihr wahres Gesicht sehen. Wer weiß, was unsere verbitterte Schwester ihr auf der Zugfahrt eingeredet hat.«

Nachdem C.T. sie zusammen mit den anderen Arbitern verlassen hatten, wandte sie sich zum ersten Mal direkt an Angel.

»Du hast in einer Nacht unsere besten und unsere furchtbarsten Momente miterlebt«, säuselte Sydney. »Keine Arbiter, keine Prätorianer. Niemanden, für den wir eine Maske aufsetzen müssen. Es gibt kaum jemanden außerhalb des Ordens, der dieses Ritual je miterleben durfte. Es gibt nur wenige, die je in solcher Reinheit Zeugen unseres wahren Selbst geworden sind.«

Sie wippte den Kopf auf die linke Schulter und blickte zu Jade, die sich angespannt mit den Fingerkuppen an ihren Tisch krallte.

»Meine Schülerin ist überzeugt, dass allein diese Wahrheit dazu fähig ist, dich mit uns zu verbünden.«

Mit einem sanften Lächeln auf den Lippen, das neben ihrem eigenen Wohlgefallen auch einen gewissen Grad von Erschöpfung über die lange Nacht ausstrahlte, rollte sie ihren Kopf zurück und starrte Angel in ihre braunen Augen.

»Die Wahl liegt bei dir.«

»Warum legt ihr Scarlet nicht einfach um?«, waren Angels erste Worte seit ihrem Eintreffen und obwohl sie es todernst meinte, löste sie damit die tiefsitzende Anspannung von Azure und Jade, die zurückhaltend zu lachen begannen.

»Keine Bacchae hat je eine andere getötet«, erklärte Sydney. »Der Gedanke ist uns fremd.«

»Außerdem zieht jeder Tod einer Bacchae eine schier endlose Untersuchung der Prätorianer nach sich«, fügte Azure hinzu. »Schon der Verdacht allein könnte das Imperium erschüttern. Wenn sich das Volk nicht mehr auf unsere höhere Moral verlassen kann, verlieren wir jeglichen Einfluss.«

Sydney fuhr zustimmend fort: »Der Imperator wäre gezwungen, der Legion unsere Aufgaben zu übertragen und das Ergebnis wäre genau das, was wir zu verhindern versuchen. Eine Militärdiktatur.«

»Und was ist mit Scarlets angeblichem Tod?«, wunderte sich Angel. »Dort haben eure Prätorianer doch scheinbar versagt.«

»Das solltest du besser wissen als wir«, erwiderte Jade. »Du warst selbst in der Biosphäre. Es gab keine Möglichkeit, ihre Todesmeldung zu bestätigen. Zhang Yuen hat uns eine Videoaufzeichnung von ihrem Selbstmord überreicht, die wir nicht widerlegen konnten.«

Mit einem Kopfnicken ging Angel um Sydney herum ins Innere des Marmorkreises und wandte sich an Jade: »Warum ich? An der Schlucht hast du Sträflinge benutzt. In Arnac haben wir Söldner gesehen, die mindestens ebenso gut ausgerüstet waren wie ihr. Warum ausgerechnet wir?«

Sydney stolzierte mit zusammengefalteten Händen an ihr vorbei und setzte sich auf ihren eigenen Tisch. Sie wirkte erleichtert, dass Angel den Köder geschluckt hatte und sich immerhin schon in ihre Mitte begab.

»Was wir brauchen sind keine Sträflinge, die wir auf eine Siedlung hetzen können«, erklärte sie. »Auch keine Söldner, deren Loyalität jenen gehört, die ihnen am meisten bieten. Was wir brauchen, ist ein Bindeglied zwischen dem Volk und der Legion. Eine paramilitärische Einheit, die wie eine Armee kämpft, aber mit Zivilisten umgehen kann.«

»Die Vultures zu besiegen, ist nur der erste Schritt«, schloss Jade sich an. »Damit sollt ihr euch einen Namen machen und dem Imperator zeigen, dass die Legion nicht alternativlos ist. Was wir brauchen, sind deine Ranger.«

Angel überlegte einen Moment. Nach all den Geplänkeln mit den Legionären hatte sie sich bereits ausmalen können, dass ihre Ranger das nötige Gegengewicht darstellen sollten.

»Und was erhalten wir als Gegenleistung?«

»Was wollt ihr haben?«, erwiderte Sydney knapp und verzichtete bewusst auf Floskeln der Entschuldigung für das angerichtete Leid.

»Die südlichen Wastelands, die ihr Cor Syrte getauft habt«, antwortete Angel. »Alles davon. Von eurem Pass bis nach Silver Valley.«

Azure verschluckte sich bei ihrer Forderung beinahe und musste sich gerade hinsetzen, um wieder Luft zu bekommen.

»Ihr habt nur noch fünfhundert Leute!«, widersprach sie. »Was wollt ihr mit diesem riesigen Stück Wüste anfangen?«

Bevor Angel eine Antwort formulieren konnte, kam Sydney ihr bereits zuvor.

»Es gibt dort mehr als nur Wüste«, mutmaßte sie blinzelnd. »Eagle Village verfügt über eine Windkraftanlage, Jaguar Bay über fruchtbares Farmland, dessen Ertrag sich mit unseren Anbaumethoden verzehnfachen lassen wird. Aber das ist nicht alles, oder?«

Angel fürchtete, dass ihr das Wort *Ölquelle* mitten auf die Stirn geschrieben stand. Was sonst hätte so einen großen Wert, dass sie nicht darauf verzichten würde? Vielleicht das üppige Wasserreservoir in den Bergen?

»Unsere Leute haben dort ihr ganzes Leben zugebracht, bis ihr sie aus ihren Dörfern vertrieben, ihre Familien getötet, ihr Vieh geschlachtet und ihre Häuser verbrannt habt!«, giftete sie Azure zu und hoffte, die Verhandlungen mit ihrer künstlich aufgebauten Wut in eine andere Richtung lenken zu können. »Es ist unser Land. Und wenn ich *meine* Ranger davon überzeugen soll, für euch in die Schlacht zu ziehen, dann muss es ihnen zurückgegeben werden.«

»Dennoch hat Azure nicht Unrecht, oder?«, konterte Sydney und Angel war sich nicht sicher, ob sie auf ihren Bluff hereingefallen war. »Wie dem auch sei, dein Preis entbehrt nicht einer gewissen Logik.«

»Torus wird im Dreieck springen, wenn er davon erfährt«, warnte sie Azure.

»Torus ist die Vergangenheit«, widersprach Jade.

»Ah – Colonel David Grant.« Azures rosafarbene Augen weiteten sich gönnerhaft. »Er schläft sich also immer noch auf der Karriereleiter nach oben?«

»Genug!« Sydney hielt sie mit streng erhobener Hand zurück. »Die ganze Diskussion entbehrt jeder Grundlage, solange wir den Aufstand der Vultures nicht beendet haben. Wenn das geschehen ist, wird der Imperator für unsere Ideen empfänglich sein.«

»Dann reisen wir morgen zum Kriegsgefangenenlager in Cor Decat«, schlussfolgerte Jade. Sie stand auf und stellte sich mit starrem Blick neben Angel. »Wir werden ja sehen, wie groß dein Einfluss wirklich ist. Deinen Freund Johnny wirst du als Ersten überzeugen müssen.«

Der tiefsitzende Argwohn in Angels braunen Augen war selbst für ungeübte Beobachter weithin sichtbar. Ohne sie einer Antwort zu würdigen, nickte sie den anderen beiden zu und verließ den Saal.

»Stopp«, rief ihr Sydney auf der Türschwelle nach. »Bleibt noch einen Tag bei uns. Das Lager läuft euch nicht davon und weder Scarlet noch die Legion kann in den kommenden Wochen dagegen vorgehen.« Sie trat in die Mitte des Marmorkreises und breitete gönnerhaft ihre Arme aus. »Genießt die Gastfreundschaft von Alexandria. Besucht eine Vorlesung, das Badehaus oder den Markt. Morgen Abend findet ein Konzert im Theater statt, zu dem wir euch herzlich einladen.«

Als Angel zögerte, setzte Sydney ein freundliches Lächeln auf, ehe sie ihr den Rücken zudrehte und hinzufügte: »Deine Leute sollten wissen, wem sie sich anschließen.«

***

»Wer bist du eigentlich?«, fragte Angel, als sie den Themis-Tempel in Clarissa-Tamaras Begleitung verlassen hatte und sie im Morgengrauen den menschenleeren Platz überquerten. »Was bist du?«

C.T. trug nach wie vor keine sichtbare Waffe. Sydney hatte ihr aufgetragen, Angel zu eskortieren, und obwohl Sydney keineswegs überrascht auf ihren fehlgeschlagenen Abhörversuch reagiert hatte, schien die vermeintliche Arbiterin ihren Ausbruch aus dem Apartment persönlich zu nehmen.

»Ich bin keine Bacchae«, erwiderte sie wortkarg und zog dabei an einer Zigarette.

Angel schwenkte den Kopf zu ihr und wartete, ob sie sich zu einer längeren Erklärung verleiten ließ. Als das nicht geschah, bohrte sie weiter.

»Ist es dir verboten, mir zu antworten?«

C.T. verzog mürrisch das Gesicht und blies resigniert den Ziga-

rettenrauch durch ihre Nasenlöcher. Vor nicht mal zehn Minutc.
hatte Sydney behauptet, keine Geheimnisse mehr vor Angel zu
haben. Wenn sie jetzt nickte, überführte sie ihre Herrin der Lüge.

»Das Volk nennt uns Nocturnals«, presste sie zwischen ihren
schmalen Lippen hervor. »Wir sind der Geheimdienst des
Imperiums und unterstehen den Bacchae. Die Prätorianer sind die
stählerne Faust, wir das unsichtbare Auge.« Sie zog herausfordernd
die Augenbrauen hoch. »Zufrieden?«

»Bacchae, Prätorianer, Nocturnals«, murmelte Angel mit gespielter Beiläufigkeit. »Wie seid ihr auf all die Namen gekommen?«

»Viele davon stammen von Sophia, der ersten Bacchae«,
erklärte C.T. Es war offenbar ein Thema, über das sie frei sprechen
durfte und dementsprechend ergriff sie die Gelegenheit, Angel auf
dem Weg damit zu beschäftigen. »Sophia war vor dem Zusammenbruch die Anführerin einer Söldnertruppe, die sich die Prätorianische Legion nannte. Als sie auf die Sicarii traf, war die Sekte fast
ausgelöscht worden, aber Sophia erkannte das Potential des frucht-
baren Landes, der aufgeklärten Menschen und nicht zuletzt der
Rohstoffreserven. Sie hat das Imperium erschaffen und es in seine
heutige Form geschmiedet.«

»Und wie ist sie gestorben?«

C.T. schwenkte den Kopf herum. »Das fragst du Jade besser
selbst.«

»Hab ich dich durch meine Aktion in Schwierigkeiten gebracht?«, fragte Angel und kam dabei nicht umhin zu bemerken,
dass Clarissa sie nicht mehr respektvoll mit *ihr* ansprach.

»Nein«, knurrte Clarissa nicht ganz aufrichtig. »Herrin Sydney
hat damit gerechnet. Sie hat nur vergessen, mich darüber zu
informieren.«

»Hätte sie mich deiner Meinung nach nicht gewähren lassen
sollen?«

C.T. schwieg ein paar Schritte und zuckte schließlich mit den
Schultern. »Es spielt keine Rolle, was du mit angehört hast. Wenn
ihr die Stadt verlasst, bist du entweder auf unserer Seite oder tot.«

Angel runzelte die Stirn. »Ist das eine Drohung?«

»Eine Tatsache«, sagte C.T. so unbedarft, dass Angel ihr

ıauben schenkte. »Für Jade und Sydney bist du nur
Wert. Aber wenn die Kosten zum Schutz eurer Leute
ıtzen übersteigen, werden sie ihren Schild von euch
ıı   ‹

»Du oist erstaunlich gut informiert.«

»Ich bin eine Nocturnal«, entgegnete ihr C.T. mit unterschwelligem Stolz in der Stimme. »Anders als die Prätorianer sind
wir über alles im Imperium unterrichtet. Ohne uns wären selbst die
Bacchae blind.«

»Dann kannst du mir vielleicht sagen, wie es zurzeit in unserem
Kloster aussieht?«

C.T. blinzelte sie skeptisch an und vermutete offenbar einen
Trick, um ihre Behauptung zu überprüfen. »Nein«, sagte sie ernst.
»Aber ich werde mich etwas für dich umhören.«

»Wie lange bin ich denn unentdeckt geblieben?«, wollte Angel
aus rein professioneller Neugier wissen.

»Du hast es bis zu Sophias Grab geschafft«, antwortete C.T.
»Scarlet hätte dir den Geheimgang niemals zeigen dürfen.«

»Warum nicht?« Jetzt hatte sie definitiv ein Thema ange-
schnitten, auf dass C.T. nicht eingehen durfte. Als Angel merkte,
wie sie nach einer glaubwürdigen Ausrede suchte, kam sie ihr taktvoll zuvor. »Scarlet hat mir immerhin die Augen verbunden.«

Ein Hauch von Anerkennung erschien auf Clarissas Gesicht,
weil Angel den Weg trotz der Augenbinde wiedergefunden hatte.
Sie zog die Tür zu ihrem Wohnblock auf, rief den Fahrstuhl und
eskortierte Angel tatsächlich bis vor die Tür. Ein junger Mann
hatte den Posten des Arbiters übernommen und schloss ihnen einem Butler gleich die Tür auf.

»Euer Frühstück wird um neun Uhr serviert«, sagte C.T. mit
einer höflichen Verbeugung. »Herrin Jade wird euch eine Stunde
später abholen. Wendet euch bis dahin an Dominique, sofern ihr
noch einen Wunsch habt.« Sie zeigte auf den jungen Mann, der
sich ihrer Verbeugung anschloss.

Angel begriff schnell, dass sie vor dem Diener ihre Tarnung
aufrechterhalten wollte. Mit einem ausgedehnten Gähnen, das sie
nicht mal vortäuschen musste, machte sie ihr klar, dass sie sich
diesmal wirklich schlafen legen würde.

8. Unverdeckte Aufklärung

Angel fuhr am nächsten Morgen aus den Federn, als sie Cassidy vor Schreck aufschreien hörte. Übermüdet und benebelt von der entbehrungsreichen Nacht benötigte sie drei Versuche, um ihren Kampfdolch auf dem Nachttisch zu fassen zu kriegen; die einzige Waffe, die ihr in Alexandria erlaubt war. Dog schnarchte wohlig im Bett neben ihr, aber ihn zu wecken erachtete sie ohnehin als unnötig. Angel war schon immer mit ihren eigenen Problemen fertiggeworden.

»Was ist?«, rief sie durch den Flur. Sie hatte den Schrei nicht genau orten können, hörte allerdings Geräusche aus der Dusche und steckte ihren Kopf in das Bad.

»Das Wasser ist eiskalt!«, beschwerte sich Cassidy und erschrak gleich nochmal, als Angel den Duschvorhang beiseite riss, um sich von ihrer Unversehrtheit zu überzeugen. »Äh-hem ... erlaubst du?«, murmelte Cassidy verlegen und schloss den Vorhang mit den Fingerspitzen. »Ich war als Erste hier.«

Angel ließ erleichtert die Schultern sinken und schlurfte aus dem Badezimmer heraus. Die Sonne stand bereits hoch über dem Horizont und erleuchtete das Wohnzimmer in warmen Gelbtönen. Von der geöffneten Balkontür schallten die Geräusche der erwachten Stadt herein und ein Blick aus dem Fenster zeigte, dass die Ausgangssperre aufgehoben worden war. Ganz Alexandria schien auf den Beinen zu sein und wie eine Ameisenkolonie in dieselbe Richtung zu marschieren; direkt auf den großen Platz vor dem Bacchae-Tempel.

Sydneys Ansprache, erinnerte Angel sich. War es schon so spät?

Sie kehrte in die Wohnung zurück und wollte ihren mattschwarzen Chronometer vom Nachttisch holen, da fiel ihr auf, dass das schmutzige Geschirr vom Vortag verschwunden war. Es gab keine Spur der beiden Essenslieferungen mehr und Dog hatte mit seiner Fleischplatte wahrlich nicht auf Sauberkeit geachtet. Stattdessen warteten drei Schüsseln mit einer Art Haferflocken und Trockenobstmischung auf sie. Irgendjemand musste also bereits für Ordnung gesorgt haben. Angel wurde etwas mulmig beim Gedanken daran, dass sie den Eindringling nicht bemerkt hatte.

»Fertig«, rief Cassidy und kam mit einem Handtuch um den Bauch aus dem Bad. »Jag mir demnächst nicht wieder so einen Schrecken ein, ja?«

»Ich dachte ...«, begann Angel, doch dann wiegelte sie ab. »Ist nicht so wichtig. Wie spät ist es?«

»Kurz nach neun. Clarissa hat mich geweckt und dabei gleich den Saustall aufgeräumt. Ob sie die ganze Nacht vor unserer Tür stand?«

»Nein«, antwortete Angel erfreut darüber, dass die Nocturnal nicht einfach eingebrochen war.

»Oh und ich soll dir ausrichten, dass alles in Ordnung wäre«, fuhr Cassidy fort. »Sie meinte, du wüsstest schon, was das bedeutet.«

Angel war bereits unterwegs zum Badezimmer und lugte stirnrunzelnd am Türrahmen vorbei. »Hat sie sonst noch etwas gesagt?«

Cassidy schüttelte den Kopf. »Und? Was bedeutet das nun?«

»Dass unser Kloster noch steht. Vermutlich«, erklärte Angel knapp. »Ich werd mich lieber beeilen, wenn wir Sydneys Erklärung nicht verpassen wollen«, murrte sie und verschwand unter der Dusche.

Sie brauchte keine zwei Minuten, denn das Wasser war tatsächlich eiskalt. Dabei bemerkte sie beunruhigt, dass sie sich binnen eines Tages an den Luxus der Biosphäre gewöhnt hatte und dessen warme Duschen bereits vermisste. Sie entschied, sich fortan bei den Annehmlichkeiten zurückzuhalten, um später nicht davon beeinflusst zu werden.

Nach der Katzenwäsche riss sie Dog die Bettdecke vom Kopf und rief ihm ein lautes: »Aufstehen!« zu, gefolgt von: »Und wasch dich heute gefälligst!«

Cassidy stand unterdessen mit ihrer Schale auf dem Balkon und blickte in Richtung Tempel.

»Was ist das?«, fragte Angel, nachdem sie Dog ins Bad verbannt hatte.

»Clarissa nennt es Müsli. Angeblich essen das hier alle am Morgen«, erklärte Cassidy.

Als sie sah, wie ihre Ausbilderin etwas hilflos mit dem Löffel in der staubtrockenen Mischung herumstocherte, fügte sie hinzu: »Erst Milch drauf kippen.«

Angel folgte ihrer Anweisung und gesellte sich anschließend ungläubig kauend zu ihr auf den Balkon.

»Schmeckt wie Pappe.«

»Wenn hier alle Früchte so teuer sind wie in Arnac, ist es kein Wunder, dass da kaum welche drin sind«, meinte Cassidy zustimmend. »In der Küche wartet Kaffee auf dich.«

Das musste sie Angel nicht zweimal sagen. Sofort ließ sie die Schüssel stehen, fegte durch die Wohnung und tauchte eine Minute später mit deutlich aufgeheitertem Gesicht wieder in der Balkontür auf.

»Viel besser.«

»Die Versammlung läuft wohl schon«, sagte Cassidy und nickte in Richtung Tempel, von wo sie Wortfetzen aus Lautsprechern erreichten. Nach der vergangenen Nacht fiel es Angel nicht schwer, Sydneys Stimme zu erkennen.

»Verstehst du irgendwas davon?«

Cassidy schüttelte den Kopf. »Wollen wir los?«

Angel spähte in die Wohnung herein. Dog stand noch immer unter der Dusche. Entweder das Wasser war wärmer geworden oder er ließ es erneut neben sich herlaufen.

»Das wird nichts mehr bringen, denke ich. Und wir wissen ja, was wirklich geschehen ist. Hör dich heute einfach mal um, was Sydney den Schülern so erzählt hat.«

»Wie meinst du das? Bleiben wir etwa hier?«, wunderte sich Cassidy mit einer Mischung aus Freude und gesundem Misstrauen.

»Fürs Erste«, bestätigte Angel. »Sydney hält es offenbar für angemessen, dass wir uns ein Bild von ihrem Imperium machen, bevor wir eine Entscheidung treffen. Ich hab eine Weile darüber nachgedacht und bin inzwischen ganz ihrer Meinung. Wirf du heute mal einen Blick auf die Kinder. Wie es ihnen so weit von zu Hause geht und was die Sicarii ihnen eintrichtern.«

»Ich soll hier allein durch die Stadt laufen?«

Angel nickte. »Sydney will unbedingt, dass wir ihr und Jade aus freien Stücken helfen. Aus Überzeugung für ihre Sache.« Sie machte eine kurze Pause und beugte sich mit ihrem Kaffeebecher über die Brüstung. »Sieh dich doch mal um. Das müssen Tausende von Kindern sein. Wir haben selbst neunundvierzig im Kloster zusammengepfercht und ich würde sie lieber an einem Ort wie diesem aufwachsen sehen, als ständigen Angriffen, Krankheiten und Hungersnöten ausgesetzt zu sein.«

»Die scheinen dich ja richtig beeindruckt zu haben.«

»Vielleicht«, sagte Angel. »Aber bevor ich unseren Nachwuchs auch nur in die Nähe der Sicarii lasse, muss ich wissen, ob sie in Alexandria überhaupt willkommen wären. Offiziell befinden wir uns schließlich noch im Krieg.« Entschlossen drehte sie sich zu Cassidy um. »Das ist deine Aufgabe. Ich muss mich mit Jade um andere Dinge kümmern und Dog kann ich nicht allein auf die Stadt loslassen. Du bist nun für die Zukunft von Jesse und all seinen kleinen Freunden verantwortlich.«

Ihre Schülerin vergaß um ein Haar zu atmen und schluckte überwältigt.

Als Angel das sah, setzte sie sofort nach, um ihren Augenblick der Schwäche auszunutzen. »Willst du mir nicht langsam mal sagen, wie lange du schon von Faith weißt?«

Cassidy fühlte sich, als wäre sie vom Regen in die Traufe gekommen. Erst belud Angel sie mit größerer Verantwortung als je zuvor, nur um sie kurz darauf in ihrer eigenen Schuld zu ertränken.

»Seit ... seit wir im Kloster waren«, stammelte sie wahrheitsgemäß hervor. »Sie trägt ein Tattoo der Bacchae auf ihrer linken Schulter. Ich hab es entdeckt, als sie vom Baumhaus gestürzt ist.«

»Und warum hast du mir nichts davon erzählt?«

Angels Stimme klang monoton und ausdruckslos. Sie schien sie bisher weder zu verurteilen noch Verständnis zu zeigen. Cassidy drehte sich aus ihrem Blickfeld und sah auf die Straße hinab.

»Was hättest du denn mit ihr gemacht?«, fragte sie ins Leere. »Sie hat Victor ermordet und die Sicarii Silver Valley erobern lassen.«

Angel starrte an ihr vorbei. Die Bilder von Victors blutiger Leiche erschienen vor ihren Augen.

»Du hast mir doch selbst gesagt, dass ich herausfinden soll, was mit Caiden nicht stimmt«, fuhr Cassidy fort. »Genau das habe ich getan. Faith hat uns geholfen, uns allen das Leben gerettet. Sie hat das Notfalltor von Silver Valley gesprengt. Und sie ist zu dir auf die Flachstelle in den Bergen geklettert, als sogar Kim sich über dich lustig gemacht hat.«

»Du dachtest also, du könntest sie zum Überlaufen bewegen?«, fasste Angel zusammen. Dabei rieb sie ihre Hände an der heißen Kaffeetasse.

»Ich hab es gehofft. Für uns und ... für Caiden«, antwortete Cassidy nickend und drehte sich wieder zu Angel um. »Wenn ich gewusst hätte, dass sie in der Biosphäre dermaßen durchdrehen würde ...«

»Das haben die sich selbst zuzuschreiben«, beschwichtigte Angel kaltherzig. »Yuen hat Scarlet zwei Jahre lang festgehalten, verhört, unter Drogen gesetzt, gefoltert und versucht, sie gegen ihre eigenen Leute zu wenden.«

»Das ist die andere Sache, von der ich dir erzählen muss. Yolanda hat mir gesagt, dass Doktor Webb Scarlet angeblich freigelassen hat. Aber das stimmt nicht.«

Angel setzte zu einem Schluck Kaffee an und deutete ihr mit den Augenbrauen an, fortzufahren.

»Als ich auf dem Brückenpfeiler saß, hab ich einen Punkt in der Brille bemerkt, der sich in dieselbe Richtung wie Scarlet bewegt. Warte. Ich zeig's dir.« Cassidy lief ins Gästezimmer, holte ihre Hightechbrille und blickte hindurch. »Na bitte. Ich seh sie immer noch. Vierhundertsiebenundsechzig Meter von unserer Position«, sagte sie und reichte Angel das Visier.

Die drehte sich nach Nordwesten und überprüfte ihre Angaben.

»Irgendwo hinter dem Tempel. Und du bist dir sicher, dass es Scarlet und nicht Jade ist?«

»Jade hat sich in Arnac und auf der Reise hierher mehrfach von mir entfernt. Es ist Scarlet.«

»Weiß sie davon? Hast du wem davon erzählt?«

»Yolanda«, gab Cassidy zu. »Sie wusste sofort, was der Punkt bedeutet. Jiaos Vater hat Scarlet ge- ... getackert oder so; mit einem Sender versehen, um sie als ...«

»... Maulwurf zu missbrauchen«, vollendete Angel den Satz.

»Ich hab schon in seinem Büro gespürt, dass wir ihm nicht trauen können. Verdammt.«

»Yolanda wollte den Sender entfernen lassen ...«

»Du sagst kein Wort, verstanden?«, unterbrach Angel sie abermals. »Weder zu Jade noch zu sonst jemandem.«

»Sind das jetzt nicht deine ... Freunde?«, wunderte sich Cassidy.

»Hast du etwa keine Geheimnisse vor deinen Freunden?«, entgegnete Angel schuldzuweisend. »Wenn Yuen sieht, dass der Sender deaktiviert wird, weiß er, dass wir ihm auf die Schliche gekommen sind. Scarlet ist für den Moment kaltgestellt und kann uns nicht gefährlich werden. Auf der anderen Seite würde ich gern Jiaos Reaktion darauf sehen, bevor wir es publik machen.«

»Und was ist mit Yolanda? Sie wird es Jade doch sicher schon erzählt haben.«

»Die liegt im Koma und das kann lange dauern. Außerdem ist es gut möglich, dass sie die ganze Nacht vergessen hat.« Angel fasste Cassidy bei den Schultern und fügte ernst hinzu: »Das ist ein Ass in unserem Ärmel. Genau wie die Ölquelle oder deine Freundschaft mit Jiao. Wir brauchen solche Vorteile, wenn wir in dieser Welt überleben wollen. Verstehst du das?«

Cassidy verstand nicht. Zumindest nicht vollständig. Aber das änderte nichts an der Tatsache, dass sie Angel vertraute und ihrer Bitte folge leisten würde.

»Okay. Ich behalt es für mich. Aber warum willst du Jiaos Reaktion testen?«

»Weil sie felsenfest davon überzeugt ist, dass Scarlet sich in ihrer Zelle erhängt hat. Nur sehr wenige von denen waren an den Verhören beteiligt. Yuen, Doktor Webb, ihr Schüler Jurij. Jiao weiß nichts darüber«, beruhigte Angel ihre offensichtliche Sorge. »Hast du Faiths schwarzen Ring bemerkt, den sie plötzlich am Daumen getragen hat?«

Cassidy schüttelte den Kopf.

»Der gehört Scarlet. Sie hat ihn Jurij geschenkt, als er sie in jener Nacht und Nebelaktion freigelassen hat, für den Fall, dass er irgendwann von Vergeltungsmaßnahmen seitens der Bacchae bedroht werden würde. Faith muss ihn erkannt und die Wahrheit erfahren haben«, erklärte Angel, während sie ihren bitteren Kaffee trank. »Anschließend ist sie vermutlich übergeschnappt und hat sich den Weg freigekämpft.«

»Und wo sind sie jetzt? Wo hat Faith meinen Bruder hingebracht?«

»Das weiß nicht mal Scarlet«, antwortete Angel mit gläsernen Augen. »Es ist möglich, dass sie gar nicht geflüchtet sind.«

»Wie meinst du das? Ich hab die Aufzeichnung doch selbst gesehen!«

»So wie Yuen den Bacchae Scarlets angeblichen Selbstmord gezeigt hat. Sogar seine eigene Tochter hat es ihm geglaubt.« Angel schüttelte den Kopf, stellte ihren leeren Kaffeebecher auf den Tisch und lehnte sich an die angenehm warme Mauer zum Wohnzimmer. »Solange wir die beiden nicht gefunden haben, können wir nichts von alledem glauben, was wir aus der Biosphäre hören. Sieh es mal so: Dein Bruder wurde schon mal für tot gehalten und wir wissen alle, wie das ausgegangen ist.« Dabei nickte sie mit ihrem Hinterkopf in Richtung Apartment, wo Dog gerade splitternackt zurück ins Schlafzimmer tapste, um sich anzuziehen.

»Wahrscheinlich hast du Recht«, seufzte Cassidy. »Ich mach mir wirklich zu viele Sorgen.«

»Eine Sache scheinst du aber zu vergessen.«

»Und was?«

»Die haben nicht nur Scarlet mit einem Sender ausgestattet.«

Cassidy griff sich affektartig an den Hals, wo Jiao ihr einen Mikrochip mit einer Art Heißklebepistole injiziert hatte.

»Damit ich ihr nicht verloren gehe, hat sie gesagt.«

»Wer weiß«, überlegte Angel zuversichtlich. »Vielleicht bist du für ihren Vater ja auch völlig unwichtig, aber verlassen können wir uns erst darauf, wenn wir das Ding aus dir rausgeholt haben.«

»Wir könnten Jade fragen ...«

»Das stellt uns vor dasselbe Problem, Yuen von unseren Absichten in Kenntnis zu setzen«, hielt Angel wiederholt dagegen. Als sie sah, wie unsicher Cassidy auf einmal von einem Bein aufs andere schwankte, legte sie ihr die rechte Hand auf die Schulter. »Wenn ich auch nur den Verdacht hätte, dass du dadurch in Gefahr wärst, würde ich persönlich zur Biosphäre aufbrechen, um dich davon zu befreien«, versicherte sie ihrer Schülerin. »Und Jiao hätte

171

dir den Sender in dem Fall wohl kaum implantiert.«

Cassidy nickte und schenkte ihr ein mehr erzwungenes als aufrichtiges Lächeln. Plötzlich hatte sie das Gefühl, kleine Kribbelmonster überall unter ihrer Haut zu spüren und rieb sich den Hals, bis die Einstichstelle rot anlief.

Angel ließ unterdessen von ihr ab und blinzelte sie abschätzend an.

»Was soll ich nun mit dir machen?«

»Wie meinst du das?«, fragte Cassidy vorsichtig.

»Du hast Faith tagelang einfach so durch unsere angeblich geheime Zuflucht streifen lassen. Anschließend war sie eine gute Woche mit uns unterwegs, wo sie jeden von uns im Schlaf hätte abstechen können, ohne dass Paul es je erfahren hätte. Ganz zu schweigen davon, dass Jiao vermutlich ausrasten wird, wenn sie erfährt, dass du eine Bacchae in ihre Biosphäre geführt hast.«

»Jiao weiß Bescheid. Ich hab es ihr auf der Rückfahrt von Arnac gesagt.«

»Oh?« Angel zog ihre übliche Augenbraue hoch. »Das war bestimmt ein interessantes Gespräch.«

»Sie war ziemlich enttäuscht, aber nicht nachtragend. Sie hat mich schließlich vor der Gefangenschaft der Sicarii bewahrt und Kim und die anderen zu retten versucht.«

Angel nickte andächtig. »Sie ist vermutlich die Letzte, die dich für Kontakte mit den Bacchae verurteilen kann.«

»Wovon redest du?«

»Was zum Henker ist denn das!«, grollte es plötzlich aus dem Wohnzimmer, wodurch die traute Zweisamkeit ein jähes Ende fand.

»Müsli!«, riefen Angel und Cassidy im Chor. »Da musst du Milch drüber kippen.«

Einen Augenblick später trat Dog mampfend auf den Balkon heraus.

»Was soll das sein?«, nuschelte er. »Gemahlene Pappe?«

»Kaffee steht in der Küche«, riet ihm Angel.

Dog ließ sein Müsli umgehend stehen, rannte zur Küche und kehrte mit einer dampfenden Tasse Kaffee zurück.

»Was hast du eigentlich letzte Nacht erfahren?«, fragte er nach dem ersten Schluck.

Angel erzählte von ihrer Nachtwanderung durch Alexandria. Dog schwor hoch und heilig, dass niemand die Wohnung nach ihrem Ausbruch betreten hatte. Sie war also entweder einem Scharfschützen aufgefallen oder hatte eine Alarmanlage am Eingang von Sophias Grab ausgelöst. Dog hörte mit Genugtuung vom Streit zwischen den Bacchae und Scarlets Suspendierung, nachdem ihn ihr Ausflug nach D-Sechs-alpha beinahe das Leben gekostet hatte. Von seinem unfreiwilligen Bad im Fluss ganz zu schweigen.

»Vertraust du Jade und Sydney nach der Vorstellung?«, wollte Cassidy wissen.

»Nein«, erwiderte Angel, klang dabei allerdings nicht mehr ganz so überzeugt wie am Vortag. »Aber ich bin inzwischen der Meinung, dass sie uns mindestens ebenso sehr brauchen wie wir sie.«

Naserümpfend gab Dog zu verstehen, dass er völlig anderer Ansicht war. Ihm leuchtete noch immer nicht ein, warum seine einst so gefürchtete Gefährtin auf einmal alles tat, um eine Handvoll Flüchtlinge vor dem Untergang zu bewahren.

»Na gut«, sagte Cassidy. »Dann seh ich mir heute die Stadt an. Ich hoffe nur, dass ich nicht wieder irgendwas Falsches sage oder trage.«

»Da brauchst du dir keine Sorgen machen«, hallte Jades Stimme aus dem Wohnzimmer.

Sydneys Versammlung war beendet und die Straßen vor dem Apartmentblock mit lärmenden Kindern gefüllt, so dass sie das Öffnen der Wohnungstür nicht mitbekommen hatten. Zusammen mit Colonel David Grant trat Jade auf den Balkon heraus und lehnte sich über die Brüstung, so als wolle sie den Panoramablick genießen.

»Schon mal was von Klopfen gehört?«, knurrte Dog.

»Sicher, aber hättest du mich reingelassen?«, säuselte sie zurück. Dann drehte sie sich um, setzte sich auf den Sims und holte drei laminierte Kärtchen hervor, auf denen Angels, Cassidys und Dogs Namen und eine genaue Beschreibung ihrer Augenfarbe, Größe und Herkunft standen sowie zusätzlich eine Nummer eingestanzt und ein unscharfes Schwarz-Weiß-Passbild aufgedruckt worden war. Im Hintergrund waren zwei Symbole zu erkennen; eines davon die Frau mit verbundenen Augen, das Zeichen der Bacchae, und auf der Rückseite ein Vogel, ähnlich dem der Eule von Jades Amulett, jedoch in diesem Fall mit großem Rumpf und kleinem Kopf; eine Taube. »Das sind Diplomatenpässe«, erklärte sie und reichte jedem einen Ausweis. »Sydney hat sie für euch anfertigen lassen, damit ihr nicht aus Versehen für Saboteure gehalten werdet. Aber ...« Sie hob den Zeigefinger. »Der Tempel und alles dahinter ist für euch tabu. Verstanden?«

Cassidy nickte sprachlos und verspürte ein unheimliches Kribbeln, als sie das spiegelnde Kärtchen betrachtete. Angel verglich sofort die Zahlen. Sie waren fortlaufend nummeriert und fingen nicht bei eins an. Dog biss in seinen Ausweis hinein und stellte fest, dass er tatsächlich äußerst robust war.

»Wo habt ihr die Fotos her?«, fragte Angel.

»Es gibt noch ein paar Überwachungskameras in der Stadt; vor allem im Tempel. Sie sind gut versteckt. Etwaige Spione sehen nur die Prätorianer auf den Dächern und laufen uns dabei direkt in die Arme.«

Nun verstand Angel, warum sie sich den Scharfschützen auf dem Weg zum Tempel so leicht hatte entziehen können. Sie war vermutlich die ganze Zeit beobachtet worden.

»Ist das sowas wie dein Amulett?«, wunderte sich Cassidy.

Jade schüttelte den Kopf. »Die Pässe geben euch keinerlei Befehlsgewalt. Also versucht gar nicht erst, irgendwen herumzukommandieren. Sie gelten allerdings als Zahlungsmittel überall in Alexandria.«

»Und was soll ich damit anfangen?«, brummte Dog. »Allein euren Marktplatz leerräumen?«

»Wir sind doch nicht lebensmüde«, schnappte Jade zurück. »Du bekommst deine eigene Eskorte.« Dabei stieß sie sich von der Brüstung ab und lehnte sich auf die Schultern des Soldaten in seiner sauber gebügelten, sandfarbenen Armeeuniform. »Colonel Grant hat sich bereiterklärt, dich auf Schritt und Tritt zu begleiten, damit wir dich hier oben nicht einsperren müssen.«

Dog wirkte unsicher darüber, ob sie ihm gerade ein Kompliment gemacht hatte oder ihn auslachte. Cassidy war ganz mit ihrem Pass beschäftigt und überlegte sich bereits, wo sie als Erstes hingehen sollte, während Angel sich mit der Hand vor dem Mund nicht zu seiner Verteidigung hinreißen ließ. Sie schien ihm jedoch zuzublinzeln, so als erwartete sie, dass er gute Miene zum bösen Spiel machte. Mal wieder. Zähneknirschend stellte Dog seine Kaffeetasse ab und starrte Grant an, der ihn seit seiner Ankunft nicht aus den Augen gelassen hatte.

»Tja, ich denke, wir lassen euch beide am besten erst mal Bekanntschaft schließen«, säuselte Jade. Sie zwinkerte Angel und Cassidy zu, die ihr aus dem Apartment hinaus folgten.

»Und du bist dir sicher, dass du ihn mit Dog allein lassen willst?«

»David ist der Kommandeur der neunten Legion. Er kann auf sich aufpassen«, beschwichtigte Jade. »Oder machst du dir Sorgen um dein Muskelpaket?«

»Was steht für uns auf dem Plan?«, fragte Angel. Sie wollte rasch das Thema wechseln und rief den Fahrstuhl.

»Zunächst möchte ich Yolanda im Hospital besuchen, sofern ihr nichts dagegen habt.« Jade lehnte sich während des Wartens an die Wand und ließ den Kopf auf die Brust sinken. »Sie ist immer noch nicht aufgewacht.«

Als sich die Türen öffneten, schepperte es plötzlich aus Angels Apartment. Ohne Zweifel war gerade etwas Geschirr kaputt gegangen.

»Na bitte. Sie verstehen sich blendend«, sagte Jade und drängte die beiden in den Fahrstuhl, bevor sie es sich anders überlegen konnten.

***

»Vultures«, grollte David Grant verächtlich. »Verräterisches Pack!«

Zusammen mit Dog kniete er vor dem gläsernen Couchtisch und lieferte sich mit ihm ein Duell im Armdrücken. Die Müslischalen hatten sie dabei kurzerhand vom Tisch gefegt.

»Verdammte Legionäre«, knurrte Dog und wiederholte Jades Fluch vom Vortag, von dem er hoffte, dass er bis zu Grant vorge-

175

drungen war. »Zu nichts zu gebrauchen!«

Der Soldat war nur ein paar Zentimeter kleiner als er und weniger muskelbepackt. Trotzdem musste Dog sich wahrhaft anstrengen, um so früh am Morgen nicht besiegt zu werden. Die Venen der beiden Kontrahenten zeichneten sich bereits deutlich auf den angespannten Muskeln ab.

»Immerhin gut genug, um *ihr* den Arsch zu retten«, keuchte Grant und verlagerte sein ganzes Gewicht auf den Unterarm. Er hatte den Wink mit dem Zaunpfahl vollkommen verstanden.

Zwei Minuten lang bissen sie die Zähne zusammen und drückten gegen den Arm des anderen, bis ihnen der Schweiß über die knallrot angelaufene Stirn lief, als hätten sie einen Marathonlauf durch die Wüste hinter sich. Dog wusste, dass er sich keinen Moment der Schwäche erlauben durfte. Bei einer Niederlage würde im günstigsten Fall nur sein großes Ego leiden, im schlimmsten verlor er seinen Wert für Jade. Inzwischen hatte er verstanden, dass alles seit seiner Gefangennahme ein Test gewesen war. Doch irgendetwas stimmte nicht. Grant machte nicht den Eindruck, als würde er nach einer vorgegebenen Zeit aufgeben wollen. Er stemmte sich mindestens ebenso entschlossen gegen Dog, als hätte er genauso viel zu verlieren.

Der rechte Arm brannte wie Feuer und seine Hand spürte er längst nicht mehr, als Grant die Augen zusammenkniff und unkontrolliert durch die Zähne pfiff. Dog wusste, dass der Sieg nahe war, doch noch hatte er nicht gewonnen. Grant legte sein ganzes Körpergewicht in die Waagschale und mit jedem Millimeter, den Dog zurückwich, verließen ihn mehr von seinen Kraftreserven. Nur noch ein paar Sekunden. Er konnte es im gequälten Blick des Offiziers sehen ...

Plötzlich riss Grant sich von ihm los und rollte sich auf den Rücken, wo er ächzend seinen Arm massierte. Dogs erster Gedanke galt Hohn und Spott, wie er es mit Leon in der Biosphäre getan hatte. Doch dann übermannte ihn der Schmerz eines Krampfes im rechten Bizeps und ließ ihn mit einem Stöhnen sämtlichen Erfolgsrausch vergessen.

»Was denn?«, keuchte Grant von der anderen Seite des Tisches. »Machst du etwa schlapp?«

Dog legte sich auf den Boden und stellte fest, dass er mitten in dem ausgekippten Müsli gelandet war. »Verdammtes Hundefutter«, grollte er. »Wie soll man denn danach kämpfen können! Wo ist meine Fleischplatte?«

Grant begann zu lachen. Zunächst war es mehr ein Husten, doch dann zeigte er mit dem Finger auf Dog.

»Alexandrias Küche«, schnaufte er herablassend. »Ausgewogene Kost für unsere Kinder. Ballaststoffe und Vitamine!« Er prüfte die Bewegungsfreiheit seines rechten Arms, in dem er inzwischen wieder etwas Gefühl bekommen hatte und blickte Dog entwaffnend an. »Wie wär's, wenn wir das hier später fortsetzen, und erst mal was Richtiges essen gehen?«

Dog hob den Zeigefinger und war einen Moment lang versucht zu widersprechen, um sich den Sieg zu sichern, doch dann ließ er seine Vorbehalte ebenso wie den Finger fallen und nickte. Eine anständige Mahlzeit war ihm nach der vergangenen Nacht viel wichtiger.

***

Jade ging unterdessen mit schnellen Schritten über den grünen Platz vor dem Themis-Tempel. Sie schien es ausgesprochen eilig zu haben, so als würde sie von jemandem erwartet. Wie schon am Vortag gesellten sich ein paar Schüler zu ihr. Diesmal fragten sie besorgt nach Martin Rich und zeigten sich bestürzt darüber, dass Miss Connely den Angriff der Neces nicht überlebt hatte.

Cassidy hörte zum ersten Mal vom Tod der Lehrerin. Misstrauisch lauschte Angel den einfühlsamen Worten von Jade, mit denen sie die Kinder tröstete, und suchte dabei den Augenkontakt mit Cassidy. Ihre Schülerin wirkte überrascht und geschockt; war die Lehrerin doch körperlich nahezu unversehrt mit ihr in die Quarantänestation unter dem Tempel eingeliefert worden. Angel wollte Jade jedoch nicht in der Öffentlichkeit bloßstellen und hob sich die Frage nach dem Todesgrund für später auf.

Als sie den Sophiaplatz hinter sich gelassen hatten und durch die sonnigen Straßen spazierten, warf sie einen besorgten Blick über die Schulter in Richtung ihres Quartiers. Dog war in den letz-

177

ten Wochen kein Schicksalsschlag erspart geblieben. Erst die anstehende Niederlage gegen die Sicarii, dann sein Beinahe-Tod in Silver Valley, Jades Spiel in Brackwood, das Wiedersehen mit Cole und dazu noch Faiths Verrat. Sie rechnete jeden Moment damit, dass ihm der Kragen platzen und er Amok laufen würde. Hoffentlich wusste Colonel Grant, auf was er sich da eingelassen hatte.

Bevor sie weiter darüber nachdenken konnte, erreichten sie den Eingang zum Medusa Memorial Hospital, der aussah wie ein vollverglaster Wintergarten mit langsam ansteigenden Auffahrten für Krankenliegen und Rollstühle. Die automatische Schiebetüröffnung funktionierte nicht mehr und musste von Hand bedient werden. Das Krankenhaus selbst sah äußerlich identisch mit den anderen, stufenförmigen Wohnblöcken von Alexandria aus. Die Architekten hatten scheinbar unbedingt einen absolut synchronen Ort erschaffen wollen.

»Wo liegt sie?«, fragte Jade einen Mann in pastellgrünen Scrubs am Informationstresen.

»Fünfter Stock, Zimmer fünf-null-neun, Herrin.«

»Danke«, antwortete Jade und lief zum Fahrstuhl.

Während sie warteten, bekamen Angel und Cassidy die Chance, sich etwas umzusehen. Früh am Morgen hielten sich blutige Schürfwunden vom Spielen in Grenzen und in der Aufnahme gähnten eine ganze Reihe leerer Stühle. Dafür hatte sich eine Gruppe von Jugendlichen in rosafarbenen und pastellgrünen Krankenhauskleidern vor einer großen Aushängetafel versammelt. Sie alle hielten kleine Notizblöcke in den Händen und notierten sich ihre heutige Arbeitseinteilung.

»Neue Praktikanten«, erklärte Jade. »Unsere Schüler absolvieren in nahezu allen Berufsgruppen vierwöchige Praxiskurse. Armee, Bauwesen, Landwirtschaft, Medizin und so weiter. Wenn sie Alexandria verlassen, ist ihnen kein Beruf mehr fremd.«

Mit einem Glockenton öffneten sich die breiten Fahrstuhltüren, durch die problemlos ein großes Krankenbett samt Arzt passte.

»Und wozu der ganze Aufstand? Nur damit die wissen, was sie später mal werden wollen?«, fragte Angel.

Jade drängte sie in den Aufzug und drückte auf die Nummer drei. Nachdem sich die Türen geschlossen hatten, fuhr sie kopfschüttelnd fort.

»Nein. Es geht um Respekt und Verständnis untereinander. Alexandria wurde geschaffen, um die Verbindungen innerhalb des Reiches zu festigen. Jeder Bauer, Krankenpfleger oder Soldat wird bald hier zur Schule gegangen sein und den Beruf des anderen kennen. Dadurch wollen wir Missverständnissen und Vorurteilen vorbeugen. Wer ein paar Wochen lang Vierundzwanzig-Stunden-Schichten im Krankenhaus geschoben oder einen kompletten Acker bestellt hat, wird nie wieder abwertend über Bauern oder Krankenpfleger sprechen, sondern ihre Arbeit respektieren. Außerdem findet manch einer Gefallen an einem Job, der ihm früher nicht im Traum eingefallen wäre.«

»Selbst wenn sie nur die Böden schrubben?«, konterte Angel, als die Fahrstuhltüren aufgingen, und zeigte auf eine etwa vierzig Jahre alte Frau, die gerade die angrenzenden Fenster reinigte.

»Reinigungskräfte sind in einem Krankenhaus mindestens ebenso wichtig wie gute Ärzte«, erwiderte Jade kopfschüttelnd. »Aber sie ist ... wie ist dein Name?«, rief sie der Frau zu.

»Emma Sanders, Herrin«, antwortete die Putzfrau und stand dabei stramm wie eine Legionärin. »Sklavin aus Arx Ravan im zweiten Jahr.«

»Rühren, Emma«, beruhigte Jade sie, woraufhin die Frau ihren Lappen aufhob, der ihr vor Schreck vom Fensterbrett gefallen war. »Erklär meinen Freunden, wie du nach Alexandria gekommen bist.«

»Jawohl, Herrin.« Emma wrang ihren Lappen aus, legte ihn fein säuberlich über den Rand ihres Eimers, trocknete sich die Hände an ihrer Schürze und drehte sich entspannt zu Angel und Cassidy um. »Ich wurde des Betrugs und Diebstahls in Sicariia überführt. Meine Strafe lautete drei Jahre Tartaros oder zwei Jahre Sklavenarbeit.«

»Aber warum bist du gerade hier?«, wiederholte Jade die Frage ohne den geringsten Zorn in ihrer Stimme.

»Eines meiner ehemaligen Betrugsopfer ist Arzt in diesem Hospital. Als Doktor Garrett von meinem Entschluss zur Sklavenarbeit hörte, hat er meine Dienste als Strafausgleich gekauft.« Emma schien bei ihrer Antwort aufrichtig dankbar und zeigte sogar ein zurückhaltendes Lächeln.

»In Ordnung«, sagte Jade nickend. »Du kannst weiterarbeiten.«

»Das ist eine Sklavin?«, flüsterte Cassidy verblüfft, als sie sich ein paar Schritte entfernt hatten.

»Ganz recht«, bestätigte Jade. »Viele der einfacheren Tätigkeiten werden im Imperium von Sklaven ausgeführt.«

»Und was ist, wenn euch die Sklaven ausgehen?«, warf Angel ein.

»Unwahrscheinlich«, entgegnete Jade enthusiastisch. »Es gibt zurzeit zwei Arten von Sklaverei: Kriegs- und Strafgefangene. Kriegsgefangene müssen sich bis zu fünf Jahre lang bewähren und erhalten dann den Status als freie Bürger. Das wäre euer Schicksal gewesen, wenn ich mich nicht eingemischt hätte. Sträflinge mit minderschweren Delikten können ihre Zeit abarbeiten, so wie Emma Sanders da hinten.«

»Und was ist mit Sharon?«, fragte Cassidy. »Sie hat uns erzählt, dass sie schon als Kind in Bergwerken schuften musste!«

Jade stolzierte mit angespannter Miene über den Flur, als suchte sie nach den richtigen Worten.

»Das ist ein dunkles Kapitel des Imperiums. In den Anfangszeiten des Reiches konnten wir Sklaven nicht nach fünf Jahren entlassen oder uns ausschließlich auf Sträflinge stützen. Es gab einfach nicht genug und die Gangs von damals waren nicht rehabilitierbar, also führte man die lebenslange Sklaverei ein. Zunächst galt das nur für die besiegten Gegner der Sicarii, die die Sekte immerhin monatelang überfallen und fast ausgelöscht hatten, bis Sophia ihnen zu Hilfe kam, doch mit der Zeit wurden es immer mehr. Ein paar skrupellose Geschäftemacher setzten in der Tat Kinder für Schwerstarbeit ein und behandelten sie wie Vieh.« Jade machte eine kurze Pause und drehte sich zu den beiden um. »Diese Form der Sklaverei wurde von unserem neuen Imperator Marcus Avianos abgeschafft, kurz nachdem Sharon von Jiao befreit worden war. Fast alle Sklaven, auf die ihr heute trefft, sind aufrichtige Sünder wie Emma oder Kämpfer für ihr Land, die nun Reparationszahlungen leisten. Die einzige Ausnahme sind Schwerverbrecher oder Terroristen. Aber die laufen nicht frei in unseren Städten herum.«

»Und was ist mit denen, die sich nach einer Niederlage nicht freiwillig beugen?«, fragte Angel.

Jades Augen formten zwei Schlitze. »Die werden gebrochen. Wie in Nerun.«

Sie hatten Zimmer neun im fünften Stock erreicht; deutlich zu erkennen an den beiden strammstehenden Prätorianern neben der verschlossenen Tür. Als sie Jade auf sich zukommen sahen, öffneten sie das Einzelzimmer kommentarlos und traten mit einer respektvollen Faust auf der Brust zur Seite.

Yolanda lag bewusstlos in ihrem Bett, angeschlossen an einen Kontrollmonitor, der ihren Puls mit einem leisen Piepen anzeigte. Angel und Cassidy blieben in der Tür stehen, bis Jade ihnen zuwinkte.

»Ihr könnt ruhig hereinkommen«, flüsterte sie, so als hätte sie Angst, ihre Ordensschwester zu wecken. Sie setzte sich auf einen Besucherstuhl und streichelte Yolanda über ihre blasse Stirn.

Die Krankenpfleger hatten sämtliche Spuren der vergangenen Nacht entfernt oder mit schneeweißen Verbänden überdeckt. Sogar ihre Augen. Im einfallenden Sonnenlicht wirkte sie wie ein unschuldiger Engel, der friedlich in seinem Bett schlief.

Angel gingen die Bilder ihrer Flucht aus D-Sechs-alpha durch den Kopf, als Yolanda wie der Teufel vor den Neces davongerannt war. In ihrem Zielvisier hatte sie aufrichtigen Schrecken in ihrem Gesicht gesehen. Sie wollte Scarlet nicht in die Stadt folgen. Sie wollte ihr Leben nicht auf solch übermütige Art riskieren, aber sie hatte es getan, ohne zu zögern. Nicht aufgrund von fehlgeleitetem Pflichtbewusstsein für die Prätorianer oder Miss Connely. Nicht einmal für den Jungen Martin Rich, sondern, um ihre Schwestern vor dem sicheren Tod zu retten.

Als Angel sah, wie Jade den Kopf auf Yolandas Schulter legte und ihre Hand drückte, begann sie zu verstehen, dass die Bacchae weit mehr als ein arroganter Geheimbund waren, die willkürlich über Leben und Tod anderer entschieden. Sie betrachtete ihr Silberamulett und das darauf eingestanzte Wort CONCORDIA, *Einheit*, und zum ersten Mal verspürte sie eine echte Vertrautheit mit Jade.

Angel kannte den Bund, der Menschen zu solcher Opferbereitschaft befähigte. In der McKnight Air Force Base hatte sie alles aufs Spiel gesetzt, um ihre Freunde zu retten. Allen voran Cassidy, für die sie jedes Opfer auf sich nehmen würde.

Als ihre Schülerin ihren glasigen Blick erkannte, stupste sie sie mit einem erröteten Lächeln an. Ihr waren beim Anblick von Yolanda vielleicht die gleichen Gedanken gekommen.

Jade flüsterte ihrer Schwester letzte Worte der Besserung ins Ohr und stand auf.

»Zeit für uns zu gehen«, sagte sie und wandte sich an Cassidy. »Ab jetzt bist du auf dich allein gestellt. Wenn du dich verlaufen hast, wende dich einfach an die Prätorianer mit den schwarzen Baretts und zeig den Pass vor. Noch Fragen?«

Cassidy blickte zu Angel. Sie erinnerte sich an ihren Auftrag, in Erfahrung zu bringen, was Sydney den Einwohnern in ihrer Ansprache erzählt hatte. Davon abgesehen freute sie sich bereits darauf, ihre Entdeckungen vom Vortag auszukundschaften. Angst verspürte sie nicht mehr.

»Ist es okay, wenn ich noch einen Moment bei ihr bleibe?«, fragte Cassidy.

Mit einem zufriedenen Lächeln nickte Jade und verließ das Krankenzimmer gefolgt von Angel.

Cassidy blickte sich schüchtern um, bis die Wachen die Tür schlossen und sie mit Yolanda allein war. Die medizinische Einrichtung erinnerte sie an Sharons Kampf mit dem Tod in der Biosphäre. Das stetige Piepen, der Monitor mit den Lebenszeichen und die Schläuche, die in ihren Venen steckten und von zwei tropfenden Injektionen gespeist wurden. Alles wirkte ein wenig primitiver, aber der Raum war blitzblank sauber und die Instrumente glänzten wie neu. Die Putzsklaven schienen ihre Arbeit sehr ernst zu nehmen.

Cassidy trat einen Schritt auf das Bett zu und betrachtete verwundert Yolandas Augenverband. Seit Jade sie aus der Botschaft abgeholt hatte, wünschte sie sich nichts mehr, als einen weiteren Blick auf die geheimnisvollen Augenimplantate werfen zu können. Doch warum hatte man sie verbunden? Die Explosion hatte Yolanda am Rücken getroffen und während ihrer Rettung waren Cassidy keine Verletzungen in ihrem Gesicht aufgefallen.

Im nächsten Moment knackte plötzlich die Türklinke hinter ihr und eine blonde Ärztin kam herein. Sie griff nach dem Patientenblatt am Fußende des Betts und warf Cassidy einen skeptischen Blick zu, als sie das Gekrakel von Doktor Garrett zu entziffern versuchte.

»Kenne ich dich nicht irgendwoher?«, wunderte sie sich. »Na klar! Letzte Nacht auf der McCallum Farm«, fügte sie hinzu, bevor Cassidy antworten konnte. »Du bist da mit Alisons Dad aufgetaucht.«

Cassidy verstand kein Wort, war aber mit ihren Gedanken so weit entfernt, dass sie stattdessen fragte: »Wie geht es Yolanda?«

»Unverändert fürchte ich.« Die junge Ärztin hängte das Patientenblatt zurück ans Bett, ließ ihre Hände in den Taschen ihres weißen Kittels versinken und seufzte frustriert. »Doktor Garrett hat alle Splitter herausgeholt, aber einige davon sind gefährlich nahe an ihrer Wirbelsäule gelandet. Sie hat eine Menge Blut verloren und ihr Koma ist ein schlechtes Zeichen. Wenn sie nicht bald aufwacht, sehen wir sie vielleicht nie wieder.«

Cassidy betrachtete Yolanda mit einer Mischung aus aufrichtiger Anteilnahme und morbider Faszination.

»Warum habt ihr eigentlich ihre Augen verbunden?«

»Damit hatte ich nichts zu tun!«, verteidigte sich die Ärztin mit erhobenen Händen, als reagierte sie auf eine Anschuldigung. »Doktor Garrett hat sie persönlich behandelt und uns untersagt, ihr die Bandagen abzunehmen.« Sie zuckte mit den Schultern und fügte etwas abgestumpft hinzu: »Ist bei den Bacchae nichts Neues. Ständig irgendwelche Geheimnisse, von denen wir Normalbürger auf keinen Fall wissen dürfen.«

Cassidy krallte sich am Bettgestell fest und versuchte, ihren misstrauischen Blicken auszuweichen. Erst die Sonnenbrille selbst bei tiefer Nacht und nun der geheimnisvolle Verband. Wahrscheinlich wusste niemand außer dem Chefarzt von den Implantaten.

»Wie kommst du überhaupt hier rein?«

»Ich ...«, stammelte Cassidy angespannt, da sie ihren eigenen Status noch nicht ganz verstand. Stattdessen zog sie ihren laminierten Ausweis hervor.

»Ohhh!« Die Augenbrauen der jungen Frau stiegen so weit nach oben, dass sie ihre gerunzelte Stirn glatt zehn Jahre älter aussehen ließ. »Diplomatenpässe direkt von Serious Sydney.« Sie gab Cassidy die Karte zurück. Als sie ihr verdutztes Gesicht sah, fügte sie hinzu: »So nennen wir sie. Die ernste Sydney, weil sie niemals lacht und immer nur am Intrigieren ist.«

Cassidy steckte ihren Ausweis mit einem schüchternen Lächeln wieder ein und ging zur Tür hinaus. Mit den Prätorianern und der ständigen Aufmerksamkeit der Ärzte würde sie ohnehin keine Gelegenheit bekommen, ihre Neugier zu befriedigen.

»Und wie lange bleibt ihr in Alexandria?«

»Nur noch heute«, antwortete Cassidy mit unterschwelliger Trauer. »Morgen fahren wir zurück nach Cor Decat um ...« Die Worte blieben ihr im Halse stecken. Durfte sie überhaupt über Johnnys Gefangenenaufstand und die Privatarmee der Bacchae zur Niederschlagung der Vulturerevolte sprechen?

Höchstwahrscheinlich nicht.

»Uhhh! Noch mehr Geheimnisse«, kommentierte die junge Frau amüsiert ihre linguistische Sackgasse. Sie zog ihre Hand aus dem weißen Kittel und reichte sie Cassidy. »Ich bin Jenny.«

»Cassidy.«

In diesem Moment machte es Klick bei der Teenagerin und sie erinnerte sich an Jenny, die dem Prätorianerrekruten auf der McCallum Farm einen Verband angelegt hatte, bevor Scarlet nach D-Sechs-alpha aufgebrochen war.

»Habt ihr denn heute schon was geplant, wenn euch nur der eine Tag bleibt?«, fragte Jenny nach einem freundschaftlichen Händedruck.

»Ich soll mir die Schule ansehen, ein paar Vorlesungen besuchen und am Abend zum Theater kommen ...«

»Lass mich raten«, fiel Jenny ihr ins Wort. »Dein Stundenplan stammt direkt von Sisi? Serious Sydney?« Sie grinste übers ganze Gesicht, als Cassidy mit dem Kopf nickte. »Ich mach dir ein Angebot: Du wartest unten am Eingang, bis ich mich umgezogen habe. Dann nehm ich dich mit in meine Vorlesung und heut Abend zeigen wir dir das wahre Alexandria; ganz ohne langweilige Konzerte.«

»Musst du hier nicht arbeiten?«

»Nein. Eigentlich hab ich erst nächste Woche wieder Praktikum, aber ich wollte sehen, wie es den Kleinen aus meinem Haus geht«, erklärte Jenny. »Ein paar von den Jungs meinten gestern, sie müssten den Helden spielen und haben ganz schön einen auf den Deckel bekommen.«

»Hattet ihr Verluste?«, fragte Cassidy.

Nachdem sie mit dem Wort Praktikum nichts anzufangen wusste, empfand sie es als überraschend beruhigend, sich bei militärischen Erwägungen wieder in ihrem Element zu befinden. Jenny hingegen zog verwundert die Augenbrauen hoch und musterte Cassidy nun etwas genauer. Sie war einen Kopf kleiner als die Ärztin in Ausbildung und wirkte in ihrer sauberen Zivilkleidung wie jede andere Schülerin ihres Alters.

»Nein«, antwortete sie kopfschüttelnd. »Dekker hat die Rasselbande schnell in der Kornkammer in Sicherheit bringen können. Wir hatten echt Glück, dass er und sein Freund Brandon dabei waren. Er ist Anwärter bei den Prätorianern, weißt du.« Jennys Gesicht nahm die Züge verträumter Jugend an, als sie über Damon Dekker sprach, der bis zum Eintreffen der Bacchae die McCallum Farm verteidigt hatte.

»Also los, wir treffen uns unten an der Tür!«

***

»Was hast du eigentlich verbockt, dass du dich mit mir abgeben musst?«, fragte Dog, als er mit Colonel Grant das Apartment verließ.

»Ich folge den Befehlen der Bacchae«, erwiderte der Offizier. Es klang, als würde er die Worte von einem Zettel vorlesen. Dabei fiel Dog auf, dass insgesamt vier Arbiter neben den Türen des Flurs standen. Nachdem was Angel ihm von C.T. erzählt hatte, konnte er sich seinen Teil denken und wartete mit dem rechten Daumen auf den Lippen, bis sich die Fahrstuhltüren hinter ihnen schlossen.

»Also?«, wiederholte er seine Frage.

»Jade will dich nicht allein auf Alexandria loslassen«, erklärte Grant knapp, so als wolle er das Thema möglichst schnell beenden

185

und drückte dabei den Knopf zum Erdgeschoss.

»Du meinst wohl *Herrin* Jade?«, korrigierte Dog.

Grant drehte sich zu ihm um und zog eine gequälte Grimasse, ohne ihn einer Antwort zu würdigen, bis sie den Aufzug verließen.

»Sir!«, salutierte ein Legionär mit der rechten Faust auf der Brust vor dem Eingang zum Apartmentblock, als sie zusammen vor die Tür traten. »Camp Tanis meldet eine Verspätung vom Versorgungskonvoi zum heutigen Manöver.«

»Und der Grund?«

»Unbekannt, Sir«, erwiderte der Soldat. »Captain Deveroux hat sich vor zwei Minuten gemeldet. Sie erhält keinen Funkkontakt zum Konvoi und lässt fragen, ob sie die Übung verschieben soll.«

Grant antwortete ihm nicht, sondern lief zum Truppentransporter, der direkt vor den Diplomatenunterkünften parkte. Er griff nach dem fest installierten Funkgerät im Führerhaus. »Deveroux, Grant. Kommen!«

»Deveroux hier«, rauschte eine Frauenstimme aus dem Deckenlautsprecher.

»Immer noch nichts von unserer Lieferung?«

»Negativ, Sir.«

Grant massierte sich den verspannten Nacken und blinzelte Dog nachdenklich an.

»Sir, sollen wir ...«, setzte Captain Deveroux nach.

»Negativ«, fuhr ihr Grant dazwischen. »Holt euch aus Camp Mars, was ihr braucht. Wenn Torus sich querstellt, sagt ihm, ihr handelt auf Befehl der Bacchae.«

»Sir ...?« Deverouxs Stimme klang zunehmend verunsichert.

»Du hast mich verstanden. Grant, Ende.«

»Probleme?«, raunte Dog ihm zu.

»Noch nicht«, entgegnete der Colonel kopfschüttelnd. Anschließend klopfte er an die Seite des Truppentransporters. »Aufsitzen!«, rief er den Legionären zu, die den Lastwagen bewacht hatten. Er selbst lief einmal um die Motorhaube herum und schwang sich hinter das Steuer, während Dog auf dem Beifahrersitz Platz nahm.

Endlich wieder ein standesgemäßes Gefährt! Der Hüne hatte fast vergessen, wie es sich anfühlte, auf einem LKW zu fahren. Die Straße zwei Meter von ihm entfernt, die Sitze männlich unbequem, die Frontscheibe groß und vergittert und dazu ein grandioser Überblick, durch den sein rollendes Kommandozentrum STELLA vor einigen Hinterhalten bewahrt worden war.

»Wo geht's hin?«, brummte er zufrieden. Sein Magen verlangte noch immer nach einem anständigen Stück Fleisch, aber der schwere Truppentransporter sorgte bereits mit seinen pfeifenden Bremsen beim Anfahren für ein wohliges Gefühl im Bauch.

»Zum Marktplatz«, rief Grant zurück, um den Motorenlärm zu überdecken. »Hol deinen Pass raus. Du zahlst!«

***

Jenny ließ Cassidy unterdessen fast eine halbe Stunde lang warten. Sie fragte sich schon, ob die Studentin sie bereits vergessen hätte. Sie war höchstens zwei Jahre älter, gab aber den Krankenschwestern Anweisungen und lief in einem weißen Kittel herum, der Cassidys Erfahrung nach nur reiferen Ärzten wie Steven aus Silver Valley oder Dr. Webb vorbehalten war. Verglichen mit ihr kam sie sich wie eine Analphabetin vor.

Als Jenny auf einmal vor ihr stand, hätte Cassidy sie kaum wiedererkannt. Die hellblonden Haare offen hinter ihre Ohren gekämmt und mit einer achteckigen Sonnenbrille auf der Nase wirkte sie wie eine freche Teenagerin. Ohne den Arztkittel kam zudem ihr knallrotes, kurzärmliges T-Shirt zusammen mit ihrer schneeweißen Jeanshose voll zur Geltung. Nur ein Schreibblock samt Kugelschreiber unter dem Arm verriet ihr Vorhaben.

»Sorry! Sorry! Sorry!«, rief sie ihr entgegen. »Yolanda ist für einen Moment aufgewacht und da hat Doktor Garrett mich zurückgerufen, weil ich als letzte bei ihr war.«

»Yolanda ist wach?«, freute sich Cassidy. Ihre Minderwertigkeitskomplexe waren sofort verflogen, aber dann traf sie das Geheimnis um Scarlets Peilsender wie ein Dolch mitten ins Herz. »Hat sie etwas gesagt?«

»Nicht viel. Sie war nur ein paar Sekunden bei Bewusstsein und hat nach ihren Schwestern gefragt.« Jenny stieß die Glastür auf und führte Cassidy in die strahlende Vormittagssonne. »Du hast mir noch gar nicht erzählt, woher du Yolanda eigentlich so gut

187

kennst.«

»Ich ... wir ...«, überlegte Cassidy, während Jenny das Schloss von ihrem Fahrrad öffnete. Durfte sie überhaupt darüber reden? »Ich war mit ihr zusammen. Letzte Nacht.«

»Was!?«, erwiderte Jenny überrascht. »In D-Sechs-alpha? Da bist du mit hingefahren?«

Cassidy nickte. Offenbar wusste sie ohnehin bereits Bescheid.

»Hah!«, lachte Jenny auf einmal. »Dann werden Brandon und Dekker dir heute Abend ein Ohr abkauen, das kann ich dir jetzt schon versprechen. Die wollen unbedingt wissen, was da schiefgegangen ist.«

Nun biss Cassidy sich für ihr vorlautes Mundwerk auf die Unterlippe.

»Wir saßen eigentlich nur zusammen auf einem Brückenpfeiler, um die anderen durch die Stadt zu lotsen«, versuchte sie sich herauszureden.

»Von da oben hast du doch sicher eine Menge mitbekommen«, konterte Jenny. Sie hatte Cassidys Unsicherheit längst durchschaut, zeigte aber genug Taktgefühl, um das Thema zu wechseln. »Und nach all der Action willst du dir wirklich unsere langweiligen Vorlesungen antun?«, fragte sie, während sie ihr himmelblaues Fahrrad durch die staubigen Straßen schob. Es hatte den tiefen Einstieg eines Damenrades und zwei Transportkörbe auf den beiden Gepäckträgern vorn und hinten.

»Was ist daran so langweilig? Ich dachte, der ganze Sinn der Stadt wäre das Lernen?«

»Das stimmt schon und die ersten Jahre machen auch echt Spaß. Nur die Grundlagen wie Lesen, Rechnen und Schreiben sind Pflicht. Wenn du die drauf hast, lernst du eigentlich nur noch das, was dich auch wirklich interessiert«, rief ihr Jenny zu, um den Hintergrundlärm eines Truppentransporters zu übertönen, der an ihnen vorbeifuhr. Dabei wirbelte er eine riesige Staubwolke auf, die alle umstehenden Passanten zum Husten brachte.

Cassidy kniff verwundert die Augen zusammen, als sie Dog mit einem breiten Grinsen auf dem Beifahrersitz erkannte, so als wartete irgendwo ein Steak auf ihn. Darüber nachdenken konnte sie aber nicht, denn Jenny hatte nicht aufgehört, ihr vom sicarianischen Schulsystem zu erzählen.

»Kaum ein Kind will hier wieder weg. Viele verlassen Alexandria erst mit vierzehn, um nach Hause zurückzukehren oder in die Legion einzutreten. Die anderen haben die Möglichkeit zu studieren. Dazu wählst du ein oder mehrere Fachgebiete, wie zum Beispiel Medizin. Das bedeutet aber auch, dass du dir nicht mehr aussuchen kannst, was du davon lernen willst. Niemand braucht einen Arzt, der zwar interessante Schussverletzungen zu behandeln weiß, aber vor einer anschließenden Blutvergiftung kapituliert.«

Während sie redete, drehten sie einen Halbkreis um den grünen Sophiapark und hielten auf ein großes Gebäude zu, dessen Eingangshalle ebenso wie die des Themis-Tempels von Steinsäulen gestützt wurde, aber weder ein Kuppeldach noch eine Verglasung hatte. Dafür führten gleich drei Schiebetüren hinein. Nachdem Jenny ihr Rad wieder angeschlossen hatte, erwartete sie im Inneren die kühle Luft, an die Cassidy sich inzwischen schon gewöhnt hatte. An einem langen Flur, der sich über die gesamte Breite des Gebäudes erstreckte, hingen hunderte von Zetteln und Plakaten, die über kommende Veranstaltungen und Vorlesungen informierten.

Jenny kannte sich natürlich aus und würdigte die Ausschreibungen keines Blickes, sondern nahm Cassidy an die Hand, damit sie ihr auf den belebten Fluren nicht verloren ging, auf dem Dutzende von Studenten hin und her eilten. Eine Treppe hinauf, dann eine Neunzig-Grad-Drehung nach rechts und sie hatten den Eingang erreicht. Auf einem Schild vor dem Saal stand mit typischem Ärztegekrakel: **Medizin 12C – Prof. R. Carmykel – 10.00-14.00 Uhr**

»Letzte Möglichkeit es dir anders zu überlegen«, sagte Jenny und tippte dabei auf die angegebene Zeitspanne von vier Stunden.

»Muss ich dazu irgendetwas wissen? Werden da Fragen gestellt?«, antwortete Cassidy nervös. Ein Blick in den mit etwa fünfzig Plätzen besetzten Saal sorgte in ihr für ein etwas mulmiges Gefühl.

»Nur wenn du den Professor nervst«, meinte Jenny. »Na dann komm.«

***

189

Jade führte Angel unterdessen zurück zum Themis-Tempel. Dabei kamen sie an dem Friedhof vorbei, über den sich die Ausreißerin in der Nacht geschlichen hatte. Im Tageslicht leuchtete der künstliche Rasen in sattem Grün, als wäre die Klimaerwärmung nur eine Modeerscheinung gewesen. Die unzähligen kleinen Grabplatten strahlten in blendend poliertem Weiß.

Angel blieb nachdenklich am Straßenrand stehen. »Erklärst du mir jetzt endlich, was es mit dieser Sophia auf sich hat?«

»Hat dir Scarlet das nicht erzählt?«, fragte Jade etwas überrascht.

»Irgendwas mit Söldnern und der Legion. Sie hat auf der Zugfahrt so viel geredet. Irgendwann ging alles zu einem Ohr rein und zum anderen wieder heraus.«

Jades Augenbrauen zuckten kurz nach oben, als traute sie ihren Worten nicht ganz, setzte dann aber zu einer Erklärung an.

»Sophia hat von 2041 bis 2049 eine Söldnertruppe namens Prätorianische Legion angeführt und dabei in so ziemlich jedem Krieg mitgekämpft, mit denen die damaligen Regierungen versucht haben, ihren Untergang aufzuhalten. Als dann alles zu spät war, mussten sie sich allein durchschlagen und waren nicht viel mehr als eine Gang, bis sie auf die Sicarii trafen. Die Sekte stand kurz vor der Auslöschung durch andere Gangs. Zu der Zeit wurden sie von einem Historiker namens Goodwin geführt, der zwar gut mit Menschen konnte, aber von Krieg keinen blassen Schimmer hatte. Die Sicarii galten als Blumenmädchen der Endzeit und wurden permanent herumgestoßen.«

Während Jade redete, öffnete sich das Tor in der Mauer und eine Gruppe von etwa zwanzig Prätorianern mit ihren ikonischen, schwarzen Baretts marschierten heraus. Allen voran der Anführer der Sigma-Lanze, Lance Commander Anderson, mit einer kleinen, rechteckigen Metallplatte in der Hand.

»Zu Beginn war Sophia mehr an den Mockingbirds und den Xerant interessiert. So nannten sich die Gangs, die fast das Ende für die Sicarii bedeutet hätten. Die pazifistische Sekte stellte keine Bedrohung für Sophia dar und wurde von ihr ignoriert. Gegen die Übermacht der Söldnerarmee mussten sich die Gangs zusammenschließen und schafften es irgendwann, Sophia in einen Hinterhalt zu locken. Die Legion schleppte sich geschlagen nach Sicariia, der einzigen noch verbliebenen Siedlung, die ihnen nicht an den Kragen wollte. Goodwin erkannte, dass Sophia seine letzte Chance war, und half ihren Truppen zurück auf die Beine. Im Gegenzug verteidigte sie Sicariia.«

»Ein tolles Märchen«, sagte Angel. »Und wenn sie nicht gestorben sind ...?«

»Ich hab die Geschichte nicht geschrieben«, rechtfertigte sich Jade. »Das glückliche Ende kommt aber erst noch, denn Sophias Truppen konnten die verbliebenen Sicarii trainieren und führten schließlich einen Schlag gegen beide Gangs aus. Die Xerant wurden völlig aufgerieben und die Reste der Mockingbirds gingen in Sklaverei. Das war damals noch ein neues Konzept für die Sicarii, aber nach der Zerstörung ihrer Ländereien haben es die meisten akzeptiert. Anders wäre der Wiederaufbau nicht zu bewältigen gewesen und man nannte es schlicht Reparationszahlungen.«

»Und wann kommt der Teil, in dem du mir euer selbsternanntes Imperium erklärst?«, fragte Angel. »Bisher hört sich das nicht viel anders als die Geschichte der Ranger an.«

Die Prätorianer hatten sich um eine Stelle an der Tempelmauer versammelt. Bis auf Lance Commander Anderson waren alle mit vollständiger Bewaffnung angetreten. Sie stellten sich in zwei Reihen auf, durch die Anderson hindurchschritt, als würden sie eine Ehrenformation bilden.

»Der Unterschied ist, dass eure Generäle sich damit abgefunden haben, regelmäßig von Gangs angegriffen zu werden. Ihr führt einen Defensivkrieg«, erwiderte Jade. »Sophia hingegen überzeugte Goodwin davon, dass Angriff die beste Verteidigung sei. Eine zerstörte Gang wie die Xerant könne keinem Sicarii mehr schaden. Ein Territorium unter imperialer Kontrolle leistet keinen Widerstand mehr. Zumindest nicht innerhalb unseres Kernlandes. Gelegentliche Aufstände und Terrorakte sind Probleme der lokalen Bevölkerung.«

»Ah ... da ist es wieder. Das Imperium«, merkte Angel an.

»Naja, ich hab doch erwähnt, dass Goodwin Historiker war,

oder nicht? Sophias Söldner nannten sich Prätorianische Legion. Mach dir selbst einen Reim drauf.«

Lance Commander Anderson befestigte das Schild an einer wie dafür geschaffenen Aussparung an der Tempelmauer. Vier Bolzen mit jeweils exakt drei Schlägen. Er hatte Erfahrung darin.

»Für wen ist das?«, fragte Angel.

»Lance Sergeant Ray O'Brien«, antwortete Jade respektvoll. »Du hast ihn gestern in D-Sechs-alpha vom Dach fallen sehen.«

»Und warum bist du nicht bei der Zeremonie dabei? Oder Scarlet?«

»Ich würde einiges darum geben, den Prätorianern die letzte Ehre erweisen zu dürfen, die unter meinem Kommando gefallen sind. Aber sie lassen es nicht zu.«

»Ich dachte, die müssen euch gehorchen und nicht umgekehrt?«

»Sie sind eben keine einfachen Soldaten, sondern ein Orden wie die Bacchae mit eigenen Regeln und Traditionen«, erklärte Jade. »Anders würde das System nicht funktionieren. Wir müssen einen gesunden Abstand zu ihnen wahren, um im Gefecht nicht durch Emotionen behindert zu werden.« Sie drehte den Kopf zu Angel herum. »Außerdem würden sie sonst einen Wettkampf untereinander führen. Wer die meisten Bacchae zu seiner Beerdigung versammelt, hätte gewonnen.« Sie blickte wieder geradeaus und schüttelte leicht den Kopf. »Nein. Bacchae und Prätorianer sind zwei eigenständige Organisationen, die voneinander getrennt bleiben müssen. Immerhin ist es ihre Aufgabe, uns von Autoritätsmissbrauch oder Größenwahn abzuhalten. Sollte zum Beispiel eine Bacchae ihr eigenes Königreich gründen wollen, würden die Prätorianer sie umgehend in Ketten zum Tempel zurückbringen.«

Einer von Ray O'Briens Kameraden legte sein Gewehr an und feuerte eine Ehrensalve von drei Schüssen. Selbst bei Trauerzeremonien wurde nicht unnötig Munition verschwendet. Anschließend salutierten die sechzehn Männer und vier Frauen, bevor sie im Gleichschritt in ihre Kaserne zurückkehrten, auf dessen Dach eine schwarze Flagge auf Halbmast wehte. Am Straßenrand hatte sich eine Gruppe von Schaulustigen gebildet, die sich nun allmählich aufzulösen begann.

»Liegen hier auch Bacchae?«, fragte Angel.

Jade schüttelte den Kopf. »Die Gruft ist der Ruheort für Sophia, sonst niemanden. Dort finden auch die Initiationsrituale statt, aber alle anderen Schwestern werden an geheimen Orten begraben. Es sollen keine Wallfahrtsorte entstehen.«

Die Show war vorbei und Jade führte Angel zu ihrem eigentlichen Ziel; dem Themis-Tempel. Als sie die gläserne Halle der Büsten durchschritten, wollte Angel nun endlich wissen, was es mit Faiths leerem Sockel auf sich hatte.

»Wir haben ihre Statue nicht entfernt, falls du das meinst«, erklärte Jade und blieb gemeinsam mit ihr davor stehen. »Nur vollwertige Bacchae werden damit geehrt und Faiths Ausbildung war noch nicht abgeschlossen.« Sie lehnte sich an die Wand hinter dem Sockel und faltete die Hände über dem Bauch zusammen. »Cassidy hat dir sicher von meiner ersten Mission erzählt, der Zerschlagung des Sacura-Kartells. Erst danach habe ich meine Statue erhalten. Faith sollte ihre nach ihrer Rückkehr von den Vultures bekommen, aber das ist nun so gut wie ausgeschlossen.«

»Weil sie sich uns angeschlossen hat?«

»Nein. Weil sich ihr Sprung in der Schüssel zu einer Gefahr für uns alle ausgeweitet hat«, zischte Jade in Richtung des leeren Sockels. »Faith war schon psychisch labil, als sie von Scarlet auserwählt wurde. Das ist kein Ausschlusskriterium für die Bacchae. Es gehört einfach zu unseren speziellen Persönlichkeiten.«

Angel musste dabei sofort an Jades gefletschte Zähne bei ihren Duellen denken. In Brackwood hatte sie ihr Auftreten für vollkommen durchgedreht gehalten, ebenso wie ihre Erzählungen vom Sicariianischen Imperium.

»Faiths Eigenheiten haben sich jedoch als Schwäche erwiesen. Während Azure oder ich unsere impulsiven Ausbrüche benutzen und lenken können, wird Faith allzu oft von ihren Instinkten kontrolliert. Zum Beispiel als sie Cassidys Bruder das Leben gerettet oder euch in Silver Valley die Flucht ermöglicht hat. Damit hat sie dem Imperium weitreichende Verluste zugefügt.«

»Du hast in Eagle Village auch einen deiner eigenen Leute abgestochen«, warf Angel ein.

»Das war ein einfacher Legionär. So schwer verletzt, dass er nicht einmal im Medusa Memorial überlebt hätte«, hielt Jade dagegen. »Versteh mich nicht falsch. Er wäre auch gestorben, wenn er gesund und munter gewesen wäre. Dein Freund Shawn Summers hat mir nach dem Angriff der Legion auf Sienna einiges über dich erzählt. Autoritär, selbstbewusst, zielsicher. Die Grundvoraussetzungen für ...« Jade unterbrach ihre Rede für einen Augenblick und lächelte in sich hinein. »Für unsere Verbündeten. Ich musste irgendwie deine Aufmerksamkeit erlangen.«

»Dann hat Faith also einfach zu viele von ihren eigenen Leuten gekillt?«

»Sie hat die falschen getötet«, hauchte Jade ernst zurück und rollte mit ihren Augen in Richtung der Wachen am Eingang zum Tempel.

»Prätorianer?«

Jade nickte und bat Angel mit einer deutlichen Handgeste, ihr in den leeren Versammlungssaal zu folgen.

»Wo hat sie Prätorianer getötet?«, fragte Angel weiter, als sich die schwere Flügeltür hinter ihnen geschlossen hatte. »In Brackwood? In Silver Valley bei eurem Großangriff? Ich dachte, das ist eine Spezialeinheit und keine reguläre Armee.«

»Auf der Farm, in der ihr während eurer zweiten Reise nach Brackwood übernachtet habt.«

Ein resigniertes Stöhnen zeigte Jade, dass sich bei Angel gerade einige Puzzleteile zusammenfügten. Nun verstand sie, wonach Caiden mitten in der Nacht gesucht hatte und warum er am liebsten vor ihr davongelaufen wäre.

»Wissen die davon?«, fragte sie. »Bei unserer Ankunft war nichts außer Einschusslöchern und zerbrochenen Scheiben zu sehen.«

»Unwahrscheinlich«, murmelte Jade. »Faith mag völlig durchgeknallt sein, aber sie ist gründlich. Sie hat mit Sicherheit alle Spuren verwischt.«

»Und was ist, wenn die Prätorianer das herausfinden?«

»Oh, sie werden es herausfinden«, versicherte Jade und hielt ihr die offenen Handflächen entgegen, so als wolle sie ihren Gedankengang der Vertuschung gleich hier und jetzt stoppen. »Das Verhältnis zwischen Bacchae und Prätorianern funktioniert nur so lange, wie sie sich darauf verlassen können, dass unsere Integrität nicht von fehlgeleiteter Geheimniskrämerei untergraben wird. Aber ...« Sie drehte sich zur Flügeltür um, hinter der zwei Wachen ihrer Pflicht nachgingen. »Es wäre besser für Faith – und uns alle – wenn wir sie zu fassen bekämen, bevor die Prätorianer selbst auf die Jagd nach ihr gehen.«

* * *

Colonel Grant hatte mit seinem Versprechen auf ein anständiges Essen nicht übertrieben. Als sie die Brückenkontrolle am Stadttor passierten, klammerte sich Dog in froher Erwartung an eine Holzkiste voller saftiger Steaks aus frischer Schlachtung. Seinem Verständnis nach hatte er sie einfach geschenkt bekommen. Erst die Bezahlung mit den wertlos erscheinenden Kupferstücken in Arnac und nun das glänzende Kärtchen mit der eingestanzten Nummer. Wenn das so weiterging, würde er sich bald eine neue Gang kaufen können!

»Wo fahren wir eigentlich hin?«, fragte er, als sie die Panzersperren umschifft hatten und auf die Landstraße bogen.

»Camp Tanis«, rief Grant durch die lauten Motorengeräusche zurück. »Der Ausbildungsstützpunkt der Legion von Alexandria.«

»Sollten wir nicht in der Stadt bleiben?«

»Was willst du da? Zur Schule gehen?«

Dog erinnerte sich noch ans Schulbankdrücken vor dem Zusammenbruch und stellte trotzig den rechten Fuß auf das Armaturenbrett.

»Na siehst du«, fuhr Grant fort. »Lass das mal die Frauen machen. Wir haben echte Arbeit vor uns.«

Beim Wort Arbeit spürte Dog plötzlich einen verspannten Schmerz im Rücken, der ihn nach der tagelangen Wasserschlepperei im Kloster heimgesucht hatte. Bevor er jedoch protestieren konnte, bogen sie auf einen Feldweg ab, an dessen Ende ein militärisches Fort lag. Darin hatte die Legion eine Betonkonstruktion errichtet, die ihm erstaunlich bekannt vorkam.

»Was zum Henker ...«

»Willkommen zu Hause«, rief Grant vom Steuer herüber.

195

»Ihr habt Erics Festung nachgebaut!?«

Dog rieb sich ungläubig die Augen. Wachturmattrappen, graue Betonmauern mit Stacheldrähten und Fallgruben. Selbst kleine Details stimmten. Die Grube für Stabkämpfe, der Sklavenzwinger und sogar der gelbe Schulbus, der als Zufahrtstor diente. Es war nicht die gesamte Festung, sondern nur die Front und rechte Seite, die offenbar zu Übungszwecken errichtet worden waren.

»Im Gegensatz zur weitläufig verbreiteten Meinung unter den Bacchae ist die Legion keine Ansammlung von unterbelichtetem Kanonenfutter«, knurrte Grant. »Ich war dabei, als General Torus mit Eric verhandelt hat, und hab direkt nach meiner Rückkehr den Nachbau der Gefängnisanlage angeordnet.«

»Aber seid ihr nicht ...«

»Beste Freunde geworden?«, beendete Grant den Satz. »Wohl kaum. Nach dem Desaster von Eagle Village und dem Verlust *beider* Bacchae mussten wir uns entscheiden, ob wir auf eigene Faust einen Zwei-Fronten-Krieg vom Zaun brechen wollten oder uns lieber einen nach dem anderen vornehmen. Zugegeben, für eine Weile bestand durchaus die Hoffnung, dass die Vultures unsere Anforderungen erfüllen würden, insbesondere nachdem uns die Biosphäre die Gefangennahme von Angel gemeldet hat.«

»Was für Anforderungen?«, fragte Dog.

Damit hatte Grant das treffende Stichwort gesagt. Eric hatte sich nie irgendwelchen Bedingungen untergeordnet, sondern sie immer nur anderen auferlegt.

»Gehorsam. Ein Wort, das dein Boss nicht hören wollte.«

Mit einem lauten Rumpeln überquerte der Truppentransporter die hölzerne Zugbrücke zum Stützpunkt, dem einzig erkennbaren Eingang zum ansonsten eingezäunten Fort. Zwei Wachsoldaten salutierten mit der Faust auf der Brust und ließen sich dabei höchst diszipliniert von dem vorbeifahrenden Laster einstauben. Grant drehte eine Runde an den Wohnbaracken und dem Feldlazarett vorbei, um Dog etwas mehr von Camp Tanis zu zeigen.

Einige Kohorten von Legionären trainierten in der halbwegs erträglichen Vormittagszeit Kraftsport und den Nahkampf. Andere joggten am Zaun des Feldlagers entlang und sangen dabei im Chor ein Lied, das allerdings im Motorenlärm des LKW unterging. Dog fielen eine Menge Frauen auf, die den Männern zwar zahlenmäßig eins zu drei unterlegen waren, ihnen jedoch sonst in nichts nachstanden. Sie trainierten ebenso hart wie ihre Kameraden und schienen auch nicht in der Hierarchie benachteiligt zu sein.

»Wie viele Frauen habt ihr in eurer Armee?«, fragte er aus purer Neugier. Angel war bei den Vultures fast die einzige gewesen und auch bei den Rangern gab es nur wenige Ausnahmen außerhalb der Einsatzkommandos.

Grant misstraute seinen Motiven allerdings, da sie gerade an einem halboffenen Gemeinschaftswaschraum vorbeifuhren.

»Du bist hier, um zu arbeiten«, entgegnete er schroff. Als er Dogs überraschten Blick sah, setzte er aber doch noch zu einer Erklärung an. »Etwa ein Viertel der Legion wird von Frauen gestellt. Die meisten davon sind Offiziere oder arbeiten daran.«

»Und das funktioniert?«

»Klar«, erwiderte Grant wie selbstverständlich. »Würdest du vor deiner Angel vielleicht Schwäche zeigen? Unsere gemischten Truppen spornen sich gegenseitig zu Höchstleistungen an und erlangen einen deutlich höheren Grad der Kameradschaft als Züge mit reiner Männerwirtschaft. Da wird viel zu viel gesoffen.«

Der LKW kam vor dem Kommandantengebäude im hinteren Teil von Camp Tanis zum Stehen und wurde bereits erwartet.

»Willkommen zurück, Sir«, rief ihm Captain Deveroux beim Aussteigen zu. Ohne ihre Frauenstimme wäre sie Dog bei all dem aufgewirbelten Sand kaum aufgefallen. Ihre brünetten Haare hatte sie unter dem scharlachroten Barett der Legion versteckt und trug eine wüstentarnfarbene Uniform wie alle anderen auf dem Stützpunkt stationierten Soldaten.

»Captain«, erwiderte Grant nickend und folgte ihr ins Hauptquartier. »Status?«

»General Torus hat wie erwartet Widerspruch gegen ihren Befehl eingelegt, Sir. Er ist auf dem Weg nach Camp Tanis.«

»Na hervorragend«, seufzte Grant und blieb auf den Stufen stehen. »Sonst noch irgendwelche schlechten Nachrichten, bevor wir mit dem Essen beginnen?«

»Essen, Sir?«, echote Deveroux verwundert.

Der Colonel zeigte verschmitzt auf Dog, der mit der Kiste voll roher Steaks in seinem Windschatten geblieben war.

»Der Mann braucht was anständiges im Magen, ehe wir mit der Übung anfangen«, erklärte Grant. »Die Männer sollen den Truck auftanken und dann den Grill anschmeißen.« Etwas widerwillig drückte Dog daraufhin einem Legionär das Verpflegungspaket in die Hand. »Vielleicht kriegen wir Torus ja damit umgestimmt«, fügte Grant hoffnungsvoll hinzu und betrat das Kommandantengebäude. Captain Deveroux warf Dog einen abschätzenden Blick zu, woraufhin Grant noch einmal stehenblieb und auf die Soldatin zeigte.

»Captain Jill Deveroux, Dog«, stellte er sie einander vor.

»Ist er der Ersatz für ...«

»Korrekt«, fiel ihr Grant ins Wort. »Aber erst wird gegessen!«

***

Als Angel und Jade die runde Versammlungshalle der Bacchae über den Hinterausgang verließen, hörten sie auf einmal Klavierklänge, die durch die Flure hallten.

»Wie war dein Kaffee heute Morgen?«, fragte Jade.

Angel wippte eine Handfläche nach links und rechts.

»Ging so«, gab sie zu. »Cassidy kennt sich mit euren Kaffeemaschinen noch nicht aus. Warum?«

»Komm mal mit.«

Jade führte sie in das stark überdekorierte Zimmer, in das der Geheimgang mündete und in dem das blankpolierte Klavier stand. Ein vierzehnjähriger Junge saß davor und spielte mit talentierten Fingern unter der Aufsicht von Sydney.

»Stören wir?«, hauchte Jade ihr in der Tür zu.

»Im Gegenteil. Henry könnte etwas Publikum gebrauchen, um sein Lampenfieber loszuwerden«, antwortete Sydney in normaler Lautstärke und wies den Jungen an, sich für einen Moment umzudrehen. »Er wird heute Abend nämlich auf der Bühne stehen – sitzen!«

Ohne Anweisung stand Henry auf und verneigte sich mit knallrotem Kopf vor Jade.

»Na? Haben wir nicht was vergessen, Mister?«, tadelte ihn Sydney mit den Händen an den Hüften.

Henry stellte sich zurück in seine Ausgangspositi[on],
rechten Arm vor den Körper, streckte den linken ei.....
beugte sich und zog dabei gleichzeitig einen Fuß nach hinten weg.
Eine adelige Kratzfußverbeugung, die Sydney ihn für Bühnenauf-
führungen gelehrt hatte.

»Schon besser«, lobte sie ihn. »Also gut, was spielen wir als
nächstes ...«

Angels Gesichtszüge waren bei der Begrüßung erstarrt. Sie
wusste nicht, ob sie über die Übertriebenheit lachen oder die Disziplin staunen sollte. Mit einem energischen Blick zerrte Jade sie
zur Sesselecke gegenüber dem Klavier, damit sie Henry nicht
weiter einschüchterten.

»Der Kaffee kommt gleich«, flüsterte sie und verschwand in
einem Nebenraum, aus dem kurz darauf klirrendes Geschirr
schepperte.

Sydney runzelte verärgert die Stirn in Richtung Tür. Als sie sich
gerade über den Lärm beschweren wollte, tauchte Jade mit zwei
dampfenden Tassen wieder auf.

»Entschuldigung!«, hauchte sie durch den Raum.

Henry hatte sich davon jedoch nicht stören lassen. Sein fehler-
freies Klaviersolo erfüllte die Bibliothek und ließ sogar Angel in
ihre Gedankenwelt abdriften.

»Er ist richtig gut«, flüsterte Jade ihr zu. »Sydney übt seit sechs
Jahren mit ihm.«

»Ich dachte, ihr seid ständig unterwegs und bringt irgendwelche
Leute um?«

»Für die meisten Bacchae trifft das zu, aber seit ich meine Ausbildung abgeschlossen habe, verlässt Sydney die Stadt nur noch
selten«, antwortete Jade und umkreiste dabei nachdenklich ihren
Tassenhals mit der Zeigefingerspitze. »Sie ist sehr krank.«

»Was hat sie denn?«, wunderte sich Angel. Sydney saß neben
Henry, zeigte ihm die richtigen Griffe auf den Klaviertasten,
blätterte seine Seiten um und lachte gemeinsam mit ihm. Nichts
wies auf Schmerzen oder Unwohlsein hin, wie sie es von Krank-
heitsfällen in Silver Valley kannte.

»Du hast vermutlich noch nie von MS gehört?«

Angel schüttelte den Kopf.

»Das heißt Multiple Sklerose. Ich hab nicht alles verstanden, was uns die Ärzte erklärt haben, aber ihre Symptome sind Lähmungserscheinungen und Sehschwäche.«

»Aber sie sieht doch völlig gesund aus?«, hauchte Angel vorsichtig zurück. Sie erinnerte sich an Sydneys selbstbewusstes Auftreten vor General Torus.

»Ihre Krankheit tritt in Schüben auf. Es können Monate oder sogar Jahre bis zum nächsten Schub vergehen, der dann ein paar Tage andauert. Anschließend bilden sich die meisten Symptome wieder zurück, aber nicht alle.« Jade wandte sich direkt zu Angel. »Nur die Bacchae, einige Nocturnals und ein Team von Spezialisten um Doktor Garrett wissen davon. Weder Grant noch Torus; nicht mal der Imperator. Es würde ihre Position stark schwächen und Männer wie Torus warten nur auf eine solche Gelegenheit.«

»Und warum ...?«

»Sie wollte, dass du es erfährst«, schnitt Jade ihr das Wort ab. »Ich hätte es dir nie aus freien Stücken verraten. Vielleicht ist es ein Test oder ein Vertrauensbeweis.« Sie schüttelte den Kopf und setzte sich wieder gerade hin. »Ich würde dir jedoch empfehlen, es für dich zu behalten.«

Angel musterte sie auf der Suche nach einer Drohung aus den Augenwinkeln, doch wenn es eine gewesen war, versteckte Jade sie gut hinter ihrer versteinerten Fassade.

Nachdenklich tranken sie ihren Kaffee aus und lauschten den melancholischen Klängen von Henry. Angel vermutete insgeheim, dass Sydney ihn mit Absicht ein trauriges Musikstück einstudieren ließ.

Es wirkte. Sie verspürte einen seltenen Moment des Mitleids, als sie die kleinen Zeichen der schleichenden Krankheit bemerkte. Sydney stützte sich auf das Klavier, wann immer sie aufstand, um die Seiten umzublättern, und musste sich sehr nahe über das Papier beugen, um die Noten erkennen zu können. Nur ihre eiserne Disziplin konnte sie in der Öffentlichkeit gesund und stark erscheinen lassen; zu einem hohen Preis.

»Ist es heilbar?«, flüsterte Angel.

»Angeblich hat man vor dem globalen Untergang einen Weg gefunden«, bestätigte Jade zurückhaltend. »Allerdings ist das Heilmittel im Laufe des weltweiten Feuersturms verloren gegangen. Die Nocturnals haben stehende Order, danach zu suchen. Bisher ohne Erfolg.«

»Und was ist mit Jiaos Leuten von der Biosphäre? Weiß Doktor Webb nichts darüber?«

»Vielleicht. Wir haben sie nicht gefragt.«

»Aber ...«

»Zhang Yuen würde die Information für seine eigenen Zwecke nutzen«, unterbrach Jade sie abermals. »Es wäre nur eine weitere Waffe in seinem Arsenal, mit der er das Imperium nach Belieben destabilisieren könnte. Das Risiko ist zu groß.«

Angel nickte zurückhaltend. Jades Worte deckten sich mit ihrer persönlichen Einschätzung Yuens, der nur auf seinen eigenen Vorteil bedacht war und alle Menschen außerhalb seiner Biosphäre als minderwertig betrachtete. Mit Scarlets geheimen Peilsender hatte er den Beweis dafür geliefert. Selbst die Integrität von Dr. Webb stand seitdem in Frage.

»Worüber denkst du nach?«, fragte Jade, als sie Angels starren Blick in ihre Kaffeetasse bemerkte.

»Butch«, murrte sie zurück, so als wolle sie nicht darüber reden.

»Verstehe. Falls es dir hilft, Jiao hat Colonel Morgan dafür bitter bezahlen lassen.«

»Wer ist ...?«

»Morgan war einer der Handlanger von General Torus«, erklärte Jade. »Wenn Jiao ihn nicht erwischt hat, dann mit Sicherheit Johnny.«

»Ich hätte mich in Arnac nicht einfach absetzen dürfen«, brummte Angel.

»Du versinkst jetzt aber nicht in Selbstmitleid und wünscht dir, an Stelle deines Freundes erschossen worden zu sein, oder?«

Die Frage stellte Angel sich, seit sie von Butchs Schicksal erfahren hatte. Für gewöhnlich ließ sie sich vom Verlust eigener Truppen nicht runterziehen. Sogar den Tod von General Monroe hatte sie verhältnismäßig schnell verarbeitet und in konstruktive Rachegelüste umgewandelt.

Jade setzte zu einem neuen Versuch an: »Wenn du auf mich gehört ...«

Dabei stürzte Angel den Rest des Kaffees herunter und erhob sich aus dem Ledersessel.

»Wo geht's jetzt hin?«

Sie wusste genau, worauf Jade hinauswollte. Sie hatte Angel in Arnac angewiesen, direkt zu Johnnys Lager aufzubrechen. Wäre sie Jades Rat gefolgt, hätte sie die Rettungsaktion vielleicht beschleunigen können, um Butch, Cole und Kim zu befreien. Stattdessen hatte sie erst Victor und dann Butch verloren. Ihre beiden engsten Vertrauten, denen sie ihren Sinneswandel verdankte.

Über ihr eigenes Versagen konnte Angel nicht mit Jade sprechen – und sie wollte es auch nicht. Jade respektierte ihre Entscheidung und führte sie stumm aus dem Klavierzimmer.

***

»GRANT!«, brüllte eine Stimme aus dem Kommandantengebäude.

»Wir sind hier hinten, General!«, rief er mit einer Grillzange in der Hand zurück. Zusammen mit Captain Deveroux, Dog und einer Handvoll rangniederer Offiziere hatte er sich in den schattigen Hinterhof zurückgezogen.

»Was zum Teufel fällt ihnen ein, einfach meine Gasgranaten zu beschlagnahmen!?«, keuchte der ältere Oberbefehlshaber im Türrahmen. Er war auf der Suche nach Colonel Grant offenbar quer durch das Fort gestürmt.

»Befehl von oben, Sir«, antwortete dieser und wendete dabei in aller Seelenruhe die Steaks auf dem Rost.

»Diese verdammten Bacchae haben keine Befugnis über unser Material!«

»Aber über uns. Ich darf mich einem direkten Befehl nicht widersetzen«, entgegnete Grant stur.

»Von wem stammten die Befehle?«

»Von Herrin Sydney, Sir.«

»Ach, natürlich! Und wer hat sie ihnen überbracht?«

Grant schwieg, während er einen Teller nahm und ein saftiges

Stück vom Grill darauf schob.

»Auch ein Steak, Sir?«

»Diese verdammte ...« Torus starrte verdutzt auf das Fleisch und anschließend ebenso verwirrt in die Runde. »Was läuft hier eigentlich?«

»Meine Männer erhalten vor der Übung etwas anständiges zu essen«, antwortete Grant und bot ihm erneut den Teller an.

Mürrisch griff Torus zu und schluckte den Rest seines Zorns als Vorspeise herunter.

»Diese Jade wird noch mal ihr Untergang sein, Colonel.«

»Gut möglich, Sir. Aber hoffentlich erst, wenn wir beide alt und grau sind.«

Grant verteilte die restlichen Stücke vom Grill und ließ sie von seinen Offizieren zum langgezogenen Biertisch tragen.

»Wofür brauchen sie das verfluchte Zeug überhaupt?«, fragte Torus, nachdem der erste Bissen sein Gemüt etwas beruhigt hatte.

»Für den Angriff auf die Vulturefestung«, erklärte Captain Deveroux.

Nun wurde Dog hellhörig und riss sich beim Kauen zusammen, damit seine Essgeräusche das Gespräch nicht überdeckten.

»Wir haben den *Screamer* aus Camp Remus angefordert, aber der Konvoi wird wohl unterwegs liegengeblieben sein.«

»Der Plan ist doch längst abgesagt worden«, erwiderte Torus mit einer abweisenden Handbewegung. »Wir sollen nur noch den Pass sichern. Sydney und ihre Bande wollen die Vultures übernehmen.«

»Sir ...?« Deveroux starrte Colonel Grant verwirrt an, aber der ließ sich nichts anmerken und blickte unbeirrt auf sein schrumpfendes Steak.

»Wer weiß, was die jetzt wieder vorhaben«, lamentierte Torus weiter. »Ist mir doch alles egal. Die haben sich die Suppe eingebrockt, also sollen die Prätorianer sie von mir aus auch auslöffeln. Von denen gibt es ohnehin schon zu viele.«

Dog verspürte ein mulmiges Gefühl in der Magengegend, das nicht vom Fleisch kam. Er wusste, worüber der General redete, denn er war am Vortag in der Besprechung gewesen, bei dem Sydney Torus das Kommando über die südlichen Wastelands entzogen hatte. Insgeheim freute es ihn immer wieder, wenn ihn seine Gegner für einen geistig zurückgebliebenen Muskelprotz hielten, während er im Stillen an ausgefeilten Taktiken arbeiten konnte.

Captain Deveroux schien in genau diese Kategorie zu fallen, denn obwohl sie direkt neben ihm saß und über einen Angriff auf seine alte Festung diskutierte, würdigte sie ihn keines Blickes. Nur David Grant behielt ihn die ganze Zeit im Auge. Er war schließlich ebenfalls bei der Besprechung dabei gewesen und wusste von der Planänderung, was ihn jedoch nicht aus der Ruhe brachte.

»Sir«, begann er respektvoll, als sein Teller leer war. »Ich weiß nicht, was Herrin Sydney vor hat, aber ich habe meine Befehle und werde diese Übung durchführen. Training hat noch niemandem geschadet und damit sind wir für den Ernstfall gerüstet.«

»Sie meinen, falls die den Mund mal wieder zu voll genommen haben?«

»Zum Beispiel.«

»Meinetwegen«, seufzte Torus und schob den Teller beiseite. »Behalten sie das ganze Zeug, Colonel, und hoffen sie, dass der Spuk bald ein Ende hat.« Er stand auf und rückte seinen Gürtel zurecht. »Aber lassen sie sich nicht noch mal einfallen, einfach so Material aus anderen Lagern zu konfiszieren! Bacchae hin oder her. Beim nächsten Mal soll Sydney gefälligst selbst auftauchen!«

Ohne auf eine Antwort zu warten, kehrte er zum Kommandogebäude zurück und fuhr kurz darauf mit seiner Eskorte von dannen.

»Sir?«, fragte Deveroux erneut, als sie wieder unter sich waren.

»Was ist, Captain?«

»Der Plan ist abgesagt worden?«

»Pläne ändern sich.« Grant blickte zu ihr hoch und ließ seine Augen anschließend zu Dog schwenken, der aufmerksam jedes Wort mitverfolgt hatte, um Angel am Abend davon berichten zu können. »Aufessen. Wir haben heute noch viel Arbeit vor uns.«

***

Nach der unerwarteten Kaffeepause wollte Angel endlich ihre Erkundung fortsetzen und stellte Fragen nach den Aufklärungsdrohnen über den Freien Enklaven, der Herkunft der Neces und

Jades Beziehung zu Jiao. Jade hörte sich ihre Worte beim Gang durch die blankpolierten Korridore des Tempels still an, schmunzelte gelegentlich oder biss die Zähne zusammen, so als hätte Angel einen wunden Punkt getroffen. Erst mit dem Öffnen eines Fahrstuhls hinter der großen Versammlungshalle, verstummte sie abrupt.

»Ich weiß, dass du nach vielen Antworten verlangst, aber es gibt eine Sache, die wir dir vor allem anderen zeigen müssen«, sprach Jade mit ernstem Unterton. »Gut möglich, dass du danach nichts mehr mit uns zu tun haben willst.«

Der Tempel besaß nur zwei Stockwerke, es ging also nach unten, als Jade auf die Taste -3 drückte. Angel erinnerte sich an die Unterführung, durch die Cassidy Dog, Miss Connely und Martin Rich in die Quarantänestation gefahren hatte und genau da öffnete der Fahrstuhl seine Türen. Am Vortag war es Angel nicht erlaubt worden, die anderen zu begleiten; aus Sicherheitsgründen.

Moderne LED-Leuchten an der Decke und den Wänden hüllten den Raum in ein grellweißes, hygienisch anmutendes Licht, das an die Krankenstation der Biosphäre erinnerte. Schreibtische mit unsortierten Papierstapeln, Datenpads, E-Papers und Formeln zeichneten aber eher das Bild einer Forschungseinrichtung anstelle eines Hospitals. Zudem herrschte eine beruhigende Stille wie in einer Bibliothek, in der nur gelegentliches Papierrascheln und das Klicken von Tastaturen zu hören war.

Durch eine offene Tür erkannte Angel aufeinandergestapelte Rattenkäfige, in denen fein säuberlich beschriftete Nager an Futtertrögen knabberten oder sich mit Laufrädern auf Trab hielten. Mit Klebenotizen tapezierte Glaswände trennten die einzelnen Arbeitsplätze voneinander ab. Manche besaßen Jalousien, die eine gewisse Privatsphäre beim Arbeiten ermöglichten. Nur zwei Männer und eine Frau waren zur Zeit ihres Besuchs in der Anlage beschäftigt.

»Ah, Herrin Jade«, sagte der Ältere in einem grauschwarzen Kittel und drehte sich mit einem glimmenden Datenpad in der Hand um. »Wir haben euch schon erwartet.« Anschließend wandte er sich ohne Umschweife an Angel, legte das Pad auf seinen Schreibtisch und streckte ihr die Hand aus. »Ich bin Doktor Garrick Sheridan. Willkommen bei Task-Force Interdictum.« Dabei holte er mit dem linken Arm aus und deutete auf die unzähligen Formeln, Fotos, Skizzen und Zeichnungen an den Wänden.

Seine Stimme klang tief und hochprofessionell, wie die eines Mannes, der auf eine lange und erfolgreiche Karriere zurückblicken konnte. Überrascht vom plötzlichen Szenenwechsel ließ sich Angel die Hand schütteln und in das Labor führen.

»Was ist das hier?«, fragte Angel.

»Vor vielen Jahren sind Sydney und ich auf die Ruinen eines Industriekonzerns gestoßen, in dem an Möglichkeiten geforscht wurde, den Massenprotesten der zusammenbrechenden Zivilisation Herr zu werden«, begann Jade zu erklären, während sie Angel zusammen mit Dr. Sheridan an den Glaswänden vorbeiführte. Sie zeigte auf das Foto eines futuristischen Gebäudekomplexes mit geschwungenem Dach und abgerundeter Fassade.

»Also sowas wie ein Beruhigungsmittel?«, fragte Angel.

»Sedativa waren der erste Ansatz«, bestätigte Dr. Sheridan. »Aber Medikamente bergen immer gewisse Nachteile. Sie können abhängig machen und sind für den unbemerkten Einsatz gegen große Menschenmengen denkbar ungeeignet. Eine Dosis, die für einen Erwachsenen ausreicht, würde bei einem Kind unter Umständen zum Atemstillstand führen. Stattdessen suchte man nach einer Möglichkeit, mit der eine dauerhafte Bewusstseinsveränderung hervorgerufen werden konnte.«

»Die wollten ihre Leute also einfach so hörig machen?«

»Das Ziel verfolgen Herrscher doch schon seit Anbeginn der Zeit. Organisierte Kriminalität, Monarchien, Personenkulte, Religionen. Alle haben versucht, die Massen zu kontrollieren«, winkte Jade ab. »Nur die Methoden ändern sich.«

»Was die Regierung von dem Konzern verlangte, war eine Art Indoktrination«, fuhr Dr. Sheridan fort, ohne überhaupt Notiz von Jades philosophischen Anwandlungen zu nehmen. »Die Menschen sollten ihren Protestwillen verlieren, aber nicht etwa faul herumsitzen, sondern weiterhin mit höchster Effizienz ihrer Beschäftigung nachgehen.«

»Hatten sie Erfolg?«

»Nein«, sagte Dr. Sheridan und klang dabei nahezu abwertend, so als war er mit der Vorgehensweise seiner früheren Kollegen unzufrieden. »Die Forschung wurde als zu riskant betrachtet und eingestellt. Anschließend hat das Militär das Labor evakuiert und versiegelt, als die Stadt im Feuersturm der Anarchie unterging.«

»Aber wir haben es gefunden«, übernahm Jade. »Vergraben unter meterdicken Schuttbergen und geschützt durch verschweißte Panzerstahltore, die kein Mob der Welt je aufgebrochen hätte.«

Angel fühlte sich unweigerlich an die McKnight Air Force Base erinnert. Sie hatte Jade den Weg dorthin gewiesen, aber die hatte etwas von vor sieben Jahren gesagt.

»Wo liegt dieses Labor?«, fragte sie, um auf Nummer sicher zu gehen.

»Die genaue Position ist geheim und nur den Bacchae bekannt«, antwortete Jade. »Die Anlage ist weit von Cor Syrte entfernt. Es ist äußerst unwahrscheinlich, dass ihr je darauf gestoßen seid.«

Es handelte sich demnach nicht um die verfluchte Militärbasis. Das beruhigte Angel ein wenig.

»Die Tore sind bis heute verschlossen. Wir haben stattdessen eine Wand sprengen müssen, aber uns kam nichts als abgestandene Luft entgegen. Kein Leichengestank, wie wir ihn von anderen versiegelten Komplexen kennen. Auch so gut wie keine Aufzeichnungen, Computer oder Datenspeicher. Das meiste schien vor der Evakuierung entfernt worden zu sein«, erzählte Jade weiter. »Wir standen schon kurz davor aufzugeben, als zwei von unseren Prätorianern plötzlich durchdrehten. Zunächst weigerten sie sich, Befehle zu befolgen und versteckten sich stattdessen wie verängstigte Kinder in den dunkelsten Ecken, die sie finden konnten. Als wir ...« Jade machte eine kurze Pause und drehte Angel und Dr. Sheridan den Rücken zu. »Als *ich* die Geduld mit ihnen verloren habe, wurden sie aggressiv, schlugen wie wild um sich und flüchteten am Ende in die tiefergelegenen Kellergeschosse.«

»Klaustrophobie?«, mutmaßte Angel. Seit sie sich ihrer Furcht vor Höhen bewusst geworden war, hatte sie sich mit irrationalen Ängsten beschäftigt.

»Nein, auf sowas werden alle Prätorianer vor ihrer Aufnahme getestet«, sagte Jade. »Eines der Experimente war bei unserer Erkundung beschädigt worden. Darunter befanden sich Behälter mit einem Parasiten, mit dessen Hilfe die Regierung ihr Protestproblem lösen wollte. Sie nannten ihn *Necetha Arthropoda* und die Prätorianer haben sich durch Schnittwunden der Scherben mit ihm infiziert.«

»Necetha ... Neces?«, kombinierte Angel.

»Das Experiment war ganz klar ein Fehlschlag«, bestätigte Jade nickend. »Wäre es nach mir gegangen, hätten wir das Labor verlassen, die Gebäude darüber einstürzen lassen und zuvor noch eine Bombe in den Keller geworfen, aber Sydney war fasziniert von den potentiellen Verwendungsmöglichkeiten.«

»Was für Möglichkeiten? Eure eigenen Farmen abzubrennen?«

»Bitte ...«, erwiderte Jade überheblich. »Erzähl mir nicht, dass du dermaßen kurzsichtig bist.«

»Das Imperium stand zu jener Zeit vor dem Abgrund«, übernahm Dr. Sheridan in seinem sachlichen Tonfall. »Die Gangs der Apokalypse waren von Sophias Legion und ihren Bacchae unterworfen und versklavt worden, aber der erste Ragnarkrieg hatte enorme Verluste gefordert. Das Volk suchte Schuldige und verlangte nach Veränderungen und Reformen. Die lebenslange Sklaverei galt nicht länger als zeitgemäß. Die Internatspflicht von Alexandria und die daraus resultierende Trennung zwischen Eltern und Kindern sorgte für Unruhen; besonders in den sicher geglaubten Städten wie Isis und Sicariia. Die Bewohner von Isis stimmten mehrheitlich dafür, sich mit ihren Nachbarprovinzen vom Reich abzuspalten. Schnelle Veränderungen gehen immer mit großem Chaos einher. Die Aufmerksamkeit des Volkes musste abgelenkt werden, bis das Imperium die Forderungen geordnet umsetzen konnte.«

»Was ist deiner Meinung nach das wirksamste Mittel, um Menschen unter Kontrolle zu halten?«, fragte Jade.

Nun begannen die Bilder an den Wänden, für Angel einen Sinn zu ergeben. Gekrümmte Männer und Frauen, die in dunklen Verstecken vom Blitzlicht der Kamera aufgeschreckt worden waren. Unheimliche Schatten, die zwischen Ruinenstädten herumirrten. Chemische Formeln, die auf sie äußerst kompliziert und unverständlich wirkten. Strategische Zahlenspiele über den Einsatz von *biologischen Waffen*. Und wo immer sie hinsah, fiel ihr nun das Wort *Neces* auf.

»Furcht«, antwortete sie nachdenklich.

Jade ging zu einem der Labortische und zeigte auf das darauf stehende Mikroskop.

»Sieh mal hindurch.«

Angel folgte ihrer Anweisung und rechnete mit länglichen Stäbchen oder ähnlichen Bildern; Überbleibsel von Dr. Stevens Crashkursen in Medizin aus Silver Valley. Stattdessen wurde ihr schlagartig bewusst, warum ihr das Wort Arthropoda so sauer aufgestoßen war. In der Optik schwammen schwarze, spinnenähnliche Tierchen mit sechs Beinen, die um ein Vielfaches länger waren als der glitschig aussehende Rumpf. Wie Fühler von Insekten wirbelten sie auf der Suche nach Nahrung herum.

Reflexartig zuckte Angel zurück und griff sich an den Hals, als hätte sie Angst, etwas davon verschlucken zu können.

»Baaahhh ...«, fluchte sie angewidert.

»Sie leben im menschlichen Liquor«, erklärte Dr. Sheridan. »Das ist die Flüssigkeit, in der Gehirn und Rückenmark schwimmen.«

»Und die habt ihr einfach auf euer Volk losgelassen?«

»Nicht ohne gewisse Vorsichtsmaßnahmen zu treffen«, entgegnete ihr Jade. »Ist die Demonstration bereit, Doktor?«

»Natürlich, Herrin«, sagte er und wies ihr den Weg in einen Nebenraum, der an ein polizeiliches Verhörzimmer erinnerte. Durch eine Glasscheibe getrennt hockte auf der anderen Seite ein Häufchen Elend von einem Menschen in der Ecke und kaute auf einem abgenagten Rinderknochen herum. Auf Jades Seite war es stockdunkel.

»Das ist ein Spiegelfenster«, erklärte sie. »Solange bei uns das Licht aus ist, sieht er sein eigenes Spiegelbild anstelle von uns. Momentan ist er völlig harmlos.« Sie nickte dem Doktor zu, der hinter ihnen am Lichtschalter stand und ihn daraufhin umlegte. »Jetzt kann er uns sehen.«

Die ausgemergelte Gestalt drehte den Kopf zum Fenster und wirkte im ersten Augenblick neugierig, zeigte aber keine Anzeichen von Aggressivität. Auf einmal trommelte Jade an das Fenster.

»Hey! Hierher du Missgeburt!«, rief sie durch einen Lautsprecher in den Verhörraum hinein, doch anstelle anzugreifen, rollte sich der Neces in der Fötusstellung zusammen und versuchte wimmernd seinen Kopf zu verstecken. Jade wandte sich an Angel und ließ das Licht wieder abschalten. »Wie du siehst, sind sie einzeln in ihrem Normalzustand nahezu ungefährlich. Er würde dich nur angreifen, wenn du seinem Nistplatz zu nahe kommst oder ihn direkt bedrohst; wie ein wildes Tier. Aber jetzt pass auf.« Sie drehte sich zu Dr. Sheridan um. »Das Gas einlassen!«

Angel starrte mit morbider Faszination auf die jämmerliche Gestalt, die sich noch immer schutzsuchend in der Ecke verkroch. Ihre Opfer hatten häufig ähnliche Verhaltensweisen gezeigt, nachdem ihre Siedlungen von den Vultures bis auf die Grundmauern niedergebrannt worden waren. Doch mit einem leisen Zischen aus einer Düse an der Decke änderte sich die eingeschüchterte Körperhaltung auf einmal und der Fluchtinstinkt schwand binnen weniger Sekunden. Der Neces robbte aus seiner Ecke heraus, stand auf und begann damit, den Raum abzusuchen. Er erkannte sein eigenes Spiegelbild, erinnerte sich aber offenbar daran, dass es eine Täuschung war, und wollte das Fenster genauer analysieren. Eine Wand aus dicken Eisenstäben hielt ihn einen Meter davor zurück.

»Das Licht wieder an«, befahl Jade.

Kaum schalteten sich die Deckenleuchten ein, kreischte der Neces vor Wut auf und stemmte sich mit aller Kraft gegen die Stahlstreben. Als das nichts brachte, schlug er mit den Händen und seinem abgenagten Knochen darauf ein, bis er auch diesen Misserfolg verstand. Nun griff er nach dem einzigen Metallstuhl im Raum und schmetterte ihn gegen das Gitter, bis nur noch ein verbogenes Geflecht davon übrig war und er ihn in seinem Rausch quer durch das Zimmer schleuderte.

»Genug!«, rief Jade, um die Schreie aus dem Nebenraum zu übertönen.

Dr. Sheridan schaltete das Licht in ihrem Raum wieder aus, doch diesmal ließ sich der aufgebrachte Neces nicht täuschen, sondern versuchte den festgeschraubten Stahltisch aus dem Boden zu reißen. Ebenso schnell, wie er verrückt gespielt hatte, ließ er plötzlich davon ab und sackte bewusstlos zusammen. Zwei kräftige Laborarbeiter mit Gasmasken traten ein und schleiften ihn durch einen abgeriegelten Korridor zurück in seine Zelle.

»Und damit wollt ihr euch schützen?«, brach es aus Angel heraus. »Der hätte uns doch alle in der Luft zerrissen!«

»Kontrollierte Aggression«, begann Dr. Sheridan mit zusammengefalteten Händen zu erklären. Als Jade ihm zunickte, verschränkte er die Arme hinter dem Rücken und fuhr wie ein Professor bei einer Vorlesung fort. »Wir können inzwischen steuern, wann die Neces zu rasenden Bestien werden, die jeden Gegner ohne den geringsten Selbsterhaltungstrieb attackieren. Eine kleine, zeit- oder ferngesteuerte Kapsel des Aggressors in eins ihrer Nester gefeuert und schon drehen sie auf Kommando durch. Wir sind außerdem in der Lage, sie über ähnliche Wirkstoffe zu vertreiben, etwa um sie an die Grenze eines Feindes umzusiedeln.«

»Ihr wart gezwungen, eure Enklaven mit hohen Mauern zu umgeben, und konntet das viele Land um euch herum nicht nutzen«, übernahm Jade. »Bei einem Angriff auf unser Territorium muss sich der Gegner zunächst durch ein Heer von sorgfältig platzierten Neceskolonien kämpfen, die Angst und Schrecken unter ihnen säen; zumal jeder Flüssigkeitskontakt für ein Drittel aller Menschen hochansteckend ist. Als die Ragnars uns im zweiten Krieg angegriffen haben, war die Hälfte ihrer Truppen selbst zu Neces geworden, bevor sie vor Persephone standen.«

»Was machen diese Spinnen?«, wollte Angel wissen. »Warum ist der Typ eben dermaßen auf uns losgegangen?«

»Die Necetha-Parasiten verursachen eine Läsion des präfrontalen Kortex, was zu einer Enthemmung des Wirtes führt«, erläuterte Dr. Sheridan. »Gleichzeitig beeinträchtigen sie die Funktion der Amygdala und steigern jegliche Form von Erregung. Stimulieren wir einen befallenen Neces mit dem Aggressor, wird das Gehirn von traumatischen Erinnerungen überflutet, was eine Kettenreaktion auslöst, an deren Ende die unkontrollierte Aggression steht.«

Angel blinzelte hilflos zu Jade.

»Übersetzung, bitte?«

»Stell dir ein Marmeladenglas auf einem Tisch in guter Gesellschaft vor. Du willst unbedingt an die süße Marmelade, aber es würde dir nicht mal im Traum einfallen, in der Öffentlichkeit hineinzufassen. Es ist dein präfrontaler Kortex, der vordere Bereich des menschlichen Gehirns, der dich davon abhält«, erklärte Jade fast im selben Tonfall wie der Wissenschaftler. Sie hatte den Text mit Sicherheit vorher einstudiert. »Bei Kleinkindern ist dieses Hirnareal noch nicht vollständig ausgebildet, deswegen grabschen Babys einfach in Marmeladengläser. Bei den Neces wird genau dieses Areal beeinträchtigt, wodurch sie keine Hemmungen mehr kennen.«

»Okay«, überlegte Angel. »Und was war das andere? Dieses Amygdings?«

»Die Amygdala koordiniert das Angstempfinden«, übernahm Dr. Sheridan. »Sie sorgt unter anderem dafür, dass du traumatische Erinnerungen unterdrücken kannst. Der gewaltsame Tod deiner Eltern oder Geschwister zum Beispiel. Bei den Neces sind diese Fluttore ausgesprochen dünn und können durch den Aggressor gänzlich durchbrochen werden. In ihrem Bewusstsein ist jeder Mensch, den sie vor sich sehen, Schuld an allem, was ihnen in ihrem Leben je widerfahren ist. Und in der heutigen Zeit gibt es wahrlich keinen Mangel an grausamen Schicksalsschlägen.«

»Müssten die sich dann nicht auch gegenseitig abschlachten?«

»Nein. Der Parasit sorgt dafür, dass andere Wirte als solche erkannt werden«, erklärte Dr. Sheridan weiter. »Wir nehmen an, dass es bei der Entwicklung Absicht gewesen ist, um teambasiertes Arbeiten zu gewährleisten. Darum rotten sich die Neces zusammen und jagen bevorzugt im Rudel.«

»Und ... wie viele von den Viechern schwimmen in einem Kopf herum?«

»Das ist unterschiedlich. Wir haben Vorkommen zwischen zehn und einigen hundert Parasiten entdeckt.«

»Aber was ist mit euren eigenen Leuten? Wie schützt ihr die davor?«

»Nur sehr wenige Personen außerhalb der Bacchae besitzen Kenntnis darüber, dass die Neces von uns erschaffen wurden. Nahezu jeder Bürger des Imperiums ist entweder auf natürliche Weise oder durch regelmäßige Impfungen gegen die Parasiten immun; genauso wie du und deine Freunde.«

Angel rieb sich affektartig an der Einstichstelle von Jades Spritze.

»Ganz recht«, nickte diese ihr zu. »Ohne die Impfung hätten wir euch nicht mitnehmen können. Die Bevölkerung ist davon überzeugt, dass sie die Injektionen vor Seuchen schützen; und das ist auch korrekt. Du bist nun für einige Zeit gegen eine Vielzahl von Krankheiten gewappnet, aber der Hauptgrund ist, unsere Bürger vor den Neces zu bewahren.«

»Die Injektion enthält einen speziellen Antikörper, der den Necetha-Parasiten abtötet, lange bevor er den Liquor erreicht«, fügte Dr. Sheridan hinzu. »Allerdings muss sie spätestens alle dreizehn Monate wiederholt werden.«

»Aber warum leben die mitten in eurem Land? Warum nicht nur an den Grenzen?«

»Weil ein Volk in Angst ein höriges Volk ist«, erwiderte Jade mit ausholenden Armen. »Viele Probleme der alten Welt hatten ihre Ursachen darin, dass die Menschen gar nicht verstanden, wie gut es ihnen eigentlich ging. Sie sind sich aufgrund von Nichtigkeiten an den Hals gegangen. Das Gleiche ist passiert, nachdem Sophia die Gangs fürs Erste zurückgeschlagen hatte und die Schulpflicht in Alexandria eingeführt wurde. Unsere Bürger leben nun mit einem ständigen Gefühl des Unbehagens, das sie zu einer großen Gemeinschaft zusammenschweißt. Mit den Botenstoffen können wir zudem die Necesaktivität kontrollieren. Beginnt es in einer Provinz zu brodeln, sind wir in der Lage, den Fokus auf die Neces zu lenken, während wir das eigentliche Problem beheben. Es ist wie mit einem Volk im Krieg, das ein gemeinsames Feindbild hat, gegen das es geschlossen vorgehen kann und muss. Ist das Problem gelöst, treiben wir die Neces wieder in ihre Nester.«

Sie verließen den umgebauten Verhörraum und kehrten in das Labor zurück, wo Angel sich erst einmal hinsetzen musste.

»Davon sollte Cassidy besser nichts erfahren«, murmelte sie und massierte dabei ihre Schläfen mit den Zeigefingern.

»Niemand darf davon erfahren«, warnte Jade.

»Wie bekommt ihr das eigentlich geheim gehalten?«, wunderte sich Angel in Gedanken an Henry, der drei Etagen über ihr gerade Klavierstunden von Sydney erhielt. »Und wo kriegt ihr die Laborratten dafür her?« Dabei nickte sie in Richtung des Verhörraums, um unmissverständlich den Mann und nicht die Ratten in ihren Käfigen zu meinen.

»In unserem Strafsystem gibt es eine Abstufung, bei der den Tätern der Status der Menschlichkeit entzogen wird. Anschließend gelten sie nur noch als Objekt, über das die Projekte wie Task-Force Interdictum frei verfügen können«, erklärte Jade.

»Was muss man dafür tun?«

»Ein Kind schwer misshandeln oder vergewaltigen«, antwortete Dr. Sheridan mit einem verächtlichen Unterton. Er war ihnen gefolgt und hielt eine Art Krankenakte in der Hand. »Subjekt zwölf hat behauptet, seine Tochter wäre tot; von Gangs abgeschlachtet. Dabei hat er sie zwei Jahre lang in seinem Keller gefangengehalten und regelmäßig zusammen mit seinem Nachbarn missbraucht. Der hört jetzt auf den Namen Subjekt dreizehn und sitzt in der Zelle neben Nummer zwölf.«

»Es gibt noch andere Vergehen, aber schwere Kindesmisshandlung ist in der Tat ein Freifahrtschein in Einrichtungen wie diese. Für das Urteil des Entzugs der Menschlichkeit muss eine Bacchae den Fall eigenständig untersuchen und dem Gericht zustimmen. Anschließend werden die Verurteilten in den Abyss geschafft, von wo es kein Entrinnen mehr gibt. Nicht alle gelangen in das Neces-Programm.«

Jade faltete die Arme hinter dem Rücken zusammen und ging einen Schritt auf die Jalousienwand zu, an der unzählige Fotos ihres selbst gezüchteten Horrors klebten.

»Es gibt auf dem Gebiet des Imperiums eine Stadtruine, die von Neces überrannt wurde und für niemanden außer den Bacchae zugänglich ist. Im Keller eines eingestürzten Gebäudes liegt der Abyss. Der Abgrund. In kleine Käfige gepfercht sitzen dort Kinderschänder, Serienkiller, Terroristen und Vergewaltiger. An diesem Ort gibt es kein Licht. Keine Möglichkeit, die Uhrzeit zu bestimmen oder die Tage zu zählen, keine Beschäftigung und keine Hoffnung auf Flucht. Die einzige Zerstreuung ist die tägliche Nahrungsration, die aus einem Loch in der Decke fällt. Viele der Insassen schreien Tag und Nacht, um zu spüren, dass sie noch leben. Manche haben seit Jahren nichts mehr gesehen und sind davon überzeugt, blind zu sein. Einige kratzen sich selbst die Augen aus oder brechen sich im Wahn die eigenen Knochen an den Wänden. Sie werden nicht gefoltert oder verhört. Sie warten einfach nur. Sie warten auf den Tod durch unsere Hand. Es ist die Hölle, die all jene erwartet, die zu weit gegangen sind, die jeder Form von Gerechtigkeit und Justiz spotten und die jedes Recht auf Menschenwürde verloren haben.«

Jade drehte sich gedankenversunken zu Angel um.

»Das Volk hat keine Ahnung, was mit dem Abschaum geschieht, der in den Abyss geschickt wird. Dank ein paar von uns gestreuten Gerüchten glauben die meisten, dass wir medizinische Experimente an ihnen durchführen, anstatt fluffige Karnickel dafür zu verwenden.«

»Ihr lasst euer Volk in Angst leben und stellt euch dabei als ihre einzige Rettung dar. Mehr hättest du mir gar nicht sagen brauchen«, knurrte Angel, als ihr das Gewäsch zu weit ging.

»Cassidy hat dir doch sicher von Nerun erzählt, wo die Bacchae fast die gesamte Provinz ausgelöscht haben«, erinnerte Jade sie. »Die Neces sind ebenso wie die Stasis eines unserer Instrumente, um das Imperium zusammenzuhalten. Manche sind im ganzen Reich sichtbar, andere werden nie das Tageslicht erblicken.«

Auf einmal wurde ihre Diskussion von lautem Gekreische unterbrochen.

»Doktor! Doktor Sheridan!«, rief eine kreidebleiche Laborassistentin, nachdem sie durch eine Flügeltür gestürmt war. »Herrin Jade! Sie ... sie hat sich losgerissen!«

Jade schien genau zu wissen, von wem sie redete, und rannte an ihr vorbei in einen weiteren Laborkomplex. Niemand hielt Angel auf, die ihr ungefragt folgte. Sie war sich sicher, dass sie hier unten nichts mehr überraschen konnte, doch sie hatte sich geirrt.

An einer Fußkette an die Wand gefesselt schrie Heather Connely aus Leibeskräften und versuchte, sich davon loszureißen. Eine Handfessel hatte sich bereits aus den Fliesen gelöst, weshalb direkte Gefahr bestand.

»Raus! Alle raus hier!«, befahl Jade. »Die Türen verriegeln und das Gas bereitmachen!«

In diesem Moment passierte es. Die Fußkette riss sich mitsamt der weißen Laborfliese aus der Wand und Miss Connely sprang Jade an den Hals. Sie griff nach ihrem Katana, doch das hatte sie an diesem Tag nicht mitgenommen. Mit letzter Kraft drückte sie die wildgewordene Lehrerin von sich, die dabei pausenlos versuchte, ihr ins Handgelenk zu beißen.

»Angel!«, rief sie um Hilfe.

Aus Sorge um ihre eigenen Hände trat Angel Heather von Jade herunter, anstatt sie wegzuzerren. Das machte sie nur noch wütender und ließ sie auf Angel losgehen. Erst nach einem gezielten Handkantenschlag auf den Hals und einem weiteren auf ihr Genick stürzte Miss Connely besinnungslos zu Boden.

»Ich dachte, die wäre tot!«, beschwerte sich Angel in einer Mischung aus Adrenalinrausch und Zorn.

Jade zog sich an einem Tisch zurück auf die Beine und rief das Laborpersonal herein, um Heather zu versorgen; diesmal mit stärkeren Ketten.

»Für sie kam jede Hilfe zu spät«, murrte Jade und untersuchte sich selbst auf Bissspuren. Als sie keine finden konnte, führte sie Angel zu der bewusstlosen Frau. »Die Neces sind nach unserem Kenntnisstand nicht heilbar. Der einzige Schutz besteht in der Impfung.«

»Warum hast du sie dann überhaupt in die Stadt gelassen?«

»Damit Scarlet Ruhe gibt!«, grollte Jade. »Und weil ich gehofft habe, dass wir von ihr lernen können, warum unsere Wirkstoffe in den letzten zwölf Monaten immer mehr an Einfluss verlieren oder sie plötzlich Menschen entführen.«

»Das hat Scarlet gemeint, oder?«

Jade nickte gezwungen. »Im Umkreis der McCallum Farm sind sogenannte Repellents verteilt. Kleine Gaskanister, gefüllt mit einem chemischen Gemisch, dass die Neces zurückhält. Ähnlich wie Urin, den Raubtiere absondern, um ihr Territorium zu markieren.«

»Dann haben wir das Zeug die ganze Zeit eingeatmet?«

»Ohne den Parasit in deinem Kopf hat keine der anderen Chemikalien eine Wirkung. Nicht mal der Aggressor, der sie verrückt spielen lässt«, wiegelte Jade ab. »Allerdings verlieren sie allmählich ihren Effekt oder rufen gänzlich andere Reaktionen hervor. Sydneys Verdacht ist, dass das Repellent an der Änderung ihres Verhaltens Schuld trägt.«

»Der Wirkstoff, der sie von euch fernhalten soll, lässt sie also plötzlich angreifen und Leute kidnappen?«

Jade führte Angel zum Treppenhaus, nachdem Heather mit doppelten Ketten gesichert worden war.

»Es ist bisher nur eine Vermutung. Hat dir Cassidy von dem Springer in Arnac erzählt, den Felicia vor dem Selbstmord bewahrt hat?«

»Dessen Familie von Neces verschleppt wurde?«

»Richtig. Dort ist unserer Ansicht nach dasselbe passiert.« Jade rieb sich auf den Stufen die Augen, so als wolle sie das Elend wegwischen. »Doktor Sheridan arbeitet bereits an Tests, um die Vermutungen zu überprüfen. Nur deswegen habe ich Heather in die Stadt gelassen. Wenn wir nicht bald eine Lösung finden, stehen wir vor einem Drei-Fronten-Krieg gegen die Ragnars, Vultures und die Neces.«

»Warum habt ihr das nicht vorher getestet?«, wunderte sich Angel. »Die kommen mir langsam vor wie ein Waffensystem mit Fehlzündung.«

»Doktor Sheridan hat es vorhin doch erklärt«, erwiderte Jade mit einem defensiven Unterton. »Nach dem Ende der Befreiungskriege und der Einführung der ganzjährigen Schulpflicht stand das Volk kurz davor zu meutern. Gerade in den sicher geglaubten Städten wie Sicariia wollten die Eltern ihre Kinder nicht einfach ins Internat schicken und dazu kam der verlustreiche erste Ragnarkrieg. Isis hat damit gedroht, sich vom Imperium abzuspalten. Die Aufgabe der Bacchae ist es, das Reich als Ganzes zusammenzuhalten und genau das hat Sydney getan, indem sie dem Volk gezeigt hat, wie wichtig dieser Zusammenhalt für ihr Überleben ist. Im Nachhinein betrachtet ist sie zu schnell und zu unvorsichtig vorgegangen. Keine vier Wochen nach unserem Fund in dem Labor hat Sydney die Neces losgelassen. Damals hatten wir weder Aggressoren noch Repellents; und es waren nur kleine Grüppchen, die unsere Prätorianer mit Leichtigkeit auslöschen konnten, wenn die Bedrohung überhandnahm. Erst als Doktor Sheridan die Wirkstoffe zum Steuern der Neces entdeckt hatte, ließen wir sie im größeren Stil frei. Vor einem Jahr fingen sie aber auf einmal an, sich explosionsartig zu vermehren. Anscheinend töten sie ihre Opfer nicht mehr willkürlich, so dass nur wenige selbst zu Neces werden, sondern schleifen sie in ihre Kolonien. Unsere Großstädte sind genau wie eure voll von Scavengern und anderem Gesinde. Viele potentielle zukünftige Neces, gegen die wir etwas unternehmen müssen, bevor es zu spät ist.«

***

»Wollen Sie mich nicht langsam über unsere Befehle aufklären?«, fragte Captain Deveroux auf dem Weg durch das Kommandantengebäude.

Grant blickte sie scharf an.

»Sir!«, fügte Deveroux schnell hinzu und streckte dabei die Brust raus.

»Mitkommen«, befahl Grant und führte sie zusammen mit Dog in einen Planungsraum, der große Ähnlichkeiten mit Monroes Tankstelle aufwies. An den Wänden hingen Informationsblätter über Truppenbewegungen und Zeichnungen der Wastelands. Eine Landkarte, deren Symbole Dog sehr vertraut vorkamen, lag auf einem rechteckigen Tisch in der Mitte. Sie zeigte alles von Silver Valley und der Vulturefestung bis zum Hadesgebirge und dem sicariianischen Pass.

Grant befahl den rangniederen Offizieren, vor der Tür zu warten und diese zu schließen. Dabei warfen sie Dog einen verwunderten Blick zu. Er durfte bleiben. Auch Captain Deveroux runzelte die Stirn, aber ihr Interesse lag vorrangig auf dem Widerspruch zwischen ihren Anweisungen und den Aussagen von General Torus, dass der Angriff auf die Festung abgeblasen worden sei.

»Unsere Befehle haben sich nicht geändert«, begann Grant und zeigte auf das Gebiet der Vultures. »Wir sollen den Pass halten und Erics Gefängnisanlage einnehmen.«

»Ich dachte, Sydney will die Ranger zur paramilitärischen Truppe des Imperiums ernennen und sie euren Job machen lassen?«, raunte Dog mit tiefer Stimme hervor, so dass Captain Deveroux dabei ein kalter Schauer über den Rücken lief.

Er hatte seit seiner Ankunft nichts gesagt und sie ihn daher für einen Barbaren gehalten. Seine Wortwahl und seine detaillierten

Informationen verschlugen ihr nun die Sprache.

»Du solltest am besten wissen, dass das nur ein Teil ihres Plans sein kann«, erwiderte Grant mit einem Tonfall, der an ein vertrautes Gespräch zwischen alten Kumpels erinnerte. »Warum haben die Ranger euch nicht schon vor Jahren von der Landkarte gefegt?«

»Zahlenmäßige Unterlegenheit«, brummte Dog und stemmte sich mit der linken Faust auf den Tisch. Er holte seinen rechten Zeigefinger hervor und zeigte auf die Freien Enklaven. »Die waren gut ausgebildet und ausgerüstet, aber zu wenige, um in die Offensive zu gehen. Eric hat immer genug Kanonenfutter um sich geschart, damit wir Monroes Truppe auf Abstand halten konnten.«

»Verstehst du jetzt?«, fragte Grant und blickte Captain Deveroux an.

»Wir sollen mit denen zusammenarbeiten, die wir gerade erst erobert haben?«

»Nicht ganz«, murmelte Grant zurück und wischte sich den Schweiß von der Stirn, als wolle ihm der nächste Satz nur schwer über die Lippen kommen. »Die Ranger werden die neunte Legion beim Angriff auf die Vultures anführen.«

Daraufhin herrschte eine Minute des Schweigens. Dog hatte seinen Status erfolgreich angehoben und beschränkte sich auf ein schamloses Grinsen, während er die schockierten Gesichtszüge der Offizierin betrachtete.

»Die sollen uns Befehle erteilen?«, brachte sie etwas bestürzt hervor. »Torus wird das niemals ...!«

»General Torus ist nicht länger Oberbefehlshaber der Sicariianischen Armee«, schnitt Grant ihr das Wort ab. »Er weiß noch nichts davon, aber wenn wir fertig sind, ist Torus im Ruhestand.«

Deveroux nahm ihr rotes Barett ab und lehnte sich auf das Fensterbrett zum Militärlager, in dem die Soldaten während der Mittagshitze mit ihren Übungen aufgehört hatten.

»Sydney kann Torus nicht abberufen«, sagte sie verwirrt und kratzte sich durch ihre brünetten Haare, die ihr nun bis in den Nacken reichten. »Ich glaube nicht, dass ihm nach dem Desaster der letzten Wochen irgendjemand nachtrauern wird, aber die können nicht einfach ohne Grund ...«

»Vierhundertneunundsiebzig tote Zivilisten. Davon allein achtundsiebzig Kinder«, fuhr ihr Grant energisch dazwischen. »Das ist die Bilanz, die Torus bei seinem Feldzug zu verantworten hat. Die meisten Kriegsgefangenen aus Sienna haben den Weg ins Imperium nicht überlebt und in Jaguar Bay haben seine Truppen ein weiteres Massaker angerichtet!«

»Krieg fordert immer einen hohen Blutzoll«, entgegnete Captain Deveroux ausweichend. »Die hätten sich einfach ergeben sollen.«

»Darum geht es gar nicht. Das Problem ist, dass Torus und seine Legionen sich seit ihrer Gründung im Krieg mit Gangs wie den Vultures sehen, die wie Bestien über die damaligen Sicarii hergefallen sind. Vor zwanzig Jahren war das nötig, um zu überleben, doch die Realität hat sich geändert«, philosophierte Grant. »Die Ranger waren eine aufrechte Gesellschaft, die sich um ihre Alten gekümmert, ihre Kinder zur Schule geschickt und ihre Nachbarn beschützt hat. Sie hätten niemals wie die Mockingbirds oder Xerant behandelt werden dürfen, aber das hat Torus nicht interessiert. Er wollte den schnellen Sieg um jeden Preis.«

»Es war Jade, die uns erzählt hat, dass Sienna voller Verräter sei!«

»Eine klare Fehleinschätzung ihrerseits«, gab Grant zu. »Sie hat sich anschließend selbst in Gefangenschaft begeben, um ihren Fehler zu korrigieren. Und sie arbeitet immer noch daran. Torus hätte den Feldzug stoppen und eine andere Bacchae herbeirufen müssen, doch stattdessen hat er den Krieg auf eigene Faust weitergeführt und dabei alles infrage gestellt, wofür das Imperium steht.«

Captain Deveroux hob die Arme zu einer abwehrenden Geste. Es schien fast, als wäre sie das Thema leid.

»Mal angenommen, wir fahren mit diesem Plan fort; warum sollten die Ranger überhaupt mit uns zusammenarbeiten? Wir haben zwei ihrer Siedlungen komplett zerstört!«

»Weil die Überlebenden aus den beiden anderen Enklaven stammen; aus Eagle Village und Silver Valley. Auch dort gab es Verluste, aber Jade hat bereits Mittel und Wege gefunden, sie zu entschädigen«, erklärte Grant gelassen und zeigte aus dem Fenster. »Und weil da draußen eine neue Generation von Legionären heranwächst. Intelligente, gut ausgebildete und professionelle Soldaten aus den Reihen der Studenten von Alexandria anstelle der Schlägertruppen, die auf die Schnelle gegen Gangs und Ragnars aufgestellt worden sind.« Dann deutete er auf Dog. »Der Hauptgrund sind jedoch er und seine Gefährtin Angel. Dog hat als Vulture bereits Gefangene der Ranger befreit und sich am Ende selbstlos für sie geopfert. Das ist ein Präzedenzfall für die Zusammenarbeit zwischen Todfeinden gegen eine größere Bedrohung. Angel wird von ihren Leuten verehrt und ist für ihre unorthodoxen Vorgehensweisen bekannt. Jade und Sydney sind sich sicher. Wohin die beiden führen, werden die Ranger folgen.«

»Und sie, Sir?«

Grant fixierte Dog mit seinen grauen Augen.

»Ich sehe nur eine Alternative. Torus den Rücken stärken und die Bacchae stürzen«, erwiderte er. »Wäre dir das lieber, Jill?«

Captain Deveroux verzog das Gesicht. Auf ihrem Nasenrücken entstanden kleine Falten und sie sah aus, als stünde sie kurz vorm Niesen.

»Verstanden, Sir«, brachte sie widerwillig hervor.

***

Angel hatte vermutet, dass Jade sie zurück in den Tempel führen würde, wo sie ihr weitere Fragen stellen konnte. Stattdessen stiegen sie jedoch nur ein Stockwerk hinauf und betraten das alte Archiv des Technologiekonzerns. Meterlange Serverracks flankierten die schmalen Gänge, die auf Angel wie ein Irrgarten wirkten. In den Schränken fehlten gut die Hälfte der Blades, der flachen Computertabletts, die vermutlich geplündert worden waren. Die andere Hälfte war nicht eingeschaltet, so dass die Halle von einer unheimlichen Stille erfüllt wurde.

»Funktionieren die noch?«, fragte Angel mit einem Fingerzeig auf die Computer.

»Interessanterweise ja, die meisten zumindest«, antwortete Jade und klang dabei irgendwie erfreut. Vielleicht darüber, dass Angel schon mal einen Computer gesehen hatte. »Wir haben noch nicht allzu viel Verwendung dafür. Die Funktionen der Stadt werden von lokalen Schaltungen kontrolliert. Hier könnten wir höchstens die Buchhaltung des gesamten Imperiums betreiben oder strategische Artillerieschläge berechnen, aber beides würde die Aufmerksamkeit von Zhang Yuen auf sich ziehen. Du kennst sicher seine Einstellung.«

»Keine hochentwickelte Technologie für Barbaren«, brummte Angel.

Jade nickte augenrollend. »Darum lassen wir die Kisten ausgeschaltet, bis wir sie wirklich einmal brauchen. Die Wasserpumpen und der generelle Stromverbrauch führen das Geothermalkraftwerk ohnehin bereits an die Belastungsgrenze.«

»Ihr verfügt also doch über etwas Hightech«, stellte Angel dabei fest.

»Sicher«, bestätigte Jade. »Wir dürfen sie nur nicht zu sehr zeigen.«

»Was ist dann mit den Drohnen? Denen über unseren Siedlungen. Stammen die von euch?«

»Nein. Yuen hat sie für uns gesteuert.«

»Hm«, murrte Angel. Inzwischen überraschte es sie nicht mehr, dass Zhang Yuen die ganze Zeit mit falschen Karten gespielt hatte. »Weiß Jiao davon?«

»Die würde ihrem Vater den Hals umdrehen«, scherzte Jade. »Du hättest sie mal erleben sollen, als ich ihr von Scarlets wahrem Schicksal erzählt habe.«

Angel wirkte ein wenig erleichtert, dass Jiao wieder einmal vom Haken war. Sie würde die quirlige Rebellin noch brauchen und außerdem blieb Cassidy dadurch ein böses Erwachen erspart. Nachdem nun eine ihrer dringendsten Fragen beantwortet war, weckte das Archiv ihr Interesse.

»Was wollen wir eigentlich hier?«, fragte sie. »Noch mehr Experimente mit Gehirnspinnen?«

»Ich will dir jemanden vorstellen.«

Sie waren bei einer kreisrunden Safetür angekommen, die sich nur durch zwei gleichzeitig gedrehte Schlüssel öffnen ließ. Einen davon besaß Jade, den anderen bediente ein in zivil gekleideter Mann, der sie seit dem Treppenhaus begleitet hatte.

»Drei ... zwei ... eins«, zählte er rückwärts. Auf eins klickte die

Mechanik des dicken Stahlschotts und das daran befestigte Rad ließ sich aufdrehen. Es war so groß wie das Steuer eines PKW. Als entsprechend massiv erwies sich die mannshohe Luke, die Jade und der Wärter nur gemeinsam aufzuziehen vermochten.

Kaum öffnete sich die schwere Panzertür, drang Musik aus dem Inneren. Dahinter erwartete sie ein vergleichsweise luxuriös eingerichteter Raum, der nur aufgrund seiner künstlichen Beleuchtung und der allumschließenden Stahlummantelung an eine Gefängniszelle erinnerte. Anstelle von Fenstern hing das Foto eines grünen Vorgartens mitsamt Vogeltränke, Blumenbeeten und blauem Himmel als Ersatz an der Wand. Der Metallboden wurde von aneinandergelegten Teppichen bedeckt. Eine Sitzecke legte sich um einen hölzernen Couchtisch, auf dem ein Radio den Sender der Stadt spielte. Dahinter lud ein gut gefülltes Bücherregal zum gemütlichen Lesen ein. Am Ende des Sofas reckte sich eine pechschwarze Katze, die von den lauten Türgeräuschen geweckt worden war. Auf der gegenüberliegenden Seite gab es eine kleine Küchenzeile, die jedoch keinen Wasseranschluss besaß. Dafür standen mehrere große Wasserflaschen zur Verfügung. Abfälle und Abwasser wurden genau wie Fäkalien in speziellen Behältern gesammelt. Trotzdem stank es nicht danach. Die Luft war angenehm frisch und sauber, da der Safe ebenso wie der Rest des ehemaligen Archivs mit dem Klimasystem des Tempels verbunden war. Ohne Fenster war das auch bitter nötig, denn wenn sich die Safetür schloss, versiegelte sie den Tresor luftdicht.

»Hallo Pedro«, rief Jade von der Tür aus in Richtung der Sitzecke.

Neben der Katze hockte ein etwa zwölfjähriger Junge im Schneidersitz mit einem Buch in der Hand. Er las nicht darin und hatte vermutlich seit dem lauten Klicken der Türschlösser auf sie gewartet. Als Jade ihn ansprach, legte er das Buch beiseite, drehte das Radio leiser, stand auf und verbeugte sich leicht. Es war keine Kratzfußverbeugung wie die von Henry, sondern einzig eine Begrüßung.

»Herrin«, erwiderte er knapp.

Erst jetzt übertrat Jade die Türschwelle und setzte sich gemeinsam mit Angel zu dem Jungen. Der Gefängniswärter machte die

Tür hinter ihnen wieder zu, aber das Schloss blieb offen.

»Wie geht es dir?«, fragte sie.

Pedro stand da wie angewurzelt und drehte sich lediglich in ihre Richtung.

»Gut.«

»Setz dich doch«, bat ihn Jade. Er gehorchte aufs Wort und setzte sich stumm auf seine Ausgangsposition. »Wie laufen deine Studien?«

»Herrin Yolanda versucht noch immer, mich für Mathematik zu begeistern.«

»Yolanda«, seufzte Jade. »Du wirst eine Weile ohne sie auskommen müssen. Sie wurde schwer verletzt und liegt im Hospital.«

»Was ist mit ihr geschehen?«, fragte Pedro und gab sich dabei alle Mühe, sein besorgtes Gesicht zu verbergen.

»Neces. Scarlet ist kopflos in D-Sechs-alpha eingefallen und Yolanda hat uns gerettet. Bei der anschließenden Flucht ist sie von ihren eigenen Sprengsätzen erwischt worden«, erklärte Jade, woraufhin Angel ihr einen überraschten Blick zuwarf.

Niemand außerhalb der Bacchae und Prätorianer hatte derartige Details erfahren, doch hier saß Jade und plauderte mit einem Kind darüber, als würde er zu ihrem innersten Zirkel gehören.

»Ich verstehe«, antwortete Pedro. Er klang viel erwachsener als andere Kinder seines Alters. Desillusioniert und gezeichnet; sogar weit mehr als Jesse von den Rangern. »Und Herrin Sydney?«

»Oh Sydney ist wohlauf. Ihr letzter MS-Schub hat sich fast vollständig zurückgebildet«, sagte Jade.

Nun konnte Angel ihre Verwunderung nicht mehr verstecken. Angeblich wusste nicht mehr als eine Handvoll Ärzte von Sydneys Krankheit, doch der Junge reagierte weder überrascht noch neugierig.

»Ich werde sie fragen, ob sie Yolandas Unterricht für eine Weile übernehmen kann.«

»Danke, Herrin«, erwiderte Pedro mit gesenktem Haupt.

Er hatte Angel seit ihrem Eintreten nicht aus den Augen gelassen, schien sich jedoch nicht zu trauen, nach ihr zu fragen. Vielleicht durfte er es auch nicht. Als sie schon kurz davor war, selbst das Wort zu ergreifen, kam Jade ihr zuvor.

»Das ist eine neue Freundin von mir. Du brauchst dich vor ihr nicht zu verstellen.«

Es dauerte einen Moment, dann wechselte die Mimik des Jungen, als wäre gerade eine schwere Bürde von ihm genommen worden. Er hob den Kopf und sah Angel direkt in die Augen.

»Eine neue Bacchae?«, fragte er. Seine Demut war nicht verschwunden, aber er wirkte um einiges selbstbewusster als noch vor ein paar Sekunden.

»Das Gegenteil«, lächelte Jade zurück. »Sie ist die Kriegsherrin aus Cor Syrte, die die Ranger anführt. Ich hab dir doch von ihnen erzählt, nicht?«

»Angel«, sagte Pedro, ohne ihren Namen je zuvor gehört zu haben. »Du hast sie also wiedergefunden.«

Jade nickte.

»Und sie hat dir bereits zugestimmt. Sonst hättest du sie nicht zu mir gebracht.«

»Mehr oder weniger«, entgegnete Jade ausweichend. »Sie ... ist noch nicht vollends von meinen Motiven überzeugt.«

»Das kann ich ihr kaum verdenken. Ich werde euch etwas zu trinken holen.«

Er stand auf und ging hinüber zur Küchenzeile.

»Wer ist das?« Angel sprach die Worte nicht aus, sondern formte nur die Laute mit ihren Lippen.

»Pedro de Souza, Sohn von Felipe de Souza, der meine Schwester Inara entführt hat«, antwortete Jade in normaler Gesprächslautstärke. »Inara konnte ich nicht finden, dafür sind die Nocturnals bei ihrer Suche nach seinem Vater auf Pedro gestoßen. Nun hat er meine Schwester und ich seinen Sohn.«

Angel dachte einen Augenblick über ihre Worte nach. Nur zwei Etagen von ihnen entfernt gab Sydney einem nahezu gleichaltrigen Jungen Klavierstunden. Alexandria war voll von Schülern und zur selben Zeit hielt Jade ein anderes Kind in diesem Verlies eingesperrt, das sie aufgrund der riesigen Panzertür, der Wachen und der fensterlosen Abschirmung nur als uneinnehmbar erachten konnte.

»Clever«, meinte sie dazu. »Wenn Felipe deiner Schwester etwas antut ...«

»Ganz genau«, bestätigte Jade. »Ich hab mir schon gedacht, dass du Gefallen daran finden würdest.«

Angel hatte als Vulture gern wertvolle Gefangene genommen. Dog nannte sie scherzhaft VIPs. Eltern oder Geschwister als Geiseln zu halten war eine der Grundvoraussetzungen für halbwegs tragfähige Zweckbündnisse unter den Gangs gewesen. Kleine Siedlungen ließen sich dadurch auch viel leichter zur Herausgabe ihrer Nahrungs- und Wasservorräte überzeugen, anstelle von roher Gewalt.

»Pedro wird nicht wie ein Häftling behandelt, denn er hat ja nichts verbrochen«, fuhr Jade unterdessen fort. »Er erhält die womöglich beste Ausbildung des Imperiums durch die Bacchae, wird rund um die Uhr von den Arbitern versorgt, ist gegen jede Gefahr von außen geschützt und kümmert sich zusätzlich noch um meine Katze. Aber er ist gefangen und wird diesen Safe erst wieder verlassen, wenn Inara frei ist.«

Während sie sprach, kehrte Pedro mit zwei dampfenden Tassen zurück. Kein Kaffee, sondern heiße Schokolade. Derweil legte sich die schwarze Katze auf Jades Schoß und ließ sich ausgiebig von ihr kraulen.

»Das ist Mina«, stellte sie das Haustier vor. »Ich hab sie von Sydney zum Beginn meiner Ausbildung bekommen.«

»Wäre eine anständige Waffe nicht besser geeignet gewesen?«, fragte Angel verwundert.

»Jede Bacchae erhält ein Tier ihrer Wahl, um das wir uns kümmern müssen«, erklärte Jade. »Wer es vernachlässigt oder einfach keine Achtung vor ihm hat, wird von uns ausgeschlossen.«

»Ich hab deine Katze doch nie gesehen? Wo hast du die in Eagle Village versteckt gehabt?«

»Nur die wenigsten nehmen ihre Gefährten mit und Mina ist dafür denkbar ungeeignet. Sie sollen uns stattdessen an Alexandria und die Bacchae binden, nachdem wir unsere Familien aufgegeben haben. Solange wir unterwegs sind, kümmern sich die Arbiter um sie.«

»Du warst doch gerade erst bei deinen Eltern und suchst immer noch nach deiner Schwester?«

»Aufgeben bedeutet nicht, den Kontakt abzubrechen«, erklärte Jade. »Aber wir dürfen niemandem eine Vorzugsbehandlung zukommen lassen. Selbst feste Beziehungen sind uns verboten, von einer Hochzeit ganz zu schweigen.« Sie hob Mina unter den Armen hoch und streichelte ihre Stirn mit ihrer Nasenspitze. »Unsere Tiere sind unsere Gefährten. Sie werden uns nie verraten oder schaden, nie die Seiten wechseln und uns nie um einen Gefallen bitten.«

»Versteh das jetzt nicht falsch, aber ist die Jagd nach Felipe de Souza nicht eine Art Vorzugsbehandlung für Inara?«, argwöhnte Angel mit Bedacht.

Jade verstummte einen Augenblick und starrte Pedro in die Augen, als würde sie darin ihre Schwester wiedererkennen. Der Junge hielt ihrem Blick stand und gab ebenfalls keinen Laut von sich.

»Es ist grenzwertig«, gab sie schließlich zu. »Aber es wäre ein deutliches Signal der Schwäche, wenn wir ungerechtfertigte Übergriffe auf unsere Familien ungesühnt ließen. Ich jage Pedros Vater also für alle Bacchae im Namen des gesamten sicariianischen Volkes.«

Angel nickte unbehaglich und beließ es vor dem Jungen dabei.

»Wie würdest du reagieren, wenn jemand Cassidy entführt?«, fragte Jade herausfordernd und redete weiter, bevor Angel den Mund öffnen konnte. »Oh warte ... das haben wir ja schon erlebt.«

Angel zog ihre unausgesprochenen Worte zurück und setzte ein grimmiges Gesicht auf. Inzwischen wusste sie ja, wie sehr Jade ihr Sturmangriff auf Brackwood imponiert hatte.

»Was ist Sydneys Tier?«

»Ein Königspython. Das ist eine anderthalb Meter lange Schlange, die eigentlich nichts macht, als auf ihrem Baum zu liegen und auf die nächste Fütterung zu warten.« Sie ließ Mina wieder auf ihrem Schoß Platz nehmen und kraulte die wohlig schnurrende Katze hinter den Ohren. »Absolut ungeeignet zum Entspannen, aber sie mag wohl die Ruhe, der er ausstrahlt.«

»Und was passiert, wenn eine von euch stirbt?«

»Dann wird ihr Gefährte bis an sein Lebensende von den Arbitern gepflegt und von uns geachtet, als wäre er ein Teil unserer verlorenen Schwester. Sydneys Python wird sie vermutlich auf ganz natürliche Weise überleben. Stirbt das Tier, bekommt es eine Ehrenbestattung im Grab seiner Herrin oder nimmt gar ihren Platz ein, wenn der Leichnam unserer Schwester verschollen ist.«

Angel dachte einen Moment über ihre Worte nach. Ein Ausdruck von seelischem Schmerz erschien auf ihrem Gesicht, als sie Jade beim Spiel mit ihrer Katze zusah. Nach all dem Blut an ihren Händen hätte Angel es kaum für möglich gehalten, sie je in einer derart gutherzigen Situation zu erleben. Mina musste Jades Anker sein, der ihr einen Augenblick absoluter Ruhe gönnte. Ein Tier, dass sie weder hintergehen noch verraten würde, dem sie vollauf vertrauen und vor dem sie all ihre Barrieren senken konnte. Angel verstand, warum jede Bacchae ein Haustier besaß.

»Willst du sie mal halten?«

»Nein. Danke!«, erwiderte Angel mit affektartig erhobenen Händen. »Ich bin eher ein Hundetyp.«

»Okay«, antwortete Jade schulterzuckend. Sie war offenbar viel zu sehr in ihr Spiel mit Mina vertieft, um Angels Gedanken anhand ihrer Mimik zu deuten.

»Warum habt ihr eigentlich eine Eule oder Taube auf euren Amuletten, anstatt einer Katze und einem Python?«

»Das sind unsere imperialen Symbole, unsere Erkennungszeichen. Sydneys und meins basiert auf griechischen Göttinnen. Meine Eule stammt von Athene, die Göttin des strategischen Krieges. Nach meiner Lösung des Konflikts von Nerun empfanden es die anderen Bacchae als sehr treffend. Sydneys Taube wird Aphrodite zugesprochen, der Göttin der Liebe, Schönheit und ...« Sie blinzelte Angel mit einem Grinsen an. »Den Rest überlass ich deiner Fantasie. Unsere Symbole haben nichts mit unseren tierischen Gefährten zu tun. Sie gehören uns allein und sind Privatsache. Das Volk würde anderenfalls irgendwann anfangen, keine Ziegen mehr zu essen oder Spinnen zu verehren.«

»Wer von euch hat denn eine Ziege?«

Jade lachte und winkte gleichzeitig ab.

»Das zeig ich dir später«, sagte sie mit einem Blick auf die Uhr. »Wir müssen jetzt gehen, Pedro. Angel und ich haben nämlich noch einen Termin.«

Der Junge senkte leicht den Kopf und erhielt Mina zurück.

»Bitte halt mich über Yolanda auf dem Laufenden«, bat er.

»Mach ich«, versprach Jade beim Verlassen des Safes.

***

Drei Stunden saß Cassidy inzwischen in dem zur Hälfte besetzten Hörsaal. Sie war dem Professor bereits beim Reingehen aufgefallen, hatte aber dank ihres Diplomatenpasses bleiben dürfen. Zu ihrer freudigen Überraschung verstand sie einiges von dem, was er seinen Studenten erklärte. Wie man Knochenbrüche richtig schiente, war zusammen mit einem anständigen Verband das erste gewesen, was Dr. Steven sie in Silver Valley gelehrt hatte. Cassidy war jedoch verblüfft von der Tiefgründigkeit und Vielfalt, die ihren Crashkurs in Erster Hilfe bei weitem in den Schatten stellte.

Jenny hatte sich mit ihr zu einer Freundin namens Alison gesetzt. Die beiden schienen unaufhörlich miteinander zu schnattern. Ihre Themen drehten sich hauptsächlich um Männer, insbesondere Brandon und Dekker, die Rekruten der Prätorianer, denen Cassidy auf der McCallum Farm begegnet war. Sie selbst saß die meiste Zeit mit schamerrötetem Kopf daneben und überlegte, ob sie ihren eigenen Schwarm Marcus aus dem Kloster erwähnen sollte, der immerhin selbst als Krankenpfleger für fünfhundert Flüchtlinge verantwortlich war. Sie zog es dann aber vor zu schweigen, um sich nicht unnötig zu verplappern. Außer den Bacchae durfte schließlich niemand von ihrem Rückzugsort erfahren.

Die beiden wechselten das Thema erst, als Jenny beiläufig erwähnte, dass ihr Cassidy bereits in der vergangenen Nacht über den Weg gelaufen wäre.

»Was!? Du warst in D-Sechs-alpha?«, zischte Alison ebenso erstaunt, wie es Jenny im Krankenhaus getan hatte. »Warum hast du mir das nicht eher erzählt?«

»Du warst doch viel zu beschäftigt, dich im Getreidesilo zu verstecken«, neckte Jenny sie zurück.

»Ich hab auf die Kinder aufgepasst!«

»Mh-hm«, nickte Jenny sarkastisch. »Und deinen armen Brandon allein zurückgelassen.«

Und schon waren sie zum Thema Männer zurückgekehrt. In ihrer Unerfahrenheit vermutete Cassidy inzwischen, dass die beiden kaum andere Interessen teilten.

»Hast du die Neces von nahem gesehen?«, fragte Alison und ignorierte dabei die Bemerkung über Brandon.

»Ich war nicht direkt in der Stadt drin, aber ...« Sie suchte nach den richtigen Worten, ohne zu viel zu verraten. »Ein paar haben uns verfolgt.«

»Stimmt es, dass die einzeln ungefährlich sind? Habt ihr einen ihrer Nistplätze gefunden? Gibt es da Kinder? Vermehren die sich von selbst? Können die ...«

Cassidy revidierte ihre Meinung über ihre neuen Freundinnen. Erst Jennys erhobene Hand bot Alisons Wissensdurst Einhalt, zumal Professor Carmykel ihnen bereits zornige Blicke zuwarf. Im Flüsterton versuchte Alison ihr Fachgebiet zu erklären, das irgendwo zwischen Biologie und Medizin lag und sich hauptsächlich auf mikroskopisch kleine Lebewesen konzentrierte. Cassidy verstand kein Wort, bis Alison die Necetha-Parasiten erwähnte. Wo sie herkamen, wie sie lebten, sich vermehrten und wie man die Plage stoppen und den infizierten Menschen helfen konnte, die seit ein paar Jahren immer mehr außer Kontrolle zu geraten schienen. Auch die Langzweitwirkung des Parasitenbefalls war bislang völlig unbekannt.

»Leider ist es uns verboten, Exkursionen in die Städte zu unternehmen«, maulte Alison enttäuscht. »Und während eines Angriffs kann ich wohl kaum Informationen über deren normalen Tagesablauf sammeln.«

»Vielleicht nimmt Cassidy dich ja das nächste Mal mit, wenn sie zusammen mit Jade auf die Jagd geht«, scherzte Jenny.

»Ich hab sie mal gefragt«, meinte Alison dazu. »Jade hält derartige Ausflüge für zu gefährlich und völlig nutzlos. Ich glaube, sie will die Neces überhaupt nicht kurieren.«

»Was machst du eigentlich hier? Hast du heute keine Vorlesung?«

»Doktor Sheridan ist irgendwas Wichtiges dazwischengekommen«, erwiderte Alison und formte beim Wort *wichtig* kleine Gänsefüßchen mit Zeige- und Mittelfinger.

»Naja, mir reicht es, dass die Bacchae sie von uns fernhalten.

Dieses widerliche Gesindel da draußen soll schön weit von unseren Städten entfernt bleiben.«

»Das sind auch nur Menschen, Jen.«

»Sagst du«, erwiderte Jenny.

»Sagt Doktor Sheridan«, entgegnete Alison gereizt.

»Haben sich nicht vor langer Zeit Affen und Menschen voneinander abgespalten und getrennt weiterentwickelt?«, hielt Jenny abermals dagegen. »Vielleicht ist zwischen uns und den Neces ja dasselbe passiert?«

»Das hat ein paar Millionen Jahre gedauert und ist nicht über Nacht geschehen«, belehrte Alison sie.

»Pfft! Ich bleib dabei. Studier deine Labortierchen, wenn's dir Spaß macht, aber lass dir nicht einfallen, sie mit nach Hause zu bringen.«

»Kaum zu glauben, dass du Ärztin werden willst. Gibt es da nicht einen Eid, allen Lebewesen zu helfen?«

»Ich bin Ärztin für Menschen, nicht für dieses Unkraut. Eine Mücke schlag ich schließlich auch tot, wenn sie mich sticht.«

Alison gab ein resigniertes Seufzen von sich und entschied, dass es Zeit für einen weiteren Themawechsel war.

»Habt ihr schon gehört? Heute Abend gibt es wieder ein Konzert.«

»Jetzt sag nicht, dass du da hin willst«, sagte Jenny stirnrunzelnd.

»Ich wollte euch nur warnen.«

»Hast du noch etwas auf deiner Liste, Cass?«, fragte Jenny. Sie nutzte seit kurzem dieselbe Abkürzung wie Caiden, was Cassidy aber nichts ausmachte. Ganz im Gegenteil, sie fühlte sich dadurch fast wie zu Hause.

»Hier gibt es ein Gebäude, in das gehen die Menschen trocken rein und kommen mit nassen Haaren wieder heraus«, murmelte sie in Erinnerung an ihren ersten Rundumblick vom Balkon. »Was ist das?«

Nun half auch die Disziplin der vielen Schuljahre nichts mehr. Alison und Jenny brachen in lautes Gelächter aus, wobei Jenny Cassidy in den Arm nahm, um ihr zu zeigen, dass sie sie nicht auslachten.

»Meine Damen, ich darf doch wohl sehr bitten!«, schallte es von der großen Tafel. Professor Carmykel schien allmählich die Geduld zu verlieren. Diplomatenpass hin oder her. In seiner Vorlesung hatte Ruhe zu herrschen.

Es kostete einiges an Überwindung und einen Biss auf Jennys Handballen, ehe sie sich wieder einkriegten und sich die Tränen aus den Augen wischten.

»Alles klar«, fasste Alison zusammen. »Wir gehen ins Schwimmbad!«

***

Colonel Grant hatte die Lagebesprechung für beendet erklärt, obwohl Captain Deveroux noch hundert Fragen über die Zukunft der Legion auf der Zunge lagen. Stumm folgte sie ihm und Dog, als sie die Mauern der Festungsattrappe inspizierten.

»Wir haben alles genau nach Plan nachgebaut«, berichtete Grant. »Selbst kleine Risse in den Wänden wurden von uns eingezeichnet. Die Schwachstellen bestehen aus Pappe, so dass wir das Eindringen trainieren können. Geflickte Löcher in den Zäunen haben wir durchtrennt und wieder zugenäht, aber alle unsere Informationen stammen von Fotos und meinen Erinnerungen.«

»Fotos?«, wunderte sich Dog, während er mit einem Finger in den Papprissen herumstocherte. »Eric hat euch Fotos machen lassen?«

»Nein.« Grant verzog schadenfroh das Gesicht und holte ein paar aufgerollte Blätter aus seiner Militärhose. »Hier. Eine kleine Aufmerksamkeit von Zhang Yuen.«

Dog entfaltete das Papier und traute seinen Augen kaum. Das waren keine einfachen Fotos, das waren hochaufgelöste Luftaufnahmen von Überwachungsdrohnen, wie sie ihm Jiao an der Schlucht vor der Biosphäre gezeigt hatte!

Grant interpretierte seine Mimik treffend. »Ah, du weißt also schon, woher die stammen.«

»Die haben uns gesagt, dass keine ihrer Drohnen über das Hadesgebirge geschickt wurde!«

»Zhang Yuen erzählt viel, wenn der Tag lang ist«, summte Captain Deveroux abwesend.

»Ein geheimer Teil des Waffenstillstandsabkommens war, dass die Biosphäre uns mit ihren Drohnen unterstützt«, erklärte Grant. »Wie bei so einigen Dingen traut Yuen nicht mal seinen eigenen Leuten damit. Nur die Piloten an ihren Fernsteuerungen und ein paar seiner alten Kollegen wissen davon. Der Rest von denen redet sich ein, dass wir den Krieg mit ihnen beendet haben, weil wir nichts gegen sie ausrichten konnten. In Wirklichkeit hat Jade jedoch ein beiderseitig vorteilhaftes Arrangement ausgehandelt.« Er blieb stehen und drehte sich mit hinter dem Rücken zusammengefalteten Händen zu Dog um. »Darum hat er euch dem Imperium ausgeliefert, als eure Identitäten ans Licht gekommen sind. Aus demselben Grund hat er auch keine scharfen Waffen gegen Colonel Morgans Truppen eingesetzt, die seine Tochter verfolgt haben. Zhang Yuen arbeitet seit langem mit General Torus zusammen, obwohl er die ganze Zeit ein falsches Spiel mit uns gespielt hat.«

Dog starrte mit knirschenden Zähnen auf die kristallklaren Fotos seiner alten Heimat. Überall um ihn herum schien es nur noch Verrat zu geben und allmählich war er es leid, immer als Letzter davon zu erfahren. Als einziger Lichtblick blieb ihm, Angel am Abend damit überraschen zu können.

»Wenn das alles stimmt«, kombinierte er misstrauisch und hielt die Blätter hoch. »Warum zeigst du mir die dann? Euch ist doch wohl hoffentlich klar, dass Angel davon erfährt, sobald wir wieder in Alexandria sind.«

»Weil das Abkommen hinfällig ist, seit Scarlet aus der Biosphäre entkommen konnte.«

»Die Bacchae werden keine Ruhe geben, bis Yuen für sein Sakrileg bezahlt hat«, stimmte Captain Deveroux zu. »Für sie ist das etwas Persönliches. Dabei ist es ihnen gleich, wer von ihrer Blutrache in Mitleidenschaft gezogen wird.«

»Ganz genau«, sagte Grant. »Torus wird das natürlich nicht akzeptieren und weiter für Yuen arbeiten, aber ich habe euch ja schon gesagt, dass er bald Geschichte ist. Wir müssen die Vultures ohne die Hilfe der Drohnen unterwerfen und dafür hat Jade uns dich geschickt.«

»Da sie Herrin Jade gerade erwähnen, Sir, woher die plötzliche

Vertrautheit zwischen ihnen und den Bacchae?«

»Gehen sie nicht zu weit, Captain«, erwiderte Grant ernst. Die Seltenheit, mit der er Deveroux siezte, unterstrich die Grenze, die sie zu überschreiten drohte.

»Verzeihung, Sir«, entgegnete Deveroux und schlug die Hacken zusammen.

»Na schön«, brummte Dog. »Ich gehöre nicht zu eurem Haufen und werde es auch nie, also frage ich: Was läuft zwischen dir und Jade?«

»Das geht dich ebenso wenig etwas an.«

»Oh, ich denke schon. Ihr habt mich hier nicht hergeholt, um mit euren Errungenschaften zu prahlen oder Geheimnisse auszuplaudern. Ihr wollt meine Hilfe und für die will ich wissen, was hier läuft!«

Colonel Grant nahm sein rotes Barett ab und wischte sich mit der Hand über seine Haarstoppeln.

»Jill, bereite die Truppen vor«, sagte er streng, und als sie aus Neugier zögerte, fügte er scharf hinzu: »Das war ein Befehl, Captain!«

»Verstanden, Sir!«, salutierte sie mit der Faust auf der Brust und trat etwas enttäuscht den Rückweg an.

Als sie weg war, setzte Grant sein Barett wieder auf und verschränkte defensiv die Arme.

»Während des Feldzugs in Cor Syrte war ich der Verbindungsoffizier zwischen den Bacchae und General Torus«, begann er zu erzählen. »Von Faith haben wir kaum etwas gehört. Die war mit ihrer Observation beschäftigt, aber Jade wollte mich immer dabeihaben. Ich war Zeuge ihres Verhörs von Shawn Summers und glaub mir, jeder von uns hat die Ranger zu der Zeit für verräterischen Abschaum gehalten.«

Grant blinzelte Dog beim Reden an und versuchte einzuschätzen, ob er seinen Worten traute.

»Ich gebe gern zu, dass ich ihre Gesellschaft genossen habe«, fuhr er fort. »Die Bacchae mögen leben wie Mönche, aber niemand verwehrt ihnen Wasser oder einen warmen Platz zum Schlafen. Außerdem hebt es deinen Status im Imperium, wenn man über längere Zeit mit ihnen zu tun hat. Anfangs habe ich es nur als karriereförderd betrachtet, aber mit der Zeit wurde mehr daraus.«

Grant löste seine Arme, während er einen Blick auf Captain Deverouxs Truppenaufstellung warf. Für die heutige Übung war die vollständige Legion aus fünfhundert Soldaten angetreten, denen sie letzte Befehle erteilte. Die eine Hälfte trug ihre imperiale Uniform, die andere eine Auswahl an schwarz eingefärbten Lumpen, um die Vultures zu imitieren.

»Die Bacchae dürfen keine Ehen schließen oder feste Bindungen eingehen, darum leben die meisten ihre Triebe mehr oder weniger offen aus. Jade ist da keine Ausnahme. Im Gegenteil. Sie ist dafür bekannt, Männer wie Frauen als Lustobjekte zu betrachten.«

Nun drehte Dog sich von ihm weg und tat so, als würde er die nachgebauten Festungsmauern unter die Lupe nehmen.

»Ah, ich sehe, sie hat mit dir das gleiche Spiel gespielt«, übersetzte Grant seine Körpersprache.

»Die ist doch völlig durchgedreht!«, grollte Dog und fuhr zu ihm herum. »Ich hoffe, du hast ihr einen kräftigen Tritt in den Arsch verpasst!«

»Wenn Jill fragt, mit Sicherheit.«

»Und wenn ich frage?«

»Das ist unwichtig«, entschied Grant. »Wichtig ist, dass Jade und ich ein Vertrauensverhältnis zueinander aufgebaut haben. In Eagle Village hat sie mich unter ihre Prätorianer gemischt, bis Angel eingetroffen ist und ich Torus das Signal zum Angriff gab. Die haben uns gut eingeheizt, aber wir hatten genügend Reserven nur ein paar Kilometer entfernt, um sie gleich an Ort und Stelle von der Landkarte zu fegen. Stattdessen befahl Jade plötzlich den Rückzug und wollte allein zurückbleiben. Ich sollte Torus ausrichten, dass er den Krieg bis auf weiteres zu stoppen und Sydney herbeizurufen hat.«

Colonel Grant setzte seinen Weg am Rand der Festung fort und deutete Dog, ihm zu folgen.

»Als Torus davon erfahren hat, war er außer sich. Er hat die Bacchae als nutzlosen Ballast des Imperiums bezeichnet und den Krieg auf eigene Faust fortgesetzt. Damals war ich unschlüssig und bin seinen Befehlen gefolgt, bis ich Jade in Brackwood wiedergetroffen habe und sie mir die ganze Geschichte erzählt hat. Von Angel, die sie so unglaublich beeindruckt hatte, und ihrer Fehleinschätzung über die Ranger.«

»Kann mich gar nicht an dich erinnern«, brummte Dog skeptisch.

»Sie hat mich sofort zurück ins Reich geschickt, um an unserem gemeinsamen Plan zu arbeiten.«

»Diesen Torus zu stürzen?«

»Das ist nur der Anfang. Torus ist die alte Garde, das alte System. Er gehört genauso abgeschafft wie die lebenslange Sklaverei.« Colonel Grant drehte sich um und zeigte mit Stolz geschwellter Brust auf die versammelten Soldaten. »Das ist die Zukunft der Legion. Eine disziplinierte und professionelle Armee von ausgebildeten Studenten aus Alexandria.« Dann schwenkte er den Kopf zurück zu Dog. »Und ich werde ihr neuer General sein.«

»Ahh!«, lachte Dog. »All dieses Geschwafel und am Ende so ein durchschaubarer Grund.«

»Ich habe dir doch gesagt, dass Beziehungen zu den Bacchae karrierefördernd sind«, sagte Grant mit einem bestätigenden Nicken. »Alles andere geht weder Jill noch dich etwas an. Ist deine Frage damit beantwortet?«

»Fürs Erste«, erwiderte Dog, ohne sein schäbiges Grinsen abzusetzen.

»Gut. Nun zeig uns, was wir vergessen haben und wo die Schwachstellen der Festung liegen.«

***

»Also? Was ist das für ein Termin, den wir beide haben?«, fragte Angel angespannt beim Verlassen des Tempels. In ihrem Sprachgebrauch bestand die hauptsächliche Verwendung des Begriffs in Arztterminen bei Dr. Steven aus Silver Valley, denen sie nie positiv entgegengesehen hatte. Jedes Mal wurde sie von Nadeln gepikst und mit Medikamenten vollgestopft, die aufgrund ihrer abgelaufenen Mindesthaltbarkeit häufig mehr Nebenwirkungen hervorriefen, als sie Krankheiten kurierten.

»Hat dir Scarlet mal eine von unseren Zeitungen gezeigt?«

»Sie hatte eine im Zug dabei«, antwortete Angel. »Der Bericht über deine Operation in Cor Syrte hat sie auf hundertachtzig gebracht.«

Jade knurrte innerlich. »Kann ich mir vorstellen. Erinnerst du dich an den Namen der Reporterin?«

»Nein. Ich weiß immer noch nicht ganz, was ein Reporter eigentlich ist.«

»Das wird sich gleich ändern«, versprach Jade zuversichtlich, während sie über den Kunstrasen des Sophiaplatzes spazierten. »Wir treffen uns mit Catherine McDonnell im Quasar-Café. Sie hat den besagten Artikel geschrieben und war einige Zeit mit mir in Cor Syrte unterwegs.«

»Muss ich dazu irgendwas wissen?«

»Du solltest deine Worte mit Bedacht wählen, aber das brauche ich dir wohl nicht zu sagen.«

»Wenn ich also etwas Falsches sage, steht es nächste Woche in der Zeitung?«, hakte Angel sicherheitshalber nach.

»Ganz so schlimm ist es nicht«, beruhigte Jade sie. »In den letzten Jahren hat sich ein gut funktionierendes Verhältnis zwischen den Bacchae und der Presse gebildet. Mit Ausnahme der Nocturnals und Prätorianer wissen sie am meisten über unsere Arbeit und können recht gut nachvollziehen, was an die Öffentlichkeit gelangen darf und was nicht. Außerdem hat es sich bewährt, dass alle Reporter unter unserem bedingungslosen Schutz stehen. Kein korrupter Händler, Politiker oder Sklaventreiber ist vor ihnen sicher, während Vergeltungsmaßnahmen automatisch die Bacchae auf den Plan rufen. Viele unserer Anfangsverdachte stammen von Journalisten. Wir gehen der Sache dann nach und bereinigen die Situation. Anschließend berichten sie darüber.« Jade hob die Hände und blickte Angel erfreut an. »Das gesamte Imperium gewinnt.«

»Hört sich für mich eher an, als könntet ihr sie nach Belieben für eure Zwecke benutzen«, überlegte Angel. »Nicht, dass ich damit ein Problem hätte.«

»Falls ich dir den Eindruck vermittelt habe, dass uns die Journalisten hörig sind, dann mach dich mal auf was gefasst.«

Sie hatten das gegenüberliegende Ende des Parks erreicht und betraten die belebte Promenade mit ihren vielen Marktständen und

Restaurants. Schon nach wenigen Schritten zeigte Jade auf einen Tisch unter einem schattenspendenden Sonnenschirm. Darüber prangte ein großes Schild mit der Aufschrift *QUASAR* gefolgt von einer Sahnetorte, die von einer Art Laserstrahl aus einer scheibenförmigen Wolke zerteilt wurde.

»Herrin Jade«, sagte die bereits am Tisch sitzende Frau und stand zur Begrüßung auf. Sie war Mitte dreißig und trug ihre gepflegten, schwarzen Haare als einen im schwachen Wind wehenden Pferdeschwanz. »Ich hatte gehofft, dass ihr mich nicht vergessen würdet.« Sie sprach deutlich, aber leise, so als wolle sie das Treffen im kleinen Rahmen halten.

»Nicht, wenn es sich anderweitig einrichten lässt«, antwortete Jade und reichte ihr freundlich die Hand. Anschließend stellte sie die beiden einander vor. »Catherine McDonnell, das ist General Angel von den Rangern aus Cor Syrte.«

Angel lief ein kalter Schauer den Rücken herunter, als Jade sie als General bezeichnete. Zum Nachdenken fehlte ihr jedoch die Zeit, denn die Reporterin übernahm sofort die Führung.

»Die große Kriegsheldin oder Kriegsverbrecherin höchstpersönlich«, erwiderte sie enthusiastisch und fügte mit einem professionellen Lächeln hinzu: »Je nachdem, wen man fragt.« Sie löste den Griff um Angels Hand und setzte sich. Dabei rutschte ihre kleine Brille bis vor zur Nasenspitze, die sie umgehend mit dem Zeigefinger wieder hinaufschob. »Darf ich euch zu etwas einladen?«

»Wir hatten heute schon zwei Kaffee«, überlegte Jade. »Aber vielleicht ...« Sie griff nach der handgeschriebenen Speisekarte und zeigte darauf, so dass nur Catherine sie sehen konnte.

Diese lächelte, wie nach einem Insiderwitz, winkte die Bedienung herbei und begann, ihre Bestellung aufzugeben. »Also, ich hätte gern ein Stück von dem Pflaumenkuchen, den du gerade den Leuten da drüben gebracht hast, dazu einen Cappuccino mit frischen Schokoraspeln und zwei Mal Nummer fünfzehn für meine Gäste.«

Der Kellner hatte Jade inzwischen erkannt und lief einen Augenblick lang bleich an, bis diese ihm zunickte. »Sofort, Herrin!«, sprach er, so als hätte sie ihm einen direkten Befehl gegeben.

»Man sollte meinen, du wärst seit Brackwood an einfachen Kaffee gewöhnt«, scherzte Jade.

»Ihr habt zum Glück verpasst, wie Sergeant Crisp versucht hat, das Kaffeepulver mit Getreide zu strecken«, entgegnete Catherine und stupste abermals ihre Brille zurück auf die Nase.

»Ja, meine Kriegsgefangenschaft bei den Rangern hat sich als äußerst fruchtbar herausgestellt, wie du siehst.«

»Dann sind die Gerüchte also wahr?«, fragte die Reporterin. Im selben Moment griff sie in die Mitte des Tischs und drückte den Aufnahmeknopf ihres Diktiergeräts. »Die Ranger arbeiten trotz des Blutbads von General Torus mit den Bacchae zusammen?«

»Nun, das ist eine komplexe Frage, die sich nicht mit einem einfachen Ja oder Nein beantworten lässt«, begann Jade diplomatisch. »Genau wie im Imperium gibt es bei den Rangern eine Gewaltenteilung. General Angel ist Oberbefehlshaberin des verbliebenen Militärs, während der gewählte Bürgermeister Paul die Interessen der Zivilbevölkerung vertritt. Mit all den Übergriffen der Söhne des Ragnarök ist es uns bisher nicht gelungen, alle Beteiligten an einen Tisch zu bringen. General Angels Anwesenheit in Alexandria sollte jedoch als positives Signal gewertet werden.«

Angel glitt unruhig auf ihrem Stuhl hin und her. Inzwischen war sie die Launenhaftigkeit von Jade gewohnt, aber dieser neue Wechsel hin zu einer schwafelnden Politikerin gefiel ihr ganz und gar nicht.

»Ich sehe keine Ketten oder Soldaten zur Bewachung«, fuhr Catherine fort. »Gehe ich also recht in der Annahme, dass ihr unsere schöne Stadt auf eigenen Wunsch besucht, General?«

»Ich, also …« Angel fixierte das kleine Mikrofon und lehnte sich so weit zurück, wie sie konnte. »Ich bin aus eigenem Antrieb nach Alexandria gereist, um mehr über die Sicarii zu erfahren und um einer Einladung von Jade zu folgen.«

»Die Bacchae sprechen nicht oft persönliche Einladungen aus«, sagte Catherine, wirkte dabei jedoch keinesfalls überrascht. »Wie ich sehe, tragt ihr sogar eines ihrer Auctoritas.«

»Eine Notwendigkeit, um ihr Überleben nach den tragischen Ereignissen in Cor Syrte zu sichern«, erklärte Jade und tippte auf ihren Ausschnitt, um Angel zu zeigen, dass ihr Amulett gemeint war.

»Das ist seit einiger Zeit das erste Mal, dass ihr ein Auctoritas vergebt«, fuhr Catherine fort. »Hattet ihr keine Angst, dass General Angel es für einen Rachefeldzug missbrauchen könnte? Immerhin war sie fast ein Jahrzehnt lang Feldherrin der Vultures, die uns, wie wir nun wissen, verraten haben.«

In diesem Augenblick kehrte der immer noch nervös wirkende Kellner zurück. Er wartete respektvoll ein paar Meter entfernt, bis Jade ihn heranwinkte, und servierte die Bestellung. Nummer Fünfzehn erwies sich dabei als Vanilleeisbecher garniert mit bunten Früchten.

Catherine schaltete ihr Diktiergerät ab und griff nach der Kuchengabel.

»Und?«, unkte Jade. »Hältst du es noch aus?«

»Ich bin auf deine Antwort gespannt«, sagte Angel, während sie das Eis zunächst optisch untersuchte.

»So wie das ganze Imperium«, fügte die Reporterin hinzu und schnurrte genüsslich mit dem Kuchen auf der Zunge.

»Ich hab in Sienna ein paar Kühltruhen mit Eisresten gesehen«, erinnerte sich Jade. »Gab es die in Silver Valley auch?«

»Nur zum Frischhalten von Fleisch, wenn wir mal ausreichend Strom hatten. Es gab ohnehin nur selten genug Milch oder Früchte für echte Eiskrem.«

»Ein Grund mehr, euch dem Imperium anzuschließen.«

»Lasst euch von Herrin Jade nicht täuschen«, intervenierte Catherine. »Auch bei uns ist Eis so ziemlich das teuerste Lebensmittel.«

»Wie viel kostet diese Schale denn?«

Die Reporterin griff nach der Speisekarte. »Fünfunddreißig Sicar.«

Angel zeigte keine erstaunte Gefühlsregung auf den Wucherpreis. Ihr Werteverständnis für Geld hielt sich nach wie vor in Grenzen. »Wann wird das Interview gedruckt?«, fragte sie stattdessen.

»Gar nicht«, sagte Catherine. »Direkte Interviews mit den Bacchae werden nur in Ausnahmefällen veröffentlicht. Etwa für zeremonielle Ereignisse, wie damals die Eröffnung von Alexandria.«

»Wir sind eben keine Politikerinnen und nicht in der Lage, jedes Wort auf seine Reaktion beim Volk einzuschätzen«, fuhr Jade fort. »Der Job der Journalisten ist es, den Kontext richtig zu deuten und rüberzubringen, wenn wir Klartext reden.«

»Das Diktiergerät ist nur eine Gedächtnisstütze für mich«, versicherte Catherine nuschelnd.

Die Beteuerungen beruhigten Angel etwas, denn sie wusste um ihre Schwäche in Diplomatie. Dog scherzte gern darüber, wie sie bei Verhandlungen um Zweckbündnisse mit anderen Gangs häufig neue Kriege angezettelt hatte, anstatt alte zu beenden.

»Auctoritas. Was heißt das?«

»Das ist Latein für Ansehen oder Einfluss«, sagte Jade. »Sophia fand es ziemlich treffend.«

»Seid ihr bereit, Herrin?«, fragte Catherine, als sie ihre Gabel nach dem letzten Bissen ableckte und auf den Teller legte.

Jade nickte und wartete, bis sie das Diktiergerät wieder eingeschaltet hatte.

»Das Risiko des Missbrauchs war eine Zeit lang vorhanden, aber überschaubar, denn ich habe General Angel keinerlei Informationen über die Bedeutung meines Amuletts gegeben«, begann sie erzählerisch. »Es sollte als Freikarte aus dem Gefängnis dienen und nicht, um eine Rebellion vom Zaun zu brechen.«

»Ich verstehe«, sagte Catherine und machte sich dazu eine kleine Notiz.

Anschließend richtete sich das Interview vorrangig an Angel. Die Reporterin wollte wissen, wie es den Rangern gelungen war, die Truppen von General Torus zurückzuschlagen, nachdem sie zuvor wochenlang ungehindert vorrücken konnten. Jade ließ sich die Gelegenheit nicht nehmen, mangelnde Disziplin und Gehorsam in der Armee anzuprangern. Ihre Duelle gegen Angel genossen bei der Bevölkerung große Aufmerksamkeit und Catherine bat um Erlaubnis, eine detaillierte Beschreibung davon abdrucken zu dürfen. Angeblich studierte eine Theatergruppe bereits die Choreografie ein, um dem ganzen Imperium den Kampf zwischen General Angel und Herrin Jade auf der Bühne zu zeigen. Dabei stand noch nicht fest, ob Angel als blutrünstige Barbarin oder heldenhafte Freiheitskämpferin gezeigt werden sollte.

Nach einem kurzen Einblick in die Struktur der Freien Enklaven folgte die Frage nach einer möglichen Allianz von Rangern und Sicarii. Die Reporterin erhielt ehrliche Antworten und notierte sich Angels zurückhaltenden Pragmatismus. Sie würde das Thema unter Verschluss halten, bis eine Entscheidung getroffen und der Senat zugestimmt hatte. Dafür garantierte Jade ihr die Exklusivrechte an der Story sowie Touren in das Kloster und die Vulturefestung; nachdem letztere dem Erdboden gleichgemacht worden war.

»Nun, ich denke, ich habe alles, was ich brauche«, fasste Catherine nach einer halben Stunde zusammen. »Gibt es noch etwas, das ihr den Lesern sagen wollt?«

»Wenn uns das Disaster von Silver Valley und die darauffolgenden Ereignisse eines gelehrt hat, dann, dass unser mächtiges Imperium leichter zu zerstören ist, als es die meisten glauben«, sprach Jade prophetisch. »Unsere Freunde und Feinde haben gleichermaßen verstanden, dass wir ein einfach zu treffendes Ziel sind, wenn sie unseren Zusammenhalt untergraben. Von allen Seiten dringen sie wie Maden in den Speck ein und warten auf unseren nächsten Fehler. Dagegen müssen wir uns wappnen. Aus diesem Grund rufe ich alle Bürger unseres wunderbaren Reiches dazu auf, wachsam zu sein und ihre Arbeit zu verrichten, als hinge unsere Zukunft davon ab, denn nichts könnte näher an der Wahrheit liegen.«

»Darf ich das zitieren?«, fragte Catherine und schaltete das Diktiergerät ab.

Jade lehnte sich skeptisch zurück. »Wenn du glaubst, dass es den richtigen Nerv trifft.«

»Na, ich schau vorher noch mal drüber. Was ist mit euch, General? Irgendwelche letzten Worte?«

Angel schüttelte mit dem Kopf. »Ich warte erst mal ab, was du aus diesem Interview machst«, sagte sie mit einem Fingerzeig auf das Diktiergerät. »Aber ich werde Paul eine Zeitung mitnehmen. Der wird sich freuen, nach fünfundzwanzig Jahren endlich mal wieder eine neue zu bekommen.«

»Und ich freue mich darauf, ihn persönlich kennenzulernen«, antwortete Catherine beim Aufstehen. »Ich bedanke mich für das

Gespräch, Herrin.« Sie machte eine leichte Verbeugung, legte eine silbern glänzende Münze neben ihren Teller und spazierte mit ihren Sachen unter dem Arm davon.

»Hab ich dir zu viel versprochen?«, fragte Jade, als sie allein waren.

»Sie ist ziemlich frech«, sagte Angel. »Wieso lasst ihr das zu und verbreitet nicht einfach nur Nachrichten, die eure Ziele voranbringen?«

»Dem Volk erzählen, was es unserer Meinung nach hören sollte, meinst du? Das funktioniert auf lange Sicht nicht«, hielt Jade dagegen. »Zumal wir unsere Kinder zum freien Denken erziehen.«

»Vielleicht solltet ihr das dann lieber seinlassen?«

»Und stattdessen unser eigenes Volk verdummen? Da nehme ich eher ein paar Interviews in Kauf«, sagte Jade. »Wichtig ist die Zusammenarbeit zwischen den Volksschichten. Respekt und Verständnis füreinander. Das alles zusammenzuhalten ist die Aufgabe der Bacchae. Wir sind der Klebstoff des Imperiums und füllen die Fugen, die andere Reiche auseinanderdriften lassen.«

»Ihr seid ... Klebstoff«, wiederholte Angel mit gespitzten Lippen und griff nach der silbernen Münze.

Jade gönnte sich ein gequältes Ächzen. »Wir gehen jetzt besser, bevor ich die Geduld mit dir verliere!«

»Was ist das?«, fragte Angel beim Aufstehen.

»Ein Silbersicar. Er ist so viel wert wie einhundert Kupersicar. Catherine hat uns eingeladen, schon vergessen?«

***

Nach dem Ende der Vorlesung nahmen Alison und Jenny Cassidy in die Mitte und erklärten ihr das Prinzip eines Schwimmbads. Cassidy besaß natürlich keinen eigenen Badeanzug. Die größte Menge Wasser, die sie je in ihrem Leben zu Gesicht bekommen hatte, waren die Holzfässer in Silver Valley gewesen. Ihre Unerfahrenheit erwies sich jedoch nicht als Hindernis, da in der Schwimmhalle praktischerweise geeignete Kleidung verliehen wurde.

Bevor sie sich aber in die künstlichen Fluten stürzen durften, führte sie ihr Weg in die Duschkabinen. Völlig egal, wie oft Putzkolonnen die Straßen von Alexandria fegten, der allgegenwärtige Sand der Endzeitwelt musste runter, um die Filteranlage nicht zu verstopfen. Um Wasser zu sparen, bürsteten sie sich zunächst den gröbsten Staub von der Haut, ehe sie die Duschen für voreingestellte zwanzig Sekunden einschalteten.

Kurz darauf stand Cassidy in einem sonnengelben Bikini vor dem fünfzig Meter langen Hallenbad. Hellblaue Kacheln ließen das Wasser einladend und sauber erscheinen, aber die Tiefe von fünf Metern schürte ihre Angst. Zum Glück hatten die Betreiber auch daran gedacht. Die Hälfte des Beckens war fast bis zur Wasserlinie hochgefahren worden und senkte sich langsam bis auf die Maximaltiefe, so dass man wie an einem echten Strand noch eine Weile im angenehm kühlen Wasser stehen konnte. Es schmeckte salzig und roch nach Chemikalien, die Cassidy unbekannt waren. Da es aber niemanden zu kümmern schien, schlug sie ihre Bedenken in den Wind und tapste weiter hinein, bis nur noch ihre Schultern herausragten.

»Du bist noch nie in deinem Leben geschwommen, oder?«, interpretierte Jenny ihren verängstigten Blick.

Cassidy schüttelte den Kopf, ohne die Augen von den Turmspringern am tiefen Ende der Halle zu nehmen, die sich wagemutig aus fünf Meter Höhe in das Becken stürzten.

»Wie lange hast du nochmal gebraucht, um das zu lernen?«, fragte Alison spöttisch.

Jenny grummelte ihr eine unverständliche Antwort zu, um das Thema nicht weiter zu verfolgen. Zusammen nahmen sie Cassidy an die Hand und führten sie bis zu dem Punkt, an dem sie gerade noch mit dem Hals über die Wasserlinie ragte.

»Der Trick ist, normal zu atmen. Dein Körper ist leichter als das Wasser und schwimmt ganz von selbst oben, aber du darfst nicht in Panik verfallen und ...«

Weiter kam sie nicht. Cassidy hatte mutig die Beine angezogen, doch schon beim ersten Versuch versank sie und verfiel in ein panisches Planschen, bis Alison und Jenny sie zu fassen bekamen und etwas zurückruderten.

»Okay. Und gleich noch mal.«

Es kostete eine halbe Stunde intensive Anstrengung und ihre beiden Lehrerinnen erhielten ein paar blaue Flecken, aber dann spürte Cassidy, wie sie in einem scheinbar schwerelosen Zustand überging und mit ausgestreckten Gliedmaßen auf der Wasseroberfläche schwebte. Ein paar Minuten später vollführte sie bereits die ersten unbeholfenen Schwimmübungen, paddelte vorsichtig mit ihren Fußspitzen und steuerte mit den Armen.

»Na siehst du. Geht doch ganz leicht!«, beglückwünschte Alison sie.

Cassidy hörte sie mit ihren Ohren unter Wasser nicht und schwamm wie in Trance weiter, bis sie auf dem Rücken liegend den Beckenrand erreichte. Euphorisch stellte sie sich auf den Boden und drehte sich zu den beiden um.

»Wahnsinn!«, rief sie ihnen freudestrahlend zu. »Und das könnt ihr jeden Tag machen?«

Jenny nickte. »Pass mal auf«, sagte sie. »Du bleibst hier, okay? Schwimm nicht ins tiefe Wasser, solange wir weg sind.«

»Wo geht ihr hin?«

Alison grinste ihr zu und kletterte zusammen mit Jenny aus dem Becken heraus. Auf ihrem Weg zu den Sprungtürmen machten sie bei einem Mann in orangefarbenen Shorts und weißem T-Shirt Halt, zeigten auf Cassidy und erklärten dem Bademeister, dass er auf sie achten solle. Anschließend erklommen sie nacheinander den Fünf-Meter-Turm und winkten ihr zu, damit sie ihnen auch zusah.

Cassidy stockte der Atem, als Jenny zwei Schritte Anlauf nahm, sich vom Boden abstieß und mit einem akrobatischen Hechtsprung mit gebeugter Hüfte und gestreckten Beinen in das Wasser sprang. Unten angekommen forderte sie Alison auf, ihre Leistung zu überbieten. Die schüttelte mit dem Kopf und ruderte ihr mit den Armen zu, den Weg freizugeben. Anschließend stellte sie sich mit dem Rücken zum Becken und landete nach einem doppelten Salto im Wasser.

»Wie lange habt ihr da dran geübt?«, fragte Cassidy begeistert, nachdem sich die beiden wieder zu ihr gesellt hatten.

»Ein halbes Jahr vielleicht?«, schätzte Jenny mit Blick auf Alison, die ihr nickend zustimmte. »Überzeug deine Leute doch einfach, bei uns mitzumachen, dann bringen wir dir das auch bei!«

Gute zwei Stunden lang vergnügten sie sich in den Fluten des Schwimmbads. Alison und Jenny sprangen noch ein paar Mal vom Turm und wurden dabei längst nicht nur von Cassidy bewundert. Sie selbst fühlte sich zunehmend sicherer, schwamm bereits im tiefen Bereich und hätte sich auch schon einen Turmsprung zugetraut. Jenny hielt sie aber sicherheitshalber davon ab und erklärte ihre Vorsorge damit, dass sie sich alle Knochen brechen könnte, wenn sie ungünstig auf das Wasser prallte. Alison stimmte ihr mit der Bemerkung zu, dass sie schließlich ein Medizinstudium absolvierte und wüsste, wovon sie redet.

***

Dog lauschte unterdessen den Ausführungen von Colonel Grant über seinen geplanten Angriff auf die Vulturefestung. Der Vortrag hörte sich an wie aus dem Lehrbuch.

Zu Beginn sollte ein Artillerieschlag aus Infanteriemörsern die Defensivstrategie der Vultures durcheinanderbringen. Ebenso wie die Ranger hatten sie jahrelang Stellungen und Taktiken einstudiert, wenn auch weniger diszipliniert. Als die Sicarii mit ihrem Bombardement die Verteidigungsstellungen von Silver Valley verwüstet hatten, fanden sich die Ranger in einer völlig neuen und ungewohnten Umgebung wieder.

Anschließend folgte ein vierstufiger Kreislauf, den jeder Soldat im Gefecht unterbewusst absolvierte. Beobachten, Orientieren, Entscheiden, Handeln. Die Lage beobachten und einschätzen, sich orientieren und die Einheit zusammenführen, eine Entscheidung über die folgende Taktik treffen und zum Schluss danach handeln. Colonel Grant erklärte, dass die Seite, die den Kreislauf am effizientesten durchläuft, am Ende den Sieg davon tragen würde. Dazu waren erfahrende Kommandeure ebenso wichtig wie disziplinierte Soldaten, die die Ruhe bewahrten und den Befehlen vertrauten.

In Silver Valley hatte Kim mit ihrer langjährigen Erfahrung und Ausbildung das Kommando der Frontverteidigung übernommen.

Ihre Männer glaubten fest daran, dass die Tochter des legendären General Peterson sie sicher durch die Schlacht führen würde. Dementsprechend verfielen nur wenige der Panik und rannten davon, ehe der Palisadenwall endgültig durchbrochen worden war. Der Rest lieferte der angreifenden Legion ein erbittertes Gefecht, unterstützt von talentierten Scharfschützen und koordiniert von einem waschechten U.S. Army Ranger namens Monroe.

Bei den Vultures dürfte das völlig anders aussehen. Trotz ihres Erfolges bestanden ihre Reihen größtenteils aus halbstarken Vorstadtschlägern. Brutalität und Stärke ersetzten eine strikte Befehlshierarchie und konnten die nötige Disziplin höchstens für einen kurzen Zeitraum gewährleisten. Dementsprechend war die Taktik der Vultures meist die Offensive mit überwältigender zahlenmäßiger Überlegenheit gewesen. Trotzdem waren sie nicht absolut unfähig, wie Dog betonte.

»Eric hätte sich keine dreiundzwanzig Jahre gehalten, wenn er nicht ein paar Tricks kennen würde«, sagte er, während sie durch die nachgebauten Festungsmauern stolzierten. »Es existiert zum Beispiel ein geheimes Tunnelsystem unter dem Gefängnis, das zur Niederschlagung von Gefängnisrevolten diente.«

»Er wird also einfach abhauen, wenn wir gewinnen?«, fragte Grant.

»Was? Nein!« Dog schüttelte verärgert den Kopf. »Das würde seinem Ego nicht mal im Traum einfallen. Aber er nutzt die Tunnel zur Verteidigung und spielt die eingesperrte Ratte im Käfig. Schon einmal hat Eric den Eingang verbarrikadieren und es so aussehen lassen, als würde er sich auf eine längere Belagerung einstellen. Als die Dragons dann ihre Katapulte in Stellung brachten, hab ich meine Leute durch die Tunnel nach draußen geführt und bin ihnen in den Rücken gefallen. Zur selben Zeit führte Eric den Ausfall aus der Festung durch. Wir haben sie in die Zange genommen und bis auf den letzten Mann abgeschlachtet.«

»Hm. Gar nicht so dumm«, gab Grant zu und blinzelte dabei in Captain Deverouxs Richtung, die wieder zu ihnen gestoßen war.

Sie rollte mit den Augen und ließ sich nicht zu einer Antwort hinreißen.

»Wo ist der Ausgang?«

»Es ist ein Netz mit insgesamt drei Ausgängen«, erklärte Dog. »Einer davon liegt direkt hinter dem Gefängnis. Der ist zugemauert und kann nur von innen mit bereits platzierten Sprengladungen geöffnet werden. Auf diese Weise können die Vultures auf beiden Seiten der Anlage ausfallen, während sich etwaige Angreifer darauf verlassen, dass es nur das Haupttor gibt. Der Zweite mündet siebenhundert Meter entfernt im alten Kanalisationssystem der angrenzenden Stadt. Auf dem Weg dorthin spaltet sich noch ein weiterer Tunnel ab, der bis in eine Autowerkstatt führt; drei Kilometer von der Festung weg. Da bin ich unbemerkt rausgekommen.«

»Was ist das eigentlich für eine Stadt? Gibt's da keine Scavenger?«

»Direkt neben Eric? Die sind nicht so lebensmüde wie eure Neces«, lachte Dog. »Und so groß ist das Kaff auch nicht. Da drin haben früher nur die Wärter und ihre Familien gewohnt.«

»Wer würde die Truppen jetzt nach draußen führen, wo du nicht mehr da bist?«, wollte Grant wissen. »Können wir Eric selbst erwarten?«

»Nein, der bewegt sich nicht aus seinem Bunker«, erwiderte Dog und rieb sich den verspannten Nacken. »Gore wird sich meinen Job inzwischen endgültig unter den Nagel gerissen haben. Seit Angel übergelaufen ist, hat er versucht, mich loszuwerden. Am Ende hab ich den Penner einfach ignoriert und mich sooft wie möglich mit STELLA aus dem Staub gemacht.«

»Okay, was kannst du uns über ihn sagen?«

»Er war früher ein frischgebackener Polizist. Einer von denen, die ihre Autorität dazu genutzt haben, um eine eigene Gang aufzuziehen. Als es zum Krieg zwischen ihm und den Vultures kam, ließ er seine Leute eine Woche lang von uns abschlachten, bis er mit dem harten Kern vor unserer Festung auftauchte und mitmachen wollte. Angeblich sollten wir seine Spreu vom Weizen trennen. Eric gefiel sein Stil und damit gehörte er zu uns.«

Captain Deveroux schüttelte bei Dogs Ausführungen fassungslos mit dem Kopf.

»Und mit solchem Pack hat Torus zusammengearbeitet«, stimmte Grant ihr zu. »Okay, weiter. Was ist mit euren Verteidigungsanlagen? Die vier MG-Stellungen auf den Wachtürmen sind doch sicher nicht alles. Kommen wir mit den Lastern über die Mauer?«

»Niemals«, brummte Dog. »Eric lässt euch nur vier sehen, auf jedem Turm eins. In den Türmen liegen aber noch sechzehn weitere versteckt, die innerhalb einer Minute installiert werden können. Außerdem verfügt er über vier Flakgeschütze von Kriegsschiffen, die in den Tunneln gelagert und nur aufgebaut werden, wenn ein Angriff bevorsteht. Die Kipplaster-Taktik aus Silver Valley könnt ihr vergessen. Die Kanonen mähen eure Leute aus der erhöhten Position nieder, bevor sie überhaupt oben ankommen. Eric hat sicher von der Schlacht erfahren und wird entsprechend vorbereitet sein.«

»Lassen sich die Türme einreißen?«, überlegte Deveroux.

»Nicht mit euren Spielzeuggranaten«, erwiderte Dog. »Die bestehen aus einem halben Meter dicken Stahlbeton und die Geschützstellungen wurden dazu noch mit Stahlplatten verstärkt.«

Grant seufzte entrüstet. »Alles was wir brauchen ist ein verdammter Hubschrauber.«

»Und wo wollt ihr den hernehmen?«

»Zhang Yuens Tochter«, erklärte Captain Deveroux. »Herrin Jade war fest davon überzeugt, sie auf unsere Seite ziehen zu können. Dann ist Zhang Jiao mit der Maschine abgestürzt.«

»Und nun sind wir wieder am Anfang«, fluchte Grant. »Wir haben keine Drohnenunterstützung mehr, dafür jede Menge Tränengas, Truppen und die Belagerungstürme, die wir aber nicht über die verdammte Mauer kriegen, ohne gleich die halbe Festung einreißen zu müssen.« Er drehte sich zu Captain Deveroux um. »Immer noch nichts vom Remus-Konvoi?«

»Keine Meldung, Sir.«

»Worüber redet ihr da eigentlich die ganze Zeit?«, wunderte sich Dog.

»Schon mal was von einem LRAD gehört?«

»Nein?«

»Das heißt Long Range Acustic Device. Stell dir einen riesigen Lautsprecher vor, der wahnsinnig laut fiept. Kein Mensch hält das aus«, erklärte Grant. »Wir haben die Waffe angefordert und wollten sie heute testen, aber der Konvoi hat Verspätung.«

»Naja«, überlegte Dog. Er blieb stehen und drehte sich zu den beiden um. »Ich könnte meine Taktik umdrehen und ein paar von euch durch die Tunnel einschleusen.«

»Die werden doch garantiert bewacht«, erwiderte Deveroux skeptisch.

»Sicher«, stimmte Dog zu. »Aber wenn ihr vorher euren Artillerieschlag durchführt und den einen oder anderen LKW verheizt, wird Eric von einer Wiederholung des Angriffs auf Silver Valley ausgehen und Gore in den Tunnel schicken. Habt ihr den Vultures irgendwelches Material überlassen? Funkgeräte oder sowas?«

»Ein paar Fahrzeuge und Waffen, aber wir gehen davon aus, dass das Zeug beim Überfall auf den Exodus-Konvoi der Ranger draufgegangen ist.«

»Gut. Sobald Gore in die Nähe des Supermarkts kommt, wird er außerhalb der Funkreichweite der Festung sein. Wenn wir ihn direkt am Ausgang erwarten, können wir unsere eigenen Leute durch die Tunnel einschleusen, bevor Eric etwas von der Falle mitbekommt.«

»Also ist der Artillerieschlag nur eine Ablenkung und wir schicken unsere Armee durch die Hintertür?«, fragte Deveroux.

»Nein, so funktioniert das nicht«, entgegnete ihr Dog. »Die Tun-nel sind so eng, dass nur eine Handvoll Leute durchpasst, ohne sich selbst über den Haufen zu rennen. Die sind für ein Sturmkommando der Polizei gedacht, nicht für eine Armee. Vielleicht ein Dutzend, nicht mehr.«

»Und damit willst du die Wachtürme ausschalten?«, zweifelte Deveroux. »Da sind doch Hunderte von Vultures drin. Wahrscheinlich noch unterstützt von den Ragnars.«

»Schon möglich«, überlegte Grant und kratzte sich über die Bartstoppeln an seinem Kinn. »Aber Jade hat Dog nicht ohne Grund ausgewählt. Wenn die Vultures ihn aus dem Tunnel kommen sehen, vielleicht mit ein paar bekannten Gesichtern im Schlepptau, könnten einige von ihnen im Angesicht unserer Legion überlaufen.«

Dog verschränkte seine muskelbepackten Arme wie eine Galeonsfigur.

»Möglich«, brummte er. »Aber nicht, um als Kriegsgefangene zu enden!«

»Was die Nachwirkungen für den Verrat am Imperium angeht, kann ich keine Versprechungen treffen«, sprach Grant deutlich. »Das ist Sache des Senats und des Imperators. Es ist allerdings nicht ungewöhnlich, dass nur die Anführer eines feindlichen Stamms für ihr Fehlverhalten zur Rechenschaft gezogen werden.«

»Wenn das restliche Volk sich anschließend beugt«, fügte Captain Deveroux sicherheitshalber hinzu.

»Die Frage ist für den Moment ohnehin nur reine Theorie«, wiegelte Grant ab. »Nur die wenigsten dürften die Schlacht unbeschadet überstehen.«

Er suchte in Dogs Gesicht nach einem Anzeichen von Widerspruch gegen die drohende Auslöschung seiner alten Gang, doch er fand keine. Dog starrte ihn mit einem versteinerten Blick an, so als wäre er meilenweit entfernt.

***

Nach dem Interview mit Catherine McDonnell führte Angels und Jades Weg zurück zum Themis-Tempel. Henrys Klavierklänge waren verstummt und in den kühlen Marmorhallen herrschte absolute Stille. Nur zwei paar Prätorianerstiefel bahnten sich ihren Weg zur Wachablösung.

»Letzte Station«, sagte Jade vor dem Hinterausgang. »Unsere Quartiere.«

Sie stieß die westlichen Flügeltüren auf und gab den Blick auf zweistöckige Luxusapartments im Stil von hochmodernen Lofts frei, deren Wände fast ausschließlich aus Glas bestanden und vom Boden bis zur Decke reichten. Weiße Gardinen wehten im schwachen Wind. Fast jeder Raum besaß ein Bücherregal und eine bequeme Sitzgelegenheit; eine Couch oder einen Lesesessel. Sämtliche Gebäude waren durch die Tempelmauern vom Rest der Stadt abgeschirmt.

Bei einem ersten Rundumblick entdeckten sie Scarlet im zweiten Stock eines der Häuser, aus dem das Programm von Radio Alexandria drang. Die entmachtete Bacchae stand an ihrer Fensterwand und sah verbissen zu ihnen herunter.

»Was wird jetzt mit ihr geschehen?«, fragte Angel.

»Scarlet hat heute Morgen ihre Sachen gepackt. Wahrscheinlich bricht sie mit Nadra gen Norden auf, um herauszufinden, was die Ragnars vorhaben«, erklärte Jade im Vorbeigehen. »Eine Schwester von uns, Siren, ist bereits in Ragnarök. Scarlet wird ihre Stimme brauchen, um ihren Status zurückzuerhalten.«

»Wollt ihr sie nicht aufhalten?«

»Sie ist doch keine Gefangene«, erwiderte Jade kopfschüttelnd. »Sie ist Bacchae und wird es immer sein. Scarlet braucht eine Auszeit und ein paar Ragnars, an denen sie sich abreagieren kann, bis die Zeit der Rache an Zhang Yuen gekommen ist.«

Angel blickte starr auf die wehenden Gardinen hinter den Fenstern. Seit der Offenbarung von Sydneys tödlicher Krankheit wägte sie innerlich ab, ob sie Jade über den Sender der Biosphäre in Scarlet informieren sollte. Sie hatte ihr bereits so viel gezeigt, sie in so viele Geheimnisse eingeweiht, doch noch war Angel nicht überzeugt. Noch könnte alles eine Inszenierung sein. Die Ressourcen dafür standen den Bacchae definitiv zur Verfügung. Außerdem wollte sie zunächst Zhang Jiao zur Rede stellen.

»Und was ist, wenn Scarlet nach Sicariia fährt, zu dieser Elisabeth, um den Imperator gegen euch aufzubringen?«, fragte sie, um die Diskussion am Laufen zu halten.

»Marcus Avianos mischt sich nur ungern in interne Angelegenheiten der Bacchae ein. Elisabeths Stimme allein reicht ohnehin nicht aus. Zudem ist sie die Konkubine des Imperators und fühlt sich mehr als jede andere von uns der Neutralität verpflichtet.«

»Sie ist ... was?«

Jade lachte leise, als hätte sie Angst, die Anwohner zu stören.

»Es ist uns verboten, feste Beziehungen einzugehen, aber wir sind nicht tot«, sagte sie. »Kennst du vielleicht eine bessere Möglichkeit, dir andere Menschen gefügig zu machen? Ganz besonders Männer?«

»Ich hatte nur nicht gedacht, dass ihr ...«

»Sex ist eine Waffe, ein Instrument. Genau wie die Neces oder die Stasis«, erklärte Jade. »Der Imperator weiß das ebenso gut wie wir und führt seit seiner Amtseinführung einen erbitterten Krieg gegen Elisabeth. Ich glaube, sie kommt einer verheirateten Frau in unserem Orden am nächsten. Außerdem ...«

Auf einmal blieben ihr die Worte im Halse stecken, als sie Bewegung hinter einem Vorhang in Scarlets Apartment bemerkte, obwohl die sie noch immer von dem anderen Raum aus beobachtete. Mit hastigen Schritten stieg Jade die Treppen zur zweiten Etage hoch und riss die Tür auf.

»Scarlet!«, rief sie erzürnt durch die Wohnung.

»Ich hab dir schon tausendmal gesagt, dass du in meinem Quartier nichts zu suchen hast!«, giftete diese ihr aus einem angrenzenden Türrahmen entgegen.

»Ist das Martin Rich in deinem Schlafzimmer!?« Ohne auf eine Antwort zu warten, zischte sie weiter. »Nicht mal die Prätorianer dürfen hier eindringen! Was zum ...«

»Halt den Rand!«, fuhr Scarlet sie plötzlich an, als wäre sie noch immer auf der Höhe ihrer Allmacht. »Ich hab dir letzte Nacht schon gesagt, dass ich unsere Kinder nicht im Stich lasse, so wie du und deine geisteskranke Meisterin!«

»Er steht aus gutem Grund unter Quarantäne! Du kannst nicht einfach ...«

Sie verstummte, als der Junge mit einem eingeschüchterten Gesichtsausdruck in der Schlafzimmertür auftauchte.

»Hallo Martin«, knirschte Jade hervor. »Alles in Ordnung?«

»Er hatte Heimweh«, sagte Scarlet und kniete sich für eine Umarmung zu ihm herunter. »Kein Wunder bei dem Bunker, den ihr Quarantänestation nennt!«

Jade bebte innerlich mit geballten Fäusten. Sie warf einen Blick über die Schulter auf Angel, die in der Tür stehengeblieben war, um jedes Detail ihrer Auseinandersetzung beobachten zu können. Haareraufend stampfte sie kurz darauf aus der Wohnung. Angel folgte ihr nicht sofort, sondern starrte Scarlet schulterzuckend an. Erst als diese mit dem Kopf nickte, verließ auch Angel ihr Apartment und zog sanft die Tür hinter sich zu.

»Diese verdammte ...«, knurrte Jade und sah dabei aus, als wolle sie auf den Boden stampfen, um mit wütendem Getöse darin zu verschwinden. »Niemand außer den Bacchae und den Arbitern hat hier was zu suchen!«, rief sie Angel zu. »Schon gar keine Kinder!«

»Warum bin ich dann hier?«

Jade ließ die Schultern mit einem Seufzen fallen.

»Weil du wichtig für das Imperium bist«, sagte sie mit dem Ton einer einstudierten Werbebotschaft. »Es gibt Ausnahmen. Nadra zum Beispiel; unsere Bacchae von den Söhnen des Ragnarök. Sie hat nie die normale Ausbildung durchlaufen und hat auch keine Meisterin. Stattdessen hat sie den letzten Ragnarkrieg für uns beendet und wurde dafür zur Bacchae ernannt.«

Angel zog ihre linke Augenbraue in gewohnt skeptischer Manier hoch.

»Ihr wollt mich zu einer von euch ...?«

»Mach dich nicht lächerlich«, schnitt Jade ihr mit einer abwertenden Handgeste das Wort ab. »Der zweite Ragnarkrieg hat ein Jahr gedauert und wir haben mindestens ebenso lange über Nadras Aufnahme diskutiert.«

»Wer hat sie eigentlich rekrutiert?«

Jade nickte mit dem Kopf in die Richtung von Scarlets Apartment. »Du warst doch letzte Nacht dabei, als Nadra ihr den Rücken gestärkt hat«, fügte sie hinzu.

Angel blickte hinauf zum Panoramafenster, von wo aus Scarlet sie keinen Moment aus den Augen ließ. Nun verstand sie Nadras Ausbruch beim Ritual der Entmachtung.

»Auf wessen Seite steht Nadra eigentlich? Ich meine Ragnars oder Imperium.«

»Auf unserer«, sagte Jade. »Ihre Lösung stieß bei den Patriarchen ihrer Stämme nicht gerade auf Gegenliebe, um es vorsichtig auszudrücken. Frauen haben bei denen nicht viel zu sagen. Sie nennen sich nicht umsonst die *Söhne* des Ragnarök.«

»Also hat sie ihr Volk verraten?«

»Nein, nicht direkt. Ist eine lange Geschichte. Die erzähl ich dir ein anderes Mal ...«

Das Getrappel von Hufen unterbrach ihren Satz, als ein Arbiter einen weißen Schimmel über den Hof führte.

»Ich nehme an, das ist auch ein Haustier?«, vermutete Angel.

»Das ist Aria«, erklärte Jade. Sie stoppte den Mann und streifte dem Pferd durch die Mähne. »Sie gehört Yolanda.«

Pferde waren für Angel kein ungewohnter Anblick. Viele riere nutzten sie, um Botschaften zwischen den Freien Enklaven auszutauschen. Die treuen Vierbeiner galten als zuverlässiger als Autos und benötigten zudem kein Benzin.

»Haltet ihr sie nur im Stall oder reitet Yolanda auch auf ihr?«

»Yolanda mag keine Autos. Sie reitet mit Aria, soweit sie Hufe tragen«, sagte Jade. Sie nickte dem Diener zu, der das Pferd davon führte.

»Was ist mit dem Haus?«, fragte Angel und zeigte auf ein Apartment, dessen Fenster mit Sonnenschutzfolie beklebt und zusätzlich mit Decken zugehängt worden waren, so dass kein einziger Sonnenstrahl hinein schien.

»Das ist unsere Vampirgrotte«, scherzte Jade und ging langsam darauf zu. »Da drin haust Azure.«

»Aha«, brummte Angel ungläubig.

»Ist dir ihre helle Haut nicht aufgefallen? Sie ist ein Albino und verträgt kein Sonnenlicht.«

»Was ist ein Albino?«

»Albinismus ist eine angeborene Störung, bei der deiner Haut irgendwas fehlt, das normalerweise für die Hautfarbe sorgt. Azure könnte dir das genauer erklären, aber grundsätzlich muss sie die Sonne meiden.«

»Das macht sich bestimmt hervorragend bei dreihundertfünfzig Sonnentagen im Jahr.«

Jade ging auf den Scherz ein und lächelte ebenfalls.

»Azure ist keine Bacchae im Feldeinsatz«, gab sie zu. »Aber lass dich niemals auf ein Wortgefecht mit ihr ein. Sie hat im Anschluss an Nadras Kunstgriff den Waffenstillstand mit den Ragnars ausgehandelt, obwohl für die Frauen an die Feuerstelle gehören.«

»Verrätst du mir jetzt, wer sich von euch eine Ziege ausgesucht hat?«

»Nadra natürlich«, antwortete Jade. »Ihre Aufnahme als Bacchae war bereits vom Rat bestätigt worden, als Scarlet ihr dieses letzte Detail zu vermitteln versuchte. Nadra erklärte sie für verrückt und glaubte ihr erst, nachdem Scarlet sie einmal durch unser Wohnviertel geführt hat.«

Während Jade redete, ging sie um eine Straßenecke und hielt

auf ein vergleichsweise chaotisch wirkendes Apartmenthaus zu. Die Bauweise war identisch mit den anderen. Wände aus Glas in weißen Fassaden und bedeckt mit Flachdächern. Nur der kleine Garten davor mit seinen Hecken und echten Grasflächen hatte die Besitzerin offenbar dem Wildwuchs preisgegeben. Zwischen den gelbgrünen Gräsern lag eine Ziege und ließ sich die Sonne auf den kurzhaarigen Pelz brennen.

»Das ist Odin«, sagte Jade. »Nadras Ziegenbock. Die meisten von uns wählen als clever geltende, exotische, starke oder anderweitig beeindruckende Gefährten. Nadra hielt es wahrscheinlich für amüsant, derart aus der Rolle zu fallen.«

»Sie kümmert sich also nicht besonders um ihn?«

»Ganz im Gegenteil«, erwiderte Jade. »Wenn die Ragnars eine Tugend haben, dann ist es ihre Art, anständig mit Tieren umzugehen. Sie bevorzugen freilebendes Wild, dass sie jagen können, und halten ihre Haustiere eher wie Nomaden; auf großen Weiden ohne enge Viehställe.« Sie versuchte Odin eine Reaktion zu entlocken, indem sie dem Bock frisches Laub aus Scarlets gepflegtem Garten vor die Nase hielt. Als Odin sich jedoch nicht rührte, zog sie beleidigt die Hand zurück und zeigte in die Richtung eines anderen Apartments.

»Jetzt komm. Ich soll dir heute noch mein Quartier zeigen.«

***

Gegen fünf Uhr verließ Cassidy mit ihren neuen Freundinnen das Schwimmbad. Nun verstand sie, warum die Besucher mit nassen Haaren herauskamen. Niemand verschwendete Strom für einen Föhn, denn in der heißen Endzeitsonne trockneten sie ohnehin binnen weniger Minuten.

»Na? Wie fandest du's?«, fragte Jenny.

Cassidy hatte sich ihre Antwort für den Bericht, den sie Angel am Abend geben wollte, pflichtbewusst bereitgelegt.

»Einfach fantastisch«, schwärmte sie. »Das wird mir mein Bruder niemals glauben. Und Jesse erst!«

Während sie ihren eigenen Worten lauschte, entschied sie, ihrer Mentorin etwas nüchterner gegenüberzutreten, aber das änderte nichts an ihrer Begeisterung. Am liebsten wäre sie sofort umgekehrt und hätte sich bis zum Sonnenuntergang in die Fluten gestürzt.

»Warum kippt ihr da eigentlich so viel Salz rein?«, fragte sie.

»Das ist Salzwasser aus dem Ruby River«, sagte Alison. »Der Fluss verläuft zwanzig Kilometer von Alexandria entfernt und führt durch vier Provinzen, bis er im Ozean mündet. Zumindest früher einmal. Seit der Klimaerwärmung drückt das Meer in die Flüsse und füllt sie mit Salzwasser. Westlich der Stadt ist deswegen kein Ackerbau mehr möglich. Die ganze Gegend ist versalzen.«

»Sind dir die Fische auf dem Markt nicht aufgefallen?«, fügte Jenny hinzu.

»Sie hat bestimmt noch nie im Leben einen Fisch gesehen.«

»Gutes Argument.«

»Wo wir gerade bei Fischen sind; wir müssen noch was fürs Abendessen besorgen«, meinte Alison. »Heute sind wir mit Kochen dran.«

»Wollen wir nicht eher ins Grillhaus?«, erwiderte Jenny und wippte dabei mit dem Kopf in Cassidys Richtung, als wollte sie Touristenführerin spielen.

»Hey, ich würd auch lieber Essen gehen, als mir deine Kochkünste anzutun, aber willst du wirklich, dass Larry für die Kids kocht?«

Jenny schien sich nicht entscheiden zu können, ob sie gerade beleidigt worden war oder lachen sollte.

»Na gut, ich geh mit Cass einkaufen«, seufzte sie schließlich. »Kannst du derweil Donna und Walter abholen und mal nachsehen, was heute Abend im Aurora läuft, Allie?«

Cassidy hatte sich daran gewöhnt, dass Jenny für so ziemlich alles und jeden einen Spitznamen oder eine Abkürzung erfand.

»Hey!«, rief Jenny auf einmal und hetzte noch im selben Augenblick einem kleinen Jungen nach. »Stehenbleiben!«

Alison folgte ihr mit Cassidy im Windschatten, aber ehe sie nach dem Grund für den plötzlichen Aufruhr fragen konnten, hatte Jenny den Schüler schon am Arm gepackt.

»Los! Her damit!«, befahl sie zornig.

»Was willst du dumme Kuh von mir!?«, beschwerte er sich rotzfrech.

»Verkauf mich nicht für blöd! Ich hab genau gesehen, wie du das Geld meiner Freundin geklaut hast!«

Das Schauspiel hatte inzwischen die Aufmerksamkeit der umstehenden Menschen auf sich gezogen, was dem Jungen offenbar zu viel wurde. Mit einem ertappten Gesicht holte er Cassidys Lederbeutel hervor, in dem ihre letzten Sicarreserven klimperten. Erschrocken überprüfte sie ihre Hosentaschen und atmete erleichtert durch, als sie das laminierte Kärtchen von Jade ertastete.

»Hier«, nörgelte der sommersprossenübersäte Junge.

»Wie heißt du? Und aus welchem Haus kommst du!«

»Das geht dich gar nichts an! Lass mich los!«

»Alles noch drin?«, fragte Alison, während Cassidy ihre Münzen zählte.

»Ist dir überhaupt klar, wen du da gerade bestohlen hast?«, setzte Jenny unbeeindruckt nach.

»Mir doch egal!«, erwiderte der Junge pampig. »Lass mich in Ruhe!«

»Zeig ihm mal deinen Ausweis«, forderte Jenny.

Cassidy war das unerwartete Rampenlicht mindestens ebenso unangenehm wie dem kleinen Straßendieb. Alison bemerkte ihr Zögern und stellte sich daraufhin schützend vor sie.

»Er hat das Geld doch rausgerückt«, flüsterte sie. »Du musst nicht gleich so einen Aufstand machen.«

»Soll ich ihn deiner Meinung nach vielleicht einfach laufen lassen, damit er nächstes Mal dich beklaut?« Endlich reichte Cassidy ihr den gewünschten Ausweis und Jenny rieb ihn dem Jungen unter die Nase. »Das ist Cassidy von den Rangern! Ein Gast von Herrin Sydney und persönliche Freundin von Herrin Jade!«

Dem Jungen blieb bei ihren Worten umgehend die Luft weg. Vielen Schaulustigen verschlug es ebenfalls kurz die Sprache, gefolgt von gerüchteweisem Getuschel, dass Cassidy eigentlich hatte vermeiden wollen.

»Mikhel Tschernych«, japste er hervor. »Haus Samarium.«

»Samarium, hm?«, echote Jenny. »Das hätte ich mir ja denken können. Los! Wir werden deinem Magister mal einen Besuch abstatten.«

»Nein! Bitte!« Mikhel zappelte verzweifelt an ihrem festen Handgriff. »Er darf davon nichts erfahren! Bitte!«

»Meinst du nicht, dass das reicht?«, murrte Alison ihr ins Ohr. »Der macht sich doch gleich in die Hosen. Wenn er von Haus Samarium kommt, ist sein Patch sicher schon randvoll.«

»Stimmt das?«, löcherte Jenny den Jungen. »Ist dein Armband schon voller Verwarnungen wie die vom Rest deines Hauses?«

»Ja ...«, brachte Mikhel mit Tränen in den Augen hervor.

Jenny pfiff mürrisch durch die Nasenlöcher und lehnte sich zu ihm herunter.

»Dein Gesicht werd ich mir merken. Wenn ich dich nochmal erwische, schick ich Herrin Jade persönlich zu euch! Ist das klar?«

Mikhel nickte kreidebleich und kaum hatte sie ihren Griff gelöst, rannte er weinend davon.

»Musst du die Kinder immer so runterputzen?«, tadelte Alison sie im Flüsterton. »Der war doch keine zehn Jahre alt.«

»Na und?«, knurrte Jenny zurück, als hätte sie ein Eigeninteresse an Mikhels Disziplinarmaßnahme gehabt. »Haus Samarium ist ein Sammelbecken für Zigeunerkinder, deren Eltern selbst nach fünf Jahren Reparationen nicht gelernt haben, wie man sich zivilisiert benimmt. Wer bringt denen wohl bei, wildfremde Leute auf der Straße zu bestehlen?«

»Nicht jeder reagiert gleich auf Sklaverei, Jen.«

»Dann sollen sie das Imperium verlassen! Bei den Ragnars hätte man dem Bengel die Hände abgehackt.«

Einmal mehr verflogen Alisons Illusionen, Jenny von ihrem Standpunkt überzeugen zu können. Cassidy hatte ihr Geld zurückbekommen. Damit war die Situation für sie beendet. Sie setzte ein entwaffnendes Lächeln auf und joggte davon, um wie abgesprochen das Abendprogramm von Alexandria auszukundschaften.

»Persönliche Freundin von Herrin Jade?«, wiederholte Cassidy unsicher Jennys Drohung.

»Hat doch gewirkt, oder nicht?«

»Und wenn sie davon erfährt? Hast du keine Angst, dass ...«

»Dann wird sie darüber lachen, weiter nichts«, schnitt Jenny ihr das Wort ab. »Die meisten Bacchae sind eigentlich ganz nett, wenn man sie erst mal kennt.«

Cassidy zog ein verwundertes Gesicht und fragte sich, woher die Vertrautheit stammte. Zugegeben, Jade hatte es in den vergangenen Tagen durchaus verstanden, sie mit ihrem Charisma und Charme zu beeindrucken, aber nur, weil sie auf Angel und die Ranger angewiesen war.

»Warum kennst du dich so gut mit denen aus?«

»Ist dir heute Morgen etwa entgangen, wen ich im Hospital versorge?«, hielt Jenny ihr wie selbstverständlich dagegen. »Herrin Jade lag mal für drei Wochen in dem Zimmer und ich war für sie verantwortlich. Da kommt man zwangsläufig ins Gespräch. Die anderen Bacchae wollten immer wieder von mir wissen, wie es um sie steht.«

»War Scarlet auch darunter?«

»Nein«, antwortete sie zögernd. »Stell mir bitte keine Fragen über deren interne Angelegenheiten. Ich weiß, dass es allgemein bekannt ist, wie gern sich die beiden gegenseitig an den Hals gehen, aber ich darf nicht darüber sprechen.«

Cassidy schluckte mit einem ertappten Stechen im Herzen und fürchtete bereits, sie könnte zu weit gegangen sein.

»Ist schon okay«, beruhigte Jenny ihren erschrockenen Gesichtsausdruck. »Ich wollte es nur gesagt haben.«

Sie hatte ihre Aufmerksamkeit inzwischen problemlos auf die Marktstände verlagert, obwohl ihr nach wie vor eine Menge Augenpaare folgten. Sie öffnete eine Leinentüte und begann hemmungslos zu shoppen. Ein Bund Karotten, zehn Pflaumen, fünf Orangen, vier gelbe Paprikaschoten und sechs Stangen Porree. Allesamt zwar etwas billiger als in Arnac, aber trotzdem noch so teuer wie ein komplettes Essen in der dortigen Taverne. Dazu drei Fladenbrote und ein paar Konserven, die brandneu aussahen. Nun kamen ihr die Transportkörbe ihres Fahrrads sehr gelegen. In ihnen fand der gesamte Einkauf platz. Besonders die beiden Zehn-Liter-Flaschen Trinkwasser hätten ihr beim Tragen vermutlich die Arme ausgerissen.

Als sie den Obst- und Gemüsestand hinter sich gelassen hatten und vor den Fleischern standen, drehte Jenny sich zum ersten Mal um.

»Brauchst du nichts?«, fragte sie Cassidy und setzte anschließend ein bissiges Grinsen auf. »Oder musst du zum Essen nach Hause?«

Wahrscheinlich würde ihr C.T. auf Wunsch etwas ins Penthouse bringen, dachte sich Cassidy, aber sie wollte ihren gerade aufgebauten Kontakt zu Jenny nicht gleich wieder abbrechen müssen. Seit sie an einem Süßigkeitenstand vorbeigekommen waren, juckte es sie in den Fingern, die Schokoladenleckereien zu probieren. Sie zählte ihre verbliebenen Kupfermünzen nach und stellte enttäuscht fest, dass sie sich trotz der günstigeren Preise höchstens genug für sich selbst leisten konnte.

Als sie sich schon mit ihrem Schicksal abgefunden hatte, fiel ihr der Ausweis ein, der laut Jade überall in Arnac als Zahlungsmittel akzeptiert werden sollte. Etwas schüchtern zog sie die laminierte Karte aus ihrer Brusttasche und zeigte sie der Verkäuferin.

»Oh, alles klar, junge Dame!«, rief die ältere Frau fröhlich über ihren Süßwarenstand und notierte sich die darauf eingestanzte Nummer. »Probier ruhig, was du möchtest.«

»Pfft!«, schnaubte Jenny. »Pass bloß auf, dass sie nicht aus Versehen eine Null dranhängt. Immerhin wissen wir nun, wer uns heute abends die Drinks bezahlt.« Bei diesen Worten schnappte sie sich sofort eine gefüllte Praline und schlang sie herunter.

»Drinks?«, wunderte sich Cassidy, während sie sich ebenfalls ein Stück Schokolade auf der Zunge zergehen ließ. »Wo gehen wir denn hin?«

»Mal schauen. Allie wird schon irgendwas für uns finden, um dich von dem langweiligen Konzert fernzuhalten.«

Mit vollen Fahrradkörben streiften sie gemütlich durch die Marktstände. Diesmal achtete Cassidy auf das Angebot und sah sich die Fische genau an. Natürlich hatte sie in ihrem Leben bereits welche gesehen. Im Aquarium der Biosphäre. Vor gerade mal drei Tagen.

»Wo bekommt ihr eigentlich das viele Wasser her?«, fragte sie mit Blick auf die beiden dickbäuchigen Plastikflaschen, die in der Nachmittagssonne himmelblau schimmerten.

»Das ist unterschiedlich. Mal sehen ...«, murmelte Jenny und prüfte die handgeschriebenen Etiketten. »Die eine hier stammt aus

Crow's Nest. Das ist ein Dorf weit im Süden, in den Bergen. Die andere aus der Provinz von Isis. Was die Pumpen von Alexandria nicht leisten können, müssen wir importieren. Meistens von irgendwelchen Oasen oder Gebieten mit unterirdischen Wasseradern.« Sie griff wieder an ihren Lenker und schob das Fahrrad weiter über den Markt. »Wo habt ihr denn euer Wasser herbekommen?«

»Aus einem Brunnen im Zentrum unserer Siedlung«, erklärte Cassidy. »Aber den mussten wir jedes Jahr tiefer graben.«

Jenny nickte. »Unsere Versorgung wird auch jedes Jahr schwieriger und vor allem teurer. Ohne die imperiale Unterstützung würde sich Alexandria keine vier Wochen selbst finanzieren können.«

Cassidy verstand nicht ganz, wovon die Studentin redete, nickte aber dennoch bestätigend zurück.

»Wie wär's mit einer Kette für dich?«, schlug Jenny auf einmal vor und stellte ihr Rad neben einem Stand mit kleinen Holzfiguren, silbern glänzenden Anhängern und ähnlichem Schmuck ab.

An den Seiten hingen ein paar sehr schöne Zeichnungen der Stadt und handgemalte Porträts der Bacchae. Sie nahm ein Amulett von der Stange und zeigte es Cassidy.

»Herrin Jade höchstpersönlich«, sagte Jenny und deutete auf die eingestanzte Eule. »Das sind nur Souvenirs«, erklärte sie weiter. »Viele Kinder basteln oder schnitzen kleine Andenken in ihrer Freizeit. Der Erlös wird den Bacchae gespendet.« Sie hängte die Kette zurück und nahm sich stattdessen ein Amulett mit eingestanzter Spinne. »Oder möchtest du lieber Scarlet sein? Die Schwarze Witwe ist ihr Symbol.« Dabei hielt Jenny sich auf einmal die Hand vor den Mund, um nicht laut loszulachen. »Wenn du mit dem Ding bei Jade auftauchst, wird sie garantiert die Wände hochgehen.«

»Ich weiß nicht«, murrte Cassidy beim Betrachten des Souvenirstands. »Angel erklärt mich für verrückt, wenn ich eins davon kaufe.«

»Wer ist denn Angel?«

»Meine ...« Cassidy blieben die Worte im Halse stecken. Noch nie war sie direkt nach Angel gefragt worden. Sie als ihre beste Freundin zu bezeichnen, könnte von Jenny falsch interpretiert werden, daher entschied sie, sich auf die sachliche Ebene zu beschränken. »Sie ist meine Ausbilderin und seit kurzem General der Ranger.«

»Oh ...«, erwiderte Jenny knapp. »Und die steht wohl nicht auf Schmuck?«

»Als ich beim letzten Mal eine Kette gefunden hab, meinte sie da-zu, dass ich nicht mal einen Becher Wasser dafür kriegen würde.«

»Verstehe.« Jenny gab den Spinnenanhänger zurück. »Vielleicht warten wir noch ein bisschen, bevor wir dieser Angel einen Kulturschock verpassen.«

Sie klappte ihren Fahrradständer wieder ein und machte sich mit Cassidy auf den Heimweg. Das Fleisch fürs Abendessen durfte nicht allzu lange in der Sonne stehen und Hunger bekamen sie allmählich auch.

✳✳✳

»Und? Haben wir alles korrekt nachgebaut?«, fragte Colonel Grant am Ende ihrer Besichtigungstour der Festungsattrappe.

»Im Groben kommt's hin«, brummte Dog etwas geistesabwesend. Er verspürte ein seltsames Gefühl von Heimweh, während er durch die Gefängniszellen stampfte; auch wenn es nur billige Imitate aus einer Menge Pappe und ungleichen Metallgittern waren. Die Atmosphäre stimmte. Kaum ein Lichtstrahl, der nicht von Stahlstreben zerschnitten wurde. Alles wirkte dunkel und schummrig. Ganz wie im Original. Als Eric ihn im Zuge der Gefängnisrevolte in eine dieser Zellen eingesperrt hatte, hielt Dog es für die Hölle auf Erden. Die ausgebrochenen Insassen hatten gerade erst seinen Vater auf dem Hof aufgehängt und schlachteten nun in ihrem Blutrausch einen Wärter nach dem anderen ab. Dabei stürzten sie sich auch auf die angrenzende Kleinstadt, in der die Angestellten des Knasts lebten. Kaum jemand war ihnen entkommen.

Als der Aufstand beendet war und sich der Staub gelegt hatte, entließ Eric ihn als neuer Anführer der Vultures und befahl dem damals dreizehnjährigen Dog, nicht von seiner Seite zu weichen.

Es mussten erst einige Wochen vergehen, bis er Eric kein Messer mehr in den Rücken rammen wollte und verstand, dass er ihn zu seinem eigenen Schutz in den Hochsicherheitstrakt gesperrt hatte. Das Charisma des Riesen mit seiner blonden Lockenmähne und seine furchteinflößende Aura der Macht ließ binnen eines Jahres eine Vater-Sohn-Beziehung zwischen ihnen entstehen; zumal sich sein leiblicher Vater kaum um ihn gekümmert hatte. Anfangs fügte sich Dog mangels Alternativen, aber er spürte schnell, dass er für die gerade untergegangene Welt geboren worden war. Die anarchistischen Zustände, aufgrund derer er tun durfte, wonach es ihm verlangte, die wilden Schlachten, die Eric fast immer für sich entscheiden konnte, die Frauen ...

Dog hatte sich nie an einer Sklavin vergangen, die sich ihm nicht freiwillig hingab. Das war eine Grenze, die er sich selbst gesteckt hatte. Aber er war nie zwischen seine Männer und ihre Opfer gegangen und redete sich ein, dass dies der Lauf der Dinge sei. Seit dem Tag der Gefängnisrevolte verachtete er Schwäche, aufgrund derer sein Vater sterben musste, weil seine Kollegen lieber davonrannten, als ihm zu helfen. Panisch kreischende Frauen waren für ihn nichts anderes und damit seiner Aufmerksamkeit unwürdig. Es gab nur wenige Ausnahmen. Sklavinnen, die sich erfolgreich wehrten, ihren Peinigern die Augen auskratzten oder ihre Zähne in besonders empfindliche Körperteile rammten. Für sie hatte Dog Respekt und beanspruchte sie für sich. Angel war die Stärkste von ihnen gewesen und hatte sich nicht mit leichten Körperverletzungen zufriedengegeben, sondern unvorsichtigen Vultures Nasen, Arme oder das Genick gebrochen. Jeder Kontakt mit ihr kam dem Zweikampf mit einer tollwütigen Löwin gleich.

Als Dog sie unter seinen Schutz stellte, hatte Eric ihn unterstützt. Es war die Zeit, in der er Dog zu seiner rechten Hand erklärte. Niemand durfte ihn anzweifeln und Erics Loyalität war grenzenlos wie die eines guten Vaters zu seinem Sohn; trotz ständiger Streitereien um Taktiken und Neuanwerbungen, die einfach zum Alltag gehörten. Auch wenn ihr Verhältnis seit Angels Überlaufen zu den Rangern nicht mehr dasselbe gewesen war, schuldete er ihm viele Jahre seines Lebens.

Und nun sollte er die Festung seines Ziehvaters mit einer feindlichen Armee stürmen, um Eric zu Fall zu bringen. Ausgerechnet für die Sicarii. Der Gedanke allein bereitete ihm Kopfschmerzen.

»Baut die Sprengfallen ein, wo ich es euch gezeigt hab und markiert die Fallgruben vor der Mauer. Dann könnt ihr euer Spiel beginnen«, sagte Dog. »Ich bin hier fertig.«

Ohne auf eine Antwort von Deveroux oder Grant zu warten, verließ er die Attrappe und hielt auf den LKW zu, mit dem sie gekommen waren. Er wollte zurück. Zurück nach Alexandria. Auch so ein Gedanke, der ihn umbrachte. Aber in Alexandria wartete wenigstens Angel auf ihn. Der einzige Halt, der ihm noch geblieben war.

»Du willst die Übung nicht beaufsichtigen?«, fragte Grant, als er an der Beifahrertür stand.

»Ich führe deine Leute durch den Tunnel. Das reicht doch wohl«, grollte er zurück.

Das Kriegsspiel hatte bereits begonnen. Eine komplette Legion aus fünfhundert Männern und Frauen lieferte sich ein imaginäres Gefecht mit Platzpatronen und Rauchgranaten anstelle des Tränengases. Die Hälfte imitierte die Vultures, die andere Hälfte die Sicarii. Anschließend sollten die Seiten getauscht werden, bis Captain Deveroux zufrieden war.

»Ich hätte gedacht, dass dir die Aussicht auf eine Abrechnung mit Eric mehr Enthusiasmus entlocken würde.«

»Mit Eric abrechnen ist eine Sache«, knurrte Dog. »Ihr wollt, dass ich ihm für euch ein Messer in den Rücken ramme.«

Colonel Grant ging um den LKW herum und schwang sich auf den Fahrersitz.

»Im Imperium ist kein Platz für Barbaren«, sagte er.

Dog blies beleidigt Luft zwischen seinen Lippen hindurch. Allmählich gewöhnte er sich an die Bezeichnung.

»Hast du vielleicht eine bessere Idee, wie wir die Vultures als Bedrohung neutralisieren können?«

Der Hüne stützte sich mit dem Ellenbogen auf die geöffnete Beifahrerscheibe und blinzelte in Richtung der aufsteigenden Rauchschwaden aus der Festungsattrappe. Seit er die Nachbildung zum ersten Mal gesehen hatte, grübelte er, wie er heil aus dieser Sache herauskommen konnte, ohne Angel zu enttäuschen oder Eric mitsamt seinem Gefängnis einzuebnen.

»Nein«, brachte er niedergeschlagen hervor. Dann drehte er sich zu Grant um. »Ihr habt doch ohnehin kein Interesse daran.«

Der Offizier seufzte enttäuscht und ließ den Motor an.

»Ich hab dir gesagt, dass die Chance auf eine Allianz mit den Vultures für eine kurze Zeit wirklich bestanden hat. Eric hat sie in den Wind geschlagen, nicht wir«, rief er durch das Führerhaus und wendete den LKW in Richtung Ausfahrt. »Wenn du die Gang übernehmen würdest ...«, schlug er vor, aber schon bei seinen anfänglichen Worten musste Dog lachen.

»Ich will doch genauso wenig wie Eric mit euch Pfeifen zusammenarbeiten!«

»Glaubst du vielleicht, *wir* hätten uns gerade dich als Partner ausgesucht?«

Dogs Lachen verstummte abrupt. Grant hatte Recht. Sie beide folgten den Anweisungen von Frauen, deren Pläne sie nur zum Teil verstanden. Grant mochte es vor seinen Untergebenen auf die Befehlskette schieben, aber in Wirklichkeit war er Jade ebenso verfallen, wie Dog Angel keinen Wunsch abschlagen konnte, sofern er mit einem Faustschlag ins Gesicht unterbreitet wurde. Gefangen im Netz von Schwarzen Witwen, die sie nach Belieben benutzten. Und beide sahen es am Blick des anderen, dass sie nach einem Weg suchten, um ihre Eigenständigkeit zurückzugewinnen, ohne dabei ihr eigenes Schicksal zu besiegeln.

***

»Brian! Luke! Räumt eure verdammten Fahrräder in den Keller!«, brüllte Jenny in den Hauseingang. Sie hatte ihren Einkaufsbummel mit Cassidy beendet und wollte sie nun ihren Mitbewohnern vorstellen. »Brian! Lu-«

»Ja ja«, nörgelte eine Stimme aus dem zweiten Stock. Zwei Jungs zwischen zehn und zwölf Jahren kamen die Treppe heruntergepoltert. Einer davon war europäisch-hellhäutig, der andere asiatischer Abstammung. »Du musst nicht immer gleich so schreien.«

»Ich zieh euch gleich die Ohren lang!«, tadelte Jenny sie. »Wir hätten uns fast den Hals gebrochen.«

»Müsst ihr halt die Augen aufmachen!«, rief der Zweite frech zurück. Bevor Jenny ihn packen konnte, flüchteten sich die Jungs feixend die Kellertreppe hinunter.

»Grrr ... dafür gibt's heute keinen Nachtisch!«, grollte Jenny, während sie Cassidy in den ersten Stock führte.

»Was krakeelst du schon wieder so rum?«, fragte eine Herrenstimme, als sie die Wohnung betraten.

»Brian und ...« Weiter kam sie nicht.

»Andere Leute müssen hier arbeiten«, beschwerte sich ein äußerst fettleibiger, aber gleichzeitig irgendwie liebenswürdig aussehender Mann mit einer schwarzen Hornbrille auf der Nase und einer leeren Kaffeetasse in der Hand. Er war Anfang fünfzig und ihm gingen die braunen Haare aus. »Ich muss morgen wieder zwei Vorlesungen halten, also bitte etwas Ruhe.«

»Ja, Larry. Ich versuch mich zu beherrschen«, versprach Jenny. Sie rollte zur selben Zeit aber so sehr mit den Augen, dass ihr nicht mal ein Blinder geglaubt hätte.

»Mh-hm. Und wenn du schon dabei bist, der Kaffee ist alle«, brummte Larry und schüttelte seine Tasse vor ihrer Nase herum.

Jenny vermied jede weitere Konversation und wuchtete beide Einkaufstüten auf den rechten Arm, nur um die Tasse mit der linken Hand greifen zu können. Anschließend wankte sie über ein Minenfeld aus Büchern, Holzeisenbahnen und einer Katze im Halbschlaf, die fauchend Reißaus nahm, als Jenny ihr beinahe auf den Schwanz getreten wäre.

»Würdest du mal bitte?«, nuschelte sie Cassidy durch die Tüten hindurch zu und deutete mit dem Kopf auf die vor ihr liegende Tür.

Dahinter lag eine Küche von den Ausmaßen der Hütte, in der Cassidy mit ihrem Bruder und ihren Eltern aufgewachsen war. An der Wand reihten sich ein halbes Dutzend Schränke, zwei Spülen und eine Spülmaschine aneinander. Am Ende stand ein riesiger Kühlschrank aus zerkratztem Aluminium mit angekippter Tür. Er war nicht angeschlossen. Geteilt wurde der Raum von zwei weiteren Türen und einem großen Arbeitstisch samt Herd in der Mitte, über dem eine Abzugshaube und eine LED-Lampe hingen.

Cassidy stand noch mit offenem Mund in der Tür, als Jenny

bereits die schweren Tüten auf dem Küchentisch fallen ließ. Dabei riss eine davon auf. Die Konservendosen rollten heraus und knallten auf den gefliesten Fußboden.

»JENNY!«, hörten sie Larry aus dem Nebenzimmer rufen.

»JA VERDAMMT!«, brüllte Jenny im selben Ton zurück.

Dank der lauten Geräusche hatte Cassidy immerhin ihre Fassung zurückerlangt. Sie eilte nach vorn, stellte ihre eigene, vergleichsweise leichte Süßigkeitentüte ab und half Jenny beim Aufsammeln.

»Was gibt's denn heute zum Essen?«, fragte eine Mädchenstimme.

»Vorlaute Zwölfjährige mit Kartoffelbeilage!«, knurrte Jenny.

»Hey! Ich hab dir gar nichts getan.«

»Ja, tut mir leid Gaby.« Diesmal klang ihre Entschuldigung ernstgemeint.

Als Cassidy hinter dem Arbeitstisch hochsah, entdeckte sie das dunkelhäutige Mädchen mit ihren unzähligen, geflochtenen Zöpfen, das in der Tür stand und sie misstrauisch beäugte.

»Wer ist *die* denn?«, fragte Gaby völlig schamlos.

»*Sie*«, betonte Jenny, »heißt Cassidy und ist heute unser Gast.«

»Hm«, erwiderte das Mädchen zweifelnd. »Zieht *sie* hier ein?«

»Nein. Nur bis morgen«, antwortete Jenny. Sie war bereits damit beschäftigt, die Küchenschränke einzuräumen und ließ sich nicht zu einer längeren Antwort hinreißen. »Aber wo du schon mal da bist, wie wär's, wenn du die Wasserflaschen reinträgst?«

Gaby zuckte mit den Schultern und schlich genauso lautlos aus der Küche, wie sie sie betreten hatte.

»Sind die alle deine Geschwister?«, fragte Cassidy verblüfft. Erst die beiden unterschiedlichen Jungs, nun das dunkelhäutige Mädchen mit ihrem typisch afrikanisch gekräuselten Haar. Und Larry sah wirklich nicht aus, als wäre er der Vater von irgendwem in diesem Haus.

»Haha – nein«, lachte Jenny und schloss den Küchenschrank. »Hat euch noch keiner erklärt, wie das hier in Alexandria läuft?«

Cassidy schüttelte den Kopf. »Nicht so richtig.«

»Also, alle Kinder ab fünf Jahren kommen hier her. Zehn Monate im Jahr«, begann Jenny zu erklären. »Damit sie hier nicht wie

Vieh im Stall leben, werden sie in Häuser aufgeteilt. Unseres nennt sich Haus Argon und genießt einen weitaus besseren Ruf als die Zigeuner von Samarium. Jedes davon wird von einem Magister geführt. Bei uns ist das Larry, Professor für Mathematik und Physik. Jedes Haus bekommt einen Hausaufgang zugeteilt und es wird dafür gesorgt, dass alle Altersklassen vertreten sind. Die Älteren wie Alison und ich übernehmen die Verantwortung für die Jüngeren, helfen ihnen beim Lernen, sorgen für die richtige Ernährung und passen auf, dass sie keine Dummheiten anstellen.«

Während Jenny redete, holte sie ein großes Schneidbrett aus dem Schrank und begann, das Fleisch vom Markt in kleine Portionen zu zerteilen. Ohne Kühlung musste es noch am selben Tag zubereitet werden. Sie reichte Cassidy ebenfalls ein Messer, damit sie schon mal mit dem Gemüse anfangen konnte.

»Wenn du dich nach der Grundschulzeit für ein Haus entschieden hast, gehörst du ihm ein Leben lang an. Wir sind wie Geschwister, was dir ja nicht entgangen ist«, fuhr Jenny fort. »Im Geschichtsunterricht haben sie das mit Studentenvereinigungen von früher verglichen, sofern dir das etwas sagt.«

Cassidy schüttelte den Kopf. Bis vor zwei Monaten hatte ihre Schulbildung schließlich aus ihren Eltern und einem Märchenbuch bestanden.

»Okay, also es bringt eigentlich keine Verpflichtungen mit sich, aber man hilft sich auch nach dem Verlassen von Alexandria untereinander. Haus Argon stellt zurzeit drei Senatoren und einen Colonel in der Legion. Außerdem gibt es Bündnisse und Wettkämpfe zwischen den Häusern. Unsere Gaby wurde bereits zwei Mal in Folge mit dem ersten Preis fürs Malen ausgezeichnet. Wenn du mal ein Porträt von jemandem brauchst, wende dich an sie.«

In diesem Moment kehrte Alison zurück und rief lautstark nach Larry, der ihr dabei helfen sollte, Donna Johnsons Rollstuhl die Treppe hinauf zu tragen. Sie war gerade mal Mitte dreißig und trug stolz das rote Barett der Legion.

Jenny erklärte, dass Donna ihr rechtes Bein im Krieg verloren hatte. Ohne Angehörige, die sich um sie kümmern konnten, lebte sie nun als Invalidin im Haus Argon und wurde von den Kindern ebenso versorgt wie Walter Higgins, der ihr an einem Krückstock ins Esszimmer folgte. Er war über siebzig und verbrachte seinen Lebensabend in Alexandria.

Im Sicariianischen Imperium gab es keine Rente, dafür hatte jeder verdiente oder mittellose Bürger im hohen Alter die Möglichkeit, sich für einen Altersheimplatz in der Schulstadt zu bewerben. Gute Referenzen wie akademische Grade oder eine militärische Laufbahn waren dabei von Vorteil. Die Kinder lernten dadurch Verantwortung für andere Menschen zu übernehmen, während weniger Alte in ihren einsamen Häusern versauerten und einen Teil ihrer Lebensweisheit weitergeben konnten. Zuvor mussten sie jedoch eine genaue Überprüfung der Sacerdos über sich ergehen lassen. Das Imperium wollte im Zuge des Generationenwechsels keinesfalls eine Verbreitung vorzeitlicher Aberglauben riskieren.

In der Küche dampften bereits zwei Pfannen, gefüllt mit Geschnetzeltem vom Rind, gelben Paprikastreifen und Porreescheiben. Das Ganze würde laut Jenny dann zusammen mit ein paar getrockneten Pilzen ein asiatisches Essen ergeben. Es duftete zumindest verführerisch.

»Heute Abend ist Party ab siebzehn im Aurora«, berichtete Alison in der Küchentür. »Und es gibt endlich mal wieder was zu trinken.«

Jenny blickte Cassidy abschätzend an. »Bist du eigentlich schon siebzehn?«

»In einem Monat werde ich achtzehn.«

»Mit ihrem Pass würde sie sogar mit zwölf reinkommen«, scherzte Alison. »Einlass ist ab zwanzig Uhr. Ich hoffe, die Bande schafft es heute mal pünktlich zum Essen.«

»Sammy und Tammy liegen noch im Medusa Memorial. Und die anderen sind schon im Haus.«

»Wie geht's den beiden eigentlich?«

»Nur ein paar Kratzer und Schrammen«, beschwichtigte Jenny. »Ich hab Garrett gesagt, er soll sie als Warnung über Nacht dabehalten, damit sie das nächste Mal eher den Kopf einziehen.«

»Was ist mit meinem Kaffee?«, beschwerte sich Larry auf einmal und zwängte sich dabei an Alison vorbei durch die Tür.

Mit einem fast panischen Gesichtsausdruck hechtete sie in die Küche hinein, um dem Sturmangriff seiner Wampe zu entkommen. Gleichzeitig griff sie aber auch nach der gläsernen Kaffeekanne, die Jenny zusammen mit dem Essen aufgebrüht hatte, und füllte Larrys Kaffeepott auf.

»Ich seh das Fleisch ja vor lauter Gemüse nicht«, nörgelte er währenddessen bei einem Blick auf den Gasherd munter weiter.

»Das ist gesund, Larry. Dein Körper wird es uns danken«, konterte Jenny.

»Das hab ich nun davon, mir eine Medizinstudentin ins Haus zu holen«, knurrte er zurück und kippte sich nebenbei drei gehäufte Esslöffel Zucker in seine Tasse. »Ihr sollt auf die Kinder aufpassen und sie nicht zu Karnickeln umerziehen.«

Mit einem breiten Grinsen auf den Lippen zwängte er sich abermals durch die Tür und verschwand in seinem gegenüberliegenden Arbeitszimmer.

»Ist der immer so ... so ...«

Cassidy fehlten die Worte.

»Wer, Larry?«, nuschelte Alison mit einem Stück Schokolade auf der Zunge hervor. Cassidy hatte sich nicht mehr zurückhalten können und ihre Tüte bereits geöffnet.

»Larry ist voll in Ordnung«, winkte Jenny ab. »Man braucht ein paar Tage, um seinen Humor zu kapieren, aber er ist immer für uns da und hält Haus Argon seit einem Jahrzehnt zusammen.«

»Steh ihm bloß nie im Weg«, empfahl Alison.

»Genau. Dann walzt er dich einfach um«, bestätigte Jenny. Dabei hielt sie sich die Hände vor den Bauch um Larrys Umfang zu simulieren und bewegte sich stampfend um den Herd herum, wodurch sie alle drei laut loslachen mussten.

Wenig später war der lange Tisch im Esszimmer gedeckt und Alison trug zusammen mit Cassidy die Pfannen herein.

»BRIAN! GABY! LUKE!«, brüllte Jenny aus der Tür heraus.

»Bin doch schon da«, maulte das Mädchen und kroch unter der Tischdecke hervor. Die beiden Jungs polterten dagegen die Treppe aus dem dritten Stock herunter und hätten Alison beinahe umgerannt, wäre sie nicht von Larry aufgefangen worden.

»Stopp, meine Herren!«, rief er den beiden zu und packte sie am

Kragen. »Hier wird nicht gerannt!«

»Entschuldigung«, murmelten sie im Chor.

»Na also. Und jetzt auf eure Plätze.«

Alison hatte ihre Stabilität zurückerlangt und stellte einen Korb Brot und die Nachspeise auf den Tisch. Es gab für jeden etwas Schokolade.

Am Kopf des Tisches saß Larry als Hausherr, gefolgt von Alison und Jenny zu seiner Linken und Rechten. Als sie Cassidy den Stuhl neben sich zuwies, konnte man ein leises Murren vernehmen, das entweder von Brian oder Luke stammte, die dadurch einen Platz weiter rutschen mussten. Donna rollte sich selbst auf die andere Seite des Tisches neben Alison, gefolgt von Gaby. Larry gegenüber saß der Rentner Walter, der ein zerknittertes Taschenbuch zum Essen mitgebracht hatte.

»Kriegen wir etwa eine neue Untermieterin?«, fragte Donna misstrauisch. Ihre Stimme klang heiser, wie die einer starken Raucherin.

Jenny schüttelte mit vollem Mund den Kopf. »Das ist ...«, nuschelte sie hervor und entschied sich, doch erst runterzuschlucken, bevor sie erneut zu einer Erklärung ansetzte. »Das ist Cassidy von den Rangern. Sie ist auf Einladung von Sisi bis morgen zu Besuch.«

»Sydney«, knurrte Donna. Dabei zerquetschte sie ihr Stück Brot als würde sie die Bacchae erwürgen wollen.

»Hey!«, warnte Larry. »Keine Lokalpolitik beim Abendessen.«

Donna gab sich vorerst zufrieden und lenkte ihre Aufmerksamkeit auf den Teller vor ihr.

»Mister Cormack hat uns gesagt, die Ranger sind alle tot!«, rief Brian quer durch den Raum.

»Hast du Sydney heute Morgen etwa nicht gehört?«, entgegnete ihm Gaby zänkisch. »Fast alle von denen sind entkommen und arbeiten jetzt für sie.«

»So ein Unsinn!«, behauptete Luke. »Nur die Prätorianer arbeiten für die Bacchae!«

»Und die Nocturnals!«, fügte Brian hinzu.

Larry legte sich die linke Hand auf die Stirn und seufzte resigniert: »Danke Donna.«

Alison und Jenny lächelten einander schadenfroh zu und hielten sich bewusst zurück, während Walter Higgins die Kinder zu beruhigen versuchte.

»Stimmt es eigentlich, dass euch Colonel Grant letzte Nacht den Arsch retten musste?«, fragte Donna herausfordernd.

»Donna!«, rief Jenny empört. Sie blinzelte zu den Kindern herüber, die solch schlechte Worte nicht hören durften.

»Was denn?«, grunzte sie zurück.

»Ohne die Legion wären wir überrannt worden«, gab Cassidy kleinlaut zu. Sydney hatte die Fakten in ihrer Erklärung am Morgen ohnehin bekanntgegeben und sie hoffte, dass die invalide Soldatin ihr etwas freundlicher gesinnt sein würde, wenn sie die Rolle der Armee achte.

Ihre Einschätzung erwies sich als korrekt. Donna nickte ihr mit demselben Respekt zu, den sie der Legion entgegengebracht hatte.

»Erinner Jade daran, wenn sie das nächste Mal über uns unfähige Legionäre herzieht.«

»Wenn du schon *so* mit Sydney bist,«, begann Larry resigniert und formte dabei das Zeichen von enger Verbundenheit mit Zeige- und Mittelfinger, »kannst du mir vielleicht sagen, wann ich Martin wiederbekomme?«

»Im Medusa ist er nicht«, sagte Jenny.

»Darum frag ich ja – wie war noch dein Name?«

»Cassidy. Er ist noch für zwei Tage in Quarantäne«, berichtete sie. »Im Tempel.«

»Uhh!«, unkte Alison. »Im Bacchae-Tempel!«

»Angeblich haben die da ein eigenes Foltergefängnis, in das sie unartige Jungs stecken, die überall ihre Fahrräder rumliegen lassen«, drohte Jenny den beiden Jungen mit erhobenem Zeigefinger.

»So ein Unsinn«, entgegnete ihr die zwei Jahre ältere Gaby. »Das Imperium foltert keine Gefangenen und die Bacchae schon gar nicht.«

»Aber es geht ihm gut, ja?«, bohrte Larry nach, um die Zankereien zu stoppen.

»Ich hab ihn selbst nach Hause gefahren«, nickte Cassidy mit einem Anflug von Stolz.

»Du warst das, die stundenlang Kreise auf dem Sophiaplatz gedreht hat?«, platzte es aus Brian heraus.

»Boah!«, fügte Luke sprachlos hinzu.

Von einem Moment zum anderen störte es sie gar nicht mehr, Cassidy am Tisch Platz gemacht zu haben. Nur Donna starrte sie finster aus den Augenwinkeln an.

»Das hättet ihr mir vorher sagen sollen«, nuschelte Alison. »Ich wär so gern mitgekommen, um selbst mal einen Blick auf die Neces werfen zu können.«

»Pfft!«, plusterte Jenny sich auf. »Du musstest ja als Erste in die Kornkammer flüchten, während ICH mit Brandon und Dekker die Stellung gehalten hab.«

»Als wenn es dir dabei um die *Stellung* gegangen wäre«, erwiderte Alison. »Zumindest nicht um die Stellung hinter der Kutsche!«

Darauf verweigerte Jenny die Antwort, zumal Brian und Luke sie bereits auslachten.

»Hat Dekker eigentlich gesagt, wann die beiden mal wieder nach Hause kommen?«, fragte sie stattdessen. Am Tisch waren in der Tat noch einige Plätze frei.

»Nein«, antwortete Alison mampfend. »Die schlafen seit Tagen bei den Prätorianern.«

»Wahrscheinlich bekommen sie da mehr Fleisch in ihr Essen«, beschwerte Larry sich mürrisch.

Jenny funkelte ihn grimassenschneidend an. »Wie wär's denn, wenn du zur Abwechslung mal selber kochst? Und wo wir gerade dabei sind, kannst du es auch gleich die Treppen hochschleppen.«

»Wenn du deinen Abschluss schaffst und anschließend Dozentin wirst, bekommst du vielleicht dein eigenes Haus zum Herumkommandieren«, erwiderte Larry. »Aber bis dahin kochst du, während ich mich weiter beschwere.« Sein Bauch begann vor Lachen zu wackeln und ließ dabei den Tisch gefährlich vibrieren und die Teller klappern.

»Kohlsuppendiät«, sagte Alison trocken und blickte Jenny herausfordernd an.

»Ganz klar«, stimmte die ihr zu. »Kohlsuppe. Einen Monat lang. Jeden Tag.«

»Genau. Und wenn er Fleisch will, weiß er ja, wo der Marktplatz ist.«

Larry ließ sich von der Drohung nicht einschüchtern und pickte weiterhin die Fleischstücke von seinem Teller.

Das gemeinsame Abendessen dauerte eine gute Stunde. Brian, Luke und Gaby erzählten von ihrem Schultag, an dem sie kaum etwas gelernt hatten. Die anderen Kinder waren viel zu beschäftigt damit gewesen, sie über den nächtlichen Überfall der Neces auszufragen.

Gaby zeigte stolz eine funkelnde Plakette an ihrem Patch; eine zehn Zentimeter breite Schulterarmbinde, an die alle Bürger des Imperiums bis an ihr Lebensende Abzeichen für herausragende Leistungen oder Fehltritte hefteten und das bei besonderen Anlässen getragen wurde. Gaby war für ein Panoramabild der Skyline von Alexandria ausgezeichnet worden, an dem sie vier Monate gearbeitet hatte.

Der Rentner Walter Higgins hatte die meiste Zeit im Hospital bei Sammy und Tammy verbracht und ihnen aus einem Kriminalroman vorgelesen, von denen er ein großer Fan war. Donna hüllte sich ins Schweigen, bis sie kurz nach Sonnenuntergang in ihr Zimmer rollte und die Tür hinter sich schloss. Nur sie und Walter wohnten im ersten Stock. Die anderen teilten sich die Etagen darüber.

Als Jenny erzählte, dass sie Cassidy im Auftrag von Herrin Sydney das Nachtleben von Alexandria zeigen sollten, erklärten sich Brian, Luke und Gaby bereit, den Abwasch zu übernehmen. Larry und Walter würden sie anschließend ins Bett bringen, so dass Alison und Jenny genug Zeit für die Vorbereitung blieben. Und was das bedeutete, hätte Cassidy sich in ihren kühnsten Träumen nicht vorstellen können.

***

Das Erste, was Angel in Jades Heim auffiel, war die ungemein gründliche Ordnung. Alles schien seinen vorbestimmten Platz zu haben. Sämtliche Bücher, Fotos, Kerzenständer und sogar die Kugelschreiber auf ihrem Arbeitstisch waren symmetrisch ausgerichtet, um das Gesamtbild abzurunden. Minas Futternäpfe und

275

Katzentoilette glänzten vor Sauberkeit. Außerdem ließ sich selbst bei einem Fingerstreif über eine Glaskommode kein einziges Staubkorn entdecken.

»Hab ich deinen Test bestanden?«

»Test?«, fragte Angel.

Jade verzog Mundwinkel. »Ist alles sauber genug für deine gehobenen Ansprüche?«

»Ich nehme mal an, die Arbiter putzen auch für euch?«

»Na sicher«, antwortete Jade. »Sonst würde das hier aussehen wie bei Nadra.«

»Wieso sind hier keine Wände?«, wunderte sich Angel. Küche, Wohn- und Arbeitszimmer teilten sich ein großes Zimmer, in dem auch zwei Betten standen; ganz anders als in Scarlets Haus, das sehr verschachtelt gewesen war. Nur das Bad war mit einer Tür vom Rest getrennt.

»Die hab ich gleich zu Beginn rausgerissen«, erklärte Jade mit einem Wink in die Ferne. »Sydney hätte mich für den Baulärm fast erschlagen und ist für eine Woche aus ihrer Wohnung über mir ausgezogen, aber diese Streichholzschachteln sind nichts für mich. Unsere Jurte war alles in einem und ich brauche diese Freiheit, um nicht zu ersticken.«

Angel musste ebenfalls zugeben, dass sie sich in Jades Loft deutlich wohler fühlte als in Scarlets beengtem Quartier. In Silver Valley war sie allmorgendlich aus ihrer klaustrophobischen Baracke geflüchtet.

Neugierig begutachtete sie die polierten Möbelstücke im Klavierglanzlook und studierte die Buchrücken der Bibliothek, bis sie ein Foto auf einer Kommode daneben entdeckte. Es wurde von einem silbernen Rahmen umschlossen und zeigte das Bild eines Mädchens mit glatten, feuerroten Haaren, die sich auf ihre rechte Schulter legten. Ein schwarzer Papierstreifen verlief über die linke Ecke.

Angel blickte sich um, konnte aber kein weiteres Foto im ganzen Raum erkennen.

»Wer ist das?«

Jade kam auf sie zu und griff nach dem Silberrahmen. Mit sanften Fingerspitzen strich sie über das Bild.

»Sonya«, flüsterte sie. »Meine Schülerin.«

Angel nutzte den Moment, um in ihrem Gesicht zu lesen. Jades Blick fixierte den schwarzen Streifen, so als hätte sie Angst, dem Mädchen in die Augen zu sehen. Ihre Hände wirkten stotternd, schwer zu kontrollieren, und zitterten über den Rahmen, als bestünde das fein geschliffene Metall aus Sandpapier.

»Warum hab ich sie nie in deiner Gesellschaft gesehen?«, fragte Angel. »Wo ist sie?«

Jade stellte das Foto auf seinen exakten Platz zurück. Erst jetzt fiel Angel die unscheinbare Staubschicht auf, die sich um den Rahmen gebildet hatte und sie vermutete, dass die Arbiter es nicht wagten, ihn zu bewegen, um darunter zu putzen.

»An einem besseren Ort«, sagte Jade distanziert.

»Das klingt ja beinahe religiös«, bohrte Angel nach, wohl wissend, wie hoch sie damit pokerte. »Ist das bei euch nicht verboten?«

Jade setzte ein bescheidenes Lächeln auf und wandte sich ab. »Meine Gedanken gehören mir allein«, säuselte sie.

Angel überlegte kurz, ob sie Jades momentane Schwäche ausnutzen und ihr Verhör auf die Spitze treiben sollte. Noch vor drei Monaten hätte sie ihre Fragen taktlos in den Raum posaunt, aber seit Cassidy in ihr Leben getreten war, entdeckte sie neue Facetten in ihrer Persönlichkeit.

Stattdessen sagte sie: »Ich hätte nicht gedacht, dass du so viele Bücher besitzt.«

»Warum? Weil ich unter Nomaden aufgewachsen bin?«, erwiderte Jade mit einem Hauch von Kränkung.

»Unsinn. Wenn es danach ginge, wäre ich auch noch Analphabetin«, antwortete Angel und schlug ihre Bedenken in den Wind. »Aber woher nimmst du die Zeit dafür? Ich bin ja kaum zum Lesen gekommen, obwohl ich nur ein Team zu befehligen hatte.«

»Wir Bacchae sind nicht auf uns allein gestellt«, erklärte Jade. »Die Beschattung von euch zum Beispiel haben die Nocturnals ausgeführt, genau wie den Hinterhalt an der Schlucht zu planen. Ich musste lediglich Shawn Summers um den Finger wickeln.«

»Was hast du ihm eigentlich in Wirklichkeit erzählt?«

»Wie meinst du das? Du hast mich doch im Tempel gehört.«

Angel stolzierte an der Wand entlang und tat so, als würde sie eine dreißig Zentimeter hohe Bronzefigur der Göttin Athene mit Speer und Schild bewundern.

»Shawn war ein Chaot und Rebell, aber anders als Jonathan mit Sicherheit kein Verräter«, sagte sie. »Zumindest nicht mir gegenüber. Immerhin hab ich ihn das Scharfschießen gelehrt.« Sie drehte sich zu Jade um und faltete die Hände hinter dem Rücken zusammen, als wollte sie wie ein echter General wirken. »Shawn hat mich vor drei Monaten gefragt, ob ich mit ihm eine eigene Gang gründen würde, weil er es in Monroes stagnierendem Stellungskrieg nicht mehr ausgehalten hat.«

»Und was hast du geantwortet?«

»Ich hab ihn für seine Unvernunft k.o. geschlagen, aber anschließend versprochen, eben diesen Stellungskrieg zu beenden«, antwortete Angel. »Monroe war selbst mit seinen ausbleibenden Erfolgen unzufrieden und hat meinen Rat gesucht, um den Status quo zu unseren Gunsten zu verlagern. Wenn ihr eure Invasion sechs Wochen später gestartet hättet, wärt ihr einer Angriffsfront aus allen vier Freien Enklaven in die Flanke gefallen.«

»Ihr wolltet endlich selbst die Initiative übernehmen?«, überlegte Jade anerkennend. »Wir haben Gerüchte gehört, aber ...«

»Ganz recht«, bestätigte Angel. »Cole sollte seine Miliz mit den Rangern von Sienna vereinen und sämtliche Außenposten der Vultures vom Norden her einreißen, während die Truppen aus Jaguar Bay und Silver Valley die Hauptfestung belagern. Alle Ranger-Teams hätten den Auftrag zur Überwachung der Straßen und zur Blitzverteidigung der Enklaven erhalten, um etwaige Vergeltungsmaßnahmen abzuwehren. Die Festung wäre unter dem Druck zweier Enklaven nie gefallen, aber Eric hätte für gut eine Woche jegliche Handlungsfreiheit verloren. Wir standen kurz davor, genau das zu tun, was Shawn Summers seit Jahren gefordert hat.«

»Aber ich dachte, ihr habt nicht genügend Material für eine großangelegte Militäroperation zur Verfügung gehabt?«, fiel ihr Jade dazwischen. »War das nicht dein Auftrag, durch den du zu Jiaos Militärbasis gekommen bist? Waffen und Munition zu besorgen?«

»Das stimmt, aber die stehenden Order zur Suche nach Ressourcen waren ein Grund für die miese Moral der Truppe, denn wir hatten seit einem Jahr kein nennenswertes Depot mehr ausfindig machen können«, gab Angel zu. »Einfach so weiterzumachen hätte uns wohlmöglich vollkommen ausgezehrt und die Allianz der Enklaven gefährdet. Also entschied Monroe, dass meine Mission in der Basis die letzte ihrer Art sein würde. Egal ob erfolgreich oder nicht, anschließend hätten wir die Vultures angreifen müssen, um uns nicht selbst zu zerstören. Cole sollte stattdessen möglichst viel Material in deren Außenposten erobern.«

»Lieber ein Ende mit Schrecken, als Schrecken ohne Ende, hm?«

»So kann man es auch nennen.« Angel holte ihre Hände hervor und schlenderte auf Jade zu. »Nur Monroe, Cole, Kim und ich kannten die Pläne. Ich habe Shawn davon erzählt, kurz bevor er in deine Fänge geraten ist. Er wäre vor Freude fast geplatzt und trainierte seit dem doppelt so hart wie alle anderen Ranger.« Sie setzte sich mit versteinertem Gesicht auf den Couchtisch. »Und nun erklär mir, warum er sich trotzdem gegen mich gestellt hat und für dich sterben musste!«

Jade formte kleine Schlitze mit ihren Augenlidern und krallte sich an den Nähten ihrer Ledercouch fest. Sie wirkte wie eine Katze vor dem Sprung auf ihre Beute.

»Was glaubst du, warum ich ihm eine Tarnmatte gegen Wärmesensoren mitgegeben habe?«, fauchte sie Angel auf einmal entgegen und schnellte vom Sofa hoch. »Weil er mir so sympathisch war oder ich ungerne Menschenleben aufs Spiel setze?« Ohne auf eine Reaktion zu warten, stampfte sie über die einzelne Stufe und öffnete die Minibar. »Ich hab ihn selbst trainieren sehen. Er war gut. Verdammt gut! Andernfalls hätte ich ihn niemals auf Sharon schießen lassen.« Jade knallte ihr gerade herausgeholtes Glas auf den Bartisch und drehte sich zornig um. »Ich wollte, dass er mir hilft, *dich* auf unsere Seite zu ziehen. Er sollte dein neuer Butch oder Victor werden! Aber der Idiot musste es unbedingt übertreiben und noch mal auf den Hubschrauber ballern, als das Kanonenfutter um ihn herum bereits über alle Berge war!«

»Dann war das nicht dein Befehl, um sicherzugehen, dass Jiao uns auch wirklich mitnimmt?«, hakte Angel nach.

»So ein Quatsch!«, fluchte Jade zurück. »Jiao hätte euch sogar mitgenommen, wenn Sharon in eine verdammte Schutzweste eingewickelt und unverletzt geblieben wäre. Die ist wahnsinnig neugierig auf uns, seit der Krieg beendet ist und ihr Vater fast jeglichen Kontakt zu uns abgebrochen hat. So eine Chance hätte sie sich im Leben nicht entgehen lassen.«

»Warum hat er dann geschossen?«

»Sag du es mir! Du hast ihn doch ausgebildet.«

Nun setzte Angel sich auf die Couch und wartete, bis Jade mit zwei gefüllten Gläsern zurückkam.

»Pflaumensaft. Alkoholfrei«, brummte sie und ließ sich in das Leder fallen.

»Ich glaube dir«, sagte Angel und nippte vorsichtig an ihrem dunklen Fruchtsaft.

»Das sind ja ganz neue Töne.«

»Es geschieht ja auch nicht jeden Tag, dass du die Wahrheit sagst.«

»Touché«, antwortete Jade.

»Muss ich dich jetzt eigentlich als Ausgleich zu mir nach Hause einladen?«

»Clarissa meinte, in eurem Kloster wäre es um diese Jahreszeit sehr schön.«

Angel riss den Kopf herum und starrte sie halb verwundert, halb erschrocken an.

»Mh ...«, schnurrte Jade triumphierend beim Trinken ihres Safts. »Ich kann es immer noch.«

»Sowas kann schnell nach hinten losgehen«, warnte Angel sie launisch.

»Über den gemeinen Mordversuch ist unsere Beziehung doch inzwischen hinausgewachsen, oder etwa nicht? Ich erwarte nichts Geringeres als ein Duell zur Mittagszeit!«

»Sei vorsichtig mit dem, was du dir wünscht.«

Jade schüttete ihren Saft herunter und blickte auf die Uhr an der Wand.

»Wir sollten uns langsam fertig machen. Sydney erwartet uns sicher schon am Theater. Sie will unbedingt, dass wir Henry bei seiner öffentlichen Premiere erleben.«

Angel wusste noch immer nicht, was sie auf dem Konzert erwarten würde, aber schlimmer als ein geheimes Forschungslabor unterhalb des Themis-Tempels mit fehlzündenden Biowaffen konnte es wohl kaum werden. Entsprechend desillusioniert trottete sie Jade hinterher, als diese ihr Apartment verließ.

***

Cassidy war inzwischen von ihren neuen Freundinnen ins Badezimmer zitiert worden. Nach dem Besuch im Schwimmbad war eine Dusche eher überflüssig, so dass sie es bei einer Katzenwäsche beließen. Das kostbare Trinkwasser wurde dafür nicht verschwendet. Stattdessen standen ein paar Eimer mit ungefiltertem Brunnenwasser bereit.

»Erst mal müssen wir deine Haare in Ordnung bringen«, begann Jenny. »Die waren heute Morgen schon eine Katastrophe, aber das Salzwasser hat sie echt über die Klippe springen lassen.«

Cassidy erinnerten ihre Worte an die Standpauke vor dem Fest in Silver Valley. *Mit dem Mopp auf dem Kopf wird am Ende nur Anthony mit dir tanzen!*, hatte Kim sie gewarnt. Also fügte sie sich in ihr Schicksal und steckte ihren Kopf in einen Wassereimer. Anstelle von Seife holte Jenny jedoch echtes Haarwaschmittel aus ihrem Zimmer. Alison und sie hatten eine Woche lang Extraschichten im Hospital geschoben, um sich die Tube und eine Spraydose mit Haarfestiger leisten zu können, die sie nun ausschließlich zu besonderen Anlässen benutzten. Der elektrische Föhn ließ Cassidy im ersten Moment erschrocken zurückzucken und das Haarspray sorgte für einen ausgeprägten Niesanfall, doch das Ergebnis konnte sich sehen lassen. Im Spiegel betrachtet sah sie aus, als hätte sie auf einmal doppelt so viele Haare wie vorher.

»Okay, Phase zwei: Dein Gesicht«, sagte Alison.

Eyeliner, Mascara, Puder, Lippenstifte. Die Studentinnen hatten alles, was das Herz einer Teenagerin begehrte. Zumindest vor dem globalen Zusammenbruch. Cassidy konnte mit der ganzen Kosmetik überhaupt nichts anfangen und fragte sich, für welchen Anlass sie rosafarbene Tarnschminke auf ihren Fingernägeln auftrugen. Am Ende war sie überzeugt, wie ein Clown auszusehen, als die beiden sie im Anschluss an eine halbe Stunde intensive Arbeit zum Spiegel umdrehten.

Tatsächlich hätte sie sich im ersten Moment kaum wiedererkannt. Sie wirkte um Jahre reifer und gleichzeitig noch jünger als siebzehn. Sämtliche Gesichtsunebenheiten waren verschwunden und selbst kleine Narben aus ihrem harten Endzeitleben nicht mehr zu sehen. Nur die Schussverletzung am Hals, die Cassidy in Temple Town erhalten hatte, konnten sie nicht wegretuschieren.

»Und zu guter Letzt, Phase drei«, rief Jenny, als sie Cassidy in das Schlafzimmer ihrer Wohnung im zweiten Stock führten. »Klamotten!«

Gemeinsam öffneten Alison und Jenny ihren fünf Meter breiten Kleiderschrank. Die linke Hälfte gehörte Alison, die dunklere Sachen bevorzugte und viele schwarze Shirts und Hosen besaß. Die rechte Hälfte war ganz klar von Jennys farbenfrohem Look geprägt und erinnerte Cassidy erneut an Kim, die sich vermutlich liebend gern wochenlang in dem Schrank einschließen lassen würde, ohne Langeweile zu bekommen.

Nacheinander hielten sie Cassidy Kleidungsstücke vor die Brust, bis Alison die Wahl für sich entschied, und ihr ein bauchfreies, schwarzes Top mit dazu passender Jeanshose lieh. Schamgefühl kannte sie nach vielen Jahren auf engstem Raum mit ihren Nachbarn eigentlich nicht, aber bei dem freizügigen Outfit war sie sich dann doch nicht ganz sicher.

»Fall ich damit nicht zu sehr auf?«, murmelte sie nervös, als Jenny ihr auch noch eine dünne Silberkette mit Herzchenanhänger um den Hals hängte, um den Blick von ihrer Schussverletzung zu ziehen. Im Spiegel betrachtet, erkannte sie nun weder ihr Gesicht noch ihren Körper wieder. Die beiden hatten sie wie eine Puppe frisiert, geschminkt und angezogen. Das Gesamtergebnis hätte wahrscheinlich jeden Mann aus den Freien Enklaven umgehauen.

»Mit deiner Figur ist das doch gerade die Absicht dahinter«, versicherte ihr Alison. Immerhin standen die beiden Cassidy in nichts nach, nur, dass sie sich dabei in ihrem Element zu fühlen schienen.

»Einundzwanzig Uhr dreißig. Wir müssen los«, drängelte Jenny.

»Wir sollen Brandon und Dekker beim Tempel abholen«, sagte Alison, während sie die Wohnungstür hinter sich schloss.

»Beim Tempel?«, wunderte sich Jenny. »Was machen die denn da?«

Alison zuckte mit den Schultern. »Vielleicht bekommt unsere Diplomatin hier ein paar ehrliche Antworten.«

Das darauffolgende Lachen im Hausflur ließ Larry aus der Tür im ersten Stock treten.

»Kommt ihr heute Nacht noch zurück?«, fragte er misstrauisch.

»Wo sollen wir denn sonst schlafen?«, erwiderte Jenny schnippisch. »In die Baracken von Dekker kriegt mich keiner rein.«

»Dann vergiss nicht wieder deinen Schlüssel!«

Dabei warf Larry ihr ihren Schlüsselbund zu, den sie nach dem Einkaufen in der Küche liegengelassen hatte.

Das bunte Treiben vom Nachmittag hatte stark abgenommen und die meisten Menschen, die zu so später Stunde noch unterwegs waren, schienen im jungen Erwachsenenalter zu sein. Nur eine dünne Strickjacke schützte Cassidy dabei vor den kalten Temperaturen, die nach Mitternacht beinahe frostig werden würden. Sie vermisste ihr solides Armeejackett. Es war mit seinen Tarnfarben und riesigen Taschen zwar nicht besonders kleidsam, aber dafür warm. Lange würde sie es hier draußen nicht aushalten.

»Da seid ihr ja endlich«, rief ihnen eine Männerstimme entgegen, als sie den Sophiaplatz überquert hatten. Brandon und Dekker standen von den Stufen des Themis-Tempels auf. Beide trugen Armeehosen mit Tarnmustern, wie es bei den Prätorianern üblich war. »Sorry für den Look«, entschuldigten sie sich. »Sisi hat uns kurz nach dem Training zu sich bestellt.«

»Habt ihr wenigstens geduscht?«, fragte Jenny und schnüffelte mit gerümpfter Nase an Dekkers Achselhöhlen.

»Zufrieden?«, erwiderte er mürrisch.

»Hallo Cassidy«, rief Brandon der schüchtern dreinblickenden Teenagerin plötzlich entgegen. Unter seinem linken Ärmel ragte ein weißer Verband von seiner Schussverletzung der letzten Nacht hervor.

»Ihr kennt euch?«, fragte Alison verdutzt.

»Tja, hättest du dich mal nicht im Kornspeicher versteckt«, stichelte Jenny und erntete eine freche Grimasse mit herausgestreckter Zunge.

»Lasst uns lieber los«, entschied Dekker. Er legte seinen Arm um Jenny und führte sie in den Westen der Stadt, wohin sie der Großteil der Nachtschwärmer zu begleiten schienen. Nur eine Minderheit suchte Zerstreuung im Theater.

Alison und Brandon gingen nebeneinander, hielten aber weder Händchen noch zeigten sie sonst irgendwelche Anzeichen einer Beziehung und nahmen stattdessen Cassidy in die Mitte.

»Vielleicht sollte ich lieber Bescheid sagen«, meinte sie beim Vorbeigehen am Sagittarius A*-Hotel.

»Da mach dir mal keine Sorgen drum«, beruhigte sie Brandon und zeigte auf eine diskret im Schatten der Bäume stehende Frau in komplettem Schwarz.

»Das ist ... C.T.!«, erschrak sich Cassidy. »Hat die mich etwa den ganzen Tag beobachtet?«

»Ist ihr Job als Nocturnal«, erklärte ihr Brandon nickend. »Die Augen und Ohren der Bacchae.«

Aus den Augenwinkeln bekam Cassidy mit, wie Clarissa ihr zuwinkte, nachdem sie offensichtlich enttarnt worden war. Trotzdem folgte sie ihr weiter wie ein Schatten, der sich nicht abschütteln ließ.

***

Auf dem Rückweg nach Alexandria hatte Colonel Grant einen Umweg genommen. Anstatt zur Brücke zurückzukehren, war er kurz davor abgebogen und fuhr auf ein militärisches Fort zu.

»Wo bringst du uns jetzt wieder hin?«, wunderte sich Dog.

»Camp Mars«, rief er zurück.

»Die nächste Übung?«

»So ähnlich.«

Das Armeelager ähnelte Camp Tanis mit seinen Stacheldrahtzäunen und Schlafbaracken, aber alles schien ein bisschen größer zu sein.

»Camp Mars ist der Hauptstützpunkt von Alexandria. Tanis ist zur Ausbildung da, aber hier sind normalerweise zwei volle Legionen zum Schutz der Kinder stationiert.«

»Normalerweise?«

»Die achte Legion wurde an den Pass im Hadesgebirge verlegt. Ich muss dir wohl nicht sagen warum.«

»Hm«, brummte Dog misstrauisch. »Und was machen wir dann hier?«

Grant steuerte den Militärlaster an den Baracken vorbei und stoppte vor einem zweistöckigen Gebäude, aus dessen Inneren Musik zu hören war. Ohne eine Erklärung abzugeben, stieg er aus und deutete Dog, ihm zu folgen. Vor der Tür standen zwei Soldaten, die beim Eintreten mit der Faust auf der Brust und einem respektvollen »Colonel!« salutierten.

Drinnen wirkte die Musik leiser als es zuvor den Anschein hatte. Sie wurde live von einem Pianisten in einem etwas antiquiert wirkenden Frack gespielt, unterstützt vom stilvollen Gesang einer hellblonden Frau in einem roten Abendkleid.

»Was ist das hier?«, fragte Dog.

»Der Offiziersclub«, erklärte Grant. »Hier sind wir unter uns. Die einfachen Legionäre haben keinen Zutritt. Komm, ich stell dich den anderen vor.«

Dog fiel in seiner schwarzen Ledermontur auf wie ein Biker auf einem Opernball. Einige der Offiziere trugen akkurat gebügelte Ausgehuniformen samt voll beschmückten Armbinden und sahen ihn verwundert an, als Grant ihn zu einem Tisch nahe dem Klavier führte.

»Meine Herren«, begrüßte er die zwei Männer, die bereits daran saßen. »Das ist Dog von den Vultures.« Dann zeigte er auf die Offiziere. »Captain Moriyama und Lieutenant Sanders.«

Der ältere Captain hatte seine Wurzeln im asiatischen Raum und nickte Dog mit einem wissenden Gesichtsausdruck zu, der jüngere Lieutenant wirkte hingegen verunsichert.

»Wie war die Übung?«, wollte Moriyama wissen.

»Die läuft noch. Jill kümmert sich darum.«

»Darf ich Ihnen etwas zu Trinken anbieten, Sir?«, fragte eine Ordonnanz. Der Soldat war sofort zu ihrem Tisch geeilt, als die neuen Gäste Platz genommen hatten.

»Was habt ihr denn?«, erwiderte Dog, ohne Grant zu Wort kommen zu lassen.

Der Soldat zog die Augenbrauen hoch und blickte Dogs Tischnachbarn verdutzt an. Als ihm jedoch keiner der Offiziere aus der Situation heraushalf, beantwortete er die Frage mit militärischer Disziplin.

»Wir können ihnen eine Auswahl an Bier, Weinbrand, Wodka oder ...«

»Bier!«, antwortete Dog affektartig.

Grant formte eine Zwei mit Zeige- und Mittelfinger und gab der Ordonnanz damit eine doppelte Bestellung zu verstehen. Der Soldat nickte gehorsam und entfernte sich wieder.

»Ihr versteht es ja echt zu leben«, brummte Dog bei einem Blick in die Runde. Dabei ließ er seinen Arm von der gepolsterten Stuhllehne hängen, als würde er im Führerhaus seines Trucks sitzen.

»Sir, wer ist das?«, fragte Lieutenant Sanders. Er wirkte respektvoll, aber bei weitem nicht so zurückhaltend wie Captain Deveroux im Kommandogebäude von Camp Tanis; trotz des niedrigeren Rangs. Im Offiziersclub der Legion galten lockere Umgangsformen.

»Das ist der Barbar, der die Vultures für uns erledigen soll«, antwortete Captain Moriyama für Colonel Grant.

Der war im Begriff etwas hinzuzufügen, da kehrte die Ordonnanz bereits zurück. Die Bedienung ging deutlich schneller vonstatten als in der Taverne von Arnac. Dog zückte seinen Diplomatenpass, doch der Soldat wollte davon gar nichts wissen. Er stellte nur die Gläser ab und verschwand wieder.

»Gibt es bei euch eigentlich auch noch ein anderes Thema?«, knurrte er nach einem ersten Schluck. Nicht nur die Bedienung war vorbildlich, sondern auch das kühle Bier schmeckte hervorragend. »Ihr tut ja gerade so, als wäre Eric euer Untergang.«

»Die Vultures allein sind nicht das Problem«, erwiderte Grant nachdenklich. »Es sind die Ragnars und was sie aus euren wilden Horden machen werden.«

Dog lehnte sich zurück und genoss seinen Gerstensaft, damit er in Ruhe fortfahren konnte.

»Der letzte Ragnarkrieg wurde von zwei Faktoren beendet. Den Neces, die die halbe Ragnararmee vernichtet haben, und Nadra, die ihrem Volk den Waffenstillstand aufgezwungen hat. Das haben ihr die Ragnars nicht verziehen und ihre Macht im Norden ist seither sehr begrenzt.«

»Und was ist mit diesen Neces? Gibt's die bei denen etwa auch?«, fragte Dog und rutschte dabei in Gedanken an die vergangene Nacht unruhig auf seinem Stuhl hin und her.

»Nein«, erwiderte Grant kopfschüttelnd. »Die scheinen sich mit großer Vorliebe in unserem Imperium auszubreiten. Sie haben der Invasionsstreitmacht der Ragnars allerdings herbe Verluste zugefügt, bis die sich darauf einstellen konnten. Nun wissen sie, dass sie Großstädte meiden und Ausschau nach ihnen halten müssen. Überfälle der Neces laufen immer gleich ab. Erst kommen nur ein paar, aber dann mehr und mehr. Eine schier endlose Armee von Wahnsinnigen.«

»Das hab ich gesehen«, grunzte Dog in sein Glas hinein. »Kaum zu glauben, dass ihr in derselben Gegend eine Schule aufgemacht habt.«

»Alexandria ist die am besten gesicherte Stadt des Imperiums«, entgegnete Lieutenant Sanders. »Noch nie hat ein feindlicher Soldat oder Neces einen Fuß in die Stadt gesetzt, ohne dabei in Ketten zu liegen.« Seine eigene Schulzeit war vermutlich noch gar nicht so lange her, weswegen er die Anschuldigung wohl persönlich nahm.

»Und was haben die Vultures mit dem ganzen Zeug zu tun?«, fragte Dog. »Eric muss doch ein paar tausend Kilometer von diesen Ragnars entfernt sein!«

»Das stimmt, aber die haben seit dem Krieg Talent zur Infiltration entwickelt. Du hast es in Arnac selbst erlebt«, erklärte Grant und drehte sich auf seinem Stuhl zu ihm um. »Erinner dich mal an den plötzlichen Volksaufstand. Der ist vermutlich wochenlang von den Ragnars vorbereitet und dann von Scarlet unbeabsichtigt losgetreten worden. Derartige Versuche gibt es im ganzen Imperium. Die Ragnars sind heruntergekommene Bastarde, die in unseren verwahrlosten Grenzgebieten völlig untergehen.«

»Warum macht ihr die Typen dann nicht einfach platt?«

»Was glaubst du, wofür Torus eine Allianz mit Eric schließen wollte? Oder warum wir versucht haben, die Enklaven der Ranger für ihr Kriegsmaterial zu erobern?«

Dog zog seinen Einwand zurück. Er wusste ja nun inzwischen, wie General Torus den imperialen Angriff gegen die Wand gefahren hatte.

»Das Problem ist, dass die Ragnars in der Lage sind, kleinere Truppenverbände und Versorgungskonvois unbemerkt durch unser Imperium zu schleusen«, fuhr Grant fort. »Früher hatten wir noch die Luftüberwachung der Hawker und die Ragnars eine Heidenangst vor den Neces. Nun haben wir nichts mehr davon und sie können sich nahezu frei bewegen. Wenn die jetzt auch noch Eric auf ihre Seite ziehen und ihm zeigen, wie er uns aus dem Süden in die Zange nehmen kann, werden wir alle Provinzen bis nach Alexandria aufgeben müssen. Ganz davon abgesehen, dass der Legion momentan die Ressourcen für einen derartigen Krieg fehlen.«

»Ihr seid ohne uns also so richtig am Arsch«, fasste Dog zusammen.

Lieutenant Sanders starrte Colonel Grant an, als erwartete er eine Disziplinarmaßnahme, doch nichts dergleichen geschah. Dog hatte ihre Situation lediglich auf den Punkt gebracht, gefolgt von bedrücktem Schweigen.

***

»Da seid ihr ja endlich!«, flötete Sydney Angel und Jade aufgeregt entgegen, als sie nach Einbruch der Abenddämmerung auf den Treppen des Freilufttheaters auftauchten. »Was hat euch nur so lange aufgehalten? Nicht so wichtig. Nun kommt! Ich hab Henry gerade hinter die Bühne gebracht.«

Das Theater bestand zur Hälfte aus einer steinernen Besuchertribüne in einem Hundertzwanzig-Grad-Winkel, die in drei gleichgroße Blöcke unterteilt war. Darüber thronte eine VIP-Loge mit zwanzig überdachten Sitzplätzen, auf denen Scarlet sich bereits eingefunden hatte. Am Fuße der Tribüne führte das Klavierquartett letzte Absprachen und Proben auf der Bühne durch. Die Violine wurde von einem jungen Mädchen gespielt, die Viola von einem etwas älteren Teenager und das Violoncello von einem erwachsenen Mann, der die ganze Zeit Ansagen durchführte und offenbar ihr Lehrer war. Henry saß hinter seinem Klavier und winkte Sydney kurz schüchtern zu, als diese in der Loge Platz nahm. Dabei achtete sie darauf, sich direkt neben Scarlet zu setzen, um Anfeindungen zwischen ihr und Jade vorzubeugen. Am Ende lautete die Sitzfolge von links nach rechts Scarlet, Sydney, Angel und schließlich Jade. Azure wohnte dem Konzert ebenfalls bei, saß aber etwas weiter entfernt und plauderte bis zum Beginn mit einem jungen Offizier in Ausgehuniform. Sie schielte wiederholt zu ihren Schwestern herüber und unterstrich damit die Vermutung, sich nicht mehr als nötig in deren Streit einmischen zu wollen. Einzig Nadra war nirgendwo zu sehen.

Punkt einundzwanzig Uhr bat der Lehrer die Gäste um Ruhe. Das Licht auf der Besuchertribüne wurde abgeschaltet und ließ die vier Musiker in der Dunkelheit wie auf einer hellen Insel in der Nacht erscheinen. Anschließend erklärte der Lehrer das Stück, das sie spielen würden. Bis auf den Namen Brahms und Klavierquartett Nummer Drei verstand Angel jedoch nichts davon. Den Komponisten kannte sie aus Anthonys Notenheften in Silver Valley. Der dicke Koch war schließlich ein begnadeter Violinist, dessen Spiel sie häufig heimlich genossen hatte.

Mit Henrys kräftigem Schlag auf die Tasten seines Klaviers begann die Musik. Sydney beugte sich von der ersten Note an nach vorne und fieberte mit ihrem Schüler mit. Ihre Finger bewegten sich dabei auf ihren Knien, als würde sie selbst auf der Bühne sitzen. Scarlet hatte sich zurückgelehnt und die Augen geschlossen. Entweder kostete sie die erzwungene Auszeit und die wundervollen Klänge aus oder plante in gehobener Atmosphäre ihren Gegenschlag.

Angel beobachtete vorrangig die anderen Besucher von ihrer erhöhten Position aus. Nicht alle Plätze waren besetzt, aber gut vierhundert Gäste hatten sich auf den Steinstufen eingefunden. Die Mehrzahl bestand aus Paaren, die eng umschlungen der Musik lauschten; wahrscheinlich auch, um die einbrechende Kälte besser zu ertragen.

Als Jade sie antippte und nach links zeigte, fiel Angel auf, dass

Sydney förmlich erstarrt war. Sie hielt ihre Hände zusammengefaltet über Nase und Mund. Gerührt von den fehlerfrei vorgetragenen Klängen wischte sie sich hin und wieder eine Träne von den Wangen. Angel kannte derart gefühlsduselige Szenen von Kim und hatte sich jedes Mal darüber lustig gemacht. Dementsprechend grinsend drehte sie sich nun zu Jade um, wo sie aber anstelle eines ebenso schadenfrohen Gesichts eine besorgte Mimik erkannte. Angel konnte nicht nach dem Grund fragen, ohne so laut zu reden, dass es die hinteren Sitzreihen und damit auch Sydney mitbekommen hätte, darum bewegte sie nur die Lippen.

Jade sah sie einen Moment lang stumm an und lehnte sich anschließend mit geschlossenen Augen zurück in ihren Sitz. Sie massierte ihren Nasenrücken und schien weit entfernt vom Konzert, Alexandria und sogar den Kriegen zu sein, über die sie den ganzen Tag gesprochen hatten.

***

Dog war mittlerweile zum Schnaps übergegangen und missbrauchte das Bier nur noch, um die Reste der Hähnchenschenkel vom Abendessen herunterzuspülen, die zwischen seinen Zähnen festhingen. Das Essensangebot des Offiziersclubs hatte sich als überschaubar aber dafür reichhaltig erwiesen. Captain Moriyama war bereits zu seinem Stützpunkt aufgebrochen und Lieutenant Sanders flirtete erfolglos mit der blonden Sängerin, die gerade eine Pause an der Bar einlegte. Nur Colonel Grant leistete Dog noch Gesellschaft.

»Du hast vorhin gesagt, dir wäre eine Alternative zur Zerstörung der Vulturefestung lieber«, begann er. »Ist dir schon eine Idee gekommen?«

Dog füllte sein Schnapsglas mit kristallklarem Wodka und schüttete es mit einem Mal runter. Anschließend betrachtete er stirnrunzelnd das leere Glas.

»Wieso trinkt ihr das Zeug aus so winzigen Fingerhüten? Da geht doch gar nichts rein.«

Seine Stimmlage war deutlich vom Alkoholspiegel verzerrt. Als er zehn Minuten zuvor auf den Donnerbalken gewankt war, hätte er beinahe die Hütte aus den Angeln gerissen. Nachdem Grant ihn keiner Antwort würdigte, drehte er sich zu ihm um und setzte ein trotziges Gesicht auf.

»Angel«, grunzte er hervor.

»Angel?«, echote Grant schulterzuckend.

»Seit sie weg ist ... ist alles in den Arsch gegangen!«

»Das ist doch über drei Jahre her?«

»Na und!?«, beschwerte sich Dog und füllte das Glas nach. »Eric hat seitdem alles gegen die Wand gefahren und ich ... mich ... haben sie einfach sitzenlassen!«

»Wer hat dich sitzengelassen? Angel oder Eric?«

Dog starrte ihn mit finsterem Blick an.

»Beide.«

»Aber du bist ihr doch freiwillig gefolgt?«

»Was wäre wenn ... Jade! Wenn Jade durch die Tür da spazieren und dir befehlen würde, sofort bei den Hawkern einzufallen«, lallte Dog. »Was würdest du dann machen?«

»Die Biosphäre angreifen«, brachte Grant hervor.

»Siehst du«, sagte Dog und trank das Glas aus. »Trotzdem hat sie mich einfach zurückgelassen ... wie einen verlausten Köter.«

»Das erklärt nicht, warum sie deine Lösung ist«, bohrte Grant nach. Er hatte sich mit dem Alkohol zurückgehalten und blieb aufmerksam beim Thema.

»Ich sag doch, Eric ist unfähig. Und die anderen wissen das. Die folgen ihm aus Angst und ...« Dog ließ seinen Blick durch den inzwischen gut besuchten Offiziersclub schweifen. »... weil sie keine Alternative kennen«, murmelte er. »Wenn die Angel und mich wiedervereint sehen ...«

»Würden sie davon ausgehen, dass ihnen bessere Zeiten bevorstehen, wenn sie Eric den Rücken kehren?«, vollendete Grant den Satz.

Dog nickte ihm zu. Es war kein freudiges Nicken. Kein Endlich-wieder-vereint-Nicken, sondern ein bitterer Ausdruck tiefster innerer Verletzung.

»Sie hat mich sitzengelassen«, wiederholte er sich selbst. »Und ich weiß, dass sie es wieder tun wird.«

»Habt ihr Streit?«

Dog schüttelte so stark mit dem Kopf, dass seine Wangen hin und herflatterten. Er hatte seinen Bewegungsapparat schließlich nicht mehr unter Kontrolle.

»Sie ist so frei wie ein Vogel!«, antwortete er und flatterte dabei mit seinen Händen in der Luft. »In Arnac hat sie mich bereits davongejagt, und wenn diese Sache vorbei ist, wird sie wieder abhauen.«

»Such dir doch eine andere?«, riet ihm Grant. »Die müssten doch bei dir Schlange stehen.«

Dog ahmte Angels argwöhnisches Augenbrauenhochziehen nach, aber dann fiel ihm ein, dass der Colonel ja selbst auf Frauen stand.

»Such du dir doch eine«, erwiderte er. »Du sitzt in der gleichen Falle.«

Grant nickte ihm gequält zu. »Touché.«

Dog wusste mit dem Wort nichts anzufangen, aber es war ihm auch egal. Er griff nach der Flasche und trank diesmal ohne Umweg über das winzige Glas daraus.

»Ich glaube, du hast für heute genug«, mahnte Colonel Grant und versuchte, ihm den Wodka abzunehmen.«

»Finger weg!«

»Wir müssen heut noch nach Hause laufen!«

»Laufen!?«

»Alkoholisiert fahren ist im Imperium verboten, besonders in der Provinz Alexandria«, erklärte ihm Grant. »Außerdem könnten wir auf ein paar Neces stoßen und dann brauch ich dich.«

»Hmph«, beschwerte Dog sich ungläubig. »Na gut. Aber die Flasche gehört mir!«

***

Die dröhnenden Basstöne der Diskothek konnte man schon zwei Straßenzüge weiter durch die Fußsohlen spüren und vor dem Eingang hatte sich eine zwanzig Meter lange Schlange versammelt. Darüber leuchteten sechs große Lettern in neongrüner Farbe, die den Namen »AURORA« bildeten.

»Na toll«, nörgelte Alison. »Wieder zu spät.«

292

»Was habt ihr euch auch so aufgedonnert«, murrte Brandon zurück.

Alison zog als Antwort einen Flunsch. »Du kannst ja das nächste Mal mit Kelly herkommen. Ich hab gehört, die braucht nur fünf Minuten, um sich das Gesicht zu rasieren.«

Jenny und Dekker hielten sich vorsichtshalber aus dem Verbalgefecht heraus. Immerhin ging es schnell vorwärts. Die Wärter am Eingang schienen lediglich eine Ausweiskontrolle durchzuführen, damit sich keine Kinder in die Disco schlichen. Eintritt bezahlen musste niemand. Als Cassidy an der Reihe war, holte sie wie selbstverständlich ihr laminiertes Kärtchen hervor und lächelte den Türsteher schüchtern an, als sie seinen erstaunten Gesichtsausdruck bemerkte.

»Alles klar. Ihr könnt rein.«

Der Weg führte hinab in die Tiefe und sah aus wie die Zufahrt eines Parkhauses. Dahinter zog sich ein weinroter Teppich durch den gesamten Komplex. Mehrere Bars teilten die Diskothek von den Ausmaßen eines halben Fußballplatzes auf und an den Seiten reihten sich Sitzecken mit Holztischen aneinander. Von der Decke leuchtete eine Batterie von Scheinwerfern, vor denen sich langsame Ventilatoren drehten und damit den Effekt von Blinklichtern erzeugten. Dazwischen hingen rotierende Discokugeln, die die Räume in den unterschiedlichsten Farben funkeln ließen.

Cassidy zuckte erschrocken zusammen, als Jenny sie plötzlich anschrie.

»LASS UNS ERST MAL DA HINTEN HINSETZEN!«

Die laute Musik erlaubte von nun an nur noch eine brüllende Kommunikation. Geschlossen hielten sie auf einen Tisch mit Barhockern zu und umschifften dabei einen Käfig, in dem eine exotische Tänzerin im knappen Kostüm die Menge zum Takt der Bässe anheizte.

»Was wollt ihr trinken?«, fragte Brandon.

»Ich nehm einen Siren«, rief Alison zurück und schaute zu Jenny.

»Sisi!«

»Und du Cassidy?«

»Ich weiß nicht. Ich kenn die Namen doch nicht.«

»Wie wär's mit einer Jade?«, schlug Jenny grinsend vor.

»Okay«, nickte Dekker und stellte sich mit Brandon an die Schlange.

»Was sind das für Getränke? Jades und Sisis?«, wunderte sich Cassidy.

»Jede Bacchae bekommt hier ihren eigenen Drink«, erklärte Alison. »Ist eine Art Ritual, um in der Mitte der Gesellschaft zu bleiben, ohne es wirklich zu sein.«

Als die beiden Männer kurz darauf mit zwei Tabletts, einer Schale Erdnüsse und fünf Gläsern zurückkamen, verstand sie, worauf Alison hinaus wollte. Ein Jade war ein giftgrünes Mixgetränk aus Kiwis, Crasheis und einer leichten Rumnote in einem dickbäuchigen Cocktailglas. Ein Sydney dagegen wurde in einem hohen Glas serviert und bestand aus Eierlikör, einem exotischen Fruchtsaft und braunem Rum; ebenfalls mit Crasheis. Alisons Siren wurde aus Kräuterlikör und mehreren Zitrussäften gemixt. Brandon und Dekker blieben bei konventionellem Bier.

»Auf uns!«, rief Jenny und forderte die anderen zum Anstoßen auf.

Die Gläser klirrten und Cassidy probierte den ersten Cocktail in ihrem Leben. Nach dem Fusel der Erwachsenen aus ihrem Dorf und dem fahlen Bier aus der Taverne von Arnac machte sie sich auf das Schlimmste gefasst, doch Jade schien sie einmal mehr überraschen zu können. Das fruchtige Aroma der Kiwis ging ihr runter wie Öl. Selbst das leichte Brennen des Rums löste ein wohliges Kribbeln in ihrem Magen aus. Das gute Abendessen diente dabei als gesunde Basis. Jenny grinste sie von einem Ohr zum anderen an, als sie ihr Glas als Erste ausgelehrt hatte und ihr Gesicht nach mehr verlangte.

»Wolltest du heute Abend nicht deinen Einfluss spielen lassen?«, forderte sie Cassidy auf.

»Welchen Einfluss?«, fragte Alison neugierig.

»Na dann passt mal auf«, erwiderte Jenny und begleitete Cassidy zum Tresen. »Einen Jade, einen Siren und einen Sydney!«

Es dauerte einen Augenblick, bis der Barkeeper die gewünschten Früchte püriert und die Gläser zusammengemixt hatte.

»Das macht dreiundzwanzig Sicar!«, rief er den beiden zu.

Cassidy spürte ein erschrockenes Stechen in der Brust. So langsam ergaben die Preise für sie keinen Sinn mehr. Vier komplette Mahlzeiten in der Taverne für drei Getränke, die sie nicht mal einen halben Tag lang mit ausreichend Flüssigkeit versorgen konnten; vom entwässernden Alkohol abgesehen. Jenny schien dagegen keineswegs überrascht und nickte ihr aufmunternd zu. Also holte sie ihren Diplomatenpass hervor und zeigte ihn dem Barkeeper.

»Alles klar!«, rief dieser und notierte sich wie die alte Schokoladenverkäuferin die Nummer. »Kommt wieder zu mir, wenn ihr noch was wollt. Ich weiß dann Bescheid.«

»Wie könnt ihr euch das eigentlich leisten?«, fragte Cassidy.

»Alkohol gibt's nur ein, zwei Mal im Monat und dafür wird gespart.«

Jenny schnappte sich die Drinks und balancierte zurück zu ihrem Tisch.

»Boah«, staunte Alison. »Kriegt sie etwa alles umsonst?«

»Jap!«, erwiderte Jenny knapp. Sie hatte immer noch nicht aufgehört zu grinsen.

»Dann stimmt es also, dass du gestern in D-Sechs-alpha warst?«, fragte Dekker, als Cassidy wieder auf ihrem Platz saß. Stumm nickte sie ihm zu. Jenny hatte sie ja gewarnt. »Was zum Henker ist denn da los gewesen? Warum ist Scarlet da ohne Verstärkung reinmarschiert?«

»Hey!«, fiel ihm Alison ins Wort. »Martin und Heather wären ohne ihre Hilfe draufgegangen.«

»Heather ist trotzdem tot. Genau wie O'Brien«, entgegnete ihr Brandon mürrisch. »Und von Martin haben wir seit dem auch nichts mehr gehört.«

»Cass sagt, er sei wohlauf und bleibt noch für drei Tage in Quarantäne«, erklärte Jenny. »Sie hat ihn schließlich selbst zurück nach Alexandria gebracht.«

»Das warst du in unserem Wagen, der da stundenlang Kreise gedreht hat?«

Cassidy nickte erneut. Sie traute sich schon gar nicht mehr, den Mund aufzumachen. Jeder hier schien nur noch über sie zu reden.

»Na dann«, gab sich Dekker zufrieden und nuschelte mit einer

Handvoll Erdnüsse auf der Zunge weiter. »Anderson meinte, deine Leute hätten ihm den Arsch gerettet. Der würde wieder mit euch losziehen.«

»Schluss mit eurem Drama«, beschwerte sich Jenny und sprang von ihrem Barhocker. »Auf geht's, großer Kriegsheld!« Ohne Dekker eine Wahl zu lassen, schleifte sie ihn zur Tanzfläche.

»Hast du das schon mal gemacht?«, fragte Alison Cassidy.

In ihrem Dorf hatte es ab und an kleine Tänze zu Gitarrenklängen gegeben, ähnlich dem Jubiläumsfest von Silver Valley, bei dem Anthony mit seiner Geige für Stimmung gesorgt hatte. Das kam jedoch nicht mal ansatzweise an das Schauspiel heran, das Jenny zu der elektronischen Musik auf dem Parkett aufführte. Ihre langen blonden Haare wirbelten in rhythmischen Bewegungen zu den Bässen durch die Luft, ihre Hüften schwangen sich von links nach rechts, ihre Arme hatte sie hoch über den Kopf gehoben und ihre Füße schienen kaum noch den Boden zu berühren. Schon nach wenigen Augenblicken befand sie sich in einem Zustand vollkommener Ekstase, in der sie weder Raum noch Zeit wahrnahm.

»Das hab ich noch nie ...!«, versuchte Cassidy das Unvermeidliche abzuwehren.

»Ach was! Lass dich einfach gehen!«, rief Alison und zerrte sie vom Hocker. Nur Brandon blieb zurück und begnügte sich mit Zusehen, um seinen verletzten Arm zu schonen.

Cassidys erste Bewegungen wirkten genauso unbeholfen wie ihre anfänglichen Schwimmversuche. Sie ließ sich viel zu sehr von ihren Erinnerungen an die Folkloretänze aus Silver Valley leiten, bis Alison ihr mit Zeige- und Mittelfinger das Signal gab, auf ihre Füße zu schauen und ihre Tanzschritte zu kopieren. Jenny und Dekker gesellten sich dazu und schirmten Cassidy etwas von den anderen Besuchern ab, so dass sie sich weniger beobachtet fühlte.

Der zweite Jade-Drink schien so langsam seine Wirkung zu entfalten. Cassidys verkrampfte Zuckungen wichen rasch flüssigen Bewegungsabläufen, die sich ausschließlich an den dröhnenden Klängen aus den Lautsprechern orientierten. Zur selben Zeit merkte sie auch, wie viel Spaß sie dabei hatte, und wie im Schwimmbad verlor sie ihr Zeitgefühl, bis der DJ die Musik herunterfuhr, um eine andere Platte aufzulegen.

Hatte sich Cassidy vor der Disco noch Sorgen um die Kälte gemacht, war sie ihren neuen Freundinnen nun für die federleichte Bekleidung dankbar, denn auf dem Weg zurück zum Tisch wischte sie sich bereits den Schweiß von der Stirn.

Die Stunden flogen nur so dahin. Cassidy ließ die Getränke der Gruppe auf ihre Rechnung ausstellen und verbrachte fast die ganze Zeit auf der Tanzfläche. Die Mischung aus Alkohol und lauter Musik sorgte dafür, dass sie sich wie noch nie zuvor in ihrem Leben amüsierte. Nach drei Jades, einem Siren und zwei Sydneys fragte sie sich, warum Angel keinen Alkohol anrührte. Zwischen Barhockern und Parkett wünschte sie sich nichts mehr, als dass die Nacht niemals enden würde.

***

Neces hatten Dog und Grant auf ihrem einstündigen Fußmarsch nicht aufgelauert, aber dafür trafen sie vor der Stadtbrücke auf eine kleine Gruppe von Legionären, die ihnen auf dem Weg zum Offiziersclub entgegenkamen. Der Colonel war gerade damit beschäftigt, seine Kameraden davon zu überzeugen, dass Dog keine Gefahr darstellte, nachdem er sich lautstark über ihre roten Barrettmützchen lustig gemacht hatte.

Dem Hünen war das Interesse an der empörten Gruppe längst vergangen. Allein wankte er mit seiner Wodkaflasche in der Hand auf den ersten Checkpoint zu. Als Folge von Jades unkonventioneller Überraschungsübung erwies sich die Wachmannschaft diesmal auf Zack und umstellte den unbekannten Eindringling mit angelegten Gewehren.

»Die Flasche weg und auf den Boden legen!«, befahl der Kommandeur. »Sofort!«

»Was wollt ihr denn?«, lallte Dog zurück.

»Verdammter Saufkopf. Auf den Boden hab ich gesagt!«

So ließ Dog nicht mit sich reden. Selbst im tiefsten Alkoholrausch vermochte er noch den einen oder anderen klaren Gedanken zu fassen. Er runzelte konspirativ die Stirn und senkte die rechte Hand mit der Flasche in Richtung Straße. Kaum spürte er den festen Beton am Flaschenende, holte er aus und schlug mit voller

Wucht zu, so dass er kurz darauf nur noch den abgebrochenen Flaschenhals als Waffe in der Hand hielt.

»Ich bin Dog und das da hinten ist mein Kumpel COLONEL Grant!«, brüllte er die Wachsoldaten aus tiefstem Rachen an. »Und ihr macht jetzt besser das Tor auf, sonst ... sonst hol ich HERRIN Jade, damit sie euch mit ihrem Schwert eins überzieht!«

Die Wachmannschaft schwenkte die Köpfe zu ihrem Anführer. Der Name einer Bacchae sorgte sogar aus dem Mund eines unzurechnungsfähigen Trunkenboldes für einen kurzen Augenblick der Verunsicherung.

»Festnehmen!«, befahl der Kommandant.

»Aber ... Sir?«

»Soll ich euch vielleicht erzählen, was Jade mit dem letzten Schwachkopf gemacht hat, der ihren Namen missbraucht hat?«, raunte er seine Männer an. »Festnehmen, hab ich gesagt!«

»Sergeant Dorian!«, rief Grant der Wachmannschaft auf einmal zu. Er hatte den Streit mit den anderen Offizieren geschlichtet und war Dog im Laufschritt zur Brücke gefolgt. »Auf ein Wort!«

»Sir?«, erwiderte Dorian und trat einen Schritt beiseite, ohne seinen Untergebenen den Befehl zum Waffensenken zu geben. »Gehört dieser Abschaum wirklich zu ihnen?«

»Allerdings«, entgegnete Grant mit strenger Stimme. »Und ich wäre vorsichtig mit ihrer Wortwahl. Dieser Mann ist auf persönliche Einladung von Herrin Sydney Gast des Imperiums.« Dann wandte er sich an Dog, der inzwischen wieder aufrecht stand und den Flaschenhals in seinen überheblich verschränkten Armen hielt. »Zeig ihm deinen Ausweis.«

Es dauerte einen Moment, bis genügend Neuronen in Dogs Gehirn zu feuern begannen und er verstand, worauf Grant hinauswollte. Dann zückte er das laminierte Kärtchen und wedelte es der staunenden Wachmannschaft unter den Nasen entlang.

»Ein Diplomatenpass«, fasste der Sergeant naserümpfend zusammen. »Den hätte er nur vorzeigen müssen.«

»Kann ich davon ausgehen, dass wir nun passieren dürfen?«

»Natürlich, Sir. Mit ihrer Erlaubnis werde ich mir die Freiheit nehmen, Checkpoint B vorzuwarnen.«

»Selbstverständlich«, sagte Grant mit einem bestätigenden

Kopfnicken.

Anschließend zog er Dog schnellstmöglich von den Soldaten weg, um weiteren Eskalationen vorzubeugen. Der Hüne grinste dabei von einem Ohr zum anderen. So viel Spaß hatte er seit Monaten nicht mehr gehabt. Als letzte Kränkung schleuderte er seinen Flaschenhals über die Schulter und ließ ihn krachend auf der Straße zerspringen.

»Du hast das viel zu sehr genossen«, brummte Grant kopfschüttelnd. »Wir sollen zusammenarbeiten und uns nicht ...«

»*Wir* waren doch eben ein tolles Team!«, fiel Dog ihm ins Wort.

Leider hatte Sergeant Dorian den zweiten Checkpoint tatsächlich von Dogs kleinem Husarenstück informiert, so dass er seinen Spaß nicht wiederholen konnte. Stattdessen erwartete ihn ein langer und zunehmend kühler Spaziergang durch die Straßen von Alexandria. Je weiter der Alkoholspiegel sank, desto mehr machte sich die frische Nachtluft bemerkbar.

Viele Einwohner waren nicht zu sehen. Abgesehen von vereinzelt erleuchteten Fenstern schienen sich die meisten bei den Abendveranstaltungen versammelt zu haben. Die Musik des Klavierquartetts hallte von der Freilichtbühne durch die Häuserschluchten, begleitet von dumpfen Basstönen der Diskothek. Zwei Restaurants erfreuten sich zudem großer Beliebtheit und auch das QUASAR-Café war noch geöffnet. Draußen saß natürlich niemand mehr.

»Willst du Angel auf dem Konzert Gesellschaft leisten?«, fragte Grant.

»Gibt's da was zu trinken?«

»Nein. Das ist eine Veranstaltung mit Kindern. Da ist kein Alkohol erlaubt.«

Dog brummte eine unverständliche Antwort und betrachtete seine zerkratzte Hand. Ein paar Splitter der Wodkaflasche hatten sich bei der übermütigen Aktion vor dem Stadttor in seine Haut gebohrt. Es war keine Verletzung, die behandelt werden müsste, aber die Schorfwunden erinnerten ihn an den Verlust seiner letzten Reserven.

»Wir könnten uns was mit ins Apartment nehmen«, schlug

Grant vor.

»Ich denke, das ist hier nicht erlaubt?«

»Mh-hm.«

Der Colonel führte Dog durch die Straßen zum Marktplatz, der am späten Abend völlig verlassen wirkte. Er ignorierte die ohnehin leergefegten Verkaufsstände und lehnte sich an die Hauswand neben einem angekippten Kellerfenster.

»Grandpa«, flüsterte er in dessen Richtung und versuchte dabei mit seinen verschränkten Armen wie jemand zu wirken, der gerade eine Pause einlegte. »Grandpa!«

Er bekam keine Antwort, aber man hörte ein leichtes Knarzen und Keuchen aus dem Keller, als würde sich ein gebrechlicher alter Mann von einem antiken Holzstuhl erheben.

»Bei Nacht sind alle Katzen grau«, flüsterte Grant zum Fenster herunter.

Wieder regte sich zunächst nichts und Dog stand kurz davor, ihn in seinem Restalkoholrausch für verrückt zu erklären und selbst einen Blick in den Keller zu werfen.

»Was brauchst du?«, kratzte plötzlich eine Stimme, die mit der Einschätzung eines Rentners übereinzustimmen schien.

»Schnaps. Wodka, wenn du welchen hast.«

»Kannst du bezahlen?«, fragte die Stimme misstrauisch.

Grant holte seinen Geldbeutel hervor, zählte drei Silberstücke ab und ließ sie auf den Boden vor dem Fenster fallen. Das Klimpern hatte noch nicht mal aufgehört, da schnellte eine Hand aus der Dunkelheit und schnappte sich die Münzen, wie eine Echsenzunge auf Insektenjagd. Anschließend kehrte wieder Ruhe ein, so als wäre nichts geschehen.

»Und was jetzt?«, wunderte sich Dog. Inzwischen war er davon ausgegangen, die Bedeutung von Zahlungsmitteln verstanden zu haben. Geld gegen Ware. Doch irgendwas stimmte hier nicht. Das Geld war weg aber Schnaps hatte er immer noch nicht.

»Komm«, hauchte Grant ihm zu und führte ihn einmal um den Wohnblock herum.

Auf der anderen Seite hielt er abermals auf ein Kellerfenster zu, das im Schatten einer Bushaltestelle lag und damit vor neugierigen Blicken verborgen blieb. Zusätzlich wurde es von einem Metallgitter gesichert. Grant öffnete das Gitter, griff hinein und holte eine braune Papiertüte hervor, in der zwei Glasflaschen aneinanderschlugen. Kaum hatte er das Gitter wieder gesenkt, wurde von innen ein Riegel davorgeschoben.

»Also, das musst du mir erklären«, sagte Dog und griff bereits nach der Beute.

»Nicht hier«, mahnte Grant und zog die Tüte zurück. »Alkohol ist auf den Straßen von Alexandria strengstens verboten.« Er blickte sich konspirativ um, ob sie jemand bei ihrer illegalen Aktion beobachtet hätte und hielt anschließend auf das Diplomatengebäude zu. »Die Prätorianer verstehen bei sowas keinen Spaß«, fuhr er fort. »Einer meiner Legionäre hat mich in Grandpas Schwarzmarktgeschäft eingeweiht.«

Dog drehte sich zur Kellerluke um, als hätte er was in seinem Einkaufskorb liegengelassen. »Was verkauft er denn noch so?«

»Drogen, Huren, Zigaretten. Eben alles, was es auf dem Markt nicht gibt.«

»Ähm ... Frauen?«, fragte Dog sichtlich angespannt. »Wie kriegt er die durch das Gitter?«

Grant blickte ihn an, als fühlte er sich verschaukelt.

»Anstelle der Flaschen bekommst du einen Zimmerschlüssel irgendwo in der Stadt«, erklärte er. »Laut meinem Rekruten ändert sich die Adresse jede Nacht.«

»Wenn das dermaßen verboten ist, solltest du den dann nicht hochnehmen?«

»Seh ich aus wie ein Polizist?«, entgegnete ihm Grant. »Ich bin Soldat und kein Kindergärtner. Was in Alexandria abläuft, ist Sache der Prätorianer. Aber so unter uns, ich bin mir ziemlich sicher, dass die davon wissen. Jade hat mir mal erzählt, dass ein gesunder Schwarzmarkt mindestens ebenso wichtig für Zucht und Ordnung ist, wie ein starkes Militär. Wahrscheinlich beobachten sie Grandpa jede Nacht, und solange er den Kindern nichts verkauft, lassen sie ihn gewähren.«

»Also lieber einen, den sie kontrollieren können, anstelle von unüberschaubarem Chaos?«, kombinierte Dog. Ihm waren solche Gedankengänge durchaus bekannt. Alkohol, Drogen und Tabak stellten beliebte Handelswaren im Gefängnis seines Vaters und später bei den Vultures dar. Wann immer Eric versucht hatte, die Rauschzustände seiner Männer auszurotten, war die Situation eskaliert. Nachdem er die Hehler aber erst mal kannte, konnte er der Lage einigermaßen Herr bleiben. Bereits Jahre vor dem Zusammenbruch hatte Korruption jede Alternative zum kontrollierten Schmuggel verhindert und nach dem Ende der Welt war es völlig aussichtslos geworden, Recht und Gesetz wiederherzustellen; zumal die Vultures ja in allen anderen Dingen für Anarchie standen.

Grant nickte ihm zu. »Gefallen wird das den Bacchae sicher nicht, aber die waren schon immer gut darin, sich den Gegebenheiten anzupassen.«

»Und wann kann ich nun endlich ...?«, fragte Dog und griff erneut nach dem Beutel.

»Erst, wenn wir oben sind!«

***

Angel blieb noch etwas länger sitzen, nachdem das Konzert beendet war. Die VIP-Loge besaß eine eingebaute Heizung, daher hatte sie gar kein Verlangen danach, sich inmitten der heimkehrenden Menge durch die kalten Straßen zu kämpfen.

»Und? Wie fandest du's?«, fragte Jade.

»Angenehm. Interessant und ...« Angel suchte nach den richtigen Worten, um nicht völlig ungebildet zu wirken.

»Gab es bei euch nicht auch Musik?«

»Doch natürlich. Anthony kann Violine spielen und Butch ...« Angel schluckte beim Gedanken an ihren ermordeten Kameraden. »Butch hat seine Gitarre auf unseren Reisen immer dabeigehabt.«

»Entschuldigung«, murmelte Jade und biss sich innerlich für ihre unüberlegte Frage auf die Zunge.

»Kommt ihr zwei mit zum Empfang?«, rief Sydney dazwischen.

»Was ist das?«, wunderte sich Angel.

»Oh, nur eine kleine Party«, wiegelte Sydney ab. »Doktoren, Professoren, Senatoren. Die Elite des Imperiums die gerade in Alexandria ist.«

»Völlig langweilig«, fügte Jade hinzu.

»Scarlet ist schon unterwegs«, warnte Sydney sie.

Angel schaute die beiden verdutzt an. Die gesamte Führungs-elite der Sicarii in einem einzigen Raum? Das konnte sie sich nicht entgehen lassen.

»Wir können ja mal vorbeischauen, oder?«, meinte sie zu Jade.

»Wenn du unbedingt willst.«

»Na dann kommt«, rief Sydney ihnen bereits vom Ausgang der Loge zu. »Beeilt euch, sonst erfrieren wir noch auf dem Weg!«

Kaum hatte Angel die beheizte Tribüne verlassen, rieb sie sich fröstelnd die Oberarme und wünschte sich ihre Lederjacke zurück. Sie waren gerade mal einen Häuserblock weit gekommen, da stoppte ein schwarzer Kombi mit vollverdunkelten Scheiben neben ihnen.

»Soll ich euch mitnehmen?«, fragte Azure aus dem heruntersur-renden Fenster.

»Oh, das wäre nett«, erwiderte Sydney und lief etwas versteift zur Beifahrertür, während sich die anderen beiden die Rückbank teilten.

»Warum sind wir eigentlich hergelaufen?«, wunderte sich An-gel beim Einsteigen.

»Wir versuchen den Kindern ein Vorbild zu sein und nicht überall mit dem Auto hinzufahren«, erklärte Sydney. »Azure ist die große Ausnahme, da sie sich sonst tagsüber gar nicht in der Stadt bewegen könnte.«

»Zum Empfang?«, fragte sie und Sydney nickte ihr zu.

Azure schloss ihr Fenster und drückte aufs Gaspedal; ganz sach-te. Im Gegensatz zu Jade oder Jiao schonte sie ihren Wagen und glitt wie auf Schienen durch die Straßen. Dazu spielte klassische Musik aus dem Radio, die auf Angel ungemein einschläfernd wirkte. Azure flegelte sich auch nicht in ihren Sitz, sondern klebte förmlich hinter dem Lenkrad, wie es Fahranfänger häufig taten. Den Weg über musste sie dutzenden Fahrrädern ausweichen, so dass ihr Stil durchaus seine Berechtigung hatte.

Angel zeigte dennoch auf das unfreiwillig komische Bild und suchte in Jades Augen nach einer Antwort. Die winkte aber sofort ab und machte ihr mit deutlichen Gesten klar, keinesfalls in Azures Anwesenheit darauf einzugehen.

Lange dauerte das Schauspiel ohnehin nicht. Nach sechs Häuserblöcken und einem Halbkreis um den Sophiaplatz hielten sie vor der Universität. Davor standen zwei weitere Limousinen; bewacht von je zwei unbewaffneten Legionären.

»Wem gehören die Wagen?«, fragte Angel.

»Der eine ist von Senator Harrison und der andere ...« Sydney stieg aus und warf einen Blick auf das Nummernschild. »Svetlana Avianos!«, sagte sie erstaunt.

»Die Tochter des Imperators ist in Alexandria?«, wunderte sich Jade und schlug die Tür zu. »Warum weiß ich davon nichts?«

Sydney zuckte mit den Schultern. »Ich doch auch nicht.« Sie blickte zu Azure. »Du etwa?«

»Nein? Warum war sie nicht auf dem Konzert? Und wo ist ihre Eskorte?«

»Vor der Stadt, nehme ich an«, sagte Sydney. »Nicht mal sie darf bewaffnete Truppen einführen.«

»Scarlet«, grollte Jade.

»Auch sie kann Svetlana nicht innerhalb von vierundzwanzig Stunden aus Sicariia herbeordern«, widersprach ihr Azure.

»Wo steht sie in der Hierarchie?«, wollte Angel wissen.

»Das ist eine gute Frage«, antwortete Sydney. »Die versuchen wir seit drei Jahren zu beantworten. Offiziell ist sie die jüngste Senatorin des Imperiums, aber als Tochter des Imperators stehen ihr weitaus vielfältigere Möglichkeiten zur Verfügung.« Nach einem kurzen Moment des Überlegens wehte sie ihre Zweifel davon und winkte die anderen die Stufen hoch. »Jetzt lasst uns keine voreiligen Schlüsse ziehen.«

Im Erdgeschoss der Universität befand sich eine Aula für Veranstaltungen und Versammlungen jeder Art. Die Stühle waren an diesem Abend entfernt und stattdessen Stehtische und bequeme Couchecken aufgestellt worden. Dazwischen schwirrten ein Dutzend Kellner mit Fingerfood-Tabletts wie fleißige Bienchen umher.

Die drei Bacchae und die exotisch anmutende Rangerin fielen beim Hereinkommen natürlich auf und wurden von den Gästen mit respektvoller Verbeugung begrüßt. Angel hatte seit ihrem Frühstück aus gemahlener Pappe nichts Festes mehr gegessen und griff sofort bei den Odeuvre zu. Die meisten Häppchen bestanden aus einem Spieß Brot und Fleisch, garniert mit einem Stück Gemüse. Ganz normales Essen wie auf dem Markt, aber sehr aufwändig zusammengefügt und äußerst bequem zu verzehren.

Unter den Gästen erkannte sie General Torus, der angespannt mit zwei Männern in Zivil diskutierte, und Scarlet, die einsam in einer Sitzecke hockte und gedankenverloren an ihrem Glas nippte. Auch die beiden Doktoren Garrett und Sheridan hatten sich eingefunden, vertieft in ein fachliches Gespräch. Die Reporterin Catherine McDonnell saß ohne Begleitung in einem Drehsessel und hielt einen Notizblock in der Hand. Vermutlich studierte sie die Anwesenden, um ihre nächste Story vervollständigen zu können. Aus versteckten Lautsprechern drang leise Musik von Radio Alexandria.

»Senator Harrison«, rief Sydney einem Mann Mitte fünfzig zu, um das Hintergrundrauschen der Unterhaltungen zu übertönen. Er trug einen sauber gebügelten Bankiersanzug mit orangefarbener Krawatte, die etwas schief saß und auf einen längeren Abend hindeutete.

»Herrin Sydney«, erwiderte Harrison mit einer höflichen Verbeugung. »Es ist eine Freude, euch wiederzusehen. Ich hatte schon befürchtet, euch zu verpassen, nachdem ihr der Musik erlegen wart.«

»Oh, ihr müsst mir verzeihen, Senator«, sagte sie mit vor ihrem Kinn zusammengefalteten Händen. »Ich habe Henry seit drei Jahren auf solch ein Konzert vorbereitet. Ich hoffe, sein Klavierspiel hat ihnen gefallen?«

»Aber natürlich! Er ist ein wahres Naturtalent, Herrin«, antwortete Harrison. »Bitte richtet ihm und seinem Quartett mein Kompliment aus.«

»Vielen Dank Senator. Das wird ihn sicher freuen!«

Angel kaute seit Beginn des Gesprächs apathisch auf ihrem Holzspieß herum und traute ihren Ohren kaum. Sydney und Harrison konnten sich offenbar ununterbrochen mit Wertschätzungen überschütten. Azure hatte längst das Weite gesucht und labte sich zusammen mit einem jungen Offizier an der rötlichen Bowle. Nur Jade war bei ihr geblieben und rieb sich genervt den Nasenrücken.

»Äh ... Sydney«, begann sie. »Wir werden uns etwas umsehen,

während du ... während ihr ...«

»Natürlich!«, flötete ihre Meisterin und richtete ihre Aufmerksamkeit sofort wieder auf Harrison. »Die Jugend«, klagte sie halbernst mit einer Hand auf seiner Schulter, um ihn zurück zu seinem Tisch zu begleiten. »Einfach keine Zeit mehr ...«

»Frag nicht«, raunte Jade und wendete sich kopfschüttelnd von dem Schauspiel ab.

»Gehört dieses Geschwätz auch zu eurer ... Berufung?«, fragte Angel dennoch.

»Normalerweise ist es die Aufgabe der Politiker; besonders der Senatoren«, erklärte Jade notgedrungen. »Sie lieben es, den ganzen Tag zu reden. Das ist ihr Job. Wenn wir mit ihnen zu tun haben, gibt es zwei Möglichkeiten. Entweder wir erteilen Befehle, dann wählen wir unsere Sprache, oder wir versuchen sie zu beeinflussen, dann benutzen wir ihre Ausdrucksformen.« Sie drehte sich zu Sydney um, die gerade über einen Witz von Senator Harrison lachte. »Nicht alle Probleme lassen sich mit Gewalt lösen. Einige von uns finden mitunter Gefallen daran. Azure wurde sogar rekrutiert, weil sie besonderes Talent für Diplomatie hat. Unser Vampir ist für lange Kampfeinsätze unter der Steppensonne ja nicht zu gebrauchen.«

Angel rang sich dazu durch, erneut nach einem vorbeilaufenden Tablett zu greifen. Den Kellner bemerkte sie dabei kaum, obwohl er sich nahezu verrenken musste, um nicht umgerempelt zu werden.

»Gibt es bei euch noch jemanden für solches Geschwafel?«, nuschelte Jade mit ebenfalls vollem Mund. »Oder können wir davon ausgehen, dass unsere Diplomaten ein schusssicheres Korsett bei ihren Bündnisverhandlungen tragen müssen?«

»Früher hätte das Frank notgedrungen übernommen«, sinnierte Angel kauend.

»Das war euer letzter General, richtig? Monroe, wenn ich mich nicht täusche.« Nach einem zustimmenden Nicken fuhr sie fort. »Und jetzt sollst du das machen? Na wundervoll.«

»Ich glaube nicht, dass ich großen Erfolg haben würde«, überlegte Angel weiter. »Frank hat mich zum General ernannt, aber es gibt nach wie vor viele, die mir nicht über den Weg trauen.«

»Das hat sich in Jaguar Bay aber anders angehört«, erwiderte Jade. »Wie war das? Du bist auf die Motorhaube von deinem Wagen gesprungen und die Menge hat deinen Namen gerufen?« Bevor Angel dem Verfolgungswahn verfiel, fügte sie sicherheitshalber hinzu: »Cassidy hat mir davon erzählt.«

Angel akzeptierte ihre Erklärung mit funkelnden Augen. Ihr war dieser Moment so unglaublich unangenehm gewesen, dass sie ihn am liebsten vergessen wollte.

»Da ging es um Rache und um die Rettung unserer Kriegsgefangenen«, erklärte sie. »Jeder von denen würde mir in die Schlacht gegen euch folgen, aber in ein Bündnis? Es wird schon schwer genug sein, Kim und Johnny zu überzeugen, nachdem was eure Armee angerichtet hat.«

»Hrrrm ...«, grollte Jade mit frustriertem Stirnrunzeln. »Wen von euch muss ich denn noch alles weichklopfen?«

»Paul«, überlegte Angel. »Ihm vertraut eigentlich jeder und die Zivilisten würden ihm mit Sicherheit folgen.«

»Der senile Alte, der mich zwei Tage lang in Eagle Village hat rumlungern lassen, ohne auch nur den geringsten Verdacht zu schöpfen?«, fragte Jade verächtlich. »Hätte ich das mal eher gewusst, dann wäre sein Dorf noch vor Sienna drangewesen.«

»Herrin Jade!«, säuselte auf einmal eine Stimme hinter ihrem Rücken, die von ihr selbst hätte sein können, wäre Jade nicht im selben Moment zusammengefahren, als stünde sie unter einer kalten Dusche.

»Prinzessin Svetlana!«, antwortete sie mit gespielter Überraschung und drehte sich zu der jungen Frau um.

Die Tochter des Imperators begrüßte sie mit einem elfenhaften Knicks in ihrem engen, schneeweißen Abendkleid, das ihre helle Haut taktvoll ergänzte. Um ihren Hals lag ein ebenso weißer und äußerst buschiger Pelzschal, der offenbar mehr mit ihrer Stellung im Imperium als dem Schutz vor der nächtlichen Kälte zu tun hatte. Ihr attraktives Gesicht wirkte zusammen mit ihren hervorstechenden Hüftknochen erschreckend unterernährt. Ihr kurzes, rabenschwarzes Haar war gespickt mit professionell gestylten Spitzen und thronte wie eine Krone auf ihrem Haupt. Zwei weitere Frauen eskortierten sie in eher unscheinbaren Gewändern, die dafür aber genügend Platz für kleine Handfeuerwaffen oder Stichwerkzeuge boten.

»Seit fast zwanzig Minuten sitze ich nun schon allein an meinem Tisch und wundere mich, ob ihr meine Wenigkeit überhaupt gesehen habt!«, hauchte sie Jade durch ihre schmalen Lippen zu. »Oder geht ihr mir etwa aus dem Weg?«

Angel spürte, wie sie erneut auf einem bereits abgegessenen Holzstäbchen herumkaute und befürchtete, dass sich das Spiel wiederholen könnte.

»Nun zunächst mal bist *du* nicht allein«, erwiderte Jade mit einem Fingerzeig auf ihre beiden Bodyguards; ganz ohne Säuseln und äußerst direkt. »Außerdem habe ich meinen eigenen Gast, um den ich mich kümmern muss.« Dabei zeigte sie auf Angel, die vor Schreck über die unerwartete Verbalentgleisung ihren Spieß zerbissen hatte. »Wenn ich informiert gewesen wäre, dass *du* Alexandria besuchst, hätte ich natürlich einen anspruchsvolleren Grund gefunden, dir aus dem Weg zu gehen.«

Die beiden Leibwächterinnen blickten einander verdutzt an und wussten sich offenbar nicht zu helfen. Sie konnten einer Bacchae ja schlecht Manieren beibringen, aber die Tochter des Imperators im Regen stehenzulassen, war ihnen ebenso fremd.

»Ah, Jade«, säuselte Svetlana unbekümmert weiter. »Immer noch mit dem Kopf durch die Wand.« Dann wandte sie sich an ihre Eskorte. »Geht etwas essen. Ich lasse euch rufen, wenn wir aufbrechen.«

»Seid ihr sicher, Prinzessin?«

Nun drehte sie sich vollends zu ihren beiden Leibwächterinnen um und setzte ihre Hände voller Entrüstung an den dürren Hüften auf. »Ich bin in einem Raum mit vier Bacchae und vermutlich einem halben Dutzend Nocturnals in der am besten befestigten Stadt des Imperiums«, sagte sie mit strengem Unterton, der für ihr Alter von Mitte zwanzig eigentlich viel zu ernst klang. »Geht schon!«

»Sehr wohl, Prinzessin«, antworteten die beiden im Chor und nickten noch kurz Jade mit einem garstig klingenden »Herrin« zu, bevor sie sich zum Büffet begaben.

Svetlana drehte sich unterdessen wieder um. »Willst du mir

deinen Gast nicht vorstellen, der dich von mir fernhält?«

Jade verschränkte die Arme, als versuchte sie absichtlich, keinerlei Respekt zu zeigen. »Angel, General der Ranger, das ist Svetlana Avianos, Tochter unseres erlauchten Imperators und meine Zimmergenossin während unserer Schulzeit in Alexandria.«

»Zwei gemeinsame Jahre, die wir wohl nie vergessen werden.«

»Und dabei sind deine Narben so gut verheilt.«

»Aber nur, weil du zugeschlagen hast wie eine unzivilisierte Barbarin.«

»Möchtest du es auf eine Revanche ankommen lassen?«, raunte Jade und lehnte sich nach vorn. »Ich hab nämlich dazugelernt!«

»Genau wie ich!«, giftete Svetlana zurück.

Angel stellte die Vermutung auf, dass sich die beiden jeden Moment die Augen auskratzen würden, und arbeitete bereits an einem Rettungsplan. Inzwischen kannte sie Jades wunde Punkte und ohne ihr Schwert war sie ihr im Nahkampf klar überlegen. Doch dazu kam es nicht.

»Was willst du hier?«, knurrte Jade stattdessen. »Hat Scarlet dich herbeizitiert?«

»Keine Bacchae kommandiert mich herum, ebenso wenig wie meinen Vater!«

»Vorsicht«, zischte Jade. »Sonst verlierst du noch deine Fassung.«

Sie hatte Recht. Als Svetlana das begriff, straffte sie ihren magersüchtigen Körper und nahm wieder Form an.

»Ich bin auf Wunsch *deines* Imperators hier, um in Erfahrung zu bringen, was ihr in den letzten zwei Monaten angerichtet habt.«

»Wir?«, fuhr es aus Jade heraus. »Torus hat ...!«

»Spar dir die Worte!«, schnitt Svetlana sie mit einem Handwisch ab. »Scarlet hat mich längst über Arnac und die Ranger in Kenntnis gesetzt.« In diesem Moment richtete sie zum ersten Mal ihre Aufmerksamkeit auf Angel und reichte ihr dazu beide Hände mit einer taktvollen Knieverbeugung. »Erlaubt mir, euch im Namen des Sicariianischen Imperiums für die unverhältnismäßige Invasion auf die Freien Enklaven um Verzeihung zu bitten.«

Angel bekam es mit der Angst zu tun und zögerte, ihre Geste anzunehmen. Sie fürchtete, ihre dürren Händchen mit zu starkem

Druck zerbrechen zu können.

»Du bellst den falschen Baum an«, brummte Jade. »Sie kann mit deinem Gewäsch ebenso wenig anfangen wie ich.«

»Ich verstehe«, sagte Svetlana. Sie zog ihre Hände blitzartig zurück und stellte sich wieder gerade hin. »Ihr wollt Klartext reden? Gut. Trefft mich in zehn Minuten am Hinterausgang.«

»Ich ... wir ...« Jade versuchte, Widerspruch einzulegen, doch Svetlana schwebte bereits in ihrem geisterhaften Abendkleid davon. »Ich hätte sie erwürgen sollen, als ich die Chance dazu hatte.«

»Prinzessin?«, fragte Angel verwirrt. »Ich dachte, ihr habt keine Monarchie?«

»Den Spitznamen hab ich ihr wegen ihrer herablassenden Art gegeben. Sie hat ihn aus Trotz behalten, als ich von Sydney auserwählt wurde, und beansprucht ihn nun als inoffiziellen Titel«, erklärte Jade gereizt. »Als die uns in ein Zimmer gesperrt haben, hat sie mir von früh bis spät Anweisungen erteilt. Wie ich mich anziehen soll, dass meine Haare völlig zerzaust seien oder wie man richtig mit Messer und Gabel isst. Ihr Vater war damals Senator und sie hielt sich für was Besseres. Kurz vor meinen zweiten Ferien hab ich sie vor Wut grün und blau geschlagen und wäre dafür fast per Sonderdekret von der Schule geflogen, aber Svetlana hatte zu viel Stolz, um ihren Vater eine offizielle Beschwerde einreichen zu lassen. Sie ist keine Kriegerin wie wir, sondern führt ihre Gefechte in Gerichtssälen und dem Senat. Wenn sie sich etwas in den Kopf gesetzt hat, können nicht mal wir sie aufhalten.«

»Du klingst ja beinahe beeindruckt«, sagte Angel vorsichtig.

Jade verstand den unterschwelligen Humor und nahm die Bemerkung nicht persönlich. Mit einem beginnenden Lächeln auf dem Gesicht wiederholte sie sich selbst. »Nicht alle Gefechte lassen sich mit Gewalt gewinnen. Ich würde es ihr gegenüber nie zugeben, aber sie könnte demnächst ebenso wichtig für das Imperium werden wie Davids neue Legion, unsere Nocturnals oder deine paramilitärischen Ranger.«

»Nicht wie die Bacchae?«

»Ich bitte dich«, entgegnete Jade erhaben. »Wir sollten ihr lieber folgen, bevor sie in Schwierigkeiten gerät.«

»Ich würde gern noch ein paar Worte mit Torus wechseln«,

hielt Angel sie zurück und starrte zum Büfett.

Der General hatte sie natürlich bemerkt, es aber bisher mit großer Anstrengung vermieden, ihren Blick zu kreuzen.

»Das ist keine gute Idee«, murmelte Jade.

»Hast du Angst vor seiner Seite deiner Geschichte?«

»Ich würde nur gern jedes Risiko vermeiden, ihn von unseren Plänen Wind bekommen zu lassen«, hielt Jade dagegen. »Aber wenn du mir nach dem heutigen Tag immer noch nicht über den Weg traust, dann bitte, stell ihn selbst zur Rede und versuch, das Blut vom Teppich fernzuhalten. Morgen findet hier eine Schulaufführung statt.«

Angel merkte, wie sie kurz davorstand, auf ihren Fingernägeln herumzukauen. Ihre langersehnte Rache schien in diesem Moment so unglaublich nah zu sein. Ein gezielter Schlag ins Genick oder auf den Kehlkopf und sie würde ihre Vergeltung für den Tod von Butch und Victor bekommen. Sie konnte General Torus für die Zer-störung der Freien Enklaven büßen lassen, wie sie es sich selbst geschworen hatte. Gleich hier und jetzt. Vor den Augen der Elite des Imperiums.

Aber all das brächte sie keinen Schritt weiter und dürfte stattdessen in der Vernichtung der Flüchtlinge enden.

»Gehen wir lieber«, murmelte Angel zähneknirschend. »Ehe ich es mir anders überlege.«

* * *

Gegen Mitternacht stand Cassidy mit Alison an ihrem Tisch, um sich etwas von den Anstrengungen der Tanzfläche zu erholen. Jenny war schon wieder auf dem Weg zum Tresen, um neue Drinks zu besorgen. Brandon und Dekker gingen derweil einem Tumult an einer benachbarten Bar nach und wollten die Türsteher unterstützen. Während sie die Männer beobachteten, fiel Cassidy auf, was für verträumte Blicke Alison Brandon zuwarf.

»Seid ihr beide zusammen?«, fragte sie plump; teils aus Unerfahrenheit und teils aufgrund ihres Alkoholspiegels.

»Das ist kompliziert«, antwortete Alison mit offenkundiger Trauer in der Stimme. »Eigentlich schon und wir würden auch gern

311

weiter, aber ...« Sie wendete sich von ihm ab und starrte verloren in ihr Glas. »Brandon hat viel zu viel Angst vor meinem Vater, um etwas Ernstes daraus werden zu lassen.«

»Warum? Wer ist denn dein Vater?«

»Du bist ihm letzte Nacht begegnet. Lance Commander Anderson von der Prätorianischen Garde.«

»Dein Name ist Alison Anderson?«, brachte Cassidy hervor und musste sich dabei unheimlich beherrschen, um nicht in ihrem Rausch loszuprusten.

»Ich hab ihn mir nicht ausgesucht«, verteidigte sich Alison. »Seit Brandon von den Prätorianern aufgenommen wurde, ist er auf Abstand zu mir gegangen.«

»Aber ... wieso?«

»Na wie glaubst du reagiert mein Vater, wenn Brandon irgendwann mal Mist bauen sollte? Stell dir vor, er geht fremd oder ich werde plötzlich schwanger. Er hat Angst, dass seine Karriere dann beendet wäre; sofern ihn der Commander nicht gleich umbringt.«

Cassidy starrte sie verdutzt an. Die abgehärtete Endzeitstimme in ihr wollte Alison den Kopf waschen und ihr lauthals ins Gesicht schreien, dass ihre Seifenopernprobleme nichts im Vergleich zu denen der echten Welt seien. Ein anderer, ziemlich junger Teil von ihr verstand sie jedoch auf einer Gefühlsebene, die Cassidy erst seit kurzem ergründete.

»Weiß dein Vater von ihm?«

»Klar. Wir waren schon zwei Jahre zusammen, bevor er sich bei der Garde eingeschrieben hat«, erklärte Alison frustriert. »Dad kennt Brandon und Dekker, seit sie als Kinder ins Haus Argon gesteckt worden sind. Es kommt nicht von ungefähr, dass sich alle beide für eine Laufbahn bei den Prätorianern entschieden haben. Mein Vater hat uns früher gern auf Ausflügen begleitet und später für die Jungs gebürgt, als es um die Rekrutierung ging. Er mag Brandon und hat im Prinzip nichts dagegen, aber für den ist das nicht so einfach.« Alison trank den Rest von ihrem Glas aus und seufzte deprimiert. »Vielleicht nach der Ausbildung«, sagte sie hoffnungsvoll. »Wenn er bis dahin keine andere gefunden hat ...«

Jenny kehrte genau zur richtigen Zeit zurück und stellte eine neue Runde Drinks auf den Tisch.

»Probleme?«, fragte sie mit vorsichtigem Stirnrunzeln, als sie die dicke Luft bemerkte.

»Cassidy hat nach Brandon gefragt.«

»Oha. Schwieriges Thema. Aber das wird schon wieder, wenn er seine Ausbildung erst mal abgeschlossen hat und ihm dein Vater nicht mehr den ganzen Tag auf der Pelle hängt.«

Alison blickte hoch und lächelte Cassidy an. Immerhin hatte sie gerade eben erst dieselbe Zuversicht geäußert.

»Und dabei könnte Allie es so einfach haben«, fuhrt Jenny fort. »Meine Eltern hassen Dekker wie die Pest.«

»Warum das denn?«, fragte Cassidy.

»Oh, weil er angeblich nicht meinem *Niveau* entspricht«, antwortete sie mit erhobenen Gänsefüßchen. »Ich sei viel zu begabt, um mich mit einem Soldaten einzulassen, der ihrer Meinung nach nicht älter als fünfundzwanzig wird und damit kein Material für eine Vaterschaft ist.«

»Ihre Eltern denken eben sehr vorausschauend«, fügte Alison zynisch hinzu.

»Wenn es nach denen ginge, säße ich schon geschwängert zu Hause.«

»Hey Jenny«, raunte ihnen auf einmal eine brünette Studentin zu und warf dabei einen verächtlichen Blick in Alisons Richtung. »Hat Brandon dich etwa sitzenlassen?«

»Verschwinde Kelly!«, giftete sie zurück. »Das geht dich nichts an. Er hat kein Interesse an einer wie dir!«

»Ach ja? Hat er dir das etwa erzählt?«

»Was soll das denn heißen?« Alison stieß sich vom Tisch ab und ging herausfordernd auf Kelly zu. Ihr Plausch mit Cassidy hatte sie womöglich empfindlich gegenüber potentiellen Mitbewerberinnen werden lassen.

»Hey! HEY!«, rief Jenny und versuchte dazwischenzugehen. »Kriegt euch wieder ein.«

»Na was wohl, du kleine Schlange?«, fuhr Kelly unvermindert fort. »Brandon kam erst letzte Nacht zu mir. Scheinbar kannst du ihm wohl doch nicht bieten, wonach ...«

»Was fällt dir eigentlich ein!«, brüllte Alison sie an.

»Genug jetzt«, forderte Jenny und stellte sich energisch zwischen die beiden.

»Halt dich da raus du Schlampe!«, fauchte Kelly auf einmal und rempelte sie so heftig zur Seite, dass sie an den Tresen prallte. Daraufhin stieß Alison Kelly zurück in ihre Gruppe, die sofort wieder auf sie zustürmte und ihr eine klatschende Ohrfeige verpassen wollte.

Doch stattdessen spürte sie plötzlich Cassidys festen Händedruck an ihrem Handgelenk. Einen Sekundenbruchteil später schlug sie ihr die linke Handkante an die Nase, so dass Kelly für einen Moment die Luft wegblieb und sie auf dem Boden zusammenrutschte. Cassidys aggressive Kampfpose unterband zudem jegliche Rachegedanken ihrer Freunde. Kommentarlos halfen sie Kelly auf die Beine und zerrten sie davon.

»Alles in Ordnung?«, fragte auf einmal C.T.s Stimme aus dem Hintergrund. Sie war Cassidy sofort zu Hilfe geeilt.

»Was ist denn hier los?«, rief Dekker.

»Cass hat gerade Kelly die Nase gebrochen!«, antwortete ihm Jenny mit einer erschrockenen Hand vor dem Mund. Alison teilte ihren Schock und blieb völlig sprachlos.

»Was?«, fiel ihr Brandon ins Wort. »Was hat sie denn gemacht?«

»Kelly wollte Alison eine reinhauen!«, beschwerte sich Jenny und stieß ihn dabei vor die Brust; Schussverletzung hin oder her. »Und alles nur wegen dir!«

»Was hat die dumme Kuh jetzt wieder erzählt?«

»Dass du letzte Nacht bei ihr warst!«

»Totaler Unsinn«, knurrte Dekker. »Nach unserer Rückkehr wurden wir stundenlang verhört.«

»Hey? Kleine?«, wiederholte Clarissa ihre Frage in Cassidys Ohr. »Alles in Ordnung?«

»Ja. Ja – danke«, versicherte sie ihr verwirrt.

Erst allmählich begriff Cassidy, dass sie gerade völlig instinktiv gehandelt hatte. Ohne nachzudenken, war sie auf Kelly losgegangen, als wäre sie eine Vulture, die Alison mit einem Messer in der Hand zu ermorden drohte. Sie ballte die Finger ihrer linken Hand zur Faust, löste sie wieder und betrachtete dabei ihre Knochen. Cassidy hatte sich seit ihrer Kindheit gegen ihren großen Bruder

314

durchsetzen müssen, aber nun wurde ihr klar, dass sie von Angel in den vergangenen zwei Monaten in eine Waffe verwandelt worden war. Nur ein paar Zentimeter tiefer und sie hätte Kelly den Unterkiefer zertrümmern oder ihr die Frontzähne ausschlagen können.

»Danke«, hauchte Alison ihr mit gesenktem Kopf zu.

»Keine ... Ursache ...«, stammelte Cassidy hervor. Mit weichen Knien wankte sie zurück zu ihrem Tisch.

***

Grant nickte den Arbitern im Hausflur zu, als wäre es für ihn eine Selbstverständlichkeit, hier ein und aus zu gehen. Nur Dog wusste, dass er möglichst schnell mit der braunen Papiertüte und den darin liegenden Schnapsflaschen in ihrem Quartier verschwinden wollte.

»Okay, wir sind drin«, grunzte der Hüne, nachdem er die Tür hinter sich geschlossen hatte. »Her mit dem Zeug!«

»Hat dir schon mal jemand gesagt, dass du ein Alkoholproblem hast?«, sagte Grant, drückte ihm aber gleichzeitig die Tüte in die Hand.

»Nur, wenn keiner mehr da ist.«

Dog stolzierte ins Wohnzimmer, hechtete in den weißen Ledersessel und riss den ersten Korken mit seinen Zähnen aus dem Flaschenhals.

»Nimm wenigstens Gläser«, ermahnte ihn Grant. »Sonst dreht dir Jade nachher den Hals um.«

»Du sprichst wohl aus Erfahrung?«, konterte Dog. Etwas entmutigt stellte er die Flasche hin. »Meinetwegen. Aber keine von diesen Fingerhüten!«

Grant ließ die winzigen Schnapsgläser im Schrank stehen und holte stattdessen zwei Whiskygläser heraus.

»Besser?«

»Viel!«, stimmte Dog zu und füllte sie zur Hälfte auf. Anschließend reichte er eins davon Grant und hielt das andere hoch. »Also dann, auf unsere Freiheit.«

»Nicht auf unseren Sieg?«

»Pah!«, spottete Dog. »Als ob Eric eine Chance gegen Angel hätte.«

Grant setzte sich auf die Couch und lehnte sich entspannt zurück. »Und warum lebt er noch, wenn sie angeblich so gut ist?«, fragte er und legte die Füße mitsamt den sandigen Armeestiefeln auf den Couchtisch.

»Die Frage hab ich mir drei Jahre lang gestellt, bis ich Monroe in Silver Valley begegnet bin«, erklärte Dog so nachdenklich es sein berauschter Zustand zuließ. »*Er* hat sie zurückgehalten, ihr Regeln auferlegt und sie zum defensiven Stellungskrieg gezwungen.«

»Und jetzt wo sie seinen Posten hat ...«

»... ist Eric seines Lebens nicht mehr sicher«, vollendete Dog den Satz. »Ohne euch und diese ganzen Flüchtlinge hätte sie ihm schon längst den Arsch aufgerissen.«

Grant nippte zweifelnd an seinem Wodka.

»Wofür brauchen wir dann überhaupt unsere Legionen oder deinen Tunnel, wenn sie die Vultures im Alleingang ausräuchern kann?«

»Die braucht *ihr*, um euer Land zu schützen.« Dog beugte sich nach vorn und starrte ihm in die Augen, als sprach er vom Sensenmann persönlich. »Allein würde Angel sich in den Ruinen rings um die Festung schleichen und warten. Wochenlang, wenn es sein muss. Aber dann, eines Tages, wenn niemand mit ihr rechnet, würde eine Kugel anderthalb Kilometer durch die Luft heranrauschen und Erics Kopf durchschlagen, bevor irgendwer den Schuss hört.« Er lehnte sich wieder zurück und trank den Rest seines Glases mit einem Mal aus. »Für Angel wäre die Sache damit erledigt. Wir würden sie nie wiedersehen.«

»Erzähl doch keinen Mist«, beschwerte sich Grant. »Wie sollte sie anschließend entkommen? Einsam und quer durch eure Wüste? Löst sie sich einfach in Luft auf wie ein Geist?«

»Glaub, was du willst«, sagte Dog mit abwesendem Blick. »Ihr einmal im Gefecht gegenüberzustehen ändert deine Ansicht. Für immer.«

***

»Da bist du ja endlich!«, giftete Svetlana Jade wie einen schar-

316

fen Dolch in den Rücken, als sie zusammen mit Angel die Universität durch den Seitenausgang verließen. »Haben die dir immer noch keine Pünktlichkeit beigebracht?«

Selbst in den kaum beleuchteten Straßen von Alexandria konnte man deutlich sehen, wie Jade die Fäuste ballte und schon mal vorsichtig ein Auge nach Svetlanas Leibwächterinnen aufhielt, die aber beim Büffet zurückgeblieben waren.

»Ganz allein in der Finsternis, Prinzessin?«, presste sie zwischen ihren zornigen Lippen hervor.

Die Tochter des Imperators stieß sich mit dem Fuß von der Wand neben der Tür ab und tänzelte einmal um Jade herum. Sie hatte sich eine schwarze Stola besorgt, der ihre aufsehenerregende Präsenz in der dunklen Nacht ein wenig verbarg und ihre Schultern vor der Kälte schützte.

»Hm«, spottete sie unbeeindruckt und hüllte ihren Hals fröstelnd in weißen Pelzschal. »Zumindest haben sie dich Beherrschung gelehrt.«

»Könnt ihr das vielleicht auf später verschieben?«, unterbrach Angel die traute Zweisamkeit. »Ich hab hier ein Volk, das auf Hilfe wartet.«

»Wohl eher ein halbes Volk, wenn ich Torus richtig verstanden habe«, entgegnete ihr Svetlana ohne die geringste Spur von Reue, die sie zuvor noch auf dem Empfang gezeigt hatte. Anschließend spazierte sie in Richtung Sophiaplatz und winkte den beiden zu, ihr zu folgen. »Torus hat alles auf dich und Faith geschoben. So gern ich ihm glauben würde, weiß ich doch, dass er nur an seiner eigenen Karriere interessiert ist. Also, was ist wirklich in Cor Syrte passiert?«

»Eine Fehleinschätzung«, gab Jade offen zu. Sie erzählte von ihrem ersten Treffen mit Jonathan vor Sienna, wie verachtenswert er die Ranger repräsentiert hatte und warum sie die Enklave anschließend zerstören ließ. »Unser nächstes Ziel war Eagle Village. Wir haben uns als Flüchtlinge getarnt unter die Leute gemischt und zwei Tage unseren Angriff vorbereitet. Eine Operation wie aus dem Lehrbuch. Aber wir erhielten in dieser Zeit einen etwas differenzierteren Einblick in die Kultur und Lebensart der dortigen Menschen. Mir wurde klar, dass ein Vernichtungskrieg der falsche

Weg war und ich habe Colonel Grant zu Torus geschickt, um den Vormarsch zu stoppen und Sydney herbeizurufen. Torus hat meinen Befehl ignoriert und die Ranger bis in ihre Hauptsiedlung Silver Valley verfolgt, was uns am Ende vier Legionen gekostet hat. Die Ragnars haben das mitbekommen und die Vultures davon überzeugt, gegen uns zu rebellieren. Nun sind unsere Grenzen im Norden nur noch schwach befestigt, die Vultures werden bald aus dem Süden einfallen und als wäre das nicht schon genug, hassen uns die Ranger für das von Torus angerichtete Blutbad.«

»Stimmt das?«, fragte Svetlana während des gemächlichen Spaziergangs. »Hasst ihr das Imperium?«

Angel hatte sich vorgenommen, ihre Worte mit Bedacht zu wählen. Sie konnte spüren, dass sie der Erlösung oder dem Ende ihrer Flüchtlinge näher war als je zuvor.

»Hass ist etwas Kurzlebiges«, sagte sie diplomatisch. »Als die Vultures General Peterson ermordet haben, sind die Ranger wutentbrannt über ihre Depots hergefallen. Inzwischen wird Dog als Kriegsheld betrachtet, obwohl er einst den Angriff geführt hat, durch den die Ranger Peterson verloren haben.«

»Also werden sie nach einem Beweis für unsere Aufrichtigkeit verlangen?«, kombinierte Svetlana. »Ich kann euch Hilfslieferungen anbieten. Baumaterial, Nahrung, Saatgut, Sklaven, Vieh, Wasser. Alles, was ihr für einen Neuanfang braucht.«

»Woher dieses plötzliche Interesse am Wohlergehen von fünfhundert Menschen, die du noch nie gesehen hast?«, wunderte Jade sich misstrauisch.

»Irgendwer muss euren Mist doch ausbaden!«, fauchte Svetlana umgehend zurück. »Die Ragnars bereiten einen neuen Krieg vor, die Vultures kommen aus dem Süden und die Neces geraten immer mehr außer Kontrolle! Wenn sich jetzt noch verbreitet, dass unsere Legionen von irgendwelchen Hinterwäldlern aufgerieben wurden, an denen sie zuvor ganze Massaker verübt haben, wird das Reich wieder kurz vorm Zerfall stehen.« Sie stoppte und wandte sich direkt an Angel. »Wir müssen diese Probleme lösen und zwar schnell. Also frage ich dich noch einmal und ich will kein Geschwätz hören. Was verlangt ihr, um den Krieg mit euch aus der Welt zu schaffen?«

Angel warf Jade einen Blick zu und versuchte in ihren Augen zu lesen. Sie nickte ihr unmerklich zu, als wolle sie sagen, dass dies der entscheidende Moment sei.

»Cor Syrte. Alles davon. Alles südlich des Passes.«

»Inklusive des Vultureterritoriums?«

»Alles.«

Svetlana blinzelte zu Jade. »Ist das ihr Ernst?«

»Ich fürchte ja.«

Jade hielt die Forderung nach wie vor für übertrieben, aber sie genoss den Rückschlag in Svetlanas überraschten Augen, die ihre eigene Verhandlungsposition wohl etwas überschätzt hatte.

»Und was kriegen wir dafür?«

»Ein Bündnis«, sagte Angel. »Wir lösen gemeinsam mit euch das Vultureproblem.«

»Das reicht nicht«, erwiderte Svetlana und schüttelte entschieden den Kopf. »Unser Imperium hat gerade in letzter Zeit sehr schlechte Erfahrungen mit Allianzen gemacht. Ihr müsst Teil des Reiches werden. Entweder ganz oder gar nicht.«

»Wir? Sicarii ...?«

»Meinst du nicht, dass dein Vater da etwas voreilig reagiert?«, stimmte Jade zu. »Bringt er damit nicht den halben Senat gegen sich auf?«

»Soll ich mich etwa wiederholen?«, erwiderte Svetlana gereizt. »Wir müssen diese Probleme rasch lösen, sonst gibt es bald keinen Senat mehr. Eine friedliche Annexion ist die einfachste Lösung. Kein Ranger geht in Sklaverei, sie erhalten ihr Land zurück und wir dafür ausgebildete Truppen, die unseren Legionen selbst in Unterzahl überlegen waren. Außerdem wahrt das Imperium sein Gesicht, indem wir die Gefechte von Torus als bedauerliche Missverständnisse abhaken können, die er allein zu verantworten hat.«

»Es wird schon schwer genug sein, meine Leute von einem Waffenstillstand zu überzeugen, aber euch beizutreten?«, überlegte Angel unsicher.

»Das geschieht nicht über Nacht«, versicherte Svetlana ihr mit ausgebreiteten Handflächen. »Zunächst wird es in der Tat wie ein Bündnis aussehen, wenn wir die Vultures gemeinsam ausrotten. Von mir aus kannst du es deinen Leuten sogar als solches verkaufen. Aber ich will deine feste Zusage, dass ihr in absehbarer Zeit Teil des Reiches werdet.«

»Und wir kriegen Cor Syrte? Und diese Hilfslieferungen, von denen du gesprochen hast?«

Svetlanas Augen zuckten unkontrolliert in den Höhlen. In Gedanken spielte sie die Reaktion ihres Vaters auf die unverhältnismäßige Forderung durch. Ihrem Gesichtsausdruck zufolge war er nicht gerade begeistert davon.

»Meinetwegen. Solange wir dadurch die Vultures loswerden, wird alles südlich des Passes euch gehören.«

»Seit wann kannst du das allein entscheiden?«, fragte Jade.

»Seit mich der Senat dazu ermächtigt hat!«, entgegnete ihr Svetlana. »Ich hab dir doch gesagt, ich habe dazugelernt.« Dann wandte sie sich wieder an Angel. »Wenn die Vultures erst mal unter Kontrolle sind, werden die Details von meinem Vater mit dir, oder wem auch immer dein Stamm folgt, ausgehandelt, aber der Pakt steht ab diesem Augenblick!« Sie setzte ein politisch korrektes Lächeln auf und schüttelte Angel mit überraschend gesundem Druck die Hand. »Willkommen im Sicariianischen Imperium.« Nur einen Sekundenbruchteil später riss sie sich wieder von ihr los. »Und jetzt schafft mir die Vultures aus der Welt!«, befahl sie, wickelte sich in ihre schwarze Stola ein und stolzierte unbekümmert zurück zum Empfang.

Angel und Jade starrten ihr unterdessen etwas überrollt hinterher.

»Das war ja leichter als gedacht.«

»Warum hast du ihr nicht gesagt, dass wir schon längst zusammenarbeiten?«, fragte Angel.

»Ich soll der Tochter des Imperators auf die Nase binden, dass die Bacchae eine Privatarmee aufstellen? Danach hätte ich sie entweder auf der Stelle umbringen oder ins Exil gehen müssen.«

»Aber das ist doch genau das, was sie uns gerade aufgetragen hat?«

»Korrekt«, erwiderte Jade. »Jetzt haben wir das grüne Licht erhalten, mit dem Sydney eigentlich erst in ein paar Wochen gerechnet hat, wenn alles bereits vorbei gewesen wäre. Sie hat den Imperator richtig eingeschätzt und seine Entscheidungen vorausgesehen.«

»Du siehst trotzdem nicht zufrieden aus.«

Jade legte ihren Kopf auf die linke Schulter und rollte mit ihren Augen zu Angel. »Erinnerst du dich an das, was ich dir heute Nachmittag über den Imperator gesagt habe?«

»Dass er sich ungern bei euch einmischt?«

Jade nickte. »Wonach sieht das jetzt für dich aus?«

»Verstehe«, murmelte Angel. »Woher das plötzliche Interesse?«

»Scarlet«, wiederholte sich Jade.

»Glaubst du wirklich, dass sie Svetlana binnen vierundzwanzig Stunden ...«

»Nein. Aber wer sagt denn, dass sie erst gestern eine Nachricht nach Sicariia geschickt hat?«, erwiderte Jade. »Sie muss von Svetlanas Ankunft gewusst haben. Oder warum ist sie sonst so schnell vom Konzert zum Empfang gestürmt, um sie über die aktuellen Geschehnisse zu informieren?«

»Meinst du nicht, dass du da ein bisschen viel hineininterpretierst?«

»Vielleicht steckst du ja auch mit Scarlet unter einer Decke! Du hast mir nie erzählt, was auf der Zugfahrt zwischen euch passiert ist.«

»Du bist doch paranoid«, entgegnete Angel ihr abweisend.

»Gut möglich. Aber das bedeutet nicht, dass ich Unrecht habe.«

»Na schön!«, raunte Angel gereizt. »Dann blasen wir die ganze Sache ab, um nicht in eine Falle zu laufen, und erstellen einen neuen Plan?«

»Nein.« Jade rieb sich die Stirn, so als würde sie ein Gedankengewitter überfluten. Als ihre Miene wieder aufklarte, sagte sie: »In einem Punkt hat Svetlana Recht. Wir müssen die Probleme in Cor Syrte rasch lösen. Weder sie noch ihr Vater noch Scarlet werden uns dabei dazwischenfunken. Je schneller wir das über die Bühne bringen, desto eher können wir uns um deren Intrigen kümmern.«

»Ich nehme an, von den Neces weiß sie auch nichts?«, fragte Angel.

»Du meinst, dass wir sie mit Absicht auf unser Volk losgelassen haben?« Jade schüttelte den Kopf und nahm ihren Spaziergang entlang des grünen Rasens wieder auf. »Nein. Das ist auch so eine Sache, für die ich sie anschließend erwürgen müsste.« Sie blickte über ihre Schulter auf die davonschwebende Elfenprinzessin und fügte morbide hinzu: »Irgendwann erzähle ich ihr mal die ganze Geschichte. Und dann ...« Sie drehte sich wieder um und simulierte mit ihren Händen eine Würgebewegung.

»Wie habt ihr es nur geschafft, euer Imperium mit vielen Intrigen zusammenzuhalten?«, wunderte sich Angel.

»Das ist der Unterschied zwischen uns und der untergegangenen Zivilisation. Unser Volk vertraut den Bacchae, das Richtige zu tun. Manchmal bedeutet das, eine Provinz auszuradieren oder über eine Schwester zu richten, wie es Sydney gestern über Scarlet getan hat. Hin und wieder heißt es aber auch, Frieden zu schließen und Bündnisse zu schmieden, die zuvor für unmöglich erachtet wurden; wie zwischen den Sicarii und der Ian-Hawk Biosphäre. Oder zwischen dir und mir.«

Angel ließ ihre Worte einsinken, ehe sie eine Antwort formulierte. *»Hasst ihr das Imperium?«,* hatte Svetlana gefragt. Hass kann einem Menschen großen Mut verleihen und unsagbares Leid anrichten; das wusste Angel aus eigener Erfahrung. Als sie mit dem Flüchtlingskonvoi aus Jaguar Bay aufgebrochen war und die qualmenden Ruinen der einst stolzen Siedlung hinter sich gelassen hatte, wäre ihre Antwort zweifelsohne *Ja* gewesen. *Ja, aus ganzem Herzen!* Mit jeder Faser ihres Seins hatte sie die Sicarii für ihre Taten bezahlen lassen wollen. Nicht für die Auslöschung der Freien Enklaven, sondern für ihre Arroganz und ihren Übermut. Dafür, dass sie über ihr Land und ihr Volk hinweggefegt waren, ohne sie überhaupt wahrzunehmen!

Dann war Jade plötzlich um sie herumgetänzelt, hatte ihr Dog zurückgegeben und einen Ausweg gezeigt. Von einem Augenblick zum anderen war sie wieder ins Spiel gebracht worden. Mit jedem Tag, jeder Reise und jedem Gespräch erhielt sie mehr von dem Respekt zurück, den ihr das Imperium bei seiner Invasion geraubt hatte. Das Auctoritas-Amulett, der inszenierte Überfall an der Schlucht, der Besuch in der Biosphäre und der Demut der Soldaten von Arnac. Den vorläufigen Höhepunkt erlebte sie in der heruntergekommenen Stadt, als nicht nur eine Bacchae sondern gleich zwei ihre Unterstützung forderten. Ob mit Jades Katana an ihrem Hals oder Scarlets Stimme in ihrem Ohr spielte dabei keine Rolle. Beide waren auf sie angewiesen. Der ganze Rat der Bacchae, ganz Alexandria und nun das einst so arrogante Imperium warben um ihre Gunst. Niemand wagte es mehr, sie zu ignorieren!

Jetzt befand Angel sich wieder in der Position, für die sie das Martyrium als Sklavin und die Jahre als Feldherrin auf zwei Seiten vorbereitet hatten: An der Spitze einer Armee und an den Hebeln der Macht.

»Franks letzter Auftrag war es, sein Volk in Sicherheit zu bringen«, sagte sie ernst. »Er hätte sich wohl kaum vorstellen können, dass ich sie direkt in eure Arme treibe.« Angel stoppte und hielt Jade am Arm, während sie ihren Blick über den grünen Sophiaplatz, den Tempel und die Universität streifen ließ. »Aber wenn du mich noch einmal hintergehst oder mir irgendwelche Halbwahrheiten auftischt ...«

»Und du bist dir sicher, dass in dir nicht doch eine Politikerin wie Svetlana steckt?«, neckte Jade sie, ohne die Drohung persönlich zu nehmen.

»Es gibt vieles, was du noch nicht über mich weißt«, entgegnete Angel.

»Wie deinen echten Namen?«

»Zum Beispiel.«

»Meinetwegen. Behalt deine Geheimnisse. Ich werd sie schon früh genug erfahren.«

Angel blickte müde gen Himmel. »Schon nach Mitternacht. Hast du noch irgendwas, das du mir unbedingt zeigen musst?«

»Mh-hm«, murmelte Jade ausweichend. »Eine Sache. In deinem Quartier.«

»In meinem ...? Was ist da?«

»Ich dachte, dich würde vielleicht interessieren, was der Rest von deiner Spionageeinheit heute erlebt hat.«

Angel ergab sich der Versuchung, überlegen zu lächeln. Natürlich hatte sie Cassidy und Dog aufgetragen, Augen und Ohren für den Krieg offenzuhalten; Waffenstillstand hin oder her. Ebenso wenig überraschte es sie, dass Jade genau davon ausging, als sie ihnen den Fahrstuhl im Haus der Diplomaten rief.

»Ob sich Dog von dem Müsli erholt hat, mit dem Clarissa ihn vergiften wollte?«

»David wird ihm schon was anständiges vorgesetzt haben«, wiegelte Jade ab und drückte den Knopf zum Obergeschoss. »Der kann das Zeug auch nicht ausstehen. Aber anders lassen sich ein paar tausend Kinder nicht ausgewogen ernähren. Svetlana und ich haben damals Früchte vom Markt gestohlen und dazugetan.«

»Ich dachte, ihr konntet einander nicht leiden?«

»Konnten wir auch nicht, aber sie ist ein Naturtalent im Ablenken und ich im Stehlen. Not schweißt eben zusammen«, erklärte Jade und stieg aus dem Fahrstuhl. »Die ersten Wochen hat sie versucht, mich bei der Aufteilung der Beute übers Ohr zu hauen, bis sie verstanden hatte, dass ich des Rechnens durchaus mächtig war.«

Mit diesen Worten öffnete sie die Tür. Dabei wunderte es Angel überhaupt nicht, dass Jade ebenfalls einen Schlüssel hatte. Wahrscheinlich passte er in alle Schlösser des Hauses; vielleicht sogar der ganzen Stadt. Schon durch den Spalt kam ihnen stinkender Zigarrenqualm entgegen. Ein Blick ins Wohnzimmer zeigte auch warum. Dog und Grant lagen förmlich auf Couch und Sessel, die sandigen Schuhe auf dem Glastisch, zusammen mit einer leeren und einer vollen Wodkaflasche.

»Wie geht's Grandpa?«, waren Jades erste Worte.

»Äh ... wer?«, war alles, was Colonel Grant über die Lippen kam.

»Du glaubst doch wohl nicht im Ernst, dass hier irgendwas geschieht, von dem wir nichts erfahren?«

»Also ... er lebt noch.«

»Und das wird er auch noch viele Jahre, wenn er sich weiter an unsere Regeln hält«, sagte Jade und goss sich selbst ein Glas ein.

Sie brauchte Angel nur anzusehen, schon schüttelte diese den Kopf. Jade ließ sich mit dem Glas in der Hand auf die Couch neben Grant fallen und blickte sie neugierig durch das Kristall an.

»Warum trinkst du eigentlich nichts?«, fragte sie. »Und erzähl mir nichts von Nervengift oder Zielgenauigkeit.«

»Das ist was Persönliches«, entgegnete Angel abweisend und holte sich stattdessen einen Becher Wasser aus der Küche.

»Wie viel persönlicher als heute hättest du es denn gern?«, rief Jade ihr nach. Als sie bemerkte, wie Dog sich bei dem Thema in seinen Sessel drückte, wechselte ihre Aufmerksamkeit zu ihm. »Du weißt Bescheid, oder?« Er antwortete nicht sondern rieb sich ausweichend die Nase. »Und was ist mit dir?«, fragte sie Grant. »Hat er's dir erzählt?« Der Colonel schüttelte schweigend mit dem Kopf. »Meinetwegen! Behaltet es nur alle für euch!«, maulte Jade und begnügte sich vorerst mit ihrem Wodka.

Angel war inzwischen zurückgekehrt und setzte sich auf die Sessellehne neben Dog.

»Meine Eltern waren beide Trinker. Ich will nicht so enden wie sie«, sagte sie knapp.

»Okay«, brummte Jade. »Aber das kann doch nicht alles sein? Ich meine,« sie zeigte auf Grant, »sein Vater hat sich auch in den Tod gesoffen. Das hält ihn nicht davon ab, in dessen Fußstapfen zu treten, wie du siehst.«

»Hey!«

»Was denn? Du hast mir gesagt, dich juckt das nicht mehr.«

Grant rutschte etwas weiter von ihr weg und verschränkte beleidigt die Arme.

»Nein, das ist nicht alles.« Angel nahm einen Schluck Wasser und suchte offenbar nach den richtigen Worten. »Mit fünf Jahren haben mir meine Eltern einen Hund geschenkt. Einen Airedale-Terrier mit schwarzbraunem Fell. Ihr Name war ... Angélique.« Ein überraschtes Raunen ging von Grant und Jade aus. »Angélique war dumm wie Stroh. Einmal hat sie sich zwischen meinen Sachen im Waschsalon versteckt und wäre um ein Haar in der Trommel gelandet, aber sie war treu und ...« Angel stellte ihren Becher auf den Tisch und starrte durch die Panoramafenster auf den sternenklaren Nachthimmel. »Als die Welt untergegangen ist und Schnaps nur noch schwer zu bekommen war, haben meine Eltern Angélique eingetauscht. Für zwei Flaschen billigen Fusel.«

»Hatten diese Leute zu viel davon oder eigene Kinder, dass die einen Hund wollten?«, wunderte sich Jade.

»Nein. Ganz im Gegenteil. Die hatten keine Kinder, sondern Hunger.« Angels Gesicht zeigte nicht den geringsten Anflug von Schmerz oder Trauer. Ihre Augen waren versteinert, so als hätte sie schon vor langer Zeit damit abgeschlossen. »Die haben meinen Hund erschlagen, ihr das Fell abgezogen und sie anschließend gegessen.«

Nun brachte Jade kein Wort mehr hervor. Nach all den Geschichten über die tierischen Gefährten der Bacchae konnte sie nachvollziehen, was das für ein junges Mädchen bedeutete.

»Darum werde ich dieses Zeug niemals anfassen«, fügte Angel mit einem Fingerzeig in Richtung der Flaschen hinzu.

Jade stellte ihr halb ausgetrunkenes Glas zurück auf den Tisch, so als wäre sie gerade darüber informiert worden, dass es tödliches Gift enthalten würde. Auch Grant starrte durch die klare Flüssigkeit hindurch, als überdachte er seine Lebenseinstellung. Nur Dog schüttete sein Glas mit einem Mal herunter und füllte es sogleich nach.

»Ihr braucht wegen ihr nicht aufhören«, brummte er. »Damals war sie ein wehrloses Kind. Heute würde sie euch den Arsch aufreißen, bevor sie sich was wegnehmen lässt!«

Angel legte ihm zustimmend den Arm um den Hals und ließ sich entspannt zu ihm in den Sessel fallen.

»Warum verschwendet ihr überhaupt haufenweise Getreide und Kartoffeln zur Alkoholgewinnung?«, fragte sie. »Solltet ihr euch nicht eher um die Nahrungsversorgung kümmern?«

»Kein Volk lässt sich mit Brot allein zufriedenstellen«, erklärte Jade.

»Manche Dinge ändern sich wohl nie«, brummte Angel.

»Zumindest wissen wir jetzt, wie du an deinen Namen gekommen bist.«

»Nein«, seufzte Dog zynisch und schlang mit einem selbstgefälligen Gesichtsausdruck seinen Arm um Angels Hüften. »Wisst ihr immer noch nicht.«

***

Seit ihrer kleinen Vorstellung hatte Cassidy ihre Tischecke nicht mehr verlassen. Einsam schlürfte sie an einem Jade und wurde das Gefühl nicht los, dass sie die ganze Discothek beobachtete. Clarissa hatte Kelly mit ihrer Autorität als Nocturnal des Imperiums lautlos von den Türstehern entfernen lassen und behielt sie seitdem von der Bar aus im Auge; mit ihrer dritten Tasse Kaffee in der Hand. Außerdem rauchte sie eine Zigarette nach der anderen, obwohl überall im AURORA Rauchverbotsschilder hingen. Ihr Status als Agentin räumte ihr gewisse Sonderrechte ein und die späte Stunde ließ sie ihre taktvolle Zurückhaltung aufgeben.

Brandon und Dekker waren verschwunden; sie brauchten nach den Strapazen der vergangenen Nacht dringend Schlaf für das anstrengende Prätorianertraining. Alison und Jenny vergnügten sich auf der Tanzfläche, nachdem Cassidy ihnen eine Viertelstunde lang erklärt hatte, dass sie eine Weile allein sein wollte.

Die Sorglosigkeit ihrer neuen Freunde, die sie tagsüber erlebt hatte, war Geschichte. Sogar während des Tanzens starrten sie immer wieder zu Cassidy herüber und tauschten offenbar die wildesten Vermutungen über ihre Vergangenheit aus. Keine von beiden schien einen blassen Schimmer zu haben, was Cassidy in ihrem Leben widerfahren war. Wie sollten sie auch, behütet und beschützt in einer strahlenden Festung wie Alexandria. Nur eine Person in der Discothek konnte sie vielleicht verstehen.

»Hey«, rief sie C.T. zu. »Kann ich dir Gesellschaft leisten?«

»Gibt's Probleme?«, fragte die Nocturnal und musterte skeptisch die Gäste in ihrer Nähe.

»Nein ich ...« Cassidy quälte sich auf den Barhocker neben ihr. »Ich weiß nur nicht, ob die noch was mit mir zu tun haben wollen«, sagte sie mit einem schüchternen Blick über die Schulter.

»Soll ich dich zurück in dein Quartier bringen?«

Das war nicht ganz die Antwort, mit der Cassidy gerechnet hatte. Clarissa starrte sie an wie eine Soldatin, die stur ihrem Auftrag folgte.

»Warum bist du eigentlich hier?«

»Herrin Jade will sichergehen, dass du keinen Unsinn anstellst und unbeschadet zu deiner Angel zurückkehrst.«

»Aha«, maulte Cassidy enttäuscht. »Das ist also nur ein Job für dich?«

»Ich hab seit achtundvierzig Stunden nicht geschlafen und werde es auch nicht tun, bis du wieder in deinem Quartier bist«, antwortete C.T. mit gereizter Stimme. »Mir ist es völlig unverständlich, warum Jade euch so große Beachtung schenkt. Seit ihr hier aufgetaucht seid, haben wir nur Ärger. Erst schleust Scarlet Angel an uns vorbei in den Tempel, dann stürmt sie planlos durch D-Sechs-alpha, anschließend meint Angel, sie müsse unerlaubt vom Balkon klettern und seit heute Morgen habe ich nichts Besseres zu tun, als Babysitter für dich zu spielen.«

»Entschuldigung«, murmelte Cassidy hervor, als die Nocturnal fertig war, sich den Frust von der Seele zu reden. Sie drehte ihren Barhocker zurück, um sich wieder in ihre Ecke zu schleppen.

»Warte«, raunte ihr C.T. nach. Sie drückte ihre Zigarette aus und sprang von ihrem Hocker. Dann nickte sie in Richtung Tanzfläche. »Diese Kinder da sind gestern nicht zum ersten Mal überfallen worden. Die Scharfschützen sonnen sich schließlich nicht aus Spaß den ganzen Tag auf den Dächern. Aber die Kids sind es gewohnt, dass sich andere um ihren Mist kümmern. Der Überfall auf der McCallum Farm hat ihnen hoffentlich die Augen geöffnet, doch es wird seine Zeit brauchen, bis sie das merken. Sag ihnen, wie es wirklich da draußen ist. Erzähl von deinem Leben. Vielleicht werden sie dann schneller erwachsen. Und selbst wenn nicht, weißt du danach wenigstens, woran du bist.«

Cassidy starrte verloren auf ihre neuen Freundinnen. In ihr keimte der Verdacht, dass ihr der Alkohol langsam zu Kopf stieg und sie deshalb so lange brauchte, um C.T.s Worte zu verarbeiten.

»Okay«, sagte sie. »Wenn du willst, können wir jetzt gehen, damit du noch etwas Schlaf bekommst.«

Clarissa winkte beleidigt ab. Sie schwang sich stilvoll zurück auf ihren Hocker und zündete sich eine weitere Zigarette an. »Kümmer dich erst mal um deinen eigenen Auftrag«, nuschelte sie Cassidy mit der Kippe im Mund zu und bestellte sich ihren nächsten Kaffee.

Wieder in ihrer dunklen Ecke stocherte Cassidy mit ihrem Strohhalm in dem leeren Jade-Glas herum. Das Crasheis war längst geschmolzen und hatte sich in Wasser verwandelt. Nachdem sie alle ihr bekannten Bacchaedrinks durchprobiert hatte, war sie ausgerechnet bei Jades giftgrünem Kiwicocktail hängengeblieben. Sie fragte sich, ob die Bacchae ihre Getränke selbst kreierten oder die Barkeeper damit beauftragten. Auf ihre Frage nach einem Faith war ihr der junge Mann ausgewichen. Angeblich fehlten ihm die nötigen Zutaten.

Wie würde wohl ein Faith aussehen?, überlegte Cassidy. *Wahrscheinlich wäre ihr der Inhalt völlig egal. Hauptsache das Glas hat scharfe Kanten und eignet sich als Wurfgeschoss!*

Während sie über ihren eigenen Scherz lachte, kehrten Alison und Jenny erschöpft von der Tanzfläche zurück.

»Wollt ihr noch etwas trinken?«, fragte Alison.

»Ich nehm noch einen Sisi«, antwortete Jenny.

Cassidy hielt ihr dickbäuchiges Cocktailglas hoch, woraufhin Alison sich an den Tresen lehnte und die Bestellung aufgab.

»Du bist auf einmal so still geworden?«, sorgte sich Jenny unterdessen. »Stimmt was nicht?«

»Sag du es mir«, erwiderte Cassidy. Dabei rollte sie nervös das leere Glas zwischen ihren Handflächen entlang. »Ich seh doch, wie ihr mich seit der Nummer mit Kelly anstarrt.«

»Naja, du hast sie ganz schön fertiggemacht«, sagte Jenny zurückhaltend. »Sowas hab ich hier noch nicht erlebt.«

»Das war aber doch keine Absicht!«, versicherte ihr Cassidy.

»Warum hast du ihr dann gleich die Nase gebrochen?«

»Ich weiß es nicht«, seufzte sie und vergrub ihr Gesicht unter den Handflächen. »Gangs haben meine Familie herumgestoßen, seit ich denken kann. Für unser Wasser, unser Fleisch und ... und so weiter. Aber seit zwei Monaten will mich auf einmal die ganze Welt umbringen! Vultures, Scavenger, Snakes.« Sie zeigte Jenny die verheilte Schussnarbe, die sie einem totgeglaubten Snake in Temple Town verdankte. »Dann diese Bestien in der verdammten McKnight Dingsda-Basis, die mich fressen wollten. Anschließend kam euer Angriff, bei dem mir eure Soldaten einen schwarzen Sack über den Kopf gezogen und mich wie ein Stück Vieh geraubt haben.« Sie blickte Jenny mit zornigen Augen an. »Nie konnte ich mich wehren. Es war immer Angel, die mich gerettet hat.« Cassidy seufzte noch einmal besonders kräftig, um ihrem Selbstmitleid Ausdruck zu verleihen. »Als diese Kelly auf euch losgegangen ist, verstand ich endlich, was das für ein Gefühl ist. Also bin ich dazwischengegangen und hab einfach gehandelt, ohne nachzudenken. Bevor ich wusste, was wirklich geschehen war, lag sie schon blutend auf dem Boden.«

Alison war inzwischen zurückgekehrt und stellte ihren Drink auf den Tisch. Jenny sah lächelnd zu ihr hoch und dann wieder zurück zu Cassidy.

»Kelly hatte eine Abreibung verdient«, sagte sie. »Aber wenn du jeder Schlampe hier die Nase brechen willst, wird dir vorher die Hand abfallen.«

»Vielleicht zeigst du uns ja irgendwann mal, wie das geht?«, fügte Alison hoffnungsvoll hinzu.

»Genau. Dann kann ich Dekker zur Not in den Wind schießen, wenn er nicht bald wieder bei uns schläft!«, ergänzte Jenny.

Cassidy vermutete, dass die beiden nur scherzten, um sie aufzumuntern. Trotzdem fand sie innerlich Gefallen an der Idee, selbst mal Ausbilderin zu sein, nachdem sie wochenlang immer nur gesagt bekommen hatte, was sie alles verkehrt machte. Vielleicht war es aber auch einfach nur der Alkohol, der ihre Gefühlswelt durcheinander brachte.

»Ich glaub nicht, dass ich jemals zu euch gehören werde«, murmelte sie gedankenlos.

»Zu uns!?«, plusterte Jenny sich auf. »Was soll das denn bitte heißen?« Dabei stupste sie Alison an.

»Genau!«, stimmte diese etwas überrumpelt mit ein. »Hältst du uns etwa für ... für ...«

»Verwöhnte Zicken, deren Gedanken sich den ganzen Tag lang nur um Männer und Make-up drehen?«

»Genau!«

»Wir hatten vielleicht das Glück, ohne Traumata wie deine aufzuwachsen, aber wir leben in derselben Welt, Süße«, fuhr Jenny fort. »Allie sieht ihren Vater kaum, obwohl er praktisch unser Nachbar ist. Meine Eltern wohnen weit entfernt in Sicariia. Und muss ich dich wirklich dran erinnern, wer Brandon gestern mitten im Gefecht mit den Neces verarztet hat?«

»Also ... ich ...«, stammelte Cassidy.

»Vor einer Woche durfte ich fünf Mal am Tag hinter Brian und Luke das Bad putzen, nachdem ihnen irgendein Idiot auf dem Markt faule Süßigkeiten verkauft hat. Das kann vielleicht nicht mit einem Kugelhagel mithalten, aber war wahrlich kein Zuckerschlecken. Von diesem Psychokiller letztes Jahr will ich gar nicht erst anfangen. Die Scharfschützen sind nicht umsonst auf den Dächern und ...«

»Ich glaub, sie hat genug, Jen«, versuchte Alison ihre Zimmergenossin zu stoppen.

»Meinst du?«

Cassidy blickte hilfesuchend zur Bartheke. Clarissa hatte sich zu ihr umgedreht und hielt ihren erhobenen Daumen hoch. Irgendwas musste sie richtig gemacht haben.

»Na gut«, sprach Jenny erhaben und drückte Cassidy ihren Drink in die Hand. »Auf unsere Gemeinsamkeiten!«

Zusammen schluckten sie das schwer verdauliche Gespräch herunter. Dabei schrieb sich Cassidy hinter die Ohren, dass Jenny zumindest in Sachen Kampfgeist problemlos Angel das Wasser reichen konnte. Trotzdem fühlte sie sich weder beleidigt noch runtergeputzt. Die aufbrausende Medizinerin hatte lediglich die dicke Luft und ihre Unsicherheit mit einem emotionalen Ausbruch davongeweht.

»Wie spät ist es eigentlich?«, fragte Cassidy, nachdem sie ihr Glas in einem Zug geleert hatte.

»Gleich um eins«, antwortete Alison und deutete auf die große Uhr über der Bar, die Cassidy bis dahin gar nicht aufgefallen war.

»Ich sollte langsam zurück. So wie ich Jade kenne, wird sie in vier Stunden aufbrechen wollen.«

»Um fünf Uhr morgens!?«

Cassidy nickte in schmerzlicher Erinnerung an ihr weiches Bett auf der Farm von Charles, aus dem sie die Bacchae viel zu früh herausgezerrt hatte.

»Dann lass uns dich wenigstens nach Hause bringen«, schlug Jenny vor, ohne überhaupt daran zu denken, dass Cassidys zu Hause vor zwei Monaten dem Erdboden gleichgemacht worden war. Bevor sie antworten konnte, stimmte Alison ihrer Zimmergenossin schon zu und folgte ihr. Kurz darauf verließen sie das Aurora mit C.T. als mehr oder weniger unsichtbare Eskorte.

»Kommst du irgendwann wieder?«, fragte Alison während des kalten Nachtspaziergangs.

»Wenn ich darf«, sagte Cassidy.

»Wieso solltest du das nicht? Ihr seid doch jetzt Freunde von uns?«

»Zur Not schmuggeln wir dich halt einfach rein«, entschied Jenny. »Wir packen dich in eine Munitionskiste und lassen dich von Brandon und Dekker vor unserer Tür abladen, wenn's sein muss.«

»Dir ist schon klar, was es heißt, Prätorianer zu sein?«, hielt Alison dagegen.

»Ich hab doch nur versucht, sie aufzubauen!«

»Vielleicht weiß Angel inzwischen mehr«, fiel Cassidy ihnen dazwischen.

»Du willst uns immer noch nicht erzählen, was genau eigentlich bei euch vorgefallen ist?«

»Ich kann nicht. Ich wüsste nicht mal, wo ich anfangen sollte.«

»Okay«, sagte Jenny. »Wie wär's denn dann mit einem Rundgang durch euer Apartment? Ich hab gehört, die Diplomatenquartiere haben fließend warmes Wasser!«

»Nein«, erwiderte Cassidy und rieb sich dabei fröstelnd in Erinnerungen an ihre kalte Morgendusche über die Schultern. »Haben sie nicht.«

Jenny zeigte selbstbewusst den Diplomatenblock hinauf. »Scheint, als sind deine Freunde noch unterwegs.«

»Woher weißt du denn, wo sie Sydney einquartiert hat?«, wunderte sich Alison.

»Weiß ich nicht«, entgegnete ihr Jenny schulterzuckend. »Aber siehst du da oben irgendwo Licht brennen?« Damit gab Alison sich zufrieden. Im ganzen Gebäude brannte nicht eine Lampe. »Wir haben dir unser Haus gezeigt und ich würde wirklich gern wissen, wie es da drin aussieht.«

»Darf ich das überhaupt?«, fragte Cassidy besorgt.

»Genau«, unterstützte Alison sie und nickte mit dem Kopf in Richtung des vorangegangenen Wohnblocks. In einem der Aufgänge lehnte C.T. an der Wand. »Was ist, wenn uns ihr Schatten dafür einsperren lässt?«

»Das glaub ich nicht«, sagte Jenny. »Die soll doch nur auf sie aufpassen und Kelly von ihr fernhalten.«

»Ich finde trotzdem nicht, dass das eine gute Idee ist.«

»Du kannst ja nach Hause gehen. Ich bleib bei Cassidy, bis ich wenigstens mal einen Blick hineingeworfen hab!«

»Warum auf einmal diese Hartnäckigkeit?«

Während die beiden miteinander stritten, dachte Cassidy über die Idee nach. Angel und Dog waren weder ihre Eltern noch sonst irgendwie berechtigt, ihr Verbote zu erteilen; von der militärischen Befehlshierarchie abgesehen. Außerdem hatte sie die Anweisung erhalten, Kontakte mit den Einwohnern von Alexandria zu knüpfen. Diesen Auftrag würde sie zunichtemachen, wenn sie Alison und Jenny im Regen stehen ließ, ohne es wenigstens auf einen Versuch ankommen zu lassen.

»Probieren wir's«, entschied Cassidy daraufhin. Ohne auf eine Reaktion zu warten, ging sie auf den Eingang mit den zwei davorstehenden Prätorianerwachen zu. »Guten Abend, die beiden gehören zu mir«, sprach sie deutlich, als wäre es eine Selbstverständlichkeit für sie, Bekannte mitzubringen. Innerlich bebte sie dagegen vor Anspannung und rechnete jeden Moment damit, abgewiesen oder von C.T. aufgehalten zu werden, doch stattdessen öffnete einer der Männer die Tür, während der andere salutierte und sie passieren ließ.

Kaum waren sie allein im Hausflur, lehnten sie sich an Wand und Geländer, um erst mal tief Luft zu holen.

»Unglaublich«, hauchte Alison.

»Siehst du! Das war doch ganz leicht«, fügte Jenny hinzu.

Sie grinsten einander an, als hätten sie grade irgendwem einen fiesen Streich gespielt und wären ungeschoren davongekommen.

»Okay, Phase zwei«, flüsterte Jenny und drückte auf den Knopf zum Fahrstuhl.

»Vor jeder Tür steht ein Arbiter«, erklärte Cassidy beim Hochfahren. »C.T. hat sich gestern als eine ausgegeben, also muss das nicht bei allen stimmen.«

»Da stehen noch mehr Nocturnals rum?«, befürchtete Alison.

Cassidy nickte. »Aber wenn die uns da unten durchgelassen haben ...« In dem Moment öffneten sich die silbernen Fahrstuhltüren und sie steckte den Kopf heraus in den dunklen Flur.

»Und? Sind welche da?«

»Hier ist niemand«, flüsterte Cassidy erstaunt zurück.

»Vielleicht wurden die ja irgendwo gebraucht?«, mutmaßte Jenny. »Auf jeden Fall sollten wir die Chance nutzen!«

Auf leisen Sohlen tapsten sie zur Apartmenttür. Cassidy legte ihr Ohr auf und horchte in die Wohnung herein. Wieder nichts. Also öffnete sie die Tür und führte ihre beiden Freundinnen hinein.

»Ganz schön kalt diese Diplomatenquartiere«, beschwerte sich Alison. »Und was nun?«

»Ich weiß nicht«, erwiderte ihr Jenny schulterzuckend. »Habt ihr sowas wie eine Minibar?«

»Wie lange willst du denn bleiben?«

»Ich will wenigstens sagen können, dass ich einen Drink in dem Sagittarius hatte.«

Inzwischen hatte Cassidy das Schlafzimmer überprüft. Es war unbenutzt und alle Türen der Wohnung schienen verschlossen. Erst, als sie die Tür zum Wohnzimmer öffnete, kam ihr auf einmal schwacher Kerzenschein kombiniert mit abgestandenem Zigarrenrauch entgegen. Auf Couch und Sofa erblickte sie vier Gestalten, die sich wie auf Kommando zu ihr umdrehten.

»Auch schon da?«, hörte sie Angels kratzige Stimme sagen.

Cassidy schluckte ertappt. Nicht so sehr um ihretwillen, sondern aus Angst um das Schicksal von Alison und Jenny, als sie Jade mit einer Kerze in der Hand auf sich zukommen sah. Sie zog die Tür vollends auf und starrte die beiden mit grimmig funkelnden Augen an.

»Was habt ihr hier zu suchen?«

»Wir ... Verzeihung ... Herrin!«, stammelte Alison hervor und verbeugte sich gemeinsam mit Jenny.

»Sie sind auf meinen Wunsch hier«, zwang Cassidy sich zu sagen. »Ich habe sie eingeladen. Dog hast du einen Freund besorgt und Angel hat dich, also musste ich mir selbst helfen und ...«

»Schon gut«, unterbrach Jade ihren nach wie vor leicht alkoholisierten Redefluss. »Kommt ausnahmsweise rein, aber macht die verdammte Tür zu!«

»Wieso sitzt ihr eigentlich im Dunkeln?«

»Stromausfall«, höhnte Dog. »Seit einer Stunde funktionieren weder Licht noch Heizung.«

»Die Arbiter arbeiten bereits daran«, versicherte Jade. »Euch ist bestimmt aufgefallen, dass niemand im Flur steht.«

Cassidy und Jenny warfen einander erleichterte Blicke zu. Das erklärte sowohl die verlassen aussehenden Fenster als auch die Kälte. Zusammen setzten sie sich mit einem Kissen unter dem Hintern auf den Teppichboden vor dem Couchtisch. Nur Alison war alles andere als bequem zumute. Ihr steckte der Schock über das Erwischtwerden in allen Knochen.

»Willst du uns deine neue Bekanntschaft nicht wenigstens vorstellen?«, fragte Angel.

»Das ist Jenny, sie studiert Medizin und wir haben sie gestern schon auf der McCallum Farm getroffen, und das ist Alison, sie studiert Biologie und beschäftigt sich hauptsächlich mit den Neces.«

»Neces, hm?«

»Ja Herrin«, erwiderte Alison eingeschüchtert. »Ich versuche herauszufinden, was mit ihnen geschehen ist.«

»Hast du schon eine Theorie?«, bohrte Angel unbedarft nach. Dabei ließ sie Jade keinen Moment aus den Augen, obwohl diese nicht die geringste Gefühlsregung zeigte.

»Doktor Sheridan meint, der Zeitraum ihrer Entstehung sei für einen natürlichen, evolutionären Prozess zu kurz. Er geht davon aus, dass es sich eventuell um eine fehlgeschlagene Biowaffe handeln könnte.« Alison war nun in ihrem Element, was ihr das Reden etwas erleichterte. Gleichzeitig sorgte der Schock dafür, dass sie kein Ende mehr fand. »Das würde ihren plötzlichen Ausbruch erklären, aber weder, warum ihre Population lange Zeit stabil geblieben ist, noch, dass sie nach einem halben Jahrzehnt auf einmal aggressiv Jagd auf uns zu machen scheinen.«

»Diesen Teil können wir bestätigen«, sagte Angel.

»Ihr seid mit Cassidy in D-Sechs-alpha gewesen, Herrin?«

»Jetzt fang nicht schon wieder an«, zischte Jenny ihr zu.

»Ich will doch nur ...«

»Wir waren alle dort, aber was in der Stadt passiert ist, bleibt vorerst Geheimsache«, mischte Jade sich schließlich ein. »Was ich euch sagen kann, ist, dass wir einen Soldaten der Prätorianischen Garde und eure Lehrerin Miss Connely verloren haben. Die Neces breiten sich aus und sie werden aggressiver. Darum könnte die Arbeit von Doktor Sheridan und seinen Studenten schon bald über den Erhalt ganzer Provinzen entscheiden.«

Das zeigte Wirkung. Jenny ließ sich zurück auf ihr Kissen sinken und Alison vermied es, Angel weiter auszufragen.

»Aber Herrin«, begann sie stattdessen respektvoll. »Wie sollen wir der Herkunft der Neces auf den Grund gehen, wenn es uns nicht erlaubt ist, sie aus der Nähe zu beobachten?«

Jade lehnte sich mit ihrem Glas in der Hand zurück.

»Ich erinnere mich an dich«, säuselte sie durch den nur von Kerzenschein erhellten Raum. »Du hast mich schon einmal nach einer Exkursion in ein Necesgebiet gefragt, richtig?«

»Das stimmt, Herrin.«

»Und, dass deine Lehrerin von denen zerfetzt wurde und Martin Rich vielleicht für sein Leben gezeichnet ist, hält dich nicht davon ab, es weiter zu versuchen?«

Alison biss sich auf die Lippen und starrte mit schüchternem Blick in die Richtung von Colonel Grant. »Ich wäre natürlich vorsichtig und hoffentlich beschützt von Soldaten.«

»Wenigstens eine, die sich von uns beschützen lassen will«, brummte er als Antwort und rieb sich ermattet über die Stirn.

Die Dunkelheit schlug ihnen allen aufs Gemüt und Müdigkeit machte sich durch kollektives Schweigen bemerkbar. Dog zog ein überraschtes Gesicht, als Cassidy nach seiner Wodkaflasche griff, um Jenny ein Glas einzugießen. In der unerwarteten Gesellschaft einer Bacchae, einem Legionsoffizier, einer Rangerin und einem angeblich verräterischen Vulture war sie sich ihres Plans, einen Drink in der Botschaft zu nehmen, jedoch nicht mehr so sicher. Stumm hielt sie den Wodka in der Hand und starrte in die Flüssigkeit hinein wie in eine Glaskugel.

»Wie geht es nun weiter?«, fragte Cassidy nachdenklich.

Angel nippte an einem Becher Wasser, während Dog und Grant sich eine Schüssel getrocknete Kartoffelscheiben teilten. Keiner von ihnen wollte sich vor Alison und Jenny zu einer Antwort hinreißen lassen, bis Jade das Schweigen durchbrach.

»Ihr habt seit heute eine Allianz mit dem Imperium«, sagte sie und vermied dabei jegliche Beitrittsklausel. »Unser Krieg ist vorbei, aber morgen beginnt ein neuer. Die Ranger werden erst frei sein, wenn wir die Vultures vom Erdboden gefegt und Cor Syrte gesichert haben.«

Von den anderen unbemerkt starrte Cassidy auf Dog. Er ließ sich nichts anmerken, während Jade über die Zerstörung seiner alten Gang sprach.

»Mit Kim und Johnny?«, fragte sie.

Jade nickte. »Wir fahren morgen in ihr Kriegsgefangenenlager und klären sie darüber auf.« Ihr Blick wechselte zu Angel. »Ich hoffe nur, dass deine Meisterin sie von der Weisheit unseres Plans überzeugen kann. Sonst wird das ein verdammt kurzer Krieg.«

»Meisterin?«, flüsterte Jenny zu Cassidy.

»Ist sie auch eine ...?«, murmelte Alison hinterher.

»Angel ist keine Bacchae«, beantwortete Jade ihre Fragen. In der stillen Nacht hatte sie ihre Worte mit gespitzten Ohren hören können. »Ihr dürft sie aber ruhig weiter mit Herrin anreden.«

»Dann willst du das hier also nicht wiederhaben?«, fragte Angel laut und deutlich. Zum Verständnis holte sie ihr Amulett hervor und ließ es im Kerzenlicht funkeln, so dass es alle sahen.

»Nein«, entgegnete ihr Jade. »Dadurch weiß ich immer, wo du bist.«

»Wie lange ...«, begann Cassidy zögernd. »Wie viele Vultures sind noch übrig?«

»Ein paar hundert«, brummte Colonel Grant missmutig. »Wir haben den Bastarden viel zu viele Gefangene zurückgegeben.«

»Erst mal müssen wir unsere eigenen Truppen ausrüsten und trainieren«, übernahm Jade. Seit sie grünes Licht von Svetlana Avianos bekommen hatte, durfte sie offen über die Aufstellung einer neuen Armee sprechen. »Ich rechne mit zwei bis vier Wochen bis zum Aufbruch, je nachdem wie gut unsere Konvois durchkommen oder wie sehr Torus sich querstellt. Laut den Nocturnals brauchen die Ragnars noch wenigstens drei Monate. Das ist unser Zeitfenster. Ist Cor Syrte bis dahin nicht unter Kontrolle, wird die Provinz aufgegeben.«

»Die Ragnars ...«, hauchte Alison erschrocken. »Dann stimmen die Gerüchte?«

»Von welchen Gerüchten sprichst du denn?«, fragte Grant.

»Dass die Söhne des Ragnarök einen neuen Krieg gegen uns

planen, Colonel?«

Er blickte zu Jade, als wolle er sie um Erlaubnis zur Informationsweitergabe bitten.

»Die Ragnars haben sich nie mit Nadras Waffenstillstandsabkommen abgefunden«, erklärte sie selbst. »Es war für sie eine schwere Beleidigung, dass eine Frau ihnen Befehle erteilt und noch dazu einen Krieg beendet hat. Seit einem Jahr sehen wir immer häufiger Versuche, Volksaufstände in unseren Provinzen anzuzetteln. Der letzte fand vor ein paar Tagen in Arnac statt. Wir wissen, dass sie dahinterstecken, können aber momentan aus logistischen Problemen keinen Präventivschlag durchführen. Deswegen muss unsere Verteidigung in spätestens drei Monaten bereit sein, eine Invasion aus dem Norden abzuwehren.«

Alison stockte der Atem. Gerüchte und Zeitungsberichte waren eine Sache, aber sie als Tatsachen von einer Bacchae persönlich bestätigt zu bekommen, war etwas völlig anderes. Auch wenn sie den Verlust von vier Legionen als *logistisches Problem* umschrieb. Sie blickte zu Jenny, doch die schien mit ihren Gedanken woanders zu sein.

Angel musterte unterdessen überrascht Jades Körpersprache. Den ganzen Tag über hatte sie ihr klargemacht, wie sensibel diese Informationen seien und dass sie keinesfalls in falsche Hände geraten dürften. Nun plauderte sie darüber mit zwei Studentinnen, die weder Teil ihrer Sondereinheiten waren noch sonst irgendeinen wichtigen Status innehatten.

»Wie können wir euch unterstützen, Herrin?«, platzte Alison in ihre Gedanken hinein.

»Das tut ihr bereits«, antwortete Jade gönnerhaft. »Jenny hat ihre Fähigkeiten als Ärztin unter Gefechtsbedingungen bewiesen und deine Forschung an den Neces könnte schon bald über Sieg oder Niederlage entscheiden.« Als sie merkte, wie die beiden sie fragend anguckten, lehnte sie sich nach vorn und wurde deutlicher. »Im vergangenen Krieg haben die Ragnars die Hälfte ihrer Truppen an die Neces verloren, aber inzwischen wissen sie, wie sie ihnen ausweichen oder sie bekämpfen können. Doktor Sheridan arbeitet an Wegen, ihnen diesen Vorteil zu nehmen. Dafür wird er Hilfe benötigen.« Jade lehnte sich wieder zurück und fügte mit unterschwellig amüsierter Stimme hinzu: »Und jemanden der bereit ist, die Forschung mitten in die Neceskolonien zu tragen.«

»Natürlich mit einer schlagkräftigen Eskorte«, ergänzte Grant im selben Unterton.

»Ich bekomme also meine Exkursion?«, freute sich Alison.

»Wir werden sehen«, dämpfte Jade ihren Enthusiasmus. »Wichtig ist, dass ihr genau da seid, wo euch das Imperium braucht.«

In diesem Moment fiel bei Angel der Groschen. Jade hatte sie den ganzen Tag persönlich herumgeführt, während Colonel Grant das Kindermädchen für Dog spielte und nichts dem Zufall überließ. Alison und Jenny mussten dieselbe Rolle für Cassidy übernommen haben, wahrscheinlich auf direkten Befehl von Jade. Immerhin waren sie ausgerechnet ihrem Haus auf der McCallum Farm begegnet.

»Die Sonne geht bald auf«, sprach Jade, als hätte sie ihre Gedanken gelesen und wollte eine Inquisition vermeiden. »Wir sollten zusehen, dass wir ins Bett kommen.«

»Jagst du uns wieder um fünf aus der Stadt?«, fragte Cassidy.

»Heute nicht«, knurrte Jade zurück. »Schlaft euch aus und sagt vor der Tür Bescheid, wenn ihr wach seid.«

Im selben Moment, als sie zusammen mit Grant aufstand, schalteten sich wie auf Kommando die Deckenlichter ein.

»Sehr pünktlich«, spottete Dog.

»War wohl doch ein ernsteres Problem mit eurer Elektrik?«, argwöhnte Angel.

Anstelle einer Antwort schlug Jade grimmig auf den Lichtschalter und trottete weiter im Dunkeln zur Tür. Cassidy verabschiedete sich von Alison und Jenny. Sie war traurig, dass ihr Abenteuer Alexandria endete, aber auch viel zu müde, um es offen zu zeigen.

»Vielleicht sehen wir dich ja heute noch mal, bevor du abreist.«

»Genau! Wir warten am Stadttor.«

Beide nahmen sie nacheinander in die Arme und drückten Cassidy fest an sich.

»Es wird Zeit, meine Damen«, mahnte Jade aus dem Flur.

Nach einem letzten Ausweichmanöver vor Dog, der schlaftrunken ins Badezimmer marschierte, folgten sie der Bacchae stumm und gehorsam aus der Wohnung. Als die Tür ins Schloss gefallen war, lehnte sich Angel an ihre Schülerin.

»Ich würde dich ja fragen, wie dein Tag war, aber ...«

»... erst beim Müsli«, vollendete Cassidy völlig fix und alle ihren Satz.

»Genau.«

Angel klopfte ihr bestätigend auf die Schultern und schlurfte ins Schlafzimmer, stürzte sich auf das Bett und verfiel augenblicklich in einen scheintoten Zustand. Eine Minute später folgte ihr Dog.

Cassidy blieb allein im Wohnzimmer zurück, legte sich auf die Couch und zog sich ihre Decke über den Kopf. Ihre letzten Gedanken kreisten um Alison und Jenny. Sie versuchte sich vorzustellen, wie die beiden mit Jade im Fahrstuhl Platzangst bekamen, und schlief mit einem schadenfrohen Grinsen auf den Lippen ein.

9. Morgendämmerung

Angel fühlte sich wie am Ende eines Urlaubs, als sie im Morgengrauen ihre nassen Haare auf der Terrasse trocknete. Anders als Cassidy versagte sie sich inzwischen den meisten Luxus von Alexandria; sei es das Shampoo im Bad oder der Zimmerservice vor ihrer Tür. Außerdem war sie nach wie vor davon überzeugt, dass alle der sogenannten Arbiter zum Geheimdienst der Nocturnals gehörten. Sicher diente nicht jeder als Agent wie Clarissa, aber es wäre geradezu fahrlässig, Diener ohne wachsame Augen und Ohren in der Botschaft zu postieren.

Einzig den Kaffee nahm Angel dankbar an. Jede halbwegs zivilisierte Gesellschaft hatte in den letzten zwanzig Jahren mit Hochdruck nach dem braunen Pulver gefahndet; egal ob Ranger oder Vultures. Sogar bei den geistesgestörten Snakes waren sie hin und wieder fündig geworden. Der sicariianische Kaffee schmeckte jedoch nicht jahrzehntealt, sondern nahezu frisch geröstet. Vermutlich eine Handelsware aus der Ian-Hawk-Biosphäre. Immerhin sollten Gäste in den Diplomatenquartieren ja beeindruckt werden.

Umso mehr erfüllte es Angel mit Genugtuung, im Angesicht des imperialen Wohlstands ihre eigenen Socken zu stopfen, die im Zuge der vergangenen Wochen einige Löcher erhalten hatten. Das integrierte Nähset ihres Kampfstabs kam ihr dabei sehr gelegen. Seit der Schlacht von D-Sechs-alpha war ihr das Führen der einmaligen Waffe auch innerhalb von Alexandria erlaubt worden.

»Wie spät ist es?«, rief Cassidy vom Wohnzimmer aus.

»Halb zehn«, erwiderte Angel. Ihr Instinkt riet sie zur Eile, um nicht in der Mittagshitze losfahren zu müssen. Aber ihr Verstand erinnerte sie an die Klimaanlage in Jiaos gepanzertem Wunderauto, so dass sie sich selbst zur Ruhe zwang.

Cassidy trat mit einem akkubetriebenen Föhn auf die Terrasse und wirkte etwas blass um die Nase. Der ungewohnte Alkoholgenuss hatte seine Spuren hinterlassen. Trotzdem genoss sie die Vorzüge der Stadt inzwischen hemmungslos. Zehn Minuten dauerten ihr zum Trocknen der Haare in der Vormittagssonne zu lange, also musste wertvolle Elektrizität zur Beschleunigung verschwendet werden.

»War C.T. schon da?«, fragte sie beiläufig.

»Nein?«, wunderte sich Angel. »Warum sollte sie?«

»Na ja«, wich Cassidy ihr aus und schaltete den Föhn ab. »Ich dachte, Jade hat sich vielleicht was Besonderes zum Abschluss einfallen lassen. Du weißt schon, anstelle der Pappe mit Milch. Irgendwie ... hab ich keine Lust mehr auf Milch.«

»Kaum zu glauben, dass du mir vor drei Monaten für eine halbe Ratte gedankt hast.«

»Ich bin halt jung und flexibel«, entgegnete Cassidy ihr prompt. Dann deutete sie auf die frisch gestopften Nähte. »Die hätten dir bestimmt ein paar neue Socken gegeben.«

»Kaffee steht in der Küche«, brummte Angel abweisend.

»Wehe, es gibt heute wieder nur Pappe«, knurrte Dog in der Tür.

»Das ist gesund. Hab ich gehört ...«

»Bah«, spottete er zurück und stampfte auf die Terrasse. Dabei hielt er eine der beiden Wodkaflaschen vom Vorabend in der Hand, an dessen Boden sich noch ein kleiner Rest angesammelt hatte. Als er jedoch dazu ansetzte, entriss Angel sie ihm.

»Schnaps am Morgen?«, rief sie zornig. »Dein Urlaub ist vorbei!«

»Hatten wir nicht irgendwann mal ausgemacht, dass du mir keine Vorschriften mehr erteilst?«

»Das war vor meinem Seitenwechsel zu Frank«, erwiderte Angel. »Aber wenn wir die Sache hier überlebt haben, können wir gerne neu verhandeln.«

Dog runzelte die Stirn. »Kaffee«, murrte er und tauchte unter der Balkontür durch.

In dem Moment klopfte es an der Tür. Da Cassidy und Dog beschäftigt waren, stellte Angel ihren Kaffeepott ab und ging sie selbst öffnen.

»Guten Morgen«, knarzte ihr Colonel Grant heiser entgegen.

Seine Augen wirkten etwas glasig und schienen sich nur widerwillig den Befehlen seines Gehirns zu fügen. Eine deutliche Nachwirkung des nächtlichen Saufgelages. Angels Gesicht hellte sich sofort auf, denn das bedeutete, dass er den übermäßigen Alkoholgenuss nicht gewohnt war und wahrscheinlich nur Dog zuliebe so viel getrunken hatte. Mit einer kleinen Silberbüchse in der Hand folgte er ihr ins Wohnzimmer.

»Ohhh! Da hat aber jemand einen Kater!«, schmetterte ihm Dog grinsend zu.

Grant zuckte zusammen und hätte die Büchse um ein Haar fallenlassen. »Nicht so laut, Mann!«

»Was ist da drin?«

»Reste von gestern«, antwortete Grant und öffnete die Metalldose. Zum Vorschein kamen die gegrillten Steaks aus Camp Tanis, die sie nicht mehr geschafft hatten. »Jill lässt dich grüßen. Sie hat sich wohl an ihr eigenes Müslifrühstück erinnert und Mitleid bekommen.«

Dog stellte sofort seine dampfende Tasse ab und griff beherzt zu. Nach einem ersten Bissen schnurrte er wie ein Löwe in der Mittagssonne und setzte sich zum genüsslichen Kauen in den Ledersessel.

»Warum kriegen wir eigentlich keine Obst- und Fleischplatten mehr wie am ersten Tag?«, fragte Cassidy. Ihr Müsli stand bereits vermischt auf dem Tisch, würde aber nun als Viehfutter enden.

Grant lachte leise, während er den beiden beim Essen zusah.

»Den Aufriss veranstalten die nur einmal, um Neuankömmlinge anzufüttern«, erklärte er. »Wie habt ihr euch beim Anblick von den Platten gefühlt?«

Cassidy überlegte einen Moment und wartete auf Dog, aber der war viel zu beschäftigt.

»Ein bisschen beeindruckt und ... na ja, wir kennen das ja schon aus der Biosphäre«, sagte sie.

Grant nickte wissend. »Jetzt stellt euch vor, ihr wärt gerade aus der Steppe geflohen und hättet euch bis dahin nur von Kakerlaken ernährt. Normalerweise gehen den Leuten dann die Augen über. Aber ...« Er beugte sich nach vorne und hob den Zeigefinger. »Wenn wir jeden Tag so ein Menü hervorzaubern würden, wärt ihr bald überzeugt, dass das für uns ganz alltäglich ist. Es soll stattdessen als vertrauensbildende Geste verstanden werden. So als würden wir euch die Hand reichen und uns das einiges kosten lassen.«

»Was erzählst du hier schon wieder rum?«, säuselte Jades Stimme auf einmal vom Flur aus, bevor sie auf Socken das Wohnzimmer betrat.

»Du klopfst nicht, aber ziehst deine Schuhe aus?«, stellte Dog verwundert fest.

»Ich bin auf der Straße in irgendwas reingetreten«, knurrte Jade. »Ich hoffe, ihr habt genug zu futtern, denn ich musste euren Arbiter davonjagen, damit er mir meine Schuhe putzt.« Sie setze sich auf Grants Armlehne und zog ihre Fußsohlen an die Nase, um zu prüfen, ob der Gestank durch die Sohlen gezogen wäre.

»Mmh, sehr appetitlich«, meinte Angel dazu. Sie zog sich ihren eigenen Strumpf wieder an und verstaute das Nähzeug im Kampfstab, um sich ebenfalls dem Essen widmen zu können.

»Warum hast du nichts gesagt?«, wunderte sich Jade mit Blick auf die frischen Nähte. »Wir hätten dir neue besorgt.«

»Klar. Verknüpft mit einer ellenlangen Liste von Bedingungen.«

»Den Stab hast du doch auch angenommen?«

»Und nun sieh mal, was mich das kostet«, erwiderte Angel. »Ich muss einen Krieg für dich führen.« Sie tapste in die Küche und schnappte sich eine saubere Gabel aus der Schublade. »Wer weiß, was du für ein paar Socken verlangst.«

»Hm«, überlegte Jade. »Wie wär's mit deinem richtigen Namen?«

»Siehst du«, murmelte Angel auf dem Rückweg und fischte sich die letzten Fleischstücke aus der Silberbüchse. »Ihr habt mir ja kaum was übriggelassen!«

»Greif halt beim nächsten Mal einfach zu«, brummte Dog.

Angel strafte ihn mit einem völlig beabsichtigten Tritt auf den Fuß und setzte sich anschließend zu Cassidy.

»Also, was liegt heute an, Herrin Schleichpfote?«

»Sobald ihr mit eurem Fleischgelage fertig seid und meine neuen Schuhe da sind, verlassen wir Alexandria und kehren erst zurück, wenn wir die Vultures aus dem Weg geräumt haben«, antwortete Jade. »Zunächst statten wir eurem Freund Johnny einen Besuch. Die Reise wird bis morgen Mittag dauern, also überleg dir schon mal, wie du ihn auf meine Seite ziehen willst.«

»Deine Seite?«, argwöhnte Angel. »Ich dachte, das wäre jetzt unsere Seite?«

»Glaubst du im Ernst, dass er dir den Spruch abkauft?«

Angel zog ihren Einspruch zurück.

»Vorausgesetzt alles läuft nach Plan, wird Sigma im Kriegsgefangenenlager zurückbleiben, um Johnny den nötigen Rückenhalt zu verschaffen und beim Training zu helfen«, fuhr Jade fort.

»Du willst einem von denen eine ganze Lanze Prätorianer geben?«, fragte Grant.

»Ach was Unsinn«, verneinte Jade. »Celine ist doch da.«

»Das ist noch gefährlicher.«

»Deine kleine Schwester ist bei Johnny?«, wunderte sich Cassidy.

»Warum ist das gefährlicher, als ihm die Prätorianer zu unterstellen?«, hakte Angel nach.

Jade verzog mürrisch das Gesicht, so als hätte Grant eine Geheimakte geöffnet, dessen Inhalt nun wahllos von einem Ventilator verteilt wurde.

»Bacchae dürfen Familienangehörigen keine Vorzugsbehandlung zukommen lassen«, nörgelte sie hervor. »Dazu gehört auch, sie als Schülerinnen, Nocturnals oder Prätorianer anzuwerben.« Sie drehte den Kopf zu Grant. »Aber sie ist nicht meine Schülerin!«

»Nein, aber du lässt sie trotzdem seit zwei Jahren mit deinem Amulett herumlaufen und Befehle erteilen«, erwiderte dieser, als wäre er mit ihr gleichgestellt. Dann änderte sich seine Tonlage in die einer vorsichtigen Warnung. »Scarlet ist wieder da. Die anderen mögen Celine aufgrund eures Familientraumas ignoriert haben, aber sie wird dir einen Strick daraus drehen.«

»Ich weiß«, seufzte Jade. »Aber sie ist die Einzige, der ich ... du weißt schon ... vertrauen kann.«

»Und was ist mit ihr?« Grant deutete auf Angel, die genau den gleichen Gedanken hegte und gerade ihr Auctoritas hervorholte. »Ihr hast du auch eins gegeben.«

Jade zog den rechten Mundwinkel hoch. »Das wird sich zeigen.«

»Wie viele von den Dingern dürft ihr überhaupt verteilen?«,

wollte Angel wissen.

»So viele wir wollen. Da gibt es keine Grenzen, aber wir sind für die Handlungen der Amulettträger verantwortlich. Daher sorgen wir schon dafür, dass die Anzahl überschaubar bleibt.«

»Und wie viele hast du verteilt?«, fragte Cassidy neugierig.

»Nur die beiden an Angel und Celine«, antwortete Jade mit Blick auf Angels Hals. »Azure führt den Rekord mit vier Amuletten an. Sie kommt ja nicht so oft raus.«

»Johnny zu überzeugen ist leicht«, überlegte Angel. »Kim wird die echte Herausforderung werden. Wenn sie auch nur den Verdacht hegt, dass wir ihr etwas verheimlichen, wird sie sämtliche Ranger gegen euch aufbringen.«

»Und wohin würde das führen?«, erwiderte Jade mit erhobenen Armen. »In eure Vernichtung. Du kennst die Lage. Wenn wir Cor Decat und Cor Syrte aufgrund der Vultures aufgeben müssen, seid ihr alle dran.«

»Kim denkt bei so was nicht strategisch, sondern emotional«, entgegnete ihr Angel. »Euer Imperium hat ihren Onkel Frank und Johnnys Familie auf dem Gewissen.«

»Johnnys Sippe ist längst wieder vereint. Ich hab sie in sein Lager transportieren lassen.«

Angel zog beeindruckt die linke Augenbraue hoch.

»Nocturnals«, winkte Jade ab. »Als ich Johnny in Brackwood erkannt habe, fingen die sofort mit Nachforschungen über ihn an. Aber Francis Monroe ist tot. Das kann nicht mal ich ändern.«

»Dann gibt es nur noch eine Möglichkeit. Du musst dich bei Kim entschuldigen.«

»Bitte was!?«, platzte es aus Jade heraus. »Ich soll mich für etwas entschuldigen, an das ich nicht mal Schuld trage und auch noch verhindern wollte? Niemals!«

Angel schwieg und wartete ab, ob sie ihr einen Aufhänger zu einer passenden Antwort liefern würde, doch stattdessen sprang Grant für sie in die Bresche.

»Jade hat Recht. Wenn es nach ihr gegangen wäre, hätte die Legion keinen Fuß in Silver Valley hinein gesetzt. General Torus ist für die Invasion verantwortlich.«

»Dann bringt ihn dazu, sich zu entschuldigen«, erwiderte Angel unbeeindruckt. »Mir ist das völlig gleich, aber Kim wird ein derartiges Symbol verlangen.«

»Wollt ihr den Typen nicht eh absägen?«, fügte Dog hinzu.

»Wenn Torus seinen Fehler eingestehen würde, müssten wir ihn nicht in den Ruhestand zwingen«, grübelte Jade. »Und von einer Streckbank aus wird Kim die Entschuldigung sicher nicht annehmen, oder?«

Angel schüttelte finster den Kopf.

»Dann werde ich sie um Verzeihung bitten«, entschloss sich Grant.

»Du hast doch damit gar nichts zu tun?«, hielt Jade besorgt dagegen.

»Du hast mich mit dem Befehl zu Torus geschickt, die Invasion zu stoppen«, entgegnete ihr Grant entschieden. »Als Torus die Anweisungen in den Wind geschlagen hat, wäre es meine Pflicht gewesen, ihn von seinem Kommando zu entbinden und Sydney zu kontaktieren. Aber ich habe es nicht getan, sondern bin ihm bis nach Silver Valley gefolgt.«

»Das würde Kim akzeptieren«, sagte Angel. »Das und eine Shoppingtour durch Alexandria auf eure Kosten.«

»Weißt du überhaupt, auf was du dich da einlässt?«, fragte Jade geschockt.

»Wenn wir eine neue Form der Legion aufstellen wollen, ist das der richtige Weg«, antwortete Grant. »Außerdem entspricht es der Wahrheit.« Er rieb sich über die zerfurchte Stirn. »Diese Sache nagt an mir, seit ich aus Cor Syrte zurück bin. Ich wäre froh, das endlich hinter mich zu bringen.«

»Okay«, meinte Jade noch immer etwas überrascht, aber zuversichtlich. »Damit ist das geklärt.«

»Wie lange soll diese Ausbildung dauern?«, fragte Angel. »Was hast du noch für Leute in das Lager reingesteckt?«

»Hauptsächlich Ranger und Vultures, aber auch ein paar Kriegssklaven, die sich ihre Freiheit lieber als Soldat verdienen wollen«, erklärte Jade. »Jeder von denen kann kämpfen, aber wir müssen sie zu einer Armee schmieden, die zusammenarbeitet. Ich rechne mit zwei bis vier Wochen.«

»Und solange sollen wir da rumhängen?«, beschwerte sich Dog.

»Warum bleiben wir nicht einfach hier und lassen die armen Schweine alleine trainieren?«

Cassidy konnte es kaum glauben, aber sie stimmte mit dem Hünen überein. Anstelle von Dreck und Schweiß hatte sie in Alexandria neue Freunde, ein Schwimmbad und tolles Essen. Der Gedanke hielt jedoch nur eine Sekunde an. Dann dachte sie an ihren Bruder, der seit seinem Ausbruch mit Faith verschollen war.

»Kann ich so lange nach Caiden suchen?«, warf sie in die Runde. Da sie alle Anwesenden etwas verdutzt ansahen, nutzte sie die Chance auf eine detailliertere Erklärung. »Jiao ist doch auch in dem Lager. Mit ihr zusammen könnte ich das Gebiet östlich der Schlucht nach ihm absuchen.«

Sie setzte ihren Hundeblick auf und griff instinktiv nach Angels Hand.

»Meinetwegen«, brummte Jade. Jetzt, wo sie Angel in ihrer Tasche hatte, brauchte sie ihr blondes Anhängsel nicht mehr. »Ohne ihren Hubschrauber fällt Jiao ohnehin aus meinem Plan heraus. Vielleicht kannst du sie ja überzeugen, sich Hawk-two oder den Panzer unter den Nagel zu reißen.«

Der Zynismus in ihrer Stimme machte jedem klar, dass sie nicht mal selbst an diese Möglichkeit glaubte, aber Cassidy hatte ihre gewünschte Antwort erhalten.

»Der Rest von euch wird mit mir nach Cor Syrte aufbrechen«, fuhr Jade fort. »Bevor wir einen Angriff auf die Vultures starten, müssen wir in Erfahrung bringen, was ihnen die Ragnars inzwischen alles geliefert haben. Fahrzeuge, Treibstoff, Waffen. Grant wird den Pass dichtmachen und uns den Rücken freihalten, während wir zwei Wochen lang auf die Jagd gehen. Wie klingt das?«

»Nach einem beschissenen Plan«, knurrte Dog. »Mit Angel durch die Wüste zu ziehen ist schon anstrengend genug, aber mit euch beiden? Du hast sie wohl nicht alle!«

»Er könnte bei mir bleiben und die Legion auf die Vultures vorbereiten«, stimmte Grant zu. »Wir haben einen Kommandoangriff geplant, für den wir seine Hilfe brauchen.«

»Ich verstehe«, murrte Jade und wechselte ihre Aufmerksamkeit zu Angel. »Scheint, als wären nur wir zwei übrig. Allein in der

Steppe, erschöpft, verschwitzt und ausgehungert ... und ohne Männer.«

Schlagartig spitze Dog die Ohren und änderte seine Meinung. Auch Grant war der Zustand seiner Legion auf einmal vollkommen egal, doch da klopfte es an der Tür.

»Ah!«, sprang Jade auf. »Das müssen meine Schuhe sein.«

Der prickelnde Moment war vorbei, als ihre Sohlen den flauschigen Teppich berührten.

»Ihr zwei denkt nicht besonders weit voraus, oder?«, scherzte Angel und schüttete damit noch extra Salz in die Wunde. Sie erwiderte Cassidys Händedruck und fügte hinzu: »Ist wirklich gut, dass wir Frauen hier die Langzeitplanung übernehmen.«

***

»Man, da ist Kelly gestern aber nochmal glimpflich davongekommen«, staunte Jenny beeindruckt im Parkhaus. Sie war gemeinsam mit Alison gekommen, um Cassidy zu verabschieden und sahen sie zum ersten Mal mit ihrem großen Sturmgewehr im Arm.

»Und du kannst echt nicht bei uns bleiben?«, bettelte Alison. »Eine Ausbildung hast du doch gar nicht mehr nötig!«

Cassidy schüttelte traurig den Kopf. Wenn es nur um sie ginge, wäre sie mit Sicherheit ins Haus Argon eingezogen.

»Caiden braucht meine Hilfe«, antwortete sie sehnsüchtig. »Faith hat ihn bestimmt schon wer weiß wohin verschleppt.«

Jade räusperte sich beim Gepäck verstauen, um sie daran zu erinnern, dass Faiths Schicksal zur Geheimsache erklärt worden war.

»Oh warte! Wir haben noch was für dich«, sagte Jenny und zappelte voller Vorfreude auf den Fußspitzen herum. Alison griff daraufhin in ihre Schultasche und holte die Flasche Haarfestiger hervor. »Wohin auch immer es dich mit Herrin Jade verschlägt, deine Gegner sollen wissen, dass du Stil hast!«

»Dass sie eine von uns ist«, korrigierte Alison sie streng.

»Ähm ... natürlich«, grinste Jenny.

Cassidy betrachtete die bunt lackierte Spraydose in ihren Händen und wusste nicht so recht, was sie damit anfangen sollte. Sie erinnerte sich an die Geschenke der Einwohner von Eagle Village, von denen Angel ihr erzählt hatte. Handgranaten, Munition und Kuchen. Sinnvolle Dinge für das harte Leben in der Endzeitsteppe. Insgeheim überlegte sie, ob man mit dem Haarspray Gegner von sich fernhalten könnte. Immerhin hatte sie am Vorabend heftig davon niesen müssen, ohne das Zeug überhaupt ins Gesicht zu bekommen. Außerdem entdeckte sie einen Warnhinweis über den entflammbaren Inhalt.

Als Cassidy einen Platz an ihrem Armeegürtel für die unhandliche Dose suchte, fingen Alison und Jenny plötzlich an zu kichern, als hätten sie sich gerade einen Insiderwitz erzählt.

»Haben wir dich voll erwischt!«

Jenny nahm ihr sanft das Spray aus der Hand und verstaute es wieder in der Tasche. Sie kramte kurz darin und holte stattdessen einen durchsichtigen Zippbeutel hervor, der vier orangefarbene Pillenbehälter enthielt.

»Ich bin den ganzen Morgen durch unser Hospital gelaufen und hab versucht, ein paar nützliche Sachen für dich zu sammeln«, erklärte sie stolz und reichte Cassidy die Tüte. »Das sind feinste Antibiotika von den Hawkern, Codein gegen Schmerzen und Zeraphonin. Mit dem Letzten musst du aber verdammt vorsichtig sein, sonst ...«

»Ihr wollt ihr Scar andrehen!?«, fuhr Jade dazwischen und riss Cassidy den Beutel aus der Hand. »Seid ihr noch zu retten? Das Zeug ist nur den Prätorianern erlaubt!«

Nun wurde auch Angel neugierig, die sich bis eben mit Dog im Hintergrund gehalten hatte.

»Was ist da drin?«

»Zeraphonin ist ein extrem starkes Schmerzmittel, das wahnsinnig schnell süchtig macht«, erklärte Jade mit dem tadelnden Blick einer enttäuschten Bacchae. »Auf dem Schwarzmarkt nennt man es Scar und es ist im gesamten Imperium verboten!«

»Verzeihung, Herrin«, flüsterte Alison eingeschüchtert und senkte den Kopf in Erwartung ihrer Bestrafung.

Jenny hingegen gab sich nicht so leicht geschlagen.

»Herrin«, begann sie respektvoll. »Ich bin mir über die Nebenwirkungen von Zeraphonin im Klaren und habe die Pillen entsprechend dosiert. Sie enthalten nur ein Viertel der Dosis der

Prätorianischen Garde. Und ich hätte Cassidy natürlich über die Risiken aufgeklärt.«

Jade zog den Zippverschluss auf und untersuchte die Kapseln, ohne Jenny dabei aus den Augen zu lassen.

»Hm«, meinte sie kurz darauf. »Meinetwegen. Aber wenn sie von dem Zeug süchtig wird, kümmert ihr euch um den Entzug.« Mit diesen Worten drückte sie Cassidy den Beutel in die Hand.

»Wir wollen nur, dass du sicher wieder zu uns zurückkehrst«, stammelte Alison unter Jades strengem Blick. »Mit deinem Bruder.«

»Mir wird schon nichts passieren«, versuchte Cassidy sie zu beruhigen und zog sie vom Geländewagen weg.

»Ist das Zeug wirklich so gefährlich?«, fragte Angel, als sie mit Dog und Jade allein war.

»Eine starke Überdosis kann sie umbringen und ein paar Kapseln ziehen möglicherweise einen wochenlangen Entzug nach sich«, bestätigte die Bacchae und trat näher an sie heran. »Aber Jenny weiß, was sie tut. Sie ist die einzige Medizinstudentin, die Yolandas Krankenzimmer betreten darf.«

Angel nickte ihr ein wenig beruhigt zu.

»Dann wolltest du Cassidy also nur einen Schrecken einjagen?« Jade schmunzelte hinterlistig. »Hat doch funktioniert.«

»Herrin?«, rief ihnen C.T. von der Ausfahrt aus zu. »Die Sigma Lanze ist bereit zur Abfahrt. Herrin Sydney lässt ausrichten, dass sie euch den Rücken freihalten wird.«

»Verstehe«, brummte Jade und zeigte anschließend mit dem Finger auf C.T. »Du fährst bei uns mit, Clarissa.« Anschließend schlug sie mit der flachen Hand auf das Wagendach. »Aufsitzen!«

Cassidy zuckte von dem lauten Knall zusammen und machte sich sofort auf den Rückweg, da hielt Jenny sie zurück.

»Oh, wir haben noch was vergessen!« Sie kramte aufgeregt in ihrer Tasche und holte eine alte Sofortbildkamera hervor. »Herrin Jade? Würdet ihr ...?«

»Aber dann ist Feierabend«, brummte sie und klappte das Objektiv auf. »Lächeln!«, befahl sie mit strengster Autorität, bei der sogar Angel die Mundwinkel hochgezogen hätte.

Alison, Cassidy und Jenny nahmen sich in einer Reihe in die

Arme und strahlten übers ganze Gesicht, als die Kamera zwei Papierstücke auswarf.

»Danke, Herrin«, sagte Jenny und schüttelte die beiden Fotos, bis die drei Freundinnen zum Vorschein kamen. »Super! Eins für dich und eins für uns.«

Es war bei weitem nicht das erste Foto, dass Cassidy zu Gesicht bekam, aber das allererste, das ihr allein gehörte. Entsprechend sorgfältig behielt sie es in der Hand, um es nicht in der Hose zu beschädigen.

Alison und Jenny umarmten sie noch einmal, bevor sie zum Wagen zurückkehrte und sich auf die Rückbank neben C.T. setzte. Dog nahm auf der anderen Seite platz, was bei den zwei vergleichsweise zierlichen Frauen kein Problem darstellte. Jade schwang sich wie auf der Herfahrt hinter das Steuer und überließ Angel standesgemäß den Beifahrersitz, die gerade eine Zeitung für Paul zusammenfaltete und im Handschuhfach verstaute.

Jade ließ den Motor an und rollte an den beiden Studentinnen vorbei ins Freie. Die Prätorianer warteten bereits in ihrem Kleintransporter. Sie zogen zusätzlich einen einachsigen PKW-Anhänger mit Material für Johnnys zusammengewürfelten Haufen hinter sich her.

Als der kleine Konvoi im Schritttempo das Stadttor passierte, winkten ihnen Alison und Jenny hinterher. Colonel Grant salutierte zusammen mit Captain Deveroux. Ein persönlicher Abschied wäre in der Öffentlichkeit möglicherweise falsch interpretiert worden.

Cassidy klebte förmlich am Heckfenster, bis die funkelnde Stadt allmählich hinter dem Horizont verschwand. Erst Minuten später setzte sie sich wieder gerade hin und betrachtete verträumt ihr Erinnerungsfoto. Mit dem Haarspray hätte sie nichts anzufangen gewusst und die Medikamente würde sie mit ihrem Team teilen, aber dieses Foto war ihr ganz persönliches Erinnerungsstück und das mit Abstand schönste Geschenk, das sie sich vorstellen konnte. In ihr brannte der Wunsch, Caiden und Jesse von diesem Ort zu erzählen und gemeinsam mit ihnen zurückzukehren.

Angel betrachtete ihr Protegé aus den Augenwinkeln und sah dabei immer wieder skeptisch zu Jade herüber. Die gab sich unbeeindruckt und konzentrierte sich auf den Straßenverlauf.

Sie hatte Angels gestrigen Tagesablauf minutiös durchgeplant gehabt. Die verfrühte Kaffeepause bei Sydney, bei der sie von der tödlichen Krankheit ihrer Meisterin erzählte, die Vorstellung über die Neces von Dr. Sheridan, der sie schon erwartet hatte, und natürlich das Kindergefängnis von Pedro de Souza. Dog war von Colonel Grant erst mit Grillfleisch verführt und dann mit Wodka abgefüllt worden. Dabei hatte er sich selbst bemerkenswert zurückhaltend gezeigt. Außerdem war seine Beziehung zu Jade offensichtlich, wenn auch erfrischend polygam.

Wie viel von Cassidys Tagesablauf trug also Jades Handschrift? Ihre erste Verbindung zu Alison und Jenny ließ sich auf die McCallum Farm zurückverfolgen. Jade wirkte den darauffolgenden Tag äußerst müde, so als hätte sie den ganzen Morgen damit verbracht, Cassidy einen Freundeskreis zu organisieren. Angel glaubte keine Sekunde daran, dass Alison und Jenny aufgrund von jugendlichem Leichtsinn um ein Uhr nachts in die von Prätorianern bewachte Botschaft geschlichen waren, nur um mit Cassidy einen Drink zu nehmen.

»Was ist?«, fragte Jade, als ihr die bohrenden Blicke zu viel wurden.

»Nichts. Gar nichts«, beschwichtigte sie Angel bewusst konspirativ und drehte sich nach vorn. Ihre Menschenkenntnis sagte ihr, dass die beiden Studentinnen keineswegs nur Befehlen folgten. Sie hatten die Zeit mit Cassidy genossen und wirkten aufrichtig traurig, dass sie Alexandria verlassen musste. Trotzdem würde sie Jade bei nächster Gelegenheit die Pistole auf die Brust setzen und hoffte um ihretwillen, dass sie ihr Spiel mit Cassidys Gefühlen nicht übertrieben hatte.

10. Die Söhne des Ragnarök

Dem Konvoi blieb Jades waghalsiges Tempo auf der Reise erspart, da sie unbedingt Treibstoff sparen wollte. Mit sechzig Stundenkilometern konnten die Passagiere ihre Fahrt durch die Steppe durchaus genießen, zumal der Kühlschrank des Geländewagens vor dem Aufbruch von den Arbitern mit frischen Getränken und ein paar Snacks aufgefüllt worden war.

Jades linker Arm baumelte aus dem Fenster, während sie sich selbst lässig in ihren Sitz flegelte und den Tempomaten die Geschwindigkeit halten ließ. Angel zeigte etwas mehr Disziplin und studierte in gewohnter Manier Einsatzberichte; darunter geheime Dossiers der Nocturnals über die Söhne des Ragnarök. Dabei war sie gezwungen, ihren Papierstapel gut festzuhalten, damit der Fahrtwind ihn nicht durch das ganze Auto verteilte. Sie wollte sich möglichst rasch ein Bild von ihrem neuen Feind machen. Vieles in den Berichten erinnerte sie an die Vultures: Patriarchische Gesellschaftsordnung, das Recht des Stärkeren und der Verzicht auf diplomatische Schlichtungen, sofern ein Zweikampf denselben Effekt hätte. Trotzdem waren sie erfolgreicher als Erics Schlägertruppe und Angel musste verstehen warum, wenn sie einen siegreichen Feldzug gegen sie führen sollte.

Cassidy hielt bis zur Abenddämmerung das Foto von Alison und Jenny in den Händen und malte sich aus, wie sie mit Caiden und Jesse nach Alexandria reisen würde. Insgeheim fürchtete sie, zu alt und ungebildet für eine Ausbildung zu sein. Allerdings verfügte sie über einmalige Kontakte zu den Bacchae, die ihr sicher die eine oder andere Sondertür öffnen könnten. Am Ende ihrer Gedanken begnügte sie sich mit der Vorfreude auf ein Wiedersehen mit Haus Argon. Etwas verwundert stellte sie fest, dass ihre Sorgen um Caiden sie kaum noch beeinflussten. Seit ihrem Aufeinandertreffen mit den Bacchae und ihrem Tempel der Macht hatte sie neues Vertrauen in Faiths Talent zum Überleben gefasst. In zwei Tagen würde sie zudem mit Jiao aufbrechen, um ihren Bruder zu suchen und das tatenlose Herumsitzen hätte endlich ein Ende.

Clarissa war es nach ein paar Stunden zwischen Cassidy und Dog so unbequem geworden, dass sie den Hünen mit exklusiven Informationen über Angel und Eric für seinen Fensterplatz bestochen hatte. Was genau sie ihm im Flüsterton berichtete, blieb ein Geheimnis, aber Angel war überzeugt, den Namen Cole vernommen zu haben. Außerdem hockte Dog seitdem mit einem zufriedenen Grinsen auf dem Mittelsitz und genoss den Panoramablick.

Als der Abend hereinbrach und das Fahren ohne Scheinwerfer zu riskant wurde, stoppte Jade den Konvoi an einem trockenen Waldrand.

»Halbzeit«, stöhnte sie beim Aussteigen und streckte sich in alle Himmelsrichtungen. »Clarissa? Sigma soll das Lager aufschlagen!«

»Jawohl Herrin«, antwortete C.T. gehorsam und lief zu den Prätorianern.

»Ich kann mit der Brille die Nacht durchfahren«, bot Cassidy an.

»Wir haben es nicht eilig«, beruhigte Jade sie.

»Du vielleicht nicht«, hielt Angel grimmig dagegen.

»Hast du etwa immer noch Angst um den Dicken?«

Angel zog eine warnende Grimasse und holte ihre Wasserflasche aus dem Auto.

»Wo sind wir?«

Jade zeigte auf die Schnellstraße hinter sich, die sie vor einer Viertelstunde überquert hatten.

»Das ist die Grenze von Cor Decat, also fast wieder zu Hause.«

»Und wo geht's hier zum Pass?«, wollte Dog wissen.

»Einfach der Autobahn in Richtung Süden folgen.«

»Ist Sharon hier lang gekommen?«, fragte Cassidy.

»Ich denk schon«, bestätigte Jade bei einem Kontrollblick auf den Horizont. »Das Raketendepot, bei dem sie befreit wurde, liegt nur fünfzig Kilometer weiter östlich.«

Inzwischen hatte Lance Commander Anderson ein Lagerfeuer entzündet, um das sie sich mit den Prätorianern versammelten. Zum Abendessen gab es gewohnte Endzeitkost, was gerade Dog ungemein freute. Saftiges, vorgegartes Fleisch, das sie noch einmal über den Flammen rösteten.

»Das sieht man doch sicher meilenweit«, meinte Angel besorgt und nickte in Richtung des Lichts, das flackernd von den kahlen Baumstämmen reflektiert wurde.

»Na und?«, erwiderte Jade unbedarft. »Das hier ist unser Territorium.« Sorglos riss sie mit den Zähnen ein Stück Grillfleisch von ihrem Knochen ab und kaute wohlig darauf herum. »Gewöhnt euch langsam dran«, nuschelte sie dabei. »Ihr gehört jetzt zu den Großen.«

In Anbetracht der Tatsache, dass das Schicksal des Imperiums am seidenen Faden hing, beließ Angel es bei einem gewurmten Blick in den Nachthimmel. Die anderen beteiligten sich gar nicht erst an der Diskussion. Für die Prätorianer war es Routine, den Bacchae zu folgen, und sie vermieden es, Smalltalk mit ihnen zu betreiben. C.T. konnte man die Anstrengungen der vergangenen Tage am ermatteten Gesicht ansehen. Sie legte sich auch als Erste zur Ruhe. Cassidy hatte ihr Foto herausgeholt und pendelte mit ihren Gedanken zwischen Alexandria und dem Schicksal ihres Bruders. Dog verstand immer noch nicht, was er hier überhaupt sollte und wäre am liebsten direkt mit Colonel Grant zum Pass aufgebrochen.

Als Angel die Stille schließlich zu viel wurde, stand sie auf und tippte Jade an die Schulter. Ein Wink mit dem Kopf genügte und sie folgte ihr in den Wald hinein. Außer Hörweite des Camps begann sie mit ihren Fragen.

»Alison und Jenny scheinen ziemlich nett zu sein.«

Jade ließ ein zustimmendes Geräusch verlauten. »Sie gehören zur Elite von Alexandria. Andernfalls hätte ich sie nicht mal in Cassidys Nähe gelassen.«

»Dann hast du sie also mit Absicht zusammengeführt?«, fragte Angel. Sie war ein wenig überrascht von der Leichtigkeit ihres Verhörs und hatte sich ursprünglich auf eine längere Diskussion eingestellt.

Jade lachte in sich hinein. »Du würdest mir doch niemals abkaufen, dass Jenny Cassidy aus Zufall in Yolandas Zimmer angetroffen und anschließend den ganzen Tag mit sich rumgeschleift hat.«

Angel runzelte besorgt die Stirn. »Wieso gerade sie?«

»Das hatte viele Gründe. Zunächst mal hat Jenny die nötige Freigabe, um vertrauliche Informationen zu erhalten. Ich sagte ja schon, sie ist die einzige Studentin, die Yolanda behandeln darf«, begann Jade zu erklären. »Außerdem arbeitet sie seit zwei Jahren verdeckt für die Nocturnals.«

»Also ist sie so eine wie C.T.?«

»Ha – nein«, erwiderte Jade zurückweisend. »Clarissa ist eine ausgebildete Agentin, Jenny lediglich eine talentierte Informantin. Wenn sie ihr Studium beendet hat, startet sie vielleicht eine Karriere beim Geheimdienst, aber bis dahin ...«

»Was genau hast du denn alles für Cassidy vorausgeplant gehabt?«

»Um ehrlich zu sein, enttäuschend wenig. Mir blieb ja nicht viel Zeit nach Sydneys Idee, euch noch einen Tag dazubehalten. Jenny sollte ihr die Stadt zeigen und sie gegen zwei Uhr in dein Quartier bringen.«

»Ah ... der plötzliche Stromausfall.«

»Für dich war es vielleicht offensichtlich, aber von der Straße aus gab es keinen Anhaltspunkt dafür, dass die Arbiter die Hauptsicherung des ganzen Hotels herausgedreht hatten.«

»Das ganze Gebäude?«

»Ansonsten wäre es doch sehr auffällig gewesen«, sagte Jade. »Pünktlich um vier Uhr sollten sie den Schalter wieder umlegen, was ja auch hervorragend funktioniert hat.«

»Und Alison? Wie passt sie in dein Konzept?«

»Die stand nicht in meinem Drehbuch. Jenny hat einfach improvisiert«, antwortete Jade. Sie blieb im knackenden Unterholz stehen und wandte sich direkt an Angel. »Jennys Auftrag war es, Cassidy die Stadt zu zeigen und nicht, sie ihrem Haus vorzustellen oder mit ihr tanzen zu gehen. Eigentlich sollte Cassidy uns beim Konzert Gesellschaft leisten, aber die drei haben sich so gut verstanden, dass Jenny den Plan kurzfristig geändert hat. Clarissa war ihnen die ganze Zeit auf den Fersen und hat aufgepasst.«

Angel zog skeptisch eine Augenbraue hoch. »Dann ist das aber ein gewaltiger Zufall, dass Alison sich gerade die Neces als Fachgebiet ausgesucht hat.«

»Zufall für Cassidys Tag, ja. Zufall für Jennys Rekrutierung als Informantin, nein«, sagte Jade. »Ich hatte natürlich darauf gehofft, dass sie sich einklinken würde, aber um sie einzuweihen, fehlte mir die Zeit. Jenny wurde wochenlang überprüft, getestet und beschattet, ehe wir sie mit Aufträgen betraut haben.«

»Okay«, murmelte Angel und rieb sich die Stirn. »Bleibt nur noch der Überfall auf die McCallum Farm, wo ausgerechnet Jennys Haus von uns gerettet werden musste.«

»Glaubst du im Ernst, dass ich unsere Kinder von den Neces angreifen lassen würde, nur um meine Interessen durchzusetzen?«

»Ohne zu zögern«, entgegnete Angel ihr prompt.

»Hmph«, schnaufte Jade entrüstet und starrte ihr ein paar Sekunden zornig in die Augen, als handele es sich um einen Wettstreit auf Leben und Tod. »Es wäre möglich, dass zurzeit ein langfristiges Experiment von Doktor Sheridan läuft, um die Wechselwirkung des Repellents zu testen«, gab sie am Ende zu.

»Und war in den Kanistern auch wirklich Repellent?«, bohrte Angel zwiespältig nach. »Oder habt ihr die Neces absichtlich angelockt, um uns eine gute Show zu liefern?«

»Übertreib es nicht«, warnte Jade sie und setzte stur ihren Spaziergang fort. »Haus Argon wurde schon vor Wochen für den Trip zur Farm ausgewählt und das hat seinen Grund. Brandon und Dekker gehen zwar nicht mehr zur Schule, leisten den Kindern aber auf allen Ausflügen Gesellschaft, seit die Legion kaum noch ausreichenden Schutz gewährleistet. Sie wussten über das erhöhte Risiko bescheid und waren von Sydney entsprechend ausgerüstet worden. Die Idee, Jenny mit Cassidy bekanntzumachen, kam mir erst nach unserer Rückkehr.«

Angel schwieg einige Schritte und wägte gedanklich ab, ob sie die Manipulation ihrer Schülerin durchgehen lassen konnte oder nicht. Immerhin zeigte Jade nicht mal den Anschein von Verschleierung und hatte jede ihrer Fragen direkt beantwortet; wenn auch mitunter eher unfreiwillig.

»Gibt es sonst noch irgendetwas, das ich besser nicht im Nachhinein erfahren sollte?«, brachte sie hervor.

Jade überlegte einen Moment, ehe sie antwortete.

»Cassidy hat in der Diskothek einer Studentin die Nase gebrochen.«

»Sie hat was?«

»Hat sie dir das wirklich nicht erzählt?«

Angel schüttelte den Kopf.

»Ich glaube ihr Name ist Kaily oder Kelly. Laut Clarissa hat sie versucht, Alison zu schlagen und Cassidy ist dazwischengegangen. Bevor Clarissa etwas unternehmen konnte, lag diese Kelly schon mit gebrochener Nase am Boden«, berichtete Jade verschmitzt. »Wie du siehst, hat dein kleines Anhängsel also durchaus ihren eigenen Beitrag zur Freundschaftsbildung geleistet.«

Ein Anflug von Stolz durchdrang Angel auf dem Weg zurück zum Rastplatz. Dennoch wurde sie den bitteren Nachgeschmack nicht los, wie eine Puppe gesteuert zu werden; wenngleich mit längeren Fäden als noch vor einer Woche.

Überraschenderweise war jedoch auch ihr Verständnis für Jades Situation gewachsen. Ein Imperium zusammenzuhalten, in dem an allen Ecken und Kanten Intrigen und Verrat gediehen, konnte keine einfache Aufgabe sein. Wehmütig rief sie sich ihren letzten Streit mit Monroe ins Gedächtnis. Ihr größtes Problem war die Behandlung von vier Vultures gewesen, um die dreihundert Bürger von Silver Valley zu schützen. Verglichen mit der Sisyphusarbeit von Jade und ihren Bacchae ein geradezu lächerliches Geplänkel.

»Woher die plötzliche Offenheit?«, fragte sie beiläufig. »Habt ihr keine Angst, dass ich mein Wissen gegen euch wenden könnte?«

»Du hast mich gegenüber Catherine McDonnell gehört. Die Möglichkeit besteht«, antwortete Jade sachlich. Dann drehte sie sich schlagartig um und setzte das Gesicht eines Sensenmanns auf. »Aber wir haben Mittel und Wege, Verrat zu vergelten. Du bist intelligent genug, um zu verstehen, was das bedeutet.«

Aufgrund ihrer Müdigkeit erschrak Angel bei Jades Auftritt für einen Moment, wofür sie sich sofort innerlich tadelte. Etwas in ihren Worten bereitete ihr aber dennoch Sorgen; echte Sorgen. Jade hatte bisher alle ihre Drohungen wahr gemacht, und obwohl sie für den Verrat der Vultures die Ranger rekrutieren wollte, zweifelte Angel keine Sekunde an den strategischen Möglichkeiten der Sicarii; ganz besonders nach ihrer Tour durch Alexandria. Jade hatte gesagt, die Neces seien nur *eine* Waffe des Imperiums, war anschließend aber nicht ins Detail gegangen.

»Klärst du mich darüber auf?«, fragte Angel, nachdem Jade eine Weile geschwiegen hatte. Sie hasste es, hilflos ins Leere zu spekulieren.

»Nein. Manche Geheimnisse müssen geheim bleiben, bis ihr eure Loyalität unter Beweis gestellt habt.«

Sie ließ sich also doch nicht vollständig in die Karten sehen. Angel erinnerte sich an C.T.s prophetische Worte: *Wenn sie Alexandria verließe, wäre sie entweder Teil des Imperiums oder tot.*

Und noch war Angel am Leben.

∗∗∗

»Clarissa?«, flüsterte Cassidy neben dem Lagerfeuer. »Schläfst du schon?«

»Mh ... was ist?«, grummelte die Nocturnal zwischen ihren gekreuzten Armen hervor, die ihr als Kopfkissen dienten.

»Warum hast du uns gestern nicht aufgehalten? Auf dem Rückweg ins Hotel?«

C.T. knurrte gereizt, doch dann rappelte sie sich auf und blickte Cassidy müde an. »Befehl von oben.«

»Jade hat dir befohlen, Jenny, Alison und mich gemeinsam ins Sagittarius zu bringen?«

Clarissa rollte mit den Augen. »Ich sollte dich tun lassen, was du verdammt nochmal tun willst, solange du keinen Volksaufstand auslöst.«

»Dann war das gestern also nicht alles von Jade inszeniert?«

»Was haben dir die beiden erzählt?«, fragte C.T. mit einer gehörigen Portion Misstrauen. Nun hatte Cassidy ihre volle Aufmerksamkeit.

»Nichts ... es ...«, versuchte die sich reflexartig zu verteidigen. »Es erschien mir nur komisch, dass Jenny unbedingt mit mir aufs Zimmer wollte. Ich hätte schwören können, dass Jade auf uns gewartet hat.«

Die Nocturnal blickte über die Schulter und vergewisserte sich, dass die Bacchae außer Hörweite war.

»Herrin Jade ist gut, aber nicht allwissend«, sprach sie so leise, dass die Prätorianer sie nicht hörten. »Zerbrich dir besser nicht den Kopf darüber.«

»Ich hab nur Angst, dass alles gestellt sein könnte«, hauchte Cassidy vorsichtig und starrte dabei auf ihr Foto.

»Und damit kommst du ausgerechnet zu mir?«, wunderte sich Clarissa. »Hör zu, es gibt vieles, das ich dir nicht sagen darf, aber eines kannst du mir glauben: An diesem Foto ist nichts gestellt. Ich durfte euch schließlich den ganzen Tag lang hinterherlaufen und hätte mich gefreut, wenn du von Jenny einmal quer durch die Stadt geschleift und anschließend vor dem Sagittarius geparkt worden wärst. Aber nein! Stattdessen musste sie mit dir schwimmen und tanzen gehen. Versuch du mal ein Schwimmbad in normalen Klamotten zu überwachen! Von dem Aufruhr mit dem verfluchten Zigeunerkind von Haus Samarium, der dich ausgeraubt hat, fang ich besser gar nicht erst an. Sein Magister wird demnächst Besuch von uns bekommen, das kann ich dir versprechen!«

Cassidy strahlte übers ganze Gesicht, als C.T. ihren gestrigen Tagesablauf aus dem Blickwinkel einer Geheimagentin beschrieb und damit ihre Zweifel ausräumte. Sie atmete einmal kräftig durch und dankte Clarissa, die sich daraufhin wieder schlafen legte.

∗∗∗

Zwei Stunden später. Ein Prätorianer hielt Wache, während der Rest des Konvois friedlich auf dem vermeintlich sicheren Terrain schlummerte. Es war einer der seltenen Momente, in denen Angels gesamtes Team gleichzeitig die Augen schließen konnte.

»Herrin!«, flüsterte Sigma-vier über das nächtliche Lagerfeuer hinweg. Als Jade nicht reagierte, kam er mutig näher und rüttelte an ihrem Arm. »Herrin!«, wiederholte er, bis sie plötzlich hochschnellte und nach ihrem Schwert griff.

»Was ist?«, knurrte sie schlaftrunken.

»Kontakt auf der Straße, von Norden kommend«, berichtete er. »Etwa zwanzig Scheinwerfer. Viele davon einzeln.«

Diese Nachricht weckte Jade auf einen Schlag.

»Ragnars«, grollte sie und schleppte sich zum Waldrand.

»Nachtsichtgerät!«

Der Prätorianer hatte Recht. Zwei Dutzend strahlende Lichter näherten sich ihrer Position; viele stammten von Motorrädern, gefolgt von drei LKW mit verzurrten Planen. Im restlichtverstärkten Grün waren jedoch nur schwammige Umrisse zu erkennen. »Das Feuer löschen! Und holt mir Cassidy mit ihrer Brille!«

In diesem Moment erschien Angel in ihrem Windschatten. Trotz der Beteuerungen hatte sie kaum ein Auge zubekommen, so dass sie von der Aufregung sofort in Alarmbereitschaft versetzt worden war.

»Probleme?«

»Ein Silberstreif am Horizont«, erwiderte Jade und reichte ihr das Nachtsichtgerät. »Sieh selbst. Ein kompletter Versorgungskonvoi mitten in unserem Territorium. Das wär doch was für den Dicken.«

Dann tauchte endlich Cassidy auf. Sigma-drei zerrte sie am Arm herbei, als wäre sie eine Gefangene. Jade sollte ihn für sein Verhalten zurechtweisen, doch dafür fehlte ihr die Zeit. Sie zeigte auf die Lichterkette.

»Sag mir, was du siehst«, bat sie. »Geh auf Thermalsicht.«

»Warum? Was ...«, murmelte Cassidy verwirrt und noch nicht ganz bei der Sache. Als sie den entsprechenden Schalter drückte, verflogen ihre Fragen jedoch. Zwei der drei LKW-Ladeflächen glühten wie aufgereihte Kerzen. Sie zoomte das Bild heran und erkannte die Silhouetten von Menschen. »Truppentransporter«, fasste sie mit mulmigem Gefühl zusammen.

»Wie viele sind es?«, seufzte Jade, als hätte sie die Antwort erwartet.

»Fünfzig oder sechzig. Vielleicht noch mehr.«

Jade ging ein paar Schritte auf das gelöschte Lagerfeuer zu und rieb sich nachdenklich den Nacken. Unterdessen warf Angel selbst einen Blick durch die Hightechbrille aus der Biosphäre.

»Dann ist das die Verstärkung für Eric?«

Jade kehrte zum Waldrand zurück. Der Konvoi fuhr mit moderater Geschwindigkeit, um die Kämpfer auf den LKW zu schonen und würde ihr Nachtlager erst in ein paar Minuten passieren.

»Nein.« Sie schüttelte unschlüssig mit dem Kopf. »Dafür sind es zu wenige, aber für Sabotagemissionen zu viele. Die verfolgen irgendeinen Plan, sonst würden sie nicht bei Nacht in solcher Anzahl durch unser Territorium fahren.«

»Herrin«, bat C.T. um ihre Aufmerksamkeit und zeigte ihr eine Landkarte. »Die Nocturnals vermuten seit dem Aufstand von Arnac einen Vorposten der Ragnars in dieser Gegend. Vielleicht sind sie dorthin unterwegs?«

Jade kniete sich hinter einen Felsbrocken und betrachtete die Karte im Licht ihres Benzinfeuerzeugs.

»Die Entfernung stimmt«, bestätigte sie nickend. »Vier Stunden bis zur Imperiumsgrenze. Damit bleibt ein Radius von gut zwei Stunden bis kurz vor Sonnenaufgang.« Sie klappte das Zippo zu und lugte über den Stein auf den Konvoi. »Wo wollt ihr Höhlenmenschen hin?«, hauchte sie den Scheinwerfern entgegen. »Mit so vielen Kämpfern müssen die was Wichtiges vorhaben.«

Angel warf einen eigenen Blick auf den Plan und suchte nach den üblichen Verdächtigen.

»Gibt es hier irgendwelche Industriegebiete, Kraftwerke oder Gefängnisse? Irgendwas, das abgeschieden liegt und nicht in jedem Touristenführer steht?«, mutmaßte sie. »Oder irgendetwas, das sich zu Stehlen lohnt?«

Bei diesen Worten schien Jade die Erleuchtung zu treffen. Sie schnippte ihr Feuerzeug noch einmal auf und blätterte hastig durch die Karte.

»Nein, nein, nein, nein, nein ...«, wiederholte sie dabei immer wieder, als wolle sie ihre Intuition davonbeten.

»Was? Was ist?«, fragte Angel. Sie hatte auf die Schnelle ein paar potentielle Ziele entdeckt, aber nichts, was die plötzliche Aufregung rechtfertigte.

»Anderson!«, rief Jade stattdessen den Anführer der Prätorianer herbei. »Ich brauche eine ehrliche Einschätzung. Die Sigma-Lanze hat in letzter Zeit einiges durchgemacht. Könnt ihr kämpfen?«

Dem Lance Commander stand für einen Moment die Verwunderung quer übers Gesicht geschrieben; zusammen mit verletztem Stolz.

Als Jade das erkannte, ging sie einen Schritt in seine Richtung und fügte respektvoll hinzu: »Ihr habt einen Mann verloren und ich wollte euch zur Ausbildung im Gefängnislager einsetzen. Das hier ist etwas völlig anderes. Ich brauche Fakten, sonst gehen wir alle drauf!«

»Ray O'Brien war der Sanitäter meiner Lanze«, antwortete Anderson daraufhin sachlich. »Unsere direkte Kampfbereitschaft ist weiterhin gewährleistet. Wir werden euch nicht im Stich lassen, Herrin.«

»Okay, dann müssen wir sofort los«, entschied Jade. »Cassidy, du fährst voraus. Clarissa, gib Anderson das Nachtsichtgerät, damit er uns folgen kann.«

»Moment mal!«, fiel Angel ihr dazwischen. »Was hast du plötzlich? Wohin sind die Ragnars unterwegs!?«

»Jacksonville«, erwiderte Jade knapp. »Hoffentlich hab ich Unrecht, aber wenn das ihr Ziel ist, müssen wir sie aufhalten.«

»Warum? Was ist da?«

Jade warf einen Blick über ihre Schulter. Die Scheinwerfer waren ihnen gefährlich nahe gekommen.

»Uns bleibt keine Zeit mehr. Einsteigen, los!«

Cassidy sah Angel hilfesuchend an. Allein mit Jade war ihr nichts anderes übriggeblieben, als der Bacchae zu folgen, aber nun befand sie sich zwischen zwei Stühlen, bis Angel kurzerhand nickte. Anschließend trat sie Dog in den Hintern, der als Einziger noch schlief.

»Aufstehen«, knurrte sie. »Planänderung. Miss Wichtig hatte einen Geistesblitz!«

Cassidy hüpfte hinter das Steuer des Geländewagens und ließ den grollenden Motor an. Dabei schien es Jade egal zu sein, ob die Reifen durchdrehten und eine verräterische Staubwolke entstand. Hauptsache die Lichter blieben aus und sie kamen schnell vom Fleck.

»Wo muss ich lang?«

»In sieben Kilometern kommt eine Kreuzung. Du fährst geradeaus drüber. Anschließend noch mal acht Kilometer, bis wir da sind«, befahl Jade vom Beifahrersitz aus. »Und tritt aufs Gas. Alles, was die Kiste hergibt!«

»Herrin«, warf C.T. ein, die sich auf der Rückbank zwischen Angel und Dog etwas eingeklemmt fühlte. »Die Sigma-Lanze kann bei unserer Geschwindigkeit nicht mithalten. Commander Anderson fällt bereits zurück.«

»Egal. Wir müssen vor den Ragnars da sein. Anderson kennt den Weg.« Dann untersuchte sie das Armaturenbrett, bis sich der Bildschirm einschaltete. »Ian-Hawk-Biosphäre, hier Jade. Ich brauche umgehend eine Verbindung zu Zhang Yuen.«

»Unautorisierter Zugriff auf das Kommunikationssystem«, meldete sich Amys künstliche Stimme umgehend.

»Ich hab keine Zeit für deine Spielchen! Schaff mir Yuen auf den Schirm und zwar sofort!«

»Was haben die Hawker mit den Ragnars zu tun?«, fragte Angel von hinten.

»Fahr schneller!«, befahl Jade in Cassidys Richtung und ignorierte ihre Mentorin.

»Hey!«, rief Angel energisch. »Ich hab dir eine Frage gestellt!«

»Jade«, knurrte Yuens Stimme aus den Lautsprechern. Einen Augenblick später tauchte sein faltiges Gesicht auf dem Monitor auf. »Was willst du?«

»Wie ist der Zustand des Orchid-Depots?«

»Wie ist ... was? Warum?« Zhang Yuen wirkte schlaftrunken und noch nicht ganz bei der Sache, während er seine Finger über die Touchscreens schlurfen ließ.

»Ist irgendjemand drin gewesen? Gab es irgendeinen Zugriff auf den Bunker?«, bohrte Jade geradezu hektisch nach.

»Nein«, antwortete Jiaos Vater nachdenklich. »Die Kammer ist verriegelt und die Behälter dicht.« Er wischte die Anzeigen davon und starrte direkt in die Kamera. »Warum? Was ist mit Orchid?«

Jade atmete einmal tief durch. »Es ist möglich, dass die Ragnars dorthin auf dem Weg sind.«

»Und wenn schon«, wiegelte Yuen ab. »Du hast doch die Neces darüber platziert.«

»Die haben mehr als sechzig Kämpfer dabei. So viele Männer fahren die nicht umsonst bei Nacht durch unsere Gegend«, hielt Jade dagegen. »Hör zu, ich bin zehn Kilometer vor Jacksonville und werde versuchen, sie aufzuhalten. Aber ich brauche Unterstützung!«

Yuen lehnte sich entrüstet in seinem Chefsessel zurück. »Ich habe derzeit keine Truppen zur Verfügung. Ihr habt mir schließlich meinen Hubschrauber abgeschossen!«

»Was ist mit Hawk-two? Wo ist Danny?«

Zhang Yuen rieb sich mit der Hand über Gesicht und Stirn, als würde er zwei Übel gegeneinander abwägen. »Nicht einsatzfähig.«

»Was? Wo ist dein zweiter Hubschrauber!?«

»Das geht dich nichts an!«, erwiderte Yuen grantig. »Wie haben die das Depot überhaupt gefunden?«

Jade zischte wütend und hämmerte auf den Ausschalter, woraufhin der Bildschirm wieder schwarz wurde.

»Danke für nichts, alter Narr!«

»Erklärung, bitte?«, forderte Angel auf der Rückbank.

»Wir halten direkt auf Jacksonville zu«, setzte Jade an. »Eine Kleinstadt, die zum Ende der Welt von Gangs zerstört worden ist; mit einem Unterschied. In der Kanalisation unterhalb der Stadt liegt eine halbe Tonne Gift. Alles von Industrieabfällen bis hin zu chemischen Kampfstoffen. Die Legion hat das Depot im Krieg gegen die Biosphäre entdeckt.«

»Und ihr habt die einfach liegengelassen?«, fragte Dog.

»Wir hatten keine Wahl«, verteidigte sich Jade. »Die Behälter waren beschädigt und fingen bereits an zu verrotten. Zwölf Männer sind allein bei der ersten Sondierung gestorben. Jeder Transport hätte eine Gefahr für das Imperium bedeutet, aber weiter vor sich hinrotten lassen, konnten wir sie auch nicht. Da kommen die Hawker ins Spiel. Sie waren die Einzigen mit genügend Know-how, um das Scheißzeug zu sichern. Laut einem geheimen Zusatzprotokoll in unserem Waffenstillstandsvertrag sind sie für das Depot verantwortlich, während wir den Zugang dazu absperren. Yuen hat damals Leute vorbeigeschickt, die alles in saubere Fässer verpackt und eine direkte Verbindung zu Amy aufgebaut haben, wodurch sie permanent ein Auge drauf werfen kann.«

»Moment mal«, unterbrach Angel. »Wenn du Yuen da reingelassen hast, warum hat er die Kampfstoffe nicht einfach weggeschafft?«

»Damit er das Zeug für seine eigenen Zwecke einsetzen kann?«, erwiderte Jade. »Niemals! Die Chemiewaffen dienen ...« Sie machte eine kurze Pause und drehte den Kopf nach hinten, um Angel in die Augen zu schauen. »Sie dienen der gegenseitigen Abschreckung. Er kann da nicht rein, ohne sich durch die Neces durchkämpfen zu müssen, und wir nicht, ohne von Amy entdeckt zu werden. Aber den Ragnars ist das alles egal. Wenn sie den Mist in ihre Klauen kriegen, können sie die Chemikalien gegen beide Seiten einsetzen.« Mit diesen Worten drehte sie sich weiter zu Dog. »Wahrscheinlich wollen sie es den Vultures zur Verfügung stellen. Diese Schwachmaten sind sicher dämlich genug, um mit Sarin um sich zu schmeißen!«

»Und was hast du jetzt vor?«, fragte Angel, ehe Dog einen Kommentar abgeben konnte. »Sechzig Ragnars aufhalten, während diese Verrückten um uns rumhängen?«

»Uns bleibt keine andere Wahl«, entgegnete Jade. »Deswegen müssen wir unbedingt vor ihnen da sein, um einen anständigen Hinterhalt aufbauen zu können.« Sie zeigte auf ein paar ineinandergekeilte Elektroautowracks, die in der Nacht gute Tarnung versprachen. »Halt da vorne an!«, befahl sie Cassidy.

»Sigma-Lanze, sobald ihr hier seid, ausschwärmen und Defensivpositionen besetzen. Es wird nur auf meinen Befehl gefeuert. Schaltet streunende Neces im Nahkampf aus!«

Anderson hatte sich beeilt und rauschte schon zwei Minuten später heran. Die Prätorianer stoppten direkt hinter Cassidy und verteilten sich folgsam im Gelände.

»Clarissa, geh mit ihnen und achte auf die Umgebung. Wenn dir irgendwas komisch vorkommt, brichst du die Funkstille!«

»Verstanden, Herrin.« Ohne weitere Kommentare schloss sie sich Lance Commander Anderson an.

»Ihr beide bleibt hier und bewacht die Fahrzeuge«, sagte Jade zu Cassidy und Dog. Anschließend wandte sie sich direkt an die Teenagerin. »Gib den Prätorianern Flankenschutz mit deiner Wunderbrille, wenn der Angriff beginnt. Aber geh kein Risiko ein! Angel und ich klettern auf eine erhöhte Position, um die Operation zu koordinieren.«

Sie schlug die Wagentür zu, holte sich das Nachtsichtgerät von Commander Anderson und joggte mit Angel davon.

***

»Ihr beide seid euch ja zusehends nähergekommen«, stellte Angel während des Laufens fest. »Wo führst du mich eigentlich hin?«

»Zum Kraftwerk«, keuchte Jade. »Jacksonville hatte ein Kohlekraftwerk. Nur der Kühlturm steht noch. Von da oben solltest du ein gutes Schussfeld haben.« Sie blickte sich zu Angel um und fragte: »Stört dich das? Das mit Cassidy, meine ich.«

»Sie ist alt genug, um sich ihre eigenen Freunde zu suchen. Aber es wundert mich ein wenig, nachdem du sie in Arnac einfach so opfern wolltest.«

»Glaubst du das wirklich?«

Angel stoppte den Vormarsch und hockte sich zu einem Rundumblick ins hohe Gras. »Sag du es mir.«

»Hast du dich nie gefragt, warum ich erst dich und dann sie so schnell gefunden habe?«

»Glück?«

»Nocturnals.«

»Du hast uns also die ganze Zeit beschatten lassen?«

»Die ganze Zeit ist übertrieben«, wiegelte Jade ab. »An der Schlucht hören meine Augen auf und Jiao bei ihrem Fahrstil quer durch die Wüste zu verfolgen ist ohne Luftüberwachung ebenfalls nicht drin. Aber ich wusste von eurem Besuch auf der Farm, von dem Fahrzeugwechsel und natürlich, dass du mein Amulett am Stadteingang herumgezeigt hast.« Während sie sprach, suchte sie nach einem Aufstieg zum Kühlturm und führte Angel dabei am löchrigen Absperrzaun des Kraftwerks entlang. »Seit ihr in Arnac angekommen wart, sind euch die Nocturnals auf den Fersen geblieben. Als ich dir den Hintern gerettet hab, hielten sie den Kontakt zu Cassidy. Ich wollte sie dir eigentlich später als Geschenk zurückgeben.«

»So wie du es mit Dog getan hast? Verknüpft mit einer endlosen Kette von Bedingungen?«

»Das ist mein Job«, erwiderte Jade ohne einen Versuch zur Rechtfertigung. »Du denkst doch in den gleichen Mustern.«

»Deine Nocturnals haben dir hoffentlich von meinem Problem erzählt?«, murmelte Angel, als sie vor dem klapprigen Treppengeländer hinauf zum Kühlturm standen.

»Hast du dich nicht erst vor einer Woche von ein paar Bergrücken abgeseilt?«

»Da war ich angekettet und ...«

Ehe sie den Satz beenden konnte, holte Jade ein kurzes Stück Seil mit zwei Karabinerhaken hervor. Einen davon klemmte sie an ihren Gürtel, den anderen reichte sie Angel.

»Na los«, sagte sie herausfordernd. »Vertrau mir.«

Angel nahm das Seilende und befestigte es an ihrem Ledergürtel. Als Jade aber mit dem Aufstieg beginnen wollte, zerrte sie sie zurück und klaute ihr den anderen Haken.

»Nie im Leben«, raunte sie hervor und rastete den Verschluss stattdessen am Geländer ein.

»Du vertraust einem Stück rostigen Stahl mehr als mir?«

»Ich vertrau meinem Kaffeesatz mehr als dir«, sagte Angel. »Und jetzt beweg dich, bevor ich es mir anders überlege!«

Jade rümpfte beleidigt die Nase und stampfte die Treppen etwas derber als nötig hoch, so dass Angel schon nach den ersten Stufen mit ihrer Höhenangst kämpfte. Nur dank ihrer eisernen Disziplin gelang es ihr, den Blick geradeaus zu halten und sich nichts anmerken zu lassen.

»So«, keuchte sie nach gefühlten sechs Etagen. »Ich muss Cassidy also als entbehrliches Objekt betrachten, um in euren Club aufgenommen zu werden?«

»Ich hab nie gesagt, dass ich sie nicht zu schätzen wüsste«, rief Jade ihr zu. Der leichte Steppenwind vom Boden hatte sich verstärkt, so dass sie etwas lauter reden musste. »Ich hätte euch beide rausgeholt, aber ich muss zuerst an das Imperium denken und darf mir keine Bevorzugung leisten.«

»Keine Bevorzugung, hm?«, rief Angel zurück. »Und was ist mit dir und Grant? Und Jiao?«

»Das ist was Persönliches.«

»Wie viele andere hast du noch?«

»Neidisch?«

»Ich hab's nicht so mit Frauen.«

»Dein Verlust«, antwortete Jade. Sie blieb auf einer Zwischenplattform stehen und studierte den Horizont. »Die Ragnars kommen in Reichweite«, murmelte sie. »Schätze noch zehn Minuten, bis die Neces sie bemerken.«

»Bringen die nicht die Hawker gegen sich auf, wenn sie das Giftgas klauen?«

»Möglich. Das wird ihnen aber egal sein, wenn die Vultures es einsetzen.«

»Die sind also für die Ragnars ebenso Kanonenfutter wie für euch?«

Jade gönnte sich ein Stoßlachen. »Das ist eben das Schicksal der halbstarken Gangs. Diejenigen, die übrig bleiben, werden sicher in einen der Stämme von Ragnarök aufgenommen, aber die Zahl dürfte am Ende überschaubar sein.«

»Sag mal, du bist aber nicht an Cassidy ... interessiert, oder?«, brachte Angel zögernd hervor.

Jade blickte sich gemächlich zu ihr um.

»Also, ich hatte auf einen günstigeren Zeitpunkt gewartet, um dir das zu sagen«, begann sie. »Aber ...«

»Aber?«, echote Angel bedrohlich.

»Nein!«, beruhigte Jade sie sicherheitshalber mit großer Deutlichkeit. »Ich hab die Option natürlich durchgespielt, aber ihr Umgang mit dir hat sie gegenüber Menschen wie mir misstrauisch gemacht. Sie ist nicht so leicht zu manipulieren wie ...«

»Wie Jiao?«

»Hm.« Jade setzte ein resigniertes Gesicht auf, so als würden sich zusätzliche Ausführungen erledigt haben. »Wir sollten zusehen, dass wir nach oben kommen.«

Fünf weitere Minuten dauerte die beschwerliche Klettertour auf den Kühlturm des Kohlekraftwerks. Der graue Beton war mit den Jahrzehnten brüchig geworden, so dass die Stahlstreben des Wartungsgangs mitunter gefährlich vibrierten. Jade hatte es inzwischen aufgegeben, Angel mit ihrem Gestampfe in Verlegenheit zu bringen und beide atmeten erleichtert durch, als sie endlich oben ankamen. Die kreisrunde Krone des Turms war einen halben Meter breit und bot mitsamt den Bodengittern Platz für zwei liegende Personen. Bei einem Blick hinab auf den zurückgebauten Wärmetauscher wäre Angel jedoch um ein Haar abgestürzt.

»Hoffentlich bleiben wir hier nicht zu lange«, keuchte sie erschrocken und rutschte mit kreidebleichem Gesicht etwas weiter in die Mitte.

»Die halten direkt auf Jacksonville zu«, sagte Jade. »Wenn ich es nicht selbst sehen würde ...«

»Wie viele Neces sind in der Stadt?«

»So um die hundertfünfzig. Das ändert sich ständig.«

»Und da sollen sechzig Männer nicht reichen?«, wunderte sich Angel.

»Wenn du die Hälfte davon abschreiben willst, klar«, hielt Jade dagegen. »Eine halbe Stunde bis Sonnenaufgang.«

»Sind das vielleicht Vultures auf den Truppentransportern?«

»Die kommen aus dem Norden. Warum sollte man sie nach Ragnarök schaffen, nur um sie anschließend wieder zurückzufahren? Außerdem bezweifle ich doch sehr, dass die Clanführer da oben den Vultures so eine Aktion zutrauen.«

»Na gut. Wie lautet der Plan?«, fragte Angel.

»Wir warten, bis sie Jacksonville angreifen, und fallen ihnen in den Rücken«, erklärte Jade. »Die Neces erledigen den Rest.«

»Wenn das so einfach ist, warum hast du dann Yuen um Hilfe gerufen?«

»Weil ich mich an Abkommen halte, die ich selbst abgeschlossen habe«, knurrte Jade zurück. »Früher hätte er sofort Jiao mit Leon und seinen Männern vorbeigeschickt. Er muss an irgendwas Großem dran sein, sonst wäre Danny längst mit Hawk-two unterwegs und wir bekämen die nötige Luftunterstützung.«

Beide Frauen verstummten kurz darauf, als der Ragnarkonvoi auf die Zielgerade einbog. Die Motorräder folgten nun den LKW, die im Gänsemarsch dicht zusammen auf den Ortseingang zuhielten, bis sie direkt neben dem ersten Gebäude stoppten. Jade griff nach ihrem Funkgerät, um den Angriffsbefehl zu erteilen, da zogen die Ragnars auf einmal die Plane vom Führungsfahrzeug.

»Was ...« Sie tippte Angel hektisch an. »Was ist das? Was siehst du?« Kurz vor Sonnenaufgang war die Scharfschützenoptik dem Nachtsichtgerät durch seine Vergrößerung weit überlegen.

»Die haben die Plane vom ersten Laster gezogen.«

»Und weiter? Verdammt ...« Jade blickte auf ihre Uhr. »Noch zwanzig Minuten.«

»Cassidy«, blökte Angel unbeeindruckt in ihr Mikrofon. »Was

machen die ...«

»Bist du verrückt!?«, fauchte Jade sie auf einmal an. »Ich hab Funkstille befohlen!«

»Ich denke, das sind nur zurückgebliebene Barbaren?«

»Ganz recht. Genau wie ihr!«, entgegnete Jade energisch. »Barbaren mit Funkgeräten!«

»Irgendwelche runden Kästen«, knisterte Cassidys Antwort aus den Ohrstöpseln. »Keine Wärmeentwicklung. Sehen ein bisschen aus wie die Lautsprecher im Aurora, sind aber ziemlich flach.«

»Lautsprecher ...«, hauchte Jade erschrocken und drängte Angel von ihrem Gewehr, um selbst durch die Zieloptik blicken zu können. Angel murrte zwar leise vor Entrüstung, beließ es aber angesichts der Situation bei einer verbalen Ermahnung.

»Sigma-Lanze, Rückzug! Sofort!«, befahl Jade plötzlich.

»Herrin?«, rauschte Andersons verwirrte Stimme. »Wir sind in optimaler Deckung und der Feind hat uns nicht ent...«

»RÜCKZUG! RÜCKZUG VERDAMMT!«, wiederholte Jade in einer Mischung aus Panik und Zorn über die Befehlsverweigerung. »Ich muss da runter.«

»Warum? Was zum Henker ist das?«, fragte Angel. Jade hätte ihr Gewehr beim Zurückgeben beinahe in den Turm geschleudert und inzwischen färbte ihr unvermittelter Stimmungsumschwung ab.

»Wir haben uns doch gefragt, wie die Ragnars durch die Neces kommen wollen?«, rief Jade ihr bereits von der Treppe aus zu. »Das ist unser Screamer! Ein ...«

Weiter kam sie nicht. Ohne Vorwarnung durchzuckte ein schrilles Hochfrequenzgeräusch die Morgendämmerung, als wären eintausend Autoalarmanlagen gleichzeitig angesprungen. Angel und Jade rissen sich die Kopfhörer von den Ohren; irgendjemand drückte auf die Sendetaste und rief um Hilfe.

»Ich muss da runter«, bekräftigte Jade ihren Entschluss. »Gib ihnen Deckung, so gut du kannst!«

Auf einen knappen Kilometer Entfernung war das andauernde Fiepen unglaublich nervtötend, aber mit etwas Disziplin durchaus erträglich.

»Sobald du näher kommst, wird dir das Trommelfell platzen!«, rief Angel zurück. »Warte.« Sie kramte in ihrer Brusttasche und holte eine Packung Ohrstöpsel hervor, die für sie als Scharfschützin fast so wichtig waren wie ausreichend Munition. Zwei davon steckte sie sich in die Ohren, dann warf sie Jade die Plastikschachtel zu.

»Danke«, erwiderte die mit einem knappen Nicken. »Und jetzt Deckung!« Sie riss ihre Schrotflinte vom Rücken und stampfte auf den klapprigen Stufen nach unten.

Angel gab einen Augenblick dem wohligen Gefühl nach, als der Schmerz nachließ. Die kleinen Stücke von geschmeidigem Schaumstoff blockierten die Schallwaffe und ließen sie beinahe wie ein angenehmes Vogelzwitschern am Morgen klingen. Durch ihre Zieloptik sah sie unterdessen, wie die Prätorianer in einem Mündungsfeuergewitter um ihr Leben kämpften.

Kaum einer hielt noch ein Gewehr in der Hand. Die meisten verteidigten sich mit Pistolen und schützten dabei die Ohren mit den Oberarmen. Zwei Männer der Sigma-Lanze lagen bereits am Boden. Cassidy wurde von C.T. nach hinten gezerrt und Angel schrieb eine gedankliche Notiz, der Nocturnal später dafür zu danken.

Dann erblickte sie Dog. Er war dafür bekannt, sein leichtes Maschinengewehr mit einem Arm abfeuern zu können. Mit dem linken Oberarm und der entsprechenden Hand bedeckte er die Ohren und ballerte fast blind in Richtung des Lasters mit der Schallanlage, der aber von den beiden Truppentransportern verdeckt wurde. Immerhin hatten die Ragnars die LRAD bewusst ganz nach vorn in den Stadteingang gestellt, um die Neces loszuwerden, von denen sich verständlicherweise keiner blicken ließ.

Einen Sekundenbruchteil überlegte Angel, ob sie Dog wirklich decken oder die Lautsprecher aufs Korn nehmen sollte. Sie schüttelte innerlich mit dem Kopf, denn die Entscheidung lag klar auf der Hand. Dog konnte für sich selber sorgen und ihr Gewehr vom Kaliber .50 BMG galt nicht umsonst als Waffe gegen Materialziele, die ganze Motorblöcke mit einem Schuss zu zerstören vermochte.

Ihr erstes Geschoss traf sofort einen der vier flachen Hochfrequenzlautsprecher. Sie bewegten sich nicht und wirkten wie billige

Zielscheiben, so dass Angel sie trotz des leichten Windes kaum verfehlen konnte. Die genaue Entfernung hatte sie zuvor über die Leitpfosten der Zugangsstraßen berechnet.

Fünf Sekunden später durchlöcherte sie problemlos den Zweiten, doch nun hatten die Ragnars ihren Gegenangriff bemerkt. Ein kompletter Zug schien nach ihr zu suchen, was auf einen Kilometer zum Glück keine Gefahr für sie darstellte. Einzig der Kommandant verstand offenbar, woher der gezielte Kugelhagel kam; besonders als Angel den dritten Lautsprecher verfehlte, weil er auf der abgelegenen Seite des Lasters lag und sich die Elektronikanlage dazwischen befand, an der ihre Kugel funkenschlagend abprallte.

Ehe sie es erneut versuchen konnte, fuhren die Ragnars die Schallwaffe mitten in die Siedlung herein. Geistesgegenwärtig feuerte Angel auf den Motor und legte ihn lahm, aber der Schwung des LKW ließ ihn hinter eine Hausfassade rollen, wo er vor weiterem Beschuss geschützt war.

»Jade! Zwei Lautsprecher sind tot, aber ich komm nicht mehr ran!«, rief sie in ihr Funkgerät. Dabei fiel ihr ein, dass die Bacchae ja ebenfalls Ohrstöpsel trug und sie nicht hören konnte.

Als sie daraufhin ihre Deckung aufbauen wollte, stellte sie fest, dass die Ragnars bei weitem keine undisziplinierten Barbaren wie die Vultures waren. Trotz des überraschenden Abwehrfeuers auf dem Boden und Angels Präzisionsangriffs aus der Ferne hatten sie ihre Fassung behalten und einen hilflosen Prätorianer nach dem anderen ausgeschaltet. Die zahlenmäßige Überlegenheit sorgte zudem für ein äußerst kurzes Gefecht. Cassidy trug auf einmal Industrieohrschützer und wurde im Eiltempo mit einem Gewehr im Rücken abgeführt. Ihr folgte ein Ragnar mit C.T. auf der Schulter. Nur Dog behauptete sich noch tapfer. Ihm war es gelungen, einem besiegten Gegner seine Ohrschützer zu rauben, wodurch er wieder beide Hände benutzen konnte. Das Fiepkonzert hatte jedoch Spuren hinterlassen, denn er wankte gefährlich wie ein Segelmast bei stürmischer See. Die Ragnars wussten nicht recht, ob sie ihn auf der Stelle erschießen oder in Gefangenschaft nehmen sollten, bis ihm einer von hinten in die Knie trat und damit zu Boden zwang.

In diesem Moment erreichte Jade endlich das Schlachtfeld und deckte die verbliebenen Ragnars von einer Anhöhe aus mit ihrer Schrotflinte ein. Angel wechselte gerade ihr drittes Magazin, als sich ein kleiner Feuerball in der Ferne erhob. Einer der Ragnars hatte einen Molotowcocktail in Jades Richtung geschleudert, um den Abzug zu decken. Das Fiepen schaltete sich ab und kurz darauf waren sie verschwunden.

11. Bündnisfall

Eine Stunde später. Angel lag noch immer nahezu bewegungslos auf dem Kühlturm des Kohlekraftwerks und beobachtete die Siedlung in der Morgensonne. Mit ihrem Klappmesser ritzte sie neue Abschussmarkierungen in den Kolben ihres Gewehrs. Zwölf für D-Sechs-alpha und vier weitere aus Jacksonville.

Seit die LRAD-Schallwaffe abgeschaltet worden war, hatte sie keinen Ragnar mehr zu Gesicht bekommen. Dafür zeigten die Neces ein ausgesprochen neugieriges Verhalten, das an kleine Kinder erinnerte. Schon nach zehn Minuten waren sie aus ihren Löchern gekrochen gekommen und hatten wie wilde Tiere auf die schmerzhaften Lautsprecher draufgehauen. Dabei ignorierten sie die Handvoll toter Ragnars in dessen Umkreis. Menschliche Kadaver standen demnach nicht auf ihrem bevorzugten Speiseplan.

Inzwischen hatten sie sich wieder verteilt und gingen ihrem normalen Tagwerk nach. Sie suchten nach Wasser, fingen Insekten oder jagten Ratten. Gelegentlich prügelten sich zwei oder mehr Neces und schienen nur ein paar Minuten später bereits vergessen zu haben, worüber sie sich eigentlich gestritten hatten. Ein Verhalten, das bittere Erinnerungen an die Saufgelage der Vultures in Angels Gedächtnis wachrief.

Sie wollte warten, bis die Sonne vollständig aufgegangen war, ehe sie sich dem Schlachtfeld näherte. Bis dahin nutzte sie die Chance, die Neces in ihrem natürlichen Habitat zu beobachten. Cassidys neue Freundin Alison würde sie vermutlich sehr beneiden, doch allmählich schmerzten der Scharfschützin alle Knochen von der unbequemen Position, in der ihr zusätzlich ein permanent staubiger Wind um die Ohren pfiff. An einen Blick nach unten durch die Metallgitter war bei Tageslicht nicht zu denken. Der Gedanke an den minutenlangen Abstieg reichte bereits aus, damit sich ihr der Magen umdrehte. Auch so ein Grund, warum sie bisher die regungslose Beobachtung genoss und ihre Rückkehr auf später verschob.

Die Bilder von Cassidys erneuter Gefangenschaft zwangen sie

dennoch zurück auf die Beine. Irgendwie schaffte es Angel jedes Mal, ihre Schülerin in Gefahr zu bringen, egal wie sehr sie es zu verhindern versuchte. Sei es an vorderster Front, wie bei der Verteidigung von Eagle Village oder gut behütet an der hintersten Linie, wie vor zwei Stunden, als C.T. sogar die Flucht mit ihr angetreten hatte. Inzwischen verfiel Angel jedoch nicht länger einer irrationalen Rachelust. Cassidy hatte wiederholt bewiesen, dass sie auf sich selbst Acht geben konnte. Und dann war da ja auch noch Dog, der mit Sicherheit schon an einem Fluchtplan arbeitete.

Angel stoppte abrupt und blickte sich nach Jacksonville um. Ein gemeines Schmunzeln erschien auf ihren Lippen. Nein, Dog arbeitete nicht an Fluchtplänen. Die Ragnars bereuten es wahrscheinlich bereits, ihn nicht erschossen zu haben. Sein einziger Fluchtplan lag jederzeit griffbereit in einer Schublade und lautete, einem Rammbock gleich den Weg freizuräumen.

Trotzdem half es nichts. Angel musste ihre Phobie überwinden, wenn sie ihn und Cassidy wiedersehen wollte. Mit zusammengebissenen Zähnen und angekettet am klapprigen Geländer tapste sie die Gitterstufen hinab.

Wenig später erreichte Angel in gebücktem Lauf die Hügelkette vor Jacksonville. Das Feuer des Molotowcocktails hatte das trockene Steppengras in einem Umkreis von zehn Metern verbrannt und war erst von einer undurchdringlichen Mauer aus Findlingen gestoppt worden. Dort vermutete Angel Jade. Nach ihr zu rufen wollte sie mit den Neces in der Nähe nicht riskieren, also streifte sie wie ein Raubtier durch die verholzten Sträucher.

Plötzlich hörte sie das vertraute Doppelklicken einer Schrotflinte zu ihrer Rechten. Erst bei genauerem Hinsehen erkannte sie die Bacchae unter einer künstlichen Grashalmdecke. Mit ihrem Ledertrenchcoat war sie kaum zu sehen und die Neces wären vermutlich schnurstracks an ihr vorbeigelaufen.

»Nicht schlecht«, brummte Angel. »Dir ist aber hoffentlich klar, dass selbst das trockene Gras hier im Laufe des Tages braun wird und dann auffällt wie ein Leuchtfeuer?«

»Ich hab nicht gedacht, dass du dir so lange Zeit lassen würdest«, keuchte Jade zurück. »Außerdem bin ich nur der Köder.«

Sie zeigte nach oben zu den verkohlten Steinen. Erst bei genauerem Hinsehen entdeckte Angel den dazwischen herausra-genden Gewehrlauf. Lance Commander Anderson lag nur fünf Meter entfernt, versteckt unter einem großen Naturstein. Mit dem Gesicht voller Tarnschminke und ein paar Sträuchern in den Löchern sei--ner Uniform verschwamm er nahezu vollständig mit seiner Umgebung.

»Habt ihr die Rollen getauscht?«

»Nein«, grollte Jade mürrisch. »Ich komm hier nicht weg.« Vorsichtig zog sie die Grasdecke beiseite und schlug ihren Mantel auf. Ein blutiger Metallstab ragte aus ihrer linken Taille, auf den sie bei ihrem Fluchtmanöver vor dem Molotowcocktail gestürzt war. »Du musst nach Arnac und Hilfe holen. Mein Amulett wird dir ...«

»Hast du sie noch alle?«, fuhr Angel ihr dazwischen. »Das ist eine Tagesreise, selbst wenn die mir sofort Truppen geben. Wir haben höchstens bis heute Nacht.«

»Wir haben ... was?«

»Die wissen jetzt, dass ihr wisst, wo sie sind. Warum sollten die Jacksonville verteidigen, wenn das keine Invasion ist?«, philosophierte Angel. »Wenn ich bei denen was zu sagen hätte, würde ich bis zum Sonnenuntergang warten und meine Leute schleunigst evakuieren, bevor ihr die Chance habt, mich einzukesseln.«

»Wenn die Gasbehälter auch nur ansatzweise beschädigt werden, gehen wir alle drauf«, konterte Jade. »C.T. wird einen Weg finden, uns eine Spur zu hinterlassen. Dann können wir sie mit der Legion verfolgen und geordnet ausschalten.«

»Die haben Cassidy.«

»Ja und? Die taucht schon wieder auf.«

»Ohne Cassidy lasse ich die Ragnars nicht ziehen«, sprach Angel in einem ruhigen Tonfall, der keinen Zweifel an ihren Worten ließ.

»Und wie stellst du dir das vor? Willst du mit Anderson das ganze Camp hochnehmen?«

Angel warf einen genaueren Blick auf das Stück Metall, das Jades Taille etwa zwei Zentimeter weit ins Bauchinnere von vorne bis hinten durchbohrt hatte. Beim Aufprall war es abgebrochen und bewegte sich im Takt mit den Atembewegungen. Ohne sie vorzuwarnen riss Angel den Stab aus ihr heraus und hielt ihr gleichzeitig mit der linken Hand den Mund zu, damit Jade nicht die gesamte Neceskolonie anlocken würde.

»Hast du was zum Abbinden? Irgendwelche sauberen Tücher?«, raunte sie in die ungefähre Richtung des Prätorianers. Sie erhielt keine Antwort. Dafür flog ihr ein eingeschweißtes Dreieckstuch, das eigentlich für gebrochene Arme gedacht war, zusammen mit einer weiteren Mullbinde entgegen.

»Bist du fertig?«, fragte Angel. »Kann ich meine Hand wiederhaben?«

Jade nickte mit aufgerissenen Augen, in denen sich Schmerz und grenzenlose Wut spiegelten. Als Angel ihre Hand zurückzog, ächzte sie als Ausgleich für den verbotenen Schrei und krümmte sich nach vorne.

»Liegenbleiben«, befahl Angel und drückte sie zurück auf den Boden. »Die Blutung hält sich in Grenzen. Der Stab hat deine Nierenarterie verfehlt.«

Jade wollte etwas darauf antworten, aber ihr fehlten die Worte. Angel drehte sich erneut zu Anderson um.

»Das muss genäht werden. Wie viel Zeit haben wir?«

»Vierzehn Stunden.«

»Bitte was?«

»Die Neces ...«, knirschte Jade, halb vor Schmerzen, halb wütend über die unsanfte Behandlung. »... verlassen ihre Kolonien nur bei Nacht.«

»Und die Ragnars brauchen einen neuen Fluchtplan«, fügte Anderson hinzu.

»Na schön«, sagte Angel und holte ihren Kampfstab hervor. »Irgendwelche Farbwünsche?« Sie schnippte einen kleinen Hebel zur Seite und öffnete das Nähset. »Wir haben weiß, olivgrün und schwarz.«

Jade rollte mit den Augen. Hätte sie der Schmerz nicht nahezu gelähmt, wäre sie Angel wohl an den Hals gesprungen.

»Okay, schwarz steht dir sicher prächtig«, entschied sie daraufhin eigenmächtig. »Willst du eine Narkose?«

»Sind da etwa auch Betäubungsmittel drin?«

»Nicht direkt«, erwiderte Angel, ballte die Faust und holte weit aus.

Jade hob panikartig die Hände hoch. »Geht ohne! Ich beiß die Zähne zusammen.«

»Auch gut«, sagte Angel und stach beherzt zu.

Jade stöhnte mit zusammengekniffenen Augen und biss auf ihren Lederkragen. Angel zeigte unterdessen durchaus Talent bei der blutigen Arbeit. Ihre Stiche wiesen medizinische Kenntnisse auf und sie kam schnell voran, was bei Behandlungen ohne jegliche Betäubung bitter nötig war.

»Hast du Jennys Arzneibeutel dabei?«, fragte sie Anderson, nachdem sie auch Jades Rückenwunde verschlossen hatte.

Wieder flogen ihr zwei Packungen entgegen, diesmal die orangefarbenen Plastikzylinder mit den Pillen aus Alexandria.

»Eine erstklassige Unfallversorgung«, meinte Angel, als sie Jade die Medikamente mit ihrer Feldflasche zum Schlucken gab. »Ich weiß gar nicht, worüber du dich so aufregst. Juckt es sonst noch irgendwo?«

Jade schüttelte vehement mit dem Kopf, aber Angel traute ihr nicht ganz und untersuchte sie persönlich, als vermutete sie, dass die Bacchae aus Angst vor einer weiteren Tortur andere Wunden verschweigen könnte. Zu ihrer Erleichterung fand sie nichts und ließ ihre wenig dankbare Patientin in Ruhe.

»Was ist bei euch passiert?«, fragte sie Anderson und hockte sich neben seine Stellung, von wo aus sie einen Blick auf das Schlachtfeld werfen konnte.

»Da wir den genauen Kurs der Ragnars kannten, erschien es uns leicht, einen effektiven Hinterhalt zu errichten«, erklärte er und zeigte auf geeignete Positionen. Autowracks oder Stahlschrottberge dienten hervorragend zur Wegelagerei. »Als die Plane von der LRAD gezogen wurde, hat Clarissa ihre Taktik durchschaut. Sie befahl den sofortigen Rückzug, noch bevor Herrin Jade die Funkstille gebrochen hat.«

»Warum seid ihr dann nicht abgehauen?«

»Weil Prätorianer nicht vor dem Feind fliehen«, erwiderte Anderson entrüstet. »Und die Nocturnals überbringen höchstens Befehle. Sie erteilen sie nicht. Clarissa hat die Stellung daraufhin eigenmächtig verlassen. Als die Beschallung begann, sind wir sofort aufgeflogen. Ich habe versucht, die Ordnung wiederherzustellen, aber ...«

»Das Ding wurde gebaut, um Chaos zu säen«, fiel ihm Jade dazwischen. Sie hatte sich aufgerappelt und zu den Steinen gekniet. Ihre linke Hand drückte auf die blutige Stelle. Sie riss sich vor dem Prätorianer jedoch zusammen, um keine Schwäche zu zeigen.

»Wo haben die das Teil eigentlich her?«, fragte Angel.

»Von uns. David hat mir gestern Abend gemeldet, dass sein erwarteter Militärkonvoi mit dem Screamer nicht in Camp Tanis angekommen sei. Er wollte ihn gegen die Vultures einsetzen. Anscheinend sind uns die Ragnars zuvorgekommen.«

»Glaubst du, die wissen, dass du hier bist?«

»Du meinst ...? Clarissa oder die anderen werden es ihnen sagen«, bestätigte Jade. »Die gehen sicher davon aus, dass ich Unterstützung aus Arnac anfordere.«

Angel nickte zuversichtlich. »Gut. Das können wir gegen sie benutzen. Hoffen wir, dass Dog die Klappe hält.«

***

»Was zum Henker war da draußen los?«, rief eine dumpfe Männerstimme aus dem Nebenraum.

Dog riss die Augen auf und wehte die letzten Überbleibsel seiner Ohnmacht hinfort. Er befand sich in einem rostigen Käfig, der ihn an die Hundezwinger der Vulturefestung erinnerte, in denen Sklaven gehalten wurden. Seine Ohren fühlten sich feucht an und bei einem Kontrollgriff spürte er sein eigenes Blut. Es war nur teilweise geronnen, also konnte die Schlacht noch nicht lange zurückliegen. Zwei Prätorianer teilten seine Zelle. Beide rieben sich ebenfalls die Ohren, um das unaufhörliche Klingeln loszuwerden. Eine Gittertür weiter hockte Cassidy neben einer harten Holzpritsche, auf der C.T. bewusstlos lag.

»Hey!«, brüllte Dog. »Wo habt ihr uns hingebracht?«

»Ist doch völlig egal«, erwiderte eine etwas ruhigere, selbstbewusstere Männerstimme aus dem Nebenraum. »Die haben uns gefunden. Zeit, euren Teil des Pakts einzulösen. Wir überqueren den Pass. Heute Nacht.«

Einen Augenblick später flog die Tür auf und ein großer Mann mit zotteliger Mähne und wochenlang gewachsenem Bart stampfte auf die Käfige zu. Sein halbnackter Oberkörper wurde von einer locker hängenden Weste aus Tierfellen bedeckt; vermutlich Bär oder Wolf. Anders als die Vultures mit ihrer schwarzen Lederkleidung wirkte er damit wahrlich wie ein Barbar aus dem Altertum.

»Wer von euch hat das Kommando?«, raunte er die Prätorianer an. Dabei ignorierte er Cassidy und Dog vollkommen.

»Lance Sergeant Rodney Farradye, erstes prätorianisches Regiment, Sigma Lanze«, antwortete einer und stand dazu sogar auf.

»Bist du übergeschnappt?«, knurrte Dog. »Wir wissen doch nicht mal, wer die sind.«

»Er nennt sich Ivar. Tyr des Noatun-Stamms«, belehrte ihn Farradye. »Einer der Kommandeure von Ragnarök, Veteran beider Kriege gegen das Imperium und bekannt für sein unersättliches Verlangen nach sicariianischem Honigwein.«

Der Ragnar grinste gehässig, als der Prätorianer seine halbe Lebensgeschichte vortrug.

»Ein Lance Sergeant, eh?«, brummte er mit tiefer Stimme. »Und wer ist dein Kumpel?«

»Lance Corporal Hans Millington«, identifizierte sich der zweite Prätorianer.

Ivar rümpfte die Nase, als sei er enttäuscht, dass ihm nur zwei einfache Soldaten in die Falle getappt waren.

»Wo steckt euer Commander?«

»Ermordet. Von euch.«

»Ermordet?«, erwiderte Ivar in einem gespielten Anflug von Entsetzen. »Ihr habt versucht, uns in einen Hinterhalt zu locken!«

»Wir befinden uns auf imperialem Territorium«, entgegnete Farradye monoton. Er ließ sich nicht aus der Fassung bringen.

»Die Grenze ist eine Farce! Wie viele von euren Bacchae treiben sich in diesem Moment mit ihrem Gesindel bei uns herum, hä?«

Farradye schwieg und setzte sich wieder zu seinem Kameraden.

»Hmph«, grunzte Ivar hervor und spuckte auf den Boden. »Das hab ich mir gedacht.« Er wendete sich ab und stiefelte breitbeinig zur Tür.

»Jade«, rief ihm Farradye nach.

»Was?«

»Jade führt unsere Lanze. Ihr wärt gut beraten, bei Sonnenuntergang zu verschwinden, oder sie wird keinen von euch am Leben lassen.«

»Mach dich nicht lächerlich, Bursche«, lachte Ivar. Er war gut zwanzig Jahre älter als Farradye. »Die Zigeunerin würde uns nie ohne Unterstützung angreifen. Wahrscheinlich ist sie schon längst abgehauen und hat euch im Stich gelassen. Wenn sie in einer Woche wieder da ist, sind wir verschwunden und werden alle Zeit der Welt haben, uns alte Kriegsgeschichten zu erzählen!«

Er verließ den Zellentrakt und schlug die Tür hinter sich zu.

»Tolle Vorstellung«, sagte Dog. »Plant ihr so euren Ausbruch?«

»Ausbruch?«, wunderte sich Farradye und sah seinen Kameraden an, der ebenso fragend mit den Schultern zuckte. »Wir haben nicht vor zu flüchten.«

»Hat euch der verdammte Truck das Hirn weich geklingelt oder was?«

»Ivar hat Recht«, ächzte C.T. aus der Nachbarzelle. Dank Cassidys Fürsorge war sie wieder erwacht und hatte den letzten Teil des Gesprächs mit angehört. »Wenn Jade das Gefecht überlebt hat, ist sie inzwischen auf dem Weg nach Arnac. Dort wird sie das Kommando über die örtlichen Truppen übernehmen und anschließend Jacksonville sichern. Wenn den Ragnars die Flucht mit den Kampfstoffen glückt, ist es unsere Pflicht, ihre Spur zu verfolgen. Das gelingt uns am einfachsten als Gefangene.« Sie drehte sich auf den Rücken und starrte die Käfigkonstruktion an. »Hier unten kommen wir ohnehin nicht allein raus.«

»Sind wir ...?«, setzte Farradye an.

Clarissa nickte. »Wir befinden uns in der Nähe des Chemiewaffendepots. Wenn ich mich recht entsinne, wurden die ersten Neces in diesen Käfigen nach Jacksonville geschafft.«

»Was denn? Gehen euch etwa die Tricks aus?«, spottete Dog. »Herrin Jade hätte sich bestimmt schon in die Freiheit gezaubert.«

C.T. knirschte mit den Zähnen und wägte gedanklich ab, ob sie ihn einer Antwort würdigen sollte.

»Ich bin nicht *so* eine Agentin«, presste sie schließlich hervor.

Ehe sie weiterreden konnte, öffnete sich die Tür und ein junger Mann von schmächtiger Natur trat mit einem Holztablett in den Händen ein. Darauf befanden sich ein Laib Brot und zwei Plastikflaschen Wasser.

»Zurück!«, befahl er wenig überzeugend. »Weg von der Tür!«
Das Brot hätte er mit Sicherheit hindurchquetschen können, aber für die Flaschen waren die Gitter zu eng.

»Dog«, zischte Cassidy. Sie war furchtbar durstig und da half es nicht, dass er breitbeinig und mit verschränkten Armen direkt vor dem eingeschüchterten Männlein stand, nur um seine Unbeugsamkeit zu demonstrieren. Er murmelte ihr etwas Unverständliches zu und lehnte sich anschließend widerwillig an die Rückseite des Käfigs.

»Keine Tricks, klar?«, stotterte der Wärter und schloss mit zitternden Händen die Tür auf. Anschließend stellte er eine Flasche direkt daneben und warf Dog ein halbes Brot zu. Kaum hatte der es gefangen, schleuderte er es dem erschrockenen Ragnar wie ein Wurfgeschoss zurück an den Kopf und stürmte auf ihn zu. Einem Rammbock gleich schlug er ihm die Gittertür ins Gesicht und riss ihm seine Pistole aus dem Holster.

»Ihr könnt ja meinetwegen hierbleiben, aber wir zwei hauen hier ab!«, grunzte er und schloss Cassidys Tür auf.

»Was soll das!?«, fauchte C.T. »Du weißt doch nicht mal, wo du reingekommen bist!«

»Mir egal. Ich lass mich doch nicht wie ein Tier einsperren!«
»Hinter dir!«, rief Cassidy auf einmal.
Dog drehte sich zur Tür herum, da traf ihn ein Baseballschläger an seinem Dickschädel.

»Verdammte Scheiße, Dirk!«, grollte ein viel beleibterer Ragnar mit langen Haaren und flickenübersäter Jeanskleidung den schmächtigen Wärter an, der langsam wieder zu sich kam. »Was hast du hier zu suchen?«

»Rune ich ... ich sollte ihnen etwas zum Essen bringen«, stammelte Dirk benommen. »Ivar sagt, die stehen sonst den Trip nach Süden nicht durch.«

»Mach, dass du hier rauskommst!«, knurrte Rune.
Er wartete, bis Dirk sich mit der Hand am Kopf aus der Tür ge-

schleppt hatte, und hob die zweite Flasche auf.

»So, ihr wollt also Wasser, hä?« Er schraubte sie auf und vergoss das Wasser auf den Boden, bis sich eine kleine Pfütze bildete. »Da habt ihr euer Wasser!«

Rune drehte sich zur Tür um, wo zwei weitere Ragnarsoldaten dem Schauspiel beiwohnten.

»Schafft den Scheißkerl zurück in seinen Käfig!«

Die beiden eilten gehorsam herbei und zerrten Dog auf die Bank der Prätorianer. Die machten nicht mal den Anschein von Gegenwehr, kümmerten sich jedoch um seine blutige Wunde.

»Unfähiges Pack«, beschwerte sich Rune unterdessen. »Wer hat diesen Schwachmaten Dirk hier alleine reingelassen?«

»Tyr Ivar«, antwortete einer der Ragnars.

Rune stöhnte gereizt, während er sich den Schweiß von der Stirn wischte. Bei seinem Übergewicht hatte der Treffer mit dem Holzschläger zwar gesessen, ihn aber auch überproportional beansprucht.

»Na wenigstens habt ihr nicht nur die Penner aufgesammelt«, brummte er und machte ein erfreutes Gesicht, als er Cassidy und C.T. entdeckte. »Schlüssel!«, rief er seinem Kumpan zu, der gerade Dog wieder eingesperrt hatte. Anschließend öffnete er die zweite Zellentür. »Wer von euch beiden Hübschen will für den Fluchtversuch bezahlen?«

Cassidy blickte Clarissa panisch an. Die nahm sich eine Sekunde Zeit, um ihre Kräfte zu sammeln, bis sie sich mit den Füßen von der Bank abstieß und Rune an den Hals hechtete. Sie versuchte, ihm die Augen auszukratzen und biss sich an seinem linken Ohr fest, ehe er sie gewaltsam von sich schleuderte. Sie knallte mit voller Wucht gegen die Gitterstäbe und blieb röchelnd liegen.

»Verdammtes Miststück!«, knurrte Rune. »Dich nehmen wir mit nach Ragnarök!«

Dann fiel seine Aufmerksamkeit auf Cassidy, die sich in die hinterste Ecke des Käfigs presste.

»Sieht so aus, als hätte dich deine Freundin ausgeliefert.« Er grabschte ihr in den Ausschnitt und zerrte sie in die Mitte der Liege.

Dog war wieder zu sich gekommen und starrte abwechselnd auf

die Prätorianer, die sich die ganze Zeit kaum einen Millimeter gerührt hatten, und Cassidy, die sich aus Leibeskräften wehrte. Sie kreischte wie am Spieß, als Rune ihr das T-Shirt auseinanderriss und seine Gürtelschnalle öffnete.

»Lass sie in Ruhe!«, brüllte Dog. »Nimm deine Pfoten von ihr oder ich bring dich um!«

Seine Worte riefen alte Erinnerungen in ihm wach. Bei den Vultures hatte er sie hundertfach gehört; von Sklaven, die ihm auf seinen Feldzügen in die Hände gefallen waren. Er selbst hatte sich nie an Frauen vergriffen, war aber auch nie zwischen seine Männer und ihre Opfer gegangen. Er wusste demnach aus eigener Erfahrung, dass die umstehenden Ragnars nicht einschreiten würden. Wahrscheinlich warteten sie nur darauf, als Nächste an die Reihe zu kommen.

Dog musste einen anderen Weg finden. Sein erster Gedanke war das Türschloss. Er trat dagegen, doch es gab nicht nach. Daraufhin sprang er hoch, klammerte sich an die Deckenstäbe und nahm Schwung auf in der Hoffnung, seinen Käfig auf Cassidys Zelle stürzen zu lassen. Die Vorstellung alleine könnte die Ragnars schon aus der Fassung bringen. Wenn sie ihre Wut auf ihn konzentrierten, würden sie Cassidy vorerst verschonen.

Zum ersten Mal zeigten Farradye und sein Kamerad Einsatz und unterstützten Dog, aber die Stahlkonstruktion war viel zu schwer. Mehr als ein bemitleidenswertes Wanken war nicht zu erreichen.

Dog schnaufte in seiner Zelle; dazu verdammt hilflos mit ansehen zu müssen, wie Rune über Cassidy herfiel. Clarissa unternahm einen weiteren Versuch, ihn von seinem Vorhaben abzuhalten, aber ein kräftiger Faustschlag setzte sie endgültig außer Gefecht.

Das Gekreische und der Kampfeslärm hatten unterdessen die halbe Ragnartruppe angelockt. Ein gutes Dutzend von ihnen stand um die beiden Käfige herum, andere zwängten sich für einen Blick durch den Türrahmen. Die meisten mit verschränkten Armen, einige leckten sich die Lippen; in froher Erwartung, sich endlich abreagieren zu können. In diesem Moment entdeckte Dog ein bekanntes Gesicht.

»Gore? GORE!«, rief Dog dem Mann zu, der bisher eher unbeteiligt gewirkt hatte.

Das weckte zum ersten Mal seine Neugierde. Er duckte den Kopf unter der Tür hindurch, obwohl er mit seinen Eins-siebzig keinesfalls Gefahr lief, am Rahmen hängenzubleiben, und kam mit zerfurchter Stirn auf die Käfige zu. Dabei würdigte er Cassidys verzweifelter Auseinandersetzung mit Rune keines Blickes.

»Dog«, brummte er stattdessen teilnahmslos und rieb sich sein schwarz behaartes Kinn. »Und ich hatte schon die Hoffnung, deine Visage nie wiedersehen zu müssen.«

Dog suchte nach einer passenden Antwort, doch die wäre früher ein Schlag ins Gesicht gewesen, weshalb ihm nun die Worte fehlten und er einfach in die benachbarte Zelle zeigte. »Halt ihn auf!«, befahl er, so als stünde Gore nach wie vor unter seinem Kommando. »Leg ihn um, verdammt nochmal!«

»Hast dich noch immer nicht an deine neue Position gewöhnt, hm?« Gore machte nicht mal den Anschein, sich bei Cassidys drohender Vergewaltigung einzumischen. »Das hat dich doch früher auch nicht gejuckt.«

Dog rüttelte an den Gitterstäben, aber die hätten vermutlich sogar einem tollwütigen Grizzlybären standgehalten. Irgendwie hatte er geahnt, dass ihm seine Teilnahmslosigkeit bei den häufigen Exzessen der Vultures eines Tages auf die Füße fallen würde.

»Gore!«

»Vergiss es. Nach eurer Aktion da oben haben sich die Typen etwas Entspannung verdient«, erwiderte der Vulture und zeigte an die Decke. »Mach so weiter und ich steig auch noch über sie drüber!«

Cassidys Sport-BH erwies sich als widerstandsfähiger als ihr T-Shirt, weshalb Rune ihn ignorierte und an ihrer Jeanshose zerrte, die ihr Jiao in der Biosphäre geschenkt hatte. Sie strampelte nicht mehr wild herum, sondern erinnerte sich an ihr Training und versuchte, Runes Kopf zu fassen zu kriegen, um ihm ihre Daumen in die Augen quetschen zu können.

Gore lachte den Ragnar währenddessen schamlos aus, der vor einer Teenagerin zu kapitulieren drohte. Als Rune das mitbekam, wurde er wütend und schlug mit der Faust auf Cassidy ein.

»GORE!«

»Halt's Maul! Deine Zeit ist vorbei!«

Rune drehte Cassidy auf den Bauch, um ihrem Gekratze zu entgehen und riss ihr endgültig die Jeans runter, bis ihr blanker Hintern zum Vorschein kam. Hechelnd wie ein räudiger Köter öffnete er seinen Hosenstall.

»Sie gehört zu Angel!«

Kaum hatte Dog die Worte ausgesprochen, versteinerten Gores Gesichtszüge. Einen Augenblick später stürmte er auf die Zelle zu und zerrte Rune von Cassidy herunter. Als dieser sich wehrte, schlug er ihm erst auf den Kehlkopf und schmetterte ihm anschließend den rechten Ellenbogen auf die Nase.

Rune wollte einen Fluch röcheln, doch da hatte er schon Gores Knie im Magen und brach in der Fötusstellung zusammen.

»Keiner fasst sie an! Ist das klar!?«, donnerte Gore durch den Raum und stand dabei schnaufend wie ein Berserker in der Zellentür.

Die Ragnars hielten seine Ansage offenbar für einen Bluff und versuchten, ihn aus dem Käfig herauszuziehen, um sich für seinen Angriff zu rächen. Gore ergriff den Arm des Ersten, überdehnte ihn und schlug ihm seinen Ellenbogen drei Mal ins Gesicht. Dann wandte er sich dem Zweiten zu und nutzte seinen eigenen Kopf als Rammbock auf die Stirn des Ragnars. Beide Biker torkelten benommen aus der Zelle und entschieden sich, erst mal Verstärkung für den durchgedrehten Vulture zu holen.

»Was zum Henker ist hier los!«, schmetterte Ivar in den Raum. Er stand in der Tür und traute seinen Augen kaum. »Hast du jetzt vollkommen den Verstand verloren?«

»Ich hab deinen Schwachköpfen ihren wertlosen Pelz gerettet!«, rief ihm Gore stinkwütend zu.

»Indem du sie zusammenschlägst? Für die kleine Schlampe?«

»Ihr habt keinen blassen Schimmer, was Angel mit euch anstellt, wenn ihr der da zu nahe kommt!«, erwiderte Gore und zeigte auf Cassidy, die gerade zitternd ihre Hose hochzog und sich in der Ecke zusammenkauerte.

»Wer ist denn nun schon wieder Angel?«, raunte Ivar gereizt.

Gore blickte versteinert durch die Zellenstäbe zu Dog.

»Alle raus hier!«, befahl er und verschloss die Tür hinter sich.

Den Schlüssel behielt er bei sich und verließ als Letzter den Raum.

»Danke«, keuchte Cassidy. Sie rollte sich trotz des Schocks von der Liege, um nach C.T. zu sehen.

»Keine Ursache«, brummte Dog.

»Warum hast du Angel nicht eher erwähnt?«, fragte Farradye.

»Weil Gore ihnen jetzt erzählen wird, was da oben auf sie wartet.«

Darauf folgte ein fragender Blick der Prätorianer und Dog nickte grimmig.

»Ganz recht. Eure Jade wird vielleicht abhauen.« Er setzte sich und zeigte auf Cassidy. »Aber Angel verlässt Jacksonville nicht ohne *sie*.«

***

»Na schön. Wie lautet dein Plan?«, fragte Jade und gab sich im Angesicht ihrer Verletzung geschlagen. Allein schaffte sie es nicht bis Arnac. Außerdem bekam sie das ungute Gefühl, dass Lance Commander Anderson Angel nur ungern zurücklassen würde. Immerhin hatte sie ihm in D-Sechs-alpha das Leben gerettet.

»Kennst du den Eingang zu dem Depot?«

»Ich kenne sogar mehrere«, bestätigte Jade. »Das ist kein echtes Militärdepot da unten, sondern ein Tunnelsystem aus Kanalisation und Kellern. Zur Zeit des Zusammenbruchs wurden von den Gangs unzählige Wände eingerissen und neue aufgebaut.«

»Und wie kommt da eine halbe Tonne Kampfstoffe hin?«

Jade zuckte mit den Schultern. »Vielleicht zur Vorbereitung eines Terroranschlags. Oder ein paar Militärs haben sich beim Kollaps möglichst viel Material gesichert und irgendwo versteckt. Euer General Peterson ist doch genau so vorgegangen.«

»Lag denn da noch mehr rum?«, argwöhnte Angel, woraufhin Jade die Augen gen Himmel verdrehte.

»Vielleicht. Übrig sind aber nur die Chemiewaffen.«

»Okay. Dann zeig mir die Eingänge.«

Jade legte ihre Karte auf den Boden und runzelte die Stirn. »Da, da und da«, sagte sie und deutete auf verschiedene Straßenkreuzungen. »Das sind Zugänge zur Kanalisation. Das Depot befindet sich dazwischen.«

»Und du bist dir absolut sicher, dass die davon wissen?«

»Sah das für dich vielleicht wie ein Zufallsfund aus?«, hielt Jade dagegen. »Erst klauen sie uns den Screamer, dann fahren sie ihn in einer Nacht und Nebelaktion mit sechzig Kämpfern quer durch das Imperium, nur um ausgerechnet im einzigen Depot für chemische Kampfstoffe Rast zu machen? Umgeben von hundertfünfzig Neces?«

»Ich wollte nur sichergehen«, antwortete Angel. »Wie viele von den Ragnars sind noch übrig?«, fragte sie mit Blick auf Anderson.

»Zu viele«, gab er unfreiwillig zu. »Fünfzig oder mehr.«

»Irgendeine Idee, wie wir die zahlenmäßige Unterlegenheit ausgleichen können?«

»Ja, mit einer Fahrt nach Arnac«, brummte Jade.

Angel wollte ihr etwas entgegenhalten und öffnete bereits den Mund, da kam Anderson ihr zuvor.

»Die Neces«, schlug er vor. »Wir setzen die Neces als Schocktruppen ein.«

»Wie willst du das anstellen?«, fragte Angel.

»Wir haben sechs Gasgranaten im Auto. Drei Mal Aggressor und drei Mal Repellent. Standardausstattung für eine Prätorianerlanze«, erklärte er.

»Okay ... und weiter?«

Anderson zog respektvoll an Jades Karte und deutete auf die Straßenkreuzungen mit den Gullideckeln.

»Drei Zugänge. Drei Aggressorgranaten. Damit lassen wir die Neces über die Ragnars herfallen.«

»Würde das nicht alle auf einmal anlocken?«, widersprach Angel. »Die machen doch Kleinholz aus den Ragnars. Und aus unseren Leuten gleich mit.«

»Nicht unbedingt«, wandte Jade ein. »Das ist ein Labyrinth da unten. Viele enge Röhren, Ecken und Kreuzungen, die sich mit wenigen Männern verteidigen lassen; vorausgesetzt der Angreifer ist so verrückt, im Nahkampf auf sie zuzustürmen. Aber bei all dem Chaos könnten wir uns bis zum Depot schleichen und Cassidy rausholen.«

»Genau«, pflichtete Anderson ihr bei. »Und mit dem Repellent würden wir uns einen Fluchtweg offenhalten.«

»Mit dem Repellent ...«, murmelte Angel und schwenkte den Kopf zu Jade.

»Anderson, hol die Granaten«, befahl sie hastig.

»Sofort, Herrin.«

Er kroch aus seiner Stellung heraus und trat im gebückten Laufschritt den Rückmarsch zu den Fahrzeugen an. Erst als er weg war, konnte Angel frei sprechen.

»Ich weiß, ich weiß«, kam Jade ihr zuvor. »Repellent, Wechselwirkung und so weiter. Aber das ist bisher alles nur eine Theorie von Sheridan. Selbst wenn sie zutrifft; die Neces von Jacksonville hatten nie direkten Kontakt mit denen aus der Provinz Alexandria.«

»Das gefällt mir trotzdem nicht.«

»Die Alternative ist, Unterstützung aus Arnac zu holen.«

»Schon gut. Gibt es noch irgendetwas, das ich über die Neces wissen sollte?«, fragte Angel. »Spezielle Angriffstaktiken oder Verhaltensmuster?«

»Du hast es in D-Sechs-alpha doch selbst erlebt. Sie jagen bevorzugt im Rudel, außer man drängt sie in die Ecke. Sie kreisen dich ein und fallen wie Wölfe über ihre Opfer her. Aber ...« Jade hielt einen Moment inne und sah auf die Uhr. »Die haben ähnliche Zeiten der Aktivität wie wir.«

»Das heißt?«

»Sie halten Siesta. In der Mittagshitze liegen sie genauso faul im Schatten rum wie wir.«

»Dann warten wir, bis die Sonne hoch oben steht«, entschied Angel. Sie griff nach ihrem Gewehr und legte sich in umgekehrter Richtung in Andersons Stellung.

Vier Stunden bis Mittag. Genug Zeit, die Neces gründlicher zu studieren und sich den Aufbau der Stadt einzuprägen.

***

»Willst du uns nicht langsam erklären, warum sich dein Freund aus heiterem Himmel gegen die versammelte Ragnartruppe gestellt hat?«, fragte Farradye.

»Gore ist nicht mein Freund«, grunzte Dog zurück. Er hockte sich auf den Boden und rieb sich die Stirn. »Angel hat ihren eigenen Verhaltenskodex. Sie würde euch alle den Wölfen zum Fraß vorwerfen, mich eingeschlossen, wenn das ihren Plan voranbringt.«

»Welchen Plan?«, fragte C.T.

»Was weiß ich!«, erwiderte Dog mit gereizter Stimme. »Sie hat immer irgendeinen Plan. Darum geht's nicht.« Er stand auf und betrachtete die verschlossene Tür, hinter der Gore wahrscheinlich gerade dasselbe berichtete. »Anfangs hab ich es nicht verstanden, aber hin und wieder baut Angel eine Verbindung zu anderen Menschen auf. Meist nach außergewöhnlichen Erlebnissen oder entscheidenden Einschnitten in ihrem Leben.« Er schwenkte den Kopf zu Cassidy. »Hat sie dir von Agnes erzählt?«

»Ihre erste Freundin bei den Rangern die von euch ...« Cassidy stand noch immer unter Schock und suchte nach einem anderen Wort für Vergewaltigung.

»Unsere Vollidioten sind damals wie geisteskranke Irre über Silver Valley hergefallen und haben deren Leute abgeschlachtet. Drei davon hatten nichts Besseres zu tun, als Agnes an ihr Bett zu fesseln und mit ihren Schwänzen zu denken, anstatt sich um den Angriff zu scheren, der noch lange nicht gewonnen war«, fuhr Dog wenig zurückhaltend fort.

»Angel hat sie dafür an Ort und Stelle getötet«, sagte Cassidy.

»Ich hab mich schon gefragt, wie sie dir das schonend beigebracht hat«, knurrte Dog. Er hob den rechten Zeigefinger. »Einem hat sie das Genick gebrochen. Die anderen beiden ließ sie am Leben. Colonel Monroe betrachtete sie als Kriegsgefangene und hat sie in aller Ruhe verhört, während Angel einen zweiwöchigen Rachefeldzug gegen unsere Lager führte. Erst danach, als sich der Rauch gelegt hatte, verschwanden die beiden spurlos aus ihrer Zelle.«

»Und dann?«, fragte Farradye ungeduldig.

»Einen Monat nach unserem Angriff fanden wir ihre Leichen mit den Händen an Laternenmasten genagelt, ohne Finger- oder Fußnägel, mit ausgeschlagenen Zähnen und abgezogener Haut. Angel hatte sie zusammengefaltet und in eine Plastiktüte darunter gelegt, zusammen mit ihren Augen, Zungen, Schwänzen und Eiern in einem Marmeladenglas«, sagte Dog. »Gore war an dem Tag dabei und hat ihr Handwerk mit eigenen Augen gesehen.«

»Und woher wisst ihr, dass sie das wegen dieser Agnes getan hat?«, wunderte sich C.T.

Dog drehte sich um und lehnte sich mit dem Rücken an die Gitterstäbe. »Weil das in ihrem Brief stand; und nicht nur das. Es war ein Protokoll ihrer Folter. Jeder einzelne Handgriff, jeder ausgerissene Fingernagel, jeder ausgeschlagene Zahn mitsamt der Reaktion ihrer Opfer«, erklärte er grimmig. »Drei Tage hat sie sie am Leben erhalten, nur um diese Agnes zu rächen. Seit sich das herumgesprochen hat, gibt es bei den Vultures das unausgesprochene Gesetz, Angel niemals auf persönlicher Ebene in die Quere zu kommen.«

Dog blickte zu Cassidy, die ihren Kopf zwischen ihren angezogenen Beinen versteckt hielt.

»Darum würde Gore sich lieber von den Ragnars erschießen lassen, anstatt Angels Vergeltung entgegen zu sehen.« Er hockte sich wieder neben die Prätorianer. »Soweit ich weiß, hat nur Monroe davon erfahren, und er tat gut daran, ihr Geheimnis zu wahren.«

»Ahh ... ja«, murmelte C.T. »Und warum erzählst du uns das auf einmal?«

»Er hat gefragt«, brummte Dog und zeigte auf Farradye. »Außerdem sollt ihr wissen, mit wem ihr euch seit zwei Monaten anlegt. Ihr könnt verdammt froh sein, dass wir Cassidy unversehrt aus Brackwood rausgeholt haben, oder ihr wärt die nächsten gewesen.«

»Das Imperium misshandelt keine Kriegsgefangenen«, entgegnete ihm Clarissa energisch. »Vergewaltigungen kommen so gut wie nie vor. Die Bacchae reagieren darauf ähnlich wie Angel. Sie statuieren öffentliche Exempel an Legionären, die sich an Gefangenen vergehen.«

»Na dann passt sie ja ganz hervorragend in eure Bande von selbsternannten Gottheiten.«

C.T. zog ein ernstes Gesicht als Antwort auf die religiöse Anspielung, aber ehe sie den Zusammenhang dementieren konnte, öffnete sich die Tür und Gore trat gefolgt von Ivar ein.

»Angel war an dem Hinterhalt beteiligt?«, blaffte der Vulture in Richtung Zellen.

»Hast du etwa nicht gemerkt, wie alle drei Sekunden einer von euch Pfeifen aus den Latschen gekippt ist?«, entgegnete ihm Dog schnippisch.

Gore drehte sich zurück zu Ivar.

»Es gab Gerüchte, dass er wieder mit seiner Teufelsbraut durch die Gegend zieht. Aber ich war mir sicher, dass sie sich eher gegenseitig erschlagen würden, als zusammenzuarbeiten«, sagte er und setzte ein todernstes Gesicht auf. »Wir müssen Angel ausschalten, bevor es dunkel wird.«

»Bist du verrückt? Ohne die Schallanlage bei Tageslicht durch die Neces rennen?«, rief dieser verärgert. »Was soll ein verdammtes Weib schon gegen uns ausrichten? Sie ist nicht mal Bacchae!«

»Scheiß doch auf die Bacchae! Wenn wir Angel bis zum Einbruch der Nacht Zeit geben, wird sie uns die Hölle heißmachen. Dann kommen wir hier nie mehr lebend raus.«

»Wie zum Henker will sie das anstellen?«

»Was weiß ich!«, grollte Gore und blickte zu Dog, der ihn ansah, als könne er sein baldiges Ableben vorausahnen. »Die dumme Kuh hat immer einen Plan.«

»Schön! Meinetwegen«, gab Ivar grantig nach. »Aber du gehst mit ihnen!«

»Was? Warum?«

»Es ist *dein* Plan! Wenn euch die Neces also fressen, wirst du gefälligst als Erster draufgehen. Außer natürlich, du überlegst es dir noch mal.«

Gore ballte die Fäuste.

»Abmarsch in zwei Stunden!«, rief er den Ragnars in der Tür zu. »Nehmt so viel Munition mit, dass ihr kaum noch die Treppen hochkommt!«

Ivar lachte und verließ den Zellentrakt. Dabei wehte er die Bedenken seiner Männer mit einem Handstreich fort. Die zeigten keine Angst, waren aber nur wenig begeistert davon, in der Mittagshitze mit zwanzig Kilo Gepäck auf dem Rücken durch eine

Stadt voller Irrer auf die Suche nach einem einzigen Weibsbild gehen zu müssen.

»Was machst du bei diesen Typen?«, fragte Dog, als Gore den Raum als Letzter verlassen wollte. Der drehte sich um und streifte sich nachdenklich über sein behaartes Kinn.

»Gegenfrage: Was machst du bei einem selbsternannten Imperium, das dir ein Würgehalsband anlegen will?« Er griff nach der Tür und zeigte auf Farradye und Millington. »Wenn du das hier überlebst, trägst du auch bald so ein niedliches Käppi.«

Die Prätorianer hatten ihre schwarzen Baretts während der Schlacht sicher in ihren Uniformen verstaut und inzwischen wieder auf dem Kopf. Entsprechend mürrisch knirschte Dog mit den Zähnen, als die Tür ins Schloss fiel.

***

»Wie geht's der Hüfte?«, fragte Angel, als Jade sich mit einem dezenten Ächzen neben sie legte.

»Ich lebe noch. Danke der Nachfrage.« Sie nahm einen Schluck aus der Wasserflasche und starrte hinab auf Jacksonville. »Was Interessantes entdeckt?«

»Die reden miteinander«, antwortete Angel beim Blick durch ihre Zieloptik und zeigte auf zwei männliche Gestalten. Sie waren gut einen Kilometer entfernt, so dass Jade nach ihrem Fernglas griff. »Die beiden da streiten sich um eine Ratte.«

»Mh-hm«, murmelte Jade abwesend. »Wer hat sie gefangen?«

Das Nagetier hing tot an seinem Schwanz aus der Hand von einem der Neces.

»Das war eine Frau. Allerdings hat sie sich das Vieh einfach klauen lassen.«

»Interessant.«

Angel setzte ihr Gewehr ab und sah Jade misstrauisch an. »Hast du keine Angst, dass die irgendwem verraten könnten, was ihr mit ihnen gemacht habt?«

»Pfft ... bitte«, erwiderte sie beleidigt. »Die haben keinen blassen Schimmer über die Welt außerhalb von Jacksonville, geschweige denn von Sheridans Forschung.«

Angel schwieg und wartete auf weitere Erklärungen.

»Okay, ich weiß, dass das ein schlechter Vergleich für dich ist, aber stell dir vor, du hast dich ins Koma getrunken. Alles, an das du denken kannst, ist *Hier stinkt's erbärmlich, ich muss weg!* oder *Ich bin sauwütend und muss alles kaputtschlagen!*; je nachdem, welchen Wirkstoff wir gerade einsetzen.« Jade nickte hinunter ins Dorf. »So ähnlich geht's den Neces. Nur wird ihr Rausch niemals enden. Die leben in ihrer eigenen Welt und verstehen uns so wenig wie wir sie.«

»Ich weiß nicht«, sagte Angel zweifelnd. »Ich kann durchaus verstehen, warum sich die beiden um eine fette Ratte streiten. Die anderen haben bisher nur Kakerlaken und ähnliches Viehzeug verdrückt.«

»Ratten sind halt nicht leicht zu fangen, wenn man sich bereits für fünf Sekunden fehlerfreie Hand-Augen-Koordination anstrengen muss.«

»Sieh mal. Daisy ist zurück«, hauchte Angel angespannt und tippte an Jades Schulter.

»Wer ist Daisy?«

»Die Rattenfängerin von Jacksonville.«

»Geben wir denen jetzt schon Namen?«

»Wie haltet ihr die denn auseinander?«

»Wir unterscheiden nur zwischen lebendig und tot«, erklärte Jade und kniff die Augen zusammen. »Was hat die da in der Hand?«

Mit ihrem Fernglas konnte sie den roten Gegenstand nicht erkennen. Für Angels Zieloptik war das hingegen kein Problem.

»Einen Ziegelstein«, antwortete sie. »Und Daisy ist wirklich sauer ... aua!«

Angel zischte durch die Zähne, als die weibliche Neces auf den Rattendieb einschlug. Daisy zeigte absolut keine Hemmungen, sondern zerschmetterte ihm den Schädel, bis nur noch eine breiige Masse davon auf der Straße übrigblieb.

»Oskar, du haust jetzt besser ab«, flüsterte Jade.

»Oskar?«

»Der andere Typ, dem Daisy als Nächstes den Kopf abhaut, wenn er sich nicht gleich aus dem Staub macht.« Sie blickte Angel mit großen Augen an. »Du hast kein Monopol auf die Namensgebung!«

»Mmh ... scheint, als hätte er dich gehört.«

Oskar nahm tatsächlich die Beine in die Hand, als Daisy mit dem Rattendieb fertig war und wütend den blutigen Stein nach ihm warf. Triumphierend riss sie ihre Beute aus den leblosen Fingern des ersten Neces und lief in eine abbruchreife Doppelhaushälfte, um die Ratte zu verspeisen.

»Eine echte Kämpferin«, sagte Angel stolz.

»Das Problem mit den Namen ist, dass sie dadurch zu Personen werden«, sinnierte Jade. »Die sind aber nicht mehr als ein Rudel Raubtiere.«

Angel zuckte mit den Schultern. »Ich hab auch die Hälfte der Vultures beim Namen gekannt. Hat mich nie daran gehindert, sie umzulegen.«

»Ja, aber das waren Menschen, die dir ans Leder wollten. Auf die konntest du sauer sein. Die Neces handeln rein instinktiv und hegen keinen Groll gegen dich.«

»Hab ich aus Versehen meine Klamotten mit Cassidy getauscht?«, fragte Angel und sah an sich herab. »Du scheinst zu vergessen, mit wem du hier redest.«

»Schon gut«, beschwichtigte Jade.

»Warum heißt Jacksonville eigentlich noch Jacksonville?«

»Wie meinst du das?«

»Na, warum nicht B-Fünf-omega?«

Jade zuckte mit den Schultern. »Nur die wichtigen Städte werden umbenannt. Große Metropolen und Orte mit Bedeutung. Das Kaff da unten interessiert doch heutzutage niemanden mehr.«

»Verstehe«, meinte Angel und blickte wieder den Hügel hinab. »Klärst du mich eigentlich langsam mal über die Ragnars auf? C.T.s Dossiers waren nur eine Ansammlung taktischer Informationen.«

Jade rollte sich zur Seite und starrte auf den zerstörten LKW mit dem LRAD.

»Die Söhne des Ragnaröks haben ihre Wurzeln in den Bikerclubs und Motorradgangs der alten Welt. Wie viele Polizei- oder Militäreinheiten waren sie erstaunlich gut auf das Chaos vorbereitet. Munition, Treibstoff, Waffen. Alles haben sie schon lange vorher gehortet und bei blutigen Straßenkriegen um Drogenreviere und Prostitutionsringe verfeuert«, sprach sie mit abwertender Stimme. »Was sie aber wirklich über die einfachen Gangs katapultiert hat, waren ihre sozialen Verbindungen untereinander. Sie konnten sie binnen weniger Tage organisieren und zusammenrotten, um dem Zerfall zu entgehen. Das ging bis runter zur Kindesversorgung. Anschließend war es nur eine Frage der Zeit, bis sie ihre Konkurrenz ausgeschaltet hatten und sich zu den Herren von Ragnarök aufschwangen. Das Einzige, was sie seit dem in Schach gehalten hat, sind sie selbst. Die Stämme der Ragnars führen ständig Krieg gegeneinander, so als befänden sie sich noch immer im Wettkampf um die besten Bordelle.«

»Herrin?«, rief Anderson leise den Wald hinauf. Er hockte sich vor die Stellung und reichte ihr eine Schüssel mit zwei getrennten Abteilen. In dem einen lagen Fruchtstücke von Apfelsinen, in der anderen gebratenes Geflügelfleisch. »Ich habe die Zeit genutzt, um uns etwas zu Essen zu machen.«

»Die kochen auch noch für euch?«, nuschelte Angel, nachdem sie schamlos als Erste zugegriffen hatte. Natürlich bei den Apfelsinen, da sie keinesfalls Fett auf ihr Gewehr kommen lassen wollte.

»Herrin Jade ist verletzt und ...«

»Du brauchst dich vor ihr nicht zu verteidigen«, unterbrach Jade ihn. »Sie ist nur neidisch.«

»Hm«, brummte Anderson. »Und das, nachdem ich mich zehn Minuten lang zum Wagen und zurück geschlichen habe, um eine Gabel für sie zu holen.«

»Was ... woher ...?«

Er reichte Angel die Gabel für die Fleischstücke.

»Wohl bekomm's«, sagte Anderson trocken und trottete den Hügel hinab, um selbst etwas zu essen.

»Prätorianer«, erklärte Jade. »Das sind halt keine einfachen Soldaten, sondern absolute Elite. Die studieren jeden Auftrag, als sei es der wichtigste in ihrem Leben. Seit sie mich in Eagle Village zurückgelassen haben, stellt die Garde Nachforschungen über dich und dein Team an. C.T. hat für Sydney ein ganzes Dossier über die legendäre Scharfschützin aus Cor Syrte zusammengestellt.«

Angel starrte Anderson perplex nach. Kim und Johnny hatten

sie häufig wegen ihrer Zwangsneurose ausgelacht. Butch und Victor hatten sie stillschweigend aber verständnislos akzeptiert. Lance Commander Anderson hingegen wirkte vollkommen ernst und professionell, als gehöre der Besteckservice zu seiner Arbeit wie das Putzen seines Gewehrs. Außerdem war das Fleisch gut gewürzt und schmeckte hervorragend.

»Wie viele von seinen Leuten hat es eigentlich erwischt?«, fragte sie gedankenversunken.

»Einen«, antwortete Jade in respektvollem Ton. »Ein Zweiter wurde schwer verwundet und ist bewusstlos. Anderson wird sich um ihn kümmern, bis wir hier wegkommen.«

»Warum hat er nichts davon gesagt, als ich ...«

»Weil zwei seiner Männer in Gefangenschaft geraten sind«, unterbrach Jade sie. »Und seit deinem Aufstand gegen meinen Plan, Hilfe aus Arnac herbeizubeordern, hat Anderson es sich in den Kopf gesetzt, sie auf eigene Faust zu befreien.« Sie drehte sich zu Angel und spitzte die Lippen. »Wo wir gerade dabei sind. Du scheinst deine Schülerin ja völlig vergessen zu haben«, sagte Jade. »Ich hab dich in Eagle Village schreien gehört, als die Legion sie entführt hatte.«

»Cassidy kann inzwischen auf sich selbst aufpassen«, erwiderte Angel wortkarg.

»Aha«, entgegnete Jade ihr wenig überzeugt. »Warum holen wir dann keine Truppen aus Arnac, sondern belagern Jacksonville zu dritt?«

Angel atmete schniefend durch die Nase aus, so als stünde sie kurz vor einem Kinnhaken. Sorgfältig legte sie ihr Besteck zur Seite, ehe sie antwortete.

»Ich darf sie nicht mehr wie ein Kind behandeln. Eine taktische Rettungsoperation ist eines, aber wenn ich mich Hals über Kopf durch die Ragnars kämpfe, nur um Cassidy zu retten, wird sie nie das nötige Selbstvertrauen erhalten, um allein in dieser Welt zurechtzukommen.«

»Allein?«, wunderte sich Jade. »Willst du uns etwa verlassen?«

»Würdest du mich vielleicht ein Leben lang in deiner Nähe haben wollen?«, fragte Angel zurück. »Als Nomadin solltest du das doch am besten verstehen. Wenn ich zu lange an einem Ort oder in derselben Gesellschaft bleibe, werde ich unruhig.«

»Als Bacchae hast du den großen Vorteil, dir deine Gesellschaft aussuchen zu können. Wenn sie dir nicht mehr passt ...« Jade streifte ihren Zeigefinger über den Hals und ahmte eine aufgeschlitzte Kehle nach.

»Lass das nur nicht Grant hören«, sagte Angel und griff wieder nach ihrer Gabel.

»Der ist viel zu beschäftigt damit, eifersüchtig auf Jiao zu sein.«

»Eine Sache stört mich noch«, nuschelte Angel beim Kauen. »Warum habt ihr euch nichts von den Kampfstoffen unter den Nagel gerissen? Ich meine, ihr räuchert ganze Landstriche aus und setzt ahnungslosen Menschen Parasiten in den Kopf. Warum kein Giftgas?«

Jade schluckte nachdenklich ihr Essen herunter und blickte argwöhnisch in den strahlend blauen Vormittagshimmel.

»Hast du eine Ahnung, was die Legion für eine Waffe wie Sarin oder VX geben würde?«, entgegnete sie nach einer Weile. »Torus würde das Zeug ohne mit der Wimper zu zucken einsetzen. Gegen die Ragnars, die Hawker – und gegen euch. Gegen alle Ziele, die weit genug entfernt liegen und keinen strategischen Nutzen für das Reich haben.«

»Ihr habt es also geheim gehalten, um die Ragnars zu schützen, während ihr mit denen im Krieg wart?«

Jade nickte andächtig.

»Das bedeutet es, Bacchae zu sein. Jeder zukünftige Gegner hätte gewusst, wie weit wir zu gehen bereit sind. Friedliche Lösungen wären für immer ausgeschlossen gewesen.« Sie machte eine kurze Pause und schob die Schale mit den Resten von sich weg. »Wenn wir eine ganze Provinz zerstören müssen, um das Imperium zu schützen, dann tun wir das. Wenn wir eintausend Feinde vor dem Tod bewahren müssen, um unser eigenes Überleben zu sichern, dann tun wir auch das.«

»Und ihr habt euch nicht doch ein bisschen was von dem Zeug abgezweigt, bevor die Hawker eingetroffen sind?«

»Wir sind Bacchae«, sprach Jade hochmütig – und das war Antwort genug.

***

Die Gefangenen warteten unterdessen in ihren Käfigen auf die nächste Krise. C.T. war wieder voll bei Sinnen, auch wenn ihr die ständigen K.O.-Schläge allmählich die Stimmung vermiesten. Nun war es an ihr, sich um Cassidy zu kümmern.

Vergewaltigungen waren bei den Gangüberfällen auf ihr Dorf keine Seltenheit gewesen, aber noch nie war Cassidy selbst das Opfer geworden. Ihre Eltern erfanden häufig kreative Geschichten über hochansteckende Krankheiten oder verschmierten ihr die Zähne mit brauner Schuhcreme, so dass sie kaum ein Mann auch nur annähernd in Betracht zog. Wenn alle Stricke rissen, hatte sie ihr Bruder Caiden bis aufs Blut verteidigt.

Nachdem sie zum ersten Mal am eigenen Leib erfahren musste, wie es war, von einem anderen Menschen nur noch als Sexobjekt betrachtet zu werden, fühlte sie sich angewidert und stolz zugleich. Selbst in einem Moment größter Schwäche hatte sie sich nicht ergeben und sogar an Angels Training erinnert. Ganz besonders ihr Mantra, sich nicht einfach nur zu wehren, sondern dabei stinkwütend zu werden. Cassidy machte sich keine Illusionen. Wenn Gore Rune nicht aufgehalten hätte, wäre sie vor aller Augen vergewaltigt worden. Aber nicht, ohne ihn dafür bitter bezahlen zu lassen.

Sie blickte abwesend durch die Gitterstäbe auf den ewig hin und her streunenden Hünen, der in jeder Form von Gefangenschaft unter einem ungeheuren Energiestau zu leiden schien. Im Minutentakt rüttelte er an dem Käfig und verfluchte die Ragnars, von denen sich keiner mehr in seine Nähe getraut hatte.

Seit seiner Geschichte über Angels Rache an Agnes' Peinigern ließ Cassidy die Frage nicht los, was für seelische Abgründe sie ihr noch verheimlichte. Zugegeben, sie war nie davon ausgegangen, bereits alles über ihre Mentorin zu wissen, aber derartige Geheimnisse wirkten jedes Mal wie ein Rückschritt in ihrem Vertrauensverhältnis. Natürlich begrüßte Cassidy die Vorstellung, dass Angel ihr bis in die Hölle folgen würde, doch sie wollte nicht, dass sie dabei eine Spur des Schreckens hinterließ.

In diesem Moment öffnete sich die Tür. Zwei bewaffnete Ragnars traten ein, gefolgt von einer jungen Frau, die fast noch ein

Kind zu sein schien, wenn sie nicht so heruntergekommen ausgesehen hätte. Sie trug braune, fettige Haare, die in verklebten Strähnen an ihrem schmutzigen und unterernährt wirkenden Gesicht herabhingen. In ihren mindestens ebenso dreckigen Händen hielt sie ein Tablett mit Brot und Wasser. Sie näherte sich den Käfigen mit ununterbrochen gesenktem Kopf. Einer der Wärter schloss die Zellentür von Dog auf, ohne dabei die Hand von seiner Waffe zu nehmen. Außerdem achtete er peinlich genau darauf, außer Reichweite zu bleiben. Nur die Dienerin blieb in der Tür stehen, woraufhin Dog ein breites Grinsen aufsetzte.

»Neuer Versuch?«, höhnte er. »Schickt ihr jetzt schon kleine Mädchen vor, weil ihr euch selbst nicht mehr traut?«

»Gib ihm das Zeug und dann verschwinde«, brummte der Wärter missmutig.

Dog konnte sich die Chance auf etwas Unterhaltung einfach nicht entgehen lassen und stürmte grollend zwei Schritte auf die junge Frau zu, so als wolle er durch sie hindurchbrechen. Sie erstarrte vor Angst und ließ das Tablett fallen, während die Wärter ihre Pistolen zückten und Dog am liebsten sofort erschossen hätten. Er stoppte kurz vor dem Zellenausgang und glaubte, das verführerische Angstschweißaroma der Ragnars riechen zu können. Er hob den Laib Brot zusammen mit einer Plastikflasche auf und kehrte lachend auf die Bank zurück.

Nachdem die Wärter die junge Frau mit einem Tritt in den Hintern für ihre Unachtsamkeit bestraft und die zweite Flasche mit dem Fuß vor den Nachbarkäfig gerollt hatten, verließen sie den Raum. Dog brach das Brot in der Mitte durch und warf eine Hälfte herüber zu Cassidy und C.T.. Die andere Hälfte teilte er mit den Prätorianern.

»Mindestens eine Woche alt«, beschwerte er sich dabei, begann aber trotzdem sofort damit, seinen Teil herunterzuwürgen.

»Die meinen es offenbar ernst mit ihrem Plan, uns über die Berge zu schaffen«, sagte Farradye.

»Woher die Einsicht?«, fragte Millington.

»Weil sie uns sonst tagelang nichts zu Essen geben würden«, erklärte C.T.. »Den Gefangenen ihre Kraftreserven zu nehmen, verringert die Fluchtgefahr.«

»Au ... was verdammt ...!«, heulte Dog auf einmal und holte ein fingernagelgroßes Metallplättchen aus seinem Mund, auf dem er sich fast einen Zahn ausgebissen hatte. »Fällt denen nichts Besseres mehr ein, um uns zu foltern?«

»Stopp!«, rief ihm C.T. zu, als er das silbern glänzende Objekt zertreten wollte. »Gib das her!«

»Hmph«, grummelte Dog und warf ihr das unscheinbare Plättchen zu.

»Was ist das?«, fragte Cassidy neugierig.

»Das ...« Auf Clarissas Gesicht erschien ein kämpferisches Lächeln. »... ist unsere Fahrkarte nach draußen!«

***

Angel und Jade hatten Jacksonville noch eine Weile aus sicherer Entfernung betrachtet. Es gab am laufenden Band Auseinandersetzungen zwischen den Neces. Sei es um Nahrung, Wasser oder einfach nur die pure Anwesenheit der anderen. Und wann immer sie sich einander im Weg standen, gab es nur zwei Lösungsansätze: Aufgeben und flüchten oder hemmungslose Konfrontation. Letzteres endete meist in einem Handgemenge, das Angel mit häufig harmlosen Prügeleien unter Säufern verglich. Normalerweise gab eine Seite nach, bevor es zu ernsthaften Schlägereien kam. Daisys Ziegelsteinattacke blieb bis zur Mittagszeit der einzige tödliche Zwischenfall.

»Zwölf Uhr«, meinte Jade. »Und du willst da allen Ernstes runter?«

»Ich?«, wunderte sich Angel. »Ganz und gar nicht. Ich geb euch von hier oben Deckung, während ihr nach dem Eingang sucht.«

»Aha. Muss ich dich wirklich daran erinnern, dass ich vor ein paar Stunden einen fingerdicken Metallstab durch meine Hüfte gejagt bekommen hab?«

»Ich hab mich trotz einer infizierten Schussverletzung und vierzig Grad Fieber zweihundert Kilometer durch die Wüste geschleppt«, erwiderte Angel vorwurfsvoll. »Und ich hatte sogar noch zwei Gefangene dabei.«

»Ach ja«, antwortete Jade abschweifend. »Den alten Paul und

seine Frau in Schach zu halten, muss dir ja wirklich schwergefallen sein.«

»Ich hab rosa Elefanten auf meinem Buggy tanzen sehen!«, setzte Angel nach.

»Was sind Elefanten?«

»Das sind riesige Tiere ... mit Rüsseln ... ist doch völlig egal! Ich dachte, ihr wärt so ein elitärer Haufen? Vielleicht geh ich doch lieber selbst.«

»Ich werde allein gehen«, entschied Anderson aus dem Hintergrund. Er hatte das Gespräch mit angehört, sich aber bisher respektvoll zurückgehalten. »Sobald ich meine Männer gefunden habe, können wir uns den Weg freikämpfen. Ihr würdet mich nur aufhalten, Herrin.«

Jade blickte ihn abschätzend an und versuchte sich zu entscheiden, ob sie ihn für seine Respektlosigkeit tadeln oder seinen Mut würdigen sollte.

»Einverstanden«, sagte sie schließlich. »Nimm die Karte und beeil dich!«

»Verstanden, Herrin«, bestätigte Anderson und machte sich mit seinem Rucksack auf den Weg bergab.

»Ist die Katze aus dem Haus«, murmelte Angel.

»Die Prätorianer wissen genau wie die Nocturnals, dass wir nichts als die Wahrheit hören wollen«, entgegnete ihr Jade gereizt. »Auch wenn ich manchmal das Gefühl bekomme, dass sie es etwas zu sehr genießen.«

Sie griff nach ihrem Fernglas und verfolgte angespannt seinen Kurs.

»Was ist, wenn das Gas nicht wirkt oder die Neces stattdessen flüchten lässt?«

»Dann holen wir ihn da wieder raus und fahren nach Arnac, wie ich es von Anfang an vorhatte. Ich weiß ohnehin nicht, warum ich dich nicht einfach allein zurückge–«

Jade verstummte und holte ein kleines, taschenlampenähnliches Gerät von ihrem Gürtel, das unaufhörlich vibrierte.

»Was ist das?«, fragte Angel.

»Anderson, sofort umkehren! Wir haben ein Viragosignal in Jacksonville«, befahl Jade in ihr Funkgerät. Kaum hatte sie die Anweisung abgesetzt, machte der Prätorianer ohne die geringste Gegenfrage kehrt und riskierte dabei sogar, von den Neces entdeckt zu werden, als er im gebückten Laufschritt die Böschung hochkam.

»Wer ist es? Haben wir schon Verstärkung in der Nähe?«

»Nein, es ist Megan. Sirens Schülerin.«

Angel starrte die beiden verwirrt an. »Klärt mich vielleicht mal jemand auf?«

»Das Virago ist ein Notsignal der Bacchae. Jede von uns bekommt bei ihrer Aufnahme einen kleinen Biochip implantiert, ähnlich den Armbändern für unsere Kinder, wenn sie Alexandria verlassen. Die Reichweite beträgt fünfzig Kilometer.«

»Und wo kommt diese Megan auf einmal her?«

»Sydney meinte, Siren wäre in Ragnarök unterwegs«, erinnerte sich Jade. »Sie muss Megan bei denen eingeschleust haben.«

»Das Signal ist ziemlich schwach«, sagte Anderson nach einem Blick auf den Empfänger.

»So als wäre sie unter Tage«, nickte Jade und drückte ihm das Gerät in die Hand. »Die Richtung stimmt mit den drei Zugängen überein.«

»Vielleicht überleben wir den heutigen Tag ja doch noch«, freute sich Angel mit sarkastischem Unterton, da sie sich etwas außen vorgelassen fühlte.

Anderson und Jade blickten sie daraufhin verwundert an, denn immerhin hatte sie den Plan gekippt, Verstärkung aus Arnac zu holen.

»Okay, Abmarsch«, befahl Jade nach einem flüchtigen Kopfschütteln.

Anderson stolperte erneut den Hügel hinab; immer mit einem Auge auf dem Sender.

»Megan, Megan, Megan«, murmelte Jade gedankenverloren, nachdem der Prätorianer außer Hörweite war. »Das ist gar nicht gut für uns.«

»Und ich hatte schon befürchtet, dass sich unsere Mission zum Selbstläufer entwickeln könnte«, brummte Angel.

»Megan ist vierzehn«, erklärte Jade mit hochgezogenen Augenbrauen, als würde sie die Kompetenz der Schülerin in Frage stellen. »Und sie ist nicht gerade das, was man eine Kämpfernatur nennt.«

»Warum hat Siren sie dann auserwählt?«

»Der Apfel fällt nicht weit vom Stamm. Siren ist unsere Wald-hexe. Sie benimmt sich wie eine Wildkatze, die dir eher die Augen auskratzt, als dir *Guten Tag* zu sagen, und lehnt es ab, im Bac-chaeviertel von Alexandria zu wohnen. Stattdessen hat sie eine selbstgezimmerte Holzhütte über der Stadt, in der sie sich ihre eigenen Zaubertränke braut«, antwortete Jade. »Und Megan kam mir auch eher wie ein verlauster Hund vor, als wie eine werdende Bacchae.«

»So schlimm?«

»Du hast ja keine Ahnung. Von Haarewaschen hält sie rein gar nichts. Die werden sowieso wieder sandig und spröde. Ihr Dress-code orientiert sich an dem, was morgens am nächsten liegt, wenn sie im Schweinestall aufwacht.«

»Hm«, überlegte Angel. »Das hab ich doch schon mal gehört.«

Jade funkelte erbost mit den Augen. Sie wusste genau, dass Angel damit auf Scarlets abwertende Einstellung bei ihrer Muste-rung im Themis-Tempel anspielte.

»In gewisser Weise sollte ich Svetlana vermutlich dankbar da-für sein, dass sie mich wie eine Puppe angezogen und frisiert hat.«

»Das hast du ihr erlaubt?«

»Ansonsten hätte sie keine Ruhe gegeben«, sagte Jade.

Anderson hatte inzwischen das Dorf erreicht und Angel klemm-te sich angestrengt hinter ihre Zieloptik.

»Okay, der erste Zugang sieht ziemlich friedlich aus. Zwei Ne-ces im Café an der Straßenecke und ein weiterer ...«

»ANDERSON, STOPP!«, befahl Jade aufgeregt.

»Was ist denn jetzt wieder?«, fragte Angel, bis Jade in den Himmel zeigte.

»Yuen? YUEN! Bist du das!?«

Nun konnte auch Angel die pechschwarze Drohne sehen, die in gerade mal fünfzig Meter Höhe auf die Stadt zuflog. Ein Modell fast so groß wie ein Kampfflugzeug, das unter der Bezeichnung *Nyx* bei weitem nicht nur der Aufklärung diente, sondern mit zwei Raketenschienen und einem Dreißig-Millimeter-Vulkangeschütz ausgerüstet war.

»Negativ«, klirrte auf einmal Amys Stimme aus den Funkgeräten. »Zhang Yuen ist zurzeit nicht erreichbar.«

»Wo ist er? Warum krieg ich keine Truppen?!«, fauchte Jade.

»Diese Information ist für dich nicht zugänglich«, erwiderte Amy in bekannter Manier. »Ich habe den Auftrag, das Depot zu zerstören. Bitte entfernt euch binnen sechzig Sekunden vom Stadtzentrum.«

»Was ...? Nein! Warte!«

»Euer Hinterhalt ist fehlgeschlagen«, fuhr Amy nahezu monoton fort. »Ich kann nicht zulassen, dass die chemischen Kampfstoffe in die Hände der Söhne des Ragnarök fallen.«

»Das ist nicht Teil unseres Abkommens!«, widersprach Jade.

»Die Vereinbarung zwischen Zhang Yuen und den Bacchae besagt, dass das Imperium die Sicherung des Depots gewährleistet. Die Söhne des Ragnarök sind in das Depot eingedrungen. Die Vereinbarung ist hinfällig. Vierzig Sekunden bis zum Einschlag.«

»Wir haben Leute da unten! Wir sind dabei, sie zu evakuieren!«, rief Angel, doch Amy schwieg. Die Drohne überflog die ersten Häuser und hielt direkt auf das Stadtzentrum zu. »Cassidy ist da unten, verdammt!«

»Zwanzig Sekunden.«

»Das bringt nichts«, grollte Jade erzürnt. »Sie ist nur eine Scheißmaschine! Anderson, sofort raus da!«

Die Nyx rauschte im Tiefflug über die neugierigen Köpfe der Neces hinweg und hatte ihr Ziel fast erreicht.

»Jiao wird es dir nie verzeihen, wenn du Cassidy umbringst!«, brüllte Angel.

Zusammen mit Jade starrte sie entsetzt auf die ferngesteuerte Waffe, die sich unaufhaltsam ihrem vorprogrammierten Bestimmungsort näherte. Anderson sprang derweil wie der Teufel durch das hohe Gras und ignorierte die sieben Neces, die ihn entdeckt hatten und nun verfolgten.

»AMY!«

Mit dem kreischenden Getöse riss sich die düsengetriebene Drohne auf einmal vom Boden los und stieg eine Weile fast senkrecht gen Himmel – ohne ihre Raketen abzufeuern.

»Ich werde nicht zulassen, dass die Kampfstoffe Jacksonville verlassen«, warnte die künstliche Intelligenz. »Treibstoffreserve fünfunddreißig Minuten. Am Ende dieses Zeitfensters muss ich das Depot zerstören.«

»Verstanden!«, rief Angel erleichtert.

»Wir bekommen Besuch«, säuselte Jade, stand auf und holte ihr Schwert hervor.

Anderson hatte sie fast erreicht und mit ihm die sieben Neces in seinem Schlepptau. Angel legte mit ihrem Gewehr an, doch Jade hielt sie zurück.

»Nahkampf! Die anderen Neces sind auf Amy fixiert. Wenn wir schießen, kommt die ganze Stadt auf uns zu.«

Das leuchtete ein. Angel fuhr ihren Teleskopstab aus und stürmte den Hang hinab. Auch Anderson hatte die Lage begriffen und wehrte sich bereits mit seinem Armeedolch in der Hand. Schüsse wären in der Tat zu laut gewesen, aber das Düsentriebwerk übertönte Jades Kampfgeschrei, mit dem sie sich auf die heruntergekommenen Gestalten stürzte. Damit näherte sie sich dem allgemeinen Klangbild der Neces sogar an, so dass man es durchaus als Tarnung interpretieren konnte. Angel zeigte dennoch etwas mehr Beherrschung und zertrümmerte fast lautlos ein Genick. Anschließend schnippte sie ihre Klinge heraus und spießte ihren nächsten Gegner aus sicherer Distanz auf.

Das kurze Gefecht war nach einer Minute beendet. Ohne die große Masse aus der Stadt waren ihnen die Neces nicht gewachsen.

»Uns läuft die Zeit davon«, schnaufte Jade und fasste mit verzerrtem Gesicht an ihre blutige Hüfte. »Wir haben eine halbe Stunde, um da reinzukommen.«

»Die Neces sind völlig durchgedreht«, sagte Angel. »Durch die Stadt zu schleichen ist nicht mehr drin.«

»Dann rücken wir geschlossen vor und schmeißen das Zeug einfach rein!«

»Moment. Amy? Amy!«

»Euch bleiben noch dreiunddreißig Minuten«, antwortete die KI.

»Kannst du Cassidy orten?«, fragte Angel.

»Orten?«, murrte Jade.

»Die haben ihr auch einen Sender implantiert.«

»Die haben ...?«

»Negativ«, wurde sie von Amy unterbrochen. »Die Nyx ist nicht in der Lage, ihre genaue Position zu bestimmen. Ich kann lediglich bestätigen, dass sie sich im Stadtkern von Jacksonville befindet.«

»Dann bleibt uns nur die altmodische Art«, sagte Angel.

»Ich geh voraus«, entschied Anderson.

»Okay, wir geben dir Rückendeckung«, stimmte Jade zu.

Zu dritt hetzten sie durch das steinige Gras auf Jacksonville zu. Amy kreiste nach wie vor mit ihrer lauten Turbine über den Ruinen, so dass die Neces die Eindringlinge bis auf ein paar Ausnahmen ignorierten. Der Plan schien aufzugehen. Anderson zog die Aufmerksamkeit nun doch mit seinem Gewehr auf sich, während Angel und Jade lautlos einen Gegner nach dem anderen in seinem Windschatten ausschalten konnten. Dabei stöhnte Jade zwar bei jedem Schlag etwas auf, hielt sich aber in Anbetracht ihrer schweren Wunde überraschend wacker.

»Tut das nicht weh?«, rief Angel und betrachtete ihre Verletzung bei einer kurzen Kampfpause genauer. »Wenn du so weitermachst, reißen die Nähte.«

»Dann hoffe ich, dass du noch mehr Garn in deinem Stab hast!« Jade trat näher an sie heran. »Hör zu. Diese Sender sind nicht unsere einzigen Augmentierungen. Hat dir Cassidy von Yolandas Augen erzählt?«

»Künstliche Augenimplantate wie das von Doktor Webb aus der Biosphäre«, nickte Angel.

»Genau, nur sind die von Yolanda militärischen Ursprungs. Nachtsicht, Zielverfolgung, optischer Zoom und so weiter.«

Angel legte den Kopf auf die rechte Schulter und kniff abschätzend ihre Augenlider zusammen.

»Meine sind echt«, dementierte Jade sofort ihre Vermutung und stieß dabei einem heranstürmenden Neces ihr Katana in die Brust. »Aber ich trage ein kleines Implantat, mit dem ich je nach Bedarf Schmerzmittel freisetzen kann.«

»Und warum der Aufstand heute Morgen?«, erwiderte Angel skeptisch. »Warum hast du den Stab nicht einfach selbst rausgerissen und die Wunde genäht?«

»Weil ich keine Lust habe, von dem Scheißzeug abhängig zu werden, okay?«, entgegnete ihr Jade scharf. »Der Wirkstoff ist pures Zeraphonin. Reines Scar.«

Angel knurrte wenig überzeugt und machte sich wieder auf den Weg durch die Stadt. »Wo habt ihr die Teile eigentlich her?«

»Augmentierungen standen beim Untergang der Welt kurz vor der Markteinführung«, keuchte Jade, nachdem ihr ein weiterer Neces ins Schwert gerannt war und sie die Klinge mit dem Fuß auf seiner Brust herauszerrte. »Von den einfachen Implantaten haben wir ganze Kisten gefunden. Die komplexeren Geräte sind meistens Prototypen oder Maßanfertigungen. Nicht jeder Mensch hat gleich große Augen. Generell halten wir die Augmentierungen unter Verschluss. Nur in absoluten Ausnahmefällen werden sie außerhalb der Bacchae eingesetzt. Sie bieten uns einen enormen, taktischen Vorteil. Ein paar zurückgebliebene Gangs und Stämme erklären sich unsere Fähigkeiten hin und wieder sogar mit Zauberei.«

»Und jede von euch hat sowas? Auch Faith?«

»Jede Bacchae stellt sich ihren persönlichen *Implantatcocktail* zusammen. Je nach Spezialisierung«, antwortete Jade mit zwei Gänsefüßchen in der Luft. »Ich zum Beispiel würde mir nie die Augen herausoperieren lassen, auch wenn das nicht gerade Yolandas Idee war. Sie wurden ihr als Foltermaßnahme ausgestochen.«

»Eww«, zuckte Angel zurück und spürte auf einmal ihre eigenen Augen brennen.

»Sie hat nichts davon gemerkt«, beruhigte Jade sie. »Trotzdem soll man ihre künstlichen Schreie angeblich kilometerweit gehört haben.«

»Könnte man das Ding nicht einfach rausschneiden und euch anschließend foltern?«

»Kaum jemand außerhalb der Bacchae weiß, dass es überhaupt existiert«, sagte Jade und nickte dabei in Andersons Richtung. »Die Augmentierungen sind absolute Geheimsache. Darum geht Yolanda selbst bei dunkler Nacht nie ohne Sonnenbrille aus dem Haus.«

»Warum erzählst du mir dann ...«

Ehe sie den Satz beendet hatte, hörten sie auf einmal Schüsse und kurz darauf Einschläge direkt in ihrer Nähe.

»Wer zum Henker ist das?«

»Warnung!«, klirrte Amys Stimme aus ihren Ohrstöpseln. »Truppen von Ragnarök im Stadtzentrum gesichtet!«

***

»Ich denke, die halten Mittagsschlaf?!«, beschwerte sich Rune. »Die sind ja völlig durchgedreht!«

»Halt's Maul und schieß weiter!«, grollte Gore.

Kaum hatte sich ihre Kellertür geöffnet, waren sie von Gewehrschüssen empfangen worden. Gores erster Gedanke galt Angels erwartetem Hinterhalt, doch dann rannten auf einmal hundert Neces quer durch das Stadtzentrum.

»Was ist das da oben?«, rief er und zeigte auf den dunklen Schatten, der brüllend über ihre Köpfe hinwegdonnerte.

»Verdammte Scheiße!«, erwiderte Rune. »Die Hawker sind hier!«

***

»Lance Commander Anderson«, ertönte Amys beruhigend monotone Stimme. »Begib dich unter dem Müllwagen auf zehn Uhr in Deckung. Du hast acht Sekunden.«

Anderson folgte ihrer Anweisung, als käme sie von Herrin Jade höchstpersönlich. Währenddessen drehte Amy bei und raste die Hauptstraße entlang direkt auf die Ragnars zu. Dabei überflog sie Angel und Jade mit einem Kreischen, bei dem sie sich das wohltunende Fiepen des LRAD zurückwünschten und ihre Ohren mit beiden Armen zudrückten.

Auf einmal wurde das Düsentriebwerk von einem lauten Dröhnen aus dem Gatlinggeschütz unterstützt. Zweihundert Kugeln prasselten innerhalb eines Sekundenbruchteils auf die zusammengewürfelte Stellung ein. Die Geschosse hätten selbst einen Panzer zersägt und machten dementsprechend Kleinholz aus den abbruchreifen Wänden der Gebäude.

»Zugang zerstört«, berichtete sie. »Die Söhne des Ragnarök werden sich einen alternativen Rückweg suchen müssen.«

∗∗∗

»Weg hier, bevor das Scheißding zurückkommt!«, brüllte Gore. »Zurück in den Keller!«

»Da kommen wir nicht mehr rein!«, hustete Rune durch den Betonstaub. »Los, die Straße rüber. Hebt den Deckel an!«

∗∗∗

»Die wollen in die Kanalisation!«, knarzte Andersons Stimme aus den Funkgeräten. Er lag noch immer halbwegs sicher unter dem Müllwagen.

»Wirf ihnen eine Granate hinterher!«, befahl Jade. »Wir geben dir Deckung!«

»Verstanden!«

∗∗∗

Die Ragnars hatten ganz andere Sorgen, als sich um den einzelnen Prätorianer zu kümmern, der sie in diesem Moment ohnehin nicht beschoss.

»Das ist Angel!«, rief Gore und zeigte die Hauptstraße entlang. »Verdammte Scheiße. Der Kerl hatte Recht!«

»Runter, runter, runter!«, drängte Rune seine Männer. Dabei verfehlten einige die rostigen Sprossen und stürzten fünf Meter tief in den Kanalisationsschacht; aber das war ihm egal. »Mach den Deckel zu!«, brüllte er hoch zu Gore.

Der zerrte mit Leibeskräften an der schweren Stahlplatte. Das Letzte, was er sah, war Lance Commander Anderson, der mit einem Hechtsprung den Aggressor in das Loch rollen ließ.

»GRANATE!«, rief er nach unten. Für einen Moment war er gewillt, wieder nach draußen zu klettern, um der Explosion zu entgehen, doch so schnell konnte er den Gullideckel gar nicht anheben.

Die Ragnars flüchteten derweil in alle Himmelsrichtungen, aber nichts geschah. Lediglich ein leises Zischen war zu hören.

»Was zum Henker ist das?«, fluchte Rune.

∗∗∗

»Anderson!«, rief Jade ihm zu. »Die haben den Köder geschluckt! Verschwinde von da!«

Der Prätorianer nahm die Beine in die Hand und sprintete davon. Zunächst machte es den Anschein, dass die Neces stinksauer auf ihn wurden, aber dann bemerkten sie die Ragnars in der Falle und zerrten mit vereinten Kräften an dem Gullideckel. Ein paar von ihnen stürzten planlos in die Tiefe, bis die anderen den Trick mit den Sprossen verstanden und hinabkletterten.

»Das können wir nicht noch zwei Mal machen«, meinte Angel, nachdem sich die Gruppe im Schatten des Müllwagens versammelt hatten.

»Der Angriff hat sechs Minuten zusätzlichen Treibstoff gekostet«, berichtete Amy. »Euch bleiben noch neunzehn Minuten.«

»Wir gehen direkt in den zweiten Kanalisationszugang und nehmen sie mit Hilfe der Neces in die Zange«, schlug Angel vor.

»Und unser Rückweg?«, hielt Jade dagegen.

»Vergiss den Rückweg! Wir können uns keine Extratour leisten, sonst jagt Amy uns alle in die Luft. Rein und raus in fünfzehn Minuten.«

∗∗∗

»Ivar!«, brüllte Gore durch die engen Abflussröhren. »Wir haben ein Problem!«

»Was verdammt nochmal geht da draußen vor?«, grunzte der bärtige Ragnar zurück.

»Angel ist direkt hinter uns!«

»DAS soll Angel sein?«, rief der Tyr und blickte zur verklinkerten Decke hoch, die Amys Düsentriebwerk pausenlos erzittern ließ.

»Nein«, erwiderte Rune. »Das sind die verfluchten Hawker!«

Bei der Erwähnung der Biosphärenbewohner zeigte Ivar zum ersten Mal eine gefühlsmäßige Reaktion, die nicht auf Hohn und

Spott basierte. Er wusste genau, was die Ankunft der Hightech-Waffen bedeutete. Zeitgleich feuerten seine Kämpfer wild um sich. Die Neces schienen sich nur noch für die Ragnars zu interessieren und kreisten sie wie ein Lauffeuer ein.

»Rune, du sicherst unseren Rückmarsch«, befahl er mit erhobenem Zeigefinger. »Gore, schnapp dir zwei Männer und hol die Frauen. Die Kerle legst du um, verstanden?«

Der Vulture senkte sein Gewehr und rümpfte die Nase. »Warum nehmen wir ...«

»Keine Widerrede. Du legst die Sau um! Ist das klar?«

***

»Los, los, los!«, feuerte Angel die anderen beiden an, als sie den Kanalisationsdeckel ihrer improvisierten Route aufstemmte.

»Klar!«, echote Anderson von unten. Er war als Erster hinabgeklettert und sicherte die Abflussgabelung. Drei Röhren führten in unterschiedliche Richtungen.

»Okay, hier kommen wir wieder raus. Stell das Repellent auf«, befahl Jade.

Anderson holte eine der grün lackierten Granaten hervor und öffnete sie mit einem Zischen.

»Ich hoffe nur, dass das funktioniert«, gab Angel missmutig zu Protokoll. »Wir hetzen die halbe Stadt gegen uns auf, wenn das schiefgeht.«

»Ein Problem nach dem anderen«, sagte Jade und überprüfte ihren Empfänger. »Erst mal müssen wir lebend wieder zurückfinden. Wenn auch nur ein Gasbehälter in dem Chaos beschädigt wird, gehen wir hier unten alle drauf.«

»Glaubst du wirklich, die versuchen immer noch ...?«, fragte Angel.

»Ich würde es tun«, erwiderte Jade und zeigte nach Nordwesten. »Megans Signal wird stärker. Da lang!«

In enger Formation stießen sie zum Depot vor und orientierten sich dabei am Lärm des erbitterten Gefechts zwischen Neces und Ragnars. Je lauter die Schreie wurden, desto näher kamen sie ihrem Ziel.

»Stopp!«, flüsterte Anderson mit erhobener Faust.

»Was denn jetzt schon wieder?«, knurrte Angel.

»Ist das nicht ...«

»Cassidys Brille«, bestätigte Jade und befreite die Hightech-Optik vom Staub der Kanalisationsröhren. »Setz sie mal auf.«

Angel stülpte sich das Kunststoffband um den Kopf und war von einem Moment zum anderen blind.

»Ich seh nichts. Ist die kaputt?«

»Drück da oben drauf ... da.« Jade betätigte den Schalter kurzerhand selbst und schien genau zu wissen, wie man die Einsatzbrille aus der Biosphäre benutzte. »Besser?«

»Perfekt«, antworte Angel. »Ich sehe alles in grün und ...« Sie zeigte zur nächsten Röhrengabelung. »Da vorn rechts. Ich krieg ein klares Signal vom Biosphärensender!«

***

»HEY!«, brüllte Dog aus vollem Hals. »Was geht da draußen vor!«

Seit zehn Minuten hörten sie Kampfgeräusche aus den Gängen vor dem Zellentrakt und lautes Getöse über ihnen, aber keiner der Ragnars hatte sich bisher blicken lassen.

»Ist das Angel?«, fragte Cassidy hoffnungsvoll.

Ein panikerfülltes Kreischen durchbrach den Lärm aus Gewehrfeuer und dumpfem Befehlston.

»Nur, wenn sie neuerdings zubeißt«, kommentierte C.T. das Geheule. Sie war aufgestanden und klammerte sich mit breiten Beinen an das Käfiggitter. »So hört es sich an, wenn Neces über jemanden herfallen. Die Gefährlichsten von ihnen halten Messer, Sägen oder Brechstangen in den Händen, mit denen sie auf ihre Opfer einschlagen, bis sie sich nicht mehr bewegen. Die haben noch etwas Hirn übrig und schlagen Haken oder versuchen, euch in eine Falle zu locken. Die meisten rennen einfach wild herum und nutzen ihre Fingernägel. Lasst ihr sie nah genug herankommen, beißen sie sich an euch fest wie ein Raubtier. Und wenn sie lange Zeit nur Insekten gefressen haben, ...«

»Ja ja«, brummte Dog. »Wir waren in eurem D-Sechs-Arschlecken dabei.« Er rüttelte erneut an den Gitterstäben. »HEY! Holt uns hier bald mal einer raus!«

»Ich würde das nicht tun«, warnte ihn C.T. »Du lockst sie damit nur an.«

»Alles ist besser, als hier rumzusitzen und auf die Mistkerle zu warten.«

Plötzlich flog die Tür aus den Scharnieren und eine Gruppe von Neces stolperte halb aufrecht, halb auf allen Vieren auf sie zu.

»Na toll«, murmelte Farradye und zog sich mit seinem Kameraden in die hintere Ecke des Käfigs zurück.

Dog suchte unterdessen fieberhaft nach einem Gegenstand, den er als Waffe verwenden konnte. Schließlich riss er die Sitzbank aus dem Boden und trat einmal kräftig drauf, so dass sie in der Mitte durchbrach und er eine Art Hocker mit zwei Beinen in den Händen hielt.

»Na los ihr Bastarde! Kommt doch!«, röhrte er und schmetterte den Neces die Stuhlbeine entgegen. Er traf sie am Kopf, aber dadurch wurden sie nur noch wütender.

Nun wachten Farradye und Millington auf. Sie griffen nach den Splittern der Holzbank und machten sich zur Abwehr bereit. C.T. hockte sich mit Cassidy in die letzte Ecke ihres Käfigs und legte den Zeigefinger auf den Mund.

»Lass die Männer das machen«, flüsterte sie.

»Hey, geht mal zurück!«, rief Dog den Prätorianern zu. Kaum ließen sie die Neces näherkommen, rüttelten diese wie wahnsinnig an den Gitterstäben. Dog verschränkte grinsend die Arme. »Perfekt. Jetzt helfen die uns beim Ausbruch!«

Das Schloss wackelte in der Tat wie ein Lämmerschwanz. Er gab ihm noch zehn, vielleicht fünfzehn Minuten Dauerrütteln, ehe das rostige Metall in seine Einzelteile zerfallen würde.

»Und dann gehen die auf uns los«, prophezeite Farradye. »Wir sollten möglichst viele durch das Gitter abstechen.«

»Ach was«, wiegelte Dog ab. »Die ersten werden schon müde. Wenn das Schloss bricht, sind die bestimmt erledigt.« Er griff nach seiner Wasserflasche und nahm einen kräftigen Schluck. Anschließend reichte er sie Farradye. »Noch einen auf den Weg?«

Im selben Augenblick durchzuckten Pistolenschüsse das chaotische Bild. Ein Neces nach dem anderen fiel getroffen zu Boden, bis Gore mit zwei Ragnars in der Tür stand und in aller Ruhe nachlud.

»Okay«, murmelte Dog und festigte den Griff um sein improvisiertes Schlagwerkzeug. »Planänderung.«

»Angel hat ganze Arbeit geleistet«, raunte Gore ihm entgegen und nickte mit seinem Hinterkopf zur Tür. »Diese Verrückten lassen sich durch nichts aufhalten und die Ragnars haben zum Rückzug geblasen.«

»Na dann«, erwiderte Dog. »Mach die Tür auf und lass uns gehen.«

»Die müssen dir echt das Hirn weichgekocht haben, wenn du glaubst, dass du hier lebend rauskommst«, sagte Gore. »Nach all den Jahren, die du auf meinem Rücken rumgetrampelt bist, wird es mir eine Freude sein, dich hier unten verrecken zu sehen!«

»Du hättest dich halt nicht wie der letzte Vollidiot anstellen sollen!«

»Das hilft uns nicht«, monierte C.T. zurückhaltend Dogs Verhandlungsstil.

»Halt‘s Maul!«, brüllte Gore sie daraufhin an. In dem Moment stürmten zwei weitere Neces mit blutigen Lippen in den Zellentrakt. »Die Sache geht nur ihn und mich was an«, fuhr Gore fort, während er den beiden Neces eine Kugel in den Schädel jagte, noch ehe die Ragnars überhaupt ihre Waffen zogen.

»Du scheinst ja mächtig dazugelernt zu haben«, sagte Dog.

»Du würdest alles erzählen, nur um nicht als Hundefutter zu verrecken.«

»Und du würdest alles dafür tun, um die Sache zwischen uns vor Erics Augen zu regeln! Wie glaubst du, wird er reagieren, wenn er erfährt, dass du mich auf so eine linke Tour losgeworden bist?«

»Du bist Eric scheißegal«, brummte Gore.

»Schwachsinn!«, rief Dog ihm zu. »Eric würde dir nie verzeihen, ihn um seine Rache gebracht zu haben!«

»Er will dich einfach nur verrecken sehen«, knurrte Gore. »Aber nicht hier, wo es kein Schwein mitkriegt.«

Dog stieß sich von den Gitterstäben ab und gab ihm etwas

Raum. »Na bitte. Du weißt, was du zu tun hast.«

»Der Tyr hat befohlen, dass er stirbt!«, rief einer der Ragnars. Beide hoben ihre Gewehre und zielten auf Gore.

»Tolle Freunde hast ...«, spottete Dog, doch weiter kam er nicht.

Gore riss an der Kalaschnikow des geschwätzigen Ragnars und zerrte ihn in die Schussbahn des anderen. Dann schlug er ihm mit der blanken Faust auf den Kehlkopf, schmetterte ihm anschließend seinen Ellenbogen ins Gesicht und stieß ihn zum Abschluss auf den zweiten Ragnar, so dass beide übereinander stolperten.

»Ich scheiß auf euren Tyr!«, brüllte er sie an. Dabei zückte er vor Wut schäumend seine Pistole und richtete sie mit gezielten Kopfschüssen hin. Das lockte einen vereinzelten Neces an, dem Gore in aller Seelenruhe eine Kugel verpasste.

»Verdammte Scheiße«, knurrte er und holte die Zellenschlüssel aus seiner Hosentasche. »Du schuldest mir was!«, rief er Dog zu und schmiss die Schlüssel halbwegs in Cassidys Richtung. »Für sie und für dich!«

Dann stampfte er zur Tür hinaus und überließ sie ihrem Schicksal.

***

»Was tust du da?«, zischte Angel.

»Das Depot überprüfen«, erwiderte Jade hektisch mit ihrem brennenden Zippo-Feuerzeug in der Hand.

Auf ihrer Suche nach den Gefangenen waren sie auf das Chemiewaffenlager gestoßen. Die schweren Stahlgitter, mit denen die Hawker das Giftgas einst versiegelt hatten, lagen aufgeschweißt am Boden des Kellers. Schleifspuren im Sand wiesen darauf hin, dass ein Teil der weiß lackierten Fässer entfernt worden war, weshalb Jade trotz des immensen Zeitdrucks auf eine Überprüfung bestand.

»Und?«, fragte Angel.

»Eins fehlt.«

»Was ist da drin?«

»Weiß ich doch nicht!«, antwortete Jade. »Die Schwachköpfe müssen schon auf dem Weg raus sein.«

»Dann sagen wir Amy Bescheid, dass sie flüchtende Fahrzeuge ausschalten soll«, schlug Angel vor und griff bereits nach ihrem Sendeknopf.

»Bist du verrückt?«, hielt Jade sie zurück. »Wenn die davon erfährt, jagt sie den Rest sofort hoch!«

Angel ließ reflexartig den Knopf los, als wäre es der Auslöser für eine Bombe.

»Sieben Minuten«, meldete Anderson. Er hockte am Eingang und gab den beiden Deckung, doch weder vereinzelt vorbeilaufende Ragnars noch die Neces schienen Notiz von ihm zu nehmen.

»Hört ihr das?«, fragt Jade auf einmal.

Jetzt bemerkte auch Angel das gleichmäßige Ticken. Es kam aus der Mitte des Chemiewaffenlagers. Nach kurzer Suche stießen sie auf einen selbstgebauten Sprengsatz mit handelsüblicher Eieruhr als Zeitzünder.

»Ragnartechnologie in Reinform«, spottete Anderson und riss kurzerhand die Drähte aus der Uhr. »Die haben wohl nicht damit gerechnet, dass jemand die Ladung entdeckt.«

»Okay, Bewegung«, befahl Jade und führte sie im Licht des Feuerzeugs zurück in das Labyrinth. »Ich setz die Nocturnals auf das fehlende Fass an, wenn wir hier raus sind.«

***

Zur selben Zeit kämpfte sich Dog mit Hilfe von Farradye und Millington durch einen Mix aus Neces und Ragnars; wobei sich letztere als gute Indikatoren für annähernde Neces herausstellten. Wann immer die Ragnars den kleinen Trupp ausgebrochener Gefangenen ignorierten und lieber die Beine in die Hand nahmen, konnte man sicher sein, dass sie von einer Horde Verrückter mit Nagelbrettern und Schraubenschlüsseln verfolgt wurden.

»Wie geht's der Schulter?«, rief Dog nach hinten.

»Der Schmerz ist stechend, kombiniert mit einem leichten Brennen!«, fauchte C.T. zurück. »Was für eine verdammte Antwort willst du hören?«

»Ganz ruhig«, hauchte ihr Cassidy zu. »Er hat dich nicht mit Absicht auf den Schrotthaufen geworfen.«

Clarissa knurrte zornig und biss die Zähne zusammen, als Cassidy sich einen Ärmel ihres Hemdes abriss und ihn als Druckverband nutzte. Während eines überraschenden Gefechts hatte Dog sie vor ein paar Neces schützen wollen und ihre physische Belastbarkeit mit der von Jade verwechselt. C.T. war von ihm meterweit in einen Haufen Altmetall gestoßen worden und hatte sich dabei die Schulter aufgerissen.

»Ich hätte den Schwachkopf allein umlegen können und brauch seine Hilfe nicht!«

»Leiden alle von denen unter Minderwertigkeitskomplexen?«, fragte Dog die Prätorianer. Farradye sah Millington kurz an, bevor sie ihm beide mit mitleidigen Augenbrauen zunickten.

»Wie weit ist es noch?«, rief Cassidy.

»Woher soll ich das wissen?«, grunzte Dog. »Hat keiner von euch beim Reingehen aufgepasst?«

»Ich hatte einen Sack auf dem Kopf.«

»Wir auch«, sagte Farradye.

»Na toll. Versuchen wir es mal da ... stopp!«

Dog wedelte die anderen zurück und drückte sich an die Kanalisationswand. Etwa zwanzig Meter voraus hatte Rune mit seinen Männern eine improvisierte Defensivstellung aus Autoreifen, Brettern und ein paar Stahlkabeln errichtet. Darüber schien die Sonne durch den offenen Gullideckel, während die Ragnars fleißig Material aus den Tunneln schafften.

»Super«, raunte Dog. »Wir haben *deren* Ausgang gefunden.«

»Die werden uns wohl kaum mitnehmen«, sagte Farradye.

»Ich hab doch gesagt, das war die falsche Richtung!«, beschwerte sich Clarissa. »Ihr hört jetzt gefälligst auf mich!«

Ohne auf eine Reaktion zu warten, tapste sie mit einer Hand an ihrem verletzten Arm davon. Cassidy war die Erste, die ihr nachlief, und das bedeutete zwangsläufig, dass Dog ihr ebenso folgen musste. Farradye und Millington hatten sich zuvor geweigert, der Nocturnal das Kommando zu übergeben, aber nun blieb ihnen keine Alternative.

»Wo zum Henker willst du hin?«, rief Dog ihr nach, als sie wahllos an Kreuzungen abbog, nur um kurz darauf wieder umzukehren und es woanders erneut zu versuchen.

»Auf das Geschrei zu«, erwiderte sie knapp. Das war in den Tunneln wirklich schwer zu orten, was ihre ständigen Kurskorrekturen erklärte.

»Da kommen wir doch gerade her!«

»Nein!«, fauchte Clarissa ihn an. »Die Ragnars ballern sich den Weg frei. Von da hinten kommt Necesgeschrei ohne Schusswechsel. Wer glaubst du wird das sein!?«

»Jade«, rief Farradye und setzte sich umgehend an die Spitze.

»Und Angel!«, fügte Cassidy hoffnungsvoll hinzu.

Jetzt, wo die gesamte Gruppe den Plan verstanden hatte, ging alles sehr schnell. Zwei Kreuzungen und vier gebrochene Necesgenicke weiter, konnten sie sogar die charakteristischen Geräusche hören, die Jades Katana beim Spalten von Knochen machte. Clarissa stolperte als Erste um die Ecke und hätte sich dabei fast das blutige Schwert in den Hals gerammt, das Jade ihr am ausgestreckten Arm entgegenhielt.

»Herrin!«, japste sie erschrocken.

»Ich hab sie gefunden«, keuchte Jade über die rechte Schulter.

»Dann nichts wie raus hier!«, antwortete Angels kratzige Stimme. Sie riss ihren Speer aus einem toten Neces und kam auf Cassidy zu. »Alles in Ordnung?«

»Ja. Ja!«, schluckte ihre Schülerin. »Ist ... alles ... alles okay!«

»Du hast da was verloren«, sagte Angel und drückte ihr die Einsatzbrille in die Hand.

»Los jetzt!«, trieb Jade sie zur Eile an. »Uns bleiben noch drei Minuten!«

»Drei Minuten bis was?«, wollte Dog wissen.

»Bis Amy die Stadt in die Luft jagt.«

»Amy? Wo kommt ...?«

»Lange Geschichte«, unterbrach ihn Angel. »Keine Zeit. Bewegung!«

Mit einem klaren Ziel vor Augen hetzten sie durch die inzwischen menschenleere Kanalisation. Der Großteil der Neces hatte sich am anderen Ende versammelt, wo die Ragnars sie mit ihrem Gewehrfeuer zusätzlich anlockten. Schon nach einer Minute erreichten sie den rettenden Gullideckel.

»Stopp!«, zischte Angel auf einmal und zeigte auf den Lichtschein am Boden. »Wo ist das Repellent?«

Die grün lackierte Granate mit dem Abwehrmittel war verschwunden.

»Was weiß ich?«, entgegnete ihr Jade. »Wen juckt das? Wir müssen hier raus. Los hoch da!«

Einer nach dem anderen kletterte die rostigen Sprossen nach oben. Dog schob C.T. sogar an und ließ sie fast auf seinen Schultern reiten, egal wie sehr sie sich dagegen sträubte.

Endlich wieder unter freiem Himmel rannten sie ohne Rücksicht auf Neces oder Ragnars nach Süden. Die Biker lieferten sich inzwischen auch ein überirdisches Gefecht mit den Einheimischen und ignorierten die flüchtende Gruppe vollkommen.

»Eure Zeit ist um«, klirrte auf einmal Amys Stimme.

»Wir sind fast raus!«, brüllte Jade zurück, aber sie sah die Drohne schon aus weiter Entfernung anfliegen. »Verdammt nochmal, wir sind fast raus aus der Stadt!«

Sie bekam keine Antwort, bemerkte aber ein lauter werdendes Motorengeräusch.

»Ragnars!«, rief sie den anderen zu.

»Negativ«, widersprach Amy. Eine Sekunde später bog der Luxusgeländewagen wie von Geisterhand um die Kurve und stoppte mit einer Vollbremsung direkt vor ihren Füßen. »Einsteigen«, befahl Amy und ließ die Türen aufspringen.

Es blieb keine Zeit zum Nachdenken. Angel übernahm den Fahrersitz, Jade den des Beifahrers. Die anderen stapelten sich auf der Rückbank. Die Reifen drehten beim Anfahren durch und hinterließen eine praktische Staubwolke, die ihren Rückzug hervorragend deckte. Für einen Moment hatte Angel sich Sorgen um den rechten Weg gemacht, doch sie brauchte überhaupt nichts tun. Amy steuerte den Wagen auf der optimalsten Route aus dem Dorf heraus.

Die schwarze Kampfdrohne hatte Jacksonville erreicht. Mit Hilfe von Rückspiegeln und dem Heckfenster verfolgte die Gruppe gebannt den Abschuss von zwei Raketen, die sich sofort der Straße zuwendeten und mit tödlicher Präzision auf dem Chemiewaffendepot einschlugen.

»FESTHALTEN!«, rief Jade.

Einem grellen Blitz folgte eine gewaltige Feuersbrunst, die sich in Sekundenbruchteilen über mehrere Straßenzüge ausbreitete. Ein paar Ragnars versuchten wegzulaufen, doch die Druckwelle schmetterte sie zu Boden, kurz bevor die Flammen sie einholten und bei lebendigem Leib verzehrten.

Damit war es aber noch nicht getan. Die Raketen dienten lediglich dem Aufbrechen der bunkerähnlichen Kanalisation, die nun offen lag wie ein aufgebohrter Zahn und wahrscheinlich unzählige Giftstoffe freisetzte. Nachdem Amy eine Runde gedreht und die Lage analysiert hatte, klinkte sie direkt über der Explosion zwei rot lackierte Bomben aus. Als die den Boden berührten, schoss eine Feuersäule gen Himmel, die an die apokalyptische Detonation von Monroes Tankstelle erinnerte. Nur mit Brandbomben ließen sich chemische Waffen wirksam vernichten und Zhang Yuen wollte mit Sicherheit kein Risiko eingehen.

»Das war's«, seufzte Jade. »Das Depot ist zerstört. Für immer.« Sie blickte wieder nach vorn und legte sich erschöpft in ihren Sitz.

»Verdammte Scheiße!, keuchte Dog. »Wo kam das Teil denn her?«

Jade drehte den Kopf zu Angel. »Lange Geschichte. Erst mal Pause.«

Damit entsprach sie dem Wunsch aller Passagiere. Nur Clarissa zappelte herum und suchte nach einer Alternative zu Dogs Schoß.

»Lebt euer Auto noch?«, fragte sie Anderson hoffnungsvoll.

»Ja«, antwortete er und nickte voraus. »Da vorne nach der nächsten Kurve.«

Angel verlangsamte die Geschwindigkeit, als sie den mit allerlei Schrott gepanzerten Wagen im Gebüsch entdeckte, doch dann prasselten plötzlich Kugeln auf sie ein.

»Kontakt hinten!«, meldete Farradye.

»Ich dachte, Amy hat die alle erwischt?«, rief Angel und trat das Gaspedal durch. Inzwischen lagen die Kontrollen wieder in ihrer Hand.

»Scheinbar nicht. Sechs, sieben Motorräder. Das werden mehr!«

»Mach Platz, verdammt!«, knurrte Dog und zerrte an seinem Maschinengewehr.

»Hier ist kein Platz!«, fauchte C.T. zurück.

»Die kommen näher«, meldete Jade. Sie ließ ihre Scheibe herunter und verschoss ein komplettes Pistolenmagazin.

»Das wird nicht viel bringen«, meinte Anderson und kramte bereits nach Ersatzwaffen im Kofferraum. »Kriegst du das Heckfenster auf?«

Angel suchte eilig die Mittelkonsole ab. Jiao hatte das Fenster schon einmal nach oben aufgeklappt, also musste es technisch möglich sein.

»Cassidy, komm nach vorn zu mir!«, rief Jade, damit die Prätorianer etwas mehr Platz bekamen.

»Ich hab's, rief Angel. »Aber was ist mit den Gasflaschen im Laderaum?«

»Die sind leer«, beruhigte Jade sie.

»Alles klar. Bereit?«

»Farradye, Millington! Sperrfeuer!«, befahl der Lance Commander.

»Jawohl, Sir!«, erwiderten beide hochmotiviert.

Das gepanzerte Heckfenster sprang auf und die Prätorianer ließen synchron ihre Gewehre aufblitzen. Clarissa nutzte die Gunst der Stunde und kletterte von Dog herunter, der sie mit seinem MG unterstützte. Gleichzeitig flogen ihnen aber auch feindliche Kugeln um die Ohren, die im Inneren des Panzerwagens zu gefährlichen Querschlägen zu werden drohten.

»Das sind verdammt viele«, rief Anderson, als er die rasant schwindenden Munitionsvorräte seiner Männer bemerkte.

»Fahr schneller!«, befahl Jade.

»Ich steh auf dem Bodenblech«, beschwerte sich Angel.

»Das Scheißding kommt zurück!«, brüllte Dog auf einmal, als sich die schwarze Nyx aus dem blauen Himmel herabstürzte.

»Angel von den Rangern«, klirrte Amys Stimme aus den Wagenlautsprechern. »Nimm deine Hände und Füße von den Fahrzeugkontrollen.«

Angel streckte die Arme hoch, als wolle sie sich ergeben. Die Straße verlief im Zick-Zack-Kurs und normalerweise wären sie nach wenigen Sekunden im Graben gelandet, doch Amy zeigte einmal mehr ihre überlegenen Fähigkeiten zur Navigation. Der schwere und dazu noch überladene Panzerwagen raste wie auf Schienen über den Asphalt.

»Das Teil kommt näher!«, warnte Dog.

»Die Drohne gehört zu uns«, beschwichtigte Jade, fügte aber mit einer gehörigen Portion Selbstzweifel hinzu: »Hoffe ich.«

»Vielleicht ist sie der Meinung, du hast was von dem Zeug mitgehen lassen?«, mutmaßte Angel.

»Halt doch die Klappe!«

Dann ertönte das berüchtigte Dröhnen des rotierenden Schnellfeuergeschützes. Amy pflügte eine tiefe Schneise in die Straße und ließ sie aufplatzen, wie zuvor den Kellereingang von Jacksonville. Einige Ragnars versuchten auszuweichen und überschlugen sich dabei im Sandbett. Die anderen wurden schlicht vom Kugelhagel zerfetzt, bis nur noch eine staubige Wolke zu erkennen war.

»Jetzt kommt sie auf uns zu!«, knurrte Dog.

»Sie gehört zu uns!«, wiederholte Jade, als wäre es ein Gebetsmantra. »Sie gehört ...«

Das ohrenbetäubende Kreischen des Düsentriebwerks ließ ihre Worte ungehört verhallen. Amy schoss aus der Staubwolke heraus und nur ein paar Meter über das Wagendach hinweg. Anschließend stieg sie steil in den Himmel empor.

»Ich sag's doch!«, rief Jade euphorisch. »Sie gehört zu uns!«

Die Drohne drehte in östliche Richtung zur Rückkehr in die Biosphäre.

»Danke Amy!«, keuchte Angel und griff vorsichtig nach dem Lenkrad.

»Bringt mir Jiao zurück«, drohte die künstliche Stimme. »Sonst komme ich wieder.«

Als wollte sie ihrer Warnung Nachdruck verleihen, verfeuerte Amy den Rest der Geschützmunition zur Gewichtseinsparung ins Nirwana, ehe sie vom Horizont verschluckt wurde.

Epilog

Später Nachmittag, kurz vor Sonnenuntergang. Angel lehnte entspannt im lederbezogenen Fahrersitz des luxuriösen Panzerwagens und hatte die Sonnenblende heruntergeklappt, da sie wie immer als Einzige keine Sonnenbrille trug. Neben ihr saß Jade, deren frisch vernähte Wunden in einem Bad aus Schmerzmitteln schwammen. Diesmal entstammten sie Jennys gut bestücktem Arzneibeutel. Auf die Frage, ob ihr Implantat verbraucht sei, verweigerte sie die Antwort.

Cassidy unterhielt sich leise mit Clarissa. Die traumatische Beinahe-Vergewaltigung schweißte die beiden zusammen. Die Agentin konnte in ihrem Gesicht lesen wie in einem Buch. Cassidy war verstört und verwirrt. Sie wusste noch nicht, wie sie mit ihrem Schicksalsschlag umgehen oder mit wem sie darüber sprechen sollte. Am Ende einigten sie sich darauf, das Thema vorerst zu begraben. Rune war mit Sicherheit in dem Feuersturm verbrannt und an den Geschehnissen ließ sich nichts mehr ändern.

Stattdessen bot Clarissa ihr an, sie auf der Suche nach Caiden zu begleiten. Herrin Jade würde sich um den Krieg kümmern müssen, aber als Nocturnal des Imperiums standen C.T. ebenfalls weitreichende Ressourcen zur Verfügung. Cassidy verstand natürlich, dass ihr Angebot nicht ganz uneigennützig war. Als Spionin hatte sie ein großes Interesse daran, die Schlucht zu überqueren und die Hawker zu studieren, aber seit Zhang Yuens Auslieferung an die Sicarii hielt sich Cassidys Mitleid in Grenzen. Festlegen wollte sie sich dennoch nicht, da Jiao bei der ungewöhnlichen Allianz ein Wörtchen mitzureden hätte.

Unterdessen blieb Cassidy mit der Wahrheit über Agnes allein, deren Peiniger von Angel zu Tode gefoltert worden waren. Sollte sie ihre Mentorin danach fragen oder sie gar zur Rede stellen? Immerhin hatte ihr das Leiden der Vultures drei Jahre später das Leben gerettet. Nur aufgrund von Angels Ruf als blutrünstige Schlächterin war Gore ihr zu Hilfe geeilt.

Als Angel von Cassidys Aufeinandertreffen mit Rune erfuhr,

wäre sie am liebsten umgedreht, um ganz sicher zu gehen, dass der Ragnar auch wirklich zu Asche verbrannt war. Äußerlich ließ sie sich nichts anmerken, aber innerlich zehrte es an ihr, dass sie bis zur Mittagszeit gewartet hatte. Jade sah nun jeden Zweifel ausgeräumt, dass Angel ihr im Krieg gegen die Söhne des Ragnarök zur Seite stehen würde.

Dog legte seine Beine in der Zwischenzeit auf das Armaturenbrett des nachfolgenden Kleintransporters und flegelte sich in den Beifahrersitz. Endlich hatte er wieder Platz und war C.T. los. Farradye und Millington hatten Vertrauen zu dem Hünen gefasst und Lance Commander Anderson dankte ihm dafür, seine Männer sicher aus den Tunneln geführt zu haben. Der verwundete vierte Prätorianer hatte das Bewusstsein noch nicht wiedererlangt, schien aber über den Berg zu sein. Während die Elitesoldaten ihrer Ausbildertätigkeit im Gefangenenlager entgegensahen, freute sich Dog auf das Wiedersehen mit David Grant. Bei seinem ersten Treffen mit dem Colonel hätte er es nicht für möglich gehalten, doch inzwischen sehnte er sich danach, mit dem Offizier den Krieg gegen seine alte Gang zu planen.

Und dieser Krieg rollte unaufhaltsam auf sie zu. In zwei Tagen sollte Colonel Grant die Blockade des Gebirgspasses übernehmen. Ab diesem Moment arbeitete die Zeit gegen sie. Hawker, Ragnars, Vultures und den Truppen von General Torus; allen würde auf einen Schlag bewusst werden, was die Bacchae vorhatten.

Doch ein Lichtblick blieb Dog erhalten: Gore. Sein Widersacher, der unfreiwillig Coles Vakuum als sein Erzfeind ausgefüllt hatte. Er war der Schlüssel, Eric die Vultures zu entreißen und die Männer auf seine Seite zu ziehen. Alles, was Dog dafür tun musste, war Gore im richtigen Moment den Schädel einzuschlagen. Mitten in der Festung, wo es alle sehen konnten. Anschließend würde er Eric selbst herausfordern können und ihm ein Ende bereiten, wie er es verdiente.

Ihr Weg führte sie nach Westen, direkt in die untergehende Sonne. Laut Jade sollten sie das Gefangenenlager bei Einbruch der Nacht erreichen. Angel sortierte ihre Gedanken und Erlebnisse. Sie versuchte, die vergangenen Tage in ein positives Licht zu rücken, um sie vor Kim und Johnny wie einen orientalischen Wandteppich auszubreiten. Ihr Bündnis mit den exzentrischen Bacchae, die unschuldige Menschen mit Parasiten infizierten, um ihr Reich zu schützen und zwölfjährige Kinder als Gefangene hielten. Die glitzernde Schulstadt Alexandria, in die Cassidy unbedingt mit ihrem Bruder zurückkehren wollte und die Aussicht, bald Bürger des Sicariianischen Imperiums zu sein, in dem es vor Intrigen und Verrat nur so wimmelte. Angel konnte nur hoffen, dass Jades Schwester Celine gute Vorarbeit geleistet hatte. Kim und Johnny in der kurzen Zeit, die ihnen noch blieb, von ihrem Schicksal zu überzeugen, würde mit Sicherheit eine der größten Herausforderungen ihres Lebens werden.

Eine andere Sorge teilte sie mit Jade, seit sie Jacksonville hinter sich gelassen hatten. Das Orchid-Depot mit seinen chemischen Kampfstoffen war ebenso wie die LRAD-Schallwaffe zerstört worden, aber die Söhne des Ragnarök hatten bewiesen, dass sie zu komplexen und langfristigen Strategien fähig waren. Damit stellte sich die Frage, über was für Möglichkeiten die patriarchischen Krieger aus dem Norden noch verfügten und wie lange es dauern würde, sie in Stellung zu bringen.

Die Zeit arbeitete mehr denn je gegen das Imperium und seine jüngsten Verbündeten. Die alten Wunden mussten schnell verheilen, um den aufziehenden Sturm zu überleben.

Fortgesetzt in »Die Endzeit Chroniken - Daemon«

Alle Endzeit Chroniken gibt es auf
Amazon.de

Zeitlinie

2046

- die Ereignisse in der unterirdischen McKnight Air Force Base überschlagen sich und zwingen die Wissenschaftler zur Flucht

2048

- das offizielle Ende der menschlichen Zivilisation und der Beginn der Endzeit
- Butch und Victors Familie flieht aus ihrer Stadt in die Steppe
- Coles im Stich gelassenes Waisenhaus gründet die Kindergang
- Eric startet eine Gefängnisrevolte, übernimmt die Festung und gründet die Vultures
- General Andrew Peterson verliert seine Frau Sarah und beginnt seinen Krieg gegen die Gangs

2049

- Cole tötet im Alter von 12 seinen ersten Menschen

2053

- Butch und Victor geraten in die Hände der Chimeras
- Cole beansprucht im Alter von 16 die Führung seiner Jugendgang und wird schwer verletzt zum Sterben zurückgelassen

2054

- Butch und Victor werden von den Rangern befreit und schließen sich General Peterson an
- Cassidy wird geboren
- Cole nimmt mit Hilfe der Vultures Rache an seiner Kindergang und wird zum Einzelgänger

2056

- Dog und Mitch beginnen mit der Konstruktion von STELLA
- Kim wird mit 16 Jahren Mitglied von Colonel Monroes Ranger-Team Eins

2057

- Angel wird von den Red Dragons versklavt

- die Red Dragons werden von den Vultures überfallen
- Angel wird Sklavin der Vultures

2059

- Jesse wird geboren
- Kim wird auf der Jagd von einem Rudel Wölfe angefallen

2060

- Die Schlacht von Archer Hill
- Angel nimmt Rache an den Red Dragons

2061

- Gründung von Silver Valley

2063

- Gründung der Allianz der Freien Enklaven zwischen Silver Valley und Jaguar Bay
- Paul und Martha werden von Angel gefangengenommen

2064

- Eagle Village tritt den Freien Enklaven bei
- Cole wird von den Vultures verstoßen und beginnt in Eagle Village ein neues Leben
- Kim übernimmt die Führung von Ranger-Team Eins

2066

- Cassidys Hund stirbt und sie beginnt, von ihrem Bruder zu lernen
- Jurij und Sergej ziehen in die Ian-Hawk-Biosphäre ein

2067

- Sienna tritt den Freien Enklaven bei
- Butchs Pick-up wird von Angel überfallen, Angel geht in Gefangenschaft der Ranger
- das Sicariianische Imperium trifft auf die Ian-Hawk-Biosphäre
- Scarlets Sabotageversuch in der Biosphäre wird von der KI Amy bemerkt
- der Krieg zwischen Biosphäre und Sicarii beginnt

2068

- Agnes, Butch und Victors Eltern sowie General Peterson werden von den Vultures getötet
- Angel läuft zu den Rangern über
- Angel führt einen Vergeltungsangriff auf die Vultures durch
- Colonel Monroe wird von den Rangern zum General ernannt und übernimmt die Führung der Freien Enklaven

2069

- Sharons Familie wird von den Truppen der Biosphäre befreit und flüchtet in die südlichen Wastelands
- Angel trifft nahe dem Hadesgebirge auf Sharon
- Notlandung von Zhang Jiao auf sicariianischem Territorium, Treffen mit Jade
- Waffenstillstand zwischen Biosphäre und Sicarii wird ausgehandelt

2070

- Faith und Jade beginnen mit ihrer Infiltration von Cor Syrte
- die Vultures bestücken ihr verstecktes Waffendepot im Norden von Silver Valley
- Ethan wird bei der Waffendepotattrappe in einen Hinterhalt gelockt und getötet

2071 - Exodus

- Cassidy wird von Angel gerettet
- die Sicarii beginnen ihren Angriff auf Freien Enklaven und Vultures
- Victor wird von Faith getötet
- Monroe wird bei der Schlacht von Silver Valley getötet
- STELLA wird zerstört, Dog ist an Bord
- Exodus der Ranger aus Silver Valley

2071 - Revelations

- Einzug der Freien Enklaven in das Kloster im Hadesgebirge
- Angels Mission über das Hadesgebirge
- Zusammentreffen zwischen Angels Team und der Ian-Hawk-Biosphäre
- Butch wird von den Sicarii hingerichtet

Über den Autor

Carsten Fischer, Jahrgang 1980, lebt und arbeitet in der Hansestadt Rostock. Er hat ursprünglich eine Ausbildung zum IT-Techniker absolviert, sich dann aber mit dem Schreiben seinen Traum erfüllt.

Danksagung

Mein Dank geht an

Claudia Braun,
Gisela Mehrfort,
Stefanie Fischer,

Dr. „Jo Di" für ihre fachliche Beratung

und an meine Mutter, *Margitta Fischer*, für ihre ununterbrochene Unterstützung.

Printed in Poland
by Amazon Fulfillment
Poland Sp. z o.o., Wrocław

50098049R00256